Jule Brand

Besser ein Mann als gar kein Ärger

Drei Romane in einem Band

Drei Männer sind einer zu viel

Sex zu zweit, das geht zu weit

Herrchen gesucht!

BASTEI LÜBBE

BASTEI LÜBBE TASCHENBUCH
Band 14 753

3. Auflage: September 2002
4. Auflage: Januar 2008

Vollständige Taschenbuchausgabe
von drei bei Bastei Lübbe 1997 und 1999 erschienenen Titeln

Bastei Lübbe Taschenbuch in der Verlagsgruppe Lübbe

Umschlaggestaltung: Tanja Østlyngen
Titelbild: Jonathan Blair/Corbis
Satz: hanseatenSatz-bremen, Bremen
Druck und Verarbeitung: Bercker GmbH & Co. KG, Kevelaer
Printed in Germany
ISBN 978-3-404-14753-3

INHALTSVERZEICHNIS

PERSONENVERZEICHNIS

(ungefähr in der Reihenfolge ihres Erscheinens ...)

Caroline: rotgelockte Psychologiestudentin mit einer fatalen Neigung zu hektischen Flecken und dem dringenden Wunsch, endlich ihre Jungfräulichkeit zu verlieren.

Franziska: sommersprossige Sportstudentin und Carolines Mitbewohnerin in der chaotischsten Studenten-WG Deutschlands.

Matilda: Franziskas langbeinige Cousine, die dritte Bewohnerin der WG und der Nagel zu so manchem Sarg ...

Cornelius: Franziskas Freund.

Ollie: Designstudent, der in der Wohnung über den Mädchen wohnt. Leider schwul.

Benedikt: Ollies Freund, ebenfalls zu gut, um hetero zu sein.

Fabian: zunächst einer von Matildas zahlreichen Liebhabern, entdeckt aber gerade noch rechtzeitig seine Vorliebe für kleine Rothaarige.

Karsten: noch eins von vielen Eisen in Matildas Feuer, alle außer Matilda halten ihn für einen Aal.

Florian: ist der erste von Carolines Blind Dates. Leider unterschreitet er sowohl die Mindestgröße als auch die zulässige IQ-Grenze.

Wolfgang: Blind Date Nummer 2, gehört ebenfalls zur Kategorie »Männer und andere Katastrophen«.

Daniel: Blind Date Nummer 3, kann immerhin nicken, den Kopf schütteln und mit den Schultern zucken.

Marc: ein Traum von einem Mann, so toll, daß Caroline hektische Flecken bekommt und Matilda an ihrer Stelle zum Blind Date antreten muß.

Peggy: Carolines bildschöne Kommilitonin, die meint, die Chancen, über eine Annonce den Richtigen kennenzulernen, seien in etwa so groß wie die Chancen, daß ein als Cowboy verkleidetes Zebra eine Bank überfällt ...

Anna: Matildas große Schwester, Vorzeigehausfrau und Vorzeigemutter in einem Vorzeigehaus, die für zwei Wochen ins Krankenhaus muß. Zwei Wochen, nach denen nichts mehr so ist, wie es mal war ...

Wolfgang: Annas Mann, der vor allem durch Abwesenheit glänzt. Nur seine Oberhemden sind zu Hause und wollen gebügelt werden.

Sophie, Nikolas und Leon: Annas und Wolfgangs brave Kinder.

Simon: Ollies und Benedikts Untermieter, der sich verdächtig oft im Treppenhaus herumtreibt.

Herr Kleinschmidt: Hausmeister und Ekelpaket in einer Person.

Herr und Frau Sülzheimer: tragen beide Zobel und entpuppen sich als zunehmend kriminell.

Janine alias Min:	ist angeblich zu Gast bei den Sülzheimers, putzt aber täglich das Treppenhaus.
Herr Fuamoluki:	unterhält ein thailändisches Feinkostgeschäft in der Stadt und betätigt sich ehrenamtlich als Dolmetscher.
Angie:	Peggys kleine Schwester, die sich ausschließlich von Nutella ernährt – und von der Sehnsucht, Peggy den Freund auszuspannen.
Leo:	Peggys Freund, der an erster Stelle sich selber liebt, an zweiter sein Motorrad und an dritter Peggys blaue Flecken.
Lucky:	sein sockentragender Kumpel, der Caroline den Urlaub verdirbt. Jedenfalls beinahe.
Linda:	pummeliger Pechvogel mit Colaflekken auf dem einzig sauberen T-Shirt.
Pädder:	Peter auf hessisch, steht ganz oben auf der Liste: »Dinge, die die Welt nicht braucht.«
Harald:	Pädders Kumpel im gelben Cabrio.

Und zum Schluß noch die Tiere, die im Roman vorkommen, nach Größe geordnet:

Rüdi, Zerberus und Hermann: diverse Hunde, alle größer als ein Kalb und – bis auf den treuen Hermann – von wenig sympathischem Charakter.

Sigmund: Carolines neurotische Schildkröte sowie ca. vierhundertsiebzig namenlose Stechmücken.

Jule Brand

Drei Männer sind einer zu viel

Für Barbara und einen wohlverdienten Nachmittag im Liegestuhl

1.

Spirit, bist du da?« Matildas Stimme klang hohl und tief.

Unwillkürlich lief Caroline ein Schauder über den Rücken. »Wer ist Spirit?« fragte sie mit betont nüchterner Stimme.

»Psssssst!« zischte Matilda. Sie schloß die Augen, lehnte sich nach hinten und wiederholte mit hohler Stimme ihre Frage nach der Anwesenheit von Spirit. »Bist du da? Spirit, gib uns ein Zeichen!«

Franziska stupste mit ihren Fingern gegen das Glas, das mit der Öffnung nach unten auf der Tischplatte stand, in einem Kreis aus Scrabble-Buchstabenklötzchen.

Matilda spürte die Erschütterung und öffnete die Augen.

»Das war nicht ich, das war Spirit, dieser Schlingel«, sagte Franziska und kicherte.

Matilda glaubte ihr nicht. »Was soll das?« fragte sie böse. »Ihr sollt euch konzentrieren, die Fingerspitzen ganz locker an den Glasrand gelegt. Sonst kommt der Spirit nicht zu uns.«

»Wer ist denn dieser Spirit?« fragte Caroline wieder, und Franziska kicherte heftiger.

»Du Dumme, Spirit heißt Geist auf englisch«, rief Matilda. »Das sagt man so. Und jetzt halt die Klappe und konzentriere dich.«

»Spirit heißt Geist auf englisch?« wiederholte Caroline. »Aber warum spricht man englisch mit dem Geist? Warum darf ich ihn nicht einfach Geist nennen?«

Matilda sah sie wütend an. »Warum! Warum! Das ist eben einfach so! Ich bin hier der Séancenfachmann, dein Führer in die Welt der Geister. Du mußt mir schon vertrauen!«

»Genau«, sagte Franziska. »Matilda hat schließlich drei esoterische Bücher gelesen. Seitdem ist sie eine Koryphäe auf diesem Gebiet. Und wenn sie sagt, man muß englisch mit den Geistern sprechen, dann wird es schon stimmen.«

»Spötter! Zweifler!« klagte Matilda. »Warum macht ihr überhaupt mit, wenn ihr doch nicht daran glaubt?«

»Weil du gesagt hast, du kochst drei Tage hintereinander italienisch, wenn wir es tun«, antwortete Franziska prompt.

»Außerdem tatest du mir leid. Du hast dir so viel Mühe gegeben.« Caroline wies mit weit ausholender Geste ringsum. Matildas Zimmer, sonst eine gemütliche Höhle mit sonnengelben Wänden, freundlich gemusterten Stoffen und einer sehr irdischen Unordnung, war einer bemerkenswerten Veränderung unterzogen worden. Um Platz zu schaffen für den runden Tisch, den Matilda auf dem Sperrmüll gefunden hatte, waren alle beweglichen Möbelstücke und ganze Klamottenberge auf die Seite geräumt worden. Einen Teil davon hatte Matilda einfach unter einer großen Decke verborgen, anderes mußte auf dem Flur zwischengelagert werden, aber eine Menge Kram mußte sich auf unerklärliche Weise in Luft aufgelöst haben.

Der Sperrmülltisch, der jetzt in der Mitte des Zimmers stand, war keineswegs ein Glücksfund, fanden Franziska und Caroline einhellig, denn er war schwarz und klobig, mit einer spiegelblanken Oberfläche und einem kaputten Standbein. Aber Matilda sah das anders.

»Ein Wunder«, flüsterte sie, als sie den Tisch zwischen einer alten Matratze und einem vergammelten Sofa in einer Hofeinfahrt entdeckte. »Von genau so einem Tisch habe ich geträumt.« Und obwohl das Ungetüm mindestens eine Tonne schwer war und es in Strömen regnete, rollte, schob und zerrte sie ihr Fundstück nach Hause. Franziska und Caroline wollten nichts davon wissen, als Matilda ihnen vorschlug, es fortan als Küchentisch zu benutzen.

»Bring ihn zurück«, verlangte Caroline. »Wenn wir das schäbige Resopalteil hier jemals ersetzen, dann durch einen antiken Weichholztisch und nicht durch eine Geschmacksverirrung aus den späten Siebzigern.«

»Aber sieh doch nur diese blanke Oberfläche«, sagte Matilda und fuhr zärtlich mit der Hand über die Tischplatte. »Seidenglatt! Das ist ein Tisch für eine Wahrsagerin. Ein Tisch, auf dem man Karten legt, Zaubertränke zubereitet und Gläser rückt. Jede Spiritistin braucht einen solchen Tisch, das stand in dem Buch, was ich gerade gelesen habe.«

»In dem Buch stand auch, daß man sich seine Haare mit vergorenem Urin waschen soll«, wandte Franziska ein.

Matilda schüttelte den Kopf. »Nein, das stand in einem anderen Buch. Dies hier heißt: *Die moderne Hexe und ihre urbanen Kulte*. Und der Tisch ist wie für meine urbanen Kulte gemacht.«

Caroline schüttelte besorgt den Kopf, aber Franziska zuckte bloß mit den Schultern.

»Stell ihn in dein Zimmer, wenn du ihn unbedingt besitzen willst«, sagte sie zu Matilda. »Aber denk bloß nicht, daß wir dir helfen, ihn wieder rauszuschaffen, wenn du ihn loswerden willst.«

»Loswerden? Dieses Prunkstück?« Matilda schob den Tisch mit den Beinen zur Seite durch ihre Zimmertür. »Wie könnt ihr nur so etwas denken!«

»Jetzt spinnt sie total! Sie glaubt tatsächlich, eine Hexe zu sein«, meinte Caroline, aber Franziska schüttelte den Kopf. »Das ist nur eine vorübergehende Phase. Versuch es zu ignorieren.«

»Wie denn?« seufzte Caroline. »Sie hängt Knoblauch in meinem Zimmer auf und legt heimlich komische kleine Glaspyramiden unter mein Bett. Außerdem bin ich fast sicher, daß sie unser Müsli durch eine geheime Zauberzutat erweitert hat!«

Franziska grinste. Immer wenn Matilda sich einer neuen Sache widmete, tat sie es mit einer Hingabe, die einen erschrecken konnte. Franziska kannte ihre wirrköpfige Cousine allerdings zu lange, um zu erschrecken. Wie war das damals, als Matilda ihre Liebe zu Grünpflanzen entdeckte und genauso abrupt wieder verlor? Und dann die nervenaufreibenden Wochen, in denen Matilda davon überzeugt war, ein picassomäßiges Talent für die Malerei zu besitzen! Erst nach etlichen Metern vollgekleckster Leinwand kündigte sie ihr Abonnement für die »Palette« und entschied, sich lieber ihrer Sammelleidenschaft für nostalgische Papierpuppen hinzugeben. Es war immer das gleiche mit Matilda. Unterwasserballett, alte Burgen, Arztromane, selbstgemachte

Pralinen, tibetanische Hirtenhunde – eine Begeisterungswelle löste die andere ab und hinterließ nichts als Erinnerungen in Form von Minizimmerlinden und Birkenfeigenablegern, Schuhkartons voller Papierpuppen und Romanheftchen und kleine Hundebabys, die zu riesengroßen Bettvorlegern heranwuchsen. Matilda verstand es allerdings, diese Erinnerungsstücke vor allem hilfsbereiten, weichherzigen Freunden und Verwandten aufs Auge zu drücken. Da ihr Interesse in der Regel genauso plötzlich wieder erlahmte, wie es begonnen hatte, konnte es geschehen, daß sie bei eben diesen hilfsbereiten und weichherzigen Verwandten und Freunden die Nase rümpfte, weil es nach Hund roch und die Wohnung für ihren Geschmack zu viele Grünpflanzen und nostalgische Papierpuppen aufzuweisen hatte.

Das einzig Ausdauernde in Matildas Leben war ihre Liebe zur Musik und ihr Interesse an Männern. Aus diesem Grunde maß Franziska der neuentdeckten Leidenschaft fürs Übersinnliche nicht besonders viel Bedeutung bei. Man mußte nur Geduld mit ihr haben und das Spiel eine Zeitlang mitspielen. Dann erlahmte ihr Eifer automatisch, und sie würde sich zu langweilen beginnen.

Caroline zweifelte daran. »Gestern hat sie in einem kleinen Mörser stinkende Kräuter zerstoßen und dabei merkwürdige Silben vor sich hin gemurmelt. Als ich gefragt habe, was sie da spräche, sagte sie, das sei babylonisch, die Sprache der ältesten und berühmtesten Zauberer der Antike. Verstehst du? Sie lernt für diesen Hokuspokus auch noch Fremdsprachen! Wenn du mich fragst, ist dieses Gebiet zu weitläufig, um Matilda jemals zu ermüden! Und das schlimmste ist, daß sie mir richtig unheimlich wird. Ich könnte schwören, daß ihre Augen demnächst im Dunkeln glühen.«

Immerhin hatte Franziska Caroline davon überzeugen können, bei Matildas erster spiritistischer Sitzung mitzumachen.

»Gläserrücken ist lustig«, meinte sie. »Jedenfalls, solange man nicht daran glaubt.«

»Vielleicht glaube ich ja daran«, seufzte Caroline. »Ich habe jedenfalls kein gutes Gefühl dabei. Was ist, wenn die Geister unangenehme Dinge verraten, solche, die ich gar nicht wissen will?«

Franziska lachte. »Ich werde schon dafür sorgen, daß die Geister dir lauter nette Dinge sagen«, meinte sie mit vielsagendem Blick auf ihre Fingerspitzen.

»Also gut«, willigte Caroline ein. »Ich mache mit. Dann frage ich die Geister, wann ich mich endlich mal wieder verliebe.«

Aber erst einmal mußte sich ein Geist – Pardon, Spirit – bequemen, zu ihrer Sitzung zu erscheinen. Bis jetzt hatte sich auf Matildas intensive Fragen – »Bist du da, Spirit? Bitte gib uns ein Zeichen!« – nichts gerührt. Matilda schob das auf die mangelnde Konzentration der Runde. Sie musterte ihre Mitbewohnerinnen mit einem Blick, der aufgrund der dicken Kajalumrandung besonders streng wirkte. Franziska und Caroline senkten brav den Kopf, hielten ihre Fingerspitzen locker an den Glasrand gelegt und bemühten sich, nicht zu kichern. Eine Weile war es mucksmäuschenstill im Raum.

Wieder ging ein Ruck durch das Glas.

»Bist du da, Spirit?« fragte Matilda begeistert.

Das Glas bewegte sich. Beinahe lautlos glitt es über den Tisch. Caroline lief erneut ein Schauder über den

Rücken. Franziska blickte scharf auf Matildas Fingerspitzen. Sicher hatte die kleine Hexe die Geduld verloren und schob das Glas an.

»Bist du da?« fragte sie wieder.

Das Glas fuhr zum J-Klötzchen und wanderte dann langsam hinüber zum A.

»J – A«, sagte Matilda triumphierend. »Ja! Wir haben Kontakt. Spirit, wer bist du? Verrätst du uns deinen Geisternamen?«

Das Glas zog einen weiten Kreis. Dann fuhr es in erstaunlicher Geschwindigkeit von einem Buchstaben zum nächsten und bildete das Wort HEINZ.

»Heinz?« wiederholte Caroline verblüfft, und Franziska kicherte. »Das ist ein wirklich unheimlicher Geistername.«

Aber Matilda ließ sich nicht beirren. »Dein Name ist also Heinz? Heinz, möchtest du uns ein paar Fragen beantworten?«

»Ja«, schrieb das Glas.

»Danke«, erwiderte Matilda artig. »Willst du uns verraten, wann und wie du gestorben bist?«

»Das ist eine sehr intime Frage«, sagte Caroline hastig. »Sicher will er uns das nicht verraten. Und ich will es auch gar nicht wissen. Kannst du nicht eine andere Frage stellen? Eine, die nichts mit Tod und Verwesung zu tun hat?«

»Nur so zur Einstimmung? Also gut.« Matilda rollte die Augen. »Heinz? Kennst du meine Großmutter? Kannst du uns ihren Namen nennen?«

Sofort bewegte sich das Glas auf das L zu. L-E-O-N-O-R-A buchstabierte es, und Matilda quiekte begeistert. »Richtig«, rief sie. »Das ist richtig.«

Das Glas wanderte unaufgefordert weiter.

»E-S-G-E-H-T-I-H-R-G-U-T«, las Caroline. »Es geht ihr gut«, sagt Heinz.

»Toll«, erklärte Franziska spöttisch. »Na, Heinz, kennst du denn auch den verstorbenen Großonkel meiner Mutter, den Onkel Max?«

»Maximilian«, schrieb Heinz. »Ihm geht es auch gut.«

»Wie schön«, sagte Caroline gerührt.

»Heinz kennt wirklich jeden dort im Jenseits.« Franziska war zufrieden. Ihre Mutter hatte überhaupt keinen Großonkel namens Max. Ihre Hand erlahmte allmählich. Sie wechselte sich mit der anderen Hand ab. »Können wir jetzt mal was anderes fragen?«

»Ja, etwas über uns«, sagte Caroline mit roten Wangen.

Das Glas machte einen unkontrollierten Satz nach vorne und rutschte dann unschlüssig auf der Tischplatte hin und her.

»Was ist denn jetzt los?« fragte Matilda verwundert.

»Vielleicht hat Heinz einen Schluckauf«, meinte Franziska schadenfroh.

Das Glas schob sich zu einem Buchstabenklötzchen. Es war das I. Dann fuhr es in blitzschneller Abfolge von einem Buchstaben zum nächsten.

»I-C-H B-I-N N-I-C-H-T H-E-I-N-Z«, buchstabierte Matilda atemlos.

»Nanu.« Caroline lief erneut ein Schauder über den Rücken. Das Licht in der Glühbirne an der Decke flakkerte leicht. »Hören wir lieber auf.«

Das Glas hastete unbeirrt von Buchstabe zu Buchstabe.

»Mein Name ist Amadeus«, schrieb es und fuhr dann

wie triumphierend dreimal im Kreis. Das Ganze war so schnell geschehen, daß die Mädchen Mühe hatten, zu folgen, geschweige denn zu jedem Zeitpunkt die Finger am Glasrand zu behalten.

Alle Achtung! dachte Franziska. Matilda ist wirklich eine wunderbare Glasrückerin.

»Willkommen, Amadeus«, sagte die wunderbare Glasrückerin prompt. »Wir freuen uns, dich kennenzulernen.«

Ich nicht, dachte Caroline. Heinz war ihr sympathischer gewesen.

Das Glas zog einen weiteren Kreis. Dann stupste es hintereinander fünf Buchstaben an.

»F-R-A-G-T«, wiederholte Matilda. »Wer von euch möchte anfangen?«

Caroline schüttelte den Kopf, und Franziska wechselte erneut die Hand am Glas.

»Also gut, dann fange ich an«, erbot sich Matilda. »Du weißt, ich treffe mich derzeit mit zwei Männern, Amadeus, mit Fabian und mit Karsten. Sie wissen nichts voneinander, weil ich keinen unnötig vor den Kopf stoßen will, bis ich mich entschieden habe. Ich weiß aber nicht, für wen ich mich entscheiden soll. Kannst du es mir sagen?«

»Das hättest du auch mich fragen können«, murmelte Franziska. »Dieser Karsten hat einen IQ wie Brot.« Sie drängte das Glas mit ihren Fingerspitzen sanft zum F wie Fabian. Aber das Glas wollte nicht. Mit aller Kraft – Franziska vermutete, daß es sich hier um Matildas Kraft handelte – schob es zum B. Franziska gab nach. Es wäre vielleicht interessant, zu erfahren, wie Matilda die Sache sah.

»B-Ö-S-E-S-S-P-I-E-L«, schrieb das Glas. »Spaß. Entscheidung heißt Langeweile.«

»Der kennt dich aber gut«, staunte Caroline.

»Ich will mich aber wirklich entscheiden«, beteuerte Matilda. »Bitte, Amadeus, sag mir, welcher von beiden besser für mich ist.«

»Zeit«, antwortete der Geist. »Karsten scheidet aus.«

»Das finde ich gut«, sagte Franziska zufrieden.

»Zeit? Was bedeutet denn Zeit?«

Das Glas fuhr zielstrebig zu den Zahlenklötzchen und stupste die 3 an.

»Drei?« Matilda runzelte die Stirn. »Drei Tage? Monate? Jahre?«

»M-Ä-N-N-E-R«, schrieb das Glas.

»Drei Männer«, wiederholte Franziska. »Drei Männer, und Karsten scheidet aus. Nach einer bestimmten Zeit. Das ist doch eine klare Aussage.«

»Aber wer ist der dritte Mann?«

»G-E-F-A-H-R«, das Glas war wieder unterwegs. »D-E-N-K A-N L-O-C-K-E-N-K-O-P-F.«

»Gefahr, denk an Lockenkopf«, wiederholte Franziska nachdenklich. Matilda hatte wirklich ein ausgesprochen wirres Unterbewußtsein. Oder war es am Ende Caroline, die schob? Franziska jedenfalls hatte das Glas kein bißchen manipuliert.

»Das verstehe ich nicht«, murmelte Matilda enttäuscht. »Vielleicht fragt mal einer von euch etwas?«

»Ich«, sagte Caroline eifrig. »Ich möchte gerne wissen, ob ich auch einem Mann begegne in der nächsten Zeit, Amadeus.«

Das Glas zuckte nur. Franziska, Matilda und Caroline warteten eine halbe Minute. Dann begann Caroline wieder zu sprechen. »Bitte, du mußt mir antworten, Amadeus. Ich bin jetzt schon wieder vier Monate ohne Freund. Und das schlimmste ist, daß ich, wie du sicher weißt, immer noch – äh – Jungfrau bin. Und das mit einundzwanzig Jahren. Ich möchte nur wissen, ob ich irgendwann meinem Traumprinzen begegnen werde.«

Das Glas rührte sich immer noch nicht. Franziska wurde böse auf Matilda. Eben noch hatte sie wie blöde geschoben, und jetzt, wo es um Carolines Seelenheil ging, rührte sie keinen Finger mehr. Franziska hatte Mitleid mit Caroline. Sie drückte leicht gegen den Glasrand, und prompt setzte es sich in Bewegung. Franziska schob es bis zum I.

»I«, rief Caroline freudig erregt.

Um den nächsten Buchstaben zu schreiben, mußte Franziska das Glas zu sich heranziehen, was gar nicht so einfach war, ohne die Finger zu bewegen. Matilda mußte wochenlang geübt haben, um diese Fingerfertigkeit zu entwickeln. Sehr langsam hatte das Glas schließlich das Wort »Initiative«, geschrieben. Den Rest, dachte Franziska leicht erschöpft, sollte sich Caroline gefälligst selber zusammenreimen.

»Initiative«, wiederholte Caroline aufgeregt. »Soll das heißen, daß ich die Initiative ergreifen soll, um einen Mann kennenzulernen?«

»Ja«, sagte Franziska bestimmt und warf Matilda einen lauernden Blick zu. Daß sie sich so einfach das Zepter aus der Hand nehmen ließ, hätte sie nicht gedacht.

»Und woran werde ich erkennen, daß es der Richtige ist?« wollte Caroline von Amadeus wissen. »Bei dem sich eine Initiative lohnt?«

Das Glas zog eine unruhige Runde. »Aha«, dachte Franziska, »Matilda ist es zu langweilig geworden.«

»S-T-I-M-M-E«, schrieb das Glas.

Caroline raufte sich mit ihrer freien Hand die roten Locken. »Immer diese Rätsel«, jammerte sie. »Kannst du nicht mal konkret werden? Wann und wie werde ich ihn kennenlernen, den Traummann?«

Das Glas fuhr in immer schneller werdenden Kreisen über den Tisch, so, als wollte es Schwung holen.

Franziska verspürte deutlich einen kalten Lufthauch in ihrem Rücken. »Es zieht«, sagte sie und konnte nicht verhindern, daß sie eine Gänsehaut bekam.

»Huh, ist das gruselig«, flüsterte Caroline, und Matilda bekam vor Eifer glänzende Augen. Das Glas hatte jetzt wieder das alte Spitzentempo erreicht. Franziska fiel es schwer, die Finger auf dem Glasrand zu halten. Das Glas hatte eine beinahe unheimliche Geschwindigkeit. Da, jetzt hatten auch Matildas Finger den Kontakt für eine Sekunde verloren, Franziska hatte es genau gesehen. Dennoch raste das Glas weiter.

»Physik«, dachte sie erschrocken. »Das Glas hatte eben so viel Schwung von vorher«, aber die Sache war ihr dennoch nicht geheuer. Zu allem Überfluß begann die Glühbirne über ihnen zu knirschen, das Licht flackerte, und jetzt wurden Caroline und Franziska nur noch von ihrer Neugier gehindert, aus dem Zimmer zu laufen.

Da endlich begann das Glas zu schreiben. Atemlos entzifferten sie eine lange Botschaft: »Initiative war richtig, Zweiflerin, dein Mann kommt über die Zeitung, Lockenkopf, Freundschaft in Gefahr, habt acht und tauscht, was besser paßt.«

Das Glas schob sich langsam in die Mitte des Kreises und stand still. Franziska nahm die Finger vom Rand und rieb sich den Arm.

»Ich kann nicht mehr«, sagte sie.

Matilda rätselte über die Bedeutung der Botschaft nach. »Habt ihr das verstanden? Ich nicht.«

»Wenn nicht du, wer dann?« fragte Franziska, obwohl sie nach diesem Erlebnis leise Zweifel hatte, ob Matilda das alles tatsächlich ganz ohne Hilfe aus dem Jenseits bewerkstelligt hatte.

»Initiative war richtig, Zweiflerin«, wiederholte sie. »Das heißt, daß Caro zukünftig bei der Suche nach dem richtigen Mann die Initiative ergreifen soll; selber tätig werden, heißt die Devise.«

»Und was heißt *Zweiflerin*?« wollte Caroline wissen.

Franziska hatte eine Theorie dazu, aber die wollte sie nicht näher erläutern.

»Dein Mann kommt in der Zeitung, *Lockenkopf*«, sagte Matilda. »Der Lockenkopf bist du, Caroline, und dein Mann ist vielleicht berühmt, ein Schauspieler oder so.«

»Nein«, rief Franziska. »Es hieß *über* die Zeitung, nicht in der Zeitung. Es bedeutet, Caroline muß eine Kontaktanzeige aufgeben!«

»Das mache ich niemals«, erklärte Caroline sofort.

»Das stimmt«, sagte Matilda. »Über die Zeitung bedeutet, eine Anzeige aufgeben. Wir helfen dir dabei, es wird furchtbar lustig. So was wollte ich schon immer mal getan haben.«

»Aber das ist unheimlich, findet ihr nicht: *Freundschaft in Gefahr*«, murmelte Caroline. »Gefahr. Ich sollte es besser nicht tun. Als Amadeus das geschrieben hat, wurde es ganz kalt im Raum.«

»Und *tauscht, was besser paßt,* das soll heißen, daß du mir deine rote Brokatweste leihen sollst«, schlug Franziska vor. »Das ist doch ganz einfach.«

»Toll«, rief Caroline.

»Jetzt haben wir Amadeus noch gar nicht gefragt, ob Cornelius der Richtige für Franziska ist«, meinte Matilda und griff erneut nach dem Glas.

Franziska hob abwehrend die Hände. »O nein«, rief sie. »Ich habe genug von diesem Hokuspokus. Und Spirit hat uns für heute genug verraten.«

»Möchtest du nicht wissen, ob Cornelius der Richtige ist?« erkundigte sich Caroline.

»Nö«, erwiderte Franziska. »Am Ende sagt das Glas, wir bekommen im nächsten Jahr Vierlinge oder sonst was Gräßliches.«

»Also gut«, meinte Matilda. »Dann erkläre ich die Sitzung hiermit für beendet.« Mit einer völlig undramatischen Geste fegte sie die Buchstabenklötzchen auf dem Tisch zusammen. »War das nicht eine großartige Erfahrung? Wir hatten Kontakt mit echten Geistern. Das muß man sich mal vorstellen.«

»Ja.« Caroline erhob sich. »Es war so unheimlich, daß ich mich jetzt nicht traue, allein aufs Klo zu gehen. Kommt einer mit?«

»Das lassen wir gar nicht erst einreißen«, meinte Franziska. »Du gehst schön allein.«

Als Caroline das Zimmer verlassen hatte, drehte Franziska sich zu ihrer Cousine um und lächelte. »Das hast du gut gemacht«, sagte sie.

»Ja, nicht wahr?« Matilda lächelte auch. »Dafür, daß es meine erste Séance war. Ich hatte die Luft vorher mit Weihrauch gereinigt, eine weiße Kerze abgebrannt und auf dem Fußboden allerhand Kräuter ausgestreut. Deshalb haben sich uns nur gute Geister genähert.«

»Ja, dieser Heinz war wirklich hundekuchengut«, kicherte Franziska. »Und was der alles wußte!«

»Amadeus wußte mehr«, gab Matilda zu bedenken. »Er hat einfach bessere Auskünfte gegeben, jedenfalls was die Zukunft betrifft. Er war sicher schon ein paar Geisterstufen höher. Ich bin überzeugt, wenn Caroline eine Annonce aufgibt, lernt sie auch den Mann ihres Lebens kennen.«

»Ach, Tilda, jetzt hör bloß auf! Bei mir mußt du den Quatsch nicht spielen«, sagte Franziska lachend. »Ich finde die Idee mit der Annonce wunderbar. Aber wir beide wissen, daß es deine Idee ist.«

Matilda starrte sie – im wahrsten Sinne des Wortes – entgeistert an. »Wie bitte? Aber du hast es doch selber miterlebt! Wie kannst du daran zweifeln?«

Franziska wandte sich zur Tür. »Ganz einfach«, sagte sie, senkte die Stimme und fügte mit italienischem Akzent hinzu: »Isch 'abe über'aupt keinen Onkel Max.«

Ihr albernes Gelächter schallte über den Flur.

Matilda schüttelte den Kopf. »Das verstehe ich nicht«, sagte sie zu sich selbst. »Ich habe jedenfalls nicht geschoben.«

2.

Matilda, Caroline, Franziska und Carolines verwöhnter Schildkröterich Sigmund wohnten nun schon im dritten Semester zusammen in einer Wohnung.

»Das ist ein Wunder«, sagte Franziskas Freund Cornelius manchmal. »Ich hätte nicht gedacht, daß die Bude das so lange durchhält. Wenn man es genau nimmt, wird sie doch nur von Spachtelmasse und Farbe zusammengehalten.«

Für Cornelius war die Vorstellung, in einem Haus zu leben, dessen letzte Renovierung vor seiner Geburt stattgefunden hatte, grauenhaft. Heimlich träumte er davon, Franziska aus dieser Umgebung zu befreien und mit ihr in ein baubiologisch einwandfreies Haus zu ziehen, dessen Wände ohne Farbe auskamen.

Aber Franziska dachte nicht daran, sich befreien zu lassen. Sie liebte die bunte Wohnung, sie liebte ihre Mitbewohnerinnen, und vor allem liebte sie die Art und Weise, wie sie in ihrer Bruchbude hausten. Jeder hatte sein eigenes Zimmer, es gab neben dem Flur ein gemeinsames Badezimmer und eine gemütliche Küche, die sich wunderbar für konspirative nächtliche Treffs eignete, bei denen der Kühlschrank geplündert und Lösungen für so manches Problem ausgetüftelt wurden.

Als sie neulich nachts um halb zwei zu dritt einen Käsekuchen direkt von der Platte aßen, meinte Caroline, sie seien ein bißchen wie die Golden Girls, nur sechzig Jahre jünger.

»Franziska ist Dorothy, immer vernünftig und ein bißchen zynisch, und Matilda ist genau wie diese eingebildete Nymphomanin, die jede Nacht einen anderen hat und sich für unwiderstehlich hält.«

»Und du bist die Strohdumme mit der Piepsstimme, die immer Geschichten aus Sankt Olaf erzählt«, ergänzte Matilda. »Ich hasse diese Serien, bei denen Caro immer ihre Gymnastikübungen macht.«

Caroline hatte einen riesigen Fernseher von zu Hause mitgebracht, der nur phasenweise in Betrieb war, denn in der WG gab es meist Aufregenderes zu tun. Außerdem hatten alle drei Mädchen unterschiedliche Vorlieben und Gewohnheiten. Cornelius hatte ihnen einen fahrbaren Untersatz gebastelt, auf dem sie das schwere Gerät von einem Zimmer ins nächste schieben konnten, je nachdem wer gerade Lust darauf hatte. Matilda zum Beispiel war ganz wild auf alte Hitchcock-Filme, die spätabends in den dritten Programmen wiederholt wurden, aber allein gruselte sie sich beinahe zu Tode. Deshalb mußten entweder Franziska oder Caroline oder alle beide neben ihr sitzen, von Matilda mit fettreduzierten Chips oder Vanilleeiscreme bestochen. So kuschelten sie sich unter Matildas Plumeau in ihrem riesigen Himmelbett, knabberten Chips und wärmten sich gegenseitig die Füße.

»Mein Gott, wie gruselig«, flüsterte Matilda dann und kreischte tatsächlich jedesmal vor Entsetzen auf, wenn der Mörder um Mitternacht kam.

Caroline konnte sie nicht verstehen. »Du siehst diese Szene jetzt schon zum hundertsten Mal, Matilda. Wieso gruselst du dich immer noch?«

»Ich verstehe nicht, wie man sich nicht gruseln kann«, flüsterte Matilda dann und kaute an ihren Fingerknöcheln.

Caroline liebte High-School-Serien aus den USA, aber

dieser Leidenschaft frönte sie lieber im verborgenen. Mit einundzwanzig ist man zu alt, um das öffentlich zuzugeben. Außerdem pflegte sie, bei *Beverley Hills 90210* ihre Bauchmuskelübungen zu machen, damit wenigstens etwas Gutes dabei herumkam.

Franziska konnte man nur vor den Fernseher locken, wenn so herrliche Schmachtfetzen kamen wie *Pretty Woman* oder *Harry und Sally*. Ansonsten hielt sie Fernsehen für ein ungesundes Vergnügen.

»Weil ich immer sofort Hunger auf Eis oder Chips verspüre, wenn die Kiste an ist«, sagte sie. »Darauf bin ich in früher Kindheit klassisch konditioniert worden. Ich treffe mich lieber nachts mit euch in der Küche und löse eure vielfältigen Probleme.«

»In letzter Zeit hattest du weit mehr Probleme als wir«, sagte Matilda empört. »Wenn ich nur an deine Scheinschwangerschaft denke oder an deinen Beziehungsfrust mit Cornelius. Nur weil du jetzt mal fünf Wochen lang keine lauten Zweifel geäußert hast, bist du noch lange nicht der Problemlöser vom Dienst.«

»Da hat sie recht«, pflichtete ihr Caroline bei. »Du und Cornelius, ihr habt im letzten Jahr für mehr Aufregung gesorgt als Matilda mit ihren hundert Männern. Obwohl ihr ja eigentlich füreinander geschaffen seid.«

»Kann schon sein«, seufzte Franziska. »Seit unserer großen Versöhnung gibt es jedenfalls keinen Grund mehr, zu meckern. Irgendwie klammert er nicht mehr so. Und er sagt mir nicht ständig, wo er hingeht und wie er seinen Tag verbracht hat. So ist es viel spannender.«

»Du hast es gut«, sagte Caroline. »Ich wünschte, ich hätte auch so einen Cornelius. Einen, der für mich geschaffen ist.«

Matilda lachte boshaft. »Wenn du auf den wartest, bleibst du ewig Jungfrau. Solche wie du drücken das Durchschnittsalter fürs erste Mal gleich um mehrere Jahre nach oben.«

Wenn Matilda so etwas sagte, rannte Caroline meistens ins Badezimmer. Dort kontrollierte sie, ob sie so alt aussah, wie sie sich fühlte, ob der Zahn der Zeit schon sichtbar an ihr genagt hatte. Manchmal bildete sie sich ein, eine Art Krähenfuß am Auge entdeckt zu haben, und dann konnte es vorkommen, daß sie ein paar Tränen ins Waschbecken vergoß. Einundzwanzig und noch Jungfrau! Wenn das kein wirklich heftiges Problem war!

Am Morgen nach der denkwürdigen Séance mit Amadeus war das Thema wieder Dreh- und Angelpunkt in Carolines Frühstückszeremonie.

Während sie Zwieback in Milch zerbröselte (»Widerlich«, sagte Matilda, die das Frühstück meistens ausfallen ließ), seufzte sie schwer. »Wenn ich doch ein bißchen wie Matilda wäre, Franziska. Dann hätte ich wenigstens drei Männer zur Auswahl, die nichts lieber täten, als mit mir ins Bett zu gehen.«

»Drei?« schnaubte Matilda. »Daß ich nicht lache.«

»Ich meine, drei könntest du sofort und aus dem Stegreif mobilisieren«, sagte Caroline. »Aber ich, ich kenne nicht mal einen, der in Frage käme. Denn egal, was ihr sagt, ich finde, man sollte wenigstens verliebt sein, wenn man *ES* tut.«

»Das ist das mindeste«, stimmte Matilda zu. »Jedenfalls beim ersten Mal.«

»Eben deshalb sollst du ja auch diese Anzeige aufgeben«, erinnerte sie Franziska.

»Ich weiß nicht.« Caroline schüttelte den Kopf. »Angenommen, ich lerne dabei wirklich einen tollen Typ kennen, was ich, unter uns gesagt, für beinahe ausgeschlossen halte, denn tolle Typen lesen keine Kontaktanzeigen – äh, also, wenn ich trotzdem einen kennenlernen würde, dann könnte ich mich gar nicht in ihn verlieben, weil – Gefühle kann man eben nicht auf Knopfdruck erzeugen.«

»So wichtig ist das mit dem Verliebtsein auch schon wieder nicht«, sagte Matilda, aber Franziska stieß sie in die Rippen.

»Warte es erst mal ab«, sagte sie. »Wenn es der Richtige ist, kommt alles andere von allein.«

»Aber wenn der Richtige keine Zeitung liest?« wandte Caroline ein.

»Dann hast du einfach ein bißchen Geld in den Wind geschoben«, sagte Matilda ungeduldig. »Aber das wird ein toller Spaß, du wirst sehen.«

»Für euch vielleicht«, maulte Caroline, weit davon entfernt, begeistert zu sein. »Ihr könnt euch dann auf meine Kosten amüsieren.«

Franziska lachte. »Also, ehrlich gesagt, da ist ein bißchen was Wahres dran. Ich wollte immer schon mal sehen, wer sich auf eine Kontaktanzeige hin meldet. Ich meine, was für Typen sind das? Wie sehen die aus, warum machen die so was und so weiter? Ich finde das ungeheuer spannend.«

»Ich auch«, sagte Matilda.

Caroline seufzte. »Ich auch.«

»Na also«, rief Franziska. »Dann betrachte es einfach als ein Studienprojekt. Wenn du schon keinen Traummann triffst, dann hattest du wenigstens eine Menge Spaß.«

»Und wir auch«, ergänzte Matilda. »Heute nachmittag werden wir einen richtig guten Text entwerfen. Du solltest schon mal ein paar einschlägige Magazine besorgen.«

»Wie meinst du das?«

»Na ja, wir brauchen ein paar Formulierungsanregungen. Du kaufst Zeitschriften, in denen Kontaktanzeigen sind, ganz einfach.«

»Ich dachte, ich annonciere einfach im Stadtanzeiger«, sagte Caroline.

»Bist du dämlich?« Franziska stand auf, nahm ihren Rucksack und warf sich die Rollerblades über die Schultern. »Dann bekommst du nur Antworten von naturverbundenen Mittvierzigern, die sich nach zärtlichen Stunden mit einer Frau, attraktiv in Jeans und Abendkleid, zum Wandern und Pilzesuchen, sehnen. Such dir Zeitschriften mit einem etwas jüngeren Zielpublikum.«

Caroline kaufte am Kiosk verschiedene Szenemagazine, die Stadtillustrierte und so weiter. Als sie schwerbepackt nach Hause kam, hatte Franziska Kakao gekocht und einen Teller voller Schokoladenkekse bereitgestellt. Matilda zündete ein paar Teelichter an und verteilte sie malerisch auf der Fensterbank.

Caroline zählte die Tassen auf dem Tisch und kam zu einem entsetzlichen Schluß. »Mit wem habt ihr unser Geheimnis geteilt, ihr Klatschbasen?«

»Ollie und Benedikt kommen«, erklärte Franziska. »Sie können uns helfen. Ollie hat vorige Woche ein Marketingseminar besucht.«

»Toll. Ich werde vor Scham im Boden versinken. Könnt ihr denn nichts für euch behalten?«

»Jetzt stell dich nicht so an! Sie werden uns helfen, das Ganze aus der Sicht der Männer zu beurteilen.«

»Ollie und Benedikt sind schwul«, empörte sich Caroline.

»Ja, leider«, seufzte Matilda. »Sonst wäre dein Problem längst gelöst. Gleich zwei Kandidaten, nur eine Etage über uns. Das wäre aber auch zu schön, um wahr zu sein.«

»Schwul oder nicht schwul, sie sind trotzdem Männer«, erklärte Franziska. »Und haben eine männliche Denkweise. Genau das brauchen wir für diese schwierige Angelegenheit.«

Es klingelte prompt. Franziska ging zur Tür.

»Männliche Denkweise, pah!« Matilda lachte. »Wenn es um Sex geht, denken Männer überhaupt nicht.«

Caroline setzte sich mißmutig an den Tisch. »Ich finde es einfach nur peinlich. Müßt ihr denn immer aller Welt erzählen, was hier los ist.«

»Hey, das sind doch nur wir«, sagte Ollie vom Flur aus. Er war ein gutaussehender Typ, und nett war er auch. Nicht nur Matilda bedauerte von Zeit zu Zeit, daß er schwul war. Auch Franziska und Caroline fanden ihn, heimlich ausgesprochen, attraktiv. Aber er war leider schon vergeben. Sein Freund Benedikt studierte wie er Modedesign, und auch er war ausgesprochen nett.

»Aber er ist rothaarig«, sagte Matilda manchmal. »Da ist es nicht so schlimm, daß er schwul ist.«

»Ja«, stimmte Franziska ihr in der Regel zu. »Rothaarige Männer dürften ruhig alle schwul sein.«

Und Caroline fuhr sich mit der Hand durch die roten Locken und seufzte. »Vielleicht denken Männer das gleiche ja von rothaarigen Frauen, und das ist der Grund, warum ich immer noch Jungfrau bin.«

Das dachte sie auch jetzt. »Was meint ihr, soll ich in die Anzeige schreiben, daß ich rote Haare habe?« fragte sie. »Damit es keine böse Überraschung gibt, wenn sie es sehen?«

»Rote Haare sind doch toll«, widersprach Benedikt. »Ich weiß gar nicht, was du hast.«

»Männer stehen auf Rothaarige«, sagte auch Franziska. »Julia Roberts und die Frau von Tom Cruise sind auch rothaarig.«

»Die sind mittlerweile beide blond«, widersprach Matilda. »Aber das muß ja nichts heißen. Nicole Kidman hat Tom Cruise geheiratet, als sie noch rothaarig war.«

»Ich kann Tom Cruise nicht ausstehen«, sagte Caroline. »Wenn ich in die Anzeige schreibe, daß ich rothaarig bin, melden sich sicher lauter Tom-Cruise-Typen.«

»Es gibt Schlimmeres«, sagte Ollie.

Franziska schenkte Kakao in die großen Henkeltassen und schlug eines der Magazine auf, die Caroline gekauft hatte.

»Vielleicht solltest du einfach auf eine Anzeige antworten, statt eine aufzugeben. Zum Beispiel auf diese hier: ›Du bist siebzehn bis zweiundzwanzig Jahre jung, fühlst dich allein? Gut, wenn wir noch andere Gemeinsamkeiten haben, dann melde dich.‹«

»Bißchen dünn, die Information«, meinte Benedikt und griff ebenfalls nach einer Zeitschrift.

»Na dann, vielleicht dieser hier: ›Hilflos bist du ans Bett gefesselt ... machtlos geworden ... Phantasie und Wirklichkeit werden eins. Wenn du das suchst, was du bei mir bekommst, melde dich ...‹«, las Franziska vor.

»Oh, ist ja ekelhaft«, empörte sich Caroline. »Und solche Typen sind es auch, die diese Anzeigen lesen, da könnt ihr euch drauf verlassen. Wahrscheinlich melden sich nur Psychopathen auf meine Annonce. Wie schrecklich! Dann überlebe ich meine erste Liebesnacht womöglich nicht.«

»Du suchst was Romantisches?« erkundigte sich Benedikt. »Hier ist was für dich: ›Suche attraktiven Schmunzelhasen für eine streßfreie Beziehung, in der es endlich mal nichts zu meckern gibt. Du solltest ein echter Schatz zum Verlieben sein, mit Humor, Herz und Verstand. Ich selber bin 28, Unternehmer, sportlich begeistert und studiert.‹«

»Was soll daran romantisch sein?« fragte Caroline. »Schmunzelhase, hahaha! Und Herz, Humor und Verstand – diese Kombination aus Platitüden macht mich nun wirklich nicht an.«

»Gut, dann gefällt dir vielleicht der. Der sucht nämlich genau deinen Typ. ›Verzweifelt suche ich, 21, eine nette rothaarige Sie, die reif genug ist für eine feste Beziehung und Clubs und Rave genauso gerne mag wie ich zärtliche Stunden zu zweit. Also schreib mir schnell, bevor ich statt Techno die Kelly Family höre.‹«

»Was hat er gegen die Kelly Family?« maulte Caroline. »Wenn man die nur hört und nicht sehen muß, sind die gar nicht übel.«

»Wenn der Typ so verzweifelt sucht, wundere ich mich nicht mehr, wo alle die Kelly-Family-Fans herkommen«, meinte Matilda. »Ich denke, Caroline muß wirklich eine eigene Anzeige aufgeben. Lies mal vor, ob die Frauen phantasievoller sind.«

»Klar, diese hier zum Beispiel: ›Dominante Schönheit

sucht devoten Herrn für eine seriöse Dauerbeziehung, Akademiker oder Geschäftsmann mit Haus bevorzugt‹«, las Benedikt. »Das ist doch wieder mal typisch.«

»Wir müssen uns schon selber was ausdenken«, meinte Franziska. »Caro, nun sag uns doch mal, was du am liebsten tust.«

Caroline überlegte nicht lange. »Am allerliebsten lese ich Krimis. Oder so Schmöker wie *Vom Winde verweht.* Oder psychologische Fachbücher. Oder die Romane von Sten Nadolny. Oder ...«

»Also jede verdammte Buchstabensuppe weit und breit«, unterbrach sie Matilda. »Was für eine wunderbare Freizeitbeschäftigung. Es wird nur so hageln von tollen Männerbriefen.«

»Gar nicht so übel«, befand Ollie. »Schreib: Liebhaberin von Buchstabensuppen aller Art sucht – was suchst du, Caroline?«

»Einen Mann, der mich defloriert«, antwortete Caroline und wurde rot.

»Der dich – was?« Benedikt kratzte sich am Kopf.

»Entjungfert«, erklärte Franziska.

»Du wirst säckeweise Post bekommen, wenn du das schreibst«, meinte Benedikt. »Liebhaberin von Buchstabensuppen aller Art sucht Traumprinz fürs erste Mal.«

»Aber vorher möchte sie sich noch verlieben.«

»Rothaarige Liebhaberin von Buchstabensuppen aller Art sucht Mann fürs erste Mal, bevorzugt mit viel Kohle, der auch ihre beiden Freundinnen mit großzügigen Geschenken bedenkt«, ergänzte Matilda. »Das ist ja wohl das mindeste.«

»Blödsinn!« sagte Ollie. »Wie soll er denn genau sein, dein Entjungferer? Noch kannst du es dir ja aussuchen.«

»Äußerlich ungefähr wie Keanu Reeves«, antwortete Caroline. »Und innerlich wie der Glöckner von Notre-Dame.«

»Liebhaberin von Buchstabensuppen aller Art sucht Mischung aus Keanu Reeves und dem Glöckner von Notre-Dame fürs erste Mal«, schrieb Franziska. »Das klingt doch witzig.«

»Liebhaberin von Buchstabensuppen aller Art, 21, rothaarig, zierlich, sucht Mischung aus Keanu Reeves und Glöckner von Notre-Dame fürs erste Mal«, ergänzte Ollie. »Und der Glöckner sollte auch ein Mindestalter haben. Sonst melden sich alle erfahrenen Teenager dieser Stadt, um es endlich mal mit einer Rothaarigen zu treiben.«

»Mindestens vierundzwanzig«, sagte Matilda. »Und höchstens vierzig.«

»Vierzig? Bist du wahnsinnig?« schnaubte Caroline. »Allerhöchstens dreißig, allerhöchstens.«

»Von mir aus.« Franziska notierte eifrig. »Das ist kurz und knapp, aber witzig, wenn auch nicht besonders präzise. Aber so ist es nicht so teuer. Wir werden es gleich morgen wegschicken.«

»Und in ein paar Wochen trudeln dann die ersten Briefe ein«, freute sich Matilda. »Das wird ein Spaß! Ich habe immer schon gerne Post bekommen. Und vielleicht ist ja auch einer für mich dabei.«

»Hey, das hier ist nur für Caroline«, erinnerte sie Franziska. »Außerdem hast du schon zwei Typen, zwischen denen du dich entscheiden mußt.«

»Ich denke, die Entscheidung trifft die Zeit«, raunte Caroline, die an den gestrigen Abend und das rasende Glas dachte. »Das hat jedenfalls Amadeus gesagt. Und

Karsten scheidet ganz aus. Also kümmer dich gefälligst um Fabian.«

Matilda sah auf die Uhr. »Das mache ich auch. Heute abend treffen wir uns bei *Ni'no's*. Ich esse mit Fabian, lasse mich von ihm nach Hause bringen, und um zwölf kommt Karsten hierher. Bis dahin muß Fabian natürlich verschwunden sein.«

»Zwei Typen an einem Abend?« Benedikt schüttelte mißbilligend den Kopf. »Daß die sich das gefallen lassen.«

»Sie wissen ja nichts voneinander«, frohlockte Matilda. »Und wenn Karsten erst ab Mitternacht Zeit hat, kann er wohl kaum erwarten, daß ich so lange zu Hause sitze und Däumchen drehe, oder?«

»Ich finde, du lebst ganz schön gefährlich«, sagte Ollie.

»Ja«, stimmte Matilda fröhlich zu. »Darin liegt ja gerade der Spaß am Leben. Nur was spannend ist, ist auch gut. Diese Anzeigengeschichte zum Beispiel bringt unser Adrenalin in Wallung und hebt die Stimmung.«

»Das ist richtig«, sagte Franziska. »So was ist ein echtes Highlight in diesen trüben Wintertagen.«

Caroline nahm einen Schokoladenkeks. »Das ist mal wieder typisch für euch. Im Grunde macht ihr das nämlich nur für euch. Ich bin die blöde Kuh, die sich blamiert, und ihr habt euren Spaß. Eigentlich habe ich es sowieso nur gemacht, weil Amadeus es gesagt hat.«

»Wer ist Amadeus?« fragten Benedikt und Ollie gleichzeitig.

Franziska kicherte. »Das ist sozusagen unser Hausgeist.«

»Einer unserer Hausgeister«, ergänzte Caroline. »Der andere heißt Heinz. Ach Gott, was habe ich getan? Das ist ja alles so was von peinlich.«

»Ich werde schon dafür sorgen, daß alles gutgeht«, versprach Matilda und erhob sich. »Morgen ist Vollmond.«

Franziska sah ihr kopfschüttelnd hinterher. »Das hast du davon, Caro. Du wirst einen Sack mit stinkenden Kräutern unterm Kopfkissen finden und die ganze Nacht kein Auge zutun.«

Caroline seufzte. »Auch das noch.«

3.

Matildas Hexentrip dauerte an. Sie braute täglich geheimnisvolle Tränke zusammen, deren Verbleib Caroline und Franziska irgendwo in ihren Nahrungsmitteln vermuteten.

»Hoffentlich nimmt sie nichts Giftiges«, sagte Franziska, und Caroline schnupperte mißtrauisch an ihrem Zwieback.

»Gestern, als ich solche Angst vor meinem Referat hatte, wollte sie mir einen Zauber dagegen verabreichen. Ich weiß nicht, was sie getan hat, aber als ich vor meinen Kommilitonen stand, war die Angst auf einmal wie weggeblasen.«

Franziska lachte. »Du meinst, Matilda hat sie weggezaubert? Du hast ja wohl einen Dachschaden.«

»Ich weiß nicht. Langsam wird es mir wirklich unheimlich«, gestand Caroline. »Erst diese Geschichte mit Amadeus, und jetzt so was. Weißt du, daß sie ihren beiden Typen, Karsten und Dingsda, kleine Kräutersäckchen in die Manteltasche gesteckt hat, damit sie nichts voneinander merken?«

»Und weil die beiden die letzten Volltrottel sind, glaubst du, Matildas Zauber habe gewirkt, was?«

»Du kannst jedenfalls nicht das Gegenteil beweisen«, sagte Caroline. »Hat sie dir nicht letzte Woche deine Rückenschmerzen weggehext?«

»O ja, sie und das ABC-Wärmepflaster, das ich in der Apotheke gekauft habe.« Franziska schüttelte den Kopf. »Soweit kommt es noch, daß du an diesen Unsinn glaubst!«

»Ja, aber die Sache mit Amadeus war doch wirklich unheimlich. Das mußt du zugeben«, sagte Caroline. »Wenn das nicht gewesen wäre, hätte ich niemals diese bescheuerte Anzeige aufgegeben.«

»Liebhaberin von Buchstabensuppen aller Art sucht Mischung aus Keanu Reeves und Glöckner von Notre-Dame fürs erste Mal«, grinste Franziska. »Ab morgen werden wir endlich mal wieder Post in rauhen Mengen erhalten. Und alles auf einen Schlag.«

»O ja«, sagte Caroline. »Aber das heißt noch lange nicht, daß ich mich dann auch mit den Typen treffe. Du hast selber gesagt, ich kann das als ein Studienprojekt betrachten.«

»Warte es erst mal ab«, sagte Franziska. »Vielleicht willst du dich ja mit denen treffen, wer weiß?«

»*Ich* weiß«, erwiderte Caroline, als Matilda in die Küche kam.

»Einen wunderschönen guten Morgen«, sagte sie.

»Caroline, heute ist ein toller Tag für dich, das habe ich soeben in meinen Karten gelesen. Aber Franziska sollte aufpassen. Ihr steht eine Neuigkeit bevor, die sie nicht mit reiner Freude erfüllt.«

»Sondern?« fragte Franziska.

»Sondern mit gemischten Gefühlen«, erwiderte Matilda. »Ich habe das Rad des Schicksals für dich gezogen.«

»So, so«, sagte Franziska und erhob sich. »Wie kommt es nur, daß ich es plötzlich so eilig habe?«

»Das ist der Einfluß des Mars«, antwortete Matilda prompt. »Er steht in diesen Wochen in Konjunktur mit ...«

»Halt bitte den Mund«, sagte Franziska. »Jedenfalls so lange, bis ich zur Tür raus bin.«

Matilda blickte Caroline an. »Was hat sie nur immer? Total blockiert, das arme Ding.«

Caroline erwiderte nichts.

»Soll ich dir sagen, was ich in den Karten gelesen habe?« Matilda strahlte sie an. »Du wirst dich freuen. Der Beginn eines Vorhabens steht unter einem guten Stern.«

»Welches Vorhaben?« fragte Caroline.

»Nun, zum Beispiel das Unternehmen Entjungferung bis zum Jahr 2003!«

»Sehr witzig.«

»Meinst du nicht, daß du es bis dahin geschafft haben könntest?« fragte Matilda. »Ich meine, du hättest noch drei Jahre, um jemanden kennenzulernen und über deinen Schatten zu springen.«

»Du bist gemein«, erwiderte Caroline. »Wenn man es nicht gleich mit vierzehn tut, dann geht es eben nicht mehr so einfach.«

»Ich war nicht vierzehn beim ersten Mal«, sagte Matilda. »Ich war einfach nur anders.«

»Das bist du auch heute noch.« Caroline erhob sich. »Ich gehe jetzt jedenfalls. Mein Kunstpsychologieseminar fängt in einer halben Stunde an. Und falls Post von der Zeitung für mich kommt, wehe – du öffnest sie einfach.«

»Keine Angst«, sagte Matilda. »Du wirst schon nicht bis zum Jahr 2003 Jungfrau bleiben. Ich habe da mehrere Rezepturen im Kopf, die dich von deiner Schüchternheit befreien und mit jener Leidenschaft erfüllen werden, die du brauchst, um dich mal so richtig gehenzulassen.«

»Um Gottes willen«, rief Caroline und war nahe daran, ein Kreuz zu schlagen. »Ich habe langsam genug von deinen Zaubertränken. Man könnte denken, du langweilst dich den ganzen Tag. Hast du denn nichts zu tun?«

»Ich und mich langweilen!« Matilda lächelte überlegen. »Ich lebe mein Leben, im Gegensatz zu anderen Leuten in diesem Raum. Ich treffe mich in zwei Stunden mit Karsten an der Hochschule, vorher ist noch Zeit für ein richtig gemütliches Schaumbad, nachmittags besuchen wir ein Konzert, und am Abend fahre ich mit Fabian zum Eislaufen. Das Leben ist so wunderschön für diejenigen unter uns, die es zu genießen wissen.«

»Ach, halt schon die Klappe!« sagte Caroline und verließ die Küche. Matilda folgte ihr in das rosafarbene Schlafzimmer. Caroline blieb nichts anderes übrig, als sich in ihrer Gesellschaft anzuziehen.

»Immer diese Blümchenunterwäsche«, sagte Matilda. »Aber das ist natürlich Geschmackssache. Wenn man lange genug schwarzen Satin getragen hat, bekommt man manchmal auch Lust auf himmelblaue Blümchen. Mit den Männern ist es ähnlich. Fabian ist zum Beispiel eher wie Blümchenunterwäsche. Nicht, daß ich was dagegen hätte, aber es ist eben nichts für jeden Tag. Und Karsten ist schon beinahe wie Lacklederunterwäsche, nur ab und zu mal reizvoll. Was für süße Strümpfe – die könntest du mir mal leihen, wenn ich wieder auf den Naturlook stehe.«

»Gibt es eigentlich auch einen Zauber gegen Quasselstrippen? Du redest dir ja den Mund fusselig.«

»Ich möchte dir nur das Gefühl geben, nicht allein zu sein. Stell dir mal vor, noch drei oder vier Jahre, du hast dein Studium beendet und einen Job in einer anderen Stadt, vielleicht sogar – man weiß ja nie – einen Mann und ein kreischendes Kind ... – und dann denkst du an diese Zeit zurück und sagst dir: Ach, hätte ich es doch nur mehr genossen, damals mit Matilda und Franziska in dieser verrückten kleinen Wohnung. Damals, als ich noch eine Jungfrau war.«

»Das glaube ich kaum«, sagte Caroline, aber Matilda ließ sich mit dramatischen Armbewegungen aufs Bett fallen.

»Ach, hätte ich doch nur jemanden zum Reden, jemanden, der so verständig und phantasievoll wie Matilda ist, denkst du dann, und es tut dir leid, daß du mich ständig aus deinem Zimmer geworfen hast. Oh, diese Schuhe zu den Shorts? Das sieht ziemlich langweilig aus, wenn du mich fragst.«

»Ich frage dich aber nicht«, fauchte Caroline. »Und jetzt geh und nimm ein Bad, aber laß mich in Ruhe! Oh, was ist denn das?« Sie zog den Schuh wieder aus und puhlte ein kleines Säckchen aus seinem Innern. »Matilda! Das ist wieder so ein Kräutersack von dir! Was soll das, um Himmels willen?«

»Kampfer, zerstoßenes Glas – und allerlei geheime Zutaten«, sagte Matilda. »Wenn ich du wäre, würde ich ihn drin lassen. Es ist nur zu deinem Besten.«

»Ich bekomme eine Blase davon, du blöde Möchtegernhexe.«

»Ich hätte es dir woanders hingetan, aber man muß darauf treten, sonst ist der Zauber unwirksam. Nun mach schon, wer Erfolg haben will, kann auch schon mal eine Blase riskieren.«

»Wofür ist es?« Caroline betrachtete das Säckchen neugierig und roch vorsichtig daran.

»Es bewirkt, daß deine Schritte dich an die richtige Stelle lenken«, erklärte Matilda ernsthaft.

»Mit anderen Worten, wenn ich es in der Handtasche trage, funktioniert es nicht?«

Matilda nickte.

Seufzend nahm Caroline ein anderes Paar Schuhe aus dem Regal. »Dann nehme ich diese hier, die sind ein bißchen zu groß. Wenn ich mich zusammenreiße, wird es schon gehen.« Sie stopfte das Kräutersäckchen in die Schuhspitze.

Matilda lächelte zufrieden.

»Also, das ist wirklich komisch«, sagte Caroline am Abend zu Franziska. »Ich weiß, daß du es nicht gerne hörst, aber alles, was Matilda mir heute gesagt hat, ist in Erfüllung gegangen. Ich hatte wirklich einen wundervollen Tag, die Zeitungsredaktion hat dieses gewaltige Kuvert geschickt, und was am allermerkwürdigsten ist:

Dieses bescheuerte Säckchen in meinen Schuhen hat gewirkt.«

»Was für ein Säckchen?«

»Na ja, Matilda hat es mir in die Schuhe gesteckt, damit meine Schritte an die richtige Stelle gelenkt werden. Und es war ehrlich eigenartig, wie oft ich heute an der richtigen Stelle war.«

Franziska stöhnte. »O Caro, das hätte ich echt nicht von dir gedacht.«

»Nein, ich eigentlich auch nicht. Aber es ist schon merkwürdig, daß ich ausnahmsweise mit der Linie 7 gefahren bin, statt mit der 1, als ob ich gewußt hätte, daß die 1 heute nicht fährt. Und dann hatte ich einen Termin bei Professor Winkler, aber ich bin nicht in sein Sprechzimmer gegangen, sondern habe am Seminarraum auf ihn gewartet, und siehe da, er hatte unseren Termin vergessen. Wenn ich wie geplant am Sprechzimmer gewartet hätte, hätte ich umsonst da herumgestanden. Also, sag mir nicht, daß das Zufall ist.«

Franziska seufzte und schielte zum Kuvert des Zeitungsverlages hinüber. »Warum hast du es noch nicht geöffnet?«

»Ich wollte nicht allein sein. Ich fürchte mich vor obszönen Nacktfotos und solchen Dingen.«

»Oh!« Franziska griff nach dem braunen Umschlag und riß ihn einfach auf. Heraus fielen etwa fünfundzwanzig Briefe, an Chiffre Buchstabensuppe – wie lustig!

»Meine Güte, das sind aber viele!« hauchte Caroline.

Franziska nickte. »Ich hoffe aber, es kommen noch mehr. Das sind bloß die Schnellschreiber. Der Rest wird sich noch etwas Zeit lassen. Schließlich kann man deine Anzeige den ganzen Monat lang lesen.«

»O Himmel, ja. Das ist wirklich überwältigend.« Caroline stockte. »Ah – ich meine, das ist ein tolles Studienobjekt.«

Franziska reichte ihr einen hellblauen Umschlag. »Den zuerst.«

»Das können wir nicht tun. Matilda will sicher gern dabeisein.«

»Matilda ist zum Eislaufen mit einem ihrer verhexten Kerle. Wir können unmöglich auf sie warten. Bis dahin wäre ich an Neugierde gestorben.«

»Ich weiß nicht, das ist unfair. Schließlich ist es unsere gemeinsame Anzeige.«

»Quatsch! Das ist ganz allein deine Anzeige. Matilda und ich suchen keinen Mann fürs erste Mal. Wenn du jetzt nicht gleich die Briefe öffnest, erzähle ich dir nicht, was mir heute passiert ist.«

»Was ist passiert? Etwas Schlimmes?«

»Öffne den Brief, und du wirst es wissen«, sagte Franziska.

Caroline riß den blauen Umschlag auf. »Also, was ist es?«

»Cornelius hat mir gesagt, daß er nach England geht.«

»Er tut was?«

»Er geht nach England. Die Firma hat da ein Werk, irgendwo in der Nähe von Liverpool. Und Corni soll dort arbeiten.«

»O Gott, das ist ja schrecklich«, sagte Caroline mitleidig.

»Nein, das ist es nicht. Es ist ja nur für ein paar Monate«, erklärte Franziska. »Er geht zum ersten Februar, mußte sich ganz spontan entscheiden. Das ist dort so üblich. Wer nein sagt, macht keine Karriere.«

»Ich verstehe«, sagte Caroline. »Und jetzt bist du traurig.«

»Nein, das heißt, ich weiß es nicht«, gestand Franziska. »Einerseits finde ich das ganz gut, mal ein paar Monate lang zu üben, ob ich ihn vermisse. Andererseits bin ich gekränkt, weil er mich überhaupt nicht gefragt hat. Ich meine, er hat diese Entscheidung völlig ohne mich getroffen, und ich denke, er hätte wenigstens mal fragen können, was ich davon halte.«

»Das hätte er«, stimmte Caroline zu und hielt Franziska spontan den blauen Brief hin. »Hier, lies du zuerst, du brauchst ein wenig Aufmunterung.«

»Hallo, süße Buchstabensuppenliebhaberin«, las Franziska laut. »Deine Anzeige fand ich total süß. Wenn du mich süßen Boy, 22, vernaschen willst, dann ruf an. P.S. Foto bei Nichtgefallen bitte zurück.«

»Das Foto brauchst du mir gar nicht erst zu zeigen«, wehrte Caroline ab. »Auf den Haufen mit Nieten, wenn ich bitten darf.«

Franziska legte den Brief zur Seite. »Na ja, vielleicht ist er die einzige Niete.«

»Das glaube ich nicht.« Caroline hatte schon den nächsten Brief geöffnet. Als erstes betrachtete sie das Foto. »O mein Gott, ein Opa im Stringtanga«, rief sie, und Foto und Brief landeten ungelesen auf dem Nietenhaufen.

Franziska nahm sich gleich einen ganzen Stapel vor. »Weißt du, was wirklich komisch wäre?«

»Das hier vielleicht?« Caroline wedelte mit dem nächsten Brief vor ihrer Nase herum. »Dein erstes Mal soll etwas ganz Besonderes sein? Dann gib dich in meine Hände, schöne Unbekannte, und du wirst die Wonnen der Liebe genießen wie keine zweite vor dir. Meinst du so was?«

Franziska kicherte. »Zeig her! Kein Wunder, daß den keine zweite vorher genossen hat, wie der aussieht! Nein, wirklich komisch wäre, wenn wir hier das Bild eines Bekannten fänden, zum Beispiel von Cornelius. Vielleicht steht er ja heimlich auf Rothaarige. Oder auf Jungfrauen. Wäre das nicht schrecklich peinlich? Oh, hier, der klingt aber nett. Hör mal: ›Wenn du einen Mann nicht nur fürs erste Mal suchst, wie wäre es dann mit mir? Ich mag Weckmänner, alte französische Filme und rote Haare, bin vierundzwanzig, blond und trotz Weckmännern schlank. Wenn du Lust hast, mich kennenzulernen, ruf doch mal an.‹«

»Hm«, brummte Caroline. »Immerhin kann der auf den Haufen für *eventuell* oder *besser als nichts.* Hier habe ich auch einen netten. Aber der heißt Wolfgang. Ich meine, da kann doch nichts Gutes bei rumkommen.«

»Wolfgang?« Franziska kicherte wieder. »Sag das nicht! Mozart hieß auch Wolfgang.«

»Meinst du, ich will einen, der mir die kleine Nachtmusik schreibt?«

»Warum nicht? Oho, hier ist wieder ein Opa im Stringtanga. Ich finde das wirklich affenscharf. Richtig nett, daß die sich alle anbieten, dich von deiner Jungfräulichkeit zu befreien.«

Caroline seufzte und streckte die Beine aus. »Also, jetzt brauch' ich erst mal eine Pause. Könntest du nicht wieder Kakao mit Rum machen? Das hat meine Laune neulich abend deutlich gehoben.«

Als Matilda gegen Mitternacht nach Hause kam, hatten die beiden anderen alle Briefe geöffnet und auf dem Tisch sortiert.

»Zwei Haufen?« fragte Matilda scharfsinnig. »Einer für *nein danke* und der andere für *ja bitte,* stimmt's? Das hätte ich genauso gemacht.«

»Eigentlich sind es drei Haufen«, erklärte Franziska. »Einer für *nein danke,* einer für *immer noch besser als nichts* und einer für *ja bitte.*«

»Aber das hier sind nur zwei Haufen«, sagte Matilda. »Ich bin doch nicht blind!«

»Nein, es sind zwei Haufen. Das liegt daran, daß Caroline keinen einzigen Brief auf den Ja-bitte-Haufen tun wollte.«

»Was kann ich dafür? Lies selber, Matilda. Es sind lauter Psychopathen, ganz wie ich gesagt hatte.«

Matilda raffte sich ein paar Briefe und versank in die Betrachtung der Fotos. »Aber ein paar sehen echt knuffig aus«, sagte sie dann. »Dieser hier zum Beispiel. Schade, daß er Wolfgang heißt.«

Es klingelte an der Haustür.

»Vielleicht hat ja einer von denen deine Adresse rausbekommen.« Matilda stand auf und drückte auf den Summer.

»Hoffentlich nicht der, der dich auf einem Altar entjungfern wollte, auf dem zuvor gerade ein weißes Lamm geschlachtet worden war«, sagte Franziska und rollte die Augen.

»Der würde Matilda bestimmt gefallen.« Caroline kicherte matt. »Meinst du, die Zeitung hält dicht, was die Adresse und so angeht? Mir wäre das so was von peinlich, wenn einer wüßte, daß ich noch nie ... Na, ihr wißt schon.«

»Ach, Caro, das weiß doch mittlerweile jeder«, sagte Matilda vom Flur her. »Außerdem sieht man es dir auch an.«

»Das ist nicht wahr«, empörte sich Caroline. »So was kann man niemandem ansehen! Wer ist denn da?«

»Woher soll ich das wissen?« Matilda horchte ins Treppenhaus hinaus. »Jedenfalls ein ziemlicher Lahmarsch.«

»Matilda, mach sofort die Tür zu!« befahl Franziska. »Da kann ja jeder klingeln, mitten in der Nacht. Wozu haben wir denn eine Gegensprechanlage? Gleich steht hier jemand mit einer Kettensäge in der Küche.«

Aber der Typ, der gleich darauf in der Tür erschien, sah nicht aus, als würde er in seiner Freizeit mit einer Kettensäge hantieren. Caroline fand sogar, daß er aussah, als könne er eine Kettensäge nicht mal halten. Er war blaß, groß und sehr dünn, die etwas schütteren blonden Haare im Nacken zu einem Zopf gebunden. Nicht gerade ein Traummann.

»Hallo, Fabian«, sagte sie trotzdem freundlich.

»Karsten«, sagte der Typ. »Ich heiße Karsten.«

»Oh«, sagte Caroline erschrocken. Franziska in der Küche kicherte vernehmlich.

»Da muß ich dich verwechselt haben«, sagte Caroline. »Weil – ähm – ... weil ...«

»Sie ist kurzsichtig«, sagte Matilda. »Du siehst aus wie ihr Bruder Fabian.«

»Genau«, sagte Caroline und wurde rot. Franziska in der Küche kicherte lauter.

Karsten schien aber ein ziemlicher Dummkopf zu sein. Er sah sich achselzuckend um. »So sieht also eine Mädchen-WG aus, was?«

Und so sieht also ein Volltrottel aus, dachte Caroline.

Franziska erschien in der Küchentür. »Es ist Mitternacht, was suchst du um diese Zeit in einer Mädchen-WG?«

Karsten musterte sie von oben bis unten. »Eine Emanze, was?« fragte er. »Aber du kannst dich abregen. Ich bin ganz sicher nicht deinetwegen gekommen.« Er drehte sich zu Matilda um und streichelte ihre Wange. »Sondern wegen dieses Prachtexemplars hier. Und weil ich zufällig in der Nähe war ...«

»Wie lieb von dir«, sagte Matilda schnell. »Ich hatte eben auch an dich gedacht.«

»Na, das grenzt an Hexerei, würde ich sagen«, setzte Franziska hinzu und lächelte liebenswürdig. Schnuppernd ging sie einmal um Karsten herum. »Irgendwer riecht hier komisch. Sehr komisch. Hast du vielleicht eine tote Maus in der Manteltasche.«

Matilda warf ihr einen bösen Blick zu und zerrte Karsten in ihr Zimmer. »Hier sind wir ungestört«, sagte sie und machte die Tür zu.

Caroline und Franziska blieben draußen im Flur.

»Schlimme Sitten«, sagte Caroline und schüttelte den Kopf. »So was hätte es früher nicht gegeben. Ich dachte wirklich, es wäre Fabian.«

»Nein, Fabian sieht nicht aus wie ein kranker Aal. Und er benimmt sich auch nicht so.«

»Vielleicht macht das das Kräutersäckchen in der Manteltasche. Stell dir mal vor, mitten in der Nacht hat den die Sehnsucht gepackt.«

Franziska seufzte. »Vielleicht sollte ich Matilda bitten, mir mal so ein Ding für Cornelius zu fertigen. Dann würde er nach dem Wasserballtraining nicht sofort zu Bett gehen, damit er auch bloß ausgeschlafen ist. Und nach England gehen würde er auch nicht.«

»Ja, man kommt ins Grübeln. Unsere kleine Hexe hier hat echt mehr Glück mit den Männern. Vielleicht sollten wir auch mal das Zaubern anfangen.«

Franziska lauschte Matildas kehligem Lachen, das aus dem Zimmer schallte. »Ich weiß nicht«, sagte sie. »Hand aufs Herz, möchtest du freiwillig die Nacht mit so einem Zitteraal verbringen?«

Caroline lachte. »Nein, das möchte ich nicht.«

»Na, siehst du. Denk nur mal an die vielen lustigen Briefe! Morgen wirst du überall anrufen und lauter nette Typen kennenlernen!«

»Morgen schon?« fragte Caroline erschrocken.

4.

Am nächsten Abend kochte Franziska für ihre beiden Mitbewohnerinnen sowie für Cornelius, Ollie und Benedikt grüne Bandnudeln mit Käse-Spinat-Soße. Weil so viele Leute nicht an den kleinen Küchentisch paßten, deckte sie das schwarze Ungetüm in Matildas Zimmer.

»Du hast doch nichts dagegen?« fragte sie.

Matilda schüttelte den Kopf. »Wie könnte ich? Deine Spinat-Käse-Soße ist das Beste, was mir an diesem Tag widerfahren wird. Stell dir das mal vor: Jetzt habe ich schon zwei Typen am Hals, und an einem einzigen Tag haben beide keine Zeit für mich! Meinst du, ich sollte mir einen dritten Liebhaber zulegen?«

Franziska antwortete nicht auf ihre Frage. »Du könntest den Knoblauch kleinhacken«, schlug sie vor.

»Ich stelle schon mein Zimmer zur Verfügung, den Knoblauch kann jemand anders hacken.«

Mißmutig schob Matilda ins Badezimmer ab. Ein Abendessen mit zwei gutaussehenden Schwulen und dem Freund der besten Freundin und Cousine gehörte nicht zu den Ereignissen, die geeignet waren, ihre Laune zu heben, und sei es noch so lecker. Es war aber auch zu blöd, daß Karsten ausgerechnet an dem Tag seine Eltern besuchen mußte, an dem Fabian seine Doppelkopfrunde hatte. Ein Abend ohne Männer – Matilda fürchtete, an Langeweile zugrunde zu gehen. Um dem Abend wenigstens einen Glanzpunkt zu verpassen, zog sie schließlich ihr enges rotes Kleid an. Es war zwar ein Sommerkleid, und es war ziemlich kalt in der Wohnung, aber dafür der Ausschnitt so tief, daß niemand die Augen von ihr würde abwenden können – schwul oder nicht schwul.

Mit leicht klappernden Zähnen wärmte sie ihre Hände über der Herdplatte.

»Meinetwegen kannst du dir ruhig einen Pullover überziehen«, sagte Cornelius, als er sie sah.

Matilda streckte ihm die Zunge raus.

Als alle schon am Tisch saßen – Franziska hatte die glänzend schwarze Oberfläche und die klobigen Beine unter einem großen Tischtuch versteckt – und sich gerade über den Riesenberg Nudeln hermachen wollten, klingelte das Telefon. Caroline, die der Tür am nächsten saß, hob den Hörer ab.

»Matilda, für dich. Er hat seinen Namen nicht genannt, aber er klingt, als ob er Telefonsex wolle. Bitte, mach das im Flur und denk bloß nicht, daß wir mit dem Essen warten, bis du fertig bist.«

Matilda war nach einer halben Minute mit einem weiteren Stuhl, einem Teller und einem Weinglas zurück. »Das war Fabian«, erklärte sie. »Seine Doppelkopfrunde ist ausgefallen. Ich habe ihn zum Essen eingeladen. Es ist doch genug da, oder, Franziska?«

Franziska nickte. »Jetzt hast du dieses Kleid doch nicht umsonst angezogen.«

»Aber wir müssen hoffentlich nicht auf den Kerl warten?« fragte Benedikt und nahm hastig den ersten Bissen. »Nicht mal eine Minute könnte ich das jetzt noch. O Gott, diese Soße schmeckt jedesmal leckerer. Etwas ganz Besonderes.«

»Vielen Dank«, sagte Franziska. »Wir haben ja auch heute etwas ganz Besonderes zu feiern.«

»Was denn?« wollte Cornelius wissen.

»Was denn?« fragten auch Caroline und Matilda.

»Caroline hat jede Menge Zuschriften auf ihre Anzeige bekommen, und heute trifft sie ihre ersten Blind Dates«, sagte Franziska stolz.

»Bist du bescheuert?« fragte Caroline. »Du willst, daß ich in euer aller Beisein diese Typen anrufe?«

»Aber sicher doch«, erwiderte Franziska. »Deshalb habe ich ja dieses phantastische Essen gekocht.«

Caroline ließ die Gabel sinken. »Ehe ihr mir alle zuhört, wie ich mich blamiere, spucke ich lieber alles wieder aus.«

»Aber, Caroline, wir sind doch alle deine Freunde«, sagte Benedikt. »Außerdem haben wir die entscheidenden Highlights der Anzeige formuliert.«

»Wie viele Typen muß sie denn anrufen?« erkundigte sich Cornelius.

»Nicht viele«, sagte Matilda bedauernd. »Nur drei

kommen wirklich in Frage. Und einer davon heißt Wolfgang.«

Es klingelte.

»Das ist Fabian«, sagte Matilda und stand wieder auf.

»Das ging aber schnell«, meinte Ollie. »Sicher hat er von der Telefonzelle um die Ecke angerufen.«

»Und ich habe einen Zuhörer mehr«, beschwerte sich Caroline. »Ich denke gar nicht daran, für euch den Alleinunterhalter zu spielen. Ihr könnt gefälligst selbst eine Anzeige aufgeben, wenn ihr euch langweilt.«

Benedikt lachte. »Wir warten erst mal ab, wie sich das bei dir so anläßt.«

Matilda kam mit einem nett aussehenden jungen Mann zur Tür rein. Er lächelte leicht verlegen.

»Das ist Fabian«, sagte Matilda. »Haben wir noch ein paar Nudeln mit Soße für ihn?«

»Wenn wir hungrig nach Hause gehen sollen, sicher«, murrte Ollie.

»Klar haben wir genug«, schaltete sich Franziska ein. »Matilda bekommt keine zweite Portion. In diesem Kleid kann sie es sich sowieso nicht leisten. Da sieht man jede Nudel sofort!«

Fabian setzte sich neben Matilda. Franziska häufte einen Berg voll Nudeln auf seinen Teller, Cornelius goß ihm Rotwein ein. Ollie reichte ihm von hinten Besteck heran.

»Das schmeckt einfach toll«, sagte Fabian beeindruckt. »Wie gut, daß ich noch hergekommen bin.«

»Ja«, strahlte Matilda. »Aber es wird noch besser. Caroline hier wird jetzt gleich bei drei völlig unbekannten Typen anrufen und ein Date mit ihnen vereinbaren. Und wir werden alle zuhören – ist das nicht toll?«

Fabian betrachtete Caroline, während er seine Nudeln kaute. »Ehrlich? Das ist ja lustig.«

Caroline lief rot an. »Ja, sehr lustig«, murmelte sie böse.

»Sie hat eine Anzeige aufgegeben«, informierte Matilda ihren Gast weiter. »Sie sucht einen Mann fürs erste Mal.«

Fabian hörte plötzlich auf zu kauen. »Tatsächlich?«

Caroline wurde rot gefleckt.

»Sie hat jede Menge Zuschriften bekommen«, erklärte Franziska. »Aber nur drei kommen überhaupt in Frage.«

»Und einer davon heißt Wolfgang«, ergänzte Cornelius.

»Tatsächlich?« fragte Fabian wieder, und Caroline wurde dunkelrot gefleckt.

»Trink noch ein bißchen Wein«, sagte Franziska zu ihr. »Dann bist du lockerer, wenn du telefonierst.«

»Ich hole schon mal das Telefon«, bot Ollie an.

»Ihr habt eins mit einer Mithörtaste«, sagte Benedikt froh. »Das macht sich jetzt wirklich bezahlt.«

»Wo sind denn die Fotos?« fragte Cornelius. »Schließlich wollen wir wissen, welches Gesicht zu welcher Stimme gehört.«

»Hole ich alles«, sagte Franziska. »Und Nachtisch gibt es auch. Ich habe eine Mascarponecreme mit Sahne und zerkrümelten Amarettini gemacht, die Portion zu eintausenddreihundert Kalorien.«

»Das ist aber lustig hier bei euch«, meinte Fabian und nahm sich noch etwas von den Nudeln.

»Ja, nicht wahr?« Matilda war blendender Laune. »Bei uns ist immer etwas los.«

»Ich hasse euch«, flüsterte Caroline.

»Und wir lieben dich«, entgegnete Ollie und setzte ihr das Telefon auf den Schoß.

Cornelius hielt ein Foto in die Runde und las den dazugehörigen Brief. »Nummer eins heißt Florian, ist dreiundzwanzig und trägt garantiert niemals Socken im Bett. Na toll, Caroline, wenn das kein Kriterium ist. Immerhin wohnt er hier in Köln. Die Nummer ist 745557.«

Caroline tippte sich an die Stirn. »Ihr glaubt doch nicht im Ernst, daß ich da jetzt anrufe?«

»Doch«, erwiderten alle im Chor.

»Dann seid ihr eben im Irrtum«, sagte Caroline böse. »Auf so was muß ich mich tagelang vorbereiten. Mir jedes Wort zurechtlegen.«

»Das ginge mir auch so«, bekannte Fabian schüchtern.

»Spontan wirkt es aber besser«, behauptete Ollie. »Wähl einfach diese Nummer und sag, was dir gerade durch den Kopf geht.«

»Das ist ja das Problem«, sagte Caroline. »Mir geht nichts durch den Kopf. Ich finde das einfach nur unheimlich peinlich.«

»Aber den Typen ist das mindestens so peinlich wie dir«, mischte sich Fabian wieder ein. »Ich meine, ich würde im Boden versinken, wenn ich jemandem einen Brief mit Foto geschickt hätte.«

»Das stimmt«, sagte Caroline nachdenklich.

»745557«, begann Cornelius wieder. Als Caroline sich nicht rührte, wählte Ollie und hielt ihr den Hörer hin. Caroline kniff die Lippen zusammen und verweigerte die Annahme.

»Bitte!« Ollie stellte auf *mithören*. »Tu's für mich.«

»Warum sollte ich?« fragte Caroline. Das Freizeichen ertönte, im Raum herrschte Mucksmäuschenstille. Alle sahen Caroline bittend an, aber die schüttelte bockig den Kopf.

»Feigling«, flüsterte Franziska, und da leerte Caroline ihr Weinglas in einem Zug und nahm den Hörer aus Ollies Hand.

»Hallo?« fragte eine Frauenstimme am anderen Ende der Leitung, und Caroline wollte sofort wieder auflegen.

»Nicht!« flüsterte Franziska, und Cornelius sagte: »Frag einfach nach Florian!«

»Hallo?« wiederholte die Frau am anderen Ende. Caroline hielt Cornelius ihr Glas hin. Er goß wortlos Wein ein.

»Äh, hallo«, sagte Caroline. »Hier ist – ähm. Ich hätte gern mit Florian gesprochen.«

»Moment mal«, sagte die Frauenstimme. »Florian! Telefon für dich!«

Caroline hielt den Hörer zu. »Der wohnt noch zu Hause, da kann ich auch gleich auflegen.«

»Die klingt zu jung, um seine Mutter zu sein«, sagte Franziska, und Fabian fügte hinzu: »Und selbst wenn – ich habe auch bis vierundzwanzig zu Hause gewohnt. Deshalb bin ich trotzdem ein toller Typ. Irgendwie.«

Caroline leerte das zweite Weinglas wieder in einem Zug.

»Hallo?« Am Telefon war jetzt ein Mann. Carolines Gesicht wurde noch eine Spur rotfleckiger.

»Hallo, hier ist Caroline. Ich habe Post von dir bekommen. Auf die Anzeige im *Prinz*«, sagte sie, beinahe ohne zu stottern. Ihre Zuhörer ringsum nickten anerkennend.

»Oh«, die Stimme klang erfreut. »Du bist die attraktive Steinbockfrau mit dem Irland-Tick. Super, daß du anrufst.«

Caroline und die anderen sahen verblüfft drein. Benedikt unterdrückte ein Kichern, Franziska runzelte unwillig die Stirn.

»Äh, also, das ist nicht ganz richtig, eigentlich bin ich Waage«, sagte Caroline.

»Und Jungfrau«, murmelte Matilda.

»Oh«, die Stimme klang jetzt etwas peinlich berührt. »Du bist die Rothaarige mit der Buchstabensuppe. Eine Sekunde mal.«

»Ja«, seufzte Caroline. »Genau.«

Am anderen Ende der Leitung raschelte Papier.

»Jetzt sortiert er seine Briefe«, flüsterte Franziska. »Wahrscheinlich ist Anzeigenbeantworten sein Hobby. Leg auf!«

»Nein, bloß nicht!« riefen die anderen.

»Ja, jetzt hab' ich dich«, sagte der Typ am Telefon. »Deine Anzeige hat mir echt gut gefallen. Witzig, echt.«

»Echt«, wiederholte Franziska flüsternd. »Leg am besten auf!«

»Danke«, sagte Caroline. »Dein Brief hat mir auch gefallen.«

»Und das Foto«, zischte Matilda.

»Und das Foto«, sagte Caroline.

»Ja, dann hast du mir was voraus«, erwiderte der Typ. »Ich weiß nur, daß du rote Haare hast. Beschreib dich doch mal näher!«

»Also, ich ...«, begann Caroline, aber da winkte Franziska ab. »Soll er selber sehen. Morgen nachmittag bei *Nino's*!«

»Ähm«, fuhr Caroline fort, »ich fänd's besser, wenn wir uns sehen könnten. Wie wäre es morgen nachmittag bei *Nino's*? Das ist ein italienisches Bistro hier in der Gegend.«

»Kenn' ich«, sagte der Typ. »Um wieviel Uhr?«

»Um wieviel Uhr?« wiederholte Caroline.

»Sechzehn Uhr«, flüsterte Franziska, aber Matilda zischte: »Nein, siebzehn Uhr, vorher hab' ich Seminar.«

»Wie wär's mit siebzehn Uhr?« fragte Caroline.

»Einverstanden«, sagte der Mann am anderen Ende der Leitung. Man hörte, wie er sich etwas aufschrieb.

»Der muß das mit seinen vielen anderen Blind Dates koordinieren«, flüsterte Franziska Cornelius zu. »Ich werde auf jeden Fall dabeisein und Caroline vor ihm beschützen!«

»Bis morgen«, sagte Caroline erschöpft und wollte auflegen.

»Stop!« Benedikt schrie beinahe. Mit gesenkter Stimme setzte er hinzu: »Ihr müßt doch noch ein Erkennungszeichen ausmachen!«

»Stop!« sagte Caroline in den Hörer. »Wir müssen doch noch ein Erkennungszeichen ausmachen.«

»O ja«, antwortete der Typ. »Ich schlage vor, wir lesen beide den *Prinz*. Das hat sich als Erkennungszeichen bewährt.« Er lachte, nicht die Spur verlegen.

»Also gut«, sagte Caroline. »Die *Prinz* also – oder heißt es *der Prinz*? Na egal, ich werde dich schon erkennen. Außerdem habe ich ja dein Foto gesehen.«

»Und du hast rote Haare. Ich hätte dich auch erkannt. Bis morgen dann.«

Caroline legte hastig den Hörer auf. »O Gott, war das peinlich!«

»O Gott, war das lustig!« sagte Ollie.

»O Gott, war der blöd!« sagte Franziska. »Am besten, du gehst gar nicht erst hin. Bist du die attraktive Steinbockfrau mit dem Irland-Tick? Ich hätte gleich wieder aufgelegt. Das ist ein Serientäter.«

»Macht nichts«, meinte Benedikt und rieb sich die Hände. »Das erste Date steht. Und ratet, wer morgen um siebzehn Uhr bei *Nino's* sein wird?«

»Ich«, sagte Matilda.

»Ich auch«, sagte Ollie.

»Und ich«, sagte Cornelius. »Ich werde früher mit der Arbeit Schluß machen.«

»Ich wäre auch gern dabei«, meldete sich Fabian. »Das heißt, wenn ich darf.«

»Natürlich darfst du. Und du mußt deiner Freundin Peggy Bescheid sagen, Caro«, bestimmte Matilda. »Sie studiert schließlich auch Psychologie und kann die Sache ganz objektiv beurteilen.«

»Hauptsache, ihr amüsiert euch«, sagte Caroline. »Auf meine Kosten.«

»Noch nicht genug«, erklärte Benedikt und hielt das nächste Foto hoch. »Dieser hier heißt Wolfgang! Weitermachen.«

Caroline stöhnte.

5.

Wie sehe ich aus?« fragte Caroline. Sie trug Jeans und ihr apfelgrünes Twinset. Die Haare waren in einem Zopf gebändigt, der den halben Rücken hinabfiel.

»Zu langweilig«, sagte Matilda. »Das ziehst du immer an.«

»Aber die haben mich doch noch nie gesehen«, verteidigte sich Caroline.

»Du brauchst eine andere Frisur«, bestimmte Franziska. »Die Typen wissen ja schon durch deine Anzeige, daß du noch unschuldig bist. Aber deshalb mußt du ja nicht auch so aussehen.«

»Außerdem brauchst du ein Make-up, das deine roten Flecken abdeckt«, setzte Matilda hinzu.

Caroline legte die Handflächen auf ihre Wangen. »Die kann man nicht abdecken«, klagte sie. »Es ist grauenhaft, daß ich immer aussehe wie zu heiß gebadet, wenn ich aufgeregt bin.«

»Wir sind doch alle bei dir«, tröstete Franziska. »Und du hast deine Rendezvous so geschickt gelegt, daß du sie in einem Aufwasch abcheckst.«

»Um 17 Uhr Florian, um 17.45 Uhr Daniel und Wolfgang um 18.15 Uhr«, zählte Matilda auf. »Kurz und schmerzlos. Und du mußt nicht mal den Hintern heben.«

»Was mache ich denn, wenn die nicht pünktlich wieder verschwinden?« sagte Caroline. »Ich kann ja schlecht sagen: Jetzt hau ab, gleich kommt der nächste!«

»Wofür hast du Freunde?« fragte Matilda rein rhetorisch. »Ich verspreche dir, daß ich jeden Typ in Minutenschnelle von deinem Tisch weg auf die Straße lotsen kann, wenn es sein muß.«

»Eingebildete Kuh«, sagte Caroline.

»Und du könntest zur Feier des Tages einen anderen als diesen unsichtbaren Lippenstift nehmen«, schlug Franziska vor.

Caroline zog seufzend das Gummi aus dem Haar. Noch bevor sie den Zopf gelöst und Franziskas karamellfarbenen Lippenstift aufgetragen hatte, trudelten die ersten Zuschauer ein. Zuerst kam ihre Freundin und Kommilitonin Peggy. Sie hatte ein Buch dabei, *Lebensglück über Kontaktanzeigen – ein Für und Wider*, und erklärte Caroline, daß ihre Chancen, an diesem Nachmittag den Traummann kennenzulernen, eins zu zwei Millionen stünden.

»Genauso groß wie die Chance, daß heute abend ein als Cowboy verkleidetes Zebra ins Bistro stürmt und ruft: Hände hoch, das ist ein Überfall!« setzte sie hinzu. »Aber das soll dich nicht davon abhalten, eine neue Erfahrung zu machen.«

Caroline stöhnte: »In Wirklichkeit ist es doch so, daß *ihr* diese Erfahrung machen wollt. Ich habe überhaupt kein Interesse daran. Vor allem nicht, wenn die Chancen eins zu zwei Millionen stehen.«

»Ach, das glaube ich nicht«, widersprach Franziska. »Ich kenne mindestens drei Menschen, die über eine Kontaktanzeige ihren zukünftigen Ehepartner kennengelernt haben. Und ich kenne keine sechs Millionen Menschen. Nicht mal sechshundert, um genau zu sein. Also ist diese Statistik völliger Humbug.«

»Genau«, sagte Matilda. »Meine Schwester hat ihren Mann auch über eine Kontaktanzeige kennengelernt.« Sie verzog schmerzlich das Gesicht. »Das war ihre letzte Chance. Und für ihren Mann auch.«

»Ich habe gesagt, die Chancen, den *Traummann* kennenzulernen, stehen eins zu zwei Millionen«, sagte Peggy. »Die Personen, von denen ihr sprecht, haben einfach *irgend jemanden* kennengelernt, und wenn man nicht den Traummann erwartet, stehen die Chancen logischerweise eins zu eins, daß man das tut.«

»Aber *ich* erwarte den Traummann«, legte sich Caroline fest. »Beim ersten Mal soll schließlich alles stimmen. Von mir aus werde ich danach Abstriche machen.«

Als nächstes kamen Ollie und Benedikt, und gleich darauf erschien auch Fabian. Karsten war immer noch bei seinen Eltern, und ein Fabian war besser als überhaupt kein Mann. Als Matilda ihn deshalb mit besonders heftigen Küssen begrüßte, klingelte das Telefon.

Franziska ging dran.

»Hi, hier ist Karsten«, sagte jemand am anderen Ende. »Ich hätte gern mit meiner Freundin gesprochen. Ist sie da?«

»O ja«, antwortete Franziska mit einem Blick auf die küssende Matilda. »Aber sie hat gerade den Mund voll.«

»Könntest du trotzdem so lieb sein und sie mal schnell ans Telefon rufen? Ich rufe von meinen Eltern aus an und möchte den Apparat nicht lange blockieren.«

»Sicher. Matilda, Telefon für dich.«

»Wer ist es denn?«

»Ich habe den Namen nicht verstanden«, sagte Franziska. »Ein Herr Aal oder so ähnlich. Aus einem Hotel Mama.«

»Oh«, sagte Matilda kein bißchen erschrocken und lächelte zu Fabian hinauf. »Das ist mein Gesanglehrer. Ich telefoniere besser in meinem Zimmer mit ihm. Hier ist es zu laut.«

»Ja, allerdings«, sagte Franziska streng. »Caro, beeil dich, wir müssen in spätestens zehn Minuten bei *Nino's* sein, damit wir uns noch unauffällig plazieren können, bevor dein erstes Rendezvous aufkreuzt.«

Caroline biß sich aufgeregt auf die Unterlippe. »Wie sehe ich aus?«

»Toll«, schwärmte Fabian und biß sich gleich darauf ebenfalls auf die Unterlippe.

»Sehr gut«, meinte auch Franziska. »Und ich?«

»Wieso du?« wunderte sich Benedikt.

Franziska strich sich das Haar hinters Ohr. »Na ja, man wird ja wohl noch fragen dürfen.«

»Du siehst gut aus«, erwiderte Ollie freundlich. »Aber du hast deinen Traummann ja längst gefunden.«

»Das dachte ich auch«, sagte Franziska. »Aber jetzt geht er für drei Monate nach England, und er hat mich nicht mal gefragt, was ich davon halte. Und traurig ist er auch nicht. Er hat kein einziges Mal gesagt, daß er mich vermissen wird. Vielleicht liebt er mich nicht mehr.«

»Niemals«, protestierte Benedikt. »Cornelius liebt dich bis an sein Lebensende. Er ist dieser Typ Mann.«

»Und warum ist er dann nicht die Spur traurig, daß wir so lange getrennt sein werden?«

»Vielleicht will er dich damit nicht nerven«, meinte Ollie. »Hast du ihn denn schon mal darauf angesprochen?«

»Eher würde ich mir die Zunge abbeißen«, ereiferte sich Franziska. »Ich tue so, als würde mich die ganze Sache völlig kalt lassen. Hey, Matilda, würg deinen Aal ab und komm! Wir müssen uns beeilen.«

»Wann fährt Cornelius denn?« wollte Benedikt wissen.

»Anfang Februar«, sagte Franziska. »Das sind noch zwei mickrige Wochen.«

»Wir sollten eine Abschiedsparty für ihn geben«, schlug Ollie vor. »Diese Wintertage sind immer so trist und ereignislos, wenn nicht gerade eine von euch schwanger ist oder so was.«

»Das ist keine schlechte Idee«, sagte Matilda, die mit

dem Telefon aus ihrem Zimmer gekommen war. »Eine Surprise-Party für Cornelius. Wir könnten eine englische Tea Party veranstalten oder ein Büfett mit Fish und Chips.«

»Ich überleg's mir«, sagte Franziska und schob alle zur Tür hinaus. Auf dem Weg zu *Nino's* probten sie mit Caroline Fragen und Antworten.

»Vergiß niemals, daß du jeweils nur eine halbe Stunde Zeit hast«, mahnte Franziska. »Du mußt in dieser Zeit alles abchecken, was wichtig ist.«

»Das wichtigste ist, daß er eine eigene Wohnung hat, wo ihr ungestört sein könnt«, meinte Benedikt.

»Du solltest sichergehen, daß er über genügend Erfahrungen verfügt«, setzte Matilda hinzu. »Also mußt du ziemlich schnell zum Thema kommen, wenn er's nicht von selber tut. Du fragst ihn nach seinen bisherigen Beziehungen und einschlägigen Erlebnissen.«

»Und natürlich mußt du sicher sein, daß er mit Kondomen umgehen kann. Das können nämlich die wenigsten«, sagte Peggy. »Und wenn sie's können, wollen sie es nicht.«

»Das gilt aber nicht für alle Männer«, sagte Fabian. »Ich würde sagen, wichtiger ist, daß du ihn nach seinen sexuellen Vorlieben fragst. Damit du nicht an einen Perversen gerätst.«

»Wie bitte?« Caroline war ziemlich verstört. »Könnt ihr nicht einfach mal den Mund halten?«

Im Bistro setzten sie sich an zwei benachbarte Tische: Caroline an den einen, Franziska, Matilda, Fabian, Ollie, Benedikt und Peggy an den anderen. Keiner wollte mit dem Rücken zu Caroline sitzen, und so quetschten sie sich alle in einer Art Halbkreis aneinander.

»Sehr unauffällig«, höhnte Caroline. Sie nahm die/den *Prinz* aus ihrem Rucksack und legte sie vor sich hin.

Nino, der Wirt, kam, um die Bestellung aufzunehmen. Er kannte sie fast alle sehr gut, denn *Nino's* war nicht nur ihr Stammcafé, sondern auch Matildas Arbeitsstelle in den Sommersemesterferien. Sie brach alle Trinkgeldrekorde, wenn sie im Straßencafé kellnerte. Nino hielt große Stücke auf sie. Jetzt blickte er bekümmert von einem Tisch zum anderen.

»Haben Sie sich mit Ihren Freunden gestritten, *bella*?« fragte er Caroline.

»Ja«, erklärte Caroline böse. »Sie sind alle sensationsgeile Gaffer ohne jede Anteilnahme.«

»Glaub ihr nicht, Nino«, sagte Matilda. »Wir wollen nur das Beste für sie. Und ab jetzt tu bitte so, als würdest du sie nicht kennen. Und als wüßtest du nicht, daß sie unsere Freundin ist. Sie hat nämlich ein Rendezvous. Deshalb ist sie auch so fleckig.«

Nino lächelte. »Ich verstehe! Ein Geheimkomplott. Viel Glück!«

»Eine Cola light für mich«, sagte Caroline matt.

»Für mich einen Cappuccino«, bat Benedikt.

»Da kommt einer mit der *Prinz* unterm Arm«, zischte Peggy. »O mein Gott.«

Franziska verglich den Typ unter dem Tisch mit dem Foto von Florian, dem Kandidaten Nummer eins. »Das ist er«, sagte sie. »Nur viel kleiner. Caro, es geht los.«

Caroline wurde noch fleckiger. »So fleckig, daß sie einfach nur noch rot aussah«, berichtete Matilda später. »Das war von Vorteil.«

Der Neuankömmling ließ seine Augen suchend über

die Tische gleiten. Ziemlich schnell entdeckte er Caroline und steuerte auf ihren Tisch zu.

»Der ist ja winzig«, flüsterte Peggy. »Ich finde, er hätte fairerweise schreiben müssen, daß er die zulässige Mindestgröße unterschreitet.«

»Aber sein Gesicht ist niedlich«, meinte Benedikt. »Und Caroline ist ja selber nicht gerade die größte.«

»Aber immer noch größer als dieser Zwerg«, zischte Ollie.

Der Zwerg blieb vor Caroline stehen und lächelte selbstbewußt. »Die Liebhaberin von Buchstabensuppen aller Art? Ich bin Florian.«

»Hallo«, sagte Caroline.

Der Typ musterte sie gründlich, bevor er sich setzte. »Nicht übel«, sagte er. »Ich hatte ehrlich gesagt ein bißchen Angst, du könntest so eine sommersprossige Rothaarige mit Boris-Becker-Wimpern sein. Darauf stehe ich nämlich nicht.«

»Aha!« sagte Caroline und warf einen Blick über seine Schulter, wo Peggy sich an den Hals packte und die Augen verdrehte.

»Na, dann wollen wir uns doch mal ein bißchen beschnuppern«, sagte Florian. »Fangen wir mit dir an. Du ißt also gerne Buchstabensuppe?«

»Ah«, sagte Caroline. »Also, das sollte eigentlich eine Umschreibung dafür sein, daß ich gerne lese.«

»Ach so! Ich lese eigentlich nicht viel«, gestand Florian. »Ich warte immer, bis es das Buch auf Video gibt, hahaha.«

»Haha«, machte Caroline.

»Für mich ist körperliche Bewegung wichtiger«, fuhr Florian fort und krempelte seinen Hemdsärmel hoch.

»Einen durchtrainierten, gesunden Body ist man sich einfach schuldig. Ich mach' Krafttraining und Karate für meine Muckis.«

Am Nebentisch bekam Franziska einen Hustenanfall.

»Typischer Fall von Kompensation«, konstatierte Peggy. »Der Typ hat nicht nur Komplexe wegen seiner Körpergröße, vermutlich ist er auch impotent.«

»Nur wer einen gesunden Körper hat, hat auch ein funktionierendes Gehirn. Wie heißt es doch auf Lateinisch? In corpus Sahne est«, sagte Florian stolz und krempelte auch den anderen Bizeps frei.

»Mens sana in corpore sana«, verbesserte Caroline mechanisch, aber nicht ganz fehlerfrei.

»Wie auch immer«, meinte Florian. »Mit diesem Intellektuellenscheiß kann man mir nicht kommen. Aber du suchst ja auch keinen Kerl, mit dem du Vorlesestunden veranstalten kannst, oder? Was du brauchst, ist ein richtiger Mann.«

»Ja«, sagte Caroline und nahm all ihren Mut zusammen. »Aber ein richtiger Mann darf ruhig lesen können.«

»Und ein bißchen größer sein«, meinte Ollie am Nebentisch.

»Ich will dich wirklich nicht kränken«, fuhr Caroline fort. »Aber ich glaube, jetzt schon sagen zu können, daß du nicht derjenige bist, den ich mir – ähm – erhofft habe.«

»Verstehe«, sagte Florian gekränkt und krempelte seine Ärmel wieder herunter. »Meine Traumfrau ist auch nicht gerade eine verklemmte Leseratte mit Sonnenbrand.«

Caroline faßte sich an den roten Kopf und seufzte.

»Du scheinst es ja echt nicht nötig zu haben, wenn du eine Anzeige aufgibst, um es endlich mal besorgt zu kriegen«, sagte Florian.

»Jetzt reicht es aber«, wurde Ollie am Nebentisch deutlich, stand auf und klopfte Florian von hinten auf die Schulter. »Wäre nett, wenn du jetzt nach Hause gehst, Kleiner. Bevor hier mal andere ihren Bizeps auspacken.«

Ein einziger Blick auf Ollies Schultern weit, weit über ihm genügte Florian, um sich wortlos zu erheben, seine Jacke zu nehmen und auf den Ausgang zuzueilen.

Caroline legte ermattet den Kopf auf den Tisch. Die anderen zogen ihre Stühle heran und klopften ihr auf die Schultern.

»Nimm's nicht so schwer, es kommen ja noch zwei andere.«

»Immerhin fühlt der sich jetzt beschissener als du.«

»Sicher mußt du ihm nie mehr begegnen.«

»Du bist gut in der Zeit. Der nächste kommt erst in einer halben Stunde.«

Caroline mußte lachen. »Hab' nur ich das gesehen, oder war der ziemlich klein?«

»Klein ist gar kein Ausdruck«, sagte Benedikt. »Ich habe mich gewundert, daß er überhaupt über die Tischplatte gucken konnte.«

Nino brachte Käsekuchen für alle. »Ich bin froh, daß ihr euch wieder vertragt.«

Caroline aß vor lauter Aufregung zwei Stück Kuchen. »Auf diese Weise bin ich endlich mal wieder satt geworden.«

»Der nächste ist bestimmt netter«, sagte Franziska, als sie sich alle wieder auf ihre Plätze gesetzt hatten.

»Obwohl das ja kein Kunststück wäre. Daniel heißt der Typ, und wir wissen immerhin über ihn, daß er Squash spielt, Bukowski liest und Biologielehrer werden will.«

Daniel war unverkennbar, schon durch die Zeitung, die er an seine Brust drückte, und den suchenden Blick, den er durch das Lokal schweifen ließ. Aber er kam zehn Minuten zu spät. Das bedeutete, daß Caroline ihn nach spätestens einer Viertelstunde wieder loswerden mußte, damit er dem nächsten nicht in die Arme lief. Zögernd stand er in der Tür, schaute sich alle Menschen im Lokal gründlich an. Nervös winkte Caroline mit der Zeitschrift, und da kam Daniel an ihren Tisch. Er war ein nett aussehender Typ mit Brille und kurzgeschnittenen dunklen Haaren.

»Hallo«, sagte er.

»Hallo«, erwiderte Caroline. »Du bist sicher Daniel.«

Der Typ nickte.

»Ich heiße Caroline. Ich glaube, das hatte ich am Telefon gar nicht gesagt.«

Daniel schüttelte den Kopf.

»Willst du dich nicht setzen?« fragte Caroline.

Nickend nahm Daniel Platz.

»Das ist schon merkwürdig, jemanden zu treffen, den man gar nicht kennt, nicht wahr?« insistierte Caroline.

Daniel nickte.

Caroline betrachtete ihn mit zunehmender Verzweiflung und nahm einen Schluck aus ihrer Kaffeetasse. Hinter Daniels Rücken zeigte Ollie mit dramatischer Geste auf seine Armbanduhr.

»Hm«, machte Caroline. »Vielleicht sollten wir uns etwas voneinander erzählen, damit wir uns besser kennenlernen. Möchtest du anfangen?«

Daniel zuckte mit den Schultern.

»Also, du spielst Squash, nicht wahr?« fragte Caroline, und Daniel nickte. »Und du studierst Biologie?«

Daniel nickte.

Caroline seufzte. So kam sie nicht weiter. Sie mußte Fragen stellen, die man anders als mit Nicken, Kopfschütteln oder Schulterzucken beantworten konnte. Die berühmten W-Fragen, die mit Wer, Wie, Wo, Was oder Warum beginnen.

»Warum hast du auf meine Anzeige geantwortet?« fragte sie.

Daniel zuckte mit den Schultern. »Hat mir gefallen«, murmelte er.

»Wie bitte?« fragte Matilda am Nebentisch. »Der sollte ein bißchen lauter reden. Man versteht ihn ja kaum.«

»Ah ja«, sagte Caroline. »Und warum hat dir die Anzeige gefallen?«

»Weiß nicht«, antwortete Daniel.

Caroline verlor die Geduld. »Weißt du denn, warum du hergekommen bist?«

Daniel nickte.

»Du redest wohl nicht viel, was?«

»Nö.« Daniel schüttelte den Kopf.

»Na ja, ich finde aber, daß man sich mit einem Mann auch unterhalten können muß«, sagte Caroline.

»Kann gut zuhören«, erwiderte Daniel. Das war der bisher längste Satz in diesem Gespräch, und Caroline sah hoffnungsvoll zu ihm auf.

»Tatsächlich? Bei wem zum Beispiel?«

Daniel hob die Schultern. »Bei allen.«

Da beschloß Caroline, das Gespräch abzukürzen: »Hattest du schon mal eine Freundin? Wenn ja, wieso hast du sie jetzt nicht mehr? Wie lebst du so? In einer WG, oder hast du eine Wohnung? Gehst du gern italienisch essen? Magst du Doggen?« Erwartungsvoll hielt sie die Luft an.

»Geht so«, sagte Daniel.

Ollie hinter ihm zeigte wieder auf die Uhr.

»Tja«, meinte Caroline kapitulierend. »Ich weiß nicht, ob es dir auch so geht, aber ich fürchte, zwischen uns stimmt einfach die Chemie nicht.«

Ohne hinzusehen, wußte sie, daß Daniel die Schultern hob und senkte. »Weißt du, ich will dich nicht kränken, oder so«, fuhr sie fort. »Aber ich wäre jetzt gern allein. Verstehst du das?«

Daniel nickte.

Caroline betrachtete ihn unglücklich. »Also, wärst du so nett und würdest jetzt bitte gehen?«

Daniel erhob sich nickend. »Tschüs«, sagte er.

Alle außer Caroline sahen ihm hinterher.

»Der watschelt ja«, meinte Matilda. »Guck doch mal, Caroline.«

Aber Caroline weigerte sich, noch einen einzigen Blick auf den Typ zu werfen. Er sollte einfach nur gehen und nie wieder ihren Weg kreuzen. In der Tür stieß er mit Cornelius zusammen, der noch in Anzug und Krawatte war.

»Was hab' ich verpaßt?« fragte er.

Caroline antwortete nicht. Sie hatte den Kopf auf den Tisch gelegt und hämmerte mit ihren Fäusten auf die Tischplatte.

»Du bist dem letzten noch begegnet, sah süß aus«, sagte Franziska. »Aber ich glaube, er hat Caroline auch nicht gefallen.«

»Wieso nicht?«

»Er watschelte«, informierte ihn Peggy.

»Sonst nichts?«

»Wir haben ja auch nur die Hälfte mitgekriegt«, beschwerte sich Matilda. »Die haben so leise gesprochen.«

»Das stimmt.« Benedikt und Ollie rückten kurzerhand die Tische näher zusammen. »So, vom nächsten werden wir jeden Atemzug hören.«

»Ihr konntet nichts hören, weil er nichts gesagt hat. Er hat einfach nichts gesagt!« Caroline faßte sich an die Stirn. »Es ist mir selbst schleierhaft, warum ich das hier tue.«

Fabian betrachtete sie mitleidig. »Nur noch einer, und du hast es geschafft.«

»Wir verteilen uns besser auf zwei Tische«, schlug Peggy vor. »Das ist unauffälliger.«

Caroline richtete sich auf. »Noch ein Hochstapler oder Idiot, und ihr könnt mich in die Klapsmühle einweisen«, sagte sie. »Ich muß mal aufs Klo.«

»Beeil dich aber«, warnte Benedikt. »Wolfgang, also Nummer drei, kommt in vier Minuten.«

Er und die anderen rückten die Stühle zurecht. Franziska und Cornelius setzten sich an einen separaten Tisch. Cornelius bestellte einen Cappuccino, Franziska ihre vierte Apfelsaftschorle.

»Ich habe eben mein Flugticket bekommen«, berichtete Cornelius. »Ich fliege in zwei Wochen.«

»Oh«, sagte Franziska und mußte ganz plötzlich wieder mit einem Kloß im Hals kämpfen. »Das ist ja schon bald.«

»Ja«, seufzte Cornelius, »ich weiß. Ich hab' versucht, vorher wenigstens noch etwas Urlaub zu bekommen, um mehr Zeit für uns beide zu haben, aber das ist im Augenblick einfach nicht drin. Bist du sehr traurig?«

»Ach was!« log Franziska. »Es sind ja bloß drei Monate.«

»Vier«, korrigierte Cornelius. »Die wollen, daß ich bis Ende Mai da unten bleibe. Hatte ich dir das noch nicht gesagt?«

»Nein«, seufzte Franziska. »Das hattest du noch nicht gesagt.« Jetzt war sie kurz davor, in Tränen auszubrechen. Aber Cornelius sah so unbekümmert aus, daß sie sich lächerlich vorgekommen wäre. Sie zählte die Tee- und Kaffeeflecken auf dem Tischtuch. Zählen war gut gegen Tränen. Im Kino zählte sie immer die Sitzplätze, wenn's traurig wurde.

»Außerdem können wir uns in dieser Zeit ja auch ein paarmal sehen«, sagte Cornelius. »Zum Beispiel an den Wochenenden. Und wenn du Lust hast, dann treffen wir uns mal für ein paar Tage in London. Da wolltest du doch immer schon mal hin. Wäre das nichts?«

»Siebzehn«, sagte Franziska und versuchte ein Lächeln.

Cornelius lächelte kopfschüttelnd zurück. »Du bist schon irgendwie seltsam«, meinte er. »Oh, ich glaube, unsere Theatervorstellung geht weiter.«

Er hatte recht, soeben war Kandidat Nummer drei in der Tür erschienen. Man erkannte ihn sofort an der *Prinz*, die er wie eine Trophäe vor sich hertrug.

»Er sieht ein bißchen bescheuert aus«, konstatierte Matilda am Nebentisch. »Das konnte man auf dem Foto nicht sehen.«

Peggy und Fabian nickten zustimmend. »Dieses weiße Krägelchen über dem dunkelblauen Strickpullover weist auf einen verklemmten Charakter hin«, behauptete Peggy. »Caroline sollte die Zeitschrift am besten unter dem Tisch verschwinden lassen, ehe es zu spät ist.«

Aber Caroline war zu langsam. Der Typ im dunkelblauen Pullover kam direkt auf sie zu.

»Chiffre drei acht neun fünf zwo?« fragte er lächelnd.

Caroline lächelte zurück. »Ich glaube, ja«, sagte sie.

»Ich bin Wolfgang Meier«, stellte sich der Typ vor. »Mit e i. Freut mich sehr, Ihre Bekanntschaft zu machen.«

»Lieber Himmel«, flüsterte Franziska. »Der siezt sie!«

»Ähm, ja, mich auch«, sagte Caroline.

Wolfgang Meier setzte sich, nachdem er seinen Mantel sorgfältig über die Lehne des Nachbarstuhls drapiert hatte. Er bestellte einen koffeinfreien Kaffee.

»Und nun zu uns«, sagte er. »Diese Anzeige von Ihnen hat mich sehr beeindruckt. Nicht jeder in unserer Generation kann sich noch so offen zur Jungfräulichkeit bekennen. Ja, für manche scheint es geradezu ein Makel zu sein.«

»Äh«, murmelte Caroline.

»Dabei ist es genau das Gegenteil. Die körperliche und seelische Unschuld ist eine Tugend, gerade in der heutigen Zeit. Ich habe mir immer fest vorgenommen, nur eine Jungfrau zu heiraten. Ich selber habe mich auch noch niemandem hergeschenkt. Ich habe es mir aufgespart für eine Frau, die es wert ist und die die gleichen moralischen Grundsätze hat wie ich.«

»Oh«, sagte Caroline entsetzt.

Ihre Freunde am Nachbartisch krümmten sich vor unterdrücktem Gelächter. Matilda stopfte sich sogar einen Tischtuchzipfel in den Mund, um nicht laut herauszuplatzen.

Wolfgang griff kühn nach Carolines Hand. »Ich bin froh, daß ich diese Frau endlich getroffen habe. So was spürt man sofort.«

»Jetzt weiß ich es«, platzte Caroline heraus. »Versteckte Kamera, stimmt's?«

»Niemals würde ich so etwas ohne Ihre Zustimmung tun«, erwiderte Wolfgang ernst. »Draußen im Auto wartet meine Mutter. Sie war genauso gespannt auf Sie wie ich. Meinen Sie, ich könnte sie hereinbitten, damit sie sich zu uns setzt?«

Am Nebentisch fiel ein Glas um. Die anderen amüsierten sich offensichtlich königlich. Auf meine Kosten, dachte Caroline grimmig und beschloß, der Komödie ein Ende zu bereiten.

»Nein«, sagte sie. »Besser wäre, Sie würden zu Ihrer Mutter ins Auto steigen und wegfahren.«

Wolfgang verstand nicht recht. »Sie müssen nicht schüchtern sein«, sagte er. »Meine Mutter ist eine wundervolle Frau. Sie wird Ihnen garantiert gefallen.«

»Okay, wenn Sie nicht gehen wollen«, sagte Caroline, »dann werde ich eben gehen.« Sie erhob sich, nahm ihre Jeansjacke von der Lehne und spazierte einfach aus dem Bistro.

Wolfgang und die anderen sahen ihr mit offenem Mund hinterher.

6.

Am Tag nach den drei denkwürdigen Begegnungen der dritten Art kamen Franziska und Caroline zur gleichen Zeit nach Hause. Sie trafen sich im Hausflur vor dem Briefkasten.

»Nun mach schon«, sagte Franziska ungeduldig. »Heute muß eine neue Ladung drin sein. Ich meine, es kann nicht angehen, daß diese Anzeige nur von Nieten gelesen wurde.«

»Dann wollen wir mal sehen«, sagte Caroline und versuchte, den Briefkasten mit ihrem Rücken vor Franziskas neugierigen Blicken zu schützen. »Was haben wir denn da? Die Telefonrechnung, einen Brief für Matilda aus Italien und ...«, sie zog einen großen braunen Umschlag heraus, »... Nachschub!«

»Wunderbar«, freute sich Franziska. »Das ist besser als Kino. Da läuft im Augenblick sowieso nichts Besonderes.«

Kaum hatten sie es sich am Küchentisch bequem gemacht, kam auch Matilda nach Hause. Sie war ausgesprochen gut gelaunt.

»Ihr glaubt nicht, was ich in der Konstantinstraße entdeckt habe!« rief sie und warf eine braune Papiertüte quer über den Tisch.

»Einen Laden für Papiertüten?« riet Franziska.

Matilda lachte. »O nein, o nein! Es ist ein Voodoo-Laden. Ein richtiger Voodoo-Laden. Dort kann man alles kaufen, was das Hexenherz begehrt und was bis jetzt aufzutreiben geradezu ausgeschlossen war.«

»Wie zum Beispiel Krötenbeine oder den Samen eines

rechtschaffenen Priesters?« erkundigte sich Franziska. »Na, wunderbar! Uns stehen herrliche Tage bevor.«

Caroline seufzte. »Langsam würde ich es begrüßen, wenn du dich wieder einem neuen Hobby zuwenden würdest. Puzzlespiele zum Beispiel oder Telefonkartensammeln. Wäre das nichts?«

»Du mußt gerade meckern«, sagte Matilda. »Was meinst du, was hier drin ist? Lauter Sachen für dich. Damit du endlich den Traumtyp kennenlernst. Oh, da sind ja neue Briefe angekommen! Wartet, noch nichts öffnen. Wir können jetzt gleich einen Zauber ausprobieren, damit auch ganz bestimmt was dabei ist.«

»Spinnst du?« Franziska tippte sich an die Stirn. »Du glaubst doch nicht, nur weil du jetzt den an Neumond ausgerenkten Fuß einer Kröte über den Briefen schwingst, daß sich dadurch etwas am Inhalt ändert!«

»Ungläubige«, seufzte Matilda. »Dann muß ich meinen Zauber eben im verborgenen ausüben.«

»Ja, bitte«, sagte Caroline und öffnete den ersten Brief.

»Darf ich auch?« fragte Matilda.

»Bitte bedient euch. Es sind genug Briefe für alle da.«

Eine Weile waren alle beschäftigt. Wie von selbst bildeten sie zwei Stapel. Ab und zu kicherte oder stöhnte eine von ihnen vor sich hin.

»Ich habe vier, die in Frage kommen«, sagte Matilda schließlich und hielt ihnen vier Fotos hin.

Caroline betrachtete sie nacheinander. »Igitt«, rief sie dann. »Kann es sein, daß du kein bißchen wählerisch bist, Matilda?«

»Ich schätze, das ist Geschmackssache«, sagte Franziska. »Matilda findet ja auch diesen Aal Karsten toll.«

»Das stimmt«, seufzte Caroline. »Wenn ich nur daran denke, bekomme ich ein Herpesbläschen an der Lippe. Bei mir kommt nur der hier in Frage, Industriedesign-Student, fünfundzwanzig, süße Nickelbrille.«

»Zeig her!« Matilda nahm ihr Brief und Foto aus der Hand. »Ja, der ist okay. Allerdings sieht er aus, als wäre er selber noch Jungfrau.«

Franziska nahm den Brief an sich. »Außerdem wohnt der in Bielefeld! Den würdest du höchstens am Wochenende sehen.«

»Na gut! Der scheidet also auch aus. Was hast du denn noch?«

»Ich habe drei nette Briefe, aber nur ein nettes Foto. Und dieses Muttersöhnchen Wolfgang hat ein zweites Mal geschrieben. Ist das nicht rührend? Du hättest vergessen, ihm deine Telefonnummer zu geben.«

»Vergessen ist gut«, schnaubte Caroline. »Ich war zwar ziemlich durcheinander, aber nicht geistig umnachtet. Zeig mal die anderen.«

Franziska schob ihr drei Briefe und ein Foto zu. »Echt nicht übel«, meinte Caroline, nachdem sie einen Blick darauf geworfen hatte. Das Foto zeigte einen jungen Typ mit langen blonden Locken und einem gepiercten Nasenflügel. »Zu welchem Brief gehört der?«

Franziska sah sie zerknirscht an. »Das weiß ich ehrlich gesagt nicht mehr. Auf jeden Fall war dieser Brief hier ohne Foto. Das Lockenköpfchen ist also entweder der Modellschreiner mit eigener Werkstatt oder der Lebenskünstler mit Lust am Experimentieren.«

Caroline vertiefte sich in die Betrachtung. »Nein, der Modellschreiner ist es nicht, der ist fünfunddreißig und schreibt, er habe graue Schläfen.«

»Ich steh' auf graue Schläfen«, sagte Matilda, aber niemand hörte auf sie.

»Also ist der Blondschopf hier der Lebenskünstler mit Lust am Experimentieren«, fuhr Caroline fort. »Ich schätze, das heißt, daß er ausprobiert, wie man in diesem Staat ohne Arbeit zurechtkommt, am besten auf Kosten einer gut betuchten Studentin. Nein, danke, den will ich nicht. Und der Modellschreiner ist mir zu alt.«

»Fünfunddreißig ist dir zu alt?« wiederholte Matilda ungläubig.

»Ja, denk doch mal, wenn ich fünfunddreißig bin, ist der schon fünfzig«, sagte Caroline.

»Aber, Caro, du sollst ihn doch nicht heiraten, du sollst nur mit ihm schlafen.«

Franziska seufzte. »Dann kommt nur der dritte in Frage, leider ohne Foto.«

»Die Fotos haben bisher eigentlich nur getäuscht. Oder glaubst du, ich hätte diesen Wolfgang angerufen, wenn er ein Ganzkörperbild geschickt hätte?« Caroline und Matilda beugten sich über den letzten Brief. Es war gar kein richtiger Brief, sondern eine Postkarte, auf der ein großes grünes Blatt abgebildet war. Darauf hatte jemand mit Buchstabennudeln »Ruf doch mal an!« und eine Telefonnummer geklebt.

»Vielleicht einer von der Telekom?« fragte Franziska. »Aber das ist doch echt mal was anderes.«

»Wie süß!« sagte auch Matilda. »Da muß er Stunden für gebraucht haben. Vielleicht hat er sich die Nudeln sogar vom Mund abgespart!«

»Aber da steht noch nicht mal, wie alt er ist«, wandte Caroline ein.

»Egal«, rief Matilda. »Wenn du ihn anrufst, wissen wir

sofort Bescheid. Ähm – ich meine, du weißt sofort Bescheid.«

»Diesmal wird aber keiner dabei zuhören«, sagte Caroline. »Ich werde das Telefon mit in mein Zimmer nehmen, und ihr werdet nicht an der Tür lauschen.«

»Als ob wir so was täten«, empörten sich Franziska und Matilda.

Caroline schwieg bedeutungsvoll, schleppte das Telefon in ihr Zimmer und schloß die Tür mit Nachdruck. Franziska und Matilda blieben eine Weile unschlüssig in der Küche sitzen.

»Ob man was hört, wenn man das Ohr an die Tür legt?« fragte Matilda dann.

Franziska schüttelte mißmutig den Kopf. »Nicht genug«, sagte sie.

»Dann gehe ich jetzt in mein Zimmer und mache diesen Liebeszauber, den ich für Caroline eingekauft habe. Wenn alles klappt, verlieben sie sich noch am Telefon ineinander.« Tatendurstig sprang Matilda auf, um mit ihrer Papiertüte nach nebenan zu eilen.

Franziska sah ihr besorgt hinterher. »Offensichtlich glaubt sie wirklich daran«, murmelte sie. »Es wird immer schlimmer mit ihr.«

Aus Carolines Zimmer drang Gemurmel. Franziska ärgerte sich, daß sie nichts verstehen konnte. Leise schlich sie näher an die Tür heran und legte das Ohr direkt an das Holz.

»War das nicht eine schreckliche Arbeit, die Nudeln aufzukleben?« hörte sie Caroline fragen. »Die Dinger sind so klein, sicher klebten sie ständig an deinen Fingern fest.«

Der Typ mußte eine witzige Antwort gegeben haben,

denn Caroline lachte wieder laut. Es klang völlig unverkrampft.

Franziska grinste. Bei diesem Typ hatte sie gleich ein gutes Gefühl gehabt. Zufrieden zog sie sich wieder in die Küche zurück.

Nebenan las Matilda angestrengt die Anleitung für den Liebeszauber aus dem Voodoo-Laden. Eilig mischte sie die verschiedenen Pülverchen ineinander. Manche davon rochen ziemlich widerwärtig.

»Den Schwefel zum Schluß mit der nötigen Konzentration unterheben«, stand in der Anleitung. Matilda, die ab und zu auch in Kochbüchern las, hielt sich selten an Anleitungen. Am Ende kam doch alles zusammen, und schmecken tat es auch immer.

»Semiramis, Potephatis«, sagte sie und leerte die Schwefelpulvertüte in ihre Salatschüssel. »Und jetzt das Wasser, alles mit der nötigen Konzentration auf den Typ am Telefon.«

Das Wasser traf mit einem lauten Zischen auf das Pulver. Die Schüssel schien förmlich zu explodieren. Matilda hustete. Die Luft im Raum war voll von gelblichem Staub.

»Das ist irgendwie nicht ganz richtig«, murmelte sie. »Es hätte flüssig werden müssen und nicht staubig! Und es hätte in der Schüssel bleiben müssen.«

Der gelbe Staub roch nach dem Schwefel und etwas anderem Unangenehmen, was vorher noch nicht dagewesen war. Der Geruch zog unter der Türritze hindurch und stach Franziska in der Küche in die Nase. Sie wußte sofort, wo er herkam. Wütend stürzte sie in Matildas Zimmer.

»Was ist denn hier los?« Ohne eine Antwort abzuwarten, ging sie schnurstracks weiter zum Fenster, das sie ungeachtet der Außentemperaturen weit aufriß. »Tilda, hast du sie nicht mehr alle? Das riecht echt giftig. Irgendwann werden wir an deinen Zaubertränken zugrunde gehen.«

»Es ist irgendwie schiefgegangen«, wiederholte Matilda. »Vielleicht habe ich die falsche Formel benutzt. Manchmal wird ein Zauber durch negative Schwingungen behindert. Ich habe sie deutlich gespürt.«

»Das war sicher ich«, sagte Franziska böse. »Ich bin voll negativer Schwingungen. Noch so ein Betriebsunfall, und ich schmeiße jede einzelne Hexenzutat aus dem Fenster und dich hinterher.«

Die Staubwolke verzog sich nur langsam.

»Da ist was schiefgegangen«, sagte Matilda wieder. »Dabei habe ich alles nach Vorschrift gemacht. Das Wasser ganz zum Schluß. Aber es hat sich nicht verbunden, es hat nur gestaubt.«

»Du Dumme, hast du in Chemie nie aufgepaßt? Erst das Wasser, dann die Säure, sonst passiert das Ungeheure, das weiß doch jedes Kind. Nur du nicht, du Voodoo-Hexen-Amateurin!«

»Welche Säure?« Matilda machte ein zerknirschtes Gesicht. »Ich wollte Carolines ersten Kontakt positiv unterstützen. Ich hoffe nicht, daß ich jetzt das Gegenteil bewirkt habe.«

»Das glaube ich nicht«, erwiderte Franziska. »Sie telefonieren schon über eine Stunde miteinander. Glücklicherweise ist es ein Ortsgespräch. Diesmal habe ich ein gutes Gefühl.«

Matilda runzelte die Stirn und schwieg.

Nebenan legte Caroline verwirrt den Hörer auf. Unschlüssig rieb sie sich das Ohr. »Ich bin fertig!« schrie sie dann.

Franziska und Matilda kamen ins Zimmer gelaufen.

»Und?« fragte Matilda.

Caroline grinste sie beide an. »Ich fürchte, ich habe mich soeben in eine Stimme verliebt.«

»Wie alt? Was macht er? Hat er ein Holzbein?« fragte Franziska.

»Fünfundzwanzig, Schreinergeselle, und da er surft und Tennis spielt, nehme ich an, daß er keinerlei körperliche Gebrechen hat.«

»Und was ist mit seiner Mutter?« fragte Matilda in Gedenken an Wolfgang.

»Er ist ein Waisenkind«, sagte Caroline. »Seine Eltern sind vor zehn Jahren bei einem Autounfall gestorben.«

Franziska und Matilda freuten sich. »Na, siehst du, besser kann es ja gar nicht sein.«

»Er heißt Marc mit c am Ende und kommt am Donnerstag her. Wir gehen zusammen weg; wohin, wollte er sich noch überlegen.«

Caroline strahlte. »Aber irgendwohin, wo wir in Ruhe reden können. Ist das nicht toll? Sagt mal, wonach riecht es hier eigentlich?«

Matilda schnupperte in die Luft. »Ich rieche nichts«, sagte sie.

7.

Am Donnerstag war Caroline nicht in der Lage, zur Uni zu gehen, obwohl sie laut Stundenplan vier Seminare besuchen mußte. Sie stand um halb sechs auf und begann die Wohnung zu putzen. Als Franziska zwei Stunden später in die Küche kam, traute sie ihren Augen nicht. Caroline hatte alle Schränke ausgeräumt und war dabei, die Regalböden mit Lauge abzuwaschen. Der Kühlschrank war ebenfalls leegeräumt und dabei, abzutauen, das erste Mal, seit er in diese Wohnung getragen worden war.

»Was tust du?« fragte Franziska entsetzt.

»Siehst du doch«, antwortete Caroline. »Das war längst fällig. Was meinst du, wie viele Sachen ich wegschmeißen mußte, weil das Mindesthaltbarkeitsdatum abgelaufen war?«

Franziska starrte sie an. »Ist alles in Ordnung mit dir?«

»Natürlich«, sagte Caroline. »Nur weil ich mal für Ordnung sorgen will, heißt das nicht, daß ich den Verstand verloren habe. Ich werde den Farn im Badezimmer umtopfen und die Handtücher neu falten und farblich sortieren. Dann wollte ich endlich mal mit einer Rasierklinge den Schmutz aus den Kachelfugen entfernen. Ach ja, und den Staubsaugerbeutel wechseln, die Badewanne entkalken und die Bücher in meinem Regal der Größe nach sortieren. Fällt dir noch was ein?«

»Wie wäre es, wenn du unseren Altpapierkarton durchsehen und das Altpapier der Größe nach sortieren würdest«, schlug Franziska vor.

»Gut, daß du mich daran erinnerst«, sagte Caroline. »Das Altpapier muß zu den Containern gebracht werden, ebenso der Kunststoff und das Glas. Ich werde noch mal durchschauen, ob Matilda nicht wieder überall den Korken in die Weinflaschen geschoben hat. Das macht sie manchmal.«

Franziska tippte sich an die Stirn. »Machst du das alles wegen dieses Typs?«

»Seinetwegen und weil ich es selber gern ordentlich habe, wie du weißt.«

»Aber Caroline, ihr werdet irgendwo hingehen. Der kriegt nur den Flur zu sehen, allenfalls noch dein Zimmer. Aber er wird wohl kaum die Gelegenheit haben, in unsere Küchenschränke zu schauen!«

»Der erste Eindruck entscheidet«, sagte Caroline starrsinnig. »Man kann ihn niemals mehr revidieren.«

»Garantiert haßt er Putzteufel. Das tut jeder Mann«, meinte Franziska. »Wenn du so weitermachst, hast du heute abend Spülhände und Kreuzschmerzen. Du solltest die Zeit sinnvoller nutzen, um das Beste aus deinem Typ zu machen. Eine Haarkur, eine Gesichtsmaske, Halswickel, Wechselduschen, Selbsthypnose vor dem Spiegel, Beine enthaaren, Zehennägel lackieren, Klamotten anprobieren, was man eben so tut vor einer solchen Verabredung. Jedenfalls, wenn man normal veranlagt ist.«

»Bis Mittag müßte ich hiermit fertig sein«, sagte Caroline. »Dann brauche ich nur noch die Fenster zu putzen und Türen und Türrahmen heiß abzuwaschen. Und dann, wenn der Boden feucht gewischt ist, kümmere ich mich um meinen Körper.«

»Jetzt mach aber mal einen Punkt, Caroline. Kein

Mann der Welt legt Wert auf eine saubere Wohnung, zumal dann nicht, wenn es nicht seine eigene ist und er sie überhaupt nicht sieht. Wenn du nicht sofort den Lappen aus der Hand legst, rufe ich einen Krankenwagen.«

»Warum läßt du mich nicht einfach in Ruhe?« fragte Caroline erregt und wischte energisch über das letzte Schrankfach. Dann begann sie, die abgestaubten und aussortierten Lebensmittelpackungen der Größe nach in den Schrank zu räumen.

Franziska gab nach. Kopfschüttelnd zog sie sich ins Bad zurück. Auch hier hatte Caroline bereits ihre Spuren hinterlassen. Es roch durchdringend nach Essigreiniger, die Armaturen blinkten ungewohnt. Franziska beschloß, darauf keine Rücksicht zu nehmen. Sie hatte schließlich heute ebenfalls eine wichtige Verabredung. Und zwar mit dem eigenen Freund. Bevor jemand für vier Monate von der Bildfläche verschwand, mußte man ihm noch ein paar schöne Erinnerungen mitgeben, damit er einen auch wirklich als reizend und lieblich im Gedächtnis behalten würde.

Bis zu Cornelius' Abreise waren es nur noch zehn Tage – und das sollten ganz besondere zehn Tage werden. Jeden Abend Zusammensein, kuscheln, reden und lauter schöne Dinge unternehmen, die Cornelius liebte. Dafür war Franziska sogar bereit, einen albernen Sience-fiction-Film zu sehen *und* indonesisch essen zu gehen, obwohl sie das eigentlich haßte. Am letzten Abend würde, sozusagen als Höhepunkt des Ganzen, die Surprise-Party steigen, die Benedikt und Ollie vorgeschlagen hatten. Heute abend wollten sie zusammen ins Kino gehen, in besagtes Weltraumabenteuer, und anschließend, in Cornelius' Wohnung, würde sie eine

Flasche Champagner aus der Manteltasche zaubern und ihm die Unterwäsche vorführen, die sie erst gestern gekauft hatte.

Franziska lächelte ihrem Spiegelbild zu. Dank Carolines Putzfimmel war es klar und deutlich wie noch nie. Und was sie sah, war nicht übel. Die Unterwäsche war dunkelrot mit süßen kleinen Knöpfchen, die Cornelius alle einzeln würde öffnen müssen. Dabei würden sie den Champagner trinken und irgendeine Schmusemusik hören. Das war zwar nicht besonders originell, aber Cornelius stand auf so was. Und bei dieser Gelegenheit würde sie ihm auch endlich das Geständnis entlocken können, wie sehr er sie in England doch vermißte.

Franziska überlegte einen Augenblick, ob sie der Sache nicht etwas mehr Würze geben sollte, indem sie den Mantel direkt über die Unterwäsche zog, aber diese Idee verwarf sie gleich wieder. Es gab mehrere Gründe, die dagegen sprachen. Der erste und einleuchtendste war die Außentemperatur. Die lag irgendwo knapp über Null. Außerdem sollte man nicht gleich am ersten Abend sein ganzes Pulver verschießen, zumal zu befürchten war, daß Cornelius ein klein wenig befremdet wäre, wenn er feststellte, daß Franziska sozusagen in aller Öffentlichkeit gegen Sitte und Anstand verstieß. Er war eben ein bißchen spießig, der Gute. Trotzdem würde sie ihn sehr vermissen, und das konnte sie ihm ja auch sagen. Jedenfalls, wenn er es zuerst sagte.

Als Franziska am späten Nachmittag von der Sporthochschule zurückkam, war es in der Wohnung so sauber und ordentlich, daß sie nicht mal wie gewöhnlich ihren Rucksack in die Ecke zu pfeffern wagte. Statt dessen hängte sie ihn an einen Haken an der Tür in ihrem Zimmer.

»Ist das nicht grauenhaft?« flüsterte Matilda. »Hier sieht es aus wie in einem Museum, nur weniger staubig.«

»Wo ist Caroline?« wollte Franziska wissen.

»Sie ist seit einer halben Stunde im Badezimmer und sagt immer die gleichen Sätze vor sich hin: ›Ich bin schön! Ich bin unwiderstehlich! Ich bin begehrenswert. Ich habe keinen Grund, mich minderwertig zu fühlen.‹ Es ist schrecklich.«

»Das hat sie in einem ihrer Psychologiebücher gelesen«, sagte Franziska.

»Im Küchenschrank sind die Lebensmittel der Größe nach sortiert«, flüsterte Matilda. »Als ich das Knäckebrot nicht wieder im rechten Winkel zur Mehltüte einsortierte, hat sie mich angeschrien, ich würde immer alles zerstören! Meinst du, wir müssen uns ernsthaft Sorgen machen?«

»Nein«, erwiderte Franziska. »Wenn sie diesen Typ getroffen hat, dürfen wir wieder ganz normal mit ihr umgehen. So lange allerdings hat sie ein Anrecht auf ein bißchen Rücksichtnahme.«

»Also gut«, sagte Matilda. »Dann gehe ich jetzt in mein Zimmer zurück und verhalte mich ruhig.«

»Tu das«, sagte Franziska. Vorsichtig klopfte sie an die Badezimmertür. »Caro, kann ich mal reinkommen?«

»Ja, die Tür ist offen«, antwortete Caroline von innen. Sie lag in der Badewanne und hatte zwei Teebeutel auf den Augen.

»Alles okay?« fragte Franziska.

»Ich bin schön! Ich bin unwiderstehlich! Ich bin begehrenswert«, murmelte Caroline vor sich hin.

»Ja, das bist du sicher«, gab ihr Franziska recht. »Was ziehst du nachher an? Weißt du das schon?«

»Ich habe keinen Grund, mich minderwertig zu fühlen«, sagte Caroline.

»Ich würde dir den bunten Strickpulli mit dem orangefarbenen Polokragen vorschlagen«, fuhr Franziska unbeeindruckt fort. »Der steht dir unheimlich gut. Dazu könnte ich dir meine Steppweste leihen, für drüber.«

»Ich bin schön«, sagte Caroline. »Ich bin unwiderstehlich. Danke, das ist eine gute Idee. Aber macht die Weste nicht dick?«

»Jeden außer dir«, bekräftigte Franziska.

»Willst du damit sagen, ich sei zu dünn?« fragte Caroline. »Ich bin begehrenswert. Ich habe keinen Grund, mich minderwertig zu fühlen.«

»Aber nein«, sagte Franziska.

»Nein? Meinst du, ich habe doch einen Grund, mich minderwertig zu fühlen? Vielleicht, weil ich zu dünn bin?«

»Aber nein, du bist nicht zu dünn«, redete Franziska auf sie ein. »Du bist genau richtig. Und die Weste steht dir wunderbar.«

»Okay. Ich bin schön.«

»Ja, das bist du.«

»Wie spät ist es? Ich bin begehrenswert.«

»Es ist kurz vor sechs. Wann kommt dein Typ? Marc hieß er doch, oder?«

»Ja, Marc mit c am Ende. Er kommt um sieben«, sagte Caroline. »O mein Gott, ich bin viel zu spät dran! Das schaffe ich nie.«

»Aber wieso denn? Deine Haare sind schon gewaschen, die Klamotten hast du auch ausgesucht – du mußt dich nur noch abtrocknen, schminken und anziehen. Ein bißchen Haarschaum in die Locken, fertig!«

Caroline nahm die Teebeutel von den Augen. »Ich bin unwiderstehlich«, leierte sie. »Um Gottes willen, ich bin ja krebsrot am ganzen Körper.«

»Das ist normal nach einem heißen Bad«, meinte Franziska. »Raus aus der Wanne, ich will auch noch baden.«

»Ich habe keinen Grund, mich minderwertig zu fühlen«, sagte Caroline und stieg aus der Wanne.

Franziska zog den Stöpsel heraus. Caroline wickelte sich in ein Badetuch und hüpfte vor den Spiegel. »Ich bin schön! Ich bin – o mein Gott, wie sehe ich denn aus?«

Franziska drehte sich genervt um. »Hör schon auf, Caroline, du machst mich ganz verrückt.«

»Aber sieh doch mal! Ich bin ganz fleckig!«

»Das bist du doch jedesmal, wenn du aufgeregt bist. Ich kann mich noch an deinen ersten Schultag erinnern. Du sahst aus wie ein rot-weißer Leopard. Man sollte denken, daß du dich langsam an diesen Anblick gewöhnt hättest.«

»Ich habe keinen Grund, mich minderwertig zu fühlen«, jammerte Caroline. »O doch, das habe ich wohl. Ich bin fleckig, ich bin völlig verblödet, und ich mache mir vor Angst beinahe in die Hosen. Warum habe ich mich überhaupt darauf eingelassen?«

Franziska spülte die Reste von Carolines Schaumbad aus der Wanne und ließ dann frisches Wasser einlaufen. »Denk doch nur an seine tolle Stimme«, sagte sie. »An das flaue Gefühl in deinem Magen. Und genieß es. Es ist aufregend und spannend!«

»Ich hasse Aufregung und Spannung. Und dieses flaue Gefühl in meinem Magen macht mich ganz irre!«

»Warum kannst du das alles nicht ganz einfach genießen?« fragte Franziska. »Langsam zweifle ich echt an deinem Verstand.«

»Oh, siehst du, du tust es auch. Ich sag' doch, ich habe tausend Gründe, mich minderwertig zu fühlen. Ich muß die ganze Zeit daran denken, wie gemein ich im Grunde zu den drei Idioten war, die ich bei *Nino's* getroffen habe. Was mache ich nur, wenn ich für diesen Marc genauso schrecklich bin, wie diese drei für mich waren?«

»Das ganze Leben ist ein Spiel«, sagte Franziska erschöpft. »Du kannst Risiken eingehen und gewinnen oder der ewige Verlierer sein. Du kannst selber entscheiden, was du sein willst.«

»Wenn er mich abserviert, bringe ich mich um«, sagte Caroline. »Auf jeden Fall werde ich niemals wieder vor die Tür gehen. Oder mit einem Mann sprechen. O mein Gott, diese Flecken werden immer schrecklicher. Guck doch mal!«

Franziska guckte. »Na ja«, sagte sie. »Versuch's mal mit Kamillenteekompressen. Es sieht wirklich ziemlich wüst aus. Und danach nimmst du ein gutes Make-up.«

»O nein«, rief Caroline entsetzt. »So kann ich meinem Traumtyp nicht unter die Augen treten. Dann sucht er doch gleich das Weite. Wußtest du, daß es für den ersten Eindruck keine zweite Chance gibt? Und daß dieser erste Eindruck in den ersten drei Sekunden entsteht? Drei Sekunden! Das ist viel zu kurz, um meine Vorzüge zu bemerken, aber lange genug, um jeden einzelnen meiner Flecken zu registrieren! Ich hasse mich! Warum muß ich auch immer diese Flecken bekommen?«

Franziska hielt sich die Ohren zu. »Caroline, du

machst mich wahnsinnig. Ich möchte nicht unhöflich erscheinen, aber jammere bitte in deinem Zimmer weiter. Wenn du angezogen bist, kannst du von mir aus wieder herkommen und dich schminken, ich mache dir sogar einen Zopf, alles, was du willst. In der Zwischenzeit möchte ich aber in Ruhe baden.«

Als Caroline das Bad verlassen hatte, war es für eine halbe Stunde ruhig. Franziska hatte Zeit, sich in Ruhe einzucremen und die Zehennägel in dem dunklen Rot-Ton zu lackieren, den auch die Unterwäsche hatte. Erst ein verzweifelter Hilfeschrei holte sie aus dem Badezimmer.

»Hilfe! Franziska!« rief Matilda. »Komm schnell! Caroline macht mich noch wahnsinnig. Sie sagt, sie kann dem Typ nicht gegenübertreten, sie habe Flecken und jetzt auch noch Blähungen.«

»Das stimmt leider«, sagte Caroline, schon in Klamotten und Schuhen. »Ich kann unmöglich gehen. Stell dir vor, wir sitzen in einem Restaurant, und ich muß pupsen. Wenn er das hört, kann er sich unmöglich in mich verlieben!«

Franziska und Matilda tauschten besorgte Blicke. »Wir hätten ihr ein Beruhigungsmittel geben müssen«, flüsterte Matilda. »Die dreht total durch.«

»Caroline!« sagte Franziska streng. »Als ob du laut pupsen müßtest! So was Albernes. Du bist wirklich paranoid.«

»Nein«, verbesserte Caroline. »Ich bin phsychotisch, nicht paranoid. Paranoia ist Verfolgungswahn.«

»Ja, und den hast du«, widersprach Matilda. »Du fühlst dich von deinen Blähungen verfolgt.«

»Mein ganzer Unterleib ist angeschwollen. Lauter

Luft hat sich darin gebildet. Und die will natürlich raus. Meine Jeans ist mir zu eng deswegen.«

»Du spinnst doch, Caroline«, sagte Franziska. »Jetzt gehst du auf der Stelle ins Badezimmer und schminkst und kämmst dich. Der Typ kann jeden Augenblick hier sein.«

Zu zweit schubsten sie Caroline vor den Spiegel. Als sie sich darin erblickte, brach sie in Tränen aus. »So soll ich ihm unter die Augen treten?« schrie sie. »Ich sehe aus, als hätte ich mittelschwere Verbrennungen erlitten. Niemals wird er sich so in mich verlieben.«

»Halt still«, befahl Franziska, und Matilda reichte ihr getönte Tagescreme, die sie sorgfältig in Carolines Gesicht verteilte. »Heul nicht mehr, sonst verwischt alles.«

»Puder und Pinsel«, sagte Matilda und reichte ihr beides. Sie arbeiteten eine Weile schweigend wie ein eingespieltes Operationsteam. Franziska war der Arzt, Matilda die OP-Schwester. Und Caroline war der Patient.

»Wir hätten ihr besser eine Vollnarkose gegeben«, meinte Matilda, als Caroline während der Prozedur wieder zu heulen begann. »Rouge ist wohl überflüssig in diesem Fall, oder was meinen Sie, Herr Doktor?«

»O Gott«, schniefte Caroline. »Die Flecken sind immer noch da, und jetzt hab' ich auch noch rote Augen. Außerdem muß ich mal.«

»Gut«, sagte Franziska am Rande eines Tobsuchtsanfalls. »Du gehst aufs Klo, Matilda und ich warten draußen. Und wenn du fertig bist, dich gekämmt und die Wimpern getuscht hast, kommst du raus, und wir trinken ein Glas Sekt in der Küche, bis Marc kommt.«

Caroline nickte schniefend. »Gut«, sagte sie.

»Meine Güte«, machte sich Matilda in der Küche Luft. »Sie war ja immer schon gestört, was so was angeht, aber so habe ich sie noch nicht erlebt. Ich muß ihr recht geben, sie sieht grauenhaft aus. Nur einem Blinden könnte sie gefallen.«

»Schscht!« machte Franziska. »Wenn sie sich die Haare ins Gesicht kämmt, wird es schon gehen. Dicke Pickel wären schlimmer.«

»Ich weiß nicht«, murmelte Matilda. Sie holte eine Flasche Sekt aus dem Kühlschrank.

»Hey, stell die wieder hin«, befahl Franziska. »Das ist der gute Champagner, den ich für Cornelius und mich gekauft habe. Der Sekt liegt im Gemüsefach.«

Matilda stellte den Champagner zurück und öffnete statt dessen den Sekt. »Komm, wir trinken schon mal ein Gläschen«, sagte sie. »Caroline wird davon vermutlich noch fleckiger.«

»Wenn das überhaupt möglich ist«, bemerkte Franziska.

In diesem Augenblick klingelte es. Franziska und Matilda eilten beide zur Tür.

»Nein«, schrie Caroline aus dem Badezimmer. »Nicht aufmachen. Bitte!«

»Dann beeil dich. Wir können den doch nicht vor der Tür warten lassen.«

»Ich kann aber nicht«, schluchzte Caroline aus dem Bad. »Ich kann einfach nicht.«

»Caroline, jetzt reiß dich zusammen. Ich werde jetzt auf den Türöffner drücken, und du hast zwanzig Sekunden, um aus dem Bad zu kommen.«

»Nein!« schrie Caroline.

»Neunzehn, achtzehn, siebzehn«, zählte Matilda.

»Ich sterbe«, sagte Caroline hinter der Tür. »Bitte, liefert mich nicht aus. Ich würde es nicht überleben.«

Auf der Treppe hörten sie Schritte. »Fünfzehn, vierzehn, dreizehn«, zählte Matilda ungerührt weiter.

»Was sollen wir denn tun?« fragte Franziska. »Er ist gleich oben.«

»Sagt ihm, ich sei gestorben. Oder besser, ich hätte die Pest. Oder, mich gäbe es gar nicht. Sag ihm, daß du ich bist, Franziska. Bitte! Du kannst mit ihm weggehen.«

»Du spinnst ja«, zischte Franziska. »Ich muß mich heute abend um Cornelius kümmern.«

»Caroline, er steht vor der Tür«, flüsterte Matilda, und da klingelte es auch schon ein zweites Mal.

»Dann mach du es«, flehte Caroline. »Bitte, Matilda. Tu es für mich. Ich sterbe hier. Ich habe jetzt schon Flecken an den Händen. Und an den Armen! Ich hyperventiliere! Ich ersticke!«

»Schon gut«, sagte Matilda und riß die Tür auf.

Im Flur stand ein großer Mann mit dunklen Locken, einer Lederjacke und Jeans. Er sah so gut aus, daß Franziska und Matilda erst mal beeindruckt schwiegen.

»Hallo«, sagte er, und die beiden verstanden jetzt, warum Caroline seine Stimme so wundervoll gefunden hatte. Sie war tief und weich, mit einem herrlichen Timbre. »Ich bin Marc. Und wer seid ihr?«

Ich bin auf jeden Fall ein Fan von breiten Schultern, dachte Matilda. Und schöne Hände hat er auch. Franziska dachte ungefähr das gleiche. Das Schönste an ihm aber waren die langbewimperten braunen Augen.

»Hi«, begrüßte ihn Franziska. »Ich bin Franziska, Carolines Freundin. Und das hier ist – äh ...«

»Caroline«, sagte Matilda. Im Badezimmer ertönte ein

dumpfer Laut. Franziska vermutete, daß Caroline auf den Klodeckel gefallen war.

»Du bist Caroline?« fragte Marc. »Ich hatte dich mir ganz anders vorgestellt. Klein und rothaarig.«

»Ööööh«, machte Matilda. »Ja, das war ich auch mal. Klein und rothaarig. Aber nur als Kind. Später wurden die Haare dann dunkel, und ich bin gewachsen. Ziemlich gewachsen, wie du siehst.«

»Ja«, sagte Marc und lächelte. »Bist du fertig? Ich dachte, wir gehen in ein witziges Lokal, das ich kenne. Die haben dort alte Sitzbänke der Bundesbahn statt Stühle. Man denkt, man ist in einem Zugabteil, ganz ungestört, die Nachbarn können einem nicht auf den Teller gucken. Und es gibt leckere Sachen zu essen.«

»Ich bin soweit«, sagte Matilda und griff nach ihrem Mantel.

»Tja, dann viel Spaß, *Caroline*«, sagte Franziska. »Und komm nicht zu spät nach Hause.«

»Nein, keine Sorge«, erwiderte Matilda heiter. »Ach ja, da fällt mir ein, mein – ähm – mein Bruder Fabian könnte vorbeikommen. Ihr müßtet euch dann um ihn kümmern.«

»Wie bitte?« fragte Franziska. »Na gut, geht klar. Solange es nicht dein anderer – ähm – Bruder ist.«

»Ja, dann tschüs, Franziska.« Matilda klopfte im Vorübergehen an die Badezimmertür. »Tschüs, *Matilda*!«

Aus dem Badezimmer kam keine Antwort.

»Sie hört schlecht«, wandte sich Matilda an Marc, der geduldig wartete und in seiner zerschlissenen Lederjacke wirklich zum Anbeißen aussah. Ein Bild von einem Mann! Selbst die große Matilda reichte ihm gerade über die Schulter.

Als die beiden im Gleichschritt nebeneinander die Treppe hinabliefen, konnte Franziska nicht umhin, festzustellen, daß sie ein hübsches Paar abgaben. Seufzend schloß sie die Tür.

»Sie sind weg, Caro«, rief sie. »Nun komm schon raus! Du kannst schlecht im Bad übernachten, und ich muß außerdem mal.«

Zögernd öffnete Caroline die Tür. Ihre gefleckten Wangen waren tränenüberströmt. Franziska streichelte sie mitleidig. »Du bist schon ein selten blödes Schaf«, meinte sie. »Du hast ihn nicht gesehen, aber er sah echt knuffig aus.«

»Ich weiß auch nicht, was plötzlich los war«, schluchzte Caroline. »Sicher brauche ich eine Therapie.«

Franziska zuckte mit den Schultern. »Hoffen wir einfach, daß es gutgeht und Matilda ihn nicht vergrault. Wenn er später die Wahrheit erfährt, lacht er vermutlich über die ganze Geschichte.«

»Und wenn nicht?« schniefte Caroline.

»Wenn nicht, dann hat er keinen Humor, und in diesem Fall ist er auch nicht der Richtige für dich. So einfach ist das.«

»Ich bin so blöd«, sagte Caroline. »Stell dir doch nur mal vor, Matilda gefällt ihm so gut, daß er sich in sie verliebt. Alle Männer verlieben sich in Matilda.«

»Ach was!« widersprach Franziska. »Das stimmt nicht.«

»Was? Daß ich blöd bin – oder daß alle Männer sich in Matilda verlieben?«

»Beides«, sagte Franziska. »Hör mal, Süße, ich würde mich jetzt gerne um dein Seelenheil kümmern, aber Cornelius kommt in zehn Minuten, und ich habe einen echt tollen Abend für uns geplant. Es soll nicht egoistisch klingen, aber wir haben nur noch zehn Tage, und dann ist er für vier lange Monate weg. Bitte, versteh das!«

»Verstehe ich ja«, antwortete Caroline. »Oh, ich würde auch gern für vier Monate auf eine Insel gehen.«

Mit einem tiefen Seufzer schlurfte sie in ihr Zimmer. Franziska sah ihr deprimiert hinterher. Das war das Schreckliche an dieser WG: Die Sorgen und Probleme der anderen waren immer auch ein Stück weit die eigenen Sorgen. Wie sollte sie nach diesem Desaster noch einen unbeschwert romantischen Abend mit Cornelius verbringen? Ständig würde sie an die arme, unglückliche Caroline denken müssen. Trotzdem, wenigstens Cornelius sollte einen schönen Abend haben. Franziska trug seinen Lieblingslippenstift auf, einen zarten Rosenholzton, der wunderbar zu dem leuchtend blauen, tief ausgeschnittenen Pullover paßte, den Corni so an ihr mochte, und natürlich zu der neuen Unterwäsche, die sie darunter trug. Als sie Cornelius ein paar Minuten später die Tür öffnete, machte er ihr auch prompt ein Kompliment.

»Du siehst wunderschön aus«, sagte er.

Franziska strahlte ihn an. »Paß auf«, erwiderte sie eifrig, »wir haben noch genau zehn Abende zusammen, heute eingerechnet. Und ich will jeden einzelnen davon mit dir verbringen. Heute gehen wir zuerst in diesen Film, den du schon seit Wochen sehen willst, und danach zu dir nach Hause. Ich habe Champagner gekauft und eine Überraschung für dich. Aber die verrate ich dir erst nachher.«

Cornelius sah nicht besonders erfreut aus. »Das ist

wirklich süß von dir«, erklärte er, »aber das geht leider alles nicht. Von den zehn Abenden sind fünf schon fest verplant. Wasserballtraining und anschließende Mannschaftsbesprechung, Mitgliederversammlung vom Verein, zweimal Sprachkurs in der Firma zum Auffrischen meiner Englischkenntnisse, und der ganze Sonntag geht für Jürgens Umzug drauf. Das habe ich ihm schon vor Monaten versprochen.«

Franziska biß sich enttäuscht auf die Lippen. Tapfer versuchte sie, sich nichts anmerken zu lassen. »Na ja, da kann man nichts machen«, resignierte sie. »Aber es bleiben uns immer noch fünf Abende, und heute ist einer davon. Komm, wir müssen gehen, ich habe im Cinedom Karten bestellt.«

»Den Champagner brauchst du aber nicht mitzuschleppen«, sagte Cornelius. »Den müssen wir nach dem Kino hier trinken.«

»Aber hier sind wir nicht ungestört«, rief Franziska. »Das weißt du doch. Wir gehen in deine Wohnung, damit niemand an die Tür klopft und irgendwas von uns will. Ich hab' doch eine Überraschung für dich.«

»Ach, Franziska, die mußt du mir hier geben, weil wir in meiner Wohnung auch nicht ungestört wären. Ich habe dir doch von dem neuen Kollegen erzählt, der eventuell für die vier Monate meine Wohnung mieten wollte. Das hat glücklicherweise geklappt. Ich mag den ganz gut leiden und weiß, daß ich ihm meine Sachen anvertrauen kann. Ich habe nur eine Kiste mit den ganz persönlichen Dingen gepackt, zum Beispiel den Fotos von dir und so, und natürlich einen Koffer mit den Sachen für Großbritannien. Alles andere kann dableiben, es stört ihn nicht. Wir haben heute nachmittag einen Untermietervertrag aufgesetzt, in dem er sich verpflichtet, zum 1. Juni wieder auszuziehen und mir die gleiche Miete zu zahlen, die ich dem Vermieter zahle.«

»Willst du damit sagen, daß der jetzt schon in deiner Wohnung wohnt?« rief Franziska aus. »Das ist ja saudämlich.«

»Ja«, erwiderte Cornelius zerknirscht. »Er wohnte bisher im Hotel und ist natürlich froh über jede Übernachtung, die er spart. Ich konnte doch nicht ahnen, daß du eine Überraschung planst, die nur in meiner Wohnung ausgepackt werden kann.«

»Und wo wohnst du so lange? Wenn du möchtest, kannst du hier schlafen, das ist überhaupt kein Problem. Auf diese Weise sehen wir uns auf jeden Fall öfter«, schlug Matilda als Ausweg vor.

»Nein, das geht nicht«, antwortete Cornelius lachend. »Ich wohne bei meiner Mutter, die hat ein Gästezimmer, das tut es für die paar Tage ganz gut. Und sie freut sich, weil sie auf diese Weise auch noch was von mir hat.«

»Oh, das ist ja fein«, sagte Franziska zunehmend aufgebracht. »Für deine Mutter hast du also Zeit! Und ich hab' wieder mal das Nachsehen!«

»Franziska, was soll das? Auf meine Mutter brauchst du wirklich nicht eifersüchtig zu sein.«

»Ich bin nicht eifersüchtig«, fauchte Franziska und raffte ihren Mantel vor der Brust zusammen. »Ich finde dich nur so was von gemein. Unter diesen Umständen bekommst du weder die Überraschung noch deinen blöden Science-fiction-Film. Wir gehen in *Irren ist männlich,* oder ich bleibe zu Hause.«

»Von mir aus gehen wir, wohin du willst«, sagte Cornelius friedfertig. »In den anderen Film kann ich immer noch nächste Woche mit Jürgen gehen. Der war da auch noch nicht drin.«

Jetzt knallte bei Franziska eine Sicherung durch. »Das reicht!« schrie sie. »Erst sagst du mir, daß wir statt zehn nur noch fünf gemeinsame Abende haben, von denen wir keinen einzigen mehr in ungestörter Atmosphäre verbringen dürfen, und jetzt willst du einen dieser fünf Abende für deinen schwachsinnigen Freund Jürgen opfern, um einen schwachsinnigen Film anzuschauen. Ich gebe mir alle Mühe, die letzten uns verbleibenden Tage so schön wie möglich zu gestalten, aber dir sind Mitgliederversammlung oder Wasserballtraining oder der Umzug deines beknackten Freundes Jürgen wichtiger als ich. Verlaß auf der Stelle diese Wohnung, oder ich erschlage dich mit diesem Stuhl!«

Cornelius seufzte. »Dir kann man es wirklich nicht recht machen, Franziska. Stell den Stuhl wieder hin, ich gehe ja freiwillig. – Womit es im übrigen nur noch drei Abende wären, an denen wir uns sehen können. Ich ruf dich an, wenn du dich wieder beruhigt hast.«

»Ich hasse dich«, rief Franziska, noch bevor die Tür ins Schloß fiel. Mit Schwung donnerte sie den Stuhl auf den PVC-Boden. Dabei verlor er ein blau-grün gestrichenes Bein.

»Caroline?« brüllte sie dann.

Caroline gab keine Antwort. Franziska öffnete die Tür zu ihrem Zimmer. Dort lag sie immer noch regungslos auf dem Bett. Franziska warf sich daneben.

»Rate mal, wer heute abend auch noch zu Hause bleibt«, sagte sie.

»Ich hab's gehört«, seufzte Caroline. »Das war nicht zu vermeiden. Ist der Stuhl kaputtgegangen?«

»Ja, er hat ein Bein verloren«, gestand Franziska. »Man wird es wieder anleimen können.«

»Tut mir echt leid für dich.«

»Ja, wir sind beide zu bemitleiden«, sagte Franziska. »Nur Matilda verbringt vermutlich einen schönen Abend. Wie wär's, sollen wir losgehen und uns *Irren ist männlich* anschauen?«

»Nein«, sagte Caroline.

»Sollen wir uns dann beim Kiosk nebenan ein paar Tafeln Schokolade besorgen?«

»Nein«, wiederholte Caroline hartnäckig. »Laß uns einfach hier liegen bleiben und die Löcher in meinem Moskitonetz zählen.«

»Auch gut«, seufzte Franziska.

8.

Es klingelte an der Tür.

»Egal«, sagte Caroline und starrte weiter an die Dekke.

»Mir auch«, entgegnete Franziska. »Das ist bestimmt nur Fabian. Er war mit Matilda verabredet.«

»Oh«, machte Caroline.

»Egal«, meinte Franziska. »Er wird es verschmerzen.«

Es klingelte noch einmal.

Caroline setzte sich auf. »Aber er weiß ja nicht, warum ihm niemand aufmacht«, sagte sie. »Sicher wundert er sich.«

»Egal«, wiederholte Franziska.

»Nein!« Caroline stand auf. »Er kann schließlich nichts dafür.« Sie schlürfte in den Flur und drückte auf den Türöffner.

Franziska rollte sich auf den Bauch und starrte zu ihr hinüber. »Nanu! Du bist ja gar nicht mehr gefleckt.«

Caroline faßte sich an den Kopf. »Natürlich nicht. Jetzt gibt es ja auch keinen Grund mehr. Mein Traummann ist soeben mit meiner besten Freundin losgezogen.«

In der Tür erschien Fabian. Er lächelte etwas verlegen. »Hi, Caroline. Ich wollte Matilda abholen.«

»Tja«, sagte Caroline und hob die Schultern. »Damit sieht es schlecht aus.«

»Sie ist nicht da, was?« Fabian lugte um die Ecke. »Hi, Franziska. Ich hätte schwören können, daß Matilda und ich heute verabredet waren.«

»Wart ihr vermutlich auch«, antwortete Franziska von Carolines Bett aus. »Aber sie mußte kurzfristig umdisponieren. Das ist eine längere Geschichte. Caroline wird sie dir erzählen.«

»Matilda kann nichts dafür«, sagte Caroline. »Möchtest du was trinken? Ich könnte einen heißen Kakao mit viel Rum vertragen, du auch?«

»Ja«, schloß sich Fabian an. »Das wäre jetzt nicht schlecht.«

»Für mich auch«, verlangte Franziska. »Ihr könnt ihn mir ans Bett bringen.«

Als Caroline die Wohnungstür hinter Fabian schließen wollte, stellte jemand seinen Fuß dazwischen.

»Hey«, rief Ollie von draußen. »Dürfen wir nicht reinkommen?«

»Doch«, seufzte Caroline und ließ ihn und Benedikt in die Wohnung. »Sicher wollt ihr auch Kakao mit Rum?«

»O ja«, sagte Benedikt und setzte sich zu Franziska aufs Bett. »Wir wollten mit dir über die Abschiedsparty für Cornelius reden.«

»Der hat keine Party verdient«, sagte Franziska böse.

»Sag doch so was nicht!« rief Benedikt. »Wir freuen uns schon riesig darauf.«

»Wir helfen dir auch«, sagte Ollie. »Wir kümmern uns um eine anständige Musikanlage, um CDs und darum, daß immer gute Musik läuft. Und wir kaufen und schleppen die Getränke für dich, weil du nur eine zarte Frau mit Rückenschmerzen bist.«

»Ja«, sagte Benedikt. »Aber zu diesem Service bieten wir noch etwas ganz Besonderes. Wir sorgen für eine sturmfreie Bude!«

»Wie meinst du das?« fragte Franziska.

»Na, du glaubst doch nicht, daß wir hier ungestört eine Fete feiern dürfen«, gab Benedikt zu bedenken. »Sobald wir die Musik auch nur ein bißchen aufdrehen, wird die alte Wertheim aus dem zweiten Stock vor der Tür stehen. Und der Saftsack von Hausmeister ruft dann die Bullen. Das wird 'ne kurze Party.«

»Und was willst du dagegen unternehmen?«

»Weiß ich noch nicht genau«, sagte Benedikt. »Wenn du mit nächstem Freitag als Termin einverstanden bist, hätte ich schon was. Meine Eltern sind im Urlaub und haben mir ihre Opernkarten überlassen. Sie haben ein Abonnement, mußt du wissen, und nächsten Freitag spielen sie den *Fliegenden Holländer.* Wagner. Das ist so ungefähr das Grauenhafteste, was man sich vorstellen kann. Ich würde nicht mal hingehen, wenn ich Geld dafür bekäme. Also habe ich mir gedacht, daß wir der alten Wetterziege von unten eine Opernkarte zuschicken, anonym, mit einem Verehrerbrief und einer roten Rose. Voll kitschig, aber die Alte steht auf so was. Dann ist sie für den Abend aus dem Haus.«

»Und die andere Karte schickst du dem Kleinschmidt?« mutmaßte Franziska. »Dann sitzen die beiden einen Abend lang friedlich in der Oper nebeneinander, und hier im Haus ist nur Zerberus, der Höllenhund.« Kleinschmidt hieß der griesgrämige Hausmeister, der im Erdgeschoß wohnte, und Zerberus war seine Deutsche Dogge.

»Leider geht das nicht«, erwiderte Benedikt. »Obwohl es superlustig wäre, wenn die beiden sich da treffen würden, total enttäuscht, daß der anonyme Verehrer nur der besoffene, übergewichtige Hausmeister ist. Aber der Kleinschmidt steht auf Volkshitparade, *Melodien für Millionen,* Geißenpeter und seine goldene Trompete, da kann man ihn mit Wagner nicht hinterm Ofen hervorlocken. Aber den könnte man mit billigem Fusel bestechen. Zwei Fläschchen kippt der schon mal weg an einem Abend, und wenn die ein kleines bißchen gepanscht sind – das ist meine Spezialität –, schläft er wie ein Baby und hört nichts. Ich werd' ihm rechtzeitig was vorbeibringen.«

»Und wenn er's nicht trinkt?«

»Der trinkt alles, was ihm in die Quere kommt«, meinte Benedikt. »Und einem geschenkten Gaul schaut er sowieso nicht ins Maul.«

Caroline brachte ihnen Kakao. »Danke«, sagte Franziska. »Du bist echt lieb. Was sagt Fabian denn zu der ganzen Geschichte?«

»Er findet es lustig.« Caroline lächelte beinahe entspannt. »Er ist echt nett. Wir haben festgestellt, daß wir beide Schachfans sind. Er ist der erste Schachspieler, der mir hier in Köln begegnet ist. Er sagt, er war Meister an seiner alten Schule. Was er nicht weiß, ist, daß ich mal die Kieler Jugendmeisterschaft gewonnen habe. Wir spielen eine Partie in der Küche, mal sehen, wer besser ist.«

Zur gleichen Zeit saß Matilda in einem täuschend echt nachgemachten Abteil der Bundesbahn, nur der weißgedeckte Tisch vor ihr war anders.

»Das ist wirklich schön hier«, staunte sie. »Sogar die Blumen sind echt. Und es sind keine Nelken.«

»Magst du Nelken nicht?«

»Nein!« Matilda schüttelte den Kopf. »Ich finde, das sind die typischen Beerdigungsblumen. Nicht, daß ich was gegen Beerdigungen habe. Ich mag sie sogar. Manchmal gehe ich auf den Friedhof und tue so, als gehörte ich zu den Trauergästen. Wie in diesem Film, den Franziska so liebt, *Harold and Maude*. Ich finde das immer so herrlich traurig, dramatisch und herzbewegend. Franziska und Car ..., äh, Matilda halten mich deswegen nicht für normal. Sie nennen mich sensationslüstern und schadenfroh. Sie verstehen mich nicht.«

»Ehrlich nicht?« Marc sah geradezu erfreut drein. »Weißt du, das ist echt komisch. Ich mache das mit den Beerdigungen auch manchmal. Ich weiß, das ist ein ziemlich morbides Hobby, aber ich habe sogar allen Ernstes mal daran gedacht, mir einen gebrauchten Leichenwagen anzuschaffen. Ich meine, die bekommt man total günstig, und Platz genug bieten die wirklich. Ich wette, damit kann man in jedem Halteverbot parken, ohne daß man ein Knöllchen kriegt.«

Matilda kicherte. »Du bist witzig«, sagte sie.

»Du aber auch.« Marc lächelte sie an. »Obwohl du ganz anders bist, als ich gedacht habe. Wirklich!«

»Was ist anders?« fragte Matilda. »Ich meine, außer den Haaren und der Körpergröße?«

»Tja«, sagte Marc. »Man macht sich so ein Bild ja ganz automatisch. Es formt sich im Kopf, ohne daß man was dafür kann. Bei dir, also nach unserem Telefonat, hatte ich ein ganz anderes Feeling. Die Ohrstecker zum Beispiel passen nicht. Es sind sieben Stück. Niemals hätte ich dir in meiner Phantasie Ohrlöcher in solchen Mengen verpaßt.«

»Vor einem halben Jahr hatte ich auch noch eines in der Nase«, teilte ihm Matilda mit. »Aber das lasse ich mir gerade zuwachsen. Was paßt noch nicht zu deiner ursprünglichen Vorstellung?«

»Die Klamotten, glaube ich. Und dieses Lachen. Ich hatte es mir verhaltener vorgestellt.«

Matilda lachte aus vollem Hals.

»Und dann der Name«, fuhr Marc fort. »Caroline ist ein sanfter Name. Er paßte zu meinem ursprünglichen Bild von dir. Ich hatte dich mir überhaupt sehr sanft vorgestellt.«

»Jaja«, sagte Matilda. »Und vermutlich rotgefleckt. Ähm, ja. Ich finde, Caroline ist ein Name für Mädchen mit roten Flecken.«

Marc lachte. Ein Kellner in Schaffneruniform brachte das Essen. Gegrillte Putenbrust mit Zuckerschoten und Möhrengemüse für Marc, und Pfeffersteak, Folienkartoffel und Salat für Matilda.

»Und Vegetarierin warst du in meiner Vorstellung auch«, grinste Marc, als Matilda genußvoll ihre Gabel in das Fleisch stach. »Ich habe mich wirklich gründlich getäuscht.«

»Schon möglich«, erwiderte Matilda lächelnd. »Erzähl mal ein bißchen was von dir. Was machst du, wenn du nicht gerade auf Beerdigungen bist?«

»Na ja, wenn ich nicht arbeite oder auf Beerdigungen bin, surfe ich oder spiele Tennis. Aber das hatte ich dir ja schon am Telefon erzählt. Nicht verraten habe ich, daß ich Cello spiele. Nicht besonders gut, aber gerne.«

»Tatsächlich?« fragte Matilda begeistert. »Ich hatte früher ein paar Jahre lang Cellounterricht. Ich mochte das Instrument, aber es war nicht das richtige für mich. Ich bin dann auf Klavier und Gesang umgestiegen, das studiere ich jetzt an der Musikhochschule.«

»Ich dachte, du studierst Psychologie? Das hast du jedenfalls am Telefon gesagt.«

»Äh, ja auch. Aber Musik in erster Linie.«

»Das ist ja toll!« Marc freute sich darüber. »Klavier und Gesang?«

»Sopran. Meine Mutter hätte es lieber gesehen, wenn ich beim Cello geblieben wäre. Sie war sehr enttäuscht, als ich es aufgegeben habe. Sie ist Cellistin, Solisitin im Mariani-Ensemble.«

»In *dem* Mariani-Ensemble? In Mailand?« Marc war beeindruckt.

Matilda nickte. »Sie ist Italienerin. Ich auch, wenigstens zur Hälfte. Die andere Hälfte ist deutsch, rothaarig und gefleckt.«

»Das ist ja toll«, staunte Marc. »Ich bin total fasziniert von Italien. Ich mag das Land, die Sprache, die Küche, die Kunst und die Musik. Ich habe sogar einen Italienischsprachkurs gemacht und mit Zertifikat abgeschlossen. Jetzt kann ich problemlos Brot und Käse einkaufen, wenn ich dort bin. Das ist wirklich komisch, alles was du magst, scheine ich auch zu mögen!«

»Italienische Opern?«

Marc nickte. »Verdi-Arien zu Pasta. Klar.«

»Die Farbe Gelb?«

»Meine Lieblingsfarbe.«

»Zebras?«

»Und Leoparden.«

»Weihnachtsstollen ohne Zitronat.«

»Und ohne Rosinen. Aber Milchreis mit Zimt.«

»Unbedingt«, sagte Matilda und strahlte. »Wir haben wirklich eine Menge gemeinsam.«

»Bis auf eins«, schränkte Marc ein und lachte. »Ich hab' es schon mal getan und du nicht.«

»Was meinst du?«

»Sex«, sagte Marc. »Du suchst einen Mann fürs erste Mal. Und das habe ich schon hinter mir – das erste Mal.«

Matilda schaute betreten auf ihren Teller. »Äh, tja, das ist wieder diese deutsche Seite an mir. Die mit den roten Flecken.«

»Verstehe«, sagte Marc, und Matilda hatte das gute Gefühl, daß er tatsächlich verstand.

Caroline hatte das Schachspielen nicht verlernt, wie Fabian überrascht feststellen mußte. Sie setzte ihn dreimal hintereinander in weniger als einer Viertelstunde matt, und das, obwohl sie vier Tassen Kakao mit Rum getrunken hatte, die letzten drei ohne Kakao.

»Na, wer gewinnt?« fragte Franziska, die hereingekommen war, um die Tassen zu spülen. Ollie und Benedikt waren längst gegangen.

»Caroline«, antwortete Fabian. »Sie hat schon dreimal gewonnen. Aber dieses Mal habe ich eine reelle Chance auf ein Remis.«

»Hä?« fragte Franziska.

»Ein Unentschieden«, erklärte Caroline fröhlich. »Glaubt er jedenfalls.«

»Matilda bleibt ganz schön lange weg, was?« Franziska stellte sich ans Fenster.

»Ja, wäre sie ich, würde sie längst wieder hier sein«, meinte Caroline. »Schach!«

»O nein!« rief Fabian. »Nicht schon wieder. Wo kommt denn deine Dame so plötzlich her?«

»Das haben Damen so an sich«, erwiderte Caroline und lachte. »Man kann sie einfach nicht berechnen. Noch vier Züge, und du bist matt.«

»Wo denn? Wie denn?« Fabian beugte sich über das Schachspiel.

»Da ist ein Auto gekommen«, mischte sich Franziska wieder ein. »Ein netter alter Ford. Und ratet mal, wer aussteigt?«

Caroline stellte sich neben sie. »Tatsächlich, da ist Matilda. Und der Typ. Wahnsinn, der sieht wirklich irre gut aus. Genauso hatte ich ihn mir in meinen kühnsten Träumen vorgestellt.«

»Du bist dran«, sagte Fabian, und Caroline versetzte abgelenkt ihren Springer irgendwohin.

»Ich geh' mir dann schon mal die Zähne putzen«, erklärte Franziska. »Wenn Matilda kommt, ruft mich, ich möchte nichts verpassen.«

Caroline starrte weiter aus dem Fenster. »Jetzt umarmen sie sich tatsächlich«, sagte sie und spürte plötzlich einen heftigen Stich irgendwo zwischen Herz und Magen.

»Tatsächlich?« Fabian war immer noch über das Schachspiel gebeugt. »Du bist dran.«

»Läufer auf e 7«, sagte sie.

»Bist du sicher?« fragte Fabian.

Caroline konnte den Blick nicht von den zwei Gestalten unten auf der Straße lösen. »Ganz sicher. Oh, jetzt küssen sie sich. Und Matilda hat angefangen, daß du's nur weißt.«

»Schach!« rief Fabian triumphierend.

»Sie küssen sich tatsächlich. Ich meine, so richtig! Was sagt man dazu? Matilda küßt mein Rendezvous. Meine Buchstabensuppennudel! Meine. Ganz allein meine!«

»Hey, du bist dran«, drängte Fabian.

»Stört es dich denn überhaupt nicht, daß *deine* Freundin dort unten mit einem anderen herumknutscht? Mit *meinem* Freund?«

»Noch ist es nicht dein Freund. Er hat dich ja noch nicht mal gesehen. Noch ein Zug, und du bist matt«, sagte Fabian. »Du bist dran, Caroline.«

»Jetzt steigt er in seinen Wagen. Sie haben sich lange geküßt. Mindestens zehn Sekunden. Matilda schaut ihm ganz benommen hinterher.«

»Du bist dran!«

»Dame auf d 7.«

»Du hast keine Dame mehr«, belehrte sie Fabian. »Du hättest besser aufpassen müssen. Das einzige, was du noch tun kannst, ist ein erbärmlicher Schritt mit deinem König nach links.«

»Dann mach das doch!« sagte Caroline. »Sie haben sich so lange geküßt, daß sicher die Zunge im Spiel war.« Sie schlug mit der Faust auf die Fensterbank.

»Das muß man sich mal überlegen. Am ersten Abend. Und das, obwohl es überhaupt nicht *ihr* Typ ist, sondern meiner.«

»Schachmatt!« rief Fabian und rieb sich die Hände. »Sieh doch! Ich habe tatsächlich gegen dich gewonnen.«

Caroline starrte auf die Schachfiguren. »Tatsächlich«, sagte sie. »Aber ich war abgelenkt.«

»Das warst du in der Tat«, gab Fabian zu. »Und wie! Schade eigentlich. Ich geh' dann jetzt mal besser.«

»Ja«, sagte Caroline gedankenverloren.

Fabian nahm seine Jacke. »Danke für das Schachspiel. Ich gebe dir Revanche, wann immer du willst, hahaha.«

»Tschüs«, sagte Caroline, schloß die Tür hinter ihm und warf sich mit dem Rücken dagegen. »Ich drehe dieser Matilda den Hals um«, murmelte sie.

Aber Matilda ließ auf sich warten. Caroline registrierte jede Minute mit einem Zähneknirschen. Sicher hatte Matilda Fabian im Treppenhaus getroffen und knüpfte da an, wo sie und Marc aufgehört hatten. Vielleicht, mutmaßte Caroline stumpfsinnig, fuhren die beiden jetzt zu Fabians Wohnung. Nach dem langweiligen Schachspiel mit ihr brauchte er sicher etwas Aufregendes. Alle Männer waren irgendwie gleich.

Aber gerade als Caroline mit dieser deprimierenden Erkenntnis in ihr Zimmer schlurfen und weiter Löcher in ihrem Moskitonetz zählen wollte, steckte Matilda den Schlüssel ins Schloß und gleich darauf ihren Igelkopf in den Hausflur. Franziska hörte es und kam in den Flur gerannt.

»Und?« rief sie erwartungsvoll. »Wie war er?«

»Es war okay«, erwiderte Matilda. »Wir haben uns blendend unterhalten. Über Jungfräulichkeit und Verhütung und alles das. Er ist echt nett, wenn auch vielleicht nicht der Richtige für Caroline.«

»Sondern für dich, stimmt's?« zischte Caroline. »Wie jeder Mann.«

»Na ja, vielleicht kann ich das nicht so gut beurteilen«, sagte Matilda. »Du hättest dich besser selber mit ihm getroffen. Deine roten Flecken scheinen jedenfalls abgeklungen zu sein.«

»Ziege!« knurrte Caroline.

»Caroline hat sich in der Zwischenzeit sehr, sehr gut mit Fabian unterhalten«, sagte Franziska. »Er ist gerade erst gegangen. Sie haben Schach gespielt.«

»Ich weiß, ich bin ihm noch begegnet«, antwortete Matilda fröhlich. »Wir hatten noch ein paar nette Minuten im Hausflur.«

»Eine Viertelstunde meinst du wohl«, verbesserte Caroline.

»Ja? Egal, jedenfalls war es nett.«

»Oh, du bist unerträglich«, rief Caroline.

»Ach ja?« Matilda lachte. »Am Ende haben wir noch den gleichen Geschmack bei Männern, was, Caro?«

»Das glaube ich kaum«, entgegnete Caroline eisig. »Mein Geschmack ist es jedenfalls nicht, meine Spielchen mit gleich drei Männern zu treiben.«

»Zwei«, verbesserte Matilda. »Den dritten habe ich nur deinetwegen getroffen, das solltest du nicht vergessen.«

»Ja – und du hast dich fürchterlich gequält, nicht wahr?« rief Caroline. »Du brauchst uns gar nichts vorzumachen. Fabian und ich haben gesehen, wie ihr euch geküßt habt! Mich wundert, daß Fabian überhaupt noch mit dir gesprochen hat.«

»Gesprochen ist gut«, sagte Matilda grinsend.

»Du hast diesen Marc wirklich geküßt?« Franziska riß die Augen auf.

»Ja, den auch. Aber nur zum Abschied«, erwiderte Matilda. »Da ist doch nichts dabei.«

»Da ist nichts dabei? Hast du vergessen, daß das Caros Traumtyp ist? Daß sie sich in seine Stimme verliebt hat?«

Matilda schüttelte den Kopf. »Nein, das habe ich nicht. Aber schließlich mußte ich doch irgendwie seine Sympathie gewinnen, sein Interesse so lange fesseln, bis Rotfleckchen hier sich bequemt, ihre Rolle selbst zu übernehmen.«

»Dafür ist es jetzt sowieso zu spät«, sagte Caroline bitter. »Wahrscheinlich ist er längst in dich verknallt, wie alle Jungs.«

»Kann ich was dafür? Wegen deinen verdammten Komplexen mußte ich schließlich auch Opfer bringen, ich mußte Karsten und Fabian hinhalten, meinst du, das macht mir Spaß?«

»Ja«, konterte Caroline. »Ja, das meine ich.«

»Hey«, rief Franziska. »Hört ihr vielleicht auf damit, euch gegenseitig zu zerfleischen?«

»Wir haben noch nicht mal angefangen, uns zu zerfleischen«, fauchte Caroline. »Ich gehe in die Küche und besorge uns Messer!«

»Oh, Caroline, du bist ja so unfair!« rief Matilda. »Ich denke nur an dich bei dieser Sache, und du bist nichts als eifersüchtig.«

»Ich nehme das Brotmesser«, zischte Caroline.

»Willst du gar nicht wissen, was ich dir mitgebracht habe?« fragte Matilda.

»Nur, wenn sie geladen ist«, erwiderte Caroline.

»Gratispostkarten«, rief Matilda. »Jede Menge Gratispostkarten, total witzig. Ich dachte, weil du doch immer so viele Briefe verschickst.«

»Oh, wiiiiiiie reizend von dir«, flötete Caroline. »Dein Süßholzraspeln kannst du dir sparen. Ich durchschaue dich!«

»Jetzt hört endlich auf«, verlangte Franziska. »Hier geht es um diesen Marc. Er ist doch immer noch für Caroline bestimmt, oder, Matilda?«

»Aber sicher doch«, sagte Matilda und verschränkte die Arme vor der Brust.

»Na also, dann haben wir doch nur ein Problem, daß Marc nämlich Matilda für Caroline hält.«

»Wenn's weiter nichts ist«, sagte Caroline.

Franziska nickte. »Genau. Hört mal, das ist doch ganz einfach. Wenn Matilda ihm sagt, daß sie die falsche ist, will er die richtige unter Garantie wenigstens kennenlernen. Vielleicht findet er die Geschichte sogar witzig. Und wenn Matilda sich vorher so richtig danebenbenimmt, wird Caroline ihm dagegen wie ein fleischgewordener Engel vorkommen. Aber dafür muß sich Matilda, wie gesagt, erst irgendwie abtörnend benehmen.«

»Ach ja, und wie soll das gehen?« fragte Matilda.

Caroline sah sie wütend an. »Sei einfach du selbst!«

»Das bin ich immer«, erklärte Matilda. »Und ich müßte mich sehr täuschen, wenn Marc nicht ganz hingerissen von meinem Ich gewesen wäre.«

»Oh, ich hasse dich«, fauchte Caroline.

»Das ist der Dank dafür, daß ich für dich eingesprungen bin, als du dich rotgefleckt und schreiend im Badezimmer eingeschlossen hast!«

»Streitet euch nicht«, mahnte Franziska. »Wir sollten jetzt lieber das Kind aus dem Brunnen holen – oder wie das heißt. Matilda muß noch einmal mit Marc ausgehen, sich so richtig schön doof anstellen und ihm anschließend, wenn er sie mit Sicherheit total dämlich findet, sagen, daß die richtige Braut noch auf ihn wartet.«

»Soweit waren wir doch schon«, sagte Matilda. »Ich möchte nur von euch wissen, wie ich mich verhalten soll, um einen Mann abzutörnen. Darin habe ich nämlich keine Erfahrung.«

Caroline hielt sich die Ohren zu. »Oh, ich kann dein selbstgefälliges Geschwätz nicht mehr hören.«

»Matilda, wenn du die Vorlieben der Männer so gut kennst, dann müßtest du eigentlich auch genau wissen, was sie nicht mögen«, redete Franziska auf sie ein.

Matilda sah sie verwundert an. »Na, wenn du es so sagst. Ich käme mir zwar saublöde dabei vor, aber ich würde es tun. Caroline zuliebe.«

»Vielen herzlichen Dank«, sagte Caroline.

9.

Matildas nächstes Rendezvous mit Marc war für den darauffolgenden Dienstag eingeplant. Und obwohl die Tage dazwischen ziemlich dicht mit Terminen gefüllt waren – einer davon war eine wichtige Klausur in Musikgeschichte –, hielt das Matilda nicht davon ab, sich zweimal mit Fabian und zweimal mit Karsten zu treffen. Caroline registrierte es verärgert.

»Jetzt hat Matilda drei Männer, und ich keinen einzigen«, beschwerte sie sich bei Franziska.

Matilda lachte. »Freundschaften muß man pflegen«, erklärte sie, und Caroline fletschte die Zähne in ihre Richtung.

»Langsam fange ich an, mich auf mein Treffen mit Marc zu freuen«, sagte Matilda zu ihr. »Eigentlich wollte ich mich immer schon mal so richtig danebenbenehmen. Jetzt muß ich es sogar.«

»Wenn du es tun mußt, kannst du es sicher nicht«, entgegnete Caroline böse. »Auch wenn du es sonst in jeder Minute tust, in der du nicht gerade schläfst.«

»Oh, es wird mir schon gelingen, deinen Prinzen abzustoßen, anzuekeln, ganz und gar zu schockieren und für immer von mir zu kurieren«, sagte Matilda grimmig. »Ich tue alles, was du willst, kleine Caroline. Ich rülpse laut vor allen Leuten, ich betrinke mich, ich singe ordinäre Lieder – er wird froh sein, zu hören, daß ich die falsche bin. Du weißt schon, wie im Märchen. Ich bin die garstige Stiefschwester, die sich die Ferse abgehackt hat, um in Aschenbrödels gläserne Pantoffel zu passen und den Prinzen zu heiraten. Das gute Aschenputtel aber sitzt noch daheim, wie ein kleiner, rotgefleckter Joker. Der Prinz wird kommen und es auf sein Schloß holen, und sie werden glücklich zusammenleben, bis daß der Tod sie scheidet.«

»Warum glaube ich dir nur kein Wort?« fragte Caroline.

»Keine Ahnung«, erwiderte Matilda. »Du bist eben kein wirklicher Aschenbrödelcharakter. Du bist mehr wie der Jäger bei Rotkäppchen. Mißtrauisch, rachsüchtig und rabiat.«

»Ich könnte dich erwürgen«, entgegnete Caroline.

»Siehst du? Rabiat und rachsüchtig.« Matilda tänzelte durch das Zimmer. »Ich werde mich jetzt schön häßlich machen, für mein Treffen mit dem Prinzen. Vielleicht leihst du mir dafür ein paar von deinen Sachen, Aschenbrödel?«

»Matilda ist gemein zu mir«, klagte Caroline in Franziskas Richtung.

»Ja«, sagte Franziska. »Aber du bist auch nicht besser. Mich nerven eure Hennenkämpfe. Fragt einer von euch mal, wie es mir geht? Nein! Ihr denkt immer nur an euch.«

»Wie geht es dir?« fragten Caroline und Matilda wie aus einem Mund.

»Beschissen«, antwortete Franziska bereitwillig. »Cornelius hat soeben angerufen und mir mitgeteilt, daß er jetzt doch schon am Samstagmorgen fliegt. Das bedeutet, wir haben noch einen Tag weniger miteinander, und heute abend kann er auch nur kurz mal vorbeischauen, dann muß er weiter zur Mitgliederversammlung seines blöden Sportvereins!«

»Du Ärmste«, bedauerte sie Matilda. »Ich weiß zwar nicht, was es da zu jammern gibt, aber du hast mein Mitleid.«

»Das bedeutet, daß Cornelius und ich nur noch eine einzige Chance haben, die am Donnerstag. Ich möchte also, daß ihr mir am Donnerstag diese Wohnung überlaßt. Egal, wo ihr hingeht, ihr müßt vor acht weg sein und dürft erst nach eins wiederkommen, ist das klar?«

»Ja«, seufzte Caroline. »Ich werde zu Peggy gehen oder mich irgendwo in einen Hauseingang setzen und erfrieren.«

»Und ich treffe mich mit Karsten oder Fabian oder Marc«, sagte Matilda. »O nein, Caroline, tu mir nichts! Mit Marc treffe ich mich natürlich nicht, das war ein Versehen.«

»Ein Freud'scher Versprecher«, erklärte Caroline. »Gib doch zu, daß du scharf auf ihn bist!«

»Oder er auf mich«, sagte Matilda. »Das kann man nicht so genau auseinanderhalten.«

»Ich habe genau gesehen, wer wen geküßt hat neulich abends«, fauchte Caroline. »Und Fabian hat es im übrigen auch gesehen. Ich verstehe nicht, wieso sich die Typen alles von dir gefallen lassen.«

»Weil es sie im Grunde scharf macht«, erwiderte Matilda. »Aber davon verstehst du ja nichts.«

»Das stimmt«, sagte Caroline. »Männer wie Marionetten zu behandeln ist dein Spezialgebiet.«

»Vielen Dank! Deine Spezialgebiete sind aber auch nicht ohne. Ich hörte, du seist Expertin auf dem Gebiet der roten Flecken?«

»Franzsika! Matilda ist gemein zu mir!«

»Ja, und dafür kommt sie mal in die Hölle«, machte Franziska kurzen Prozeß. »Dann könnt ihr euch da weiter die Köpfe einschlagen. Und wenn ihr jetzt nicht sofort den Mund haltet, mache ich das für euch.«

Marc führte Matilda an diesem Abend in eine Kneipe in der Südstadt. »Ich hatte vorher die Todesanzeigen studiert, aber heute abend gab's keine Beerdigung.«

Matilda lachte.

»Ich liebe dieses Lachen«, sagte Marc. »Ich glaube, ich habe sogar davon geträumt.«

Matilda klappte schlechten Gewissens den Mund zu.

Lachen war nicht mehr angesagt, wenn sie ihm mißfallen wollte. Und das mußte sie ja leider. Sie schob sich gleich zwei Kaugummistreifen auf einmal in den Mund und kaute so ordinär, wie es ihr möglich war, darauf herum.

»Netter Schuppen hier«, sagte sie.

»Krieg' ich auch einen Kaugummi?« fragte Marc.

»Klar«, erwiderte Matilda, aber dann besann sie sich eines anderen. »Nee, geht nicht, die brauch' ich für mich. Sonst nimmt mein Mundgeruch wieder überhand.«

Marc lachte.

»Das mein' ich ernst, ey«, fuhr Matilda fort und knatschte den Kaugummi auf besonders ekelhafte Weise in ihrem Mund herum. Es mußte selbst dem abgebrühtesten Kerl Ekelgefühle entlocken. Und das alles nur wegen Caroline.

»Ja, klar. Was möchtest du trinken?«

»Irgendwas, wovon ich ganz schnell betrunken werde, etwas, das dafür sorgt, daß ich mich schlecht benehme«, verlangte Matilda. »Und davon ungefähr fünf Stück.«

»Muß es auch schmecken?« erkundigte sich Marc.

»Nein, es muß nur wirken.«

Marc bestellte daraufhin zwei Tequila Spezial. »Vier«, sagte Matilda zum Kellner, »bringen Sie vier!«

Marc lachte wieder, aber Matilda kniff die Lippen zusammen und verbiß sich das Lachen. Alles für Caroline. Drei der vier Tequilas kippte sie sich hintereinander in die Kehle. Marc mußte sich beeilen, um wenigstens den vierten Drink zu erwischen.

»Wir haben doch Zeit«, versuchte er ihr Einhalt zu gebieten. »Du brauchst dich nicht gleich besinnungslos zu trinken.«

»Noch mal drei«, wandte sich Matilda an den Kellner.

Als sie den sechsten Tequila getrunken hatte, spielte der Pianospieler am Flügel in der Mitte der Kneipe *As time goes by.*

Matilda seufzte schwer. »*Casablanca* ist der traurigste Film, den ich kenne. Ich habe Jahre gebraucht, um zu verstehen, wieso Humphrey Bogart und Ingrid Bergmann sich am Ende nicht kriegen.«

»Die wirklich großen Liebesgeschichten enden immer traurig«, meinte Marc.

»Genau.« Matilda seufzte noch einmal. Da war es schon wieder, dieses wunderbare Gefühl der Verbundenheit. Egal, was sie auch tat, dieses Band zwischen ihr und Marc ließ sich nur sehr schwer durchtrennen. Verdammte Caroline, altes Fleckentier!

»Noch drei Tequila«, sagte sie zu dem Kellner. Sie beugte sich über den Tisch. »Du findest Frauen, die sich betrinken, doch abstoßend, stimmt's?«

»Manchmal«, gab Marc zu.

»Dann sieh mal, was ich jetzt tue!« Matilda nahm dem Kellner die Gläser ab. »Warten Sie, die können Sie gleich wieder mitnehmen«, sagte sie, leerte alle hintereinander in jeweils einem Zug und stellte sie zurück auf das Tablett.

»Bin ich froh, daß wir mit meinem Auto hergekommen sind«, meinte Marc.

»Das Teufelszeug wirkt überhaupt nicht«, klagte Matilda.

»Natürlich wirkt es. Du mußt ihm nur ein kleines bißchen Zeit lassen. Glaub mir, in einer Viertelstunde wirst du nicht mehr wissen, wie du heißt.«

»Das wäre sowieso nicht schlimm«, erwiderte Matilda.

»Im Grunde besteht da jetzt schon eine gewisse Verwirrung.« Sie steckte sich wieder einen Kaugummistreifen in den Mund. »Sicher haßt du Frauen, die mit offenem Mund Kaugummi kauen, stimmt's? Alle Männer tun das. Sie wollen eine Frau, die positiv auffällt durch ihre Schönheit, aber unauffällige Manieren hat. Männer mögen keine Frauen, die sich in aller Öffentlichkeit blamieren. Dann fühlen sie sich gleich mit blamiert.«

»Aber doch nicht durch einen Kaugummi«, sagte Marc.

»Gut«, stimmte Matilda zu. »Das ist nur der Anfang. Aber es wird ja noch schlimmer. Eine betrunkene Frau, die durch den Saal taumelt und sich auf den Glatzen fremder Männer abstützen muß, um nicht zu fallen. Dann setzt sie sich dem Pianospieler auf den Schoß und singt *Je t'aime.* Vor allen Leuten.«

»Das würdest du dich nicht trauen.«

»Würde ich nicht? Was wetten wir?«

»Wer verliert, muß dem anderen sein Führerscheinfoto zeigen«, schlug Marc vor.

»Also gut, die Wette gilt. Das heißt, vorausgesetzt, es muß nicht *Je t'aime* sein. Ich kenne ein paar wirklich schmutzige Seemannslieder, die sind noch viel peinlicher. Kennst du das von Lolly Lulu und dem kleinen Matrosen?«

Marc schüttelte den Kopf. »Aber jetzt hast du deine Chance. Der Pianist macht gerade eine kleine Bierpause.«

»Das trifft sich gut«, sagte Matilda und erhob sich. »Der Tequila ist soeben in meinem Gehirn angelangt.«

Ohne zu schwanken oder sich auf einer fremden Männerglatze abzustützen, schritt sie nach vorne zum Flügel. Marc folgte ihr lachend mit den Augen. Sie sah klasse aus in diesen leicht zerlumpten Jeans und einem eng anliegenden Rollkragenpullover, der genauso schwarz war wie die kurzgeschnittenen, wilden Locken auf ihrem Kopf. Prüfend schnippte sie gegen das über den Tasten angebrachte Mikrophon. Es gab ein knackendes Geräusch in den Lautsprechern. Die anderen Gäste zuckten leicht zusammen, Marc auch. Die war echt verrückt, diese Caroline. Matilda setzte sich auf den Klavierschemel und drehte sich mit Schwung in die richtige Sitzhöhe. Dann strich sie sanft über die Gravur über der Tastatur.

»Ein Bösendorfer«, sagte sie ins Mikro. »Das paßt zu mir. Ich bin nämlich auch böse. Meine Damen und Herren! Der Pianomann macht eine wohlverdiente Pause, und in der Zwischenzeit hören Sie ein paar wirklich verdorbene Seemannslieder. Nichts für zarte Gemüter – also Ohren zuhalten, wenn's Ihnen zu unanständig wird.«

Sie schlug ein paar Töne an, und der Pianist, der herangeeilt war, um sie von seinem Platz zu zerren, blieb überrascht stehen. Klavier spielen konnte sie jedenfalls, die Verrückte. Und singen konnte sie auch. Sogar ganz hervorragend. Die Gäste hörten auf zu essen und zu reden, um ihr zuzuhören.

»Lolly Lulu hatte eine Kneipe am Hafen von Honolulu«, sang Matilda, und das war die erste und einzige Zeile in diesem Lied, bei der ein anständiger Mensch nicht erröten mußte.

Die Zuhörer waren begeistert. Besonders, als Matilda nach der dritten Strophe kurz innehielt, mit einer anmutigen Geste auf Marc zeigte und sagte: »Nur damit

Sie wissen, für wen ich mich hier blamiere. Der junge Mann mit den Locken da ist mit mir gekommen!«

Alle starrten Marc an. Marc lachte. Die war echt total verrückt, die Caroline.

»Möchten Sie die anderen Strophen auch hören?«

»Ja!« schrien die Leute, und Matilda haute wieder in die Tasten.

10.

Franziska war stinksauer auf Matilda. Kaum hatte sie nämlich die Wohnung verlassen, klingelte es an der Tür, und Karsten, der Aal, kam, um Matilda abzuholen. Angeblich seien sie verabredet. Und als Franziska ihm gerade erklärte, daß Matilda diese Verabredung vergessen habe, klingelte es ein zweites Mal. Diesmal war es Fabian.

»Hallo, Franziska, hallo –?«

»Karsten«, sagte Karsten.

»Kennt ihr euch denn nicht?« fragte Franziska neugierig. Aber Matildas zwei Liebhaber schüttelten einhellig den Kopf.

»Matilda ist, wie gesagt, nicht zu Hause«, erklärte Franziska.

»Ich wollte auch zu Caroline«, sagte Fabian. »Ist sie da?«

»Sie ist in ihrem Zimmer.«

»Und was soll ich jetzt mit dem angebrochenen Abend anstellen?« fragte Karsten maulig.

»Das ist nicht mein Problem«, erwiderte Franziska. Aber weil Karsten so verloren aussah, nahm sie ihn schließlich mit in die Küche und bot ihm an, ihr bei der Verzierung der Torte zu helfen, die Caroline für Cornelius' Überraschungsparty gebacken hatte. Caroline meinte, eine Torte gehöre unbedingt dazu. Sie hatte eine mit mehreren Ebenen gebacken, wie eine Hochzeitstorte, und sie war steinhart geworden. Man könnte sie als Trittbänkchen benutzen, wenn die Party vorbei war, überlegte Franziska, denn es war beinahe ausgeschlossen, daß jemand etwas davon aß.

»Nicht, wenn *ich* die Sache in die Hand nehme«, schaltete sich Karsten ein. »Man muß eine Sache nur appetitlich verpacken, damit sie appetitlich wird. Verpackung ist mein Spezialgebiet.«

Franziska seufzte. Das war wieder mal typisch! Caroline spielte gemütlich Schach nebenan, Cornelius vergnügte sich auf seiner Vereinsversammlung, Matilda vermutlich weiß der Himmel wo, und sie selten blödes Schaf mußte den Abend damit verbringen, eine widerliche Torte zu verzieren, zusammen mit einem Typ, den sie nicht mal annähernd ausstehen konnte.

»Gib mir den gelben Zuckerguß«, verlangte der Typ. Er war ein Despot. Ein despotischer Aal. Man mußte einfach Mitleid mit ihm haben.

Caroline schaute überrascht auf, als Fabian in ihr Zimmer kam.

»Matilda ist nicht da«, sagte sie.

»Ich weiß«, erwiderte Fabian. »Ich bin deinetwegen gekommen. Ich wollte dir Revanche anbieten.«

»Sehr nett von dir«, sagte Caroline. »Aber heute bin

ich wieder zurechnungsfähig, da wirst du leider keine Schnitte sehen.«

»Matilda hat mir verraten, daß du mal Kieler Meisterin warst.«

»Bei den Junioren«, verbesserte Caroline. »B-Jugend.«

»Du bist wirklich gut«, sagte Fabian. »Aber ich habe zu Hause geübt. Mit meinem Computer. Diesmal wirst du's nicht so leicht haben.«

Caroline holte das Schachspiel aus dem Regal. »In der Küche können wir nicht spielen, da ist Franziska mit Matildas – äh, also mit so einem langen, dünnen Kerl.«

»Ein Freund von Matilda?« fragte Fabian.

»So könnte man es nennen.« Caroline baute das Schachspiel einfach auf dem Teppichboden auf.

»Matilda hat wohl viele Freunde«, sagte Fabian.

»Ja, und du bist einer davon. Allerdings ein besonders guter.«

»Ich mag Matilda. Man hat unheimlich viel Spaß mit ihr. Aber als eine gute Freundin würde ich sie wirklich nicht bezeichnen«, sagte Fabian.

Caroline starrte ihn überrascht an. »Als was dann? Ich dachte, ihr wärt – ähm – so richtig zusammen.«

»Du meinst, weil wir miteinander schlafen?«

Caroline wurde rot. »Ja, genau.«

»Willst du Schwarz oder Weiß?«

»Schwarz.«

»Manchmal hat Sex überhaupt nichts zu bedeuten«, erklärte Fabian. »Matilda und ich können miteinander schlafen, und es bedeutet nichts, außer daß wir eben miteinander schlafen.«

Caroline starrte auf das Schachfeld hinab. »Also, ich

könnte das jedenfalls nicht.« Sie kratzte sich am Kopf. »Glaube ich zumindest. Genau weiß ich es ja nicht. Ich denke, so etwas verbindet irgendwie. Oder sollte es zumindest.«

»Ich finde auch, daß es schöner ist, wenn man so richtig verliebt ist«, gab Fabian zu. »Und wenn es nicht unverbindlich ist.«

»Solange beide Partner das gleiche denken und fühlen, spielt es vermutlich keine große Rolle, ob man verliebt ist oder so was«, sagte Caroline. »Aber meistens fühlt einer von beiden mehr als der andere. Und das tut dann weh.«

Fabian zog einen seiner Bauern. »Dann ist doch egal, ob man miteinander geschlafen hat oder nicht!«

»O nein«, erwiderte Caroline und rückte ebenfalls einen Bauer vor. »Solange man keinen Sex hatte, kann man sich wenigstens einreden, bis hierhin sei es unverbindlich gewesen. Der letzte Typ, mit dem ich zusammen war, hat immer gesagt, Sex habe nichts mit Beziehung zu tun.« Sie lächelte leicht. »Deshalb sind wir ja auch jetzt nicht mehr zusammen. Und ich bin immer noch Jungfrau – und kann eigentlich gar nicht mitreden.«

»Natürlich hat Sex etwas mit Beziehung zu tun«, sagte Fabian. »Jedenfalls wenn man eine hat.«

»Wie du und Matilda?«

»Nein.« Fabian lachte. »Du bist dran.«

»Vielleicht bin ich auch selber schuld«, sagte Caroline. »Peggy meint, wenn man zu lange damit wartet, macht man sich zu genaue Vorstellungen davon, wie es passieren soll. Und dann ist man innerlich so festgelegt, daß es niemals passiert, und wenn doch, ist man schrecklich enttäuscht.«

»Was hast du denn für Vorstellungen?«

Caroline lachte verlegen. »Ziemlich kitschige, fürchte ich. Ich meine, abgesehen von all diesen Rätseln, die ich, egal was für detaillierte Aufklärungsliteratur ich mir auch reinziehe, niemals so ganz durchschaue. Mit meinen Freundinnen will ich darüber auch nicht mehr sprechen, weil ich mich erstens ständig blamiere und zweitens mit völlig bescheuerten Antworten abgespeist werde: Also, das kann man nicht beschreiben, das muß man erleben. Oder: Wenn du es tust, wirst du automatisch wissen, wie es geht.«

»Niemand weiß diese Dinge, bevor er sie nicht getan hat«, sagte Fabian. »Und danach wissen es die meisten auch noch nicht.«

»Es ist ja auch schwierig, über Sex zu reden. Ich konnte das sowieso noch nie. Die Worte wollen einfach nicht über meine Lippen. Dabei liest man überall, wie wichtig es ist, über seine Wünsche und Abneigungen zu sprechen. Neulich habe ich mir heimlich so eine Zeitung für junge Teenager gekauft, weil es da ums erste Mal ging. Ich war völlig frustriert, nachdem ich den Artikel gelesen hatte. Ilona, vierzehn, erzählt, daß sie beim ersten Mal beide gleichzeitig zum Orgasmus gelangten, und Jennifer, zwölfeinhalb, wollte wissen, welche Stellung sich für das erste Mal am besten eignet, wenn man multiple Orgasmen haben möchte. Ich meine, mit vierzehn wußte ich nicht mal, wie man einen Tampon benutzt.«

»Diese Artikel sind doch alle von vorne bis hinten erlogen«, wandte Fabian ein.

»Selbst wenn«, seufzte Caroline. »Aber da stand auch drin, daß man auf jeden Fall vorher mit dem Partner gründlich darüber reden sollte, damit auch ja nichts schiefgeht. Ich warte seit Jahren auf den Kick, der einen überhaupt dazu treibt, es zu tun. Wenn ich den jemals verspüren sollte, werde ich den Teufel tun und erst mal das Reden anfangen!«

»Na ja«, meinte Fabian, »so ganz ohne Worte geht es vielleicht nur im Film.«

»Ist das vielleicht zuviel verlangt, einmal im Leben eine filmreife Szene zu erleben? Hat nicht jeder ein Recht darauf, sich seinen eigenen Film auszudenken?«

»Keine Ahnung«, erwiderte Fabian. »Eigentlich schon. Erzähl mir von deinem Film!«

»Niemals«, sagte Caroline. »Ich habe eben schon das Wort Orgasmus ausgesprochen. Das reicht für diesen Tag!«

»Bitte!«

»Ich tu's, wenn du mir von deinem ersten Mal erzählst«, sagte Caroline. »Aber bitte jedes Detail.«

»Mein erstes Mal war völlig unromantisch. Es ging so schnell, und ich war so verwirrt, daß ich hinterher fragen mußte, ob wir es jetzt wirklich getan hatten.« Fabian lachte. »Ich habe es nie erfahren. Ich war mit einer Jugendgruppe in Frankreich im Zeltlager. Sie war Französin und hieß Fabienne. Sie hat nicht verstanden, was ich gefragt habe, und ich habe nicht verstanden, was sie gesagt hat. Vermutlich so was wie: Das war ganz lausig, du Dilettant. Danach hatte ich für einige Zeit das Interesse an Sex verloren. Ich war dafür unheimlich gut in Mathe. So, und jetzt du.«

»Also gut, dann erzähle ich dir jetzt, wie ich mir mein erstes Mal vorstelle«, sagte Caroline. »Niemand weiß es. Es ist ein Geheimnis, das du mit ins Grab nehmen mußt. Es ist furchtbar kitschig. Ich glaube, von der Vorstellung, daß man sich erst mal ein halbes Jahr lang kennen muß, habe ich mittlerweile Abstand genommen. Alle, die ich so lange kannte, fand ich dann nicht mehr toll genug, eigentlich schon nach vier Wochen nicht mehr. Also sollte es einfach aus heiterem Himmel passieren. Natürlich nicht, wenn man gerade einen Spinatauflauf mit viel Knoblauch gegessen hat und den obersten Knopf der Jeans öffnen mußte. Oder wenn man einen dicken Pikkel auf dem Rücken hat, genau unter dem BH-Träger. Oder wenn man seine ausgeleiertste Unterhose trägt. Nein, die wichtigste Voraussetzung ist, daß man gerade einen dieser Sterntage hat, an denen man sich wunderbar fühlt: schön, begehrenswert und kein bißchen minderwertig. Also: Er steht vor mir, ich sehe ihm in die Augen und weiß, heute wird es passieren. Er weiß es auch, verliert keine überflüssigen Worte, nimmt mich an der Hand, und Hand in Hand laufen wir durch den Regen. Es darf ruhig kalt sein, wir merken es ja nicht mal. Wir laufen zu seinem Wagen, am besten einer alten Limousine mit Trittbrettern und Chauffeur. Überflüssig zu sagen, daß wir unterwegs in keinen Hundehaufen getreten sind, was mir regelmäßig etwa alle drei Wochen passiert. Man kutschiert uns zu einem Landhaus, einem alten Landhaus aus Bruchsteinen. Erstaunlicherweise hört der Chauffeur Tom Waits, das ist ein absolutes Muß in diesem Augenblick. Wir, also der Traummann und ich, sitzen im Fond und küssen uns, immer noch fast ohne Worte. Vielleicht überreicht er mir ein paar Dutzend Rosen, möglichst lachsfarbene, vielleicht auch einen Ring, einen mit einem blauen Stein. Auf jeden Fall hält dieses Gefühl an, was mir sagt, daß es heute passieren muß! Mit diesem Mann! Eigentlich ist er gesichtslos, manchmal sieht er aus wie Keanu Reeves, manchmal wie Johnny Depp und manchmal wie jemand, den ich wirklich kenne. Im Augenblick stelle ich ihn mir dunkelgelockt und sehr groß vor, eben wie diesen Marc, dem Matilda hoffentlich gerade reinen Wein einschenkt. Er hat eine wunderbare Stimme, weißt du, auch wenn er in diesem speziellen Fall nicht besonders viel sagen muß. Hast du dich schon mal in eine Stimme verliebt?«

Fabian schüttelte den Kopf. »Erzähl weiter! Was passiert, wenn ihr im Haus seid?«

»Er führt mich in einen gemütlichen Raum mit einem offenen Kamin, in dem selbstverständlich ein Feuer flakkert. Davor steht ein ausladendes Sofa, eine Recamiere, und sie ist mit dunkelrotem Samt überzogen. Küssend sinken wir darauf nieder. Alles weitere liegt in einem ziemlichen Nebel, das letzte, was ich sehe, ist ein dicker goldener Engel, der auf dem Kaminsims liegt, und dann – das kann ich gerade noch erkennen, bevor mir die Kleider abgestreift werden und meine Sinne sozusagen schwinden – ist der Regen draußen in Schnee übergegangen. Draußen vor dem Fenster segeln dicke Flocken nieder wie weiße Sterne.« Sie verstummte und blinzelte zu Fabian hinüber, der ihren Worten mit ernstem Gesicht gelauscht hatte. »Ich bin ganz schön kitschig, was?«

»Nein«, sagte Fabian, beugte sich über das Schachspiel und küßte sie mitten auf den Mund. »Du bist total süß.«

Caroline faßte sich verwundert an die Lippen.

»Schade, daß du in eine Stimme verliebt bist.« Fabian erhob sich. »Ich gehe jetzt besser. Das Spiel setzen wir ein anderes Mal fort.«

Caroline starrte ihm stumm hinterher.

Marc parkte sein Auto vor der Haustür in der zweiten Reihe.

»So«, sagte Matilda. »Dann sagen wir einander jetzt Lebewohl! Ich hoffe, du hast eingesehen, daß ich nicht die Richtige für dich bin!«

Marc legte eine Hand in ihren Nacken. »Das war ein phantastischer Abend. Ich habe selten so gelacht. Wann gehen wir gemeinsam auf eine Beerdigung?«

»Niemals«, sagte Matilda. »Du findest mich abstoßend und ordinär. Ja, denn das bin ich ja auch.«

Marc küßte ihr linkes Ohrläppchen, das mit dem Totenkopfstecker. »Ich finde dich herrlich verrückt und absolut wunderbar.«

Matilda starrte ihn böse an. »Sag das nicht! Du wirst eine Bessere als mich treffen. Schon bald.«

»Und woher weißt du das?«

»Ich bin eine Hexe«, nuschelte Matilda. »Deshalb!«

»Es gibt keine Bessere als dich, kleine Hexe. Jedenfalls nicht für mich. Schon am ersten Abend fand ich dich toll. Beerdigungen, die Farbe Gelb, italienische Opern, Zebras und Leoparden, Stollen ohne Zitronat – das war alles zu schön, um wahr zu sein«, sinnierte Marc. »Aber der heutige Abend hat mir den Rest gegeben!«

»Bist du blöd?« Matilda kniff ihn ins Bein. »Ich habe mich total danebenbenommen. Und das war weiß Gott schwerer, als ich dachte. Die Lieder, die ich gesungen habe, treiben dem abgebrühtesten Seemann die Schamröte ins Gesicht, ich habe mich auf dem Flügel gerekelt, und du glaubst, es gibt keine Bessere als mich? Was muß man denn noch tun, um dir zu mißfallen?«

»Ich wüßte nichts, was du tun könntest, um mir zu mißfallen«, antwortete Marc ernst.

»Auch nicht, wenn ich dir sage, daß ich eine Lügnerin bin? Ich bin nämlich nicht die, für die du mich hältst. Ich bin nicht Caroline. Die sitzt nämlich da oben in unserer Wohnung und ist echt rothaarig.«

»Wie bitte?«

»Ja, da staunst du, was? Ich bin weder Caroline noch rothaarig noch unschuldig. Unschuldig zu allerletzt! Und ich studiere auch nicht Psychologie, sondern nur Musik. Und Schildkröten mag ich auch nicht besonders. Und schon gar keine Buchstabensuppe. Na, jetzt willst du mich sicher nicht mehr?«

»Und warum habe ich mich mit dir getroffen und nicht mit der echten Caroline?«

»Weil sie rote Flecken bekam und Blähungen. Ich mußte für sie einspringen, damit du nicht sang- und klanglos wieder aus unserem, pardon, aus Carolines Leben verschwinden konntest. Woher sollte ich auch wissen, daß du mir so gut gefallen würdest!«

»Tatsächlich?«

»Ja, leider«, seufzte Matilda. »Cello, italienische Küche, Beerdigungen und Milchreis mit Zimt. Außerdem küßt du verdammt gut. Das alles war fast zu schön, um wahr zu sein. Nur Caroline zuliebe verzichte ich jetzt auf dich, nur ihr zuliebe habe ich mich heute so schlecht benommen. Damit wir sichergehen konnten, daß du mich auch garantiert blöd findest, bevor du erfährst, daß die echte Caroline noch auf dich wartet.«

»Ich habe gleich gesagt, Caroline ist kein Name für dich«, sagte Marc und lachte leise. »Weißt du noch? Ich hätte dich Antonia genannt oder Laura, aber niemals Caroline.«

»Ich heiße Matilda«, sagte Matilda.

»Matilda! Das paßt auch. Es ist ein lustiger Name. Aber wie du auch heißen magst, es ändert nichts an meinen Gefühlen für dich.«

»Dann haben wir jetzt ein Problem«, erwiderte Matilda finster.

»Ich wüßte nicht, warum!«

»Ich und du, wir können nicht zusammensein«, erklärte Matilda. »Caroline würde es nicht verstehen. Sie würde denken, ich hätte dich ihr ausgespannt, vor der Nase weggeschnappt.«

»Aber ich kenne sie doch überhaupt nicht.«

»Doch«, hielt ihm Matilda entgegen. »Du hast mit ihr telefoniert. Und dabei hat sie sich in deine Stimme verliebt. Ich kann ihr das nicht antun, wirklich nicht. Sie ist manchmal ein bißchen blöd, aber sie ist ein nettes Mädchen und meine Freundin.«

»Ich verstehe«, sagte Marc. »Sie wäre dir sicher sehr böse, wenn sie herausfindet, daß ich mich in dich verliebt habe.«

»Sie würde mir die Augen auskratzen«, bestätigte Matilda.

»Und sie glaubt, ich wäre der Richtige für sie?«

»Genau. Du warst nun mal von Anfang an für sie bestimmt.«

»Die einzige Chance besteht darin, ihr nicht zu gefallen«, überlegte Marc sachlich. »Dann wäre es deiner Freundin egal, ob wir beide was miteinander haben.«

»Oh, du bist leider genau ihr Typ. Sie hat dich durchs Fenster gesehen. Außerdem mag sie deine Stimme.«

»Aber sicher achtet sie auch noch auf andere Dinge als Stimme und Aussehen«, versuchte Marc auszuweichen.

»Bei dir stimmt aber alles«, seufzte Matilda. »Leider.

Es sei denn, du würdest ihr einen echt miesen Charakter vorspielen.«

»Das dürfte nicht allzu schwer sein«, meinte Marc. »Du kannst mir sicher verraten, was deine Freundin total abtörnt.«

»Ja«, sagte Matilda zunehmend begeistert. »Ich weiß alles über sie. Es ist ganz einfach, Caroline nicht zu gefallen. Sie ist in vielen Dingen sehr heikel. Du mußt nur etwas Böses über Greenpeace-Aktivisten sagen oder über Schildkröten. Und du könntest erzählen, daß du total auf Hüftkettchen abfährst. Ich wette, dann bist du sie schneller los, als du es dir träumen läßt.«

11.

Erst zwei Tage später wagte Caroline endlich einen Anruf bei Marc. Franziska und Matilda hatten sie richtig ausgeschimpft, weil sie es bis jetzt noch nicht getan hatte.

»Ich verstehe dich nicht«, sagte Matilda böse. »Ich habe mich bis auf die Knochen blamiert, nur damit du diesen Anruf tätigen kannst. Sicher hängen jetzt überall in der Südstadt Steckbriefe nach mir aus: Die Sittenpolizei bittet um Ihre Mithilfe.«

»Vielleicht ist Marc eben doch nicht der Richtige«, wandte Caroline zaghaft ein.

»Bist du irre?« rief Franziska. »Vorgestern hättest du Matilda seinetwegen noch beinahe den Hals umgedreht! Wenn du nicht anrufst, rede ich kein Wort mehr mit dir.«

»Also gut«, seuftze Caroline. Sie brauchte ein paar Stunden, um sich den Mut dafür einzureden. Dafür sprach sie unaufhörlich die Affirmationen aus Peggys Buch *Krieg der Schüchternheit* vor sich hin: »Ich habe keinen Grund, mich minderwertig zu fühlen«, sprach sie laut vor sich hin. »Außerdem kann man durchs Telefon keine Flecken sehen.«

»Was leierst du da vor dich hin?« wollte Franziska wissen.

»Nichts«, erwiderte Caroline. »Sag mal, geht ihr heute gar nicht aus dem Haus?«

»Nein, ich muß die Wohnung und mich für Cornelius' und meinen Abend der Abende herrichten. Du hast doch nicht vergessen, daß du heute abend zu verschwinden hast und frühestens eine Stunde nach Mitternacht wieder auftauchen darfst?«

»Nein«, seufzte Caroline. »Ich habe keinen Grund, mich minderwertig zu fühlen.«

Erst am Nachmittag fühlte sie sich unbeobachtet genug, das schwierige Telefonat zu wagen. Ollie und Benedikt waren gekommen, um Franziska mitzuteilen, daß die alte Wertheim aus dem zweiten Stock eine Opernkarte samt einem wunderbar kitschigen Brief erhalten hätte und daher den morgigen Abend nicht durch ihr Gemecker verderben konnte.

Caroline schleppte das Telefon leise in ihr Zimmer und wählte Marcs Nummer. »Hallo«, flüsterte sie.

»Hallo?«

Caroline räusperte sich. »Hier ist Caroline.«

»Die echte Caroline, nehme ich an«, sagte Marc.

»Ja.« Ich habe keinen Grund, mich minderwertig zu fühlen, setzte sie in Gedanken hinzu.

»Schön, daß du anrufst«, sagte Marc. »Ich hatte schon gedacht, du meldest dich überhaupt nicht mehr.«

»Und ich dachte, nach allem, was war, wäre dir das ganz recht.«

»Nein«, widersprach Marc. »Ich finde, wir sollten uns unbedingt kennenlernen. Wie wäre es gleich heute?«

»Heute?« Ich habe keinen Grund, mich minderwertig zu fühlen. Meine Flecken sind ein Teil von mir. Ich bin schön. Ich habe keinen Grund, mich minderwertig zu fühlen. »In Ordnung. Wo? Um wieviel Uhr?«

»Um halb acht beim Mexikaner in der Nähe vom Friesenplatz? Kennst du den?«

»Ja«, sagte Caroline. »Ich werde da sein. Du erkennst mich an meinen roten Flecken.«

Erleichtert legte sie den Hörer auf. Gerade rechtzeitig, denn Matilda war der Telefonschnur gefolgt, um den Apparat zu orten.

»Mit wem hast du telefoniert?«

»Geht dich gar nichts an!«

»Du brauchst es mir gar nicht zu sagen. Ich sehe es an deinen Flecken«, sagte Matilda.

»Die werden mich heute auch nicht daran hindern, die Sache endlich hinter mich zu bringen«, seufzte Caroline.

»Na, dann werde ich dir mal die Daumen drücken, daß er dir gefällt«, sagt Matilda und schlug hinterm Rücken zwei Finger übereinander. »Das heißt, wenn du ihn überhaupt noch möchtest.«

»Seine Stimme klingt immer noch faszinierend«, murmelte Caroline. »Ich muß mich jetzt umziehen, und dann gehe ich ein bißchen früher, damit Franziska hier ihre sturmfreie Bude hat.«

»Ja«, sagte Matilda. »Ich bin auch gleich weg.«

Caroline, die schon auf dem Weg ins Badezimmer war, drehte sich noch einmal um. »Triffst du dich mit Fabian?«

»Würde dich das irgendwie stören?« fragte Matilda zurück.

Caroline antwortete nicht. Matilda seufzte. Wenn Caroline auch nur ein bißchen wie sie veranlagt war, würde sie Marc um jeden Preis haben wollen, schon allein aus dem Grund, damit sie, Matilda, ihn nicht bekam.

Marc wußte zwar alles über Carolines Vorlieben und ihre Abneigungen, und gewöhnlicherweise war es nicht besonders schwierig, ihr zu mißfallen. Aber Marc war zu einem Zankapfel zwischen zwei Rivalinnen geworden, vielleicht würde Caroline darauf beharren, ihn toll zu finden, selbst wenn er sich als völliger Idiot offenbaren würde.

Zumindest konnte es nicht schaden, wenn man der Sache ein bißchen mit Zauberei nachhalf. Die Frau im Voodoo-Laden hatte ihr zu diesem Zweck kleine, fast nicht duftende Räucherpyramiden verkauft, die man unter die Ruhestätte des Opfers legen und langsam verglühen lassen sollte.

Matilda beschloß, eine davon unter Carolines Bett zu legen, bevor sie nachher ging.

»Das Essen ist gut hier«, sagte Marc. »Ich hoffe, du magst mexikanisch.«

Caroline nickte stumm, obwohl das überhaupt nicht stimmte. Sie war immer noch ganz benommen von Marcs Anblick. Er hatte unbestritten schöne Augen und eine gute Figur, da hatte Matilda nicht übertrieben. Und neulich, vom zweiten Stock aus betrachtet, im Licht einer Straßenlaterne, hatte er auch sonst sehr gut ausgesehen. Möglicherweise hatte ihre Phantasie ihr da aber einen Streich gespielt. Denn Marc hatte genau die Art Frisur, die sie ganz abscheulich fand, einen tiefen Seitenscheitel, beide Partien über die Ohren gekämmt, mit Gel glatt gehalten, nur die unteren Spitzen drehten sich nach außen, so daß es aussah, als habe Marc eine Dachrinne um den Kopf installiert. Und dann dieses absolut häßliche Hemd! Es war eindeutig zu klein, sah aus wie ein Küchentuch und war bis oben hin zugeknöpft. Und diese Scheußlichkeit steckte in einer dunkelblauen Bundfaltenhose, die mit einem braunen Kunstledergürtel zusammengehalten wurde. Die Schuhe und die Sokken hatte Caroline noch nicht gesehen. In Anbetracht der restlichen Garderobe war ihr danach auch nicht zumute.

»Findest du nicht auch?« fragte Marc.

»Ähm – ich fürchte, ich habe die Frage nicht verstanden«, sagte Caroline.

»Ich sprach über die Vielfalt der ausländischen Küche«, sagte Marc. »Ich meine, die vielen Ausländer in unserem Land sind schon eine Plage, und meiner Meinung nach gehören die alle ausgewiesen, aber die Restaurants könnten bleiben. Man müßte allerdings gesetzlich garantieren, daß alle Angestellten, bis auf die Köche natürlich, Deutsche wären.«

Caroline starrte ihn verblüfft an. »Meinst du das ernst?«

»Ja«, sagte Marc. »Und damit die Köche nicht wieder eine ganze Kolonie ihrer Sippe in unserem Land etablieren können, müßten sie vertraglich zusichern, daß sie die Geheimnisse ihrer Küche, jedes ihrer Rezepte an uns

Deutsche weitergeben. Auf diese Weise müßten wir Deutschland nur noch eine Generation lang mit diesen Ausländern teilen.«

»So einen Schwachsinn habe ich noch nie gehört«, sagte Caroline angewidert. »Abgesehen davon, daß es im höchsten Maße rassistisch und ausländerfeindlich ist.«

»Du bist doch hoffentlich nicht eine von diesen grünen Steinewerferinnen?« sagte Marc. »Dann laß uns lieber über etwas anderes reden.«

»Von mir aus«, gab Caroline nach. »Wenn du nichts dagegen hast, daß ich dieses Treffen lediglich als eine Fallstudie betrachte und du das Essen bezahlst.«

»Einverstanden«, erklärte Marc und lächelte. Für den Bruchteil einer Sekunde sah er richtig nett aus.

12.

Als Cornelius kam, war Franziska allein in der Wohnung. Der Champagner stand auf dem Tisch, zusammen mit knusprigem, warmem Kräuterbaguette, einem dreiarmigen Kerzenleuchter und zwei blitzblanken Gläsern. Optimistisch wie sie war, hatte Franziska auch die jetzt nicht mehr ganz so neue dunkelrote Unterwäsche an.

»Ich hab' Hunger wie ein Bär«, sagte Cornelius.

»Bitte bedien dich«, meinte Franziska und zeigte auf das Baguette. »Wie war denn dein vorletzter Tag in Köln?«

»Wie immer«, sagte Cornelius. »Ich hatte noch gar

keine Zeit, mir vorzustellen, daß ich bald nicht mehr hier sein werde.«

»Du meinst, du hattest noch keine Zeit, darüber nachzudenken, was dir alles fehlen wird?«

»O doch! Was mir fehlen wird, weiß ich jetzt schon«, seufzte Cornelius.

Franziska lächelte geschmeichelt. Na endlich, jetzt kriegte er endlich mal die Zähne auseinander. Das wurde aber auch Zeit.

»Zum Beispiel das Essen«, sagte Cornelius.

»Und was noch?«

»Deutsches Fernsehen. Wie es jetzt weitergeht in der Lindenstraße, mußt du mir dann immer schreiben!«

»Aha, Essen und Fernsehen! Gibt es sonst noch etwas, was dir fehlen wird?« Franziska wurde langsam gereizt.

»Wasserball!« antwortete Cornelius wie aus der Pistole geschossen.

»Ach, Cornelius«, sagte Franziska böse und brach dabei ein Stückchen von ihrem Brot ab, »kannst du nicht einmal etwas sagen, was mir gefällt?«

»Wie meinst du das? Sag mal, wonach riecht es hier eigentlich? Irgendwie verbrannt!«

Franziska schnupperte. »Tatsächlich. Das war aber eben noch nicht!«

»Wie verschmorter Kunststoff! Hast du die Plastikfolie bei den Baguettes mitgebacken?«

»Natürlich nicht! Das kommt sicher von draußen!«

»Nein!« Cornelius stand auf. Schnuppernd ging er in den Flur hinaus. Franziska folgte ihm. Der Gestank wurde stärker.

»Das kommt aus Carolines Zimmer«, rief Franziska

und öffnete die Tür. Dicker weißer Qualm waberte ihnen entgegen. Hustend schloß Franziska die Tür. »Es brennt! Ruf die Feuerwehr!«

Cornelius machte die Tür wieder auf.

»Laß Wasser in die Wanne und wirf Handtücher hinein«, befahl er über seine Schulter hinweg. Franziska gehorchte mit zitternden Händen. Cornelius rollte sich den Kragen seines Pullovers vor Mund und Nase und drang in den stinkenden Qualm vor. Nirgendwo sah er eine offene Flamme, der Qualmherd war offensichtlich Carolines Bett. Matildas Rauchpyramide hatte das Mückennetz erhitzt. Dieses konnte aber nicht brennen, sondern nur schmelzen und erzeugte dabei diesen Qualm und Gestank. Aber gerade als Cornelius den Brandherd erreicht hatte, fing auch Carolines Bettwäsche Feuer.

»Schnell, Franziska, die Handtücher«, rief er, und Franziska warf ihm ihr gutes Strandtuch vor die Füße. Damit erstickte er mutig die frischen Flammen. Franziska schleppte andere nasse Handtücher herbei und löschte damit das Mückennetz – oder vielmehr das, was noch davon übrig war. Anschließend riß sie hustend das Fenster auf.

»Das war verdammt knapp«, sagte Cornelius und bückte sich unter das Bett. Es war ein schönes Holzbett aus gelaugter und geölter Kiefer. Von der Unterseite war es jetzt ziemlich schwarz. Cornelius nahm vorsichtig die immer noch qualmende Räucherpyramide in die Hand.

»Da ist der Übeltäter.«

Franziska knurrte böse. »Eine von Matildas verdammten Zaubereien. Ich werde ihr den Hals umdrehen, wenn sie nach Hause kommt. Das war das letzte Mal, daß sie mir den Abend verdorben hat!«

»Aber was haben Matildas Räucherstäbchen unter Carolines Bett verloren?«

»Das kann ich nur vermuten«, rätselte Franziska. »Aber sie sollten wohl bewirken, daß Matilda alle drei Typen für sich behalten kann. Sie ist ein Biest!«

»Caroline wird einen Schock bekommen, wenn sie das hier sieht«, meinte Cornelius. Das Zimmer sah in der Tat ziemlich verwüstet aus.

Franziska nickte. »Wir können das Bett frisch überziehen«, schlug sie vor. »Und dann versuchen wir, die verkohlten Betteile zu reinigen. Vielleicht sieht es dann nicht mehr ganz so schlimm aus!«

Cornelius schnupperte noch einmal. »Aber den Geruch kriegen wir niemals mehr raus! Arme Caroline!«

Arme Franziska! bedauerte Franziska sich selbst. So also sieht dein schöner, romantischer Abend aus! Das passiert auf der großen, weiten Welt immer nur dir!

Erst als Caroline die Wohnungstür aufschloß, fiel ihr ein, daß Franziska und Cornelius ja einen Abend für sich haben wollten. Für einen Moment war sie versucht, wieder zu gehen, aber hier draußen war Januar, und es war kalt. Also würde sie sich in ihr Zimmer schleichen und sich still verhalten. Aber als sie auf Zehenspitzen durch den Flur huschte, kam Franziska mit einer Schüssel Popcorn unter dem Arm aus der Küche.

»Du bist aber früh zurück«, sagte sie.

»Ich möchte nicht stören«, flüsterte Caroline und wollte in ihr Zimmer gehen.

»Oh, du störst mich nicht«, erwiderte Franziska. »Im Gegenteil. Ich könnte ein bißchen Gesellschaft vertragen. Möchtest du etwas von meinem Popcorn? Mir war so danach.«

»Wo ist Cornelius?«

»Oh, der ist wieder nach Hause gefahren. Er und ich hatten einen wunderbaren Abend. Zuerst ist die halbe Wohnung abgebrannt, und als wir dann alles wieder soweit in Ordnung gebracht und den Champagner geöffnet hatten, gerade als wir einander tief in die Augen schauten und ich zu den intimsten Geständnissen bereit war, rief Cornelius' Mutter an.«

»Ach herrje, du Ärmste«, sagte Caroline.

»Schlimm genug, daß Cornelius ihr meine Nummer gegeben hat«, bemerkte Franziska. »Angeblich ist ihr Waschmaschinenschlauch gerissen, und der Keller steht unter Wasser. Natürlich ist der brave Sohn gleich losgesaust, um seiner lieben Mama zu helfen. Ich hatte nicht mal mehr Zeit, mich mit ihm zu streiten. Das einzige, was ich tun konnte, war, mir einen Riesenberg Popcorn zu machen und das Telefonkabel aus der Wand zu ziehen, damit Cornelius nicht anrufen und mir das Ausmaß der Katastrophe schildern kann.«

»Ach herrje«, sagte Caroline wieder. »Und ich dachte, ich wäre der einzige Mensch auf der Welt, der Grund hätte, sich zu beklagen.«

»Vielleicht bist du das auch«, meinte Franziska. »Wenn du den Schauplatz der anderen Katastrophe besichtigt hast. Folge mir ganz vorsichtig in dein Zimmer.«

»Ach herrje«, stöhnte Caroline, als sie die Überreste ihres Mückennetzes und das rauchgeschwärzte Bett sah. »Matilda, stimmt's?«

»Wer sonst! Wir haben so eine kleine Räucherpyramide unter dem Bett gefunden.«

»Was immer sie damit bezwecken wollte«, seufzte Caroline. »Besser geht es mir jedenfalls nicht.«

»Es klingt vielleicht egoistisch«, sagte Franziska, »aber ich bin froh, daß ich jemanden habe, dem es genauso mies geht wie mir. Es ist ein schreckliches Gefühl, immer an zweiter Stelle zu stehen. Bei Cornelius komme ich sogar erst an dritter Stelle. Zuerst die Arbeit und dann seine Mama.«

»Das stimmt doch gar nicht«, meinte Caroline und stopfte ihr Mückennetz in den Mülleimer. »Meiner Meinung nach traut Cornelius sich nicht, zuviel Theater um eure Trennung zu machen, weil du ihm in den letzten Monaten ständig vorgeworfen hast, zu sehr zu klammern. Und selbst jetzt läßt du dir nicht anmerken, wie sehr du ihn vermissen wirst.«

»So weit kommt es noch«, sagte Franziska empört. Sie sah auf die Uhr. »Was soll's? In zwei Tagen bin ich ihn sowieso für ein paar Monate los. Ich bin dafür, wir machen das Beste aus dem angefangenen Abend. Im Fernsehen wiederholen sie heute *Casablanca*. Wir haben Popcorn und echten Champagner. Was will man eigentlich mehr? Der Film fängt in einer Viertelstunde an. Du bist gerade rechtzeitig gekommen.«

»Wo ist unsere Brandstifterin?«

»Sie ist mit dem Karstenaal unterwegs«, sagte Franziska. »Auf irgend so einer gräßlichen Technoparty. Vor fünf Uhr morgens kommt sie nicht zurück. Das ist auch gut so, sie heult immer so furchtbar bei diesem Film, und damit verdirbt sie mir jedesmal den herrlichen Schluß. Komm, wir machen es uns mit dem Popcorn in

Matildas Bett gemütlich, und du erzählst mir von deinem Rendezvous mit Marc. Hat sein Hintern nicht gehalten, was seine Stimme versprach?«

»Doch, ich denke schon«, sagte Caroline. »Er ist echt hübsch. Ohne jede Einschränkung.«

»Aber?« fragte Franziska feinfühlig.

»Ich komme mir ganz schön dämlich vor«, seufzte Caroline. »Ich hatte mich total darauf versteift, daß Marc genau der Richtige für mich wäre, so sehr, daß ich mich sogar mit Matilda verkracht habe. Ich war so sauer auf sie, daß ich nicht weit davon entfernt war, sie nachts mit einem Kissen zu ersticken. Und das alles nur wegen eines Kerls. Wegen dieses Kerls.« Sie schlug mit der Faust gegen die blaugestrichene Flurwand. »Weißt du, was er gesagt hat? Ich meine, unter anderem?«

Franziska schüttelte den Kopf.

»Daß ein guter Deutscher nur in der Bundeswehr zu einem richtigen Mann geformt werden kann. Und daß Menschen, die Haustiere halten, Sodomisten seien und daß man das Essen eigentlich durch Pillen ersetzen sollte«, erwiderte Caroline aufgebracht. »Und dann hat er noch gesagt, daß Johnny Depp schwul sei.«

Franziska lachte, aber Caroline verzog nicht einmal die Mundwinkel. Daran erkannte Franziska die Tragweite des Problems und beschloß, alles weitere auf später zu verschieben. Für ein Gespräch dieser Problemklasse mußte erst der richtige Rahmen geschaffen werden.

Erst als sie und Caroline auf Matildas Bett saßen, die Popcornschüssel zwischen sich, kam sie noch einmal auf das Thema zu sprechen. »Das klang eben nicht so, als sei Marc der Traummann, auf den du gewartet hast.«

»Vielleicht habe ich mich getäuscht«, sagte Caroline. »Oder ich habe zu naive Vorstellungen. Ich dachte, man fühlt es irgendwie, wenn man auf den Richtigen trifft. Irgendwie habe ich mir das anders vorgestellt. Daß eine innere Stimme sagt, ja, der ist es und sonst keiner.«

»Und diese Stimme hat heute abend nicht gesprochen, stimmt's?«

»Nein«, antwortete Caroline traurig.

»Hat sie überhaupt schon mal gesprochen?«

»Ja, kann sein«, sagte Caroline. »Aber da wollte ich nicht auf sie hören.«

Schweigend verfolgten sie das Tun von Ingrid Bergmann und Humphrey Bogart auf dem Bildschirm und aßen Franziskas Popcorn. Erst als Humphrey Bogart und der französische Offizier im Nebel verschwanden und dabei den berühmten Satz vom Beginn einer wunderbaren Freundschaft sprachen, fand auch Caroline ihre Stimme wieder. »Franziska?«

»Hm?«

»Denkst du manchmal noch an unsere spiritistische Sitzung mit Amadeus?«

»Nein, eigentlich nicht«, erwiderte Franziska.

»Aber ich«, sagte Caroline ernst. »Ich weiß noch genau, daß Amadeus uns gewarnt hat. Freundschaft in Gefahr, das hat er gesagt, und jetzt glaube ich, daß er damit meine und Matildas Freundschaft gemeint hat. Durch diesen Marc ist irgendwie alles aus den Fugen geraten.«

»Möglich«, gab Franziska zu. »Aber Amadeus hat auch was von Tauschen gesagt, weißt du noch?«

»Ja«, sagte Caroline. »Tauscht, was besser paßt, ich hab's mir aufgeschrieben.« Sie stockte. »Oh, du meinst, damit könnte Marc gemeint sein?«

»Zum Tauschen gehören immer zwei«, konstatierte Franziska. »Vielleicht hat Matilda ja etwas, was du gern gegen Marc tauschen würdest.«

»Oh«, sagte Caroline wieder und wurde ein bißchen rot.

Franziska grinste. »Reden wir von was anderem. Von Cornelius' Party übermorgen zum Beispiel. Obwohl er ja eigentlich keine verdient hat. Ollie und Benedikt haben die ganzen Engtanzschnulzen von unseren Klassenfeten früher auf CD. Mit wem wirst du tanzen?«

»Das kommt ganz darauf an«, sagte Caroline.

»Ich verstehe«, sagte Franziska.

13.

Freitag morgen stürmte Franziska in aller Herrgottsfrühe in Matildas Zimmer und machte das Licht an. »Du hast uns gestern beinahe eingeäschert, weißt du das?« rief sie.

»Geh weg!« murmelte Matilda und zog sich die Decke über den Kopf.

Franziska war mit zwei Schritten bei ihr. »Das werde ich keineswegs tun«, sagte sie und zerrte ihr mit einem tückischen Ruck die Decke fort.

Frierend setzte Matilda sich auf. »Was willst du von mir, du Unhold?«

»Ein Unhold bist du«, sagte Franziska. »Deine bescheuerte Zauberpyramide hat gestern Carolines Mükkennetz total verschmort und ihre halbe Bettwäsche versengt. Das Bett sieht auch nicht sonderlich attraktiv aus. Komm mit und sieh es dir an.«

Sie zerrte die widerstrebende Matilda nach nebenan. »Na, siehst du jetzt, was du angerichtet hast? Die Luft ist jetzt noch voll Kohlenmonoxyd. Caroline mußte die Nacht in meinem Bett schlafen.«

»Ich hab's nur gut gemeint«, jammerte Matilda. »Ich werde Caroline ein neues Mückennetz kaufen, und das mit dem Bett ist halb so schlimm. Wenn eine Überdecke darauf liegt, sieht man die angekokelten Teile nicht mehr. Und jetzt laß mich weiterschlafen. Ich bin erst um fünf Uhr im Bett gewesen. Vorher kannst du mir noch sagen, ob Caroline Gefallen an Marc gefunden hat oder nicht.«

»Eher nicht«, erwiderte Franziska. »Und ich wette, da hattest du auch deine Hände im Spiel.«

»Und wenn schon«, sagte Matilda und rollte sich zufrieden wieder unter ihr Plumeau.

Aber es war ihr keine Ruhe gegönnt. Kaum lag sie wieder im Bett, kam Franziska erneut zur Tür herein, machte das Licht an und schleuderte Matilda einen leeren Müllsack vors Bett. »Da kommt alles rein, was mit deiner Hexerei zu tun hat, diese verdammten braunen Papiertüten aus deinem Voodoo-Laden, deine blöden, selbstgemachten Wahrsagekarten und die ekelhaften Knochen, die angeblich die Zukunft voraussagen. Alles das verschwindet in diesem Sack. Dann wirst du ihn zubinden und in die Mülltonne befördern.«

»Das kann ich nicht einfach alles wegwerfen. Ich habe ein Vermögen dafür ausgegeben.« Ärgerlich erhob Matilda sich wieder.

Franziska tat, als habe sie nichts gehört. Erbarmungslos wie ein Roboter begann sie, die Gegenstände auf dem schwarzen Tisch zu entfernen.

»Hör auf damit!« zischte Matilda und griff nach ihrem Handgelenk. »Diese Tasse da hat nichts mit Zauberei zu tun, ich habe meinen Kaffee daraus getrunken, nichts weiter. Ich verstehe nicht, was du gegen Hexerei hast. Ich habe doch nur Gutes damit bewirkt. Wenn ich nichts getan hätte, wäre Caroline jetzt noch immer in Marc verliebt. Marc aber wäre in mich verliebt, genau wie Fabian. Und die arme Caroline würde wie stets in die Röhre gucken. Mit meinen Zauberkünsten aber ist es mir gelungen, das Problem elegant zu lösen: Ich liebe Marc, Marc liebt mich. Caroline liebt Fabian, Fabian liebt Caroline. Ist das nicht wunderbar?«

»Woher willst du das wissen?«

»Ganz einfach, Fabian hat es mir gestern abend am Telefon gesagt, bevor ich gegangen bin. Er meint, Caroline würde es mit ihm genauso gehen, aber ich solle ihr noch nichts davon verraten. Na, und was meinst du, wer überrascht war? Ich jedenfalls nicht, denn ich habe das Ganze schließlich bewirkt. Mit Kampfer und römischer Kamille, dem Pulver von Krokodilsaugen und ...«

»Du hast überhaupt nichts damit bewirkt«, fauchte Franziska. »Außer Gestank und Feuer. Fabian hätte sich sowieso in Caroline verliebt und Caroline sich in Fabian. Und daß deine Zauberei nichts gebracht hat, liegt daran, daß du eben nicht hexen kannst. Du bist nichts als ein leichtgläubiger Dummkopf. Denn du glaubst tatsächlich, die Geister würden mit dir sprechen!« Sie stupste ein Wasserglas an, das auf dem Tisch stand. »So ein Glas bewegt sich ziemlich leicht, wenn man dagegen stößt«, fuhr sie fort. »Und dann kann man die seltsamsten Botschaften schreiben. Wenn man Glück hat, glauben einem die anderen. Sehr lustig!«

»*Du* warst das?« fragte Matilda ungläubig.

»Ja, ich«, erklärte Franziska unbeirrt und bat Amadeus und Heinz in Gedanken um Verzeihung.

»Oh, das kann ich nicht glauben!« rief Matilda.

»Du kannst es glauben oder nicht«, sagte Franziska. »In dieser Wohnung wird jedenfalls kein fauler Zauber mehr ausgeübt. All diese Sachen verschwinden bis heute nachmittag aus diesem Haus. Du hast Glück, es ist wieder Sperrmüll in der Nachbarschaft. Vielleicht findest du jemanden, der diesen grauenhaften Tisch aus dem Haus rollt und zu dem Gerümpel stellt, wohin er gehört. Und ich werde alle Streichhölzer und Feuerzeuge konfiszieren, bis du dir ein anderes Hobby zugelegt hast.«

Matilda betrachtete nachdenklich ihre Fingernägel. »Marc sagt, er glaube nicht an Geister. Ich tu's auch nicht, wenn ich es mir recht überlege.«

»Um so besser«, sagte Franziska und ging zur Tür.

»Ich habe damals übrigens gleich gewußt, daß du es warst, die das Glas geschoben hat«, rief Matilda ihr hinterher.

Franziska mußte lachen. »Das ist das Schöne an dir, Matilda. Du weißt, wenn du verloren hast.«

»Der Tisch stört mich schon lange«, fuhr Matilda fort. »Ich habe mir schon mehr als einmal den Hüftknochen daran gestoßen. Und er nimmt viel zuviel Platz weg. Könntest du mir nicht helfen, ihn die Treppe runterzutragen?«

»Keine Chance«, erklärte Franziska resolut. »Ich habe wirklich genug anderes zu tun.«

Das hatte sie in der Tat. Ollie und Benedikt wollten

sich zwar um Musik und Getränke kümmern, ebenso darum, daß es zu vorgerückter Stunde keinen Ärger mit den anderen Hausbewohnern, sprich Herrn Kleinschmidt und Frau Wertheim, geben würde, aber die Essenszubereitung, die Dekoration und das Aufräumen der Wohnung blieben ganz allein an ihr hängen. Letzteres war allerdings nicht weiter zeitaufwendig, da Caroline in ihrem Putzwahn gestern für mehrere Wochen vorgearbeitet hatte. Lediglich Matilda, die tatsächlich ihre Hexensachen zu entsorgen schien, machte neue Unordnung. Mit Hilfe von ihrer Seite konnte man nicht rechnen, und Caroline hatte bis Nachmittag an der Uni zu tun.

Seufzend machte sich Franziska an die Arbeit. Sie hatte bis fünf fertig zu werden, weil Cornelius dann kam und sie ihn, damit er auch ja nichts merkte, irgendwohin lotsen und irgendwie beschäftigen mußte. In der Zwischenzeit würden die anderen den Rest erledigen, die Gäste empfangen und alle zusammen im Flur aufstellen und »Überraschung!« rufen, wenn sie mit Cornelius wieder in die Wohnung kam.

Und der würde sich hoffentlich freuen. Wehe, wenn nicht! Franziska zweifelte mittlerweile daran, daß diese Party so eine gute Idee war. So brachte sie sich und Cornelius um die letzte Gelegenheit, sich noch einmal auszusprechen und allein zu sein. Andererseits war das vielleicht auch ganz gut so. Sie hatte ab morgen vier Monate lang Zeit, um über sich und Cornelius nachzudenken.

Gegen Mittag – Franziska hatte gerade eine Riesenschüssel Vanillecreme zum Abkühlen auf die Fensterbank gestellt – kamen Ollie und Benedikt mit ihrer Musikanlage.

»Die Anlage ist installiert, die CDs liegen bereit, zwei

Fässer Bier, Kästen mit Cola und Wasser und sieben Kisten mit billigem, aber leckerem Fuselwein sind noch bei Ollie im Kofferraum. Da ist mehr Platz, und es herrscht die gleiche Temperatur wie in unserem Kühlschrank. Der Hausmeister ist auch kein Thema mehr. Der liegt bereits abgefüllt auf seinem Sofa. Vor morgen wird der sich nicht mehr mucken. Kurz gesagt, alles ist in bester Ordnung, wir haben nur noch *ein* großes Problem«, sagte Benedikt. »Und das heißt Wertheim, ist garstig und hat eine Warze am Kinn.«

»Ich denke, ihr habt ihr eine Karte für den *Fliegenden Holländer* zugeschickt«, sagte Franziska.

»Klar«, erwiderte Benedikt. »Die hat sie bekommen. Ich weiß auch mit ziemlicher Sicherheit, daß sie hingehen wird, denn sie ist soeben vom Friseur gekommen. Ihr Haar hat wieder jenen Lilaschimmer, der zu ihren Polyacrylschlafzimmervorhängen paßt. Aber der *Fliegende Holländer* dauert nicht ewig, auch wenn es einem so vorkommt, wenn man zuhören muß. Die Alte ist spätestens um elf wieder hier. Und dann wird sie die Bullen anrufen, weil's so laut ist!«

»Woher weißt du, wie ihre Schlafzimmervorhänge aussehen?« wunderte sich Ollie.

»Das weiß ich nicht, das ahne ich nur«, antwortete Benedikt. »Es würde jedenfalls zu dem Kleidchen passen, das sie ihrem Telefon angezogen hat. Und das steht im Flur und sticht mir jedesmal ins Auge, wenn sie die Tür öffnet.«

»Igitt«, rief Franziska. »Ich kenne so was. Meine Oma hatte auch ein angezogenes Telefon.«

»Benedikt hat eine verwegene Idee«, erklärte ihr Ollie. »Er kennt nämlich das Geheimnis der Alten!«

»Ja«, flüsterte Benedikt. »Sie hat es mir verraten! Mich mag sie nämlich, im Gegensatz zu euch. Euch nennt sie immer jugendliche Rabauken.«

»Und was hat sie dir verraten?«

»Sie ist auf alle Notfälle vorbereitet. Sie gehört zu der Sorte Mensch, die sich überall bedroht fühlt. Nach ihrer Meinung sind die Menschen alle Taugenichtse und wollen ihr Geld und Leben rauben. Sogar in der eigenen Wohnung. Und deshalb hat Frau Wertheim nicht nur zwei Sicherheitsschlösser und einen Riegel an der Tür, sondern auch etwas ganz Raffiniertes. Sie hat ein Telefon mit Wahlwiederholungstaste. Und ratet mal, welches die letzte Nummer ist, die sie vor dem Schlafengehen wählt? Richtig, die der Polizei. Damit sie, wenn der böse, böse Einbrecher kommt, nur auf die Wahlwiederholungstaste drücken muß, um mit einem Wachtmeister zu sprechen.«

»Benedikt meinte, daß wir nur eine andere Nummer eingeben müssen, damit die Alte, wenn es ihr zu laut wird und sie uns bei den Bullen verpetzen will, ganz woanders anruft. Und zwar dort, wo ein Wachtmeister am Ende sitzt, der ihr endlich mal so richtig die Meinung geigt.«

»Und wer soll das sein?« fragte Franziska. »Wir können doch schlecht jemand abstellen, der den ganzen Abend am Telefon sitzt und auf Frau Wertheims Anruf wartet.«

»Das ist richtig«, meinte Benedikt. »Aber auch dafür habe ich schon eine Lösung. Mein guter Kumpel und Freund Jo liegt mit einer häßlichen Angina im Bett. Er langweilt sich und ist gerne bereit, sich den Rest des Abends mit ›Polizeirevier 324, Sie sprechen mit Wachtmeister Müller‹ zu melden. Außerdem kann er hervorragend Stimmen imitieren. Er kann also genausogut den Polizeipräsidenten mimen, wenn die Alte nicht spurt.«

»Das ist eine lustige Idee«, sagte Franziska. »Aber wie kommt ihr in die Wohnung?«

»Das ist ein Problem«, gab Benedikt zu. »Aber wir werden es lösen, noch ehe die Sonne untergeht.«

»Die ist heute gar nicht aufgegangen«, warf Matilda ein, die den letzten Satz mitbekommen hatte. »Seht euch doch mal diesen trüben Tag an. Tja, als ich noch eine Hexe war, konnte ich euch Sonnenschein zaubern, aber damit ist es jetzt ein für allemal vorbei.«

»Das freut mich zu hören«, sagte Ollie. »Ich fand deinen Hexentick echt lästig! Den Gestank, den so ein Kräutersäckchen von dir in meiner Manteltasche hinterlassen hat, krieg' ich im Leben nicht mehr raus.«

»Aber es hat dir unter Garantie Glück gebracht«, hielt Matilda entgegen. »Auch wenn ich jetzt nicht mehr daran glaube.«

In diesem Augenblick kam Sigmund, Carolines Schildkröte, durch die Küchentür spaziert. Er wirkte ein bißchen verstört, vermutlich weil Franziska ein paar ihrer Möbel in Carolines und sein Zimmer geschoben hatte, um mehr Platz zu haben. Als Benedikt den Schildkröterich sah, kam ihm eine Idee.

»Jetzt weiß ich, wie wir in die Wohnung der Wertheim kommen!« rief er und schnappte sich das strampelnde Panzertier. »Los, Ollie und du, Franziska, ihr müßt mit mir kommen. Wir klingeln bei der Alten, und ihr beide verwickelt sie in ein Gespräch. Währenddessen lasse ich Sigmund in die Wohnung, und beim Herausholen wähle ich Jos Nummer, und die Sache ist geritzt.«

Ollie und Franziska folgten ihm die Treppe hinunter.

Matilda wartete, bis sie unten waren. Dann rannte sie zum Telefon und wählte Karstens Nummer. Schließlich war Fabian jetzt an Caroline vergeben, und mit Marc allein würde es auf Dauer ziemlich langweilig werden. Außerdem hat ein wenig Eifersucht noch keiner Beziehung geschadet! Dachte Matilda.

»Drei Männer sind *möglicherweise* einer zuviel«, murmelte sie. »Aber zwei sind gerade richtig. – Oh, hi, Karsten, hier ist Matilda. Hast du heute abend schon was vor? Bei uns hier läuft 'ne Fete. Wenn du Lust hast, kannst du ja mal vorbeikommen.«

Ein Stockwerk tiefer öffnete Frau Wertheim im ungewohnten Outfit die Tür. Normalerweise trug sie einen Haushaltskittel, Gesundheitsschuhe und Lockenwickler, die sie unter einem Haarnetz versteckte. Heute war sie wohlfrisiert und trug ein langes Kleid aus dem gleichen Stoff, von dem Benedikt vermutet hatte, daß er ihre Schlafzimmerfenster zierte. Dazu eine dicke Perlenkette um den Hals und Schuhe mit hohen Absätzen. Sie war kaum wiederzuerkennen. Aber ihre Stimme war immer noch die alte.

»Was wollt ihr?« fauchte sie unfreundlich.

Benedikt setzte Sigmund vorsichtig auf dem Boden ab und dirigierte ihn mit seinen Füßen sanft in Frau Wertheims Richtung. Ollie und Franziska sagten höflich guten Abend.

»Sie sehen aber schick aus«, fügte Ollie hinzu. »Haben sie etwas Besonderes vor?«

»Ich gehe in die Oper«, verkündete Frau Wertheim stolz. »Heute abend. Mit einem Verehrer.«

»Nun«, sagte Franziska, »dann wird es Sie vielleicht

nicht stören, wenn wir heute abend ein bißchen lauter sind als gewöhnlich. Wir feiern eine Abschiedsparty für meinen Freund. Und da wollten wir Sie bitten, ein bißchen Verständnis für laute Musik und Schritte über Ihnen zu haben.«

»Ein bißchen lauter als sonst?« Frau Wertheim kniff vorübergehend die Lippen zusammen. »Das bedeutet, daß ich selbst mit Ohrenstöpseln nicht schlafen werde. Ich glaube, ihr jungen Leute macht euch keine Vorstellung davon, was für eine Qual eure grauenhafte Musik oder das, was ihr Musik nennt, für die verwöhnten Ohren unserer Generation darstellt.«

»Äh, nein«, seufzte Ollie. Sigmund hatte die Schwelle überschritten und verschwand hinter dem lila Polyacrylkleid.

»Oh, unsere Schildkröte ist in Ihre Wohnung gelaufen«, unterbrach Benedikt das Thema. »Dürfte ich sie vielleicht wieder herausholen?«

»Ich bitte darum, junger Mann. Schildkröten sind keine Haustiere. Und das Halten exotischer Tiere ist nach Paragraph siebzehn der Hausordnung ohnehin untersagt. Wer weiß, was diese Viecher für ausländische Bazillen mit sich herumschleppen. Ich werde meine Wohnung desinfizieren müssen.«

Benedikt verschwand ebenfalls hinter ihrem lilafarbenen Kleid.

»Ähm, um noch einmal auf die Feier heute abend zurückzukommen«, sagte Franziska »Wäre es nicht möglich, daß Sie mal ein Auge zudrücken? So schrecklich ist die Musik nun auch wieder nicht. Sie können auch zu uns hinaufkommen und mitfeiern. Es sind genügend junge Männer zum Tanzen da.«

Benedikt kam mit Sigmund unterm Arm aus der Wohnung. »Alles klar«, sagte er grinsend. »Ja, kommen Sie doch, Frau Wertheim, in dem Fummel stechen Sie alle anderen aus.«

»Ich weiß nicht, was die euch heutzutage auf den Schulen beibringen, ein Gefühl für gute Musik jedenfalls nicht. Ich kann mir nicht vorstellen, wie man zu diesem Krach auch noch tanzen soll«, sagte die Alte. »Ich bin gegen elf wieder zu Hause, und dann möchte ich hier der Hausordnung entsprechend Ruhe haben. Wenn ich auch nur einen störenden Laut vernehme, rufe ich die Polizei.« Und damit schloß sie die Tür.

»Hast du's geschafft?« fragte Ollie.

»Ja. Ich hoffe bloß, ich habe in der Eile nicht die falsche Nummer gewählt«, antwortete Benedikt. »Wißt ihr, woran ich eben noch gedacht habe? Wenn die Alte aus dem *Fliegenden Holländer* kommt, müßte sie eigentlich für Wochen taub sein. Das ist eine einzige Qual für das Trommelfell.«

»Die wird nicht taub«, widersprach Franziska. »Nicht, wenn es darum geht, uns den Spaß zu verderben. Sag deinem Freund Jo, er soll sie tüchtig rannehmen, auch wenn sie dadurch den Glauben an unseren Staat verliert.«

14.

Das letzte Seminar an diesem Tag ging über das Thema Magersucht. Eine Kommilitonin hielt ein Referat über eine Fallstudie, in der die magersüchtige Patientin minuziös aufzählte, mit welchen Gerichten sie ihre Familie bekochte, von denen sie selber nicht mal eine Fingerspitze voll probierte. Caroline wurde beim Zuhören immer hungriger. Wenn sie sich beeilte, konnte sie um drei zu Hause sein und Franziska beim Büfett helfen. Sie würde absprachegemäß die kleinen Hackbällchen zubereiten und dabei solche, die vielleicht nicht ganz perfekt geformt waren, in ihrem eigenen Mund verschwinden lassen. Caroline fürchtete sich ein bißchen vor dem Abend. Fabian würde da sein, und Marc auch. Letzterer hatte vermutlich nicht verstanden, daß sie nicht an ihm interessiert war, und Fabian nicht, daß sie es war. Das konnte man ihm allerdings nicht vorwerfen. Schließlich hatte sie ja ununterbrochen von Marc und seiner tollen Stimme geschwärmt. Und außerdem gab es ja immer noch Matilda. Ganz gleich, wie viele Männer heute abend anwesend waren, Matilda würde dafür sorgen, daß sie alle nur Augen für sie hatten.

Caroline seufzte.

»Du hast es doch gleich überstanden«, meinte Peggy neben ihr. »In einer Minute ist Schluß.«

Erleichtert packte Caroline ihre Sachen zusammen. Sie hatte in dieser Stunde ohnehin nichts mitgeschrieben. Kaum hatte die Kommilitonin das Referat beendet, klopfte sie kurz mit dem Fingerknöchel auf die Tischplatte und strebte dem Ausgang zu. »Tschö, Peggy, ich muß mich beeilen. Wir sehen uns heute abend. Spätestens um acht.«

»Tschüs«, sagte Peggy. Sie hätte gerne noch die Kleiderfrage erörtert. Trug man zu einer Abschiedsparty am besten Schwarz? Oder durfte es auch etwas Fröhliches sein?

Als sie eine Minute nach Caroline in den Flur hinaustrat, sah sie diese im Gespräch mit Fabian, dem gutaussehenden Freund von Matilda. Zwischen den beiden prangte ein riesenhafter Rosenstrauß mit lachsfarbenen Blüten.

»Was – was machst du denn hier?« stotterte Caroline.

»Ich will dich abholen«, erwiderte Fabian.

Peggy grinste. Franziska würde wohl heute nachmittag ohne Carolines Hilfe auskommen müssen, so wie das aussah. Es sei denn ... Sie sah auf die Uhr. Was sollte es, an diesem Nachmittag hatte sie sowieso nichts Besonderes vor. Da konnte sie genausogut Carolines Aufgaben übernehmen und Franziska zur Seite stehen. Wozu hat man schließlich Freunde? Unauffällig schlich sie sich an den beiden vorbei.

»Komm«, sagte Fabian und griff nach Carolines Hand.

»Nein«, blieb Caroline stur. »Erst möchte ich wissen, was das hier soll?«

»Keine überflüssigen Worte, Caroline, weißt du noch? Schweigend durch den Regen laufen, Hand in Hand, direkt in den Fond einer alten Limousine mit Trittbrett, die uns zu einem Landhaus fährt, in dem bereits ein Kaminfeuer flackert. Und auf dem Sims sitzt ein dicker goldener Engel.«

»Oh«, machte Caroline. »Du meinst ...?«

Fabian lachte. »Draußen regnet es in Strömen, deshalb muß es heute passieren.«

Hand in Hand stiegen sie die Treppe hinab.

»Möchtest du denn gar nicht wissen, was gestern mit Marc war?« fragte Caroline.

»Ich weiß, was mit Marc ist«, erwiderte Fabian. »Er war von Anfang an so etwas wie ein Phantom, weiter nichts. Ich wußte schon seit unserem ersten Schachspiel, daß wir beide füreinander geschaffen sind.«

»Und Matilda?«

»Ach, Matilda«, seufzte Fabian. »Wer kann die schon ernst nehmen? Vergiß sie einfach mal für ein paar Stunden. Jetzt laufen wir durch den Regen, gib mir deinen Rucksack. Ich bin die Strecke abgegangen. Weit und breit kein einziger Hundehaufen.«

Caroline mußte lachen. Fabian war ja so süß! Hand in Hand liefen sie über den Albertus-Magnus-Platz. Fabian hatte für seinen roten Kombi einen der raren Parkplätze in der Wendeschleife ergattert.

Schwungvoll öffnete er die Beifahrertür für Caroline. »Ich habe es nicht geschafft, ihm Trittbretter anzuschweißen. Und einen Fahrer konnte ich auch nicht mehr auftreiben in der Eile. Aber ich habe deine Tom-Waits-CD auf Kassette überspielt.«

Caroline ließ sich auf den Sitz gleiten. »Fahren wir jetzt zu einem Landhaus?«

»Ja«, antwortete Fabian und stieg auf der anderen Seite ein. »Es ist ein kleines, bescheidenes Landhaus, aber sehr stilvoll. Und das schönste ist, es liegt mitten in der Stadt.«

Tom Waits rauhe Stimme erklang, und Caroline lehnte sich glücklich zurück. Fabian steuerte den Wagen einhändig, damit er mit der anderen Hand die ihre halten konnte.

»Guck mal im Handschuhfach nach!«

Caroline fand eine kleine Schachtel mit einer dicken Schleife drumherum. »Für mich?«

»Für wen sonst! Mach schon auf!«

»Oh«, rief Caroline verzückt. »Ein Ring mit einem blauen Stein!«

»Lapislazuli«, sagte Fabian.

»Er ist wunderschön! Die Rosen sind wunderschön! Du bist wunderschön. Das alles ist wunderschön.«

Fabian parkte vor seiner Wohnung. »Komm«, forderte er sie auf.

»Warte noch!« bat Caroline. »Erst will ich dir was sagen!«

»Ich weiß, es ist dein erstes Mal!«

»Nein, das meinte ich nicht. Es ist – du sollst nicht denken, daß ich es nur tue, weil du all die tollen Sachen für mich inszeniert hast.«

Fabian stieg aus. »Das denke ich nicht«, bemerkte er nebenbei.

Caroline stieg neben ihm die Treppe hinauf. »Ich mochte dich vorher auch schon. Aber ich war irgendwie verblendet. Verhext.«

»Das will ich hoffen.« Fabian schloß die Wohnungstür auf. Er hatte ein kleines Apartment im amerikanischen Stil. Man stand gleich im Wohnzimmer. »Hey, Caroline, ich mach' das doch nicht, damit ich dich ins Bett kriege. Ich mach' das, damit du siehst, wie ernst es mir mit dir ist.«

Caroline sah ihn gerührt an. Dann erst bemerkte sie den Kamin. Er war riesengroß, mit einer halbrunden

Öffnung, von schweren Bruchsteinen eingerahmt, der Abzug weiß verputzt. Er stand an einer freien Wand. Es sah aus, als habe Fabian seinen Schrank zur Seite geschoben, um Platz für den Kamin zu schaffen. Caroline lächelte. Das Ungetüm war aus Pappe, die Steine, sogar das flackernde Feuer, waren etwas dilettantisch aufgemalt, und auf dem Sims hockte tatsächlich ein dicker goldener Engel, ein breites Grinsen auf dem feisten Gesicht.

Vor dem Pappkamin stand ein Sofa, üppig mit rotem Samt drapiert. Es war perfekt.

»Wahnsinn«, flüsterte sie. »Es ist alles genau, wie ich es dir beschrieben habe.«

»Der Kamin ist von der Schulaufführung meiner kleinen Schwester. Sie haben *Die Geister, die ich rief* gespielt. Weil er aus Pappe ist, kann man leider kein Feuer darin machen. Aber ich habe die Heizung hochgedreht.«

»Es ist toll! Und das Sofa erst! Dunkelroter Samt!«

»In echt ist es aus schwarzem Leder«, verriet Fabian. »Ich mußte sieben Meter Stoff kaufen, damit man nichts mehr davon sieht. Ich habe es mit Sicherheitsnadeln festgesteckt, sieht nicht mal schlecht aus. Aber für immer möchte ich es nicht so lassen. Du kannst nicht ganz zufällig sieben Meter Samt für ein Kleid gebrauchen?«

»Für ein langes Abendkleid?« fragte Caroline zurück. »Und einen Mantel? Du bist total verrückt! Wo hast du den Engel her?«

»Die scheinen gerade modern zu sein«, sagte Fabian. »Es gibt sie in jedem Deko-Laden, in allen Größen. Den habe ich genommen, weil er so verschmitzt grinst. Ich schenk' ihn dir. Aber machen wir nicht viel zu viele Worte? Wir hätten längst stumm aufs Sofa sinken müssen!«

Caroline küßte ihn auf die Lippen. Eine Weile küßten sie sich im Stehen, aber schließlich fielen sie tatsächlich auf das Sofa hinab.

»Ich liebe dich«, hauchte Caroline. »Das ist alles so wunderschön! Ich werde es sicher niemals vergessen. Aber wir müssen du-weißt-schon-was auf später verschieben. Ich hätte schon vor einer Stunde zu Hause sein müssen. Franziska muß sonst die ganze Arbeit ohne mich machen.«

»Wir fahren zusammen hin. Zu zweit schaffen wir, was du versäumt hast, in der halben Zeit. Aber vorher mußt du noch etwas sehen. Ich wollte es dir zwar erst zeigen, kurz bevor dir die Sinne schwinden, aber so ist es sicher auch lustig.« Er zog an einer Kordel, die auf dem Boden neben dem Sofa lag, quer durch den Raum bis zum Fenster führte und von dort zwischen dem Rahmen nach draußen an die Hauswand.

»Es schneit!« rief Caroline. »Oh, es schneit wirklich! Daunenfedern und – oh, echte Sterne! Wie hast du das gemacht?«

»Ich habe einen Bettüberzug voller Federn und Goldpapiersternchen oberhalb des Fensters auf ein Brett gebunden. Und dieses Brett kann ich mit Hilfe der Schnur kippen. Dann schneit es! Allerdings nur so lange, bis der Bettüberzug leer ist. Das System ist noch nicht ausgereift. Und ich hoffe, die Leute auf dem Bürgersteig beschweren sich nicht!«

»Du bist ja so was von süß«, seufzte Caroline und nahm den Engel vom Sims. »Ich verspüre wirklich dieses Gefühl, von dem ich gesprochen habe. Meinst du, es hält ein paar Tage an?«

»Dafür werde ich schon sorgen«, versprach Fabian.

15.

Servietten, Gläser, ein Faß Bier ist in der Badewanne, alles Zerbrechliche aus dem Weg, die Lampen hochgebunden, Hackbällchen, Salate, die ekelhafte Torte, alles fertig«, sagte Franziska nervös. »Ihr habt mir wirklich sehr geholfen.«

»Kein Problem«, erwiderten Caroline, Fabian, Matilda und Peggy wie aus einem Mund.

»Jetzt muß ich mich aber beeilen«, sagte Franziska. »Ich hole Cornelius ab und muß ihn dann bis acht hinhalten. Bei all dem Streß hatte ich keine Zeit, darüber nachzudenken, wie! Vielleicht gehe ich einfach mit ihm durch den Park.«

»Es regnet«, gab Peggy zu bedenken. »Ich würde mir an deiner Stelle etwas anderes überlegen. Ich muß jetzt aber auch gehen, ich bin noch nicht umgezogen.«

»Ich muß auch noch mal weg«, fügte Matilda hinzu. »Ich treffe mich mit – ähm – einem Typ.«

»Mit Marc?« fragte Caroline. »Es stört mich nicht, wenn du das denkst. Er ist einfach nicht mein Typ. Und ehrlich gesagt, verstehe ich nicht, wie er dir gefallen kann.«

»Na ja«, sagte Matilda friedfertig. »Geschmäcker sind eben verschieden. Und ich hätte deinetwegen auf ihn verzichtet, ehrlich.«

»Das brauchst du ja nun Gott sei Dank nicht«, meinte Caroline und sah Fabian verliebt an. »Geht ihr ruhig! Fabian und ich machen den Rest, die Tomaten mit Mozarella und die anderen Vorspeisen.«

Franziska verschwand mit einem dankbaren Lächeln

in ihrem Zimmer, Peggy und Matilda durch die Wohnungstür. Fünf Minuten später waren Fabian und Caroline allein in der Wohnung. Die Vorspeisenteller waren schnell fertig dekoriert.

»Alles fertig«, verkündete Caroline stolz. »Wir sind ein gutes Team.«

»Ja«, pflichtete Fabian bei.

»Jetzt müssen wir nur noch den Badezimmerteppich aus Franziskas Zimmer holen. Sie hat ihn zur Feier des Tages gewaschen. Hoffentlich ist er trocken geworden.«

Gemeinsam schleppten sie den Flauschteppich ins Badezimmer zurück.

»Das wäre auch geschafft«, sagte Fabian. »Und was machen wir jetzt?«

»Küß mich«, schlug Caroline vor, und das ließ er sich nicht zweimal sagen. Er küßte sie sehr gründlich.

»Sag mal, hast du eigentlich Kondome dabei?« flüsterte sie nach einer Weile.

Fabian zuckte zusammen. »Nein, hab' ich nicht«, erwiderte er dann. »Rein zufällig.«

»Dann holen wir uns welche aus Matildas Zimmer. Sie hat sie in einer Porzellandose auf ihrem Klavier.«

»Bist du denn sicher, daß du es jetzt willst? Und hier? Die anderen können jeden Augenblick zurückkommen.«

»Ja, ich bin ganz sicher. Hier, auf diesem flauschigen Badezimmerteppich. Er kommt frisch aus der Waschmaschine!« Caroline ließ sich einfach auf den Boden fallen.

»Ich hole die Kondome«, sagte Fabian.

»Ich habe aber keine Ahnung, wie man sie benutzt«, bemerkte Caroline. »Matilda wollte es mir an einer Banane zeigen, aber sie hatte noch keine Zeit dazu.«

Fabian lachte. »Ich kann das schon selber. Aber sollten wir nicht lieber in dein Bett gehen?«

»Nein«, erwiderte Caroline entschlossen. »Ich will es hier tun. Genau hier.«

»Dann warte eine Sekunde. Ich bin gleich wieder hier.«

Caroline sah auf ihre Uhr, bevor sie sie abstreifte. Zwanzig nach sieben. Sie mußte wirklich verrückt geworden sein! Aber es war ihr völlig gleichgültig!

»Hier bin ich wieder«, sagte Fabian. Er hatte außerdem den dicken grinsenden Engel dabei. »Sieh mal, wenn sonst schon alles anders ist, als in deinem Film. Wir setzen das Dickerchen auf den Wannenrand, damit wenigstens ein Detail stimmt.«

»Es stimmt nicht nur ein Detail«, widersprach Caroline. »Das Wichtigste ist jedenfalls da: dieser Kick, auf den ich seit Jahren warte!«

Fabian setzte sich neben sie auf den Teppich. »Es war gar nicht leicht, ein Kondom auszuwählen. Matilda hat welche, die im Dunklen leuchten, und schwarze mit Noppen und sogar eines mit einem Weihnachtsmannbild drauf. Ich habe dieses genommen, es sieht harmlos aus, und man kann nur hoffen, daß es bei Stiftung Warentest mit sehr gut abgeschnitten hat.«

»Das nächste Mal nehmen wir das mit den Noppen«, flüsterte Caroline noch, und dann schwanden ihr tatsächlich die Sinne. Das letzte, was sie sah, war das breite Grinsen des Engels auf dem Sims.

Vor der Wohnungstür blieb Franziska noch einmal stehen und sah zu Cornelius auf.

»Ich will dich wirklich nicht drängen«, sagte er. »Aber

nach dieser stundenlangen ziel- und zwecklosen Wanderung durch den Park, zu der du mich gezwungen hast, ist mir jetzt sehr nach einem Ort zumute, der beheizt ist und an dem es vielleicht sogar etwas zu trinken gibt. Etwas Heißes.«

»Sofort«, sagte Franziska. »Sofort! Aber vorher muß ich dir noch etwas sagen.«

»Falls es um meine Mutter geht, möchte ich es nicht hören«, erwiderte Cornelius. »Sag mal, aus eurer Wohnung dringen merkwürdige Geräusche! Sind Caroline und Matilda am Ende doch zu Hause?«

»Nein, es geht um uns«, erklärte Franziska. »Seit ich weiß, daß du nach England gehst, warte ich auf etwas.«

»Ach«, sagte Cornelius unsicher.

»Ja. Ich warte darauf, warte und warte. Und weil es nicht geschieht, werde ich immer wütender auf dich. Wir zanken uns und machen uns deine letzten Tage in Deutschland zur Hölle. Daran bist du nicht ganz unschuldig.«

»Ich weiß«, seufzte Cornelius. »Aber worauf hast du denn nun gewartet?«

»Auf etwas ganz Simples«, antwortete Franziska und hatte auf einmal einen Kloß im Hals. »Ich habe darauf gewartet, daß du sagen würdest, wie ungern du gehst. Daß du mich vermissen wirst und daß du mich liebst.«

»Und das soll ich *nicht* gesagt haben?« Cornelius sah sie ganz entsetzt an.

»Nein«, sagte Franziska, und jetzt lief ihr eine Träne die Wange hinab. »Kein einziges Mal.«

»Aber Franziska!« rief Cornelius erschrocken. »Ich dachte, du wüßtest das. Daß ich dich mehr als alles auf dieser Welt liebe. Und daß ich dich vermissen werde, jeden Tag, den ich in diesem verfluchten Industrienest verbringen werde! Was denkst denn du? Ich fahre schließlich nicht nach Barbados, sondern in eine stinkende Industriestadt, in der die Menschen Fish und Chips essen und Prinz Charles für einen gutaussehenden Mann halten. Du wirst mir so sehr fehlen, wie ein Mensch einem nur fehlen kann.«

»Wirklich?« schluchzte Franziska.

»Aber natürlich! Es tut mir leid, daß du nichts davon bemerkt hast. Manchmal bin ich wirklich ziemlich unsensibel.«

»Hätte ich das früher gewußt«, sagte Franziska und wischte sich die Tränen aus dem Gesicht. »Dann hätten wir ein paar nette Tage hinter uns.«

»Aber eine Nacht haben wir noch vor uns«, meinte Cornelius. »Und die gehört nur dir und mir!«

Seufzend schloß Franziska die Tür auf. »Nicht ganz«, erwiderte sie. »So leid es mir tut.«

Cornelius trat hinter ihr in den dunklen Flur.

»Überraschuuuuuung!« schallte es vielstimmig von allen Seiten, und ohrenbetäubende Musik setzte ein. Als das Licht anging, sah Cornelius sich beeindruckt um.

Er grinste breit. »Na, wer hätte das gedacht! Alle meine Freunde sind gekommen, um zu verhindern, daß Franziska und ich miteinander allein sind. Aber das macht nichts, denn ich habe ein kleines Geschenk für sie.«

»Guck dir erst mal die Torte an, die wir gebacken haben«, rief Caroline. »Es ist eine echt englische Torte, vollkommen ungenießbar.«

»Und du mußt meinen Hut angucken, damit ich ihn endlich ausziehen kann«, forderte Peggy ihn auf. »Es ist nämlich ein Hut von der Sorte, wie sie nur Queen Mum steht.«

»Die Musik kann den ganzen Abend so laut bleiben«, informierte ihn Benedikt von der anderen Seite. »Denn wir haben den Kleinschmidt und die Wertheim sozusagen chloroformiert.«

»Und das hier ist Marc«, sagte Matilda. »Er kann sogar Italienisch.«

»Hallo, Marc«, begrüßte ihn Cornelius. »Du siehst ja überhaupt nicht aus wie ein Aal.«

»Das ist auch nicht der Aal«, klärte Franziska ihn auf. »Der ist heute abend nicht eingeladen.«

»Doch«, sagte Matilda. »Aber er kommt später.«

»Ich will mein Geschenk«, verlangte Franziska ungeduldig.

Cornelius holte einen Umschlag aus seiner Mantelinnentasche. »Es ist ein Flugticket«, sagte er. »Für den vierzehnten Februar.«

»Der Tag, an dem meine Semesterferien beginnen«, freute sich Franziska.

»Genau! Außerdem ist Valentinstag. Ich hole dich in Heathrow ab, und wir machen uns ein schönes Wochenende in London. Und das wird sicher nicht das einzige Mal sein, daß wir uns sehen, ich versprech's.«

»Ich liebe dich«, rief Franziska spontan.

»Ich dich auch«, sagte Caroline zu Fabian. »Und ich bin froh, daß du nirgendwohin mußt.«

Fabian küßte sie auf den Nacken. »Keiner hat was gemerkt«, sagte er. »Aber erinnere mich daran, daß ich diese Kondomdose von Matilda aus dem Badezimmer hole, ehe jemand anders sie sich unter den Nagel reißt.«

Caroline kicherte. »Das war ganz schön knapp, vorhin! Ich hätte nicht gedacht, daß ich mich so schnell anziehen kann.«

»Na ja, besonders romantisch war das nicht. Bist du jetzt enttäuscht?«

»Nein.« Caroline schüttelte den Kopf. »Ich hätte nur nicht gedacht, daß es so unkompliziert sein könnte. Und so völlig aus dem Nichts.«

»Und kein Kaminfeuer, keine Schneesterne weit und breit«, sagte Fabian. »Trotzdem war es wunderschön. *Du bist* wunderschön!«

»Sehe ich jetzt anders aus?«

Fabian betrachtete sie gründlich. »Nein«, sagte er. »Eigentlich nicht.«

Jule Brand

Sex zu zweit, das geht zu weit

Für Renate

Die am meisten überschätzte Sache der Welt

Die Geschichte beginnt an einem jener verregneten Dienstagnachmittage im Januar, an denen man fest überzeugt ist, daß es niemals mehr Frühling wird. Draußen herrschen ungemütliche Temperaturen knapp über Null, durch die verdammten Fenster zieht – trotz rollenweise verarbeitetem Isolierband und zig Mahnungen an den Vermieter – ein eisiger Wind, und vor einem liegen noch sechs Wochen bis zum Semesterende inklusive drei widerlicher Klausuren, vor denen man sich bisher gedrückt hat.

Immer um diese Zeit erschien Caroline weder das WG-Leben mit ihren beiden Freundinnen noch das Studendasein in irgendeiner Art und Weise erfreulich. Sie saß verfroren in der Küche und kraulte ihre Schildkröte, während sie ihrer Mitbewohnerin Franziska dabei zusah, wie sie Grießpudding anrührte. In letzter Zeit ernährte die sich nur noch von diesem Schlabberzeug.

»Du bist, was du ißt«, sagte Caroline mißmutig, die Grießpudding nicht ausstehen konnte. »Könntest du nicht zur Abwechslung mal Schokoladenpudding machen?«

Franziska schüttelte den Kopf. »Wenn ich schon sein muß, was ich esse, spielt es keine Rolle, ob ich nun ein Grießpudding oder ein Schokoladenpudding bin.«

»Dann wärst du aber wenigstens braun«, murmelte Caroline. Außerdem könnte sie dann auch ein Schüsselchen abstauben. Sie war nämlich hungrig, aber viel zu träge, um sich selbst etwas zu machen. Mit Einkaufen war außerdem Matilda an der Reihe gewesen, und die war noch nicht zu Hause.

Als sie endlich die Wohnungstür ins Schloß fallen und die eiligen Schritte der dritten Mitbewohnerin im Flur hörte, rief sie daher hoffnungsvoll: »Matilda! Hast du was vom Chinesen mitgebracht?«

Aber das hatte Matilda offenbar nicht. Sie warf ihren Rucksack mit Schwung in die Ecke und sagte: »Sex ist die am meisten überschätzte Sache der Welt.«

»Und das sagst ausgerechnet du«, kicherte Caroline. »Wo ist das Essen?«

»Ich würde Sex nicht unbedingt als Sache bezeichnen«, erwiderte Franziska zerstreut vom Herd her. »Es ist mehr – ähm, ja was eigentlich? Eine Tätigkeit vielleicht, eine Situation oder ein Zustand oder ...«

»Eine völlig überschätzte Sache«, unterbrach sie Matilda. »Ich werde jedenfalls damit Schluß machen.«

Caroline vergaß ihren Hunger. »Hast du gerade gesagt, du würdest Schluß machen mit ... also, ich habe tatsächlich verstanden, daß du ...«

»Daß ich ab heute keinen Sex mehr haben werde«, ergänzte Matilda energisch. »Jedenfalls bis auf weiteres.«

»Das heißt also bis morgen oder so«, meinte Franziska und rührte in ihrem Grießpudding.

»Ich mein's ernst«, sagte Matilda. »Es bringt im Grunde rein gar nichts. Ihr solltet es euch auch abgewöhnen.«

»Ich hab's mir doch gerade erst angewöhnt«, murmelte Caroline. »Und ich kann mich noch gut daran erinnern, daß du mich als verklemmte Zicke bezeichnet hast. Deinetwegen war ich die mit den meisten Komplexen beladene Jungfrau dieser Welt.«

»Und was soll das heißen, es bringt überhaupt nichts?« fiel Franziska ein. »*Du* hast uns doch immer was von Mehrfachorgasmen und uneingeschränkter Leidenschaft vorgefaselt, und daß Promiskuität die einzige Möglichkeit für eine Frau ist, ihre Sexualität voll auszuleben.«

»Genau«, bestätigte Caroline. »In deiner Gegenwart fühlt sich jede normale Frau sexuell verstümmelt.«

»Blablabla«, machte Matilda ungerührt. »Kann ich was dafür, wenn ihr meinetwegen Minderwertigkeitskomplexe habt? Ihr versteht aber nicht, was ich meine. Natürlich bringt Sex körperliche Befriedigung – aber sonst nichts.«

»Mehr wolltest du bisher ja auch nie«, sagte Franziska spitz.

»Die Zeiten ändern sich eben.« Matilda beugte sich über den Topf mit Grießpudding. »Mmmh, ist der für mich? Wie dem auch sei, ich beschäftige mich ab heute mit anderen Dingen. Und ihr solltet das auch tun. Sex lenkt nämlich nur von den wesentlichen Dingen des Lebens ab.«

»Und die wären?« fragte Caroline.

Statt eine Antwort zu geben, tauchte Matilda einen Löffel in den warmen Grießpudding und schob ihn sich in den Mund.

»Dachte ich's mir doch«, brummte Caroline und beschloß resigniert, sich ein paar Knäckebrote zu schmieren. Irgend etwas mußte sie ja schließlich essen. Aber im

Kühlschrank herrschte gähnende Leere. Von einem Glas Senf abgesehen, gab es weit und breit nichts, das man sich aufs Brot schmieren konnte. Dabei hätte sie schwören können, daß am Morgen noch Schinken und Butter dagewesen waren.

»Gehört Einkaufen etwa nicht zu den wesentlichen Dingen des Lebens?« erkundigte sie sich mürrisch bei Matilda.

Matilda antwortete nicht. Sie war eifrig dabei, Franziska möglichst viel Pudding wegzuessen. Es sah irgendwie barbarisch und unmanierlich aus, wie sie beide über den Topf gebeugt dastanden und löffelten, was das Zeug hielt, fand Caroline. »Unsere Eßkultur läßt in letzter Zeit auch stark zu wünschen übrig«, stellte sie fest. »Überhaupt, hier sieht es schlimm aus. Total unorganisiert, das alles. Wir müssen wohl wieder so einen Haushaltsplan aufstellen wie ganz am Anfang unseres Zusammenlebens.«

»Blosch nisch«, protestierte Franziska mit vollem Mund.

»Franziska hat recht. So ein Haushaltsplan ist total albern«, sagte Matilda. »Bestätigt jedes Vorurteil über Studenten-WGs.«

»Umgekehrt wird ein Schuh draus«, widersprach Caroline. »Jeder, der einen Blick in unser Badezimmer wirft, fühlt sich in seinen Vorurteilen bezüglich schlampiger, schmuddeliger Studentinnen bestätigt.«

»So schlimm kann es nicht sein«, verteidigte sich Franziska. »Ich habe erst gestern die Zahnpastaflecken vom Spiegel abgekratzt. Oder vorgestern. Und was war dein letzter Beitrag zu unserem perfekt geführten Haushalt, Matilda?«

Matilda beschloß eilig, das Thema zu wechseln. »Habt ihr heute schon was von unseren Lottogewinnern gehört?« fragte sie.

Die Lottogewinner, das waren Ollie und Benedikt, die beiden Designstudenten, die in der Wohnung über ihnen hausten. Vor drei Wochen hatten sie sage und schreibe zweiundsechzigtausend Mark im Lotto gewonnen. Seitdem waren sie fast jeden Abend hergekommen und hatten mit den drei Mädchen in Tagträumen geschwelgt über das, was man mit dem Geld alles anfangen könnte. Dabei hatten sie sich gegenseitig mehr und mehr ernüchtert.

»Nie mehr arbeiten«, hatte Benedikt am Anfang geseufzt. »Eine Finca auf Menorca, jeden Tag Hummer und nur noch Anzüge von Armani.«

»Und auf jeder Promiparty herumlungern, im Blitzlichtgewitter der Klatschpresse«, hatte Ollie geschwärmt. »Ach, reich sein ist etwas Wunderbares.«

Aber zweiundsechzigtausend Mark waren eben nur zweiundsechzigtausend Mark, nicht mehr und nicht weniger – die Träume, die man sich damit erfüllen konnte, mußten zwangsläufig *etwas* bescheidener ausfallen.

»Da kriegt man ja nicht mal eine Eigentumswohnung für«, hatte Benedikt sich ein paar Tage später desillusioniert beschwert.

»Vielleicht sollten wir das Ganze in Aktien anlegen«, hatte Ollie vorgeschlagen. »Dann könnten wir in zehn Jahren das Drei- oder Vierfache haben. Und dann wäre vielleicht doch noch die Finca auf Menorca drin. Eine baufällige Finca, aber immerhin.«

»Oder gar nix mehr«, hatte Benedikt geunkt und sich

schließlich hilfesuchend an die Mädchen gewandt. »Was würdet *ihr* mit sechzigtausend Mark anfangen?«

Die drei hatten sich vielsagend angesehen. Es war ja keineswegs so, als hätten sie darüber noch nicht nachgedacht. Nach den Gesetzen der Wahrscheinlichkeitsrechnung hätte es genausogut sie treffen können.

»Ich würde meine drei besten Freundinnen zum Einkaufen schicken«, hatte Matilda dreist behauptet. »Mit unbegrenztem Etat. Und danach würde ich sie zum Champagnerdinner ausführen. In einer Limousine.«

»Nein, mal im Ernst!« hatten Ollie und Benedikt gefordert.

»Das war mein Ernst«, beteuerte Matilda.

»Ich würde mir ein paar Sachen leisten wie einen neuen Wintermantel, ein Paar Schuhe, vielleicht ein neues Sofa«, hatte Caroline gesagt. »Und den Rest würde ich sparen. Man weiß ja nicht, was noch kommt. Und so ein kleines Polster von fünfzigtausend Mark gibt einem doch ein gutes Gefühl, oder?«

»Keine Ahnung«, hatte Matilda gebrummt. »Woher soll ich das wissen?«

»Man könnte das Geld auch spenden«, hatte Franziska zögerlich gemeint. »Jedenfalls einen Teil davon.«

»Ja, zum Beispiel an uns«, hatte Matilda schnell ausgerufen.

Mit Gesprächen dieser Art hatten sie sich die Abende vertrieben. Ollie und Benedikt hatten zwar ein paar Flaschen Sekt springen lassen, aber sie waren bisher noch zu keinem Entschluß gelangt.

»Wer hätte gedacht, daß man im Lotto gewinnen und dennoch so unzufrieden sein kann?« hatte Benedikt erst gestern noch gesagt. »Tatsächlich kommt es mir unglaublich wenig vor. Zuwenig zum Leben, zuviel zum Sterben.«

»Undankbares Volk«, hatte Franziska geschimpft. »Sechzigtausend Mark reichen vielleicht nicht, um sich eine Villa und eine Südseeinsel zu kaufen, aber es sind immer noch sechzigtausend Mark.«

»Wenn ihr allerdings noch lange wartet, werden es nur noch dreißigtausend Euro sein«, hatte Caroline angemerkt, bevor die beiden unglücklichen Lottogewinner wieder in ihre Wohnung verschwunden waren.

Als es jetzt, aufs Stichwort, klingelte, sahen sich die drei Mädchen genervt an.

»Ich habe keine Lust, mir wieder anzuhören, wie ungerecht es doch ist, im Lotto zu gewinnen«, seufzte Franziska. »Am besten, wir machen einfach nicht auf.«

»Vielleicht haben sie aber etwas vom Chinesen dabei«, meinte Caroline hoffnungsvoll.

Matilda war schon zur Tür geeilt. »Na, ihr zwei armen Hascherl«, begrüßte sie die Freunde. »Wieder in Weltuntergangsstimmung, weil das Schicksal so gemein war und euch sechzigtausend Mark spendiert hat?«

»Wer den Schaden hat, braucht für den Spott nicht zu sorgen«, brummte Ollie, aber er sah lange nicht mehr so griesgrämig aus wie noch am Vortag. Er war ein großer, breitschultriger Typ mit dunklen Locken und auffallend weißen Zähnen, die er oft und gerne zu zeigen pflegte. Alles in allem äußerst gutaussehend. Zu Beginn ihrer Bekanntschaft hatten Caroline, Matilda und Franziska oft bedauert, daß er schwul war, aber mittlerweile waren sie zu der Ansicht gelangt, daß Ollie und Benedikt das einzig wahrhaft perfekte Paar ihrer Bekanntschaft darstellten. (Außer vielleicht Franziska und Cornelius, die waren zumindest in Carolines Augen ebenfalls nahezu perfekt, vor allem Cornelius – aber da war Franziska anderer Meinung.)

Benedikt, kleiner und schmaler als Ollie und mit wilden roten Locken ausgestattet, schob sich an Matilda und seinem Freund vorbei und kam in die Küche.

»Schon mal was von Kanu Huraa gehört?« fragte er und strahlte über das ganze Gesicht.

»Ist das eine neue Form von Ecstasy?« erkundigte sich Franziska mißtrauisch. »Was ist los mit euch? Gestern wart ihr noch kreuzunglücklich, weil ihr das Pech hattet, im Lotto zu gewinnen.«

»Das war gestern«, sagte Ollie. »Heute freuen wir uns auf Kanu Huraa.«

»Und was ist das? Ein Kanu, das Hurra schreit?«

Ollie schüttelte grinsend den Kopf. »Ihr armen, ungebildeten Kreaturen. Noch nie was von den Malediven gehört? Kanu Huraa liegt im Nord-Male-Atoll und ist zweihundert Meter lang.«

»Und kostet sechzigtausend Mark?« stieß Caroline aufgeregt hervor.

»Blödsinn«, schnaubte Benedikt. »Die ist doch nicht verkäuflich! Aber man kann *Urlaub* dort machen. *Göttlichen* Urlaub.«

»Tja. Wir haben die Lösung gefunden. Urlaub. Die Malediven zum Erholen«, fiel Ollie ein, »und dann weiter nach Thailand zum Wandern, von dort einen Abstecher nach Nepal, und dann unbedingt Neuseeland, Australien, Tasmanien. Eine Reise um die Welt. Na ja, nicht ganz. Um die halbe Welt.«

»Nicht schlecht«, gab Caroline zu.

»Hm«, machte Matilda. »Das hört sich alles schrecklich egoistisch an. Oder hattet ihr daran gedacht, uns mitzunehmen?«

»Matilda!« rief Franziska vorwurfsvoll. »Du bist unmöglich!«

Ollie und Benedikt sahen verlegen aus. »Na ja, wir haben daran gedacht, aber mit sechzigtausend Mark kommt man wirklich nicht weit ...«

»Was ist mit eurem Studium?« wollte Caroline wissen.

»Wir setzen ein Semester aus«, erklärte Benedikt. »Ganz einfach. Länger als ein halbes Jahr reicht das Geld sowieso nicht. Wir haben das heute den ganzen Tag durchgerechnet. Wir müssen weiter unsere Krankenversicherung bezahlen, so ein Round-the-World-Ticket gibt's auch nicht umsonst, wir müssen essen und wohnen, hie und da ein Leihwagen, das eine oder andere Souvenir – wenn wir ein halbes Jahr durchhalten, sind wir gut!«

»Was passiert mit eurer Wohnung?« fragte Franziska.

»Wir werden sie untervermieten.«

»Ich wette, da wird der dicke Kleinschmidt aber was dagegen haben«, sagte Matilda. Der »dicke« Kleinschmidt war Vermieter, Hausmeister und Schrecken des Erdgeschosses in einer Person. Er wohnte in der untersten Wohnung des Hauses zusammen mit einer deutschen Dogge namens Zerberus und war ein Mann von echtem Schrot und Korn, welchen er auch gerne trank. Ob nüchtern oder nicht – mit ihm war niemals gut Kirschen essen.

»Zumal nicht, wo doch gerade am Wochenende erst die Alte mit den Lockenwicklern aus dem ersten Stock ausgezogen ist«, meinte Caroline. »Wie ich so mitgekriegt habe, ist es gar nicht einfach, einen Nachmieter zu finden.«

»Unsinn! Bei *der* Wohnungsnot«, widersprach Franziska. »Ich kenne so viele Studenten, die eine Wohnung suchen.«

»Das ist ja gerade der Haken«, sagte Caroline. »Mir hat der Kleinschmidt gesagt, es kommen ihm weder Studenten noch andere alternative Ökoschluffen ins Haus. Den Fehler habe er einmal gemacht – bei uns.«

»Frechheit«, rief Matilda. »Mich als alternativen Ökoschluffen zu bezeichnen, das ist wirklich ungerecht. Caroline ist vielleicht so eine Alternative mit Birkenstocks und Müsli zum Frühstück, aber doch nicht ich!« Sie streckte ihre langen Beine aus und strich ihren kurzen Lederrock glatt.

»Und er nimmt auch keine Schwulen mehr, sagt Kleinschmidt«, fuhr Caroline fort. Dabei hob sie die Schultern und drückte ihren Kopf auf die Brust, um das Kleinschmidtsche Doppelkinn zu imitieren. »Die stören ihn einfach aus Prinzip, hat er gesagt. Und daß er solche Perversen nicht auch noch unterstützt, hat er gesagt. Tja, und Familien mit Kindern kommen für die Wohnung auch nicht in Frage. Kinder mag der Kleinschmidt nicht, weil die so klein sind und immer Lärm machen. Und Zerberus mag Kinder auch nicht, außer zum Abendessen, aber nur, wenn sie vorher ihre dreckigen Gummistiefel ausgezogen haben, und das tun Kinder nie, sagt der Kleinschmidt. Für Rentner kommt die Wohnung auch nicht in Frage. Alle paar Tage kommt dann der Notarzt, sagt der Kleinschmidt, weil die alten Herrschaften einen Herzinfarkt bekommen. Und dann, sagt er, sind die so vergeßlich, daß sie ständig vergessen, den Herd und das Bügeleisen auszuschalten.«

Matilda, Benedikt und Ollie kicherten über Carolines gekonnte Parodie.

»Unglaublich, daß eine einzige Person so viele Vorurteile haben kann«, schnaubte Franziska. »Dabei sind wir es, die ständig Angst haben müssen, daß dem besoffenen alten Knacker die Bettwäsche anbrennt, weil er im Bett rumhängt und dabei raucht. Wenn er überhaupt Bettwäsche benutzt.«

»Mir ist egal, an wen er unsere Wohnung untervermietet«, sagte Ollie. »Hauptsache, wir müssen in der Zeit keine Miete zahlen. Morgen gehen wir ins Reisebüro, und danach sprechen wir mit Kleinschmidt.«

»Morgen schon?« fragte Caroline erschrocken.

Benedikt nickte. »Vor Karneval sind wir hier verschwunden. Köln, ade – Kanu Huraa, wir kommen!«

»Und wir hocken weiter hier in der Kälte herum und warten auf die bunten Postkarten, die ihr uns schicken werdet«, seufzte Franziska. »Na ja, das hat man davon, wenn man nicht Lotto spielt. Es sei euch gegönnt.«

»Von mir nicht«, sagte Matilda. »Einfach ein halbes Jahr abzudüsen und das ganze Geld zu verschleudern! Das ist nicht die feine Art, wenn ihr mich fragt.«

»Dich fragt aber niemand, Matilda«, sagte Caroline. »Sie ist ein bißchen schlecht gelaunt«, fuhr sie an Ollie und Benedikt gewandt fort. »Sie hat nämlich beschlossen, ab heute im Zölibat zu leben.«

»Du willst ins Kloster?«

»Ach, Blödsinn. Ich habe nur gesagt, daß ich ab heute keine wahllosen Bettbeziehungen mehr eingehen werde«, erklärte Matilda.

»Das hast du nicht gesagt«, widersprach Franziska. »Du hast gesagt, Sex wäre die am meisten überschätzte

Sache der Welt – wobei ich mir immer noch nicht sicher bin, daß man das als Sache bezeichnen kann – und daß du von heute an damit Schluß machen wirst.«

»Das habe ich gesagt«, stimmte Matilda zu, »und ich habe es auch so gemeint.«

»Himmel«, rief Ollie aus. »Was wirst du mit der vielen freien Zeit anfangen?«

Matilda warf ihren Löffel nach ihm. »Ihr tut ja gerade so, als sei ich ein sexbesessenes Monster!«

Die anderen versuchten, möglichst vielsagend zu schweigen.

»Ach, hört schon auf«, rief Matilda verärgert. »Ist es vielleicht meine Schuld, daß alle Männer mich für unwiderstehlich halten? Es ist nur so, daß ich eingesehen habe, daß es wichtigere Dinge gibt!«

»Was ist denn passiert?« fragte Franziska mißtrauisch.

»Gar nichts«, sagte Matilda. »Ich hatte einfach eine Eingebung.« Aber dabei sah sie niemandem in die Augen. »Es wird eben Zeit, sich auf andere Dinge zu besinnen.«

»Zum Beispiel?« erkundigte sich Ollie.

Matilda legte eine kurze Denkpause ein. »Ähm, auf ... ähm, zum Beispiel ... ähm, auf die Familie.«

»Auf welche Familie?« fragte Franziska spöttisch. »Etwa auf *deine*!« Matilda hatte nämlich nachgewiesenermaßen kein gutes Verhältnis zu den Mitgliedern ihrer Familie. Höchstens zu Weihnachten ließ sie sich dort blicken, und dann auch nur, um sich mal so richtig satt zu essen, wie sie sagte. Ihre Familie bestand aus ihrer italienischen Mama, einer bekannten Cellistin, die das ganze Jahr über in der Welt umherjettete und in jedem

Hafen einen anderen Liebhaber hatte (laut Matildas Auskunft). Matilda sah ihre Mutter nur alle paar Jahre mal, und sie hatte immer gesagt, das sei auch gut so. »Aus der Ferne bewundere und verehre ich meine Mama, aber wehe, ich bin ein paar Tage mit ihr zusammen«, sagte sie immer. »Im Vergleich zu ihr komme ich mir dann unendlich spießig und kleinbürgerlich vor, und das ist wirklich kein angenehmes Gefühl.«

Von Matildas Vater hatte sich die Mutter vor zwölf Jahren getrennt, weil er in ihren Augen unendlich spießig und kleinbürgerlich war, und diesem Urteil stimmte Matilda aus vollem Herzen zu. Ebenso spießig wie den Vater fand sie ihre große Schwester Anna, die einen Versicherungskaufmann geheiratet hatte und drei unglaublich brave Kinder in einer unglaublich sauberen Doppelhaushälfte großzog. Matilda sagte, sie bekäme Ausschlag, wenn sie sich dort länger als zehn Minuten oder für die Dauer einer Mahlzeit aufhielte. Vater und Schwester wohnten beide hier in Köln, Anna sogar nur fünfzehn Minuten entfernt, aber Matilda tat immer so, als wären sie so schwer zu erreichen wie jemand, der am Nordpol lebt.

»Ja, zum Beispiel *meine* Familie«, sagte sie jetzt trotzdem seelenruhig. »Die Familie ist etwas, das über viele Jahre hinweg Bestand hat. Es wird Zeit, sich um seine Wurzeln zu kümmern. Ich werde gleich bei Anna anrufen und nachfragen, wie es ihr so geht.«

»Bist du ... betrunken oder so was?« fragte Caroline perplex. »Du sagst doch immer, daß du Ausschlag bekommst, wenn du nur Annas weinerliche Stimme hörst.«

»Und daß die Kinder so ekelhaft aufgesetzt sprechen,

wie die dämlichen Försterkinder in *Forsthaus Falkenau*«, erinnerte sie Ollie.

»Und daß die Einrichtung genauso von Geschmacklosigkeit zeugt wie die Wahl des Ehemannes«, fiel Benedikt ein. »Allein seine Staubsaugerbeutelhosen müßten von Gesetz wegen verboten werden, hast du gesagt.«

»Und daß die ganze Familie sofort und konkurrenzlos zur langweiligsten Familie der westlichen Hemisphäre gewählt werden würde, wenn ...«

»Ich verbitte mir, daß ihr so häßlich über meine Familie sprecht«, unterbrach sie Matilda. »Wenn ich das in der Vergangenheit getan habe, dann ... dann war das nicht richtig von mir. Im Grunde sind sie nämlich wirklich in Ordnung.«

»Hört, hört«, sagte Franziska und musterte Matilda mißtrauisch. Es war zwar durchaus üblich, daß sie von jetzt auf gleich merkwürdige Anwandlungen bekam, aber diese Art Anwandlungen waren selbst für Matilda ziemlich ungewöhnlich. Vermutlich steckte irgend etwas dahinter, womit sie früher oder später rausrücken würde.

»Ich habe immer noch Hunger«, sagte Caroline in die Stille hinein. »Wer kommt mit mir zum Chinesen?«

»Ich!« riefen alle, und Benedikt setzte hinzu: »Ollie und ich zahlen.«

Familienstreitigkeiten und andere Vergnügungen

Wie sich herausstellte, tätigte Matilda ihren spontanen Ausnahmeanruf bei ihrer Schwester Anna aufgrund ihrer angeblich neuerwachten familiären Gefühle genau zum richtigen Zeitpunkt. Am gleichen Tag nämlich war Anna im Krankenhaus zu einer Untersuchung gewesen, bei der man festgestellt hatte, daß sie unter einem nach Auskunft des Arztes »bedenklich großen« Myom an der Gebärmutter litt, das so schnell wie möglich operativ entfernt werden mußte.

»Seht ihr«, rief Matilda beinahe triumphierend, als sie aufgelegt hatte. »So was spürt man eben, wenn man *blutsverwandt* ist! Ich habe *instinktiv* gefühlt, daß meine Schwester meine Hilfe benötigt, und deshalb habe ich auch genau im richtigen Moment angerufen.«

»Was kannst du ihr bei so einer Operation schon groß helfen?« fragte Caroline zweifelnd.

»Arme Anna«, murmelte Franziska nur.

»Ich werde *natürlich* auf ihre Kinder aufpassen, während sie im Krankenhaus ist«, sagte Matilda wichtig. »Wolfgang muß nämlich arbeiten und sogar für eine Woche auf Fortbildung, da kann er auf keinen Fall Urlaub nehmen, sagt Anna, das ist wichtig für seine Karriere. Und eine Kinderfrau ist auf die Schnelle gar nicht so einfach zu organisieren.«

»Anna wird doch nicht so lebensmüde sein und dich als Kinderfrau engagieren!« rief Franziska ungläubig aus. »Du magst ihre Kinder ja nicht mal!«

»Das ist nicht wahr! Es sind schließlich meine Nichten

und Neffen, und ich werde sie wohl kaum zwei Wochen einer wildfremden Person überlassen.«

»*Zwei Wochen!*« schrie Caroline, und Franziska setzte etwas ruhiger hinzu: »Du bist für die Kinder ebenfalls wildfremd! Und das jüngste ist erst elf Monate alt.«

»Ach, hört schon auf«, entgegnete Matilda. »Ich helfe meiner Schwester in dieser Notlage, und sie ist dafür *unendlich* dankbar. Sie sagt, der Wolfgang ist beruflich so schrecklich eingespannt, daß er unbedingt jemanden braucht, der den Haushalt führt. Der Gute hat außerdem keine Ahnung, wie man die Waschmaschine bedient oder die Hemden bügelt, sagt Anna. Typisch Mann.«

»Davon hast du doch auch keine Ahnung«, fiel Caroline ihr ins Wort. »Du weißt nicht mal, daß man Wollsachen nicht heiß waschen darf.«

»Du kannst doch nicht für zwei Wochen Annas gesamte Aufgaben übernehmen«, sagte Franziska. »Ich meine, das kannst du *wirklich* nicht!«

»Wer sagt das? Du?« schnaubte Matilda. »Ich lasse mir von dir doch nicht vorschreiben, ob ich meiner Schwester helfe oder nicht.«

»Aber Matilda, du mußt doch zugeben, daß du für diese Aufgaben wirklich nicht geschaffen bist«, versuchte Caroline es in etwas sanfterem Tonfall.

»Wer sagt das?« fragte Matilda wieder. »Ein paar brave Kinder versorgen und ab und zu eine Waschmaschine mit Wäsche waschen, das kriegt ja wohl jeder Depp hin. Anna jedenfalls war ganz entzückt, als ich ihr meine Hilfe angeboten habe.«

»Na, das Entzücken wird nicht lange andauern«, meinte Franziska. »Aber wenn du deine arme Schwester und ihre Familie unbedingt ins Unglück stürzen willst, nur weil du plötzlich aus irgendwelchen Gründen deine Liebe für Blutsverwandtschaft entdeckt hast, dann ist das deine Sache.«

»Das ist es allerdings«, erwiderte Matilda kühl. »Du bist ja nur neidisch, weil dein Verhältnis zu *deiner* Familie nicht so innig und intuitiv ist.«

Das stimmte leider. Franziskas Verhältnis zu ihren Eltern konnte man wirklich nicht als harmonisch bezeichnen. Der Vater hatte ihr bis heute nicht verziehen, daß sie gegen sein ausdrückliches Verbot von zu Hause weggezogen war, und seitdem verweigerte er ihr jegliche finanzielle Unterstützung, war ständig beleidigt und mißbilligte Franziskas Lebensweise zutiefst. Franziskas Mutter war wie in allen Dingen völlig seiner Meinung. Die Treffen zwischen ihnen beschränkten sich daher auf wenige Stunden im Jahr.

»Die Familie«, begann Matilda wieder zu dozieren, »die Familie ist das Wichtigste, was man auf dieser Erde besitzt. Wir alle sollten uns mehr auf die Menschen besinnen, die uns sozusagen durch das Blut für immer verbunden sind.«

Caroline und Franziska verdrehten genervt die Augen, beschlossen aber, sich dazu nicht mehr zu äußern. Wahrscheinlich war Matildas Schnapsidee, für Anna die Kinderfrau und Haushälterin zu spielen, sowieso nur von kurzer Dauer.

»Wirklich«, fuhr Matilda fort. »Auch ihr solltet euch etwas mehr um eure Familie kümmern. Auf die Stimme des Blutes hören.«

Obwohl weder Caroline – die zu ihrer Familie im übrigen ein wunderbares, entspanntes und neiderregendes Verhältnis pflegte – noch Franziska Matilda ernst nahmen – *die Stimme des Blutes,* meine Güte! –, blieben ihre Worte bei beiden im Hinterstübchen hängen.

Am darauffolgenden Wochenende war Franziska zum obligatorischen Sonntagnachmittagskaffee bei Cornelius' Mutter eingeladen, und wie sie dort saß und mit dem Finger im sorgfältig gestärkten Häkeldeckchen herumpuhlte, ging ihr wieder mal durch den Kopf, wie schön es doch wäre, wenn ihr Cornelius' Mama wenigstens halb so sympathisch wäre wie ihre Punschtorte. Aber, um mit Matilda zu sprechen, hier war auch weit und breit nichts von der Stimme des Blutes zu hören.

»Noch ein Stück Torte, Christel?« fragte Cornelius' Mutter.

Franziska zuckte zusammen. Christel war der Name einer Exfreundin von Cornelius, der, mit der er zusammen auf den Abschlußball der Tanzschule gegangen war. Aus irgendwelchen Gründen nannte Cornelius' Mutter sie ungefähr jedes fünfte Mal Christel, und Franziska war davon überzeugt, daß sie es stets mit Absicht tat. Aber wenn sie das Cornelius sagte, dann lachte er nur und meinte, seine Mutter sei eben ein bißchen zerstreut.

»Ja bitte«, sagte sie und warf Cornelius einen bösen Blick zu. Cornelius lächelte geistesabwesend.

»Das Stück hat aber mindestens 268 Kalorien«, erläuterte Cornelius' Mutter.

Franziska, die gertenschlank und durchtrainiert war – sie fuhr täglich mit Rollerblades oder mit dem Fahrrad zur Sporthochschule, unterrichtete mehrmals wöchentlich in einem Ladyfitneß-Studio und ließ auch sonst keine Gelegenheit aus, Sport zu treiben – hielt ihr zwar weiter den Teller hin, zog aber unweigerlich den Bauch ein.

»Oder sogar 328 Kalorien«, fuhr Cornelius' Mutter fort. »Ich muß noch mal im Rezept nachschauen. Als ich in deinem Alter war, habe ich schon sehr auf meine Figur geachtet. Man muß den Anfängen wehren.«

Franziska ließ die Bauchmuskeln wieder locker und warf Cornelius einen weiteren bösen Blick zu. Wieso sagte er nicht, daß es bei ihr keine Anfänge gab, derer man sich erwehren mußte? Wieso ließ er immer zu, daß seine Mutter sie beleidigte? Sie waren jetzt seit zwei Jahren zusammen, und sie stritten und versöhnten sich vielleicht öfter als andere Paare, aber im großen und ganzen paßten sie ganz gut zusammen. Cornelius glaubte, Franziskas Macken zu kennen und damit leben zu können, und Franziska fand, Cornelius habe überhaupt nur einen einzigen Fehler, und der lebte eben hier in Köln-Pesch, war vierundfünfzig Jahre alt und konnte zugegebenermaßen wunderbare Torten backen. Das war aber auch schon alles. Cornelius war ein Einzelkind, und sein Vater war vor ewigen Zeiten gestorben. Caroline sagte, unter diesen Umständen sei es kein Wunder, daß die Mutter sehr stark auf den Sohn fixiert sei und umgekehrt, aber Franziska fand die Fixierung doch ein wenig übertrieben. Henriette – seit ihrem letzten Geburtstag durfte sie Cornelius' Mutter beim Vornamen nennen – konnte Franziska ungestraft kränken, und Cornelius merkte es noch nicht einmal. Wenn sie ihn später darauf aufmerksam machte, dann lachte er wie gesagt nur oder behauptete, sie übertreibe wieder mal maßlos.

»Ich hätte trotzdem gerne noch ein Stück Torte«, sagte Franziska und hielt Henriette ihren Teller hin.

»Ich freue mich ja, wenn's euch schmeckt«, seufzte Henriette, während sie mit dem Tortenheber hantierte. »Und manchen steht es ja auch ganz gut, wenn sie ein bißchen rundlicher sind.«

»Genau«, sagte Franziska und knirschte unmerklich mit den Zähnen.

»Was gibt es denn Neues bei dir, mein Schatz?« erkundigte sich Henriette bei Cornelius.

Cornelius berichtete brav von seiner Arbeit. Er schaffte es geradezu meisterlich, dabei bescheiden zu wirken und dennoch rüberzubringen, welch große Stücke der Chef auf ihn hielt und daß so manche Krise in der Abteilung nur dank Cornelius gemeistert werden konnte. Seine Mutter nickte dazu, als wäre das ohnehin selbstverständlich. Franziska fiel auf, daß sie die Namen aller Kollegen kannte, einschließlich deren Familienverhältnisse, Einkommen und Arbeitsleistungen. Franziska hingegen verwechselte die Typen stets, obwohl sie ein paar davon persönlich kannte. Aber sie fand, diese Diplomingenieure sahen einfach alle gleich aus, wie geklont, und die »Erlebnisse« aus Cornelius' Firma waren langweiliger als die Übertragung der Dressurmeisterschaften im Fernsehen. Da passierte nämlich rein gar nichts. Wenn Cornelius das Bedürfnis hatte, darüber zu sprechen, dann schaltete sie ihre Ohren auf Durchzug, nickte ab und zu und versuchte, einen halbwegs interessierten Gesichtsausdruck aufzusetzen – und das tat sie aus purer Zuneigung.

Aber seine Mutter schien sich *wirklich* für diese langweiligen Geschichten zu interessieren, und das ärgerte Franziska. Während sie sich die Punschtorte einverleibte, beschloß sie, sich in Zukunft mehr Mühe zu geben, diese Krawattenträger auseinanderzuhalten. Sonst würde Cornelius seine Mutter womöglich für den kompetenteren Gesprächspartner halten.

Jetzt gerade erläuterte er Henriette sogar ein technisches Problem – gääääähn! – und sie nickte und tat so, als würde sie alles verstehen.

Mit einem leichten Lächeln wandte sie sich an Franziska und sagte: »Ich fürchte aber, wir langweilen die Christel mit unseren Fachgesprächen, schließlich kann man von einer *Gymnastiklehrerin* nicht erwarten, daß sie etwas von Maschinenbau versteht, nicht wahr?«

»Gymnastiklehrerin«, das klang aus Henriettes Mund unendlich abfällig.

»Franziska studiert Sport«, erläuterte Cornelius wenig hilfreich. »Sie ist keine richtige Gymnastiklehrerin. Sie gibt nur Unterricht.«

»Dann eben *angehende* Gymnastiklehrerin«, verbesserte sich Henriette lächelnd, und es war deutlich zu sehen, daß das noch viel weniger wert war.

Franziska würgte am letzten Stück Punschtorte und platzte beinahe vor Wut. Diesmal würde sie aber was sagen! Wenn Cornelius nicht in der Lage war, die Boshaftigkeit dieser Frau zu durchschauen, dann hatte es auch keinen Zweck mehr, darauf zu warten, daß er für sie in die Bresche sprang. Sie zwang sich zu einem besonders strahlenden Lächeln und sagte: »Tja, aber wenn das mit dem Studium irgendwie schiefgeht, dann kann ich ja immer noch Hausfrau werden und lernen, wie man so leckere Torten backt.«

Henriettes Lächeln erstarrte vorübergehend, und Franziska sah, daß ihre Worte gesessen hatten. Was fiel dieser Frau auch ein, irgendwelche Berufe niederzumachen, wo sie selber doch nie etwas anderes gemacht hatte, als den Haushalt zu führen, ihren Mann zu vergraulen und ihren einzigen Sohn zu verziehen!

»Die Tochter von Niemanns hat jetzt das zweite Staatsexamen in Jura abgelegt«, sagte Henriette scheinbar zusammenhanglos. »Sie kann sich gar nicht retten vor lukrativen Stellenangeboten, sagt der Niemann. Weißt du noch, Cornelius, wie sie dich immer angehimmelt hat?«

»Ja, aber das war im ersten Schuljahr«, sagte Cornelius.

Franziska sah auf ihre Armbanduhr. Halb sechs. Jetzt saßen sie hier schon zweieinhalb Stunden, aßen Punschtorte und langweilten sich. Na ja, zumindest langweilte *sie* sich, und zwar fast zu Tode. Auf Henriettes Vortrag zum Thema: »Lauter tolle Frauen, die mein Cornelius abkriegen könnte, wenn er nicht diese minderwertige Gymnastiklehrerin hätte« konnte sie heute gut verzichten. Zumal Cornelius hinterher wieder sagen würde: »Ich weiß gar nicht, was du hast. Sie hat doch bloß erzählt, daß die Tochter von Niemanns ihr zweites Staatsexamen gemacht hat.«

»Oh, ich habe ganz vergessen, auf die Uhr zu sehen«, sagte sie laut. »Ich muß in einer Viertelstunde zu Hause sein, unbedingt!«

Cornelius sah sie erstaunt an. »Davon hast du mir gar nichts gesagt.«

»Nicht? Es ist aber wirklich dringend.« *Wirklich dringend! Ich halte es nämlich hier keine Sekunde mehr aus, oder ich muß die Punschtorte auf den guten Perserteppich spucken!* setzte sie in Gedanken hinzu.

»Na dann wird es ja höchste Zeit«, meinte Cornelius und stand auf.

»Ihr könnt aber noch nicht gehen«, widersprach Henriette. »Ich wollte dir doch noch den tropfenden Wasserhahn zeigen und die Tür, die plötzlich am Boden schleift.«

»Nächstes Mal«, sagte Cornelius. »Ich habe ohnehin kein Werkzeug dabei. Ich könnte morgen abend kommen und das erledigen.«

»Morgen abend geht nicht, und Dienstag ist auch schon zu«, behauptete Henriette. »Könntest du nicht am Mittwoch kommen?«

Franziska knirschte wieder mit den Zähnen. Mittwochabend war *ihr* Abend, reserviert für Kinobesuche, romantische Essen beim Italiener und kuschelige Fernsehabende auf dem Sofa, das wußte auch Henriette ganz genau. Die anderen Abende waren nämlich belegt, entweder durch Cornelius' Wasserballtraining oder durch Franziskas Arbeit im Fitneß-Studio. Franziska hätte wetten können, daß Henriette weder Montag noch Dienstag irgend etwas geplant hatte. Das behauptete sie nur, um ihnen den Abend zu verderben.

Aber Cornelius witterte wieder mal kein Unheil. »Okay, dann Mittwoch«, sagte er nur und half Franziska in den Mantel. War er wirklich so naiv, oder tat er nur so?

»Tja, dann wird ja nichts aus dem Kino am Mittwoch«, giftete sie, kaum daß sie im Auto saßen. »Egal, dann gehe ich eben mit jemand anderem.«

»Irgend jemand muß sich ja um den Wasserhahn und diese Dinge kümmern«, sagte Cornelius. »Schließlich lebt sie ganz allein.«

»Meine Eltern rufen den Klempner an, wenn der Wasserhahn tropft«, sagte Franziska hart. »Du merkst gar nicht, daß deine Mutter nur einen Vorwand sucht, um ...«

»Franziska, nicht schon wieder diese Leier«, unterbrach Cornelius sie gereizt. »Ich bin der einzige Sohn und fühle mich für meine Mutter verantwortlich. Und wenn sie nun mal mich für ihren Wasserhahn will, dann helfe ich ihr eben. Wenn du das nicht akzeptierst, dann ...«

»Dann was?« rief Franziska aus. »Ich akzeptiere ja, daß du dich für deine Mutter verantwortlich fühlst, aber nicht auf meine Kosten.«

»Wie meinst du das schon wieder?«

»Auf Kosten *meiner* Mittwochabende«, erläuterte Franziska und spürte, wie ihr Zornestränen die Wangen hinunterliefen.

»Ach Franziska, wenn sie doch an den anderen Abenden keine Zeit hat!«

»Das sagt sie doch bloß, damit ...« Franziska verstummte und wischte sich die Tränen von der Wange. Zu blöde, wegen dieser Punschtante zu heulen. Sie schniefte. »Ich sag' dir was, Matilda hat recht, die Stimme des Blutes, die ist viel lauter als ... als die Stimme der Liebe.«

»Hä?« machte Cornelius, der es nicht gewohnt war, daß Franziska pathetisch wurde.

»Das heißt, daß du deine Mutter mehr liebst als mich«, sagte Franziska und schwieg für den Rest der Fahrt beleidigt, weil Cornelius sich nicht die Mühe machte, ihr zu widersprechen.

Zu Hause fand sie Matildas Schwester Anna mit Matilda und Caroline in der Küche vor. Vor ihnen auf dem

Tisch lag eine dicke Kladde, in der Anna offenbar detaillierte Anweisungen notiert hatte, wie mit Haus, Kindern und Ehemann zu verfahren sei. Kein Wunder, daß die Ärmste so blaß und krank aussah – bei diesen Aussichten.

»Wann ist es denn soweit?« fragte Franziska mitleidig. »Ich meine, wann gehst du ins Krankenhaus?«

»Übernächste Woche Mittwoch«, sagte Anna. »Aber ich bin ganz ruhig, weil ich weiß, daß Matilda sich kümmern wird.«

»Hm«, machte Franziska nur. Sie persönlich wäre ruhiger gewesen, wenn sie im Zirkus an einer Drehscheibe gehangen hätte, auf die ein tattriger Messerwerfer mit zugebundenen Augen zielte.

»Ich freue mich richtig, mal Hausfrau spielen zu dürfen«, behauptete Matilda mit leuchtenden Augen. »Und für die Karnevalstage denke ich mir was ganz Besonderes aus.«

»Die Karnevalskostüme sind gewaschen und gebügelt und hängen in meinem Kleiderschrank«, erklärte Anna und machte eine entsprechende Notiz in der Kladde. »Sophie wird Cowboy, Nikolaus Zauberer, und für Leon habe ich einen Katzenstrampler mit Öhrchen an der Kapuze genäht.«

»Wie süß!«

»Und dein Mann, was wird der?«

»Wolfgang ist über die Karnevalstage auf einer Fortbildung in London. Da feiert man keinen Karneval. Er ist insgesamt zehn Tage weg, da hat Matilda auch weniger Arbeit. Er kann nämlich nur makrobiotische Kost zu sich nehmen, und die ist für einen Anfänger gar nicht so leicht zuzubereiten. Die entsprechenden Mahlzeiten habe ich aber schon vorgekocht und eingefroren. Matilda muß sie nur in der Mikrowelle aufwärmen, wenn Wolfgang da ist. Aber für den Rest der Zeit kann sie ganz kreativ kochen, wozu sie gerade Lust hat. Ich habe meine Kinder so erzogen, daß sie essen, was auf den Tisch kommt.«

»So, so«, murmelte Caroline spöttisch. »Da kann Matilda also ihrer Kreativität freien Lauf lassen. Wie wunderbar!«

»Hoffentlich mögen deine Kinder Fertiggerichte«, setzte Franziska hinzu und beschloß, wenigstens zu versuchen, das Unheil zu verhindern. »Anna, hast du dir das alles auch gut überlegt?«

»Da gab's nichts zu überlegen. Als Matilda mir das Angebot gemacht hat, für mich einzuspringen, ist mir ein Stein vom Herzen gefallen. So muß ich meinem Mann und den Kindern keine fremde Person zumuten.«

»Aber – ähm – bist du sicher, daß Matilda – ähm, also, daß sie diesen Aufgaben auch gewachsen ist?«

»Matilda sagt, sie wird vielleicht nicht so perfekt sein wie ich, aber Wäsche waschen, bügeln, kochen und putzen kann ja eigentlich jeder.«

»Dein Wolfgang aber nicht, wie man hört«, murmelte Caroline wieder leise, und man merkte, daß sie für den Kerl nicht sonderlich viel übrig hatte. Was war das auch für ein Ehemann, der nach London fuhr, während die Frau im Krankenhaus lag und die chaotische Schwägerin seine Kinder hütete?!

»Ich meinte, jede *Frau* kann das«, verbesserte sich Anna. »Unserer Generation liegt das nämlich noch im Blut.«

»Im Blut?« rief Franziska empört aus. Ihrer Ansicht

nach mochte ja eine ganze Menge genetisch vorgegeben sein, aber die Fähigkeit, ein Hemd zu bügeln, ganz sicher nicht.

»Ich meinte, uns sind die Haushaltsarbeiten sozusagen durch die Erziehung unserer Eltern selbstverständlich geworden«, fuhr Anna erläuternd fort. »Genau wie die Fähigkeit, Kinder zu erziehen. Erst die nächste Generation wird diesbezüglich gleichberechtigt sein.«

Caroline, Franziska und Matilda lauschten mit offenem Mund. Meinte sie das etwa ernst? Ja, offensichtlich.

»Unsere Sophie zum Beispiel erziehen wir ganz bewußt *nicht* geschlechtsspezifisch«, sagte Anna. »Sie spielt nicht mit Puppen und trägt auch keine Rüschenkleider, und sie wird dazu angehalten, alles das zu tun, was kleine Jungs auch tun. Und ratet mal, was sie später werden will?«

»Cowboy?« fragte Matilda eingedenk des wenig originellen Karnevalskostüms der Kleinen.

»Nein, Diplomingenieur!« sagte Anna und strahlte über das ganze Gesicht.

»Tatsächlich?« fragte Franziska. Wie nett, das würde Cornelius freuen.

»Ja. Unsere Erziehung funktioniert. Sophie will von all dem Mädchenkram nichts wissen.«

»Ach, wirklich nicht? Da kann man mal sehen.« Caroline arbeitete gerade an einer Hausarbeit über Geschlechterpsychologie und hatte gelernt, daß Untersuchungen das Gegenteil bewiesen. Mädchen, sagten die Untersuchungen, blieben nämlich immer Mädchen und Jungs immer Jungs. (Na ja, die Untersuchungen drückten das natürlich weit wissenschaftlicher aus!) Jetzt zeigte sich, was von diesen Untersuchungen zu halten war. Alles bloß Theorie! Sophie war der lebende Beweis für das Gegenteil.

»Was ist eigentlich mit deinen Schwiegereltern?« fragte Franziska. Sie wollte immer noch nicht glauben, daß Anna tatsächlich Matilda ihre Kinder überlassen wollte. Man sollte denken, daß die eigene Schwester sie gut genug kannte. Sie jedenfalls würde Matilda nicht mal eine Katze anvertrauen – nicht mal eine tote Katze, um genau zu sein. »Könnten die nicht die Kinder nehmen? Oder wenigstens den ganz Kleinen?«

»Könnten sie, natürlich. Aber sie haben so völlig andere Ansichten in Sachen Erziehung, und man weiß ja, was zwei Wochen im Leben eines Kindes anrichten können.« Anna seufzte. »Nein, nein, mit Matilda werden sie viel mehr Spaß haben, und ich bin mir sicher, daß sie in guten Händen sind.«

Franziska und Caroline tauschten einen bedeutungsvollen Blick. Nun ja, sie hatten ihr möglichstes getan, Anna zu warnen. Jetzt konnte man nur hoffen, daß sie ganz schnell wieder gesund wurde und die Kinder die Zwischenzeit überleben würden.

»Ich freue mich jedenfalls riesig«, sagte Matilda und strahlte. »Es ist so schön, gebraucht zu werden.«

Das Chaos nimmt seinen Anfang

Ollie und Benedikt schafften es tatsächlich, ihre halbe Weltreise in weniger als zwei Wochen vorzubereiten. Sie kümmerten sich um entsprechende Einreisegenehmigungen, Travellerschecks, Reiseführer, Treckingrucksäcke, Sonnenschutzcreme und Schnorchelausrüstung und legten eine genaue Reiseroute für die ersten zwei Monate fest. Dabei jonglierten sie mit so schönen Namen wie Bangkok, Tasmanien und New York, so daß Matilda, Franziska und Caroline ganz neidisch wurden.

Herr Kleinschmidt, der Vermieter, war natürlich alles andere als erfreut darüber, daß er nun gleich für zwei Wohnungen Nachmieter suchen mußte, aber er wollte Ollie und Benedikt auf keinen Fall die Suche nach dem Untermieter überlassen.

»Dann kommen am Ende irgendwelche Knoblauchfresser aus dem Ausland«, sagte er. »Oder wieder so warme Brüder, wie Sie welche sind. Nä, nä, den Untermieter suche ich mir schön selber aus.«

Für die Wohnung im Stockwerk unterhalb der drei Mädchen hatte er bereits das Passende gefunden.

»Ein Ehepaar«, erklärte er Franziska und Caroline, die er im Hausflur abfing, als sie von der Uni kamen. Sie hatten heute beide eine Klausur geschrieben, von der sie glaubten, daß sie sie in den Sand gesetzt hatten. Daher waren sie entsprechend schlecht gelaunt und hatten nicht das geringste Interesse an einem Gespräch mit Herrn Kleinschmidt. Aber das störte den wenig.

»Ein Ehepaar«, wiederholte er. »Sehr solide. Beide berufstätig. Deutsch. Ruhig. Keine Kinder, keine Haustiere. Genau das, was wir brauchen.«

Caroline nickte geistesabwesend, während Franziska versuchte, Zerberus, Kleinschmidts Riesenvieh von Hund, davon abzuhalten, daß er ihr die Vorderpfoten auf ihre Schultern stemmte. Sie war fest davon überzeugt, daß Zerberus, wenn ihm dies gelänge, nichts anderes vorhatte, als ihr Gesicht abzulecken, und das wollte sie um jeden Preis verhindern.

»Der will nur spielen, der mag Sie«, sagte der Kleinschmidt. »Hat einen guten Geschmack, was die Weiber angeht. Wie sein Herrchen. Für die Wohnung von den Schwulis habe ich auch schon jede Menge Interessenten. Aber so ein Ali kommt mir hier nicht rein.«

»Das sagten Sie bereits«, seufzte Caroline. »Sie haben wirklich eine Menge ungerechtfertigter Vorurteile.«

»Ungerechtfertigt?« wiederholte Herr Kleinschmidt. »Weil ich keine Türken mag? Ich sag' Ihnen was, mit denen habe ich genug Erfahrung. Alles Messerstecher und Diebe sind das.«

»Hat Ihnen denn ein Türke schon mal was geklaut?« fragte Caroline gereizt. Mit einem Messer auf Herrn Kleinschmidt einzustechen hatte sicher noch niemand gewagt, obwohl schon manch einer die Lust dazu verspürt haben mochte. Sie selber zum Beispiel.

»Mir nicht, aber der Frau von meinem Schwager seinem Freund«, teilte Herr Kleinschmidt ihr mit. »Abends in der U-Bahn. Die Handtasche weggerissen hat der so ein Ali Üzügül.«

»Ja, ja, und wegen des Mannes der Freundin Ihrer Schwägerin haben *Sie* jetzt solche Vorurteile gegen alle

Menschen eines Landes«, schnaubte Caroline und schob sich an ihm vorbei.

»Die Frau von meinem Schwager seinem Freund«, verbesserte Herr Kleinschmidt. »Und das sind keine Vorurteile, sondern Tatsachen. Und ich habe ja nicht nur Vorurteile – äh – ich meine Tatsachen gegen Türken, sondern auch gegen andere Landsmänner. Alles was da so weiter südlich herkommt, ist nicht ganz geheuer. Denen sitzt das Messer einfach lockerer als unsereins.«

Franziska war es gelungen, ein paar Stufen zu erklimmen und die Dogge abzuschütteln. Dabei hatte sie allerdings nicht verhindern können, daß der unappetitliche Sabber ihren Mantel beschmutzt hatte. Wääh, den würde sie in die Reinigung geben müssen.

»Ach, Herr Kleinschmidt«, sagte Caroline und drehte sich noch einmal um. »Ich erinnere Sie zum x-ten Mal daran, daß die Fenster in unserer Wohnung undicht sind und dringend einer Reparatur, wenn nicht sogar einer Erneuerung bedürfen.«

Herr Kleinschmidt zog die Mundwinkel herunter. »Und ich erinnere Sie daran, daß das hier ein Altbau ist und die Fenster nun mal nur einfach verglast sind. Da zieht es eben hindurch, aber das nimmt man gerne in Kauf, wenn man dafür in einem historischen Gebäude leben darf. Seien Sie doch froh, daß ich hier nicht alles sanieren lasse, denn dann könnten *Sie* sich die Miete nicht mehr leisten.«

»Ja, ja«, sagte Caroline resigniert. Wie recht er hatte, der alte Halsabschneider. »Jetzt kommt ja auch bald der Frühling.«

Herr Kleinschmidt zog sich mit Zerberus in seine

Wohnung zurück. Auf dem Weg nach oben hörten Caroline und Franziska noch sein Gemurmel, in dem die Worte »Bettelstudenten« und »Ökoschlampen« vorkamen.

»Irgendwann wird dieser Mann mal im Schlaf erstickt«, prophezeite Franziska. »Allerdings erst, wenn dieser Höllenhund das Zeitliche gesegnet hat. Hast du gesehen, wie er meinen guten Mantel eingeschleimt hat? Wie alt wird so eine Dogge eigentlich im Durchschnitt?«

»Hundert«, meinte Caroline pessimistisch. »Der Köter wird den Kleinschmidt noch beerben.« Dann fiel ihr wieder die Klausur ein. »O Gott, ich bin bestimmt durchgefallen.«

»*Du* bestimmt nicht«, sagte Franziska. »Du hast immer gute Noten. Aber ich bin durchgefallen, das garantiere ich dir.«

»Du bist bisher noch nie durchgefallen«, sagte Caroline.

»Es gibt für alles ein erstes Mal«, behauptete Franziska finster, pessimistisch wie immer. (Tatsache war, daß beide ihre Klausur mit Zwei bestanden.)

Das solide, deutsche, kinder- und haustierlose Ehepaar zog am Wochenende darauf ein, mit erstaunlich wenigen Möbeln, wie Matilda bei einem Blick aus dem Fenster feststellte.

»So wie das von hier oben aussieht, besitzen die Leute nur Betten«, sagte sie.

»Vielleicht haben sie ja die schaurig schöne Eiche-Rustikal-Einrichtung der alten Meckertante übernommen, die vorher dort gewohnt hat«, mutmaßte Caroline, die neben sie getreten war. »Besonders solide sehen die beiden aber nicht aus, oder?«

»Nein«, bestätigte Matilda. »Sie sieht aus wie eine abgehalfterte Prostituierte, und er wie ihr abgehalfteter Zuhälter.«

»Matilda«, sagte Caroline tadelnd. »Du hast mindestens so viele Vorurteile wie der Kleinschmidt. Obwohl«, sie betrachtete das Pärchen nachdenklich, »die sehen *wirklich* so aus. Schon seltsam, was für den Kleinschmidt ein solides deutsches Ehepaar ist ... Und du, freust du dich immer noch auf deine Ersatzmutterrolle?«

»Und wie«, behauptete Matilda. »Wirklich, seit ich dieser albernen Mann-und-Frau-und-Bett-Geschichte entsagt habe, werden ganz andere Energien in mir freigesetzt. Das ist ein ziemlich tolles Gefühl.«

»Du wirst aber an Weiberfastnacht nicht mit uns in der Südstadt feiern können«, gab Caroline zu bedenken. »Meinst du, das hältst du aus?«

»Wer sagt denn, daß ich nicht mitfeiern kann?«

»Na, ich! Du sittest schließlich rund um die Uhr.«

»Das heißt doch nicht, daß ich die Kinder nicht auch mal irgendwohin mitnehmen kann«, sagte Matilda.

»In die Südstadt? Nachts? An Karneval? Einen Sechsjährigen, eine Fünfjährige und einen Säugling? Spinnst du jetzt total?«

»Wozu hat Anna ihnen denn so schöne Karnevalskostüme genäht?« fragte Matilda unbeeindruckt zurück. »Soll sie das etwa umsonst gemacht haben?«

»Oh, oh, Matilda, ich sehe wirklich schwarz für die nächsten zwei Wochen. Die armen Kinder und die arme Anna!«

»Du siehst immer nur schwarz«, sagte Matilda lässig. »Mit Kindern zu leben ist nur halb so kompliziert, wie du dir das vorstellst.«

»Ach ja? Na, warten wir's ab. Ich werde mir aber ganz bestimmt nicht diesen einen Satz verkneifen können, der da heißt: Ich hab's doch gleich gesagt! Wenigstens kann Anna uns nicht vorwerfen, wir hätten sie nicht gewarnt.«

Am Abend vor Ollies und Benedikts Abreise gaben sie eine kleine Abschiedsparty unter dem Motto »Südsee«. Sie hatten dazu tropische Drinks gemixt und trugen alle Baströckchen und selbstgebastelte Blumenketten um den Hals. Zumindest die Mädchen.

»Es würde exotischer aussehen, wenn wir dazu nicht Strumpfhosen und Wollpullover tragen müßten«, meinte Franziska mißmutig. »Aber der Kleinschmidt weigert sich ja, etwas gegen diese zugigen Fenster zu unternehmen. Und oben ohne müßten wir hier erfrieren.«

»Ich find' dich trotzdem sexy«, sagte Cornelius zu ihr.

»Ich dich aber nicht – Muttersöhnchen«, gab Franziska zurück. Sie hatte ihm noch nicht verziehen, daß er tatsächlich ihren Mittwochabend hatte sausen lassen und zu seiner Mutter gefahren war.

»Ich verstehe nicht, was du gegen Mama hast«, sagte Cornelius. »Sie mag dich wirklich gern.«

»Haha«, höhnte Franziska. »Und deshalb nennt sie mich auch immer Christel, oder?«

»Sie ist eben ein bißchen zerstreut. Sie ist ja auch nicht mehr die Jüngste.«

»Sie ist vierundfünfzig«, rief Franziska aufgebracht. »Das ist ja wohl noch kein Alter, in dem man Verkalkung vorschieben kann.«

»Sei doch nicht so kleinlich«, sagte Cornelius und brachte Franziska damit endgültig auf die Palme.

»Ich werde mich heute abend betrinken und mit einem

anderen Mann flirten«, rief sie. »Dann kannst du sehen, wo du bleibst.«

»Mit welchem anderen Mann?« fragte Cornelius grinsend.

Franziska biß sich verärgert auf die Lippen. Er hatte leider recht. Außer ihm, den drei Mädchen und den Ehrengästen Ollie und Benedikt war nur noch Carolines Freund Fabian eingeladen, und von denen kam bedauerlicherweise keiner für einen Flirt in Frage. Früher wäre das etwas anderes gewesen. Da hätte Matilda in ihrem Adreßbüchlein geblättert und fünf oder sechs mehr oder minder attraktive Männer herbeitelefoniert. Aber Matilda lebte ja seit neuestem im Zölibat, und ihr Adreßbüchlein hatte sie angeblich sogar weggeschmissen. »Das ist wie bei einem Raucher und seinen Zigaretten«, hatte sie gesagt. »Am Anfang muß man der Versuchung aus dem Weg gehen. Später kann man dann im dichtesten Qualm sitzen, ohne rückfällig zu werden.« Zu schade, daß sie nicht wenigstens ein männliches Exemplar eingeladen hatte, mit dem Franziska Cornelius eifersüchtig machen könnte.

»Schuft!« knirschte sie, obwohl Cornelius natürlich nichts dafür konnte, daß weit und breit kein anderer Mann in Sicht war.

»Nächsten Mittwoch gehen wir ins Kino«, schlug er in versöhnlichem Tonfall vor. »Und danach lade ich dich ins Steakhaus ein, wenn du willst.«

»Hm, mal sehen«, erwiderte Franziska ungnädig und nahm einen Schluck von ihrer Pina Colada. Dann lächelte sie Cornelius an. »Weißt du was? Ich stelle mir einfach vor, du seist ein anderer, dann kann ich auch mit dir flirten.«

»Gut. Tun wir so, als würden wir uns gerade erst kennenlernen.«

»Nein! Wir tun so, als wärst du ein anderer, sonst macht mir das keinen Spaß.«

»Und wie hättest du mich gern?«

»Auf jeden Fall müßtest du Vollwaise sein«, meinte Franziska. »Und von Beruf nicht unbedingt Diplomingenieur.«

»In Ordnung. Mein Name ist Karlhans, meine Eltern sind bei meiner Geburt vor Schreck gestorben, und ich bin von Beruf Arzthelfer. Bei einem Gynäkologen.«

Franziska kicherte. »Das gibt es nicht.«

»Das ist aber ungerecht. Arzthelferin war immer mein Traumberuf.«

»Jetzt hör mal, Karlhans, mit einem wie dir kann ich doch unmöglich flirten. Schwirr ab! Ich will meinen Cornelius wiederhaben.«

»Na also«, meinte Cornelius zufrieden.

Ollie und Benedikt reisten am nächsten Morgen ab, und die ziemlich verkaterten Freunde ließen es sich nicht nehmen, die beiden zum Flughafen zu bringen. Dort verabschiedeten sie sich unter Tränen; das heißt, eigentlich heulten nur die Mädchen, Ollie und Benedikt machten trotz Kater einen ausgesprochen fröhlichen Eindruck.

»Kein Wunder«, sagte Matilda, als sie hinter der Absperrung verschwunden waren. »Ich wäre auch fröhlich, wenn ich am nächsten Morgen vom leisen Murmeln des Indischen Ozeans geweckt würde. Es ist ja so ungerecht, daß sie ihren Lottogewinn ganz allein auf den Kopf hauen.«

»Ich weiß gar nicht, was du hast«, meinte Franziska

zu ihr. »Du freust dich doch schon so wahnsinnig darauf, in Annas geordnetem Familienleben Unfrieden zu stiften. Und du mußt keine Klausur mehr schreiben, so wie ich.«

»Und ich«, setzte Caroline hinzu.

»Das stimmt«, sagte Matilda, und ihre Miene heiterte sich auf. »Meine Semesterferien haben praktisch gestern schon begonnen.«

Endlich war es soweit. Anna hatte ihren Klinikkoffer gepackt und ein Taxi gerufen, das sie ins Krankenhaus bringen sollte.

»Und macht Tante Matilda bitte keinen Ärger«, sagte sie zu ihren drei Kindern, die wie Orgelpfeifen an der Tür standen – das jüngste auf Matildas Arm –, um sie zu verabschieden.

Sophie und Nikolas nickten tapfer, der kleine Leon verstand noch nicht, daß seine Mama so schnell nicht wiederkommen würde und lächelte.

»Keine Sorge, wir werden das schon hinkriegen«, sagte Matilda munter. »Übermorgen, nach deiner Operation, kommen wir dich alle zusammen besuchen.«

Anna seufzte schwer, umarmte alle und stieg ins Taxi.

»Kommt, winkt ihr noch mal«, schlug Matilda vor. Die Kinder winkten, bis das Taxi um die Ecke gebogen war, dann klappte Matilda die Tür zu und rief: »So, und jetzt geht der Spaß erst richtig los.«

Es war Mittwochmorgen, acht Uhr, und ihr Abenteuer hatte begonnen.

»Zuerst mal sehen wir uns den Schuppen hier gründlich an«, erklärte Matilda und rieb sich die Hände.

Die fünfjährige Sophie fing an zu weinen. »Das ist kein Schuppen, und ich will meine Mama wiederhaben.«

»Nur Mädchen heulen«, sagte Nikolas, der ein Jahr älter war. »Du weißt doch, daß du dich nicht wie ein Mädchen benehmen sollst.«

Sophie hörte auf zu weinen.

»Na siehst du«, sagte Matilda fröhlich. Wunderbar, wie wohlerzogen diese Kinder waren. So wohlerzogen, daß sie sich gegenseitig erzogen. »Allerdings stimmt es nicht, daß nur Mädchen heulen«, fuhr sie dann fort. »Jungs heulen auch. Es sieht nur nicht so niedlich aus.«

»Die Schule fängt gleich an«, erinnerte sie Nikolas.

Matilda zuckte zusammen. Ach ja, Schule gab's ja auch noch. Arme Würmchen! Sie schlug die Kladde auf, in der Anna detaillierte Arbeitspläne für jeden Tag aufgestellt hatte.

Mittwoch: Nikolas hat erst zur zweiten Stunde Unterricht und muß um Viertel vor neun dort sein. Sophie kann auf dem Weg zur Schule im Kindergarten abgesetzt werden. Beide müssen um halb eins wieder abgeholt werden, stand dort in Annas zierlicher Handschrift.

»Na, dann machen wir uns doch jetzt mal für die Schule und den Kindergarten fertig«, sagte Matilda munter und beschloß, die Hausbesichtigung auf später zu verschieben, wenn sie mit Klein-Leon allein war. Es war herrlich, durch anderer Leute Wohnungen zu schlendern, wenn die nicht da waren. Man konnte in Schubladen schauen, in die man sonst niemals schauen durfte. Endlich würde sie wissen, was ihr Schwager Wolfgang unter seinen staubsaugerbeutelähnlichen Freizeithosen trug.

»Wir sind fertig«, sagte Sophie und zeigte auf ihre Kindergartentasche. »Wir haben gefrühstückt, die Zähne geputzt und unsere Sachen gepackt.«

»Na toll«, strahlte Matilda. Wirklich, diese Kinder waren einfach unbezahlbar. »Dann muß ich nur noch den kleinen Fratz hier anziehen, bevor wir fahren können.«

»Fahren?« Sophie und Nikolas sahen sie erstaunt an.

»Fahren«, bestätigte Matilda. »Wozu hat die Mama mir denn ihren Autoschlüssel gegeben?«

»Mama bringt uns immer zu Fuß«, erklärte Nikolas ernst. »Dadurch hat sie etwas Bewegung, und Leon kommt an die frische Luft.«

»Hm«, machte Matilda unlustig. »Bei *dem* Wetter!«

»Es ist ja nicht so weit«, sagte Sophie tröstend, während sie ihren Anorak anzog.

Matilda brauchte etwas länger, um Leon anzuziehen. Es war gar nicht so einfach, seine speckigen kleinen Ärmchen durch den Ärmel des warmen Overalls zu ziehen, den Anna schon bereitgelegt hatte. Und die Mütze rupfte er sich immer wieder vom Kopf. Immerhin heulte er nicht, was Matilda ebenfalls der wunderbaren Erziehung zuschrieb. Bis sie das Kind endlich im Kinderwagen verstaut hatte, wurde es allerhöchste Zeit aufzubrechen.

Glücklicherweise – ach, diese wunderbare Erziehung! – hatten sich die beiden Großen ganz ohne Hilfe angezogen, sogar die Schuhe waren anständig zugebunden. Sie sahen ihr erwartungsvoll entgegen, aber Matilda beschloß, sie besser nicht für etwas zu loben, was für sie anscheinend selbstverständlich war. Sonst hörten sie am Ende noch damit auf.

»Hoffentlich kennt ihr zwei auch den Weg«, sagte sie

nur und manövrierte den Kinderwagen die beiden Eingangsstufen hinab auf den Bordstein.

Aber diese Sorge war ebenfalls unnötig. Die Kinder kannten nicht nur den Weg, sondern wußten auch ganz genau, wie sie die Straßen zu überqueren hatten. Erst links, dann rechts, dann noch mal links schauen – und dann schnell über die Fahrbahn. Offenbar hatten sie auch eine vorbildliche Verkehrserziehung genossen. Sophies Kindergarten lag nur etwa achthundert Meter vom Haus entfernt. Am Törchen sagte sie höflich »Auf Wiedersehen« zu Matilda und ihren Geschwistern und verschwand im Garten, ohne sich noch einmal umzusehen. In Annas Kladde stand zwar, daß Matilda morgens und mittags kurz mit der Erzieherin Rücksprache halten sollte, aber Matilda fand, das sei wohl etwas übertrieben. Weder sie noch die Erzieherin würden aus einem solchen Gespräch irgendeinen Nutzen ziehen können. Außerdem waren sie spät dran.

»Und jetzt zur Schule«, sagte sie zu Nikolas, und der trabte brav los. Die Grundschule lag drei Blocks weiter, und sie mußten nur eine einzige größere Straße überqueren.

»Warum bringt eure Mutter euch eigentlich jeden Tag, wenn ihr den Weg doch so gut kennt?« fragte Matilda. »Treibt hier vielleicht ein Kinderschänder sein Unwesen?«

»Was ist das denn?« fragte Nikolas verwirrt.

»Das ist ... Frag das am besten deine Lehrerin«, sagte Matilda. »Bis heute mittag. Wünschst du dir was Besonderes zum Essen?«

»Schokoladenpudding«, schlug Nikolas schüchtern vor.

»Kein Problem, wird gemacht«, versprach ihm Matilda und wendete den Kinderwagen. Bis jetzt hatte Leon ganz ruhig in seinem Wagen gesessen, ein rotbackiges Bilderbuchbaby mit leuchtendblauen Augen. Aber jetzt kam das Bilderbuchbaby auf die Idee, sich hinzustellen, und das gelang ihm auch vorzüglich. Matilda erkannte, daß das Gefährt nicht darauf ausgerichtet war, stehende Kleinkinder zu transportieren, ohne daß man Gefahr lief, sie vom Bordstein aufzuheben, und zog Leon mit Nachdruck zurück in die sitzende Position. Leon nahm es ihr nicht übel. Er strahlte sie an und stellte sich erneut hin.

»Sitzen bleiben habe ich gesagt«, rief Matilda aus und drückte ihn erneut nieder. »Das ist gefährlich.«

Aber Leon fand das wohl nicht. Es gefiel ihm, daß Matilda ihn immer wieder hinsetzte, wenn er sich aufstellte, und er schaffte es auf dem Nachhauseweg noch ungefähr einhundertmal. Daher kamen sie auch nur im Schneckentempo vorwärts, und die letzten paar hundert Meter hatte Matilda so die Nase voll, daß sie sich das Kind unter den Arm klemmte und den Kinderwagen hinter sich herzog, was ihr mißtrauische Blicke von einigen Passanten eintrug. Aber auch das nahm Leon ihr nicht übel. Er quietschte die ganze Zeit vor Vergnügen, während Matilda immer ärgerlicher wurde.

»Das muß doch selbst so einem Zwerg wie dir einleuchten, daß es dämlich ist, sich in einem Kinderwagen hinzustellen. Du kannst ja noch nicht mal laufen, geschweige denn in einer Judorolle auf den Bürgersteig herabkullern«, schimpfte sie. »Wieso bleiben andere Kinder denn in ihrem Wagen sitzen, hä?«

Wenn Leon schon hätte sprechen können, dann hätte

er ihr vielleicht erklärt, daß andere Kinder und auch er normalerweise im Wägelchen angeschnallt wurden, und daß er ja nichts dafür konnte, daß Matilda den Gurt völlig ignoriert hatte. Aber Leon konnte noch nicht sprechen, nur »Aga aga«, was »Essen« hieß, jedenfalls laut Annas Auskunft.

Mit letzter Kraft schleppte Matilda Kind und Wagen die Eingangsstufen hinauf und ließ sich im Haus mit Leon im Arm erst mal erschöpft aufs Sofa fallen.

»Jetzt müßte ich eigentlich eine Runde schlafen«, sagte sie, während sie Leon mühsam aus seinem Overall schälte. »Puh, hier stinkt es aber. Bist du das etwa?«

Leon lächelte unschuldig, aber er war eindeutig die Quelle des Geruchs – oder vielmehr seine Windel. Matilda fluchte, schleppte ihn hinauf in sein Zimmer und legte ihm unter vielen Mühen eine neue Windel an. Das hatte doch immer so leicht ausgesehen mit diesen Höschenwindeln! Alte Windel runter, Babyöl auf den Hintern, ein bißchen Puder und die neue Windel wieder drauf. So babyleicht, daß Matilda es sich nicht hatte zeigen lassen wollen, als Anna das Thema angesprochen hatte.

»Anna, eine Windel wechseln kann ja wirklich *jeder*«, hatte sie hochtrabend erklärt.

Aber Matilda hatte die Rechnung ohne den klebrigen Windelinhalt gemacht.

»Was für eine Schweinerei«, stöhnte sie, als sie das Kind endlich sauber hatte. »Ich hoffe, so was machst du nicht öfter als einmal in der Woche.«

Es war schon fast zehn Uhr, als sie mit dem Kind wieder ins Wohnzimmer kam, und ihr fiel ein, daß in Annas Kladde folgendes gestanden hatte: *Mittwochs von*

10–11.30 Uhr hat Leon Krabbelgruppe. Diesmal stellen wir eßbare Fingerfarben her. Zieh Leon bitte alte Klamotten an.

»Krabbelgruppe fällt heute flach«, sagte Matilda kurzentschlossen, weil sie sich außerstande sah, das Kind schon wieder umzuziehen, in den Kinderwagen zu quetschen und zur Krabbelgruppe zu hechten. »Krabbeln kannst du auch hier.«

Leon, der Matildas ungeschickte Handgriffe beim Windelwechsel geduldig ertragen hatte, lächelte wieder. Er nahm wirklich nichts krumm.

Matilda legte ihn in sein Laufställchen, wo bereits ein Haufen Spielzeug auf ihn wartete. Und – o Wunder – das Kind begann stillvergnügt damit zu spielen.

Matilda beschloß, die Gunst der Stunde zu nutzen und es sich mit einer Tasse Kaffee und der Tageszeitung auf dem Sofa bequem zu machen. Sie fand, das habe sie sich nach all dem Streß redlich verdient. Passenderweise fand sie gleich neben dem Kaffee eine Packung schokoladenüberzogene Kekse, von denen sie in einem Anfall von Großzügigkeit Leon einen abgab. Der verteilte ihn seinerseits großzügig an seine Spielzeugtiere und auf seine Kleidung, blieb aber während der ganzen Zeit vergnügt und heiter und ließ Matilda die Zeitung von vorne bis hinten auslesen.

»Wunderbar«, sagte Matilda schließlich und rekelte sich zufrieden. »So ein Hausfrauenleben ist wirklich paradiesisch.«

Ein Blick auf die Uhr sagte ihr, daß es allmählich Zeit wurde, das Mittagessen vorzubereiten. Kein Problem, dachte Matilda. In Annas Kladde stand nämlich: *Für die erste Woche habe ich komplett vorgekocht. Ich habe alles portionsweise eingefroren und beschriftet. Du mußt die Mahlzeiten nur auf Teller umschichten und in der Mikrowelle erwärmen.*

Matilda fand die akkurat beschrifteten Gefrierdosen in der Tierkühltruhe sofort. *Mittwoch, Nikolas, Mittag* stand da beispielsweise. Wunderbar, einfacher ging's wirklich nicht. Sie nahm auch *Mittwoch, Sophie, Mittag und Mittwoch, Matilda, Mittag* mit nach oben und machte ein Gläschen Hipp mit Möhren für Leon warm. *Leon bekommt sein Mittagessen um halb zwölf,* stand nämlich in der Kladde, und Leon schien auch schon darauf zu warten. »Aga aga!« rief er und klatschte dabei in die Hände.

Matilda hob ihn in sein Kinderstühlchen und begann, ihn löffelweise zu füttern. Das heißt, sie *versuchte* es. Das war nämlich gar nicht so leicht. Obwohl Leon seinen Mund weit aufsperrte, drehte er doch manchmal ruckartig den Kopf weg oder schloß den Mund im letzten Augenblick wieder, und auch seine Patschhändchen waren überall im Weg. Auf diese Weise gelang es Matilda, eine Menge des Breichens auf Leons Kleidung, sein Gesicht und den Kinderstuhl zu befördern. Leon gefiel das, und er verteilte den orangefarbenen Matsch mit seinen dicken kleinen Fingern überall gleichmäßig.

»Essen mußt du aber auch noch lernen, du kleines Ferkel.« Matilda seufzte. »Aber immerhin: siehst du, so kommst du doch noch zu deinen eßbaren Fingerfarben. Ich sag' ja, diese Krabbelgruppen sind so überflüssig wie ein Kropf.«

Sie machte gleich noch ein Gläschen warm, denn sie fürchtete, das Kind unter diesen Umständen nicht satt zu bekommen, und Leon sperrte wieder bereitwillig seinen Schnabel auf. Beim zweiten Glas machten sie ihre Sache schon besser. Es ging nicht mehr ganz so viel daneben, und Matilda meinte stolz, es sei doch alles eine Frage der Übung. Allerdings kostete die Sache sie weitaus mehr Zeit als eingeplant. Bald war es nämlich schon wieder Zeit, Sophie und Nikolas abzuholen. Und Matilda hatte bis jetzt weder gekocht noch den Tisch gedeckt noch den versprochenen Schokoladenpudding gezaubert. Ganz zu schweigen von den anderen Dingen, die in der Kladde notiert waren wie *Einkaufen – Liste siehe nächste Seite –, Kinderzimmer lüften und aufräumen, Schwimmtasche packen, ...*

Schwimmtasche? Einen Augenblick lang überwältigte sie ein panikähnliches Gefühl. Dann atmete Matilda tief durch. Moment mal, alles der Reihe nach!

Hastig klappte sie die Kladde wieder zu, setzte den völlig verschmierten Leon in sein Laufställchen zurück und suchte in Annas wohlsortiertem Schrank nach einer Tüte Schokoladenpuddingpulver. Auch Milch fand sie im Kühlschrank, ebenso einen Meßbecher. Während sie darauf wartete, daß die Milch kochte, richtete sie Annas tiefgekühltes Vorgekochtes – Putengeschnetzeltes mit Vollkornnudeln – auf drei Tellern an, die dann nachher nur noch in die Mikrowelle geschoben werden mußten.

»Alles kein Problem«, sagte sie heiter. »Hausfrausein ist wirklich easy. Nicht wahr, Leon?«

Aber Leon antwortete nicht. Er war in seinem Laufställchen eingeschlafen, den Kopf auf einen dicken Teddy gelehnt.

Matilda war vorübergehend aus dem Konzept gebracht. »In der Kladde steht, daß du erst um eins schläfst, wenn wir mit den Großen wieder zurück sind. Und zwar bis drei, so daß wir in Ruhe essen und die Hausaufgaben machen können. Also, was soll das? Wach sofort wieder auf.«

Aber Leon reagierte kaum auf ihre Versuche, ihn wach zu bekommen. Er gähnte nur herzhaft, dann fielen ihm die Augen erneut zu.

»Ich sollte dich ins Bett legen«, überlegte Matilda laut. »Aber dann ist niemand hier, wenn ich die Großen von der Schule und dem Kindergarten abhole.«

Sie starrte ratlos auf die Uhr, die ihr sagte, daß es bald Zeit wurde, aufzubrechen, wenn sie um halb eins am Kindergartentörchen stehen wollte. In diesem Augenblick kochte die Milch über. Matilda flitzte zum Herd und versuchte zu retten, was zu retten war, aber der Pudding mißlang gründlich. Er klumpte und brannte außerdem am Topfboden an. Matilda fluchte wie ein Bierkutscher.

Das Telefon klingelte. Es war Franziska. »Na, wie klappt denn das Hausfrauenleben so?« fragte sie.

»Ganz wunderbar«, log Matilda. »Wirklich, alles ganz easy.«

»Tatsächlich?« fragte Franziska ungläubig.

»Natürlich. Was denkst du denn von mir? Nur gerade in diesem Augenblick könnte ich *etwas* Hilfe gebrauchen. Leon schläft schon, und ich muß die Großen jetzt abholen. Aber ich kann Leon natürlich nicht allein lassen. Wenn er aufwacht und schreit ...«

»Herrje«, sagte Franziska.

»Na ja, vielleicht wacht er ja nicht auf«, sagte Matilda. »So lange werde ich ja auch nicht weg sein.«

»Und wenn doch? Da können schreckliche Dinge passieren«, rief Franziska aus. »Caroline, Matilda will das Baby ganz allein lassen!«

Matilda registrierte den besorgten Tonfall und witterte eine Chance. »Na ja, aber mir bleibt nun mal nichts anderes übrig«, sagte sie listig.

»Caroline und ich könnten in einer Viertelstunde da sein«, erwiderte Franziska prompt.

»Gut«, sagte Matilda mit einem Blick auf die Uhr. »Ich leg' euch den Schlüssel unter die Matte, ich muß nämlich spätestens in zehn Minuten hier los. Leon liegt im Laufställchen im Wohnzimmer, vielleicht legt ihr ihn besser in sein Bettchen. Das ist oben, gleich die erste Tür links. Ach ja, und noch was. Ich hatte Nikolas Schokoladenpudding versprochen, aber der ist leider angebrannt. Könntest du wohl ...?«

Franziska merkte, daß sie in eine Falle gestolpert war. Aber jetzt war es zu spät. »Grießpudding hätte ich noch da«, sagte sie zögernd. »Meinst du, der tut es auch?«

»Muß wohl«, sagte Matilda. »Also, dann beeilt euch mal, bis gleich.«

»Unmöglich, diese Matilda«, schimpfte Franziska. »Ich hab's ja gleich gesagt, das geht niemals gut. Schon am ersten Tag braucht sie unsere Hilfe.«

»Wenn Kinder aufwachen und niemand ist da, können sie ein Trauma bekommen.« Caroline fand den Hausschlüssel unter der Matte und schloß die Tür auf. Beide horchten ängstlich. Nein, kein Babygebrüll zu vernehmen. Auf Zehenspitzen schlichen sie ins Wohnzimmer. Dort lag Leon immer noch zufrieden schlafend auf seinem Teddy.

Franziska starrte entsetzt auf das möhrenbrei- und schokoladenkeksverschmierte Kind. »Und das war heute morgen noch das gepflegteste Kind Deutschlands«, flüsterte sie.

»Sieht so aus, als habe Matilda vergessen, ihm ein Lätzchen umzubinden«, flüsterte Caroline und sah sich um. »Am besten hätte sie der ganzen Wohnung eins umgebunden.« Obwohl Matilda noch keinen halben Tag hier war, hatte sie schon deutliche Spuren hinterlassen. Das Sofa war voller Kekskrümel, die Tageszeitung lag ausgebreitet und zerfleddert im Wohnzimmer herum, in der Küche war Schokoladenpuddingpulver auf den weißen Fliesen verstreut, und der Puddingtopf sah aus, als könne man ihn nie wieder verwenden.

»Ich hab's ja gleich gewußt«, wisperte sie. »Die armen Kinder werden völlig verwahrlosen.«

»Und die arme Anna wird sich davon nie wieder erholen«, bestätigte Franziska. »Was sollen wir denn bloß tun?«

Caroline straffte ihre Schultern. »Du machst den Grießpudding, und ich schiebe diese Teller hier in die Mikrowelle. Dazu sind sie offensichtlich da. Und dann kümmern wir uns um dieses dreckige Baby da. Wenn man die nicht sauber macht, werden sie schnell wund.«

»Und wenn es aufwacht und schreit?« flüsterte Franziska. »Mensch, Caroline, Matilda wird das alles niemals allein packen, aber wenn wir nicht aufpassen, sind wir im Nu zum Kinderhüten abkommandiert. Ich meine, so leid mir die Kinder tun, ich habe keine Lust, für Matilda Sklavendienste zu verrichten.«

»Zumal wir sie gewarnt haben«, zischte Caroline. »Aber guck dir doch mal dieses goldige Baby an ...«

»Matilda ist eine Rabentante«, sagte Franziska böse. »Und wir sind Schafe. Wie Wachs in ihren Händen. Dabei müßte ich zu Hause sein und lernen.«

Flüsternd und fluchend machten sie sich an die Arbeit. Franziska fand noch ein Glas mit Sauerkirschen, die sie mit Puddingpulver andickte und zusammen mit dem Grießpudding in eine Schüssel füllte. Caroline erwärmte das Putengeschnetzelte und deckte den Tisch. Anschließend reinigten sie vorsichtig den schlafenden Leon mit den Öltüchern, die sie auf seinem Wickeltisch gefunden hatten. Dabei waren sie auch auf die volle Windel vom Vormittag gestoßen, die Matilda noch nicht entsorgt hatte. Franziska trug sie mit spitzen Fingern nach draußen in die Mülltonne, wo auch schon der total verdorbene Kochtopf gelandet war.

Gerade als sie wieder ins Haus gehen wollte, kam Matilda mit den beiden anderen Kindern heranspaziert.

»Schaut mal, Kinder, da ist ja auch die *liebe* Tante Franziska«, rief sie. »Sie hat uns Schokoladenpudding gekocht.«

»Grießpudding«, verbesserte die liebe Tante Franziska schnell. »Mit Kirschen.«

Nikolas und Sophie waren viel zu höflich, um ihren Abscheu gegen Grießpudding kundzutun, aber Franziska erkannte an ihren enttäuschten Gesichtern, daß ihnen Schokoladenpudding weitaus lieber gewesen wäre.

»Na ja«, sagte Matilda munter. »Besser als nichts.« In leicht vorwurfsvollem Ton setzte sie an Franziska gewandt hinzu: »Obwohl ich *ausdrücklich* Schokoladenpudding gesagt habe.«

Franziska unterdrückte den ihr am vordringlichsten erscheinenden Wunsch, Matilda zu ohrfeigen, und folgte ihnen ins Haus.

Merkwürdige Hausbesucher

Es war kurz vor sieben Uhr abends, als Franziska und Caroline ihre Haustür aufschlossen. Beide fühlten sich müde und ausgelaugt, außerdem hatten sie eine Stinkwut auf Matilda.

»Genau so habe ich mir das vorgestellt«, schimpfte Caroline. »Matilda schafft das nämlich nur, indem sie uns einspannt. Und wir können nicht mit ansehen, wie sie die armen Kinder vernachlässigt, also helfen wir ihr! Typisch. Wir sind richtig dumme Schafe.«

»Und dabei macht sie es sich wirklich leicht«, stimmte Franziska zu. »Ab morgen sollen Nikolas und Sophie sogar ganz allein zur Schule und zum Kindergarten gehen *und* wieder zurück. Irgendwie hat sie es geschafft, ihnen das schmackhaft zu machen.«

»Ja, das faule Luder. Und *wir* hätten heute eigentlich lernen müssen!«

»Statt dessen haben wir geputzt, Geschichten vorgelesen und Windeln gewechselt ... Huch!« Der Schrei galt einem Putzeimer, der auf der Treppe stand und über den Franziska beinahe gestolpert wäre.

Ein paar Stufen weiter oben stand eine ihnen unbekannte Frau mit einem nassen Aufnehmer.

»Guten Abend«, sagte Franziska.

Die Frau drehte sich um und lächelte sie an.

Caroline und Franziska starrten sie verdutzt an. Sie kam unverkennbar aus Asien, war noch sehr jung und bildhübsch. Caroline und Franziska waren gleichermaßen überrascht, sie zu sehen. Normalerweise putzten die Mieter das Treppenhaus selber, und zwar im wöchentlichen Wechsel. In dieser Woche war eigentlich das »solide deutsche Ehepaar« an der Reihe, das frisch eingezogen war. Aber vielleicht hatten die ja Geld genug, um eine Putzfrau zu bezahlen.

»Es ist ganz schön kalt draußen, nicht wahr?« sagte Caroline, nur um irgendwas zu sagen, nachdem sie das Mädchen so lange und unhöflich angestarrt hatten. »So richtiges Erkältungswetter.«

»Gesunde Vitamine naschen«, erwiderte das Mädchen immer noch breit lächelnd. Sie hatte einen zauberhaften Akzent, aber man konnte sie gut verstehen.

»Ja, das ist eine tolle Idee«, sagte Caroline ein wenig verwirrt.

»Meister Proper putzt so sauber, daß man sich drin spiegeln kann«, sang das Mädchen und lächelte noch mehr.

Franziska und Caroline schoben sich verlegen zurücklächelnd an ihm vorbei.

»Bis demnächst mal«, sagte Franziska noch.

»Mit einem Wisch ist alles weg«, sang das Mädchen hinter ihnen her.

Caroline und Franziska beeilten sich, in ihre Wohnung zu kommen.

»Also so was«, platzte Franziska heraus, als sie die Tür hinter sich geschlossen hatten. »Die war aber merkwürdig.«

»Aber sooooo schön«, seufzte Caroline. »Hast du diese Mandelaugen gesehen? Und die zarten Gelenke? Und diese seidenmatte Haut? Schade, daß sie ein bißchen verrückt ist.«

»Sicher haben diese neuen Mieter sie eingestellt. Tsss, zu faul, um selber zu putzen!« Franziska sah auf die Uhr. »Verdammter Mist, in einer Viertelstunde kommt Cornelius mich abholen, und ich bin noch breiverschmiert. Matilda schafft es sogar, mir meine herrlichen Mittwochabende zu verderben.«

»Geht ihr auch ins Kino?« fragte Caroline. »Ich möchte so gern endlich *Titanic* sehen, damit ich mitreden kann. Fabian möchte sich den Schrott allerdings ersparen, sagt er. Er meint, es sei unsinnig, sich einen Film anzusehen, wo am Ende doch alle untergehen.«

»Da hat er ja nicht unrecht. Obwohl sie in diesem Fall besonders spektakulär untergehen.« Franziska betrachtete sich im Flurspiegel. »Nicht mal mehr die Haare kann ich mir waschen«, schimpfte sie.

»Das macht doch nichts, im Kino ist es ohnehin dunkel«, versuchte Caroline sie zu trösten.

»Aber wir wollen hinterher noch zum Italiener«, jammerte Franziska. »Und ich wollte heute besonders gut aussehen, damit Cornelius vergißt, daß wir uns die ganze letzte Woche nur gestritten haben. Wegen seiner Monstermutter. Ich habe mir fest vorgenommen, mich wegen dieser Person nicht mehr aus dem Konzept bringen zu lassen. Damit tue ich ihr nämlich nur einen Gefallen.«

Aber so gut Franziskas Vorsatz auch sein mochte – sie konnte sich leider nicht daran halten. Und das kam so: Cornelius kam zwar pünktlich, um sie abzuholen, machte ihr ein Kompliment über ihr Aussehen – völlig ungerechtfertigt in Franziskas Augen – und sagte dann: »Würde es dir etwas ausmachen, wenn wir das Kino auf Samstag verschieben und heute nur zum Italiener gehen?«

»Nein«, erwiderte Franziska ahnungslos und lächelte dabei. »Ich komme ohnehin um vor Hunger.«

»Da bin ich aber erleichtert. Im Herd meiner Mutter hat es nämlich einen Kurzschluß gegeben, und sie hat mich eben angerufen, um ...«

»Soll das heißen, du willst jetzt den blöden Herd reparieren?« rief Franziska aus.

Cornelius schüttelte den Kopf. »Aber nein. Das ist ein Garantiefall. Da kommt morgen jemand von Bauknecht vorbei.«

Franziska seufzte erleichtert. »Ach so«, sagte sie zerknirscht. »Ich dachte schon ...«

»Du traust mir ja wirklich eine Menge zu«, entgegnete Cornelius. »Ich meine, ich kann sicher eine Menge, aber einen Herd reparieren – nein.« Er griff nach ihrem Mantel. »Dann komm, wir müssen uns beeilen, meine Mutter wartet.«

Franziska starrte ihn entsetzt an. »Worauf wartet sie denn?« stotterte sie, in der Hoffnung, sich verhört zu haben.

»Auf uns natürlich«, antwortete Cornelius. »Sie muß doch was essen, also geht sie mit zum Italiener. Ich hab' einen Tisch für drei Personen bestellt. Für halb acht.«

Franziskas gute Vorsätze waren drauf und dran zu verpuffen. Aber sie riß sich im letzten Augenblick zusammen. Auch wenn sie genau wußte, daß es kein Zufall war, wenn Henriettes Herd ausgerechnet an einem Mittwochabend kaputtging – wenn er denn überhaupt kaputt war – so durfte sie sich doch nichts anmerken lassen. Jede negative Reaktion war Wasser auf Henriettes Mühlen. Und von dieser Person würde sie sich nicht ausbooten lassen. Auf gar keinen Fall.

»Gehen wir«, sagte sie und zwang sich sogar zu einem Lächeln.

Matilda war von des Tages Mühen völlig geschafft. Als die Kinder endlich im Bett lagen, knallte sie sich auf die Couch und knipste den Fernseher an. Immerhin, für den ersten Tag hatte sie sich ganz gut geschlagen. Sicher, ohne Franziskas und Carolines Hilfe hätte sie jetzt noch einen Berg Geschirr zu spülen, und auch das Einkaufen hätte sie nicht unbedingt geschafft, weil sie ja wohl schlecht gleichzeitig mit Nikolas Hausaufgaben machen, das Abendessen vorbereiten und mit Sophie in den Schwimmkurs hätte gehen können. Den Schwimmkurs hatte Caroline übernommen, einkaufen war Franziska gegangen, und zwar mit Baby Leon. Matilda hatte so in Ruhe mit Nikolas Hausaufgaben machen können. Das arme Kind war erst im ersten Schuljahr und mußte schon subtrahieren! Später hatte Caroline Salat geschnipselt, während Matilda dazu die Mahlzeiten *Mittwoch, abends, Nikolas, Sophie und Matilda* auftaute. Franziska hatte derweil Leon gefüttert, gebadet und ins Bett gebracht. Und während Matilda, Sophie und Nikolas zu Abend aßen, hatten Franziska und Caroline die Küche wieder saubergemacht. Trotzdem, die beiden hätten ruhig noch bleiben können, bis die Kinder im Bett waren, fand Matilda. Sie hatten ja keine Ahnung, wie schwierig es war, kleinen Kindern die Zähne zu putzen. Und dann all diese Fragen, von wegen, wo ist mein Turnbeutel, wo ist meine Benjamin-Blümchen-Kassette, wo liegt Afrika und so weiter. Aber Franziska und Caroline waren einfach verschwunden und hatten Matilda allein gelassen, diese Egoistinnen.

»Wir haben schließlich auch noch ein Privatleben«, hatten sie gesagt. Matilda schnaubte. Als ob es nichts Wichtigeres gäbe als deren Kerle. Dann fiel ihr ein, was Franziska beim Weggehen noch gesagt hatte: »An der Kellertreppe hat sich jede Menge Wäsche aufgetürmt. Du solltest heute abend noch eine Waschmaschine waschen, damit du nicht bald in Wäsche erstickst.«

Matilda fand es selber erstaunlich, wieviel schmutzige Wäsche sich an einem einzigen Tag angesammelt hatte.

»Na gut«, sagte sie zu sich selber und erhob sich stöhnend vom Sofa. »Anna hat ja auch einen Wäschetrockner, da erspart man sich wenigstens das lästige Wäscheaufhängen.«

Die Handhabung der Waschmaschine hatte Anna nicht gesondert erläutert. Es war ein ziemlich neues Modell, idiotensicher, wie sie dachte. Matilda, die in der Tat noch niemals ohne Hilfe eine Waschmaschine in Gang gesetzt hatte, warf wahllos alle Wäschestücke in die Trommel, die ihr in die Hände fielen. Babysöckchen, Nikolas' Jeanslatzhose, die verdreckten Lätzchen, Handtücher, einfach alles. Waschpulver in das dafür vorgesehene Fach, das Ganze auf, na sagen wir mal, sechzig Grad, auf Start drücken, fertig. Das Wasser begann zu rauschen, und Matilda nickte zufrieden. Hausfrausein war wirklich nicht schwer. Daß die immer so ein Theater darum machten! Matilda machte einen kleinen Abstecher zum Weinkeller und suchte sich eine gute Flasche Rotwein aus. Die hatte sie sich jetzt wirklich verdient!

Caroline und Fabian hatten sich den Untergang der Titanic angeschaut, und Caroline war noch ganz ergriffen, als Fabian sie vor der Haustür absetzte.

»Soll ich noch mit raufkommen?« fragte er.

Caroline schüttelte den Kopf. »Es ist schon so spät. Ich bin völlig fertig und außerdem total traurig. Ich muß in Ruhe über diese Geschichte nachdenken. Warum zum Beispiel hat die Frau das wertvolle Herz einfach ins Meer geworfen? Da hatte doch niemand mehr was von. Ich finde, sie hätte es ihrer Enkelin schenken sollen. Oder dem Typ, der danach getaucht ist.«

»Der Film war sowieso totaler Mist«, brummte Fabian. »Ich verstehe nicht, wieso so viele Leute ertrunken sind. Ich hätte mir eben aus etwas anderem ein Floß gebaut. Zeit hatten die schließlich genug.«

»Und denk nur an all die Picassos und Monets, die da weggeschwommen sind«, seufzte Caroline. »Nein wirklich, dieser Film war schrecklich traurig. Gute Nacht, Fabi. Ich bin froh, daß *wir* nicht mit einem Schiff fahren. Die Dinger sind mir einfach nicht geheuer.«

»Und wenn wir je mit einem Schiff fahren sollten, dann ganz sicher nicht im Eismeer«, bestätigte Fabian und schüttelte sich. »Sag mal, wie sieht es denn jetzt aus mit dem Skiurlaub? Muß ich tatsächlich ohne dich fahren?«

»Nein«, sagte Caroline. »Du kannst auch hierbleiben. Ich habe dir schon zweihundertmal gesagt, daß ich an diesem Montag noch eine Klausur schreibe. Da kann ich also nicht zum Skilaufen fahren!«

»Du könntest die Klausur auf das nächste Semester verschieben.«

»Und du könntest die Reise um drei Tage verschieben«, sagte Caroline. »Dann könnte ich nämlich mitkommen.«

»Das geht nicht, es ist alles gebucht.«

»Siehst du, und ich bin bereits für die Klausur angemeldet.«

Fabian seufzte.

»Hör schon auf, mir ein schlechtes Gewissen einzuseufzen«, sagte Caroline barsch. »Ich weiß ganz genau, wie sehr du dich darauf freust, mit deinen Kumpels Skilaufen zu gehen. Tu also nicht so, als ob du mich unbedingt dabeihaben wolltest.«

»Tu ich ja gar nicht. Aber dann tu du bitte nicht so, als wäre nur die Klausur schuld, daß du nicht mitkommen kannst. In Wirklichkeit bist du froh, daß du nicht in den Schnee mußt. Du hast mir selber mal gesagt, daß du mehr der Meer- und Strandtyp bist.«

»Bin ich auch«, sagte Caroline. »Keiner von uns braucht ein schlechtes Gewissen zu haben. Du nicht, weil du ohne mich Urlaub machst, und ich nicht, weil ich lieber die Klausur schreibe, in Ordnung?«

»In Ordnung.« Fabian lächelte sie an. »Dann fahren wir eben im Sommer zusammen weg, ja?«

»Ja«, sagte Caroline.

»Obwohl, da steht vielleicht die Studienreise durch Sibirien an«, machte Fabian einen Rückzieher.

»Dann fahren wir eben nächstes Jahr zusammen weg«, sagte Caroline gereizt. »Oder das Jahr darauf. Wir sind ja noch jung! Gute Nacht, Fabian.«

Sie fror wie ein Schneider, als sie die Haustür aufschloß, was nur zum Teil am naßkalten Wetter lag. Die ganze Zeit mußte sie an die armen Ertrunkenen im Eismeer denken. Wie überflüssig diese Katastrophe gewesen war! Sie schniefte, während sie im Dunkeln die Treppe hinaufging. Und wie traurig! So viele Schicksale hatten sich dort entschieden. Da traf man einmal im Leben seine große Liebe – und was passierte? Kaum daß man sie getroffen hatte, versank sie auch schon im Meer. Wie in *Jenseits von Afrika* oder *Der englische Patient*. Die wirklich guten Liebesgeschichten endeten, bevor sie richtig begonnen hatten. Ungerecht.

Caroline tastete im Dunkeln nach dem Wohnungsschlüssel. Man konnte ihn gut erfühlen, weil er im Gegensatz zu den anderen Schlüsseln sechseckig war. Sie kam an der Wohnung des soliden Ehepaares vorbei und sah einen schmalen Lichtstreifen unter der Schwelle leuchten. Die meisten Leute wissen ja gar nicht, was für ein Glück sie haben, dachte Caroline. Sitzen gemütlich in ihrer Wohnung und halten Händchen, wo sie doch genausogut auf dem Eismeer treiben und dem anderen beim Ertrinken zusehen könnten.

Beim nächsten Schritt stieß sie mit dem Fuß auf etwas Weiches. Was war das? Ein liegengelassener Putzlumpen?

Mit einem Schrei fuhr sie zurück. Das weiche Etwas hatte sich bewegt!

»Wer ist da?« rief Caroline ängstlich und verfluchte sich, kein Licht eingeschaltet zu haben.

»Seien Sie bitte leise«, erwiderte eine tiefe Männerstimme, und Caroline wollte vor Angst beinahe vergehen. Das hatte man von diesem maroden Hausschloß, das der Kleinschmidt partout nicht erneuern wollte! Jeder Triebtäter konnte sich Zugang ins Haus verschaffen und auf der Treppe lauern, bis jemand kam.

»Wer ... wer ... gehen Sie weg«, stotterte sie und fühlte im gleichen Augenblick eine feste Hand um ihren Arm.

»Bitte seien Sie still«, sagte die tiefe Männerstimme eindringlich.

Caroline brach der kalte Schweiß aus. Nein, daß ihr das passieren mußte! Nach all den Jahren psychologischer Vorbereitung auf eine solche Situation! Und ausgerechnet jetzt hatte sie ihr Tränengasspray nicht dabei.

»Psssst«, sagte der Mann wieder. »Ganz ruhig.«

»Ich denke gar nicht daran«, rief Caroline. Wenn sie sich schon nicht körperlich zur Wehr setzen konnte, dann wenigstens verbal. »Hilfe! Hiiiiilfe! Lassen Sie mich sofort los!«

Der Druck um ihren Arm lockerte sich, und Caroline nutzte die Gelegenheit, sich ganz loszureißen.

»Hiiiiiiilfe«, brüllte sie, während sie, den Schlüssel fest umklammernd, die letzten Stufen bis zu ihrer Wohnung hochrannte.

»So warten Sie doch«, rief die Männerstimme gedämpft. »Ich will Ihnen doch nichts tun!«

»Ja, das sagen sie alle«, schrie Caroline. Wie durch ein Wunder fand sie im Dunkeln das Türschloß, und der Schlüssel glitt trotz ihrer schweißnassen, zitternden Hände auch sofort hinein. Sie ließ sich in den Flur fallen und drückte die Tür mit letzter Kraft hinter sich zu.

»Franziska! Franziska, bist du da?« schrie sie. Aber die Wohnung lag im Dunklen, es war niemand da.

Caroline tastete nach dem Sicherheitsriegel und schob

ihn vor. Dann erst knipste sie das Licht an. Es beruhigte sie etwas, die vertraute Umgebung zu sehen.

Jemand klopfte von draußen an die Tür.

»Hallo, Sie da! Machen Sie doch auf. Ich kann das erklären«, sagte die Männerstimme.

Sonst war nichts zu hören. Na toll, dachte Caroline. Da schreit man aus voller Kehle um Hilfe, und nichts rührt sich. Der Kleinschmidt schläft vermutlich seinen Rausch aus, aber dieses solide Ehepaar von unten hätte ja nun wirklich mal die Tür aufmachen können, um nachzuschauen, wer da Hilfe benötigte. Und so was nannte man Nachbarschaft!

»Gehen Sie weg, ich rufe die Polizei«, sagte sie durch die geschlossene Tür und schob ihr Auge an den Türspion. Aber sie konnte nichts erkennen, im Hausflur war es immer noch dunkel.

»Jetzt hören Sie doch mal«, begann die Stimme wieder, dann verstummte sie. Nach einer kleinen Weile hörte Caroline Schritte die Treppe hinabgehen. Erleichtert sank sie zu Boden.

Wie schrecklich! Wie furchtbar! Um Haaresbreite war sie einem Verbrechen entgangen. Und niemand hatte ihr geholfen! Dagegen war der Untergang der Titanic ein Klacks.

Dann fiel ihr ein, daß Franziska noch nicht zu Hause war. Was, wenn ihr derselbe Typ auflauerte? Vielleicht sollte sie wirklich die Polizei rufen. Aber was konnte sie denen sagen? »In unserem Treppenhaus hat ein Mann gesessen und mich am Arm festgehalten.« Ob sie wohl deswegen einen Streifenwagen vorbeischickten? Caroline zweifelte daran. Aber sie konnte Franziska ja unmöglich in die Arme dieses Kerls rennen lassen.

Immer noch zitternd, beschloß sie, mit Mantel und Schal am offenen Küchenfenster zu sitzen und zu warten, bis Franziska nach Hause kam. Unten auf der Straße war nichts los. Kein Wunder, bei diesem Wetter gingen nicht mal die hartgesottensten Hundehalter Gassi. Caroline versuchte mit bloßen Augen die dunklen Schatten in Hauseingängen und Nischen zu erforschen, ob der unbekannte Fremde sich dort etwa eingenistet hatte, aber sie konnte nichts erkennen.

Der Untergang der Titanic war völlig vergessen. Glücklicherweise mußte sie nicht lange auf Franziska warten. Cornelius' Wagen parkte eine Viertelstunde später auf dem Bordstein. Franziska öffnete die hintere Tür – warum, zur Hölle, saß sie hinten? – und machte Anstalten, sie gleich wieder zu schließen.

»Franziska!« schrie Caroline ohne Rücksicht auf den Schlaf der Nachbarn.

Franziska schaute überrascht hoch. »Was suchst du denn da oben?«

»Du darfst Cornelius auf keinen Fall wegfahren lassen«, schrie Caroline ängstlich. »Er muß dich noch hochbringen, hier lauert nämlich irgendwo ein Triebtäter.«

»Soll das ein Scherz sein?« Franziska sah sich irritiert um. Cornelius stieg ebenfalls aus dem Auto.

»Bitte bring Franziska nach oben«, rief Caroline ihm zu. »Der Mann ist gefährlich. Er hat mir im Hausflur aufgelauert. Vielleicht ist er noch da.«

»Hast du die Polizei gerufen?«

Caroline schüttelte den Kopf. Sie sah, wie im Haus gegenüber das Licht anging.

»Nun kommt endlich rauf«, sagte sie etwas leiser. »Ich erzähle euch alles, wenn ihr hier oben seid.«

»Cornelius' Mutter sitzt im Auto«, erklärte Franziska. »Ich komme allein hoch.«

»Kommt gar nicht in Frage«, sagte Cornelius. »Ich bringe dich nach oben.«

»Und wenn der Triebtäter sich in der Zwischenzeit an deiner Mutter vergreift?« fragte Franziska spöttisch.

Cornelius zögerte eine Sekunde. Dann sagte er: »Wenn das Auto verriegelt ist, kann nichts passieren.« Er steckte seinen Kopf ins Autoinnere. »Ich komme gleich wieder, Mama. Ich bringe Franziska nur schnell in die Wohnung. Sie hat Angst vor einem Mann, der sich hier rumtreibt. Bitte laß Türen und Fenster geschlossen, für alle Fälle. Es dauert nicht lange.«

Franziska, die sich den ganzen Abend sehr zusammengenommen hatte, ärgerte sich. Ohne auf Cornelius zu warten, schloß sie die Haustür auf. Geschah ihm nur recht, wenn der Mann immer noch da war. Wo er sich mehr Sorgen um seine Mutter machte als um seine Freundin. Dabei war allein die Vorstellung lächerlich. Welcher Triebtäter würde sich schon an der alten Ziege vergreifen?

Sie knipste das Flurlicht an. Es war niemand zu sehen.

Cornelius nahm ihren Arm. »Komm«, sagte er.

Franziska machte sich los. »Übertreib's nicht gleich«, sagte sie und rannte die drei Treppen hinauf, so schnell sie konnte.

Cornelius hatte Mühe mitzuhalten. Auf einen Triebtäter trafen sie unterwegs allerdings nicht.

Caroline entriegelte die Tür von innen. »Gott sei Dank, daß du da bist«, sagte sie und fing an zu weinen. »Ich hatte solche Angst.«

»Jetzt erzähl mal«, forderte Cornelius. »Was ist passiert?«

»Gute Nacht, Cornelius«, drängte Franziska zur Eile. »Denk an deine Mama, so ganz allein im Auto ...«

Cornelius seufzte. »Gut, dann rufe ich euch an, wenn ich zu Hause bin.«

»Dann schlafen wir aber längst«, sagte Franziska. »Ich erzähl's dir morgen. Du kannst sowieso nichts tun – aus der Entfernung. Kümmere dich lieber um deine Mutter.«

Cornelius seufzte noch einmal. Dann küßte er Franziska auf die Wange und lächelte Caroline noch einmal aufmunternd zu.

»Wenn ihr Hilfe braucht ...«

»Danke«, sagte Caroline unruhig. Ihr wäre es am liebsten gewesen, wenn Cornelius heute nacht hier geschlafen hätte. Aber das ging ja offensichtlich nicht.

»Muttersöhnchen«, flüsterte Franziska hinter ihm her. Aber das hörte er schon nicht mehr.

Hausfrau werden ist nicht schwer, Hausfrau sein dagegen sehr

Warum hast du das Licht nicht angeknipst?« fragte Franziska. »Dann könntest du den Mann wenigstens beschreiben.«

Caroline schüttelte den Kopf. »Daran habe ich überhaupt nicht gedacht. Aber wer weiß, vielleicht hätte er mich dann sofort erwürgt.« Sie schauderte. »Stell dir mal vor ...«

Franziska reichte ihr noch einen Riegel Schokolade. »Iß, das beruhigt.« Sie saßen zusammen in Carolines Bett unter dem weißen Mückennetz und konnten nicht einschlafen.

»Es ist schon halb vier«, sagte Caroline. »Morgen früh muß ich zur Uni. Ich treffe mich mit Peggy in der Bibliothek.«

»Vielleicht solltest du doch besser zur Polizei gehen.«

»Du sagst ja selber, ich kann den Mann nicht mal beschreiben. Ich weiß nicht, ob er groß war oder klein, dick oder dünn, bärtig oder glattrasiert, jung oder alt ...«

»Wie klang denn seine Stimme?«

Caroline überlegte. »Mitteljung, würde ich sagen. Und mittelgroß. Außerdem eher glattrasiert als bärtig. Und hellhaarig.«

Franziska mußte lachen. »Wenn du das der Polizei sagst, sperren sie dich ein.«

»Eigentlich klang die Stimme sogar ganz nett«, behauptete Caroline. »Aber so ist das eben. Diese Kerle klingen so und sehen so aus wie der nette Mann von nebenan.«

»Und wenn er noch mal kommt?«

»Ich werde nie wieder nachts allein durch dieses Treppenhaus gehen«, schwor Caroline. »Und du solltest es auch nicht tun.«

Franziska schüttelte den Kopf. »Jedenfalls vorerst nicht. Es könnte ja auch jeder sein!«

Caroline gähnte. »Vielleicht sollten wir jetzt trotzdem versuchen zu schlafen. Wenn du bei mir bleibst, habe ich keine Angst.«

»Dann bleibe ich natürlich«, sagte Franziska und knipste die Nachttischlampe aus. »Caroline, ich finde jedenfalls, daß du sehr mutig warst.«

»Vielen Dank. Franziska, wie fändest du das, wenn Cornelius ohne dich in Urlaub fahren würde?«

»Käme ganz drauf an, mit wem! Wenn er mit seiner Mutter führe, würde ich ihn mit einem Kissen ersticken.«

»Fabian fährt ohne mich in Skiurlaub«, sagte Caroline. »Und im Sommer vielleicht ohne mich nach Sibirien.«

»Nach Sibirien? Großer Gott.«

»Meinst du, er liebt mich nicht mehr?«

»Würdest du gerne mit ihm fahren?«

Caroline überlegte eine Weile. Dann meinte sie: »Eigentlich nicht. Aber ich liebe ihn noch, ehrlich.«

»Na ja, dann liebt er dich vermutlich auch noch«, sagte Franziska. »Schlaf jetzt.«

Am nächsten Morgen wurden sie durch das Telefon geweckt. Es war Matilda, die schon erstaunlich wach klang.

»Na, ihr vergnügungssüchtigen Hasen«, sagte sie. »Habt ihr etwa noch geschlafen? Na ja, das kann man sich auch nur leisten, wenn man keine kleinen Kinder hat. Ich hingegen bin schon seit einer Stunde auf, habe Frühstück gemacht, Butterbrote geschmiert, Windeln gewechselt und Haare gekämmt. Sophie wollte Zöpfe geflochten haben. Ich meine, stell dir das mal vor: Dabei hat sie kürzere Haare als ich!«

»Caroline ist gestern abend hier im Hausflur überfallen worden«, erwiderte Franziska schlaftrunken. »Wir haben die ganze Nacht nicht geschlafen.«

»Was? Aber das ist ja unglaublich! Ist ihr was passiert?«

»Nein, sie hatte Glück.«

»Dann ist es ja gut.« Matilda klang erleichtert. »Wann kommt ihr denn heute?«

»Wie meinst du das?«

»Na ja, ihr wollt mich hoffentlich nicht mit dem ganzen Schlamassel allein lassen, oder? Die Waschmaschine hat nicht richtig gewaschen, und ihr habt ja selber erlebt, wie stressig diese Kinder sind ...«

»Diese Kinder sind furchtbar brav«, sagte Franziska fest. »An denen liegt es jedenfalls nicht, daß du nicht klarkommst. Matilda, Caroline und ich müssen noch zwei Klausuren schreiben, und wir müssen dafür lernen.«

»Das könnt ihr genausogut hier tun«, sagte Matilda. »Komm schon, Franziska, nun sei nicht so schrecklich egoistisch. Es ist ja nur für die Anfangszeit, bis ich mich daran gewöhnt habe. Bitte! Ich habe Rotwein auf das Sofa gekleckert, und jetzt geht der Fleck nicht mehr raus.«

Franziska seufzte. »Wenn hier jemand egoistisch ist, dann bist du das. Denk doch mal darüber nach, wie Caroline sich fühlt, nach diesem schrecklichen Erlebnis. Und du denkst nur an dich.«

»Ablenkung wird ihr guttun«, behauptete Matilda. »Die Kinder lieben sie. Sophie ist ganz begeistert von ihr. Sie hatte viel Spaß im Kinderschwimmen gestern. Und auf diese Weise ist Caroline auch mal wieder zum Schwimmen gekommen.«

»Wenn, dann kommen wir überhaupt erst am Nachmittag«, sagte Franziska und verfluchte sich in Gedanken selber. Immer wieder fiel sie auf Matilda herein. Aber die Kinder taten ihr einfach zu leid. Und die arme Anna im Krankenhaus natürlich auch.

»Gut, dann könnt ihr vorher wenigstens noch einkaufen«, erklärte Matilda prompt. »Hol mal einen Zettel, dann sag' ich dir, was wir brauchen ...«

Franziska stöhnte, notierte aber brav, was Matilda ihr vorlas. Anschließend schlurfte sie zurück in Carolines Zimmer. »Das war Matilda. Sie braucht unsere Hilfe, das Luder.«

Caroline grinste. »Ist vielleicht nicht das Schlechteste. Du weißt doch, was die Pfadfinder sagen: Jeden Tag eine gute Tat. Ich habe schon darüber nachgedacht, was wir heute mit den Kindern machen können. Weißt du, daß Sophie keine einzige Puppe in ihrem Kinderzimmer hat? Ich würde ihr gerne meine leihen.« Caroline zeigte auf die kleine, pummelige Stoffpuppe mit den großen Knopfaugen, die auf ihrer Kommode saß. Die Puppe hieß Gusti und gehörte ihr schon seit fast zwanzig Jahren.

»Ich weiß nicht«, meinte Franziska. »Anna hat doch gesagt, daß Sophie nichts von dem Mädchenkram hält.«

»Aber jedes Kind braucht doch eine Puppe«, erwiderte Caroline. »Ich werde Gusti schön anziehen, und dann sehen wir ja, was sie sagt.«

»Sophie spielt doch nicht mit Puppen«, sagte Matilda streng, als sie die feingemachte Gusti am Nachmittag in Carolines Armen erblickte. »Du warst doch dabei, wie Anna gesagt hat, daß es pädagogisch völlig überholt ist, geschlechtsspezifisches Spielzeug anzubieten.«

»Ja, aber ...«, begann Caroline. Doch Matilda fiel ihr ins Wort und holte zu einem längeren Monolog aus.

»Anna sagt, auf diese Weise drängt man ein Kind viel zu früh in die von der Gesellschaft leider immer noch vorgeschriebenen traditionellen Geschlechterrollen. Jungs werden später mal gutbezahlte Ingenieure oder Chirurgen, weil sie mit technischem Spielzeug gefördert wurden, Mädchen dagegen werden mit Puppen und all diesem Krempel von klein an auf die klassische Hausmütterchenrolle vorbereitet. Und das wollen wir doch nicht, oder?«

Caroline warf einen Blick auf Sophie, die wiederum mit ihren großen blauen Augen auf die Puppe in Carolines Hand starrte. Caroline konnte ihren Ausdruck nicht richtig deuten. War es nun Ekel oder eher Faszination?

»Sophie macht alles, was auch ein Junge macht«, fuhr Matilda fort. »Nur besser, sagt Anna.«

Sophie sieht auch aus wie ein Junge, dachte Caroline. Sie hatte raspelkurz geschnittene hellblonde Löckchen und trug eine blaue Latzhose mit einer roten Traktorapplikation. In der Hand hielt sie einen orangefarbenen Bagger mit Gummireifen.

»Das ist ihr Lieblingsspielzeug, sagt Anna«, erklärte Matilda stolz. »Sie läßt diesen Bagger kaum aus den Augen. Sie kann seine technischen Daten herunterbeten wie ein Fachhändler für Baumaschinen. Sophie, sag doch mal, wieviel PS der Bagger hat!«

Aber Sophie wollte nicht. Sie schüttelte den Kopf und starrte weiter die Puppe an. Dann nahm sie ihren Bagger hoch, streichelte ihn und sagte mit weicher Stimme: »Komm, kleiner Bagger, wir gehen spielen. Und dann wird es höchste Zeit für dein Essen, mein Kleiner.«

Caroline unterdrückte ein überraschtes Kichern, Matilda sah verdutzt aus.

»Meinst du, Anna könnte sich da vielleicht getäuscht haben?«

Caroline nickte. »Offensichtlich«, sagte sie. »Sieh mal, bei aller Theorie über geschlechtsspezifische Erziehung – findest du nicht, daß das Kind da ein bißchen mitbestimmen sollte?«

»Aber Anna schwört Stein und Bein, daß Sophie sich nicht dafür interessiert.«

»Glaubst du das wirklich? Ich meine, wenn ein Kind schon so mit seinem Bagger spricht ... Wahrscheinlich hat sie nur ein schlechtes Gewissen, wenn sie mit Puppen spielt, weil sie weiß, daß sie ihre Eltern damit enttäuschen würde.«

»Die Ärmste«, murmelte Matilda. »Also gut, dann gib ihr diese blöde Puppe, aber mach ihr kein schlechtes Gewissen, hörst du! Und du bist schuld, wenn das Kind mal kein Diplomingenieur wird.«

»In Ordnung«, sagte Caroline und folgte Kind und Bagger ins Kinderzimmer. Dort war Sophie dabei, den Bagger in ihr Bett zu legen und gut zuzudecken. Caroline fand das irgendwie rührend. Rührend und ein bißchen meschugge.

»Das ist meine Puppe Gusti«, begann Caroline listig und setzte sich mit Gusti auf einen winzig kleinen Kinderstuhl. »Sie lebt schon ewig bei mir.«

Sophie streichelte über die Baggerschaufel und sah sie abwartend an.

»Sie hat jede Menge Kleider und sogar Stofftiere«, fuhr Caroline fort. »Und sie ist furchtbar verwöhnt. Jeden Tag will sie, daß ich mit ihr spiele und sie füttere und mit ihr spazierengehe, aber im Augenblick habe ich so viel zu tun, daß ich überhaupt nicht dazu komme.«

Gusti schlenkerte mit den Beinen, und Sophie starrte sie mit weit aufgerissenen Augen an.

»Na ja, jetzt dachte ich, ich könnte Gusti, solange ich Prüfungen habe, irgendwo in Pflege geben«, sagte Caroline. »Aber es ist nicht einfach, jemanden zu finden, den sie auch sympathisch findet. Da ist Gusti nämlich sehr wählerisch. Aber weißt du, was sie mir eben über dich gesagt hat?«

Sophie schüttelte den Kopf.

»Sie hat gesagt, daß sie dich nett findet. Ich hab' ihr erklärt, daß du aber nicht mit Puppen spielst und auch jede Menge zu tun hast, aber Gusti ist so eigensinnig. Sie hat darauf bestanden, dich zu fragen, ob sie nicht eine Weile bei dir wohnen kann.«

Sophies Mund stand weit offen, als Caroline das sagte. Besonders pädagogisch ist das ja nicht, was ich hier tue, dachte Caroline. Da wird dieses Kind so herrlich nüchtern erzogen, daß es mit fünf Jahren schon alle technischen Werte eines Baggers herunterbeten kann, und ich erzähle ihm was von sprechenden Puppen.

»Das ist mir alles schrecklich peinlich«, sagte sie, »Aber ich frage dich trotzdem, nur damit Gusti mich nicht weiter damit nervt. Meinst du, du könntest vielleicht für eine Woche oder so auf Gusti aufpassen?«

Sophie setzte weiter ihr Pokerface auf. Ohne erkennbare Gefühlsregung erwiderte sie: »Das könnte ich schon. Du mußt mir nur ihre Kleider vorbeibringen.«

»Ja, und ich muß dir zeigen, wie du ihre Zöpfe flechten kannst«, sagte Caroline erleichtert. »Da ist sie nämlich sehr eigen.«

Sophie sah sich in ihrem Zimmer um. »Hast du auch ein Bett für sie?«

Caroline schüttelte bedauernd den Kopf. »Nein, Gusti will immer bei mir im Bett schlafen ... Aber du kannst ihr vielleicht auch eins bauen. In einem alten Karton zum Beispiel.«

»Ja«, sagte Sophie, und ihre Wangen färbten sich rosig. »Das könnte ich. Und dann nehme ich Handtücher als Zudecke.«

Caroline war zufrieden. »Gut, dann lasse ich euch beide jetzt mal allein.«

»Caroline?« fragte Sophie hinter ihr her.

»Ja?«

»Versprichst du, daß du Nikolas nichts davon erzählst?«

Caroline lächelte. »Versprochen.«

Franziska betrachtete derweil den Rotweinfleck, den Matilda auf Annas Sofa hinterlassen hatte.

»Mußt du denn Alkohol trinken, wenn du auf kleine Kinder aufpaßt?«

„Habe ich ja gar nicht«, verteidigte sich Matilda. »Erst nach des Tages Mühen sozusagen – da hatte ich mir ein Gläschen verdient.«

»Ich weiß jedenfalls nicht, wie man so was wieder rauskriegt«, sagte Franziska. »Das war die längste Zeit ein schönes hellblaues Sofa.«

»Ich könnte ja sagen, daß es Nikolas war«, überlegte Matilda und schaute zu ihrem ältesten Neffen hinüber, der brav am Tisch saß und Hausaufgaben machte. Er war heute ganz allein zur Schule gegangen, hatte unterwegs Sophie beim Kindergarten abgesetzt und auf dem Rückweg wieder mitgenommen. Matilda war sehr zufrieden mit ihm gewesen, und es hatte sogar Schokoladenpudding zum Nachtisch gegeben. (Den hatte Franziska gekocht, um die Schlappe mit dem Grießpudding wieder wettzumachen.) Nein, dieses Kind war gar nicht in der Lage, ein Glas Rotwein umzuschütten.

»Das glaubt dir Anna nie«, sagte Franziska. »Außerdem wäre es gemein und gelogen.«

»Aber was soll ich denn jetzt tun?«

»Kauf ihr ein neues Sofa«, sagte Franziska wenig hilfreich.

»Spinnst du? Ach, warum reg' ich mich auf, Verluste gibt es immer, und ich mach' das hier schließlich umsonst. Anna wird das völlig normal finden. Kann ja mal passieren, so was. Sag mal, Franziska, kennst du dich mit Waschmaschinen aus? Die hier ist irgendwie merkwürdig.«

»Hier ist nur eins merkwürdig, und das bist du«, sagte Franziska, aber sie ging bereitwillig in den Keller, um das Problem zu lösen. Matilda hatte sich Leon unter den Arm geklemmt und folgte ihr.

»Hat Anna eigentlich schon mal angerufen?«

»Gestern abend, gerade als ich den Rotwein verschüttet hatte«, sagte Matilda. »Sie ist heute morgen operiert worden. Hoffentlich ist alles gutgegangen.«

»Ja, hoffentlich. Sag mal, wieviel Waschpulver hast du eigentlich genommen?«

»Gestrichen voll das Fach.«

»Hm, das sieht man. Du Schaf, das ist Konzentrat, da nimmt man ohnehin nur ein Drittel. Wann gehst du Anna besuchen?«

»Morgen, wenn's ihr gutgeht. Mit den Kindern. Und euch, natürlich. Denn eine Frau allein mit drei Kindern unterwegs – das ist schlicht unmöglich!«

»Fragst du dich nicht allmählich, wie Anna das immer gemacht hat?«

»Hm«, machte Matilda. »Na ja, vielleicht liegt es ihr ja wirklich im Blut, wer weiß?«

»Aga aga«, sagte Leon, der auf der Waschmaschine saß und mit den Beinen baumelte.

»Meine Güte, Kind, ist es schon wieder soweit?« Matilda sah auf ihre Armbanduhr.

»Was ist mit den Hemden hier?« fragte Franziska. »Die sehen aus, als müßten sie noch gebügelt werden.«

»Ja, müssen sie auch«, bestätigte Matilda. »Anna sagt, sie hat soviel weggebügelt, wie es nur ging, aber diese Hemden sind übriggeblieben.«

»Und wann kommt Wolfgang nach Hause und schreit nach gebügelten Hemden?«

»Der kommt erst Rosenmontag zurück. Und dann werde ich ihm höflich beibringen, daß wir nicht mehr im Mittelalter leben und er seine Hemden durchaus selber bügeln kann.«

»Tu das«, sagte Franziska und nahm Leon von der Waschmaschine. »Sag ihm, es ist auch im Sinne seiner Hemden. Ach Matilda, ich kann nur sagen, ich bin froh, daß ich nicht Anna bin. Im Ernst, diese ganze Hausarbeit und die Verantwortung für die Kinder – wir schaffen das ja nicht mal zu dritt.«

»Ich finde, ich kriege das ganz gut hin«, sagte Matilda auf dem Weg zurück ins Wohnzimmer. »Ich meine, mit eurer Hilfe natürlich. Was unternehmt ihr denn jetzt gegen Carolines Triebtäter?«

»Wir waren heute morgen beim Kleinschmidt und haben auf ihn eingeredet, das Haustürschloß zu erneuern. Erstens ist es dringend notwendig, und zweitens kann der Kerl dann wenigstens nicht mehr im Treppenhaus herumlungern. Der Kleinschmidt hat gesagt, er will schauen, ob das machbar ist.«

»Der Sausack, der alte. Es würde mich nicht wundern, wenn *er* der nächtliche Triebtäter gewesen wäre.«

Franziska kicherte und schüttelte sich zugleich. »Nein, nein, den hätte Caro am Geruch erkannt.«

»Ich bin jedenfalls froh, daß ich hier in Sicherheit bin«, sagte Matilda. »Ich meine, wenn diese Leute von unten nicht mal nachgeschaut haben, wer da um Hilfe schreit – das sind ja fürchterliche Zustände. Aber ich hab' gleich gesagt, daß mit denen was nicht stimmt.«

»Hm«, machte Franziska. »Sie sind wirklich etwas seltsam. Leisten sich eine Putzfrau und leben in so einer billigen Altbauwohnung. Und heute morgen sahen wir sie aus so einer Zuhälterkutsche steigen – na ja, eigentlich war es ein schwarzer Porsche.«

»Ha, hab' ich doch gleich gesagt. Wieso sollte jemand eine schäbige Altbauwohnung in so einer Gegend mieten, wenn er so viel Schotter hat, daß er sich einen Porsche leisten kann?«

»Und eine Putzfrau«, setzte Franziska hinzu.

»Und einen Zobelpelzmantel«, ergänzte Caroline, die leise hinzugekommen war. Sie nahm Franziska Leon vom Arm und setzte ihn auf den Boden. »Der Arme hat ja kaum Bewegung, wenn ihr den immer rumtragt«, sagte sie.

Leon krabbelte fröhlich auf die Anrichte zu und räumte das silberne Tafelbesteck aus der untersten Schublade.

»War das wirklich Zobel?« fragte Franziska. »Also, es hätte genausogut Kaninchen sein können.«

Caroline schüttelte den Kopf. »Das war brandechter Zobel. Da hätte man eigentlich einen Farbeimer drübergießen müssen. Weißt du, was so ein Ding kostet? Und wie viele arme Zobel dafür sterben müssen?«

»Kostet der mehr oder weniger als der Porsche?«

»Ungefähr genausoviel.«

»Wieso sollten so stinkreiche Leute in unserem Haus wohnen?«

»Vielleicht wollen sie für den nächsten Zobel sparen«, mutmaßte Matilda. »Es gibt Leute, die setzen eben andere Prioritäten.«

»Fertig«, sagte Nikolas und klappte sein Heft zu. »Willst du noch mal nachrechnen, Matilda?«

Matilda hatte nicht die geringste Lust dazu. »Ich nicht, das macht Caroline. Die rechnet bei uns zu Hause auch immer die Lebensmittelausgaben durch.«

Caroline seufzte, aber sie setzte sich zu Nikolas an den Tisch und rechnete seine Hausaufgaben nach. Sie waren alle richtig.

»Wie schön, wenn man noch keinen Taschenrechner braucht, um das nachzuprüfen«, sagte sie. »Und was machen wir jetzt?«

»Hast du den Kuchen schon gebacken?« fragte Nikolas.

»Welchen Kuchen?« fragte Caroline erschrocken zurück.

»Den für morgen«, sagte Nikolas. »Für die Schule.«

»Ach ja, da steht was in Annas Kladde«, erinnerte sich Matilda. »Ach, bloß kein Streß, wir kaufen einen in der Bäckerei.«

»Die müssen aber selbstgemacht sein«, widersprach Nikolas.

»Papperlapapp! Die Leute sind froh, wenn die einen richtigen Kuchen kriegen«, sagte Matilda.

»Nein, die müssen selbstgemacht sein«, beharrte Nikolas. »Wir sollen dabei helfen.«

»Wir streuen eben *selber* Puderzucker drüber, das sieht dann aus wie selbstgemacht«, sagte Matilda.

»Das geht aber nicht.« Nikolas sah ganz unglücklich aus. »Alle machen den Kuchen selber. *Alle.*«

Matilda betrachtete ihn ungehalten. »Also wirklich! Freu dich doch, daß du um die blöde Teigkneterei herumkommst.«

»Ich backe aber gerne Kuchen«, sagte Nikolas, und jetzt sah er richtig wütend aus. »Du Dumme, du!«

Franziska hielt es für geboten, sich einzumischen. »Matilda, es ist doch noch Zeit genug. Du kannst einkaufen gehen und den Kuchen backen. Wir sind ja noch eine Weile hier.«

»Nein«, erklärte Matilda stur. »Ich kann überhaupt keine Kuchen backen. Aber das hat natürlich nichts mit meiner Intelligenz zu tun.«

»Du kannst einen ganz einfachen Kuchen versuchen«, schlug Caroline vor.

Aber Matilda wollte nicht. »Ich lasse mir doch nicht von dieser Schule vorschreiben, wie ich meine Freizeit verbringe. Ich kann nicht backen, und ich will es auch gar nicht lernen. Wozu gibt es schließlich Bäcker?«

Nikolas fing an zu weinen.

»Nur Mädchen weinen«, fuhr Matilda ihn an, weil er das selber gestern zu seiner Schwester gesagt hatte. »Es gibt überhaupt keinen Grund, sauer zu sein, nur weil ich nicht backen kann. Ich kann dafür andere Dinge, das kannst du deiner Lehrerin ausrichten.«

»Hör auf zu weinen, Nikolas«, sagte Caroline sanft und warf Matilda gleichzeitig böse Blicke zu. »Franziska und ich backen einen Kuchen mit dir.«

»Und wer füttert Leon, wer räumt hier auf, und wer macht das Abendessen?« fragte Matilda.

»Du«, schrien Caroline und Franziska wie aus einem Mund. Franziska setzte hinzu: »Möge Gott verhüten, daß du jemals selber Kinder bekommst.«

»Das verhüte ich schon selber«, entgegnete Matilda und grinste vielsagend. Sie hatte eine Sammlung skurriler Kondome, die sich wirklich sehen lassen konnte. Dann fiel ihr ein, daß sie im Augenblick ja ohnehin völlig monogam lebte. »Ich sage immer, die beste Art der Verhütung ist immer noch das Singledasein. Enthaltsamkeit! Sex zu zweit – das geht zu weit, sage ich immer.«

»Vor allem sagst du das *immer*«, spottete Caroline.

Der restliche Nachmittag verging wie im Flug. Franziska ging mit Nikolas zum Einkaufen und besorgte alles, was man ihrer Ansicht nach für einen guten Kuchen benötigte. Ihr schwebte ein versunkener Kirschkuchen vor, das ging kinderleicht. Einfach Mehl, Zucker, Eier, Backpulver, Butter und Milch miteinander verrühren, in eine Backform füllen und die Kirschen hineindrücken – fertig. Ihre Mutter hatte den mindestens einmal in der Woche gebacken, und der gelang immer. Nur die Mengen hatte Franziska nicht mehr im Kopf, aber das war ja egal – Hauptsache, der Teig war schön zähflüssig. Das Zuviel an Mehl konnte man wunderbar mit einem Schuß Milch und dem einen oder anderen zusätzlichen Ei ausgleichen. Unter Matildas spöttischen Blicken rührten Nikolas und sie auf diese Weise eine stattliche Menge Teig zusammen – so stattlich, daß die Masse nicht mehr in einer Rührschüssel unterzubringen war.

»Macht nichts«, sagte Franziska zu Nikolas, der ein wenig besorgt aussah. »Dann backen wir eben einen Kuchen mehr.«

Aber es blieb auch nicht bei zwei Kuchen. Tatsache war, daß Franziska und Nikolas am Ende vier Kuchenformen mit ihrer Teigmasse füllten (glücklicherweise hatte Anna genug davon) und auch noch genug für zwei Mini-Kinder-Kuchenformen hatten, die jemand mal für Sophie mitgebracht hatte. Dieser Jemand hatte keine Ahnung gehabt, daß Mini-Kinder-Kuchenformen zu den typisch weiblichen Kinderspielzeugen zählten und daher für Sophie nicht geeignet waren. Mädchenkram eben. Aber Sophie, die mit Gusti im Arm der Kuchenbackaktion zusah, fand, daß sie die beiden Minikuchen doch ganz gut gebrauchen könne.

»Morgen hat Gusti nämlich Geburtstag, und wir haben den Bagger eingeladen und feiern eine Party«, erklärte sie, und Nikolas starrte sie mit offenem Mund an.

»Wenn das Mama erfährt«, sagte er.

Franziska schaute auf die vielen Kuchenformen und erklärte spontan: »Einen Kuchen können wir auch der Mama mit ins Krankenhaus bringen. Da freut sie sich sicher.«

Nikolas nickte begeistert. »Und einen können wir jetzt essen«, schlug er vor.

Matilda war damit einverstanden. Sie hatte die Tupperdöschen mit der *Aufschrift Donnerstag, Abend, Matilda, Nikolas und Sophie* bereits aus der Tierkühltruhe geholt und festgestellt, daß es sich um Vollkornbratlinge und Paprikagemüse handelte. Franziskas Kirschkuchen roch entschieden verlockender. Allerdings sah die Küche ziemlich chaotisch aus.

»Wehe, ihr macht das nicht alles wieder sauber«, sagte Matilda drohend.

Franziska verdrehte die Augen. *Natürlich* würde sie die Küche wieder saubermachen, wie sie hier überhaupt alles machte. Sie und natürlich Caroline, die sich den ganzen Nachmittag um die Wäsche gekümmert hatte. Waschen, trocknen, zusammenfalten, Socken und Söckchen sortieren, alles wegräumen – eine zeitraubende Angelegenheit, vor allem, wenn man noch nicht genau wußte, wo das Zeug hinkam.

»Das Bügeln schenken wir uns«, hatte Matilda befohlen, und Caroline hatte es nur zu gerne befolgt. Sie bügelte ebenfalls nur im Notfall. (In der WG gab es nicht mal einen Bügeltisch, nur eine Unterlage für den Küchentisch, der für diese äußerst seltenen Fälle zweckentfremdet wurde.) Weder Franziska noch Matilda noch Caroline konnten wirklich bügeln, auch wenn Anna sagte, Bügeln sei keine Frage des Könnens, sondern des Wollens. Vielleicht würde sie ihre Ansicht ändern, wenn sie mal dabei wäre, wenn eines der drei Mädchen bügelte ...

Die Wäsche nahm eine Menge Zeit in Anspruch, und auch Caroline fragte sich, wie Anna das alles packte. Bei der waren nämlich auch Handtücher, Geschirrtücher und Kinderschlafanzüge gebügelt. Und die Wäsche war ja längst nicht alles, was erledigt werden mußte.

Gut, die Kinder waren wirklich sehr lieb und pflegeleicht, aber trotzdem wollten sie alle paar Minuten etwas trinken oder essen oder eine Frage beantwortet haben, auf die man keine Antwort wußte. Wie zum Beispiel: »Wieviel PS hat Gusti?« oder »Schneiden die Ärzte der Mama den Bauch auf?«

Matilda verbrachte den Nachmittag überwiegend damit, erfolglos an dem Rotweinfleck auf dem Sofa herumzuschrubben, mit dem Resultat, daß der Fleck blieb, aber das Hellblau rund um den Fleck allmählich zu einem Cremeweiß verblaßte.

»Ich mache alles nur noch schlimmer«, stellte Matilda fest, als sie wirklich alle zur Verfügung stehenden Mittelchen auf dem Fleck verrieben hatte. »Jetzt bleibt nur noch, das ganze Sofa rot einzufärben.« Sie verstummte, dann begann sie über das ganze Gesicht zu strahlen. »Aber ja! Daß ich daran nicht sofort gedacht habe. Was meinst du, wieviel schöner ein rotweinfarbenes Sofa ist als ein hellblaues! Es würde auch viel besser hier reinpassen. Und praktischer wäre es allemal.«

Caroline und Franziska konnten über den Vorschlag nur den Kopf schütteln.

»Und damit hast du den ganzen Nachmittag vertrödelt?« fragte Caroline.

»Warum habe ich nur das Gefühl, daß hier alle arbeiten, bloß du nicht?« sagte Franziska. Der letzte versunkene Kirschkuchen war im Ofen, die fertigen bestreute Nikolas gerade mit Puderzucker. Sie sahen sehr lecker aus. Und entschieden wie selbstgemacht.

»Ich und nicht arbeiten?« rief Matilda aus. »Schließlich sitte ich die ganze Zeit das Baby, ist das etwa nichts?«

»Apropos Baby, wo ist Leon eigentlich?« Franziska sah sich suchend um. Leon war nicht weit, obwohl er bei Matildas nachlässiger Aufsicht bequem aus der Haustür hätte krabbeln und dem Goldfischteich der Nachbarn einen Besuch abstatten können. Aber Leon war schließlich ein artiges Kind.

Aus der hintersten Ecke des Wohnzimmers hörte man zufriedenes Gebrabbel. Dort war er damit beschäftigt, mit einem Kugelschreiber ein völlig neues Muster auf die zart hellblau gestreifte Tapete zu malen. Einen Großteil der Wand hatte er schon mit seinen eckigen Krakeln verziert.

Die drei Mädchen starrten ziemlich fassungslos auf dieses Werk, und auch Sophie und Nikolas staunten.

»Wenn das die Mama sieht«, sagte Nikolas. »Die Tapete ist von Lora Äschli. Die paßt zu den Vorhängen und war sauteuer, sagt der Papa.«

»Wenn der Papa das sieht, schimpft er schrecklich«, setzte Sophie hinzu.

Matilda nahm Leon den Kugelschreiber aus der Hand und sagte: »Daran ist Caroline schuld. Sie hat gesagt, Leon brauchte mehr Bewegungsfreiheit.«

Leon begann zu brüllen, weil man ihm sein Spielzeug weggenommen hatte. Da war immer noch eine Menge Wand, die bemalt werden wollte.

Franziska nahm ihn auf den Arm. »So ein kreatives Kind«, sagte sie hilflos. »Wir sollten ihn auf Papier malen lassen. Mit Wachsmalern.«

Leon hörte auf zu brüllen und spielte statt dessen mit Franziskas Haarspange. Er war leicht zu trösten.

Caroline und Matilda starrten weiter auf die Wand.

»Meinst du, das kann man abwaschen?« fragte Matilda schließlich.

Caroline rieb mit dem Finger über die Schmiererei und schüttelte den Kopf. »Nee, Matilda. Da kann man nur neu tapezieren.«

Matilda machte ein kummervolles Gesicht. Dann suchte sie nach den Schuldigen für dieses neuerliche Desaster. »Also wirklich. Ihr seid mir keine große Hilfe. Erst machst du mit deiner Puppe Annas jahrelange Erziehungsversuche zunichte, und dann stiftest du das Baby auch noch zu diesem Unsinn an. Und Franziska ruiniert die ganze Küche.«

Caroline wollte lachen, es kam aber nur ein wütendes Schnauben dabei heraus. »So etwas wie Sinn für Gerechtigkeit hast du wirklich nicht, Matilda. Du alter Faulpelz hattest nichts weiter zu tun, als auf dieses Kind aufzupassen, und trotzdem konnte es ungestört die Tapete ruinieren. Aber wenn du meinst, daß Franziska und ich für alles, was schiefgeht, die Schuld tragen, bleiben wir morgen besser zu Hause.«

»Bitte«, sagte Matilda hochnäsig.

»Bitte *nicht*«, sagte Nikolas.

Franziska lächelte ihn beruhigend an. »Keine Angst, Nikolas, wir lassen euch nicht mit eurer Chaotentante allein.«

»Nein«, ergänzte Caroline. »Wenn schon, dann richten wir diesen Haushalt zu dritt zugrunde.«

Herr Kleinschmidt hatte das Türschloß tatsächlich erneuern lassen. Franziska und Caroline gelang es nicht, sich mit ihren alten Schlüsseln Zutritt zu verschaffen. Sie mußten bei Herrn Kleinschmidt klingeln.

»Na sehen Sie, alles neu. Da kann kein Türke mehr einbrechen«, sagte er.

»Das war aber kein Türke, der mich angegriffen hat«, widersprach Caroline.

»Woher wollen Sie das denn wissen? Es war schließlich dunkel.«

Caroline schwieg. Da hatte er natürlich recht. Sie konnte ja schlecht sagen, daß der Mann irgendwie blond geklungen hatte.

Herr Kleinschmidt überreichte ihnen drei neue Hausschlüssel. »Dann bekomme ich dreihundertsiebzig Mark von Ihnen«, sagte er.

»Wie bitte?« Franziska hoffte, sich verhört zu haben.

»Das ist Ihr Anteil am neuen Schloß – und natürlich an den Schlüsseln«, erklärte Herr Kleinschmidt und hielt die Hand auf.

»Hören Sie, so teuer war doch das ganze Schloß nicht«, sagte Franziska. »Das zahlen wir auf keinen Fall. Das gehört schließlich zu Ihren Instandhaltungspflichten. Das alte Schloß war kaputt. Total marode. Man mußte sich ja nur einmal fest gegen die Tür lehnen, dann ging sie schon auf.«

»Blödsinn! Das Schloß war in Ordnung. Auf Ihren Wunsch hin habe ich es erneuert, und jetzt müssen Sie dafür auch geradestehen.«

»Nein.« Franziska wurde wütend. »Auf keinen Fall. Zeigen Sie uns die gesetzliche Grundlage für diese Forderung. Und zeigen Sie mir die Rechnung für das Schloß und die Schlüssel. Wir geben das alles unserem Rechtsanwalt, und dann sehen wir weiter.«

»Nee, nee!« rief der Kleinschmidt. »Das habe ich gern. Erst Sonderwünsche äußern und dann andere dafür blechen lassen, kommt gar nicht in Frage. Den beiden verreisten Schwuliberts habe ich die Rechnung schon in den Briefkasten geworfen, und die Sülzheimers haben ihren Anteil anstandslos bezahlt.«

»Wer sind denn die Sülzheimers?« fragte Caroline.

»Das sind die neuen Mieter im zweiten Stock. An denen können Sie sich mal ein Beispiel nehmen.«

»Tss«, machte Franziska. Sie würde sich in gar keinem Fall ein Beispiel an jemandem nehmen, der echten Pelz trug. Tierquäler! »Ollie und Benedikt werden den Blödsinn ganz sicher auch nicht mitmachen«, sagte sie. »Haben Sie eigentlich Untermieter für ihre Wohnung gefunden?«

»Sie kriegen auch gar nichts mit«, meinte Herr Kleinschmidt überheblich. »Der Herr wohnt doch schon seit dem Wochenende hier. Solide, deutsch und sehr höflich.«

»Na toll«, sagte Franziska. »Hoffentlich geht er gut mit Ollies und Benedikts Sachen um. Auf Wiedersehen, Herr Kleinschmidt. Wegen der Schlüsselsache sprechen wir noch einmal.«

»Worauf Sie sich verlassen können.« Herr Kleinschmidt verschwand mit einem bösen Blick in seiner Wohnung.

Ein Stockwerk weiter oben trafen sie auf ein vertrautes Bild. Das zierliche asiatische Mädchen von gestern war wieder dabei, die Treppe zu putzen. Sehr seltsam!

»Guten Tag«, sagte Franziska. »Wir sind's wieder. Wir kommen wohl immer, wenn Sie hier arbeiten.«

Das Mädchen drehte sich zu ihnen um und lächelte.

»Gesunde Vitamine naschen«, sagte es freundlich.

»Ähm, ja ...« Franziska sah hilfesuchend zu Caroline hinüber.

»Aber – wieso putzen Sie denn schon wieder?« fragte Caroline verwundert. »Sie haben doch erst gestern alles saubergemacht.«

Das Mädchen lächelte sie weiter an. »Weil ich es mir wert bin.«

»Ja, ähm, aber ...« Caroline verstummte. Na ja, solche Leute gab's. Die putzten eben, weil sie es sich wert waren.

»Wohnen Sie denn hier?« fragte Franziska.

»Auf diese Steine können Sie bauen«, gab das Mädchen zur Antwort. »Hier kommt der Genuß.«

Franziska und Caroline starrten sie verblüfft an. Was redete diese Person denn da? Das war doch mehr als merkwürdig. Ihr Starren trug nicht gerade zu einer Entkrampfung der Situation bei. Das freundliche Lächeln der Asiatin war ein wenig unsicherer geworden.

»Hauchfein geschnitten schmeckt Gutes noch besser«, sagte sie leise. »Kleine Torte statt vieler Worte.«

Franziska und Caroline waren ratlos. Dann hatte Caroline eine Eingebung.

»Vielleicht ist sie taub«, flüsterte sie Franziska zu.

»Wir machen den Weg frei«, sagte das Mädchen und senkte beschämt die langen Wimpern.

Franziska und Caroline verstanden das als Aufforderung, weiterzugehen. Völlig konsterniert schritten sie an dem Mädchen und dem Putzeimer vorbei.

»Ist auch alles in Ordnung?« fragte Caroline verlegen. Irgendwie hatte sie das Gefühl, helfen zu müssen. Sie wußte nur nicht genau, wie und warum.

»Das verrückte Huhn ist wieder da«, flüsterte das Mädchen, ohne den Blick von der Treppe zu heben.

Caroline sah hilfesuchend zu Franziska hinauf. »Was sollen wir denn tun? Mit der stimmt doch was nicht.«

Franziska wußte es auch nicht. Sie schloß die Wohnungstür auf und warf einen letzten Blick auf das hübsche Mädchen. »Ich gehe nachher noch mal zum Kleinschmidt und frage, seit wann das Treppenhaus täglich geputzt wird. Und ob er was über sie weiß. Ich meine, vielleicht gehört sie ja zu den neuen Nachbarn.«

»Kam dir das nicht auch alles bekannt vor? Ich meine, das waren doch alles Sprüche aus der Werbung. Vielleicht ist sie autistisch?«

»Was ist das denn?«

»Das ist eine Krankheit, in der der Betroffene in einer eigenen Welt lebt und kaum Kontakt zur Außenwelt aufnehmen kann oder will ... Oder sie ist wie gesagt taub und wiederholt nur, was sie im Fernsehen sieht ...«

»Wenn sie nichts hören kann, kann sie das wohl kaum wiederholen«, gab Franziska zu bedenken und schloß die Tür hinter ihnen. »Ist das nicht seltsam? Seit wir für Matilda schuften, kommen wir nicht mal mehr dazu, unseren eigenen Haushalt zu organisieren.«

»Von geregelten Mahlzeiten ganz abgesehen«, ließ sich Caroline bereitwillig ablenken. »Matilda taut immer nur Annas vorgekochte Mahlzeiten auf, und wir dürfen zusehen, wie sie das Zeug essen.«

»Und alles wieder wegspülen ...« Franziska kicherte. »Diese Matilda ist schon unglaublich. Wie sie es immer wieder schafft, alle Leute ringsrum zu Idioten zu machen.«

»Besonders uns. Mein Respekt vor Anna wächst mit jedem Tag. Wir richten zu dritt ihre Wohnung und wahrscheinlich auch ihre Kinder zugrunde. Die Tapete kriegen wir nie wieder hin. Die ist von Laura Ashley und sauteuer.«

»Das Sofa ist auch hinüber.«

»Und Sophie spielt neuerdings mit Puppen.« Caroline seufzte. »Na ja, Anna hat es ja nicht anders gewollt.«

Die stufenweise Verwandlung einer Doppelhaushälfte – Stufe 1

Anna hatte die Operation gut überstanden. Sie freute sich jeden Tag, wenn Franziska, Matilda und Caroline mit den drei Kindern vorbeikamen, um sie zu besuchen. Nikolas und Sophie brachten ihr selbstgemalte Bilder mit – auch Leon hatte eines fabriziert – oder besagten versunkenen Kirschkuchen oder irgendwelche anderen Dinge aus Kindergarten und Schule und umarmten sie sehnsüchtig.

Und Anna strahlte. »Geht es euch gut? Habt ihr es auch gemütlich mit Matilda?«

Sophie und Nikolas nickten dann und erzählten irgend etwas Nettes vom Tage. Matilda rechnete es ihnen hoch an, daß sie kein Wort über das Chaos zu Hause verloren – im Gegenteil. Und dabei hätten sie ihrer Mutter so allerhand Geschichten erzählen können. Denn sosehr sich Matilda auch einbildete, allmählich »Routine« in Sachen Haushalt und Windelwechseln zu bekommen

– daß Franziska und Caroline den Löwenanteil der Arbeit übernahmen, weigerte sie sich nach wie vor anzuerkennen –, kam doch jeden Tag eine Macke in Annas ehemals perfekter Doppelhaushälfte hinzu.

»Und wie war es in der Kindergruppe?« erkundigte sich Anna.

»Ähm. Sehr nett«, antwortete Matilda. Glücklicherweise konnte Leon ja noch nicht petzen. Auch er hätte seiner Mama eine Menge zu erzählen gehabt von der schrittweisen Veränderung, die sich in ihrem Haus, an ihren Kindern und an ihrem Mobiliar vollzog.

»Ich hab' doch gleich gewußt, daß du die Richtige bist«, sagte Anna in aller Unschuld, und Franziska und Caroline grinsten still vor sich hin. Matilda war ohne Zweifel die Richtige, wenn es darum ging, aus einem ordentlichen Haushalt eine Bruchbude zu machen. Und sie sorgte dafür, daß auch die anderen keine Hemmungen hatten, bei ihrem Zerstörungswerk mitzuwirken.

Freitags ritzte Matilda eine tiefe Macke in den polierten Mahagonitisch, als sie das Brot aufschnitt. Samstags entdeckte Leon den Kugelschreiber wieder und hatte eine Viertelstunde Zeit, sein spezielles Tapetenmuster zu vervollständigen, bis Matilda ihn dabei ertappte und den Stift ein für allemal außer Reichweite legte. Am Sonntag fiel Caroline eine Flasche Traubensaft zu Boden und hinterließ Farbspritzer in Weinrot auf der weißen Küchenwand, den Fliesenfugen und der weißgetünchten halbhohen Trennwand zum Wohnzimmer. Ebenfalls sonntags wusch Matilda eine Maschine mit Wäsche, die aufgrund ihres eigenen blauen Pullovers komplett blau eingefärbt wurde. (»Und dabei war das

Ding nagelneu!« sagte sie empört zu Caroline, die nur den Kopf schüttelte.)

Montags bekamen die Kinder die Erlaubnis, ihre Malsachen auf dem Boden auszubreiten, wo sie gut zwei Stunden beschäftigt waren. Leider vergaß Sophie aber, die Kappe auf ihren braunen Filzstift zu schrauben, und der blaßblaue Velourteppichboden (passend zu Tapete und Vorhängen) bekam einen braunen Fleck von zehn Zentimetern Durchmesser. Sophie begann, in Panik zu weinen, und Nikolas sagte, was er mittlerweile schon zwanzigmal gesagt hatte: »Wenn das die Mama sieht ...«

Matilda, Franziska und Caroline versuchten mit vereinten Kräften, den Fleck wieder zu entfernen, aber es gelang ihnen genausowenig wie beim Sofa. Zwar wurde er etwas blasser, aber zu übersehen war er beim besten Willen nicht. Schließlich kamen sie überein, einen Sessel über den Fleck zu rücken, der dann allerdings etwas beziehungslos mitten im Raum stand. Immerhin hörte Sophie auf zu weinen.

Am Montagabend kam Matilda dann auf die Idee, den offenen Kamin in Betrieb zu nehmen.

»Das wäre so gemütlich, wenn wir alle ausnahmsweise unser Abendessen bei Kerzenschein vorm knisternden Feuer zu uns nehmen würden«, sagte sie begeistert. »Und ich lese euch *Die Kinder von Bullerbü* vor.«

»Au ja«, rief Nikolas mit genau jener Begeisterung, die Matilda erwartet hatte.

»Darf Gusti auch dabeisein?« fragte Sophie, die sich nicht mal nachts von der Puppe trennte. Der Bagger stand total vernachlässigt in einer Garage aus Schuhkarton.

»Selbstverständlich«, sagte Matilda. »Das wird ein Spaß.«

Caroline und Franziska sagten lieber nichts. Während sie Sophie und Leon badeten und anschließend ins Bett brachten, machten Nikolas und Matilda sich daran, das knisternde Feuerchen zu entfachen. Aber obwohl das Holz trocken und gut abgelagert war und Matilda sogar nach Parafin stinkende kleine Anzünder fand, wollte das Feuer nicht so recht in Gang kommen. Nach vier Fehlversuchen wurde Matilda schließlich böse.

»Hol mal die Zeitungen aus dem Altpapier«, befahl sie Nikolas. »Das wäre doch gelacht, wenn wir diesen ollen Kamin nicht zum Brennen bekämen!«

Nikolas schleppte die Zeitungen der vergangenen Woche herbei und half Matilda, daraus Bälle zu formen, die brannten wie Zunder. Matilda warf einen Zeitungsball nach dem anderen in den Kamin, und im Nu loderte dort ein wildes Feuer.

»Siehst du«, meinte Matilda triumphierend. »Jetzt hat er verloren, der störrische Kamin. Mehr davon!«

Und Nikolas knuddelte Papier zusammen, daß es eine Freude war. Leider brannte das Feuerchen jetzt nicht nur hell und heiß, sondern es qualmte auch ziemlich.

»Das vergeht gleich, wenn das Feuerchen sich eingebrannt hat«, sagte Matilda und hustete. Aber es verging nicht. Im Gegenteil, der Qualm wurde immer dichter, nebelte allmählich das ganze Wohnzimmer ein.

»Geh besser weiter weg«, sagte Matilda mit tränenden Augen. Nikolas stolperte zur Wohnzimmertür.

»Franziska!« rief er laut. »Matilda hat wieder was angestellt.«

»Alte Petze!« sagte Matilda hustend. »Das ist immer so, wenn man nach längerer Zeit einen Kamin in Betrieb nimmt. Das gibt sich gleich.«

Franziska und Caroline kamen die Treppe heruntergerannt und sahen das bedrohlich eingenebelte Wohnzimmer und das heftige Feuer, das im Kamin loderte.

»Was soll das, Matilda, willst du das Haus abfackeln?« schrie Franziska, und Caroline riß alle Fenster auf.

»Mach das Feuer sofort wieder aus!«

»Ach was, der Kamin zieht nur nicht richtig«, erklärte Matilda. »Das gibt sich gleich.«

In der Zwischenzeit war das Zeitungspapier verglüht, aber die Birkenscheite, die Matilda aufgeschichtet hatte, brannten jetzt, soweit man das bei all dem Qualm überhaupt noch erkennen konnte.

Caroline sagte: »Du hast bestimmt die Klappe nicht aufgemacht.«

Und Matilda fragte: »Welche Klappe?«

Franziska füllte derweil eine Salatschüssel mit Wasser.

»Müßten wir nicht Sand zum Löschen nehmen?« fragte Caroline.

»Quatsch, das gilt nur bei brennendem Öl«, sagte Franziska, blieb aber unschlüssig mit der Schüssel im Raum stehen.

»Kommt jetzt die Feuerwehr?« fragte Nikolas.

»Nein«, sagte Franziska und goß das Wasser in den Kamin. Es zischte fürchterlich und qualmte gleich noch viel mehr. Aber das Feuer verlor an Kraft. »Noch mehr Wasser«, befahl Franziska, und Caroline kippte gleich einen Putzeimer voll hinterher.

»Jetzt ist es aus«, sagte sie zufrieden.

»Weißt du, wie lange ich gebraucht habe, um das Feuer in Gang zu bringen?« schimpfte Matilda, aber sie war insgeheim sehr erleichtert, als sie sah, daß der Qualm langsam durch die offenen Fenster abzog. »Immer müßt ihr uns alles verderben. Jetzt wird nichts aus dem gemütlichen Kaminabend.«

Nikolas kam wieder näher und sah sich an, was vom Feuer übriggeblieben war. Nicht nur der Kamin war total verrußt, auch die Fliesen davor. Außerdem stank es ziemlich nach Qualm – trotz der offenen Fenster.

»Wenn das die Mama wüßte«, sagte er nur.

Franziska und Caroline bezeichneten es als Glück, daß nichts von dem Ruß auf den Teppichboden gelangt sei, aber Matilda meinte, ein paar Rußflecken hätten gut zu dem Filzstiftfleck gepaßt. Dann fiel Franziska ein, daß Sophie immer noch in der Wanne saß und Leon ohne Windel in seinem Kinderzimmer herumkrabbelte. Sie und Caroline rannten, so schnell sie konnten, die Treppe hinauf.

»Spielverderber«, rief Matilda hinter ihnen her. Nikolas sagte nichts.

Oben war soweit alles in Ordnung. Sophie heulte. Sie hatte versucht, sich selber die Haare zu waschen und dabei Shampoo in die Augen bekommen – es war das Antischuppenshampoo von Wolfgang – und mußte von Caroline getröstet werden. Als Ablenkungsmanöver zeigte sie ihr, wie man Gustis Wollhaare zu festen Zöpfen flocht.

Leon hatte eine Pipipfütze auf seinem Teppichboden hinterlassen, die aber dank Fußbodenheizung schon fast eingetrocknet war, als Franziska sie entdeckte.

»Macht nichts«, sagte sie zu Leon und reinigte seinen

Popo erneut mit Öltüchern. »Das ist alles nur Matildas Schuld. Wir können froh sein, daß das Haus nicht abgebrannt ist.«

»Wann hatten wir das letzte Mal Sex?« fragte Franziska.

»Vor genau drei Minuten«, antwortete Cornelius. »Warum?«

»Ich meine, das letzte Mal vor diesem Mal«, sagte Franziska.

»Hm, das war ... warte mal ...«

»Genau«, sagte Franziska. »Das ist so lange her, daß du's nicht mal mehr weißt.«

»Stimmt doch gar nicht. Das war irgendwann letzte Woche ... Hm, Mittwoch?«

»Haha!« Franziska setzte sich auf. »Mittwoch waren wir mit *deiner Mutter* beim Italiener. Und du konntest nicht mal mit reinkommen, weil du *deine Mutter* nach Hause bringen mußtest.«

»Dann war es eben davor.«

»Davor ist richtig. Nur wieviel davor?« fragte Franziska. »Na ja, ich will es dir sagen: Es ist genau zwei Wochen und drei Tage her, daß wir miteinander geschlafen haben.«

»Tatsächlich? Kam mir gar nicht so lange vor.« Cornelius grinste sie an. Franziska grinste nicht zurück.

»Zweieinhalb Wochen – wir haben nicht öfter Sex als ein achtzigjähriges Ehepaar.«

Cornelius mußte lachen. »Vorausgesetzt, die haben Viagra ...«

»Lach nicht, das ist ernst. Und heute ist im Grunde eine Ausnahme, weil deine Mutter den obligatorischen

Sonntagnachmittagskaffee abgesagt hat wegen dieser alten Tante, die zu Besuch kommt. Ich meine, ich will mich nicht beschweren, ich bin der Tante unendlich dankbar. Denn so ein Nachmittag bei deiner Mutter macht mich nicht gerade sehr scharf auf dich, weißt du.«

»Ich dachte immer, du magst Kuchen.«

»Kuchen ja, aber deine Mutter nicht. Und vor allem nicht die Art und Weise, wie du dich von ihr manipulieren läßt.«

»Ach Franziska, warum streiten wir uns nur immer über meine arme, einsame, alte Mutter?«

Franziska überlegte eine Weile. Dann sagte sie: »Weil sie schuld daran ist, daß wir so selten Sex haben wie ein achtzigjähriges Ehepaar. Wahrscheinlich benötigen wir eine Therapie.«

»Ja, aber nicht, weil wir zu selten Sex haben. Außerdem liegt das nicht an meiner Mutter, sondern daran, daß du mitten im Klausurenstreß steckst und ich bis zum Hals in Arbeit ersticke.« Cornelius setzte sich auf und küßte Franziska auf den langen Hals.

»Laß das, wir streiten uns gerade so schön«, sagte Franziska, aber leider konnte sie nicht verhindern, daß ihr wohlige Schauer über den Rücken liefen.

»Wenn du willst, dann können wir jetzt ein bißchen auf Vorrat ...«, murmelte Cornelius küssenderweise. Er hatte sich bis zu Franziskas Ohrläppchen hinaufgearbeitet, und Franziska schloß die Augen.

»Na gut«, flüsterte sie. »Aber danach streiten wir weiter ...«

»Versprochen«, sagte Cornelius.

Montags auf dem Weg zur Uni, beziehungsweise zur Sporthochschule, liefen Franziska und Caroline der soliden neuen Mieterin im Zobelpelz über den Weg. Sie stand mit ihrem soliden Ehemann vor den Briefkästen.

Franziska beschloß, die Gelegenheit zu nutzen und sich vorzustellen. »Guten Tag«, sagte sie freundlich und streckte den beiden ihre Hand hin. »Sie sind sicher die ...«

»Sülzheimers«, soufflierte Caroline, die sich Namen immer hervorragend merken konnte.

»Genau. Die neuen Mieter«, sagte Franziska und lächelte. »Wir wohnen in der Wohnung über Ihnen. Franziska Sommer und Caroline Andersen. Eigentlich sind wir zu dritt, aber Matilda hütet gerade die Kinder ihrer Schwester.«

»Sehr interessant«, erwiderte die Dame im Zobel kühl und übersah Franziskas ausgestreckte Hand geflissentlich.

Der Ehemann war einfach die Treppe hochgegangen, ohne sich um die beiden Mädchen zu kümmern.

»Ja, ähm, dann auf gute Nachbarschaft«, sagte Franziska etwas verlegen. »Sagen Sie mal, gehört das Mädchen zu Ihnen, das immer den Flur putzt?«

Die Dame zog den Zobel enger um sich und antwortete: »Ich würde vorschlagen, Sie kümmern sich um Ihre Angelegenheiten, und wir uns um unsere.«

Franziska schwieg perplex.

»Wir wollten uns keinesfalls in Ihre Angelegenheiten mischen«, mischte Caroline sich ein, die sich schon die ganze Zeit über Franziskas Freundlichkeit geärgert hatte. Schließlich hatte man hier eine gemeine Tiermörderin, eine Pelzträgerin vor sich, zu der durfte man auf keinen Fall so freundlich sein. Solidarität mit den Zobeln dieser Welt! »Wir wollten Sie nur freundlich begrüßen und fragen, wer das Mädchen ist, das beinahe täglich das Treppenhaus putzt. Hier gibt es einen Putzplan, danach ist jeder Mieter im Wochenrhythmus verpflichtet zu putzen, das heißt für jede Partei einmal im Monat.«

»Vielen Dank für die Belehrung.« Die ›Dame‹ zog amüsiert die Augenbrauen hoch. »Ich würde aber trotzdem meinen, daß Sie das nichts angeht.« Und mit diesen Worten ließ sie die beiden einfach stehen.

»Ich glaub's einfach nicht«, sagte Franziska hinter ihr her.

»Das ist typisch für Zobelträgerinnen«, kommentierte Caroline. »Arrogant, rücksichtslos und eingebildet.«

»Von wegen solide«, sagte Franziska. »Die hatte so dick Make-up im Gesicht, daß sie das mit einem Spachtel auftragen muß.«

»Aber jetzt wissen wir wenigstens, daß das asiatische Mädchen zu ihr gehört«, meinte Caroline. »Das nächste Mal fragen wir sie einfach selber.«

»Ja, toll. Nur eine Antwort werden wir nicht bekommen. Die kann ja nur Werbung. Weißt du, was ich mir überlegt habe? Dieser solide Ehemann mit seiner Lederjacke und dem dicken Siegelring – meinst du nicht, der könnte dein nächtlicher Triebtäter gewesen sein?«

Caroline schüttelte den Kopf. »Nein. Der hatte eine viel jüngere Stimme. Und eine blonde Stimme. Der Kerl hier war aalschwarz.«

»Caroline, das ist doch albern. Du hast den Mann noch nie sprechen hören, und eine Stimme klingt nicht blond! Stell dir nur mal vor, der Sülzeimer ...«

»... Sülzheimer.«

»... wäre wirklich der Kerl, der dich des Nachts im Treppenhaus vergewaltigen wollte. Das wäre doch schrecklich, mit so einem unter einem Dach zu wohnen.«

»Ich weiß nicht, ob er mich vergewaltigen wollte«, sagte Caroline. »Er hat mich nur am Arm gepackt.«

»Ja, nur! Hättest du abgewartet, hätte er schon noch mehr gemacht.«

»Das wissen wir doch gar nicht.«

»Ach Caroline, jetzt hör aber auf. Was hat ein Mann im Dunkeln in unserem Treppenhaus verloren, mitten in der Nacht? Meinst du, der ist gekommen, um den Strom abzulesen?«

»Nein.« Caroline strich sich durch die roten Locken. »Ich weiß es ja auch nicht.«

Franziska sah auf ihre Armbanduhr. »Herrgott, es ist schon halb zehn, Caroline. Du kommst noch zu spät zu deiner Klausur.«

An diesem Montag schrieb Caroline nämlich ihre letzte Klausur (»Methoden der empirischen Sozialforschung«), Franziskas letzte Klausur war am Dienstag an der Reihe. Obwohl keiner von ihnen dank Matildas massiven Forderungen *wirklich* gut vorbereitet war, hatten beide kein schlechtes Gefühl. Manchmal kam es gar nicht so sehr auf die Menge des abgespeicherten Lernstoffes an, sondern mehr darauf, wie man lückenhaftes Wissen, das man sich erworben hatte, geschickt repräsentierte. Und Franziska fand, sie sei äußerst geschickt gewesen, zumal sie sich neben einen geradezu genialen Kommilitonen gesetzt hatte. Bei Multiple choice konnte man immer hervorragend pfuschen.

»Und jetzt – zweieinhalb Monate vorlesungsfreie Zeit«, freute sich Caroline, als sie am Dienstagnachmittag in Annas Haus am Eßtisch saßen und Apfelkrapfen aßen, die Franziska mitgebracht hatte. Franziska hatte außerdem eine Flasche Sekt für die Erwachsenen und Limonade für die Kinder besorgt.

»Das muß gefeiert werden«, sagte sie. »Was ist denn in meiner Abwesenheit Schlimmes passiert?«

»Nikolas hat ein schlimmes Wort gesagt«, teilte ihr Sophie eifrig mit.

»Matilda hat es mir vorgesagt«, verteidigte sich Nikolas, aber er wurde rot.

»Was denn für ein Wort?« erkundigte sich Franziska.

»Matilda hat es zum Postboten gesagt«, sagte Nikolas.

»Matilda! Was hast du zu dem armen Postboten gesagt?«

»Nichts, was nicht wahr wäre«, erklärte Matilda. »Konnte ja nicht ahnen, daß Nikolas das Wort noch gar nicht kannte. Meiner Erfahrung nach haben diese Erstkläßler ein Vokabular drauf, bei dem selbst ich im Schimpfwörterbuch nachschlagen muß.«

»Welches Wort war es denn jetzt?«

»Der Briefträger hat Anna einen Brief gebracht, für den ich Nachporto hätte zahlen müssen«, erklärte Matilda. »Und zwar zwei Mark vierzig.«

»Ja und?«

»Ich hatte gerade kein Geld da. Außer einem Hunderter, und den konnte er nicht wechseln. Da hab' ich gesagt: ›Gut, dann zahle ich das eben morgen‹. Und der A ..., also, der gute Mann hat gesagt, das ginge nicht, dann müsse er den Brief wieder mitnehmen. Und ich hab' gesagt: ›Okay, dann tun Sie das und kommen morgen einfach noch mal vorbei‹. Die zwei Mark vierzig, habe ich ihm gesagt, die würde ich mir auf dem Telefontischchen zurechtlegen. Und wißt ihr, was dieser Korinthenkacker da gesagt hat? Nein, so ginge das nicht, wenn ich den Brief jetzt nicht annehmen könnte, dann müßte ich ihn bei der Post abholen.«

»Korinthenkacker«, wiederholte Nikolas.

»War das das schlimme Wort?« fragte Franziska.

Nikolas schüttelte den Kopf. »Nein, das war viel schlimmer.«

»Wieviel schlimmer?«

Nikolas schwieg beschämt.

»So schlimm war es auch wieder nicht«, sagte Matilda. »Der Postbote ist wirklich ein ... ähm ... ein Blödmann.«

»Nikolas hat *Arschwichser* gesagt«, flüsterte Sophie.

Franziska nickte. »Aha. Das ist wirklich kein schönes Wort. Wenn Matilda solche Worte sagt, dann vergiß sie am besten ganz schnell.«

»Was heißt denn *Arschwichser*?« fragte Nikolas verlegen.

»Na ja ...« Franziska war etwas überfordert. »Was hat denn der Postbote gesagt?«

»Ach der!« Matilda winkte ab. »Der hat das gar nicht mehr gehört. Glaub' ich.«

»Was ist denn jetzt ein Arschwichser?« wollte auch Sophie wissen.

Caroline und Franziska suchten nach pädagogisch vertretbaren Erklärungen. Aber Matilda sagte: »Das ist ein Postbote, der einen Brief nicht rausrücken will.«

»Aber Arsch sagt man nicht«, wußte Sophie. »Man sagt Popo.«

»Popowichser«, sagte Nikolas.

Franziska mußte lachen. »Das klingt schon viel besser. Aber wichsen sagt man leider auch nicht.«

»Was sagt man denn?«

»Putzen«, improvisierte Caroline. »Oder auch polieren.«

»Popoputzer«, probierte Nikolas. »Gut, das merk' ich mir.«

Matilda sah ihre beiden Freundinnen kopfschüttelnd an. »Popoputzer – na, ich weiß nicht, ob Anna das so gerne hört.«

»Immer noch besser als ... ähm ... das Postbotenschimpfwort«, meinte Caroline. »Matilda, du solltest wirklich darauf achten, was du sagst.«

»Und was ist sonst noch passiert?« fragte Franziska amüsiert und biß in einen zweiten Apfelkrapfen.

»Matilda hat ihren BH gewaschen«, petzte Caroline. »Jetzt ist die Waschmaschine kaputt.«

»Der BH-Bügel?« riet Franziska sachkundig. Vor zwei Jahren war ihr nämlich genau das gleiche passiert. »O Schreck, das kann teuer werden.«

»Ich habe schon bei diesem verdammten Kundendienst angerufen – die Nummer stand in Annas Kladde unter *Notfälle* – aber die konnten angeblich keine Preise sagen, ohne den Schaden begutachtet zu haben.« Matilda schnaubte. »Diese Arschfi ... ähm ... diese ... ähm ... arg fiesen Kerle, die!«

»Bei mir war's damals sauteuer«, erinnerte sich Franziska. »Der Mechaniker hat die halbe Waschmaschine auseinandergebaut und so getan, als wäre das eine äußerst schwierige Angelegenheit, aber am Ende hat er einfach einen Haken genommen und damit ein bißchen in der Trommel herumgefischt, und siehe da – der BH-

Bügel kam einfach heraus. Die wollen einem nur das Geld aus der Tasche ziehen, indem sie einen für blöd verkaufen.«

»Ja, und ich habe mein Budget für diese Woche schon ziemlich überzogen«, gestand Matilda. »Anna hat mir ja auch nicht unbegrenzt Haushaltsgeld gegeben.«

»Ja, und es war sicher nicht für diesen blauen Pullover gedacht, mit dem du die Wäsche eingefärbt hast«, sagte Caroline.

»Das gebe ich doch zurück«, erklärte Matilda.

»Fragt sich nur, wann.«

»Miesmacher. Moralapostel. Sagt mir lieber, wie ich die Waschmaschine wieder ganz kriege.«

»Wir könnten ja Cornelius fragen«, schlug Franziska vor. »Der kriegt doch alles wieder ganz. Jedenfalls bei seiner *Mama*.« Beim letzten Wort knirschte sie unweigerlich mit den Zähnen.

»Bitte ruf ihn sofort an. Die Wäsche sammelt sich hier schneller als die Gaffer bei einem Autobahnunfall.«

»Mach' ich. Vielleicht. Eigentlich sind wir gerade wieder zerstritten.« Franziska verzog das Gesicht. »Was ist denn noch passiert?« In zwei Tagen *nur* die Waschmaschine zu zerstören, das schien ihr für Matildas Verhältnisse zu wenig zu sein.

»Matilda hat uns Seifenblasen gekauft«, erzählte Sophie bereitwillig.

»Mama hat uns auch schon mal Seifenblasen gekauft«, setzte Nikolas hinzu. »Aber die durften wir nur im Garten pusten.«

»Sehr richtig«, murmelte Franziska. »Aber wie ich eure Tante Matilda kenne, hat sie euch erlaubt, im Haus zu pusten. Das nennt man antiautoritäre Erziehung.«

»Ja, und dann gab es überall Kringel. Auf dem Holz, auf dem Teppichboden, an den Fensterscheiben ...«

»Die gehen aber alle wieder raus«, unterbrach sie Matilda. »Na ja, fast alle. Konnte ja nicht wissen, daß die alte Kommode in Annas Schlafzimmer nicht lackiert ist ...«

»Dann hat Leon mir meine Flasche weggenommen«, fuhr Sophie unbeirrt fort. »Und dann hat er ein bißchen draus getrunken und das auf den Teppich gespuckt. Und dann hat er den ganzen Rest in sein Bett gekippt.«

»Hat aber keine Flecken gemacht«, sagte Matilda. »Außerdem«, setzte sie vorwurfsvoll hinzu, »war ich hier fast zwei Tage allein mit den Kindern, weil ihr alten Egoisten für eure Klausuren gelernt habt. Es ist ein Wunder, daß nicht mehr passiert ist.«

»Ja, das ist wirklich ein Wunder«, sagte Caroline.

Die stufenweise Verwüstung einer Doppelhaushälfte und ihrer Bewohner – Stufe 2

Siehst du, jetzt hatten wir schon dreimal in einer Woche Sex«, sagte Cornelius nicht ohne Triumph in der Stimme. »Das sollen uns die achtzigjährigen Ehepaare erst mal nachmachen.«

»Du hast heute nur Zeit für mich, weil deine Mutter zur Kur gefahren ist«, sagte Franziska und rekelte sich wohlig. »Wirklich schade, daß es nur für drei Wochen ist.«

»Franziska«, mahnte Cornelius, »nicht schon wieder! Ich schlage vor, daß wir das Wort Mutter die nächsten drei Wochen nicht mehr benutzen.«

»Einverstanden«, sagte Franziska. »Meinst du, du kannst Matildas BH-Bügel aus der Waschmaschine fischen?«

»Ich versuch's«, versprach Cornelius. »Morgen abend.«

»Morgen abend geht nicht. Da ist Weiberfastnacht, und wir wollen in die Südstadt.«

»Gut, dann komme ich mit.«

»*Weiber*fastnacht hab' ich gesagt. Und du bist kein Weib, Süßer.«

»Was macht ihr denn ohne mich, was ihr mit mir nicht machen würdet?« fragte Cornelius.

»Och, alles Mögliche«, sagte Franziska geheimnisvoll. »An Weiberfastnacht flippen die Weiber eben aus ...« In Wahrheit machten sie jedes Jahr das gleiche. Sie verkleideten sich und zogen in die Südstadt, um dort bis spät in die Nacht zu den Rhythmen der Sambagruppen auf der Straße zu tanzen. Vielleicht zu späterer Stunde noch ein Bier in einer der überfüllten Kneipen, aber das war alles. Gut, Matilda hatte in den vergangenen Jahren den einen oder anderen Typ aufgerissen, aber die lebte ja jetzt nach dem Motto »Sex zu zweit, das geht zu weit«, also würde nicht mal sie über die Stränge schlagen.

»Vielleicht verkleide ich mich auch und spioniere dir hinterher«, drohte Cornelius. »Du kannst nie wissen, ob ich nicht direkt hinter dir stehe, wenn du was anstellst.«

Franziska lachte. »Dazu müßtest du erst mal wissen, als was *ich* mich verkleide.« Allerdings wußte sie das selber auch noch nicht.

»Was macht Matilda eigentlich mit den Kindern?«

»Mitnehmen«, sagte Franziska kummervoll. »Matilda sagt, das sei überhaupt kein Problem, und man sollte den Kindern auch mal was gönnen. Und Caroline und ich sind diesmal hart geblieben. Matilda wollte ja nur erreichen, daß eine von uns sich bereit erklärt, bei den Kindern zu Hause zu bleiben, während Matilda sich amüsiert. Aber mit uns nicht! Wenn sie nicht darauf verzichten will, dann muß sie das selber verantworten.«

»Die armen Kinder«, sagte Cornelius.

»Kann man wohl sagen.« Franziska seufzte. »Von Matilda lernen sie nicht nur schlimme Wörter, sondern auch sonst nichts Gutes. Aber Anna sitzt in ihrem Krankenbett und strahlt. Sie ist fest davon überzeugt, daß ihre Kinder in den besten Händen sind. Gestern hat sie gesagt, es sei nicht weiter schlimm, daß die Klamotten nicht so richtig gebügelt wären, Hauptsache, die Kinder wären glücklich. Haha, von wegen, nicht so richtig gebügelt! Die Sachen sind überhaupt nicht gebügelt. Die sind so in den Schrank geflogen, wie sie aus dem Trockner gekommen sind. Aber Matilda sagt, das sei doch der Beweis dafür, wie überflüssig Bügeln ist.«

»Sagst du doch selber immer«, meinte Cornelius.

»Ja, aber diese Kinder lebten nun mal bis vor kurzem in einer gebügelten Welt. Alles ordentlich. Die Kinder, die Klamotten, das Haus. Und jetzt – von Annas heiler Laura-Ashley-Welt ist nicht mehr viel übrig. Das Ganze erinnert mehr an ein besetztes Haus in Berlin-Kreuzberg.«

»So schlimm kann es gar nicht sein«, sagte Cornelius. »Schließlich ist Anna erst eine Woche im Krankenhaus.«

»Du wirst es ja selber sehen«, widersprach Franziska. »Es ist viel schlimmer, als du es dir vorstellen kannst.

Und am Montag kommt dieser Schnarchsack von Ehemann zurück. Der macht sicher ein fürchterliches Theater. Und wenn der das alles Anna erzählt, dann kriegt die gleich einen Rückfall oder so.«

»Arme Matilda«, sagte Cornelius mitleidig. »Und ich dachte, ihr helft ihr.«

»Tun wir doch auch«, rief Franziska. »Wir helfen, wo wir können, aber Matilda ist wie ein Hurrikan. Nichts und niemand kann sie aufhalten. Gestern abend erst hat sie die Mikrowelle zerstört. Sie hat das Essen in einer billigen Plastikschüssel warm gemacht. Ich sage nur: nicht mikrowellentauglich! Die Schweinerei kannst du dir überhaupt nicht vorstellen. Das stank noch im oberen Stockwerk total giftig. Von wegen, arme Matilda! Spar dir dein Mitleid für Anna auf.«

»Ja, aber was unternehmt ihr denn dagegen?«

Franziska hob hilflos die Schultern. »Rotweinflecken auf dem Sofa, Filzstift auf dem Teppichboden, Kugelschreibergekrakel an der Tapete, Traubensaftspritzer an den Küchenwänden, Kratzer und Kränze auf den Möbeln ... Caroline und ich wissen leider auch nicht, was man dagegen tun kann. Ich meine, ein Hausfrauendiplom hat keine von uns.«

»Stimmt. Meine Mu ... – ähm, meine Erzeugerin wüßte sicher was dagegen«, sagte Cornelius nachdenklich. »Die kennt sich mit so was aus.«

»Na toll. Wenn man deine Mu ... – ähm, die mal brauchen kann, ist sie in Kur.« Franziska seufzte schwer. »Das Dumme ist nur, auch wenn ich mir noch so oft einrede, daß Matilda die Suppe auslöffeln muß, fühle ich mich doch schrecklich schuldig. Ich werde Anna nie wieder guten Gewissens gegenübertreten können.«

»So schlimm ist es nun auch wieder nicht«, meinte Cornelius.

»Doch«, sagte Franziska.

Weiberfastnacht ließ Matilda sie nicht ausschlafen, obwohl sie sie ausdrücklich darauf aufmerksam gemacht hatten, daß dies ihr erster vorlesungsfreier Tag seit Monaten sei. Es war Viertel vor acht, als das Telefon klingelte und Franziska und Caroline aus ihren süßen Träumen holte. (Cornelius war noch in der Nacht brav nach Hause gefahren, wie es sich gehörte. Er schlief, wenn überhaupt, nur am Wochenende bei Franziska.)

»Wann kommt ihr?« fragte Matilda.

Caroline gähnte in den Hörer. »Am Nachmittag, wie immer.«

»Nee, nee, jetzt kommt mir nicht so. Ihr habt Semesterferien und damit keine Ausrede mehr, herumzufaulenzen und mir die ganze Arbeit zu überlassen«, rief Matilda. »Zieht euch an und kommt her, oder ich bin böse. Leon hat einen wunden Popo, und ich fürchte, das liegt an dem Orangensaft, den *du* ihm gestern gegeben hast.«

»Das war doch nur ein Schluck«, sagte Caroline schuldbewußt.

»Komm gefälligst her und pudere seinen Hintern«, sagte Matilda. »Denk doch auch mal an mich. *Ich* mußte heute schon vor dem Frühstück zwei Kinder komplett kostümieren und schminken. Und das hört sich leichter an, als es war. Dank deiner Erziehungsmethoden bei Sophie wollte sie plötzlich auf keinen Fall mehr Cowboy werden. Nur meinem diplomatischen Geschick und meiner Phantasie ist es zu verdanken, daß sie trotzdem in den Kindergarten gegangen ist. Ich habe nämlich die Kostüme einfach getauscht. Jetzt ist Nikolas Cowboy und Sophie Zauberer. Aber ich bin völlig fertig. Außerdem ist noch was Blödes passiert.«

»Was denn?« fragte Caroline und befürchtete schon mal das Schlimmste.

»Du kannst dich doch noch an den kleinen Jungen erinnern, mit dem Nikolas gestern gespielt hat, oder?«

»Natürlich«, sagte Caroline. Sie erinnerte sich nur zu gut. Nikolas hatte gestern nach dem Kaffee seine Rollschuhe angezogen und war für eine Weile auf dem breiten Bürgersteig hin und her gefahren, unter Franziskas kundiger Aufsicht. Dabei hatte sich ein ungefähr gleichaltriger Junge zu ihnen gesellt, ebenfalls auf Rollschuhen. Eine Weile waren die beiden einträchtig schweigend nebeneinander hergerollert, aber dann war der kleine Junge über die Buchsbaumeinfassung neben der Einfahrt gefallen, über den halben Rasen gerollert und hatte sich schließlich das Knie aufgeschlagen. Franziska hatte ihn trösten wollen, aber der Kleine war völlig ausgerastet.

»Diese scheißblöde Wichserhecke«, hatte er gebrüllt. »Die ist schuld, daß ich gefallen bin.«

»Wichser sagt man nicht«, hatte Nikolas gesagt, und Franziska hatte versucht, den ausgeflippten Knaben zu beruhigen. Der aber hatte so laut losgebrüllt, daß Matilda und Caroline aus dem Haus gekommen waren und gleichzeitig von schräg gegenüber die Mutter des Kindes herangewankt kam. Sie wankte deshalb, weil sie ungefähr hundertzwanzig Kilo wog und wie ein havariertes Schiff von einem Fuß auf den anderen schwankte.

»Ihr verdammten Pißnelken, ihr«, hatte der fremde kleine Junge gebrüllt. Unter anderem.

»Was ist denn hier los?« hatte die Mutter gerufen. »Wer hat dir was getan?«

Das kleine Monster krempelte sein Hosenbein hoch und zeigte das blutende Knie.

»Er ist über die Hecke gefallen«, hatte Franziska erklärt. »Und seitdem flucht er wie ein Bierkutscher.«

»Ich würde sagen, er flucht schlimmer«, hatte Matilda gesagt und Leon die Ohren zugehalten.

»Ist das Ihre Vorstellung von Beaufsichtigung?« fragte die dicke Mutter erbost, als sie das Knie begutachtet hatte.

»Ja, aber da können wir doch nichts für«, hatte Franziska gestottert.

»Wollen Sie leugnen, daß der Unfall auf Ihrem Scheißgrundstück passiert ist?« hatte die Mutter gefragt und dabei bedrohlich mit ihren Doppelkinnen geschlottert.

»Die haben mich über die scheiß-doofe Hecke *geschubst*«, hatte der kleine Junge oben draufgesetzt. Franziska war über seine dreiste Lüge so schockiert gewesen, daß ihr nichts dazu einfiel.

»Nicht mal einen Knieschützer trägt Ihr Sohn«, hatte Caroline versucht, in die Offensive zu gehen. »Und sein Vokabular – also, wo er das wohl aufgeschnappt hat?«

»Sie halten sich wohl für was Besseres«, hatte die Dikke Caroline angefahren. »Aber mich können Sie nicht anpupsen, Sie nicht!«

Jetzt war auch Caroline der Mund gestopft. Sie hatte gar nicht vorgehabt, die gute Frau anzupupsen, also wirklich nicht.

»Verdammte Heckenficker«, sagte der kleine Junge.

»Dreckige Kinderquälerbande. Alles Ärsche und Fikker.«

Franziska, Matilda und Caroline hatte bloß der Mund offengestanden.

»Selber Popoputzer«, hatte Nikolas versucht, die Familienehre zu retten. »Meine Mama hat gesagt, wir dürfen nicht mit dir spielen, und jetzt weiß ich auch, warum.«

»Das hättest du ja auch vorher sagen können«, hatte Franziska geflüstert.

»Sie hören noch von uns«, hatte die Mutter gedroht. »Das ist nämlich Körperverletzung!«

»Also, jetzt machen Sie hier mal nicht so ein Theater, nur weil Ihr Sohnemann nicht Rollschuh fahren kann«, hatte Matilda sich endlich eingemischt. »Und aufpassen müssen Sie schon selber auf Ihren Nachwuchs.«

Franziska und Caroline hatten zufrieden genickt. Jawohl, das waren die richtigen Worte.

»Du Popopolierer hast außerdem unsere Hecke kaputtgemacht«, hatte Sophie zu dem kleinen Jungen gesagt, froh, ein neues, aber anständiges Schimpfwort benutzen zu können. Tatsächlich waren einige Buchsbaumzweige beschädigt, abgesehen von den häßlichen Rollschuhfurchen im Rasen, die gleich noch einige treibende Krokusse entwurzelt hatten.

»Ihr Sohn hat unseren Vorgarten verwüstet«, stellte Matilda fest. »Dafür sollten Sie sich lieber mal entschuldigen, als uns hier so – so anzupupsen.«

Aber die Dicke hatte keine Lust gehabt, darauf einzugehen.

»Wenn Sie es nicht anders wollen.« Das Mutterschlachtschiff hatte ihr krakelendes Bündel am Kragen gepackt. »Dann herrscht eben ab jetzt Krieg. Und ich sag' Ihnen, ich habe in dieser Straße nicht nur Feinde.«

Franziska, Caroline und Matilda waren betreten zurückgeblieben. Verdammt, jetzt hatten sie es sogar geschafft, Annas gutnachbarschaftliches Verhältnis zu zerstören. Aber Sophie und Nikolas hatten sie beruhigt.

»Diese Leute hat die Mama noch nie gemocht«, hatte Nikolas gesagt, und Sophie hatte hinzugefügt: »Weil deren Hund immer in den Vorgarten Aa gemacht hat und die Frau so schlimme Worte benutzt. Die Mama hat gesagt, wenn der Hund noch mal in den Garten sein Häufchen macht, dann kriegt die Frau Ärger. Und da hat die Frau gesagt, die Mama soll das mal dem Hund sagen, schließlich würde der den Haufen machen, und nicht sie.«

Den drei Mädchen war das Herz bis in die Hose gesunken. »Was ist das denn für ein Hund?« hatten sie mit letzter Kraft gefragt.

»Ein großer, böser«, hatte Nikolas geantwortet. »Ungefähr soooo groß.« Und mit der Hand hatte er ungefähr einen Kopf höher gezeigt, als er selber groß war.

»Na dann, gute Nacht«, hatte Matilda gesagt, und Franziska und Caroline hatten die Kinder ängstlich ins Haus gezerrt.

Jetzt, am Telefon, vermutete Caroline sofort, daß der Hund wieder in den Vorgarten geschissen hatte.

»Stimmt's?« fragte sie.

»Leider nein«, sagte Matilda. »Viel schlimmer.«

»Die Frau hat in den Vorgarten geschissen?« fragte Caroline.

Matilda lachte nicht. »Jemand hat etwas an die Hauswand geschrieben. Mit schwarzer Farbe.«

Caroline erschrak. »Was denn?«

»Verdammte Arschficker«, sagte Matilda.

»Das stimmt. Das sind wirklich verdammte Arschficker«, bestätigte Caroline böse, obwohl sie sonst niemals unanständige Wörter benutzte. Nicht mal Scheiße sagte sie, sondern Mist. »Was haben die denn jetzt geschrieben?«

»*Verdammte Arschficker*«, wiederholte Matilda. »In dreißig Zentimeter großen Buchstaben. Von der Haustür bis zum Küchenfenster.«

»O nein.«

»O doch. Und falsch haben sie es auch noch geschrieben. Verdammt mit einem m.«

»Das war sicher der kleine Junge«, sagte Caroline.

»Nein, dafür ist es zu hoch oben. Das war das dicke Walroß höchstpersönlich.«

»Was sollen wir denn jetzt machen? Die Polizei rufen? Franziska, steh auf, bei Matilda ist der Nachbarschaftskrieg ausgebrochen.«

Und Franziska verabschiedete sich endgültig von der Vorstellung, einmal ausschlafen zu können.

Im Treppenhaus trafen sie wieder auf das putzende asiatische Mädchen.

»Hallo«, sagte Caroline ohne große Hoffnung auf eine vernünftige Kommunikation.

Das Mädchen lächelte ihnen zu. »Gesunde Vitamine naschen.«

»Mir reicht's«, sagte Franziska kurzentschlossen. »Ich gehe jetzt zum Kleinschmidt und frage ihn, was das soll. Das Treppenhaus ist so sauber, daß es wochenlang nicht geputzt werden müßte. Das sind doch Sklavendienste hier!«

Mit großen Schritten sprang sie bis ins Erdgeschoß hinab.

»Tschüs«, sagte Caroline zu dem mandeläugigen Mädchen. »Und wenn du mal unsere Hilfe brauchst, dann ...« Sie verstummte verlegen.

»Doppelt saugfähig«, sagte das Mädchen und sah irgendwie traurig aus.

Unten klingelte Franziska Sturm an Kleinschmidts Tür. Kleinschmidt ließ die Sicherheitskette vorgelegt und öffnete nur ein kleines bißchen. Die Dogge Zerberus streckte ihren dicken Kopf durch den Spalt und schnüffelte, dann streckte ihr Herrchen seinen dicken Kopf hinterher.

»Was gibt's denn? Wollen Sie mir das Geld bringen?«

»Nein«, sagte Franziska aufgebracht. »Ich will wissen, warum das arme Mädchen da oben beinahe täglich den Flur putzt. Das ist doch lächerlich. Wer ist sie überhaupt?«

Kleinschmidt lächelte. »Die Janine? Die ist eine Bekannte von den Sülzheimers. Wohnt für ein paar Tage hier.«

»Janine?« fragte Franziska. »Klingt aber nicht sehr asiatisch.«

»Wieso nicht?« fragte der Kleinschmidt zurück. »Das paßt doch gut zu ihr.«

»Aber wieso putzt sie andauernd den Flur?« wollte Franziska wissen.

»Weil sie sich nützlich machen will«, sagte Kleinschmidt. »Sie will eben lernen, was eine deutsche Hausfrau alles können muß. Ich finde das sehr lobenswert.«

Klar, daß Kleinschmidt so was lobenswert fand. Und typisch war auch, daß er behauptete, Janines innere Beweggründe zu kennen, den Flur zu schrubben.

»Woher wollen Sie das denn wissen?« fragte Franziska und setzte auf gut Glück hinzu: »Die spricht doch überhaupt kein Deutsch.«

»Nein, aber die Sülzheimers sprechen Thailändisch«, trumpfte Kleinschmidt auf.

Franziska überlegte eine Weile. »Und was macht Janine hier bei den Sülzeimers?« bohrte sie nach.

»Ich sag' doch, die ist hier zu Besuch.«

»Und woher kennen die Sülzeimers sie?«

Kleinschmidt wurde es zu blöd. »Woher? Woher?« keifte er. »Woher soll ich das wissen. Das geht mich doch gar nichts an. Und Sie schon gar nicht. Die Sülzheimers haben eben eine Menge thailändische Freunde und laden die manchmal nach Deutschland ein. Aus purer Menschenfreundlichkeit. Ist das etwa verboten?«

»Ich lasse meine Freunde jedenfalls nicht das Treppenhaus putzen, wenn die hier zu Besuch sind«, sagte Franziska. »Aus purer Menschenfreundlichkeit.«

»Was *Sie* mit Ihren Freunden machen, das weiß ich«, sagte der Kleinschmidt schmierig grinsend und machte die Tür zu. So schnell, daß Zerberus beinahe noch seinen dicken Kopf dazwischen hatte.

»Ekelpaket«, sagte Franziska zu der geschlossenen Tür. »Komm, Caroline, wir gehen. Aber diese Zobelheimers sind mir immer unsympathischer. Lassen ihren Besuch einfach tagaus, tagein putzen! Wo gibt's denn so was?«

»Ich finde, sie sieht irgendwie traurig aus«, sagte Caroline leise. »Obwohl sie immer lächelt. Da ist etwas in ihren wunderschönen Samtaugen ... Ich könnte heulen, wenn ich da hineinschaue.«

»Vielleicht hat sie Heimweh«, mutmaßte Franziska. »Jedenfalls wissen wir jetzt, daß sie Janine heißt und aus Thailand kommt.«

»Janine – das klingt aber wirklich nicht thailändisch«, überlegte Caroline. »Vielleicht hat sie ja einen französischen Elternteil. Wir könnten mal versuchen, mit ihr auf Französisch zu kommunizieren.«

»Gute Idee«, sagte Franziska. »Nur blöd, daß ich nichts kann außer *un café au lait, s'il vous platt.* Oder heißt es une café?«

Caroline zuckte mit den Schultern. »Ich mag keinen Kaffee, wie du weißt.«

Die schwarzen Buchstaben auf Annas ehemals schmukkem Reihenhäuschen sahen wirklich fürchterlich aus. Sie waren mit einem dicken Pinsel auf den Putz gestrichen, und die Farbe war an manchen Stellen bis zur Kiesdrainage herabgelaufen. Caroline und Franziska wurde es ganz anders, als sie diese Bescherung erblickten. Dagegen war der Fleck auf dem Sofa wirklich gar nichts.

»Die Polizei war schon da«, sagte Matilda bekümmert. »Aber die sagen, die können nur Anzeige gegen Unbekannt erstatten, obwohl ich gesagt habe, daß ich die Dikke von gegenüber im Verdacht habe. Und daß es ein Fall für die Versicherung wäre, haben die auch gesagt. Dummerweise ist es ein Fall für Wolfgangs Versicherung, und ich habe keine Lust, ihn anzurufen und ihm das zu erzählen.«

»Kriegt man das denn nicht ab?« fragte Caroline und versuchte, mit dem Fingernagel an der Farbe zu kratzen.

»Nee.« Matilda sah böse auf das Haus schräg gegenüber. »Das ist irgendeine Wetterschutzfarbe. Kriegst du nicht in zehn Jahren ab, ohne daß der halbe Putz mit abblättert.«

»Und selbst wenn! Der Dicken da traue ich zu, daß sie heute nacht noch was Schlimmeres an die Wand pinselt«, sagte Franziska düster.

In diesem Augenblick ging gegenüber die Haustür auf, und besagte Dicke kam herausgewankt. Aber sie war nicht allein. An ihrer Seite kam ein Hund in der Größe einer Milchkuh gewankt, der keine speziellen Rassemerkmale aufzuweisen hatte.

»Laßt uns reingehen«, sagte Franziska verschreckt.

Aber Matilda war dagegen. »Das sieht ja dann so aus, als hätten wir Angst.«

»Haben wir doch auch«, sagte Caroline noch, aber da war die Frau schon in Hörweite.

»Da haben Sie ja eine ziemliche Schweinerei an Ihrer Hauswand«, sagte sie hämisch.

»Ach ja?« sagte Matilda. »Und die, die das geschrieben hat, muß eine ziemliche Analphabetin sein. Sehr ärgerlich, verdammt mit nur einem m. Die Polizei sagt, wer das geschrieben hat, muß geistig völlig unterbemittelt sein.«

Die Frau guckte giftig. Der Hund auch. Er zerrte an der Leine.

»Rüdi«, sagte die Frau streng. »Zieh nicht so. Sie haben's ja nicht anders gewollt. Jetzt herrscht Krieg.«

»Aha, Sie geben also zu, daß Sie das waren?« fragte Matilda.

»Nichts gebe ich zu«, sagte die Dicke. »Das kann hier jeder gewesen sein. Vielleicht überlegen Sie es sich das nächste Mal, bevor Sie ein unschuldiges Kind mißhandeln. Komm, Rüdi, wir gehen.«

»Unschuldiges Kind, daß ich nicht lache«, schnaubte Caroline hinter ihr her. »Dieses durch und durch verdorbene Knäblein!«

»Ob Zerberus es wohl mit diesem Trumm aufnehmen könnte?« fragte Franziska nachdenklich.

»Mit welchem Trumm? Mit dem Hund oder der Frau?«

»Ich dachte eher an den Hund«, erwiderte Franziska. »Meinst du, die lassen uns jetzt in Ruhe?«

»Ich denke schon«, sagte Matilda. »Aber das lasse ich mir trotzdem nicht gefallen.«

»Wir könnten ja an ihre Hauswand pinseln: Verdammte Analphabeten«, schlug Caroline vor.

»Dann steht am nächsten Tag bei uns: Wir sind keine Analphabeten, Sie Arschficker.«

»Ja, und wenn Anna nach Hause kommt, ist das Haus statt weiß pechschwarz.« Franziska schloß die Haustür hinter ihnen und preßte eine Wange an Leons weiches, duftendes Köpfchen. »Besser ist, wir verhalten uns still.«

»Was riecht denn hier so verbrannt?« fragte Caroline.

»Das ist sicher noch die Mikrowelle ... – Ach nein, das verdammte Bügeleisen!« Matilda rannte ins Wohnzimmer.

»Bügeleisen?« Franziska und Caroline folgten ihr. Mitten im Wohnzimmer hatte Matilda Annas Bügeltisch aufgebaut und war offenbar dabei gewesen, etwas Lilafarbenes, Flatteriges zu bügeln. In das Lilafarbene war

jetzt ein bügeleisenförmiges Loch gebrannt. Und in den Bügeltisch ebenfalls. Ansonsten war nichts passiert.

»Glück gehabt«, sagte Matilda. »Ich hatte die unterste Stufe eingestellt.«

»Seit wann bügelst du denn?« rief Franziska verblüfft.

»Ich habe das in Annas Karnevalskiste gefunden. Ein richtig scharfes Haremsdamenkostüm. Ich wollte es für heute abend aufbügeln.«

»Jetzt ist es hinüber! Arme Anna.«

»Ja, aber das macht nichts. Anna hat noch mehr Kostüme in ihrer Kiste. Sie näht sich jedes Jahr selber was.«

»Und was hast du sonst noch kaputtgemacht?« fragte Caroline und sah sich suchend um.

»Ich? Nichts«, sagte Matilda. »Aber Sophie hat einen Teller fallen lassen, das kleine Schusselchen.«

Der Abend in der Südstadt wurde ein voller Reinfall. Obwohl Matilda die Kinder am Nachmittag zu einem Schläfchen zwang und sie später eine Menge Spaß beim Kostümieren und Schminken hatten, war es mit den Kindern im Schlepptau überhaupt nicht wie sonst. Und das lag nicht an den Kindern, die waren brav wie immer. Es lag daran, daß die drei Mädchen einfach keinen Spaß hatten mit den Kindern im Schlepptau.

Franziska hatte sich den als Katze verkleideten Leon um den Bauch geschnallt und sorgte sich ständig, daß ihm jemand Rauch ins Gesicht pusten oder ihm der Krach schaden könnte, den die vielen Musikgruppen veranstalteten. Und Matilda, die Nikolas an der Hand hielt, fürchtete ununterbrochen, ihn in der Menge zu verlieren. Caroline hatte mit Sophie zwar diese Sorgen nicht, denn Sophie klammerte sich an ihr fest wie eine Ertrinkende an einem Rettungsreifen, aber dafür dachte sie ununterbrochen daran, wie diese schrille Menge auf das zarte Kindergemüt wirken mußte.

»Was ist der denn da?« fragte Sophie etwa und zeigte auf einen als Kondom verkleideten Mann, der gegen eine Mülltonne pinkelte.

»Ein Ferkel«, sagte Caroline und warf dem Kondom einen strengen Blick zu. Sah der denn nicht, daß hier *Kinder* waren? Unschuldige, reine Kinder? Zugegeben, sie waren die einzigen, die Kinder dabeihatten. Kein Wunder, dachte Caroline, kein Wunder. Aber gemäß ihrem Agreement mit Franziska hielt sie die Klappe. Diese Suppe mußte Matilda auslöffeln, und damit basta.

Nach einer Stunde im Gewühl erkannte Matilda endlich ihren verhängnisvollen Irrtum. »Laßt uns nach Hause fahren«, sagte sie zu den anderen. »Heute ist hier eine ganz miese Stimmung in der Südstadt. Nur Besoffene und völlig Desorientierte.«

»Ach ja«, sagte Caroline erleichtert. »Karneval ist eben auch nicht mehr, was es mal war.«

Auch Franziska freute sich, daß der Abend ohne bleibende Schäden für die Kids verlaufen war. Die letzten zehn Minuten hatte sie damit verbracht, Leon die Katzenöhrchenkapuze auf die richtigen Öhrchen zu drükken, damit das arme Kind nicht hören mußte, wie die beiden besoffenen Frauen hinter ihnen über ihre verflossenen Liebhaber und Abtreibungen sprachen. Überhaupt, wenn man sich hier völlig nüchtern aufhielt unter all den fröhlich angetrunkenen Jecken, kam einem das Ganze ziemlich bescheuert vor, fand sie.

»Nächstes Jahr an Karneval fahre ich auch auf die Malediven wie Ollie und Benedikt«, sagte sie.

»Wieso gehen wir denn jetzt schon wieder nach Hause?« wollte Nikolas wissen. »Ich bin noch überhaupt nicht müde.«

»Weil es jetzt gleich vorbei ist«, log Matilda.

»Schade«, sagte Sophie, aber Caroline sah ihr an, daß auch sie erleichtert war, den vielen lauten und merkwürdig aussehenden Menschen wieder aus dem Weg gehen zu können. »Aber es ist gut, weil Gusti ganz allein zu Hause ist und sich fürchtet«, setzte sie hinzu.

»Na ja«, sagte Nikolas gnädig. »Ist vielleicht besser so. Hier werfen die ja nicht mal Bonbons und so. Der Rosenmontagszug ist viel besser.«

»Dann gehen wir eben am Montag zum Zug«, versprach Matilda leichtsinnig. »Der kommt ja auch tagsüber.«

»Du willst auf den Rosenmontagszug?« fragte Franziska entsetzt. Das war entschieden uncool.

»Tja, wenn man Kinder hat, muß man eben umdenken«, erwiderte Matilda, und Franziska und Caroline tauschten wieder mal vielsagende Blicke.

In der Straßenbahn schlief Leon dann ein, und auch Sophie lehnte ihren Kopf an Caroline und dämmerte weg. Nur Nikolas hielt sich wacker wach, bis sie zu Hause angelangt waren. Dann ließ er sich aber widerstandslos ins Bett bringen und verzichtete freiwillig auf die obligatorische Gutenachtgeschichte. »Dürfen wir Mama denn davon erzählen?« fragte er Franziska, die ihn zudeckte.

Franziska schüttelte den Kopf. »Besser nicht«, sagte sie. »Am besten, ihr wartet mit allen spannenden Sachen, bis die Mama wieder zu Hause ist.« Falls sie nicht tot umfällt, bevor sie das Haus betritt, setzte sie in Gedanken hinzu, als sie an die Schmiererei auf der Hauswand dachte.

»Schlaf gut, Kleiner«, sagte sie und küßte Nikolas aufs Haar. »Morgen ist nämlich Schule.«

»Weiß ich doch«, sagte Nikolas und schloß die Augen.

Der Triebtäter stellt sich vor

Es war nach zehn, als Caroline und Franziska müde nach Hause kamen. Nicht besonders spät für eine Weiberfastnacht, aber beide waren hundemüde. Matilda hatte sie überreden wollen, doch wenigstens noch eine Flasche Rotwein mit ihr zu leeren, aber sie hatten dankend abgelehnt.

»Wenn du uns schon nicht ausschlafen läßt«, hatte Franziska gesagt, »dann kannst du uns wenigstens früh ins Bett lassen.«

Matilda hatte ihre üblichen Standardsätze über egoistische Freundinnen und so weiter heruntergespult, aber das ging bei den egoistischen Freundinnen mittlerweile zum einen Ohr rein und zum anderen wieder raus.

»Wenn diese Janine jetzt da rumsteht und die Treppe putzt, raste ich aus«, sagte Caroline müde. »Für heute habe ich genug Probleme gelöst.«

»Ich stelle fest, daß ich wegen allem und jedem ein schlechtes Gewissen habe«, bekannte Franziska, während sie das brandneue Türschloß öffnete. »Wegen Anna, weil wir ihre Kinder so verderben, von ihrer schönen Wohnung ganz zu schweigen. Und wegen dieser Janine, weil ich das Gefühl habe, sie braucht unsere Hilfe. Und wegen Cornelius, weil ich ihn immer wegen seiner Mutter anmeckere. Und wegen des Studiums, weil ich es so schmählich vernachlässigt habe, und wegen meiner Mutter, weil ich mich seit Weihnachten nicht mehr gemeldet habe, und wegen ...«

»Jetzt hör schon auf! Das ist ja nicht mehr normal«, sagte Caroline. »Was die Kinder angeht, müssen wir uns keine Vorwürfe machen, weil wir immer noch das Schlimmste verhindern. Und zwar mit ganzem Einsatz. Ich hatte anfangs auch ein schlechtes Gewissen, weil ich Sophie von ihrem Gleichberechtigungstrip abgebracht hatte. Aber ist es denn normal, daß eine Fünfjährige einen Bagger streichelt und zu Bett bringt? Ich sage: nein! Dieses Kind brauchte eine Puppe so nötig wie Vitamine.«

»Ja, vielleicht, aber wir bringen ihnen unanständige Wörter bei und schleppen sie an Karneval mit in die Südstadt. Dafür gehören wir eigentlich eingesperrt. Sie waren viel zu spät im Bett für ihr Alter, und wegen uns werden sie ein Leben lang Angst vor den Nachbarn von gegenüber haben müssen. Ist das vielleicht kein Grund, Schuldgefühle zu haben?«

Sie waren mittlerweile im ersten Stock angelangt, und dort, auf den Stufen, saß ein junger Mann und las in einem Buch.

»Guten Abend«, sagte er.

»Abend«, gab Franziska mißtrauisch zurück. Der Mann war ungefähr Ende Zwanzig und sah auf den ersten Blick sehr gut aus. Hellblonde Locken fielen ihm in die Stirn, goldfarbene Stoppeln veredelten gewissermaßen seinen Viertagebart, und selbst im Sitzen konnte man seinen athletischen Körperbau erkennen. Sein Lächeln war äußerst betörend, zumal er ein niedliches Grübchen in der Wange hatte und trotzdem nicht aussah wie eine Käthe-Kruse-Puppe. Trotzdem, Franziska blieb mißtrauisch. Wer war das, und warum saß er hier draußen im Flur rum und las? Und dann auch noch *Die Brücken am Fluß*, so einen Rührschinken.

»Ihr seid sicher die drei Studentinnen aus dem dritten Stock«, sagte der junge Mann und erhob sich.

»Sehen wir aus wie drei Studentinnen?« fragte Franziska leicht aggressiv. Schade, der Kerl konnte offenbar nicht richtig bis drei zählen, blonde Locken hin, Grübchen her. Eine männliche Blondine sozusagen.

»Nein, natürlich nicht«, sagte der junge Mann und lachte. »Eigentlich seht ihr mehr aus wie eine Erdbeere und eine – ähm – eine Tomate?«

Tatsächlich hatten Caroline und Franziska sich zur Feier des Tages als Obst und Gemüse verkleidet. Anna hatte sowohl ein Erdbeerfeld – grünes Sackkleid mit Stofferdbeeren behängt, dazu ein grüner Hut, ebenfalls voller Erdbeeren – in ihrem Kostümfundus gehabt als auch eine Tomate. Caroline hatte eine grüne Strumpfhose an, dazu ein ballonähnlich geschnittenes knallrotes Oberteil mit grünem Zackenkragen und einen Hut, der aussah wie ein kleiner Blättertuff. Beide hatten sich ihr Gesicht heftig angemalt. Franziska hatte Nase und Mund mit einer dicken Erdbeere bemalt, der Erdbeerstil verlief über die Ärgernisfalte zwischen ihren Augenbrauen. Sie sah originell aus, wenn auch nicht besonders vorteilhaft. (Nikolas hatte gesagt, sie sähe aus wie jemand, der seinen Kopf in eine Schüssel rote Grütze getaucht habe.) Caroline sah nicht viel besser aus, sich Hals und Gesicht grün anzumalen, ist dem Gesamteindruck nicht unbedingt förderlich. Sie sah aus wie eine seekranke Tomate. Aber das schien ihr in diesem Augenblick egal zu sein. Sie umklammerte Franziskas Arm und starrte den unbekannten Mann mit weitaufgerissenen Augen an. Ein unbehagliches Schweigen entstand.

»Wir sind also die drei Studentinnen aus dem dritten Stock«, sagte Franziska nach einer Weile gereizt. »Und wer bist du?« Schließlich hatte der Kerl sie ja auch geduzt, wahrscheinlich weil er dachte, daß man Studentinnen nicht siezen mußte, oder weil Kleinschmidt ihm gesagt hatte, daß sie Ökoschlampen seien.

»Ich heiße Simon«, stellte sich das Blondlöckchen artig vor. »Simon Schwarz. Ich wohne für ein paar Monate im obersten Stockwerk.«

»Aha«, sagte Franziska. Das war also der Untermieter, den Kleinschmidt ausgesucht hatte. So wie der aussah, mußte er höllisch aufpassen, daß der alte Knacker ihn nicht sexuell belästigte. »Wir kennen Ollie und Benedikt, denen die Wohnung gehört. Sie haben schreckliche Angst, daß der Untermieter, also du, die Zimmerlinde vertrocknen läßt.«

Der Druck von Carolines Hand an ihrem Arm verstärkte sich. Franziska sah sie irritiert an. Wieso war die Tomate so stumm? Normalerweise war sie doch nicht so auf den Mund gefallen. Wahrscheinlich hatte die Schönheit von Goldlöckchen sie völlig geblendet.

»Keine Angst, ich habe eine genaue Pflegeanleitung am Blumentopf gefunden«, beruhigte sie Simon. »Und um den Philodendron kümmere ich mich auch.«

»Ollie und Benedikt sind auch sehr pingelig mit ihren Möbeln«, fuhr Franziska fort. »Zum Beispiel mit ihrem Sofa ... Wehe, du machst einen Rotweinflecken darauf.«

»Ich bin gegen so was versichert«, beruhigte Simon sie.

»Na ja, und offenbar ziehst du es ohnehin vor, auf der Treppe rumzulungern und zu lesen«, sagte Franziska frech. »Ist dir deine Wohnung nicht zugig genug?«

Simon lachte wieder, diesmal ein bißchen verlegen. »Ich hatte in der Straßenbahn damit angefangen, und es war gerade so spannend, daß ich nicht aufhören konnte, also habe ich mich hierher gesetzt und weitergelesen.«

»Wer's glaubt!« meinte Franziska lachend, die *Die Brücken am Fluß* selber gelesen hatte. »Komm, Caro, wir gehen.«

»Wartet doch mal«, rief Simon hinter ihnen her. Caroline fing an zu laufen.

»Hey, renn nicht so«, bat Franziska, aber Caroline spurtete bis vor ihre Wohnungstür.

»Wir sind müde«, erklärte Franziska über ihre Schulter hinweg. »Und wir wollen die Farbe aus dem Gesicht kriegen.«

»Ja, das versteh' ich«, sagte Simon. »Aber vielleicht könnten wir demnächst mal ...«

Caroline hatte mit zitternden Händen die Wohnungstür aufgeschlossen und zerrte Franziska hinter sich her in den Wohnungsflur. Franziska konnte dem blondgelockten neuen Nachbarn nicht mal mehr ein Auf Wiedersehen hinunterrufen.

»Was ist denn mit dir?« fragte sie ungehalten, während sie zusah, wie Caroline eilig den Sicherheitsriegel vorschob. »So unhöflich bist du doch sonst nicht. Ich finde, wir waren unmöglich zu dem Armen.«

»Das ist er!« flüsterte Caroline.

»Wer?«

»Mein Triebtäter«, flüsterte Caroline. »Ich bin mir ganz sicher. Das war seine Stimme. Ich habe sie sofort wiedererkannt.«

»Wirklich? Der sah gar nicht wie ein Triebtäter aus.«

»Ach nein? Und wie, bitte, sieht ein Triebtäter aus?« fragte Caroline und vergaß vor lauter Empörung zu flüstern.

»Na ja, unscheinbar würde ich sagen«, meinte Franziska zögernd. »Der hier sah viel zu gut aus.«

»Er war's aber«, erklärte Caroline böse. »Das kannst du mir glauben.«

»Ich glaube dir ja«, beteuerte Franziska.

»Es war genau wie bei mir neulich. Der Kerl sitzt im Treppenhaus und lauert uns auf ...«

»Er hat da gesessen und *gelesen*«, sagte Franziska. »Das ist zwar merkwürdig, aber nicht unbedingt verboten. Und ein Triebtäter liest nicht unbedingt *Die Brükken am Fluß*. Vielleicht hat er ja neulich auch nur dagesessen und gelesen und war genauso überrascht wie du.«

»Franziska! Jetzt hör aber auf. Erstens hat er neulich im Stockfinsteren dagesessen und wohl kaum gelesen, und zweitens hat er mich am Arm gepackt!«

»Ja, ja, du hast ja recht«, sagte Franziska zerknirscht. »Ich dachte ja nur ...«

»Was machen wir denn jetzt?«

»Wir könnten der Polizei sagen, daß du ihn an der Stimme wiedererkannt hast«, schlug Franziska vor. »Dann lochen sie ihn ein.«

»Ich kann wohl kaum beweisen, daß er's war«, sagte Caroline. »Und leider hat er mich ja auch nicht *wirklich* vergewaltigt.«

»*Leider* nicht? Na komm, so toll sah er auch wieder nicht aus.«

»Ich meine leider, weil ich so gar nichts gegen ihn vorweisen kann. Gut, er hat mich am Arm festgehalten, aber das zählt, glaube ich, nicht mal als Körperverletzung. Und wenn er im Haus wohnt, dann hat er sich auch keinen unerlaubten Zutritt verschafft. Ich glaube, die Polizei können wir vergessen.«

»Aber wir können doch nicht Tür an Tür mit einem Triebtäter wohnen«, sagte Franziska. »Mir reicht der schmierige Triebtäter namens Kleinschmidt im Erdgeschoß. Da brauchen wir beim besten Willen keinen zweiten mehr im Dachgeschoß.«

»Ja, tolle Wohnlage. Eingekesselt von Triebtätern«, sagte Caroline kummervoll. »Ich glaube, heute nacht kann ich nicht schlafen.«

»Rate mal, wer in Ollies und Benedikts Studio wohnt?« rief Franziska aufgeregt ins Telefon, als Matilda sie wie üblich um acht Uhr aus dem Bett warf.

»Männlich oder weiblich?«

»Männlich.«

»Jung oder alt?«

»Gerade richtig.«

»Sieht er gut aus?« fragte Matilda aufgeregt.

»Und wie«, beteuerte Franziska. »Nur leider ist er Carolines Triebtäter!«

»Was?«

»Ja! Caroline hat ihn an der Stimme wiedererkannt. Sie ist ziemlich durch den Wind deswegen.«

»Das kann ich mir vorstellen.« Matilda machte eine Pause. »Mensch, ihr habt es gut!«

»Wie bitte?«

»Ist doch wahr, die aufregendsten Sachen passieren immer, wenn ich nicht da bin.«

»Du spinnst ja wohl, Matilda! Wir wohnen mit einem gefährlichen Triebtäter sozusagen Tür an Tür und du bist sauer, daß du in Sicherheit bist!«

»In Sicherheit? Mit dem dicken Schlachtschiff und der bissigen Töle gegenüber? Ich muß die Kinder wieder zum Kindergarten und zur Schule bringen und abholen, weil ich Angst habe, die Dicke lauert ihnen auf! Leon hat sich heute morgen die Windel ausgezogen und damit an der Wand herumgemalt! Ist das deine Vorstellung von Sicherheit?«

»Das nennt man anale Phase«, belehrte sie Franziska. »Hast du's wieder weggekriegt?«

»Die Wand im Kinderzimmer ist glücklicherweise abwaschbar. Und Leon ja auch. Trotzdem. Hier ist es nicht gerade paradiesisch. Die Leute bleiben vor dem Haus stehen und lesen, daß wir verdammte Arschficker sind! Ich habe langsam die Nase voll vom Leben im Reihenhaus.«

»Doppelhaushälfte«, verbesserte Franziska. »Das ist ein Unterschied.«

»Für mich nicht«, beteuerte Matilda. »Heute morgen hat die Spülmaschine ihren Geist aufgegeben. So was von maroden Haushaltsgeräten hier! Jetzt sind schon drei außer Betrieb: die Mikrowelle, die Waschmaschine und die Spülmaschine.«

»Arme Anna!«

»Arme Matilda, meinst du wohl! Wann kommt ihr? Es ist eine Menge Geschirr zu spülen.«

»So bald wie möglich«, sagte Franziska. »Aber zuerst muß ich Cornelius im Büro anrufen und ihm sagen, daß wir einen gefährlichen Triebtäter im Haus haben.«

»Und gut aussehen tut er auch noch«, seufzte Matilda. »Beeilt euch, die Kinder kommen heute früher nach Hause, und wir wollten doch noch zu Anna ins Krankenhaus.«

Cornelius nahm die Neuigkeit nicht so locker auf wie Matilda. Er bestand darauf, die Polizei zu verständigen.

»Das kann doch nicht angehen, daß dieser Typ bei euch im Haus wohnt und dort ein und aus gehen kann, wie es ihm gefällt«, sagte er.

»Caroline meint zu Recht, daß die Polizei nichts gegen ihn unternehmen kann. Erstens hat er sie nur am Arm festgehalten und gesagt, daß sie still sein soll, und zweitens werden sie ihr wohl kaum glauben, daß sie ihn an der Stimme wiedererkannt hat.«

»Hm«, räusperte sich Cornelius. »Dann muß ich die Sache wohl in die Hand nehmen!«

Franziska kicherte respektlos. »Was willst du denn machen? Ihn verhauen?«

»Nein«, sagte Cornelius. »Ich werde ihn durch meine Anwesenheit abschrecken. Ich ziehe vorerst zu euch.«

»Wirklich?« Franziska staunte. »So richtig mit Sack und Pack?«

»Mit Zahnbürste und Unterwäsche«, bestätigte Cornelius. »Vor allem abends und nachts dürft ihr nicht allein sein.«

»Caroline wird sich freuen«, meinte Franziska, um zu vertuschen, daß auch sie sich freute.

»Hm«, sagte Cornelius und legte auf.

»Cornelius kommt und spielt den Bodyguard«, gab Franziska sofort an Caroline weiter.

»Das ist gut«, sagte Caroline. »Ich habe die ganze Nacht darüber nachgedacht, ob wir nicht sicherheitshalber alle zu Matilda in die Doppelhaushälfte ziehen sollen. Aber wenn Wolfgang am Montag wiederkommt, geht das ja nicht. Und Fabian ist ausgerechnet jetzt zum Skilaufen nach Österreich gefahren!«

»Warum bist du jetzt eigentlich nicht mitgefahren?« fragte Franziska.

»Weil sie nicht bis nach meiner letzten Klausur warten wollten«, antwortete Caroline. »Weißt du doch.«

»Na, die große Liebe ist das wohl auch nicht mehr. Wie oft habt ihr eigentlich Sex miteinander?«

»Franziska, warum fragst du solche Sachen?«

»Nur so. Bei Cornelius und mir hat es jedenfalls auch schon mal aktivere Zeiten gegeben.«

»Das ist doch normal. Man kann doch nicht nur immer aufeinander hängen!«

»Caroline!«

»Ich meine, im übertragenen Sinn. Liebst du Cornelius noch?«

»Ja«, versicherte Franziska. »Nur seine Mutter nicht.«

»Siehst du, und ich liebe Fabian eben auch noch. Und so lange bleiben wir auch zusammen.«

»Ja, sehen wir's pragmatisch. Solange sich nichts Besseres findet ...«

»Etwas Besseres als deinen Cornelius findest du nie«, sagte Caroline, die auf Cornelius nichts kommen ließ. Auf den war Verlaß in jeder Lebenslage. Franziska wußte gar nicht, wie gut sie es hatte.

Besuch aus Fernost

Anna sah erstaunlich gut erholt aus, jedenfalls für jemanden, der im Krankenhaus lag und sein Zimmer mit einer schnarchenden alten Dame teilte.

»Am Aschermittwoch werde ich entlassen«, teilte sie ihren Besuchern froh mit.

»Am Mittwoch schon?« fragte Matilda erschreckt.

»*Schon* ist gut«, sagte Anna. »Das hört sich ja so an, als wolltest du noch eine Weile ohne mich weitermachen ...«

»Ähm ... ja«, erwiderte Matilda phantasielos. In Wahrheit wollte sie keine Stunde mehr weitermachen, aber sie hätte gern noch mehr Zeit gehabt, um die Schäden im Haus zu reparieren. Aber Anna war sowieso nicht das Problem, sondern ihr Mann Wolfgang. Denn der kam schon am Rosenmontag zurück. Matilda lief ein unangenehmer Schauder über den Rücken. Das erste, was er sehen würde, waren diese schwarzen Buchstaben, die verkündeten, daß die Bewohner des Hauses verdammte A ... seien – das würde wahrscheinlich schon ausreichen, um ihn auf Palme hundertachtzig zu bringen. Er war so schrecklich pingelig, wie diese Versicherungsleute eben so sind. Matilda fürchtete, er würde ihr lebenslanges Hausverbot erteilen (was nur halb so schlimm wäre) und ihr verbieten, die Kinder jemals wiederzusehen (was wirklich schlimm wäre, weil Matilda die drei mittlerweile ans Herz gewachsen waren).

»Ist was?« fragte Anna besorgt.

Matilda fuhr zusammen. »Mit mir? Nein, wieso?«

»Du schaust plötzlich so traurig.«

»Ach, das ist nur, weil ich daran gedacht habe, wie sehr ich die Kinder vermissen werde.«

Anna lächelte gerührt. »Wie süß! Matilda, du weißt doch, daß du jederzeit willkommen bist.«

Fragt sich nur, wie lange noch, dachte Matilda.

»Ich habe so ein schlechtes Gewissen«, sagte sie später zu Caroline und Franziska, als sie auf dem Heimweg waren.

»Du? Das wäre ja was ganz Neues.« Franziska versuchte, die Kinderliederkassette zu überschreien, die sie immer einlegten, sobald sie mit den Kindern im Auto saßen. Es schien sie zu entspannen, und sie beteiligten sich dann nicht an ihren Gesprächen.

»Dann nennen wir es eben ungutes Gefühl«, sagte Matilda. »Auf jeden Fall müssen wir etwas gegen das Chaos im Haus unternehmen. Franziska, hast du Cornelius wegen der Waschmaschine gefragt? Die Wäsche türmt sich mittlerweile meterhoch.«

»Er will es machen, wenn er Zeit hat.«

»Und wann ist das? Ihr habt wohl vergessen, daß Wolfgang am Montag kommt.«

»Ach Matilda, die Waschmaschine ist doch noch eines deiner geringsten Probleme.«

»*Meiner* Probleme? Das ist ja wohl typisch. An den Vergnügungen wollt ihr teilhaben, aber wenn es brenzlig wird, schiebt ihr alles auf mich. Ihr laßt mich einfach mit meinen Problemen allein und fahrt nach Hause zu eurem Triebtäter. Das ist typisch. *Den* wollt ihr ganz für euch behalten.«

»Wir würden ihn dir gerne vorbeischicken«, beteuerte Caroline. »Aber wir stehen nicht gerade auf Kommunikationsfuß mit ihm.«

»Ach!« schnaubte Matilda wütend und fuhr beinahe eine ältere Dame auf einem Zebrastreifen über den Haufen. »Das ist doch typisch, daß der ausgerechnet dann auftaucht, wenn ich nicht da bin. Ihr erlebt ein Abenteuer nach dem anderen, und ich hüte die Kinder und putze.«

»Du hast noch nicht ein einziges Mal geputzt«, widersprach Franziska. »Das haben immer Caroline und ich gemacht. Und es ist schrecklich, mit einem potentiellen Triebtäter unter einem Dach zu wohnen, und kein spaßiges Abenteuer, das du verpaßt. Also hör schon auf mit dem Gemecker, oder du kannst am Wochenende allein Kinder hüten.«

»Das ist Erpressung«, sagte Matilda und drückte noch mehr aufs Gaspedal.

»Matilda, du hättest hier abbiegen müssen!«

»Warum? Nach Hause geht's geradeaus.«

»Du hast versprochen, uns bei uns zu Hause abzusetzen!«

»Jetzt schon? Es ist erst vier Uhr!«

»Ich weiß«, sagte Caroline. »Aber wir wollen nicht im Dunkeln nach Hause kommen, das weißt du ganz genau.«

»Aber das würde bedeuten, daß ich die Kinder ohne eure Hilfe abfüttern und ins Bett bringen müßte«.

»Ja, ausnahmsweise«, bestätigte Franziska. »Dafür waren wir auch um neun Uhr morgens bei dir und haben alles Geschirr weggespült.«

»*Und* die Toiletten geschrubbt«, ergänzte Caroline und betrachtete kummervoll ihr Spülhände. »Los, bieg da vorne ab, das ist nur ein kleiner Umweg.«

Mürrisch betätigte Matilda den Blinker.

»Alte Egoisten«, sagte sie.

Vom Triebtäter war keine Spur zu sehen, als sie eilig das Treppenhaus durchquerten, auch nicht von Herrn Kleinschmidt, dem thailändischen Mädchen oder den merkwürdigen Sülzheimers. Trotzdem war Caroline sehr froh, in der Wohnung angekommen zu sein. Gewissenhaft legte sie die Sicherheitskette vor und atmete auf.

»Wann kommt Cornelius?«

»Gleich nach dem Wasserballtraining«, antwortete Franziska.

»Was? Erst? Aber dann ist es schon nach zehn!«

»Hier in der Wohnung passiert uns doch nichts«, erklärte Franziska, die Caroline allmählich für hysterisch hielt. »Bis dahin haben wir Zeit, hier mal ein bißchen Ordnung zu schaffen. Es sieht ja beinahe schlimmer aus als bei Matilda.«

»Aber auch nur beinahe«, sagte Caroline. »Ich wünschte, *wir* hätten eine Spülmaschine.«

»Ja, aber die würde Matilda nach zwei Tagen ohnehin kaputtmachen«, meinte Franziska. Unternehmungslustig krempelte sie die Ärmel hoch. »Ich bin dafür, daß wir hier mal richtig Ordnung schaffen.«

»Ja«, meinte auch Caroline. »Sonst hält Cornelius uns am Ende für unfähige Schlampen.«

»Ich fürchte, das tut er sowieso«, sagte Franziska.

Es dauerte zwei Stunden, bis die Wohnung wieder repräsentabel war. Jedenfalls in ihren Augen.

»Wenn's sauber ist, merke ich immer erst, wie schön wir es eigentlich haben«, verkündete Franziska stolz.

»Ja, bis auf die zugigen Fenster und die doofen Ölöfen

und die Kakerlaken und die Sprünge im Email«, listete Caroline auf. Aber auch sie fand die Wohnung eigentlich ausgesprochen originell. Es gab drei Zimmer – für jedes der Mädchen eines – eine Küche, ein Bad und einen Flur. Schon der Flur war über alle Maßen stimmungsvoll. Da er kein Tageslicht erhielt, hatten die Mädchen ihn besonders bunt und fröhlich gestaltet. Jede Wand war in einem anderen Blau-, Grün- oder Türkiston gestrichen, die Fußleisten und die Türen kontrastierten in einem leuchtenden Flamingopink. Die Türen hatten außerdem ebenfalls pinklackierte, dreieckige Überbauten aus Holzleisten, und das lilafarbene Telefon stand auf einem Stuhl mit vier verschiedenfarbigen Beinen. Besucher fanden das Entree entweder äußerst geschmacklos oder besonders gelungen – auf jeden Fall aber vergaßen sie es ihr Lebtag nicht mehr.

»Alles sauber und ordentlich«, sagte Franziska zufrieden. »Ich bringe nur noch das Altpapier und die Flaschen zu den Containern, dann ist es perfekt.«

»Das kannst du nicht machen, so ganz allein«, sagte Caroline sofort. »Wir warten, bis Cornelius da ist.«

»Caroline, jetzt übertreibst du aber. Ich will nur die fünfzig Meter zum Altpapiercontainer gehen. Es ist außerdem erst halb sieben, und es laufen jede Menge Menschen auf der Straße herum.«

»Ich komme mit dir«, sagte Caroline und griff sich das schärfste Fleischmesser vom Messerblock. »Man kann ja nie wissen.«

»Na gut«, gab Franziska nach. »Aber halt die Spitze nach unten, sonst passiert noch ein Unglück. Wo ist eigentlich dein Verteidigungsspray? Das ist doch bedeutend handlicher.«

»Das ist leer. Matilda hat damit auf dem Balkon rumgesprüht, nur so zum Spaß.«

»Hm. Dann nimm wenigstens das Brotmesser, das ist nicht ganz so scharf.«

Aber Caroline wollte das Fleischmesser behalten. Sicher war sicher. Weil Franziska ihr zwei Baumwolltaschen mit Weinflaschen in die Hand drückte, klemmte sie es sich zwischen die Zähne.

Franziska mußte kichern, als sie sie so sah. »Jetzt wird sich keiner trauen, dir was zu tun«, sagte sie. »Ich wette, es traut sich nicht mal jemand, uns nach dem Weg zu fragen.«

»Iff farf fur fiff fallen«, nuschelte Caroline und öffnete die Wohnungstür. Das Treppenhaus war leer, aber als sie schwerbeladen vor die Haustür traten, sahen sie das Ehepaar Sülzheimer in ihren Porsche steigen und davonfahren.

»Fie Frau haffe einen Karfefallshuf auf«, sagte Caroline. »Fie gehen fiffer auf eife fiffung.«

»Wie bitte? Die Frau hatte einen Kartoffelhuf auf? Was soll denn das sein? Caroline, nimm besser das Messer aus dem Mund, du schneidest dir noch in die Zunge!«

»Gehf niff«, antwortete Caroline.

»Die Frau Zobelheimer war verkleidet«, sagte Franziska. »Na ja, nicht wirklich verkleidet, aber sie hatte eines von diesen blöden Hütchen an. Sicher gehen die auf eine Sitzung.«

»Fag iff foch«, sagte Caroline.

»Caroline, sei still, die Leute gucken dich schon so komisch an!«

Caroline setzte die Taschen vor dem Glascontainer ab und nahm das Messer aus dem Mund. »Sollen sie doch.

Das ist eben mein Karnevalskostüm. Ich bin der auf den sieben Weltmeeren gefürchtete Messerjocke.«

Franziska hatte ihr Papier in den Container gestopft, darunter auch alles, was sich während der Lernerei an überflüssigem Papierkram angesammelt hatte. Ihr Schreibtisch war nun wieder jungfräulich leer, wie sie es am liebsten hatte. Immerhin, bei all dem Chaos der letzten Tage konnte sie wenigstens von sich sagen, das Semester erfolgreich hinter sich gebracht zu haben. Dieser Gedanke machte sie geradezu beschwingt.

»Komm, Caroline, wer zuerst an der Haustür ist!«

»Meinetwegen«, sagte Caroline und packte ihr Messer fest um den Griff.

»Lieber doch nicht«, meinte Franziska. »Mit dem Ding in der Hand sollten wir schön vorsichtig zurückgehen, sonst wird aus Messerjocke am Ende noch Blutsvente.«

»Du hast also auch immer Pippi Langstrumpf gesehen«, freute sich Caroline. »Als Kind wollte ich immer so reich und stark sein wie sie. Wenn ich's mir recht überlege, wär' ich das heute auch noch gerne. Dann würde ich mir diesen Triebtäter mal so richtig vorknöpfen.«

»Ich fand Annika immer netter«, erinnerte sich Franziska. »Die war zwar ein bißchen ängstlich, aber sie hatte die besseren Manieren.«

»Das ist psychologisch höchst bedenklich«, behauptete Caroline. »Niemand findet Annika besser als Pippi! Ich weiß zwar nicht, was es zu bedeuten hat, aber *daß* es was zu bedeuten hat, weiß ich sicher.«

Franziska schloß die Haustür auf. »Ich weiß auch nicht, warum. Ich wollte jedenfalls nie mit Pippi Langstrumpf tauschen. Sie hatte so einen komischen Namen, viel zu große Vorderzähne und konnte nicht richtig rechnen und schreiben. Und dann diese Klamotten! Außerdem war ihre Mutter tot, und sie war meistens allein.«

»Mit Herrn Nilsson und dem kleinen Onkel«, sagte Caroline. »Da war sie doch nicht allein! Außerdem hatte sie einen dicken Papa, der König auf Taka-Tuka-Land war. Wer hat das schon?«

»Eben, nie zu Hause, der Alte. Und dann mußte ihn Pippi auch noch von den Piraten befreien! Annika hingegen hatte eine intakte, liebevolle Familie. Und sie wohnten in diesem schönen schwedischen Holzhaus.«

Franziska und Caroline hatten schwatzend die Treppen erklommen. Gerade als sie an der Wohnung der Sülzheimers vorbeigingen, öffnete sich die Tür einen Spalt.

»Gesunde Vitamine naschen«, flüsterte eine Stimme.

Franziska und Caroline blieben stehen. Durch den Türspalt sahen sie in zwei mandelförmige Augen.

»Hallo, Janine«, sagte Caroline mit belegter Stimme.

»Wenn Ihr Schutzengel mal nicht aufpaßt«, sagte Janine und öffnete die Tür weiter.

»Je m'appell Caroline«, stotterte Caroline nervös. Meine Güte, viel war ja nicht übriggeblieben von den zwei Jahren Schulfranzösisch. »Et cette ... ähm ... girl, Mädchen ... ähm ... verdammt!« Sie zeigte auf Franziska. »Franziska!«

»Mit einem Wisch ist alles weg«, sagte Janine.

»Tu comprend français?« fragte Franziska radebrechend.

»Das heißt, estque vous ähm ... tu ... ähm ... also jedenfalls heißt es anders«, sagte Caroline hilflos.

Janine trat vorsichtig aus dem Schatten der Wohnung in den Flur hinaus. Franziska und Caroline konnten sehen, daß sie geweint hatte.

»Français?« fragte Caroline. »Bitte, sag doch was!«

»Mit der Piemontkirsche«, sagte Janine schüchtern.

»Ja. Piemont. Das klang Französisch«, rief Caroline hoffnungsvoll. »Vielleicht muß sie sich erst einsprechen.«

»Quatsch! Das war die dämliche Mon-Cherie-Werbung. Außerdem liegt das Piemont in Italien, soviel ich weiß.«

»Kleine Torte statt vieler Worte«, sagte Janine und kam noch einen Schritt näher. Eine Träne lief ihr die Wange hinab. Franziska und Caroline brach es beinahe das Herz.

»Do you speak english?« fragte Franziska verzweifelt.

»Help«, flüsterte Janine.

Caroline und Franziska schauten einander entsetzt an.

»*How* can we help you, Janine?« fragte Caroline. Es sah nicht so aus, als benötige sie nur etwas Mehl zum Kuchenbacken oder einen Korkenzieher. Jedenfalls wäre das kein Grund zum Weinen gewesen.

»Help«, sagte Janine wieder. Offenbar drückte dieses Wort alles aus, was sie sagen wollte.

Franziska griff kurzentschlossen nach ihrem Arm.

»Komm erst mal mit zu uns«, sagte sie. »Dort sehen wir weiter.«

Janine ließ sich bereitwillig die Stufen hinaufführen. Caroline zog die Wohnungstür der Sülzheimers ins Schloß und nahm dabei in Kauf, daß sie dort ohne einen Schlüssel nicht wieder hineingelangen konnten.

Oben in ihrer eigenen Wohnung setzten sie Janine in einen der bequemen Korbsessel in der Küche und standen hilflos um sie herum. Sie versuchten noch mal, in mehreren Sprachen auf sie einzureden, aber Janine sagte nichts, außer »Help«. Immerhin hatte sie aufgehört zu weinen.

»Ich mach' uns einen Tee«, sagte Franziska schließlich vollkommen ratlos.

»Wir brauchen jemanden, der Thailändisch spricht«, sagte Caroline. »Dann könnte sie uns sagen, was los ist, und wir könnten entsprechend agieren. Ich meine, vielleicht hat sie nur Heimweh – oder ihre Tage.«

»Ich rufe Matilda an«, sagte Franziska. »Sie kennt doch so viele Leute. Vielleicht ist jemand dabei, der Thailändisch spricht.«

Matilda war erst nach dem zehnten Klingeln am Telefon.

»Ich habe gerade versucht, die Dunstabzugshaube zu reparieren«, sagte sie. »Das dumme Ding wollte sich einfach nicht ausschalten lassen. Jetzt ist es zwar aus, aber man kann es nicht wieder einschalten.«

»Matilda, wir haben hier ein Problem«, sagte Franziska, ungeachtet der neuerlichen Mißstände in Annas Haushalt. »Dieses thailändische Mädchen, du weißt schon, die sitzt jetzt hier bei uns in der Wohnung und sagt immer ›Help‹. Wir befürchten, daß sie in ernsten Schwierigkeiten ist. Du mußt uns helfen!«

»Ich komme sofort«, rief Matilda.

»Warte mal, Matilda. Ich meinte nicht, daß du kommen sollst. Ich dachte nur, du kennst vielleicht jemanden, der Thailändisch spricht, denn außer ›Help‹ kann sie, glaube ich, kein Wort Englisch. Auf Deutsch spricht sie nur diese Werbeslogans. Und andere Sprachen sprechen wir nicht.«

»Ich kann fließend Italienisch und ganz leidlich Spanisch sprechen«, sagte Matilda. »Ich komme sofort.«

»Ach Matilda, mit Italienisch und Spanisch kommen wir hier auch nicht weiter. Wir brauchen jemanden, der Thailändisch spricht.«

Matilda schien allmählich zu begreifen. »Ich habe eine Kommilitonin im Harmonielehrekurs, die hat Schlitzaugen.«

»Matilda! Schlitzaugen sagt man nicht! Das ist nicht politically correct.«

»Entschuldigung. Diese Kommilitonin kommt jedenfalls aus der Gegend da. Ich könnte sie anrufen! Ich glaube, ich habe irgendwo ihre Nummer aufgeschrieben.«

»Das wäre großartig. Wo hast du die Nummer aufgeschrieben?«

»Könnte auf einer Liste stehen, die an meiner Pinnwand hängt«, sagte Matilda.

Franziska nahm das Telefon mit in Matildas Zimmer. Das hatten sie bei ihrer heutigen Aufräumaktion natürlich nicht betreten. Es sah aus, als habe dort eine Bombe eingeschlagen, also wie immer. Franziska bahnte sich einen Weg bis zu Matildas Schreibtisch und durchforstete die vollgehängte Pinnwand nach einer Namensliste. »Hier ist nichts«, sagte sie schließlich.

»Dann könnte diese Liste noch in meinem Harmonielehreordner sein«, überlegte Matilda. »Der liegt irgendwo auf dem Schreibtisch. Es steht aber nicht Hamornielehre drauf, sondern Kontrapunkt 2.«

»Ich hab' ihn.« Franziska blätterte voller Eifer. »Keine Liste«, stellte sie schließlich enttäuscht fest.

»Hm. Dann weiß ich auch nicht«, sagte Matilda. »Am besten, ich komme und suche selber.«

»Matilda, du *kannst* nicht kommen. Die Kinder! Schau doch einfach im Telefonbuch nach.«

»Tsss! Als ob das was nutzen würde. Ich kenne nur den Vornamen von dieser Frau. Und ich weiß nicht mal, wie *der* geschrieben wird!«

»Ach Matilda, du mußt diese Nummer einfach herausbekommen. Wir brauchen jemanden, der mit Janine kommunizieren kann. Sonst können wir ihr nicht helfen.«

»Hm«, machte Matilda verdrossen. »Ihr dürft ein Abenteuer nach dem anderen erleben, und ich soll hier ein bißchen telefonieren. Das ist ungerecht. Na ja, ich könnte Peter fragen, ob er die Nummer hat. Bei dem herrscht immer Ordnung.«

»Bitte mach das! Und beeil dich! Sag dieser Kommilitonin, daß sie herkommen soll, und zwar so schnell wie möglich!«

Es klingelte an der Wohnungstür, und Franziska zuckte zusammen, als hätte es einen Brandalarm gegeben. »Caroline, gehst du mal? Aber sei vorsichtig, wenn es die Sülzheimers sind, mach nicht auf.«

Caroline lugte durch den Türspion. »Es ist der Triebtäter«, flüsterte sie.

»Matilda, ich muß Schluß machen, gerade hat der Triebtäter an der Tür geklingelt«, zischte Franziska in den Hörer. »Bitte erledige das mit dem Anruf! So schnell wie möglich.«

»Ich will sehen, was ich tun kann«, sagte Matilda mürrisch und legte auf.

Franziska schlich neben Caroline an den Türspion. Draußen stand der Blondgelockte und wartete.

»Geh zurück in die Küche zu Janine«, flüsterte Franziska. »Ich wimmele den schon ab.«

»Aber sei vorsichtig«, wisperte Caroline. »Er ist gefährlich.«

Franziska ließ die Sicherheitskette vorgelegt und öffnete die Türe einen Spalt weit. »Was gibt's?« fragte sie unwirsch.

»Ich bin's, der neue Nachbar«, sagte der Triebtäter. »Simon. Und du bist die Erdbeere, stimmt's? Ich wollte nur mal vorbeischauen und mich richtig vorstellen.«

»Wie *richtig*?« fragte Franziska.

»Na ja. Bis jetzt stand unsere Bekanntschaft unter keinem guten Stern. Ich habe das Gefühl, da ist noch einiges aufzuklären.«

Franziska beschloß, zum Direktangriff überzugehen. Die Sicherheitskette sah stabil genug aus. »Du meinst, weil du Caroline im Treppenhaus aufgelauert hast?«

Simon wurde rot. »Also, so war das nicht.«

»Aha, du gibst also zu, daß du es warst.«

»Sie ist im Dunkeln auf mich getreten«, sagte Simon. »Ich habe jetzt noch einen blauen Fleck.«

»Was soll das heißen? Daß Caroline *dir* aufgelauert hat?« fragte Franziska empört.

»Niemand hat gelauert«, sagte Simon.

»Und warum hast du dann im Dunkeln auf der Treppe rumgesessen?«

»Das will ich euch ja erklären. Aber nicht hier im Treppenhaus. Warum läßt du mich nicht rein?«

»Weil ich ungern Typen in die Wohnung lasse, die in

Treppenhäusern rumhängen und junge Mädchen tätlich angreifen.«

»Ich hab' sie doch nicht angegriffen!«

»Du hast sie am Arm gepackt!«

»Ja, aber nur weil ich nicht wollte, daß sie um Hilfe ruft.«

»Ha!« rief Franziska. »Das wird ja immer schöner.«

Simon machte ein verzweifeltes Gesicht. »Ich glaube, es ist zwecklos.«

»Das glaube ich auch«, versicherte ihm Franziska. »Gleich kommt übrigens mein Freund, und der ist Berufsboxer.«

»So, so«, resignierte Simon und wandte sich zum Gehen. Auf der Treppe drehte er sich noch einmal um. »Sag mal, die Zimmerlinde hat gelbe Blätter, weißt du, was man da tun kann?«

»Nein«, sagte Franziska. »Vielleicht hat sie nur zu wenig Wasser.«

»Nein.«

»Dann zuviel?«

»Auch nicht. Ich gieße genau nach Anleitung.«

»Wenn der Linde was passiert, sind Ollie und Benedikt stinkesauer«, sagte Franziska.

»Ja, und die sind sicher auch Berufsboxer«, erwiderte Simon und grinste leicht. »Bis später mal.«

Franziska schloß die Tür wieder.

»So ein dreister Kerl«, sagte Caroline, die von der Küche her gelauscht hatte.

»Ja.«

»Andererseits – vielleicht hat er ja die Wahrheit gesagt«, fuhr Caroline fort. »Ich bin ja wirklich auf ihn getreten.«

»Die Frage ist nur: Was hatte er dort zu suchen, mitten in der Nacht?« sagte Franziska. »Wie geht es Janine?«

»Sie trinkt Tee.«

»Matilda hat eine Kommilitonin, die ist aus Thailand«, sagte Franziska.

»Das ist ja wunderbar«, rief Caroline. »Gott sei Dank, wir sind gerettet.«

»Warten wir erst mal ab.« Franziska kratzte sich am Kopf. »Ich wünschte, Cornelius wäre hier. Der weiß immer, was zu tun ist. Aber er kommt ja gleich. Komm, wir setzen uns zu der armen Janine und trinken Tee, das beruhigt die Nerven.«

Eine halbe Stunde lang herrschte bedrückendes Schweigen in der Küche. Janine sah mit ihren schönen Samtaugen von einem zum anderen und versuchte zu lächeln. Caroline und Franziska lächelten unglücklich zurück.

»Als nächstes mach' ich einen Sprachkurs an der VHS«, sagte Caroline gerade, als es an der Tür klingelte.

»Das könnte diese Kommilitonin sein«, rief Franziska und sprang auf.

»Wer ist da?« schrie sie in die Gegensprechanlage.

»Ich bin's!« schrie eine bekannte Stimme zurück. »Mein Schlüssel paßt nicht ins Schloß!«

»Matilda! Was machst du hier?«

»Mach schon auf, Franziska. Die Kinder frieren.«

»Die *Kinder*?« Franziska drückte entsetzt auf den Türöffner. »Spinnst du jetzt total?« Aber das hörte Matilda schon nicht mehr.

»Caroline! Da ist Matilda, und ich glaube, sie hat die Kinder dabei«, sagte Franziska.

»Na toll«, kommentierte Caroline. »Das hat uns gerade noch gefehlt.«

Matilda polterte schon gegen die Wohnungstür. »Hey, aufmachen!«

Franziska schob die Sicherheitskette beiseite und öffnete die Tür. Das erste, was sie sah, war Leons verschlafenes Gesichtchen unter einer grünen Mütze. Matilda drückte ihr das schwere Bündel in die Hand. »Ich hab' sein Reisebettchen im Auto, kann mir mal jemand beim Tragen helfen?«

Hinter Matilda tauchten Nikolas und Sophie auf, beide ebenfalls ganz offensichtlich aus dem Bett geholt. Sie trugen Gummistiefel, und unter ihren Anoraks konnte man die Schlafanzugbeine erkennen.

»Ach Matilda«, sagte Caroline tadelnd. »Was soll das denn?«

»Ich habe auch das Bettzeug im Auto«, sagte Matilda ungerührt. »Keiner wird frieren.«

Franziska schälte Leon aus seinem Anorak. »Er ist hundemüde, er gehört ins Bett.«

»Ja, sag' ich doch«, bekräftigte Matilda. »Komm schon, Caroline, wir holen das Zeug aus dem Auto.«

»Warum bist du gekommen, Matilda? Und was ist mit deiner Kommilitonin?«

»Die war nicht zu Hause. Kein Wunder an einem Freitagabend – und Karneval dazu. Ich hab' ihr was auf den Anrufbeantworter gesprochen. Und dann dachte ich, es wäre eine Schande, wenn ich nicht dabei wäre, wenn hier mal was passiert. Also habe ich die Kinder eingepackt und bin gekommen, so schnell ich konnte.«

»Matilda, du bist unmöglich«, sagte Caroline und mußte aus irgendeinem Grund fürchterlich lachen.

Obwohl Matilda wie üblich das Chaos noch vervollständigt hatte, war es ein gutes Gefühl, sie und die Kinder hier zu haben. Janines mandelförmige Augen wurden zwar beinahe rund, als sie die vielen Kinder sah, aber sie lächelte und streichelte Leon über den Kopf. Als Cornelius kurze Zeit später eintraf, wunderte er sich über gar nichts mehr.

»Du kennst nicht zufällig jemanden, der Thailändisch spricht?« fragte ihn Franziska, und Cornelius sagte: »Zufällig nicht. Wo sollen die vielen Leute denn heute nacht schlafen?«

Aber die Unterbringung war kein Problem. Sophie und Nikolas wurden mit ihrem Bettzeug in Matildas riesigem Himmelbett eingekuschelt, das Reisebettchen mit Leons Schafsfell stellten sie in Franziskas Zimmer auf. Matilda würde sich später zu den Kindern ins Bett legen, Janine notfalls bei Caroline schlafen, und Cornelius bei Franziska.

»Es geht doch nichts über breite Betten«, bemerkte Matilda zufrieden, als die Kinder schliefen.

»Du bist ja ein toller Babysitter«, sagte Cornelius zu ihr. »Wirklich, deine Schwester muß Nerven wie Drahtseile haben.«

»Ich sehe nicht ein, daß ihr hier alles habt, einen schönen Triebtäter und eine asylsuchende Thailänderin, während ich in einer Doppelhaushälfte mit drei Kindern versauere«, gab Matilda zur Antwort. »Außerdem schadet das den Kindern nicht, das kannst du mir glauben.«

»Vielleicht nicht«, sagte Franziska und gähnte. »Aber auf jeden Fall werden sie ihren Eltern wieder was zu erzählen haben.«

»Hauptsache, sie sind gesund, satt und haben ein Dach über dem Kopf«, lautete Matildas Kommentar.

Dann begann eine quälende Wartezeit. Janine schlief in ihrem Sessel ein, aber die anderen hielten sich mit starkem Tee wach. Endlich, nachdem Matilda noch ungefähr siebenmal auf den Anrufbeantworter gesprochen hatte und es längst auf zwei Uhr nachts zuging, rief die Kommilitonin zurück. Franziska, Caroline und Cornelius stellten sich um Matilda herum, während sie telefonierte.

»Sag ihr, sie soll sofort herkommen«, mischte sich Franziska ein. »Sie kann ein Taxi nehmen, wir bezahlen es auch.«

»Pscht!« machte Matilda. »Ruhe!« Ungeduldig lauschten alle, wie sie der Kommilitonin die Lage auseinandersetzte. Dann war Matilda für eine Weile still.

»Ach so«, sagte sie schließlich. »Aber hört sich das nicht so ähnlich an? Nein?«

»Was ist denn?« wollte Caroline wissen. »Was sagt sie denn?«

Matilda bedeutete ihr mit der Hand zu schweigen.

»Ja, das wäre nett von dir«, sagte sie in den Hörer. »Warte, ich schreibe die Nummer auf ... Ach so. Aber es ist wirklich eilig ... Nicht? ... Aber spätestens morgen früh, bitte! Sag ihm, dafür würden wir auch ein Leben lang bei ihm einkaufen. Ja, herzlichen Dank.«

Matilda legte auf.

»Mein Gott, was ist denn los? Wieso kommt die nicht? Wo sollen wir unser Leben lang einkaufen?« rief Caroline.

»Die blöde Nuß kommt nicht aus Thailand, sondern aus Korea«, erklärte Matilda. »Sie hat gesagt, ich wäre ziemlich ignorant und unwissend für mein Alter, wenn ich alle Asiaten in einen Topf würfe. Na ja, konnte ich ja nicht wissen. Und sie sagt, Koreanisch und Thailändisch seien leider grundverschiedene Sprachen.«

»Scheiße!« Mehr fiel Franziska nicht ein.

»Es gibt aber noch einen Lichtblick. Sun kennt einen thailändischen Feinkosthändler hier in Köln. Sie hat versprochen, ihn morgen früh anzurufen und ihm von unserem Problem zu erzählen.«

»Scheiße!« sagte Franziska wieder, aber Cornelius meinte: »Besser als nichts. Mitten in der Nacht könnten wir eh' nichts tun. Also legen wir uns jetzt am besten aufs Ohr und schlafen.«

»Ja«, sagte Caroline und gähnte. »Etwas anderes bleibt uns sowieso nicht übrig.«

Der Triebtäter zeigt sein wahres Gesicht

Die Nacht war viel zu schnell vorbei. Leon hatte in der fremden Umgebung keine Lust auszuschlafen und brüllte um halb sechs wie am Spieß. Franziska machte ihm eine neue Windel und ein Fläschchen Tee und nahm ihn mit zu sich und Cornelius ins große Bett. Hier fühlte er sich sichtlich wohl und amüsierte sich damit, Cornelius in die Nase zu beißen.

»So ist das also, wenn man Kinder hat«, sagte Cornelius gähnend. »Gut, daß heute Samstag ist. Wer holt Brötchen?«

»Wie kannst du unter diesen Umständen an Frühstück denken?« fragte Franziska, die schon das Abendessen völlig vergessen hatte.

»Essen hält Leib und Seele zusammen«, dozierte Cornelius. »Sagt meine Mutter immer.«

»Ach ja, das Thema hatten wir lange nicht«, sagte Franziska, ging aber nicht weiter darauf ein. Schließlich hatten sie augenblicklich eine Menge wirklicher Probleme. »Von mir aus geh Brötchen holen. Wenn ich es mir recht überlege, habe ich doch Hunger. Wir bräuchten auch noch Butter und Käse, Aufschnitt und Eier ...«

»Gebt mir eure Haushaltskasse, dann besorg' ich alles, was man für ein gutes Frühstück braucht. Der Supermarkt macht allerdings erst um acht auf. Ich glaube, ich dusche erst mal.«

Franziska kuschelte sich noch ein Weilchen mit Leon im Bett herum. Er quietschte vor Vergnügen, wenn sie ihn am Bauch kitzelte, und dabei sah er so niedlich aus, daß Franziska ganz begeistert war.

»Du bist zwar nicht mein Baby«, sagte sie zu ihm. »Aber ich würde dich glatt adoptieren, wenn es sein müßte.«

Später ging die Tür auf, und Sophie und Nikolas kamen herein. Matilda hatte sie herübergeschickt, damit sie selber noch schlafen konnte. Typisch!

»Im Flur war ein nackter Mann, und da krabbelt eine Schildkröte«, teilte ihr Nikolas aufgeregt mit.

»Der nackte Mann ist Cornelius, den kennt ihr doch. Der ist bloß duschen gegangen.« Meine Güte, hatten diese Kinder ihren Vater niemals nackt gesehen? Na ja, bei Wolfgangs Bierbauch war das vielleicht auch kinderfreundlicher. »Und die Schildkröte ist Sigmund«, klärte

Franziska auf. »Carolines Schildkröte. Im Küchenschrank müßte noch Salat liegen, den könnt ihr ihm geben.«

Sophie und Nikolas verschwanden darauf wieder und versuchten Sigmund zu einer Mahlzeit zu überreden. Als Caroline aufstand, stellte sie zu ihrer Freude fest, daß die Kinder und die Schildkröte sich angefreundet hatten. Matilda und Franziska hatten für ihren Mitbewohner nämlich herzlich wenig übrig. Sie fanden ihn sogar häßlich.

»Dieses zahnlose Maul«, sagte Matilda öfter mal angewidert. »Ich verstehe wirklich nicht, wie man so ein Tier mögen kann.«

Und Franziska fügte hinzu: »Außer auf den Galapagosinseln, wo die hingehören.«

»Sigmund ist zwölf Jahre alt«, erklärte Caroline den Kindern. »Er ist ein bißchen eigensinnig. Und sehr empfindlich gegen Kälte. Es muß immer um die zwanzig Grad warm sein, sonst fühlt er sich nicht wohl. Einmal hatte ich eine weibliche Schildkröte dazugekauft, damit er sich nicht mehr so einsam fühlt. Aber die konnte er nicht ausstehen.«

»Er ist so hübsch«, sagte Sophie und streichelte über Sigmunds Panzer. »Ich wollte, ich hätte auch so eine.«

»Ich kann ja mal mit Anna reden«, meinte Caroline erfreut. »Sie sind wirklich sehr reinlich und machen nicht soviel Arbeit wie Hunde oder Katzen. Und sie sind Vegetarier.«

Sie strich den Kindern voller Zuneigung über den Kopf. Diese lieben Kerlchen waren wirklich das geringste Problem hier und heute. Sie beschwerten sich mit keinem Wort über die doch recht beengten neuen Zustände, sondern paßten sich einfach an. Freundlich und unkompliziert. Wenn sie mal Kinder haben sollte, dann müßten sie genauso wie diese hier sein.

Cornelius nahm Nikolas mit zum Einkaufen, Sophie half Franziska beim Tischdecken, und Matilda versuchte, mit Janine auf italienisch zu kommunizieren, was diese nur noch mehr verwirrte. Leon krabbelte begeistert hinter Sigmund her und spielte Verstecken in Matildas Kleiderbergen. Matilda hatte keinen Schrank, sie pflegte ihre Klamotten in Bergen aufzubewahren, was auch Sophie und Nikolas sehr interessant fanden.

»Wenn das Mama sehen würde«, sagte Sophie und konnte nicht verstehen, warum es überhaupt Schränke gab.

Cornelius und Nikolas kamen hochbeladen zurück, und es gab ein üppiges Frühstück mit Rühreiern, frischen Brötchen, Orangensaft, Kaffee, Marmelade und leckerem Aufschnitt. Sogar Janine aß zwei Brötchen, was die Mädchen sehr beruhigte. Wer essen konnte, war schon auf dem Weg der Besserung.

»Hm, du hast ja den teuren Schinken gekauft«, stellte Matilda erfreut fest. »Caroline und Franziska sind immer zu geizig dafür. Vielen Dank, Cornelius.«

»Ich hab's aus eurer Haushaltskasse bezahlt«, nahm ihr Cornelius die Freude. »Aber es ist trotzdem nett, daß du dich bedankst.«

Als sie nur aßen, weil es so gut schmeckte, und nicht, weil sie noch hungrig gewesen wären, klingelte es an der Tür.

»Mach du auf, Cornelius. Wenn es wieder dieser Triebtäter ist, dann weiß er gleich, wo er dran ist. Ich habe ihm gesagt, du seist Berufsboxer«, sagte Franziska.

Matilda sprang auf. »Laß mich aufmachen, ich will den unbedingt sehen, euren Triebtäter!« Sie rannte zur Tür. Aber der Platz vor dem Türspion war leer. Stattdessen klingelte es noch einmal.

Matilda drückte auf den Knopf der Gegensprechanlage: »Wer ist da?«

»Fuamulaku«, sagte eine Stimme.

»Bitte wer?«

»Fuamulaku, Feinkost«, wiederholte die Stimme geduldig.

»Oh!« Matilda drückte auf den automatischen Türöffner. »Bitte kommen Sie herauf, Herr Fumulu ... ähm.« Über ihre Schulter schrie sie: »Es ist der Dolmetscher. Sun hat ihn direkt zu uns geschickt.«

Herr Fuamulaku war ein gutaussehender Mann Ende Fünfzig. Er sprach fließend Deutsch mit einem leichten, angenehmen Akzent, und er sagte nicht nein, als sie ihm anboten, am Frühstückstisch Platz zu nehmen und mitzuessen. Als Sun, Matildas koreanische Kommilitonin, ihm die Geschichte erzählt hatte, sagte er, habe er beschlossen, uns sofort aufzusuchen. Es gebe eine kleine thailändische Gemeinde in der Stadt, und hier würden alle zusammenhalten, wenn es um Probleme eines Landsmannes oder einer -frau ginge.

»Wunderbar«, sagte Franziska. »Ohne Sie würden wir nie herauskriegen, was mit Janine los ist.«

Herr Fuamulaku nickte nur. Als er sein Brötchen gegessen hatte, wandte er sich Janine zu, die in Carolines Kleid in ihrem Korbsessel saß. Die beiden unterhielten sich eine ganze Weile, und die anderen hingen gespannt und fasziniert an ihren Lippen. Wie seltsam diese Sprache war und wie schön! Caroline war mehr denn je entschlossen, einen Sprachkurs an der VHS zu belegen.

Janine sprudelte geradezu über vor Mitteilsamkeit, und ab und zu lief ihr eine Träne die Wangen herab.

»Das scheint eine lange Geschichte zu sein«, flüsterte Cornelius Franziska zu.

»Und eine traurige«, flüsterte Franziska zurück.

Das Gespräch zog sich in die Länge. Herr Fuamulaku stellte ab und zu eine Frage, aber meistens redete Janine. Caroline schickte die unruhig werdenden Kinder zum Spielen in ihr Zimmer, außer Leon, der sich damit begnügte, die Küchenschubladen auszuräumen.

Endlich wandte Herr Fuamulaku sich wieder seinen Gastgebern zu. »Es ist, wie ich gedacht habe«, sagte er kummervoll.

»Und was haben Sie sich gedacht?« fragte Franziska und versuchte, nicht ungeduldig zu klingen.

»Min ist das Opfer einer Verschwörung«, sagte Herr Fuamulaku dramatisch.

»Min?«

»So heißt sie.«

Aha! Franziska und Caroline hatten ja gleich gewußt, daß Janine kein thailändischer Name war.

Herr Fuamulaku sagte: »Wie viele arme Mädchen in Thailand hat sie geglaubt, in Deutschland einen guten Ehemann zu finden.«

»Aber sie ist doch nur zu Besuch. Bei den Sülzheimers«, warf Caroline ein.

»Sie ist hereingelegt worden«, erklärte Herr Fuamulaku. »Diese Leute haben sie ins Land geholt und ihr versprochen, ihr einen netten Ehemann zu besorgen. Aber in Wirklichkeit wollten sie sie verkaufen.«

»An ein Bordell?« fragte Matilda überzeugt.

»An einen Privatmann«, erwiderte Herr Fuamulaku. »Das geschieht sehr häufig. Diese Leute besorgen den Mädchen ein Einreisevisum, dann verkaufen sie sie an deutsche Männer. Nur die wenigsten machen ihr Versprechen wahr und heiraten tatsächlich. Meistens werden sie mißbraucht.«

»Das ist ja schrecklich«, flüsterte Franziska mitleidig.

Herr Fuamulaku nickte. »Da sie die deutsche Sprache nicht sprechen und Angst vor einer Ausweisung haben, bleiben sie jahrelang oder sogar Jahrzehnte unentdeckt, meistens wissen nicht mal die Nachbarn, daß es sie gibt. Viele arbeiten unentgeltlich als Hausmädchen, Kindermädchen und Köchin für ihre Käufer. Es ist eine Schande.«

»Arme Janine, ich meine Min«, flüsterte Cornelius ergriffen.

»Diese Leute hatten einen Käufer für Min gefunden«, fuhr Herr Fuamulaku fort. »Er wollte sie heute abholen, aber Min ist weggelaufen.«

»Gott sei Dank.« Caroline streichelte Mins Arm. Min lächelte sie an.

»Sie ist erst achtzehn Jahre alt«, sagte Herr Fuamulaku.

»Wir rufen die Polizei an«, sagte Cornelius und stand auf.

»Nein, tun Sie das nicht«, sagte Herr Fuamulaku. »Jedenfalls noch nicht. Ich habe keine guten Erfahrungen damit gemacht. Man würde Min ausweisen und die Leute, die das gemacht haben, gehen straffrei aus.«

»Aber irgend etwas müssen wir doch unternehmen.«

»Ich werde mich darum kümmern«, sagte Herr Fuamulaku. »Heute abend komme ich wieder und nehme Min mit.«

»Wohin?«

»In der thailändischen Gemeinde findet sich bestimmt eine Familie, die sie eine Zeitlang bei sich aufnimmt. Wir halten alle zusammen.«

»Aber was geschieht denn mit den Sülzheimers? Das sind doch Verbrecher. Denen gehört das Handwerk gelegt.«

»Wenn Min in Sicherheit ist, können Sie die Polizei verständigen«, sagte Herr Fuamulaku. »Aber ich glaube nicht, daß sie etwas unternehmen.«

»Nicht, wenn Sie den Beweis mitnehmen«, erklärte Cornelius.

»Mit einer Anzeige ist Min aber nicht geholfen«, verteidigte sich Herr Fuamulaku.

»Er hat recht«, sagte Matilda. »Mit diesen Mädchenhändlern müssen wir anders klarkommen.«

»Min sagt, ich soll Ihnen allen vielmals danken«, beendete Herr Fuamulaku die Diskussion und erhob sich. »Heute abend komme ich wieder. Passen Sie gut auf sie auf.«

Alle schüttelten Herrn Fuamulaku zum Abschied die Hand.

»Vielen Dank«, sagte Franziska. »Ohne Sie hätten wir nicht weitergewußt.«

»Ich danke *Ihnen*«, erwiderte Herr Fuamulaku ernst.

Die anderen blieben ziemlich betreten in der Wohnung zurück.

»Wie schrecklich«, wiederholte Caroline immer wieder. »Mädchenhändler in unserem Haus. Sklavenhandel im zwanzigsten Jahrhundert. Daß es so was überhaupt gibt!«

»Und damit verdienen sie so gut, daß sie sich einen Zobel und einen Porsche leisten können«, fügte Franziska bitter hinzu. »Apropos Porsche, der Zuhälterschlitten ist übrigens wieder aufgetaucht. Vor einer halben Stunde hat er auf dem Bürgersteig geparkt. Vielleicht haben die jetzt erst gemerkt, daß Min verschwunden ist.«

Matilda verschränkte die Arme über ihrer Brust. »Mädchenhändler, Triebtäter – ich gehe hier nicht mehr weg, bis die Sache geklärt ist.«

»Du mußt aber noch mal weg«, befahl Franziska. »Du hast viel zuwenig Windeln und anderen Kram für Leon eingepackt. Und Nikolas und Sophie haben nicht mal ihre Hausschuhe dabei. Ich glaube, bei sich zu Hause wären sie wirklich besser aufgehoben.«

»Kommt überhaupt nicht in Frage«, sagte Matilda »Ich bleibe!«

»Und was ist mit dem Kram? Sollen wir Leon etwa in Palmblätter wickeln?«

Matilda sagte knurrend, daß sie ja noch mal losfahren und ein paar Sachen holen könne. In diesem Augenblick klingelte es erneut an der Tür. Matilda blickte durch den Türspion und sah einen blondgelockten jungen Mann.

»Boah«, sagte sie. »Der sieht aber gut aus! Das muß euer Triebtäter sein.«

»Laß bloß die Tür zu!« rief Caroline, aber es war schon zu spät. Matilda hatte die Tür bereits aufgerissen.

»Hallo«, sagte Simon. »Du bist sicher die Tomate.«

»Sehe ich vielleicht so aus?« fragte Matilda kokett und streckte ihm die Hand hin. »Ich bin Matilda, wir kennen uns noch nicht.«

»Sehr erfreut. Simon Schwarz. Ich wohne für einige Zeit im Dachgeschoß.«

»Weiß ich«, erwiderte Matilda mit einem bezaubernden Lächeln.

Caroline und Franziska hinter ihr tippten sich vielsagend an die Stirn. Cornelius hatte sich neben ihnen aufgebaut und versuchte auszusehen wie ein Preisboxer. »Du bist der gutaussehende Triebtäter!«

Simon wurde rot. »Also, so würde ich das nicht sagen. Ich hab' nur ...« Er stockte. »Na ja, deswegen bin ich nicht hier. Ich wollte fragen, ob ihr Hilfe braucht.«

»Hilfe?« fragte Franziska und schob sich neben Matilda. »Von dir?«

»Er fragt doch nur höflich«, sagte Matilda.

»Es ist wegen des thailändischen Mädchens«, flüsterte Simon.

»Was weißt du denn davon?« fragte Franziska.

»Ich weiß, daß sie verschwunden ist«, sagte Simon genauso leise wie vorher. »Herr Kleinschmidt hat es mir gerade gesagt. Und ich dachte, vielleicht ...«

»Bei uns ist sie nicht«, fauchte Franziska. »Und überhaupt brauchen wir deine Hilfe nicht. Du hast immerhin zugegeben, Caroline überfallen zu haben.«

»Das habe ich nicht. Ich habe nur gesagt, daß ich sie festgehalten habe, nachdem sie auf mich draufgetreten war.« Simon seufzte schwer. »Bitte, ich kann euch helfen. Wenn ihr das Mädchen hier versteckt habt, dann sagt es mir.«

»Hier ist kein Mädchen versteckt«, entgegnete Cornelius barsch, gerade als Sophie mit Gusti im Arm aus Carolines Zimmer kam. »Du siehst doch, hier treibt sich sowieso schon zuviel Volk herum.«

»Tja«, meinte Simon zum Schluß. »Ihr könnt ja hochkommen, wenn ihr es euch anders überlegt.«

»Wiedersehen«, sagte Franziska und wollte die Tür schließen. Aber Matilda drückte dagegen.

»Sag mal, hast du eine Freundin?« fragte sie Simon. »Oder haben Triebtäter keine Freundinnen.«

Simon errötete wieder. »Keine Ahnung, was Triebtäter haben oder nicht haben. Ich finde das langsam nicht mehr komisch.«

»Wir auch nicht«, entgegnete Franziska und drückte die Tür gegen Matildas massiven Widerstand ins Schloß.

»Mußt du so unfreundlich sein?« fragte Matilda ungehalten.

»Und mußt du dich so anbiedern? Immerhin hat der Typ Caroline belästigt.«

»Ja, aber es scheint ihm doch leid zu tun!«

»Matilda! Du nervst. Hau endlich ab und hol die Windeln für Leon! Und Spielzeug für die Großen. Die langweilen sich sonst zu Tode.«

»Das glaube ich kaum«, meinte Cornelius und mußte grinsen. Denn hier mochte es zwar alles andere als kindgerecht zugehen, aber langweilig war es auf keinen Fall.

Matilda war kaum aus dem Haus, um die Sachen zu holen, als es erneut klingelte. Diesmal erkannte Caroline die Sülzheimers in Begleitung von Kleinschmidt und seinem Hund durch den Türspion.

»Es sind diese gemeinen Mädchenhändler«, zischte

sie. »Und der dicke Kleinschmidt. Was machen wir denn jetzt?«

»Ganz cool bleiben«, sagte Cornelius. »Franziska, du bleibst mit Min in der Küche und verhältst dich still. Die Küchentür bleibt geschlossen! Caroline, mach die Tür auf. Du kannst Leon auf dem Arm behalten, das wird sie verwirren.«

Caroline gehorchte.

»Tagchen«, sagte der Kleinschmidt. »Wir hätten da mal eine Frage!«

»Bitte?« sagte Caroline, so kühl ihr das bei aller Aufregung möglich war. Sie war froh, als Cornelius neben sie trat.

»Den Sülzheimers ist ihr Besuch abhanden gekommen«, rückte der Kleinschmidt heraus.

»Besuch?« fragte Cornelius. Caroline staunte über den arroganten Tonfall, den er an den Tag legte. »Tja, im Karneval kann das schon mal passieren.«

»Nicht im Karneval«, sagte Frau Sülzheimer und betrachtete angelegentlich ihre langen, rotlackierten Fingernägel. »Hier im Haus. Wir fürchten, daß unser Besuch die Wohnung verlassen und sich verlaufen hat. Sie spricht ja kein Deutsch, die Ärmste.«

»Das ist in der Tat tragisch«, meinte Cornelius. »Sie sollten die Polizei verständigen. Vielleicht haben die ihren Besuch aufgegriffen.«

»Die Polizei haben wir schon verständigt«, mischte sich Herr Sülzheimer ein. Caroline hätte beinahe laut gelacht. Als ob diese Gangster die Polizei eingeschaltet hätten, das war ja wohl mehr als komisch.

»Na dann«, sagte Cornelius und machte Anstalten, die Tür wieder zu schließen.

»Momentchen«, meldete sich der Kleinschmidt zu Wort. »Vielleicht haben Sie sie ja gesehen.«

»Könnte ja sein, daß sie sich innerhalb des Hauses verlaufen hat«, ergänzte Frau Sülzheimer ironisch.

Caroline dachte panisch: Sie *wissen,* daß Min hier ist, sonst würden sie sich nicht so benehmen. Himmel, was machen wir denn jetzt?

Cornelius zog die Augenbrauen hoch, und Caroline bewunderte die Ruhe und Arroganz, die er ausstrahlte. Daß er das auch konnte! »Wie meinen Sie das denn?«

»Frau Sülzheimer fragt, ob sich die Janine vielleicht zu Ihnen verirrt hat«, dolmetschte der Kleinschmidt.

»Aga aga«, sagte Leon, der sich bis jetzt ruhig verhalten und interessiert Frau Sülzheimers Zobel betrachtet hatte.

»Du bekommst gleich was«, sagte Caroline zu ihm. »Wir haben selber das Haus voll mit Besuch, wie Sie sehen, da können wir nicht noch *Ihren* Besuch beköstigen.«

»Sie haben sie also nicht gesehen?« faßte der Kleinschmidt zusammen.

»Nein«, sagte Cornelius. »Aber ein Mensch kann ja nicht verlorengehen. Sicher wird die Polizei sie Ihnen früher oder später wohlbehalten zurückbringen.«

Die Sülzheimers wandten sich zum Gehen. »Man kann nur für Sie hoffen, daß Sie nicht lügen«, murmelte der Mann undeutlich.

Aha, dachte Caroline, jetzt zeigt er sein wahres Gesicht. Seine vornehme Fassade kann auch nicht verbergen, daß der mal als Rausschmeißer in einem Puff angefangen hat!

»Wie bitte?« fragte Cornelius, und seine Stimme klang wirklich wie tiefgekühlt.

Die Sülzheimers antworteten nicht mehr. Sie schritten bereits die Treppe hinauf zur Wohnung des Triebtäters.

»Das ist eine Schande«, sagte der Kleinschmidt, der noch Lust auf ein Schwätzchen hatte. »Das arme junge Ding, einfach verschwunden.«

»Ja, allerdings«, sagte Caroline. »Aber wie konnte das denn passieren? *Mir* ist noch nie Besuch abhanden gekommen.«

»Und wer ist der da?« fragte Kleinschmidt und piekte Leon in den Bauch. »Ich meine, der steht nicht im Mietvertrag.«

»Wir sind zu Besuch«, entgegnete Cornelius lapidar. »Auf Wiedersehen, Herr Kleinschmidt, und halten Sie uns auf dem laufenden.«

Er schloß die Tür nachdrücklich.

»Aga, aga«, sagte Leon und biß Caroline in die Nase.

»Wir haben nichts fürs Abendessen im Haus«, sagte Franziska. »Und das Klopapier ist auch alle.«

»Ja, und Shampoo und Salat für Sigmund und Schokolade«, setzte Caroline hinzu.

»Ich kann ja noch mal einkaufen gehen«, schlug Cornelius vor.

»Ich komme mit, sonst kaufst du das teure Klopapier. Und du weißt nicht, was für ein Shampoo wir brauchen.«

»Und welche Zahnpasta und welches Mineralwasser. Und Wein«, listete Caroline auf. »Und kauft was Gesundes zum Abendessen, mit vielen Vitaminen, wegen der Kinder. Und bringt sicherheitshalber ein paar Gläser

Babynahrung für Leon mit, falls Matilda die vergißt, die Rabentante. Wir haben nur noch eins, und wenn Leon das gegessen hat, schreit er Aga-aga.«

Leon war in Mins Armen eingeschlafen. Sie hatte ihm ein thailändisches Wiegenlied vorgesungen, das offenbar sehr wirkungsvoll war. Caroline nahm ihn ihr aus dem Arm und brachte ihn zu seinem Reisebettchen.

»Wir sind schnell wieder da«, sagte Franziska zu Min und schlüpfte in ihren Mantel. »Vielleicht will sie ja so lange fernsehen, Caroline. Nikolas, kannst du Min zeigen, wie der Fernseher angeht?«

Nikolas nickte und nahm Min an der Hand.

»Sind das nicht liebe Kinder?« sagte Franziska zu Cornelius. »Ich glaube, selbst wir können die nicht mehr verderben.«

»Jedenfalls nicht mehr bis nächsten Mittwoch«, erwiderte Cornelius, nahm den Einkaufskorb in die eine und Franziska an die andere Hand und verließ die Wohnung.

Als Caroline Leon ins Bett legen wollte, erschnupperte sie, daß er die Windel voll hatte. Wenn sie die jetzt nicht wechselte, würde sein Schlaf von kurzer Dauer sein. Sie nahm die letzte Pampers aus seiner Wickeltasche und legte ihn auf Franziskas Schreibtisch. Dabei wachte er natürlich auf und fing an zu weinen.

»Sch, sch, schon gut, Kleiner. Ich lasse dich ja schlafen. Nur zuerst muß ich dir diesen Stinker aus der Hose entfernen. Das willst du doch auch, oder?«

Aber Leon schien das egal zu sein. Er war müde und wollte schlafen, und Caroline hinderte ihn daran. Das mindeste, was er tun konnte, war schreien. Caroline säuberte ihn mit zusammengekniffenen Lippen.

»Daß ihr Kinder auch nie versteht, wenn man euch was Gutes tut«, schimpfte sie, allerdings in sehr sanftem Tonfall, damit Leon nicht noch lauter schrie. Nebenan in Matildas Zimmer hörte sie den Fernseher laufen. Offenbar hatte Nikolas ihn in Gang gekriegt.

»So, jetzt noch ein bißchen Puder«, sagte Caroline zu dem brüllenden Leon und freute sich, daß sein Popo kein bißchen wund war, trotz ihres Orangensaftfläschchens neulich. Wenigstens würde Anna ihre Kinder in gesundem Zustand zurückbekommen. Es wäre schön, wenn man das gleiche auch von ihrem Haus sagen könnte.

Hinter ihr ging die Tür auf.

»Wo ist sie?« fragte eine weibliche Stimme.

Caroline fuhr herum. In der Tür stand Frau Sülzheimer, diesmal ohne Zobel, nur in einem engen schwarzen Strickkleid mit einer doppelreihigen Perlenkette um den Hals. Hinter ihr stand Herr Sülzheimer, ebenfalls ganz in Schwarz. Die beiden sahen aus, als wären sie aus einem Draculafilm entsprungen, ging es Caroline durch den Kopf.

»Wie ... wie, zum Teufel, kommen Sie denn hier herein?«

»Herr Kleinschmidt war so freundlich, uns seinen Nachschlüssel zu geben«, erklärte Frau Sülzheimer. »Also, wo ist sie?«

Caroline überlegte blitzschnell. Sie brauchten nur nach nebenan zu gehen, dann sahen sie Min auf dem Bett sitzen. Es war auch überflüssig, Min zu warnen, denn sie verstand ja sowieso kein Deutsch. Das einzige, was blieb, war eine Hinhaltetaktik, so lange, bis Matilda oder Cornelius und Franziska wiederkamen.

Caroline nahm den nackten Leon auf den Arm und sagte: »Suchen Sie immer noch Ihren Besuch?«

»Wir wissen, daß sie hier ist«, sagte die Frau kalt. »Wir haben den Dolmetscher weggehen sehen, den Sie geholt haben.«

»Wie bitte? Meinen Sie etwa Herrn Fuomaki?« Oder wie immer der nette Herr geheißen hatte. Caroline konnte sich nicht mehr genau erinnern. »Das ist unser Lebensmittelhändler.«

»Aha, und der besucht Sie samstags zum Frühstück?«

»Er liefert uns Ware«, sagte Caroline lahm. Sie fand selber, daß das unglaubwürdig klang.

»Schluß mit den blöden Spielchen«, mischte sich Herr Sülzheimer ein. Er kam ein paar Schritte auf Caroline zu. »Ich drück' dir sonst den Hals zu.«

Caroline hielt ihm instinktiv die volle Windel entgegen, so wie man einem Vampir einen Knoblauchkranz entgegenhält.

Es wirkte. Vampir Sülzheimer blieb stehen.

»Hier sind nur Kinder«, sagte Caroline und hob ihre Stimme gleich um einige Dezibel. »Kinder, die Verstecken spielen! Ver-stek-ken!« Die letzten drei Silben schrie sie so laut, daß man sie auch noch zwei Straßen weiter gehört hätte. »Und Sie haben in unserer Wohnung gar nichts zu suchen, Herr und Frau Sülzheimer!«

»Ich drück' dir den Hals zu«, erwiderte Herr Sülzheimer, aber seine Frau war schon wieder draußen im Flur. »Komm, Gilbert, wir suchen sie selber. Weit kann sie ja nicht sein.«

Caroline umklammerte Leon, der bei ihrem lauten Gebrüll wieder zu weinen angefangen hatte, und folgte den beiden, in der freien Hand immer noch die volle Windel. Die Frau öffnete zuerst die Badezimmertür, der Mann durchsuchte schon Carolines Zimmer.

Wäre das ein Film, dachte Caroline, dann würde Sigmund ihm jetzt über den Weg krabbeln und ein Bein stellen. Natürlich nur, wenn das eine Komödie wäre. Leider ist es eher eine Tragödie. Caroline wagte ein paar schnelle Schritte zur Wohnungstür. Wenn sie wenigstens um Hilfe schreien könnte. Vielleicht würde der Kleinschmidt ... – ach nein, der Saftsack hatte den Gangstern ja sogar den Nachschlüssel gegeben. Er steckte mit denen unter einer Decke, der alte Lustmolch.

Herr Sülzheimer war ohnehin vor ihr an der Tür. Er ließ sich mit seinem breiten Kreuz dagegenfallen und sagte: »Nee, nee, du Schlampe, das läßt du mal schön bleiben!«

Caroline war verzweifelt. »Sind Sie sich eigentlich darüber im klaren, daß Sie hier Hausfriedensbruch begehen, Nötigung und Verletzung der Privatsphäre? Wir werden Sie verklagen, das ist mal klar. Und den Kleinschmidt gleich mit«, sagte sie und konnte nicht verhindern, daß ihre Stimme zitterte. Wenn die Kinder nicht dagewesen wären, hätte sie vielleicht den Mut gehabt, den Mann tätlich anzugreifen. Vielleicht mit dem Besen. Oder dem verdammten Fleischmesser. Das lag völlig unnütz in der Küche herum. Aber mit dem Baby im Arm war sie sowieso kein ernstzunehmender Gegner.

»Maul halten«, befahl der Mann. Er hatte jetzt jegliche Höflichkeitsfloskeln fallenlassen. »Beate, mach mal hinne. In einer Viertelstunde ist der Heckenbacher da.«

Frau Sülzheimer hatte in der Zwischenzeit auch die Küche durchsucht. Jetzt öffnete sie die Tür zu Matildas Zimmer, wo immer noch der Fernseher lief.

»Heckenbacher? Ist das der Mann, der Min kaufen soll?« fragte Caroline, nur um etwas zu sagen, und folgte der Frau in Matildas Zimmer. Von den Kindern und Min war keine Spur zu sehen.

Ihr wunderbaren Kinder, dachte Caroline dankbar. Sie haben mich gehört und sich versteckt. Und irgendwie haben sie Min auch dazu gebracht, sich zu verstecken. Oder sie hat die Stimme der Sülzheimers erkannt.

Die Frau stieß mit dem Absatz in einen der Kleiderhaufen. »Was für ein Rattenloch«, sagte sie verächtlich. »Komm her, Gilbert, hier hat sie sich irgendwo versteckt.«

Gilbert Sülzheimer verließ seinen Wachposten an der Tür und kam seiner Frau zu Hilfe. Zu zweit hatten sie die möglichen Verstecke schnell durchwühlt. Zuerst zerrten sie Sophie ans Tageslicht, dann Nikolas. Zum Schluß zogen sie Min unter dem Bett hervor. Während der ganzen Zeit schrie Caroline auf sie ein, beschimpfte sie als herzlose Profitgeier, widerliche Sklavenhändler und unmoralische Seelenfänger. Leon brüllte wie am Spieß, und auch Sophie fing an zu heulen, als man sie entdeckte. Das war alles andere als lustiges Versteckspielen.

Min liefen die Tränen die Wangen herab, als der Mann sie am Arm unter dem Bett hervorzerrte und auf die Beine stellte.

»Na also«, sagte Frau Sülzheimer zufrieden. »Laß uns gehen, Gilbert.«

Caroline rannte mit dem schreienden Leon zur Wohnungstür, riß sie auf und schrie, so laut sie konnte: »Hilfe! Hilfe! Helfen Sie uns!« Dann warf sie die Tür wieder zu und sich mit dem Rücken dagegen, wie zuvor Gilbert Sülzheimer. Sie war sich allerdings darüber im klaren, daß der ihre fünfzig Kilo Lebendgewicht samt schreiendem Baby zur Seite wischen konnte wie ein Staubkorn. Sie ärgerte sich, daß sie nicht auf die Idee gekommen war, ein Fenster zu öffnen und dort nach Hilfe zu rufen, wußte sie doch aus Erfahrung, daß man in diesem Haus rufen konnte, soviel man wollte, ohne daß sich etwas tat.

»Zur Seite, du Schlampe«, befahl Gilbert Sülzheimer, der die zappelnde, weinende Min im Genick gepackt hatte wie eine kleine Katze.

Caroline spürte, wie auch ihr Tränen über das Gesicht liefen, aber sie rührte sich nicht von der Tür weg.

»Verdammt, aus dem Weg, du Luder«, sagte Frau Sülzheimer. »Wir haben eine Verabredung.« Sie wollte nach Caroline greifen – und Caroline war sich sicher, daß sie einige gemeine Griffe beherrschte, das brachte ihr Beruf als Mädchenhändlerin schließlich mit sich –, aber Caroline fuhr ihr mit Leons Windel entgegen. Etwas Braunes blieb an dem schwarzen Strickkleid hängen, und für eine Sekunde triumphierte Caroline. Ha! Eine Windel war doch eine bessere Waffe als ein Messer. Dann aber sah sie direkt in die blutunterlaufenen Augen von Herrn Sülzheimer und kapitulierte.

»Wenn du nicht sofort deinen mageren Arsch von hier wegbewegst, breche ich dem Schreihals das Genick«, sagte er und griff mit seiner freien Hand nach Leon.

Caroline trat mit weichen Knien zur Seite, die Hand schützend über Leons Köpfchen gelegt. »Es tut mir leid, Min«, schluchzte sie.

Die Frau schubste sie noch ein Stück beiseite und öffnete die Tür. »Am besten, du hältst die Klappe, Mädchen, oder es wird euch allen übel ergehen, verstanden?«

Ja, das war leicht zu verstehen. Caroline sah haßerfüllt und hilflos zu, wie sie Min aus der Wohnung zerrten. Im nächsten Leben werde ich als Catcher wiedergeboren, dachte sie. Und dann mache ich euch fertig.

»Stehenbleiben, Kriminalpolizei«, sagte eine dunkle Stimme direkt vor der Tür. Sie gehörte einem blondgelockten, jungen Mann.

Caroline faßte es einfach nicht. Das war der Triebtäter aus dem Dachgeschoß! Sie hätte nicht gedacht, daß sie mal so froh sein würde, seine Stimme zu hören.

»Der hat eine Pistole«, bemerkte Nikolas neben ihr.

»Ja«, sagte Caroline. »Geht sofort in Matildas Zimmer zurück und macht die Tür zu.«

Herr und Frau Sülzheimer waren stehengeblieben und musterten die Pistole in Simon Schwarz' Hand, als seien sie sich nicht sicher, ob die Waffe auch echt war. Caroline war sich da auch nicht so sicher. Aber wieso sollten Triebtäter nicht auch Waffen besitzen?

»Lassen Sie das Mädchen los«, fuhr Simon die beiden an, und Herr Sülzheimer ließ tatsächlich Mins Genick los. Offenbar war die Waffe echt.

Caroline zerrte Min zurück in die Wohnung. Sie begriff, daß die Schlacht vorbei war. Min war gerettet! Wieder begannen ihre Tränen zu fließen. Ach, diese Nerven!

Auf der Treppe waren jede Menge Schritte zu vernehmen. Einen Augenblick später waren die Sülzheimers von grünuniformierten Polizisten umzingelt, die ihnen Handschellen anlegten.

Caroline staunte mit offenem Mund, als sie hörte, wie einer der Uniformierten den Triebtäter mit »Herr Kommissar« anredete.

»Ich komme gleich nach«, sagte Simon und lächelte Caroline an.

Caroline lächelte schief zurück. Dann fing sie wieder an zu weinen.

Matilda überlegt es sich anders

Franziska und Cornelius kamen gerade rechtzeitig, um zu sehen, wie man Herrn und Frau Sülzheimer in den Polizeiwagen verfrachtete.

»Da ist was passiert«, sagte Franziska, und sie rannten, so schnell ihre vollen Einkaufstaschen und -körbe es erlaubten, die Treppe hinauf. Dort fanden sie eine weinende Caroline, eine weinende Min und drei weinende Kinder vor. Und mitten in der Wohnung stand der Triebtäter und sah aus, als ob er auch gleich zu weinen anfangen würde.

»Was hast du ihnen getan?« fuhr Franziska ihn an, und Cornelius sagte: »Wir waren doch nur eine Dreiviertelstunde weg!«

»Er hat gar nichts getan«, schluchzte Caroline. »Er hat Min gerettet.«

Es dauerte eine Weile, bis alle zu weinen aufhörten und Franziska und Cornelius erfuhren, was in ihrer Abwesenheit Schreckliches passiert war. Als Caroline erklärte, daß Simon in Wirklichkeit ein Kriminalkommissar sei, sagte Franziska zu Simon: »Ich habe ja gleich gewußt, daß Sie kein Triebtäter sein können.«

»Sind Sie nicht noch ein bißchen jung für einen Kommissar?« fragte Cornelius.

»Ich bin dreißig«, erwiderte Simon. »Aber Kommissar bin ich schon seit vier Jahren.« Er kramte seinen Dienstausweis hervor.

»Bleibt nur noch zu klären, wieso Sie Caroline im Dunkeln aufgelauert haben«, sagte Franziska. Sie hatte Leon auf den Arm genommen und ihm einen Löffelbisquit zum Trost gegeben. Natürlich nur ausnahmsweise. Auch Nikolas und Sophie kauten Löffelbisquits. Das beruhigte ihre aufgebrachten Gemüter.

»Ich habe auf der Treppe gesessen und die Sülzheimersche Wohnung bewacht«, erklärte Simon. »Dabei bin ich wohl eingeschlafen. Ich bin erst wieder aufgewacht, als sie hier auf mich draufgetreten ist. Und weil sie sofort losschrie, habe ich sie festgehalten, damit ich ihr erklären konnte ... Aber das habe ich ja alles schon gesagt. Es war ungeschickt von mir. Wahrscheinlich hätte ich das gleiche gedacht, wenn ich mitten in der Nacht über einen wildfremden Mann gestolpert wäre, der mich dann auch noch am Arm packt.«

»Was passiert jetzt mit Min?« fragte Cornelius.

Simon zuckte die Schultern. »Ich warte, bis dieser Thailänder kommt, von dem Caroline erzählt hat, und wenn er in Ordnung ist, kann Min erst mal mit ihm gehen. Min ist mindestens das zwanzigste Mädchen, das die Sülzheimers hier verkaufen wollten. Wir sind ihnen durch die Einwanderungsbehörde auf die Schliche gekommen, aber immer, wenn wir sie gerade packen wollten, sind sie umgezogen und haben das Mädchenversteck gewechselt. Wir hoffen, mit ihrer Aussage auch die anderen Mädchen wiederzufinden.«

»Das ist alles so schrecklich«, sagte Franziska. »Die Welt ist wirklich böse. Aber wenigstens sind die beiden jetzt hinter Schloß und Riegel.«

»Was ist denn mit dem Kleinschmidt?« wollte Cornelius wissen. »Dieser ekelhafte Mensch hat den Verbrechern immerhin den Nachschlüssel gegeben. Sicher haben ihm diese Leute auch ein Mädchen versprochen. Zum Sondertarif.«

»Ja, das sähe dem wirklich ähnlich«, meinte auch Caroline.

»Der Kleinschmidt ist gar nicht dagewesen«, sagte Simon. »Die Sülzheimers haben auch keinen Nachschlüssel benutzt, sondern einen Dietrich.«

»Wenn ich doch nur die Sicherheitskette vorgelegt hätte ...«

»Das hätte auch nicht viel genutzt. Der Sülzheimer hätte die im Nu mit einer Zange durchgeknipst.« Simon sah mit einer gewissen Verachtung auf das Sicherheitssystem an der Tür. »Hier kommt jeder blutige Anfänger rein, wenn er will.«

»Immerhin hat der Kleinschmidt nichts damit zu tun«, gab sich Franziska erleichtert. »Sonst hätten wir uns eine neue Wohnung suchen müssen.«

»Da bin ich sowieso für«, sagte Cornelius. »Das hier ist nicht nur eine Bruchbude, die Gesundheitsschäden verursacht, sondern auch noch ein wahres Verbrechernest. Mädchenhändler und Triebtäter! Na ja, jedenfalls Mädchenhändler«, setzte er mit einem entschuldigenden Lächeln an Simon hinzu, der ja nun kein Triebtäter mehr war.

Franziska sah Simon reuevoll an. »Willst du zum Abendessen bleiben? Es gibt was wirklich Gutes.«

»Ich muß noch aufs Revier, aber ich könnte zum Abendessen wieder hier sein«, erwiderte dieser.

»Gut«, sagte Franziska. »Und dann fangen wir noch mal ganz von vorne an.«

»Wo steckt eigentlich Matilda?« fragte Caroline plötzlich. »Die ist doch schon Stunden weg!«

»Nicht, daß die Dicke von gegenüber sie in der Mangel hat«, sagte Franziska erschrocken. »Ich ruf besser mal an.«

Matilda meldete sich nach dem siebten Klingeln. »Was'n los?« fragte sie.

»Das wollte ich eigentlich dich fragen«, sagte Franziska.

»Hm. Wieviel Uhr isses denn?« nuschelte Matilda.

»Es ist halb fünf, du bist um zwölf hier abgehauen, um ein paar Sachen zusammenzupacken.«

»Hm«, machte Matilda. »So lange schon? Ich hab' mich was hingelegt, und dabei muß ich wohl eingepennt sein. Aber ich war total groggy nach dieser Nacht und dieser Woche – und überhaupt. Das waren meine ersten Stunden ohne Kinder! Also, jetzt mach mir bloß keine Vorwürfe!«

»Mach' ich ja nicht«, rechtfertigte sich Franziska. Typisch Matilda, dieses egoistische Luder hatte den Nachmittag einfach verschlafen! Aber wenn sie erst hörte, was sie verpaßt hatte, würde sie stinkesauer werden.

»Es ist nur so, daß die Sülzheimers in der Zwischenzeit die Wohnung geentert haben und Min entführen wollten«, berichtete Franziska nicht ohne Schadenfreude in der Stimme.

»Waaaaas?« schrie Matilda, auf einmal hellwach.

»Ja, aber mach dir keine Sorgen. Caroline hat die Alte mit Leons Windel beschmiert, und dann kam der Triebtäter von oben und hat die beiden in Handschellen gelegt.«

»Das glaub' ich nicht!«

»Ist aber wahr. Simon ist Kriminalkommissar. Er hat verdeckt gegen die Sülzheimers ermittelt. Er hatte sogar eine Pistole!«

»Und das hab' ich verpaßt«, schimpfte Matilda erwartungsgemäß los. »Ich blöde Pute.«

Franziska widersprach ihr nicht.

»Ich komme sofort!« sagte Matilda und legte auf.

Es wurde wieder eine lange Nacht. Zuerst fütterten sie die Kinder, danach verabschiedeten sich die Freunde von Min, die zusammen mit Herrn Fuamulaku aufbrach, nicht bevor dieser Simon ausdrücklich seine Kooperation zugesichert hatte. Caroline ließ Min durch Herrn Fuamulaku ausrichten, daß sie sie alle sehr liebgewonnen hätten und ihr alles Gute wünschten. Und Min ließ ihnen durch Herrn Fuamulaku bestellen, daß sie ihnen sehr dankbar wäre und sie niemals vergessen würde.

»Gesunde Vitamine naschen«, sagte sie zum Abschied und lächelte.

Matilda und Caroline brachten die völlig übermüdeten und aufgedrehten Kinder zu Bett, nicht ohne sie mit einer doppelten Ration Gutenachtgeschichten und Schlaflieder bedacht zu haben.

Franziska und Cornelius bereiteten in der Zwischenzeit das Abendessen vor.

»Was für ein Tag«, sagte Franziska zu Cornelius.

»Kann man wohl sagen«, pflichtete ihr Cornelius bei und grinste. »Falls du jemals wieder sagst, daß wir nur deshalb zu wenig Sex haben, weil meine Mutter uns daran hindert, werde ich dich an diese Tage erinnern.«

Franziska lachte. »Stimmt, an so was hätte ich nicht mal denken können!« Sie wurde ernst. »Danke, daß du da warst, Cornelius. Caroline hat recht, auf dich kann man sich wirklich immer verlassen.«

»Stimmt«, antwortete Cornelius prompt. »Zuverlässigkeit ist eine meiner herausragenden Eigenschaften.«

»Ja«, sagte Matilda, die den letzten Satz gehört hatte. »Außer wenn es um Annas Spülmaschine geht.«

»Ich dachte, es handle sich um eine Waschmaschine«, sagte Cornelius.

Mit einem Schlag fiel Franziska das Chaos wieder ein, das sie in Annas Haus angerichtet hatten. Die Abenteuer mit Min und dem Triebtäter hatten sie vorübergehend davon abgelenkt.

»Und eine Mikrowelle und eine Dunstabzugshaube«, sagte sie. »Matilda hat wirklich alles ruiniert.«

»Ihr und die Kinder habt mir aber dabei geholfen«, erwiderte Matilda beleidigt. »Und die dicke Frau von gegenüber hast du wohl ganz vergessen, was?«

Zum Abendessen war auch Simon wieder da, und zum

Ausgleich für das verpaßte Abenteuer flirtete Matilda heftig mit dem ehemaligen Triebtäter. Simon schien das zu gefallen. Auch das Essen schmeckte ihm gut.

»Das kannst du öfter haben, wenn du hier wohnen bleibst«, schwärmte Matilda ihm vor. »Franziska kann toll kochen.«

Aber Simon sagte, daß er nicht dort wohnen bleiben könne. Die Wohnung sei schließlich nur eine Tarnung gewesen. Allerdings habe er, beziehungsweise seine Dienststelle, für ein halbes Jahr im voraus bezahlt.

»Ich könnte also öfter mal vorbeischauen«, sagte er. »Schon wegen der Zimmerlinde. Das Ding ist mir richtig ans Herz gewachsen.«

Sie kauten die Erlebnisse der letzten Tage immer und immer wieder durch, bis es ihnen über wurde und Caroline zur allgemeinen Erheiterung zu erzählen begann, was seit Annas Operation alles in und mit ihrem Haus passiert war. Das heißt, Simon und Cornelius lachten darüber, die Mädchen fanden das Ganze gar nicht komisch, zumal sie wußten, daß Wolfgang schon in weniger als achtundvierzig Stunden vor der Tür stehen würde.

»Am liebsten würde ich auswandern«, brachte Matilda die Sache auf den Punkt.

»Anstatt zu jammern, solltet ihr lieber versuchen, das Haus wieder auf Vordermann zu bringen«, schlug Cornelius vor. »Damit wäre allen gedient.«

»Da ist nichts mehr zu retten«, erklärte Franziska resigniert. »Das ist alles hinüber.«

»Blödsinn«, widersprach Cornelius. »Ich helfe euch auch.«

»Ich auch«, erbot sich Simon. »Ich habe morgen und

übermorgen frei. Und um die dicke Nachbarin kümmere ich mich auch, wenn ihr wollt.«

In aller Frühe – Leon nahm keine Rücksicht darauf, daß Sonntag war – fuhren sie mit Sack und Pack und Cornelius und Simon im Schlepptau zu Annas verwüsteter Doppelhaushälfte. Cornelius und Simon waren über die unanständigen Worte auf dem Putz gleichermaßen entsetzt, aber Cornelius meinte nach gründlicher Begutachtung, die Farbe müsse sich mit einem Hochdruckreiniger entfernen lassen.

»Hast du so was?« fragte Franziska zweifelnd.

»Nein, aber ein Freund von mir«, sagte Cornelius. »Ich hole das Ding, und dann machen wir hier Ordnung. Aber erst will ich sehen, was ihr drinnen noch vom Mobiliar übriggelassen habt.«

Die Liste der Schäden war tatsächlich lang, aber auf einmal schien es auch den Mädchen gar nicht mehr so unmöglich, wenigstens das Schlimmste wieder zu beseitigen. Mit völlig neuer Motivation gingen sie ans Werk, sogar die faule Matilda war ungewöhnlich tatendurstig. Nikolas und Sophie räumten ihre Zimmer auf und lüfteten ihre Bettwäsche auf dem Balkon, anschließend spielten sie in ihren Zimmern. Nikolas baute ein Legohaus, Sophie spielte mit Gusti und dem Bagger Mutter, Vater, Kind.

Cornelius holte den BH-Bügel aus der Waschmaschinentrommel und reparierte die Dunstabzugshaube in der Küche. Genaugenommen mußte er sie gar nicht reparieren, sondern ihr nur gut zureden. Matilda hatte nämlich so energisch auf den Knöpfen herumgedrückt, daß das Ding nur vorübergehend gestreikt hatte. Den Schaden an der Spülmaschine behob Simon ebenfalls in Sekundenschnelle. Matilda hatte einfach vergessen, Klarspüler nachzufüllen, und die Maschine sprang nicht an, solange die rote Alarmlampe leuchtete.

»Ach, so ist das«, sagte Matilda nur, aber sie war höllisch erleichtert. »Bleibt nur noch die Mikrowelle«, sagte sie und zeigte auf das völlig demolierte Teil.

»Keine Chance«, sagte Simon. »Das müßt ihr schon neu kaufen.«

»In der Haushaltskasse ist aber Ebbe«, erklärte Matilda und hob bedauernd die Schultern. »Aber wenigstens ist das andere Zeug wieder ganz.«

Cornelius begutachtete die diversen Flecken im Teppichboden und auf der Couch. »Hm«, meinte er kritisch. »Hier habt ihr wirklich ganze Arbeit geleistet. Da helfen nur noch Wunder. Aber ich rufe meine Mutter an und frage sie, ob sie dagegen was weiß.«

Franziska folgte ihm in den Flur zum Telefon. »Du hast die Nummer der Kurklinik deiner Mutter in der Brieftasche?« fragte sie entgeistert. »Warum?«

»Damit man sie benachrichtigen kann, wenn mir was passiert.«

»Ach, und ich soll es dann von deiner Mutter erfahren, was? Wenn sie mich überhaupt verständigen würde. Wahrscheinlich würde ich es erst nach deiner Beerdigung erfahren.« Franziska machte ein beleidigtes Gesicht.

Cornelius mußte lachen. »Worüber man sich mit dir zanken kann, das ist schon ein Phänomen. – Ja, guten Tag, ich hätte gern das Zimmer von Henriette Weißfeld ... Danke ... Hallo, Mama, wie geht's dir?«

Franziska trollte sich wieder nach nebenan, wo Klein-Leon seine Krabbeldecke verlassen hatte und Möhrenbrei auf den Teppichboden spuckte.

»Jetzt kommst du aber mal in deinen Laufstall«, sagte sie zu ihm. »Auch wenn Caroline meint, daß dadurch dein natürliches Bewegungsbedürfnis unterdrückt wird.«

Leon hatte nichts gegen einen Aufenthalt im Laufstall. Er hatte in den letzten Tagen genug Aufregung gehabt.

»Was kann man gegen Ränder auf Mahagoni tun?« hörte Franziska Cornelius seine Mutter fragen. »Asche? Bist du sicher? ... Aha. Und gegen Rotweinflecken auf einem blauen Sofa ... Ja, da ist schon dran rumgewischt worden ... Aha, na schade. Und dann noch Tinte auf dem Teppichboden. Velour.«

»Filzstift«, rief Franziska dazwischen.

»Filzstift, nicht Tinte ... Okay, das versuchen wir mal. Dann haben wir noch Kugelschreiber auf der Tapete ... Was? Bist du sicher? ... Gut. Nein, ich glaube, das war's.«

»Nein«, rief Franziska. »Da wäre noch Möhrenbrei auf hellblauem Velour.«

»Ich höre gerade, wir haben auch noch Möhrenbrei zu bieten ... Ja, auch auf dem Teppichboden ... Ja? Gut, danke Mama.«

Cornelius legte auf.

»Du hast die Traubensaftflecken an der Wand vergessen«, sagte Franziska.

»Die mach' ich mit Schleifpapier weg«, erklärte Cornelius. »Genau wie die Kugelschreiberkrakel.«

»Ja, aber dann schleifst du die Tapete gleich mit weg«, sagte Franziska.

»Nein, meine Mutter sagt, wenn ich ganz feines Schleifpapier nehme und es sich um eine qualitativ hochwertige Tapete handelt, müßte es gehen.«

»Und was sagt sie zu Rotwein auf Sofa?«

»Sie sagt, wenn ihr da schon dran rumgeschrubbt habt, hilft alles nichts.«

»Toll«, ereiferte sich Franziska. »Zu allem weiß sie dann doch keinen Rat.«

»Doch«, sagte Cornelius und grinste. »Sie meint, ihr solltet einen Überwurf drüber legen.«

»Keine schlechte Idee«, bemerkte Matilda, die ernsthaft überlegte, ob sie nicht die Fenster putzen sollte. »Oben habe ich eine weiße Bettdecke gesehen, die passen würde.«

Simon und Caroline kümmerten sich derweil um die Wäsche.

»Was ist das denn hier?« fragte Simon und zeigte auf den Berg ungebügelter Kleidungsstücke, die man aber beim besten Willen nicht ungebügelt anziehen konnte.

»Das ist Bügelwäsche«, erklärte Caroline. »Aber keiner von uns kann bügeln, und Matilda sagt, die soll Wolfgang gefälligst selber bügeln.«

»Ich *kann* bügeln«, behauptete Simon. »Ich glaube, es würde einen besseren Eindruck machen, wenn die Sachen ordentlich im Schrank hingen.«

Den Rest des Tages verbrachte er bügelnderweise im Wohnzimmer, während Matilda lauter Arbeiten um ihn herum verrichtete, um in seiner Nähe zu sein.

»Kann es sein, daß du deinen Vorsatz schon wieder vergessen hast?« fragte Franziska, als sie gemeinsam der Küche den letzten Schliff verpaßten.

»Welchen Vorsatz?« fragte Matilda. »Ach Franziska, ist Simon nicht total süß?«

»Ja, das ist er«, stimmte Franziska zu. »Wirklich schade, daß du im Zölibat lebst.«

»Im was?«

»Sex zu zweit, das geht zu weit«, zitierte sie Franziska.

»Das soll ich gesagt haben?« kicherte Matilda. »Also wirklich!«

Tatsächlich wurde das Haus zwar nicht wieder genauso, wie es mal war, aber die meisten Schäden konnten behoben oder geschickt kaschiert werden. Auch die Fassade brachten Cornelius und Simon in Ordnung, allerdings warteten sie damit bis Montagmorgen, um die Nachbarn nicht in ihrer Sonntagsruhe zu stören. Simon hatte tatsächlich die gesamte Wäsche weggebügelt, und selbst Wolfgangs Hemden sahen tadellos aus.

»Anna hätte es nicht besser gekonnt«, versicherte ihm Matilda und schenkte ihm ihr allerverführerischstes Lächeln. »Bügeln macht einen Mann so erotisch, finde ich.«

»Ja«, sagte Simon nicht ohne Stolz in der Stimme. »Dieser Bügelkursus hat sich doch gelohnt.«

Als sie sich am Montagvormittag im Haus umsahen, konnten sie nichts mehr entdecken, was irgendwie störend wirkte. Damit sie aber bis zum Nachmittag und Wolfgangs Ankunft nicht wieder in Versuchung kamen, neuen Schaden anzurichten, beschlossen sie, gemeinsam auf den Rosenmontagszug zu gehen. Sie holten auch für Simon und Cornelius Kostüme aus Annas Fundus, nahmen ein paar Baumwolltaschen für die »Kamelle« mit, die sie zu fangen gedachten, und setzten sich frohgemut in die Straßenbahn.

»Daß das alles noch mal gutgehen würde, hätte ich nicht gedacht«, sagte Caroline froh zu Franziska. »Mir ist ein Stein nach dem anderen vom Herzen gefallen.«

»Ja, Simon ist wirklich Gold wert. Erst rettet er Min vor ihrem Sklavendasein, und dann kann er auch noch bügeln.«

»Und er rettet Matilda aus ihrem bescheuerten Zölibatstrip«, sagte Caroline. »Jede Wette, daß sie noch heute abend mit ihm in der Kiste liegt.«

»Ja«, pflichtete Franziska ihr bei. »Das würde ich auch wetten. Aber Cornelius war auch nicht ohne. Diese Hochdruckreinigergeschichte war schon genial. Hoffen wir nur, daß die Dicke von gegenüber nicht auf die Idee kommt, so was noch einmal zu machen.«

»Wenn Wolfgang wieder da ist, traut sie sich das nicht«, sagte Matilda und seufzte glücklich. »Ende gut, alles gut.«

Es gab nur noch eine allerletzte Panne, als sie plötzlich feststellten, daß Nikolas verschwunden war. Er war die ganze Zeit an Matildas Hand gewesen, aber auf diese Weise hatte er sich nicht gut genug nach den Süßigkeiten bücken können. Und als er eine ganze Packung Gummibärchen im Rinnstein liegen sah, riß er sich los, um sich das Kleinod zu angeln. Als er zwischen den Beinen einiger Flickenclowns wieder hochkam, hatte er die Orientierung verloren.

»Nikolas!« schrie Matilda voller Panik, als sie merkte, daß sie nur noch eine Jutetasche in der Hand hielt. Alle hielten nach dem kleinen, bis unter die Zähne bewaffneten Cowboy Ausschau. Aber Nikolas war spurlos verschwunden, ganz gleich, wie sie auch suchten und riefen.

»Keine Angst, er wird schon gefunden werden«, versuchte Simon sie zu beruhigen. »An Rosenmontag gehen jede Menge Kinder verloren. Heute abend könnt ihr ihn wohlbehalten auf dem Revier abholen.«

»Heute abend ist zu spät«, schrie Matilda aufgeregt. »In einer Stunde steht Wolfgang vor der Haustür und möchte seine Kinder sehen.«

Fieberhaft suchten sie weiter. Cornelius hatte sich Sophie auf die Schultern gesetzt, aber auch von ihrem luftigen Ausguck aus konnte sie ihren Bruder nicht entdecken. Dafür bekam sie eine Menge Süßigkeiten zugesteckt.

Nach einer Stunde gaben sie entnervt auf.

»Fahren wir nach Hause«, schlug Matilda vor. »Ich werde Wolfgang beichten müssen, daß er seinen Ältesten heute abend bei der Polizei abholen kann.«

Aber als sie zu Hause um die Ecke bogen, sahen sie den kleinen Cowboy auf der Türschwelle sitzen und an seinen Gummibärchen knabbern.

»Nikolas!« schrie Matilda und umarmte ihn theatralisch. »Wie kommst du denn nach Hause?«

»Mit der Polizei«, sagte Nikolas lässig. Wie sich herausstellte, war er gar nicht lange herumgeirrt, sondern zum nächsten Polizisten gegangen. Dem hatte er erzählt, daß er sich verlaufen hätte. Und weil er seinen Namen und seine Adresse so perfekt aufzusagen wußte, hatte ein Kollege des Streifenpolizisten ihn kurzerhand nach Hause gefahren.

»Langsam bekomme ich meinen Glauben an unsere guten deutschen Polizisten wieder zurück«, sagte Franziska dankbar.

»Besser, du sagst Mama nichts davon«, meinte Matilda zu Nikolas.

»Schon klar«, sagte Nikolas und zwinkerte ihr zu.

»Ich habe dir auch jede Menge Süßigkeiten mitgebracht«, sagte Sophie.

Nur wenige Augenblicke – welch perfektes Timing – später fuhr Wolfgangs Wagen vor. Wolfgang begrüßte alle freundlich, trank eine Tasse Kaffee mit ihnen allen, dankte Matilda vielmals für die gebügelten Hemden und fuhr dann gleich weiter zu Anna ins Krankenhaus.

»Kein Wort zu dieser überirdischen Ordnung«, murrte Franziska. »Da schrubbt man den ganzen Tag und bekommt doch kein Wort des Dankes.«

»Das ist eben das Los der Hausfrauen«, meinte Caroline. »Ich werde niemals eine werden.«

»Ich vielleicht schon«, sagte Matilda. »Sagt mal, wie wäre es denn, wenn ihr heute abend auf die Kinder aufpaßt – jedenfalls bis der Wolfgang wieder da ist –, damit ich mit Simon essen gehen kann? Ich meine, als Dankeschön, daß er uns so geholfen hat.«

Franziska zeigte ihr einen Vogel, und Caroline prustete los. »Also wirklich, Matilda, das hättest du wohl gern. Bei Simon möchtest du dich bedanken, und wir können uns auch schon vorstellen, wie, aber Franziska, Cornelius und ich sollen leer ausgehen, was?«

»Also, bei so guten Freunden ist ein wenig Unterstützung ja wohl selbstverständlich«, sagte Matilda. »Und nach all der Arbeit hätte ich mir ein Essen wirklich mal verdient.«

»Wir warten, bis Wolfgang zurückkommt, und dann gehen wir alle zusammen essen«, schlug Simon vor.

»Au ja!« riefen Franziska, Cornelius und Caroline im Chor.

»Ihr Egoisten«, sagte Matilda, aber sie lachte dabei.

Jule Brand

Herrchen gesucht!

Für Walburga, Anke, Angi und Biggi –
und für Albert.
Was mag wohl aus ihm geworden sein?

1.

La Spezia, Italien

24. JULI

Jetzt kam er, der Moment, vor dem Franziska sich die ganze Zeit gefürchtet hatte. Vor ihr das Tor, das wie ein riesiges aufgesperrtes Krokodilmaul in den Bauch der Fähre führte. Corsica ferries, von La Spezia nach Korsika in vier Stunden. Neben ihr, hinter ihr und vor ihr Hunderte von weiteren Autos, die alle das gleiche Ziel hatten. Der Gotthardtunnel im Stau war nichts dagegen gewesen. Auch da hatte Franziska das Steuer übernehmen müssen. Matilda war nachtblind, eine Tatsache, die ihr bis dahin völlig unbekannt gewesen war. Peggy litt angeblich unter Platzangst, Caroline hatte den Führerschein erst etwas über ein Jahr und war seither nur zweihundert Kilometer gefahren, und Angie hatte überhaupt keinen Führerschein.

»Du schaffst das schon«, sagte Caroline zuversichtlich. »Sieh mal, da sind jede Menge Männer, die die Fahrzeuge genau einweisen. Du mußt Vertrauen haben.«

Franziska folgte ihrem Zeigefinger mit den Augen. Der Einweiser schlug soeben ungeduldig mit der Faust auf die Kühlerhaube des Wagens schräg vor ihnen. Drinnen saß eine Familie plus Gummischwimmtieren, der verängstigte Familienvater fand offenbar das Gaspedal nicht.

»Stronzo! Sei un scemo«, schrie der Einweiser, was immer das heißen mochte.

»Sehr vertrauenerweckend«, murmelte Franziska.

»Wenn die uns sehen, sind die netter«, meinte Peggy optimistisch. »Italiener sind sehr charmant zu Frauen.«

Der Ordner schlug soeben erneut auf die Kühlerhaube und brüllte dabei etwas auf italienisch, was alles andere als charmant klang.

»Was hat er gesagt?« wollte Caroline von Matilda wissen, die selber eine halbe Italienerin war.

»So was wie: Du lahmarschiger Hornochse hältst hier den ganzen Verkehr auf«, übersetzte Matilda liebenswürdig.

Franziskas Herz sank in die Hose. Sie sah in die andere Richtung, um nicht zu sehen, wie der Familienvater in Tränen ausbrach. Links von ihnen stand ein schnittiges Fahrzeug mit offenem Verdeck. Die beiden Insassen schauten schon die ganze Zeit zu ihnen herüber, und jetzt lachten und gestikulierten sie wild. Es waren zwei Männer, oder vielmehr Jungs, denn sie waren höchstens so alt wie sie selber. Vermutlich um älter zu wirken, als sie waren, trugen sie flusige, zarte Bärtchen unter- und oberhalb der Lippen.

»Ach du liebe Güte«, entfuhr es Franziska.

»Immerhin ein nettes Auto«, sagte Matilda.

»Die zwei würden dich sicher liebend gern zu einer Spritztour einladen«, sagte Peggy zu ihr. »Du mußt nur zurücklächeln.«

»Untersteht euch«, rief Franziska. »Niemand wird lächeln. Und die Fenster werden hochgedreht.«

Caroline hatte sich den Hals verrenkt, um einen Blick auf das Autokennzeichen zu werfen.

»KS«, sagte sie. »Keine Ahnung, wo das ist.«

»Ich muß mal«, ließ sich Angie vernehmen.

»Nicht jetzt«, sagte Franziska gereizt.

Die beiden Jungs im Cabrio begleiteten ihre wilden Gesten jetzt mit Gebrüll, damit sie zu den Mädchen durchdrangen.

»Isch bin der Pädder!« brüllte der eine.

»Der wie?« fragte Caroline.

»Peter auf hessisch«, dolmetschte Peggy. Der hessische Peter war blond und sommersprossig, und die Fahrt im Cabrio hatte ihn schon mit einem leuchtend roten Sonnenbrand gesegnet.

»Nun, die Frage nach der Herkunft hat sich jetzt wohl erübrigt«, meinte Caroline.

»Stellt euch bloß taub«, befahl Franziska.

»Und isch bin der Harald!« schrie der zweite. Sein Haupt- und Flusenbarthaar war brünett. »Wir würden euch gerne kennenlernen.«

Die Mädchen stöhnten einhellig.

»Wo wollts ihr denn hin?« schrien die beiden.

»Wohin wohl«, höhnte Franziska. »Nach Griechenland. Wir stehen nur vor der falschen Fähre!«

»Ich muß mal ganz dringend!« sagte Angie wieder.

»Du hattest eben alle Zeit der Welt dafür«, fauchte Franziska und hätte ihr am liebsten eine gescheuert, so nervös war sie. »Jetzt hältst du eben mal ein paar Minuten durch.«

»Das ist aber nicht gesund«, klagte Angie.

»Dann steig halt aus und geh zu Fuß an Bord«, schlug Matilda vor, aber das wollte Angie nicht, auch nicht als Peggy anbot, mir ihr zu gehen.

Der Ordner hatte die Reihe neben ihnen abgefertigt und stellte sich nun breitbeinig vor ihrer Kühlerhaube auf.

»Ob wir ihm sagen sollen, daß das ein geliehener Wagen ist?« fragte Franziska. »Ich meine, bevor er ihn mit seinen Fäusten demoliert?«

Aber der Ordner machte keinerlei Anzeichen, zu schlagen und zu brüllen. Er lächelte breit, als er die fünf Mädchen sah, und sagte etwas auf italienisch. Franziska drehte die Scheibe wieder herab und lächelte ängstlich zurück.

»Du sollst starten, wunderschönes Fräulein«, übersetzte Matilda. »Bitte. Und keine Angst, wunderschönes Fräulein, es ist alles ganz einfach.«

Franziska drehte den Zündschlüssel um.

»Und jetzt folgst du der gelben Linie, schönstes aller Mädchen«, fuhr Matilda fort, synchron zu übersetzen. »Sind das alles deine Schwestern? Alle wunder-wunderschön. Auf Wiedersehen.«

»Ihr könnt den beiden Bärtigen neben uns noch mal winken«, sagte Caroline.

Peter und Harald im gelben Cabrio renkten sich beinahe die Arme aus der Schulter, aber die Mädchen wandten nicht mal den Kopf zur Seite. Franziska steuerte den Wagen ins Innere der Fähre, dort wies sie ein anderer Ordner in eine finstere Ecke, eine sehr enge Lücke zwischen einem dicken Wohnmobil und einem Mercedes mit Überbreite. Auch dieser Ordner grinste breit. Mit seiner Hilfe war es überhaupt kein Problem, in die Lücke zu rangieren.

Der Ordner bedankte sich sogar bei ihr. »Mille grazie, bella signorina«, sagte er. Dann wies er den nächsten Wagen ein.

»Fanfarone! Accidenti! Che Pastriccio. Mi dai ai nervi«, bellte er und trat ungeduldig gegen den Reifen, was laut Matilda soviel hieß wie: »Ihr blöden Angeber geht mir auf die Nerven!«

»Ich sag' doch, die Italiener sind unheimlich charmant zu Frauen«, sagte Peggy zufrieden. »Ich bin so froh, daß ich eine Frau bin, ihr nicht?«

»Ich muß mal!« sagte Angie.

An Deck sicherten sie sich fünf Liegestühle nebeneinander. Der Fahrtwind war ziemlich kühl, und bis die Sonne höher am Himmel stand, war es ratsam, sich in dicke Pullover oder warme Strickjacken zu hüllen. Peggy, die mit Angie von den Toiletten zurückgekommen war, rieb sich die Oberlippe.

»Mann, war das dreckig«, schimpfte sie. »Was da alles in der Schüssel klebte, widerlich!«

»Bitte keine Details«, bat Franziska. Sie schob sich die Sonnenbrille ins Haar und schloß die Augen.

»Ich werde ein Herpesbläschen bekommen«, prophezeite Peggy. »Vor lauter Ekel. Bekomme ich immer.«

»Das ist ein Fall für Caros Einmalklosettsitze«, meinte Matilda, und alle lachten, auch Caroline. Die Einmalklosettsitze lagen unten im Bauch der Fähre, irgendwo in den Tiefen ihrer Reisetasche, zusammen mit einer Packung Trockenpflaumen, Senfkörnern und Leinsamen, alles verdauungsfördernde Mittelchen. Für Caroline war dies der erste Campingurlaub, und sie hatte schreckliche Angst, daß die sanitären Anlagen ihrer Verdauung nicht förderlich sein könnten. Sonst hatte sie immer in luxuriösen Hotels oder Ferienhäusern mit allem Komfort Urlaub gemacht, und zwar meistens mit ihren Eltern, wie sie den anderen gestand.

»Was heißt das, meistens mit deinen Eltern?« hatten Franziska und Matilda entsetzt gefragt. Sie lebten seit über anderthalb Jahren zusammen mit Caroline in einer Wohnung. »Du warst doch zum Beispiel letztes Jahr mit einer alten Schulfreundin zum Skilaufen.«

»Ja, mit der Schulfreundin und deren Eltern. Sie haben ein zauberhaftes Chalet in der Schweiz.«

»Soll das heißen, du bist einundzwanzig Jahre alt geworden und warst noch niemals ohne Mami und Papi im Urlaub?«

»Ja«, hatte Caroline zugeben müssen. »Außer in besagtem Skiurlaub und natürlich auf Klassenfahrten. Und einmal war ich mit meiner Cousine Hilli in Paris. Mit einer Busreisegesellschaft. Aber Hilli ist zwanzig Jahre älter als ich, im Grunde also auch so was wie eine Aufsichtsperson.«

Franziska hatte fassungslos den Kopf geschüttelt.

»Ich würde niemandem davon erzählen, wenn ich du wäre«, hatte sie Caroline geraten, und Matilda hatte heftig genickt.

»Ich fand es schon exotisch, daß du mit einundzwanzig noch Jungfrau warst. Aber diese Urlaubsgeschichte ist ja beinahe noch schlimmer.«

Während der langen Planungsphase hatte Caroline dann auch zunehmend die Panik gepackt, der Ekel vor verschmutzten Campingplatzklos, Angst vor Tieren, die in den Schlafsack krabbeln, und die Angst, auf dem harten Boden möglicherweise nicht gut zu schlafen. Je weiter die Planung fortschritt, um so mehr hatten sich ihre Mitbewohnerinnen über sie amüsiert.

»Du blamierst uns«, hatte Franziska zu ihr gesagt. »Peggy und ihre Schwester sind alte Campinghasen!«

Peggy war eine Kommilitonin von Caroline – Psychologie im dritten Semester –, und ihre kleine Schwester Angie hatte gerade Abitur gemacht. Die beiden bildeten den Rest der Reisegruppe.

»Die haben auf Korsika sogar schon wild gecampt«, hatte Franziska hinzugesetzt.

Zu diesem Zeitpunkt hatte Caroline bereits einen allwissenden alternativen Reiseführer über Korsika besessen und gewußt, wie gefährlich und leichtsinnig Wildcampen dort war. Außerdem strafbar.

»Ich werde das nicht tun«, hatte sie erwidert. »Sonst wird man nachts von einem Waldbrand überrascht oder für ein Wildschwein gehalten und erschossen!«

»Aber deshalb mußt du doch nicht so unprofessionell wirken«, hatte Franziska gesagt und auf Carolines neueste Errungenschaft gezeigt. »Eine ganz normale Isomatte hätte es doch auch getan!«

Statt Isomatte hatte Caroline sich nämlich eine Zehnkammer-Luftmatratze gekauft, im aufgeblasenen Zustand fünfzehn Zentimeter dick. Sie erhoffte sich dadurch eine unüberwindbare Hürde für Ameisen, Spinnen und aufsteigende Feuchtigkeit. Dazu hatte ihr der Treckingladenbesitzer eine Tretluftpumpe angedreht, mit der sie die Matratze angeblich in Minutenschnelle aufblasen konnte. Beim Test zu Hause in ihrem Zimmer hatte die Prozedur allerdings eine halbe Stunde gedauert, aber Caroline war nicht davon zu überzeugen gewesen, statt ihrer eine simple Isomatte mitzunehmen.

»Ihr werdet mich alle um mein komfortables Bett beneiden«, hatte sie den anderen prophezeit und einen Spezialschlafsack mit wasserdichter Oberfläche gekauft, aus atmungsaktivem Material, bis minus dreißig Grad kältebeständig.

»Man weiß ja nie, wie tief die Temperaturen auf Korsika im August sinken«, hatte Matilda gespottet.

Sie war Franziskas Cousine und – je nach Stimmungslage in der WG – Carolines beste oder zweitbeste Freundin. Matilda war zuerst alles andere als begeistert gewesen, daß Peggy mit ihnen in Urlaub fahren sollte. Peggy war ihr zu schön, zu groß und zu blond. Matilda war es lieber, wenn sie die Blicke der Männer für sich allein hatte, das war sie so gewohnt. Sie war groß und mit weiblichen Kurven ausgestattet, das kurze dunkle Haar bildete einen frechen Kontrast zu ihrem schönen Gesicht. Matilda hielt sich für das schönste Mädchen der westlichen Hemisphäre, und für unwiderstehlich dazu. Dabei sahen ihre beiden Mitbewohnerinnen auch nicht gerade übel aus. Caroline war klein und zierlich und hatte üppige rote Locken aufzuweisen, und Franziska war Sportstudentin mit einem super durchtrainierten Body und einem süßen, Matilda nicht mal unähnlichen Gesicht.

Aber für Matilda waren die beiden wie Schwestern, sie betrachtete nur Peggy als echte Konkurrenz, vielleicht weil sie blond war, und das auch noch echt.

Doch Peggy hatte sich als sehr souverän erwiesen, als es um die Planung ging. Sie konnte einschlägige Erfahrungen mit Camping aufweisen und war schon mehrfach auf Korsika gewesen. Sie hatte die Sache mit dem Mietwagen und der Fähre geregelt und sämtliche Campingutensilien aus den Beständen der Katholischen Jugend von Köln-Rodenkirchen rekrutiert, wo sie als Gruppenleiterin die Jugendpfingstlager betreute. Sie hatte genau gewußt, wo man was als Reiseproviant einkaufen mußte und welche Lebensmittel sich wie lange bei welchen Temperaturen hielten.

Sie war eine so versierte Reiseleiterin, daß die anderen auch nichts dagegen hatten, ihre kleine Schwester Angie mitzunehmen. Peggy sagte, Angie brauche unbedingt etwas Ablenkung, da ihr Freund gerade eben mit ihr Schluß gemacht habe. Weil sie nicht ganz so blond und langbeinig war wie Peggy und außerdem frisch abserviert, war auch Matilda sofort einverstanden gewesen. Ein Blick auf Angie genügte, um zu wissen, daß die ihr keinen Mann abspenstig machen würde.

Und überhaupt! Nach deutschem Regen, Prüfungsstreß und deutschen Männern sollten das nur erholsame Wochen in der Sonne werden – ohne Beziehungsstreß, da waren sich alle fünf einig.

Matilda hatte ohnehin gerade keine feste Beziehung. Sowohl Marc als auch Jens glaubten zwar, daß sie eine hätten, aber Matilda konnte sich nicht erklären, warum. Ihre Schuld war es jedenfalls nicht. Aber Männer interpretieren eben nonverbale Botschaften ganz anders, als sie gemeint sind. Solange es funktionierte, war das Matilda nur recht, denn sie bekam die doppelte Ration Zuwendung. Allerdings war so ein doppeltes Spiel auch anstrengend, ein paar Wochen ohne schwierig zu arrangierende Dates würden ihr mal guttun!

Auch ihre Freundinnen reisten allein, und Matilda war mehr als froh darüber. Nichts ist nervenaufreibender, als mit glücklichen Pärchen Urlaub zu machen. Carolines Freund Fabian war in diesem Sommer auf einer Studienreise durch Sibirien, und Franziskas geliebter Cornelius hatte wieder mal keinen Urlaub bekommen.

Peggys Lover Leo machte Urlaub mit einem Kumpel namens Lucky, allerdings, wie es der Zufall wollte, ausgerechnet auf Korsika. Peggy hatte bereits einen Treffpunkt abgemacht, wo sie mit Leo und dem Kumpel zusammentreffen würden.

Aber dagegen hatte Matilda nichts einzuwenden. Vor allem nicht, seit sie ein Foto von Leos Kumpel gesehen hatte. Er hatte vielversprechende blaue Augen, und es würde nett sein, zur Abwechslung mal mit anderen Menschen zusammenzusein. Immer nur Frauen um sich zu haben, hielt Matilda für tendenziell ungesund.

Leo und Lucky waren nicht die einzigen Bekannten, die Urlaub auf Korsika machten. In der Wohnung über Franziska, Caroline und Matilda wohnte ein schwules Pärchen, Benedikt und Ollie, und die beiden planten eine Durchquerung der Mittelmeerinsel von Nord nach Süd, und zwar zu Fuß auf der GR 20, dem großen Wanderweg durch die korsischen Berge.

Caroline, die darüber in ihrem Reiseführer gelesen hatte, hatte ihnen einen Vogel gezeigt.

»Bei den Temperaturen im Juli und August ist das glatter Selbstmord«, hatte sie gesagt, »hier steht, daß man das besser im Frühjahr machen sollte.« Aber Ollie und Benedikt hatten sich die Wanderung nun mal fest in den Kopf gesetzt.

»Eigentlich wollten wir nach Südostasien«, hatte Ollie mürrisch erwidert. »Nur dazu reicht wieder mal das Geld nicht.«

Sie wollten die Mädchen in Corte im Landesinneren der Insel treffen und ein paar Tage mit ihnen verbringen.

Mit anderen Worten, für Abwechslung und eine schöne Zeit war gesorgt.

Jetzt, im Liegestuhl auf der Fähre, hatte auch Franziska zum ersten Mal das Gefühl, der Urlaub habe wirklich begonnen.

»Die Fahrt war nur halb so schlimm, wie ich befürchtet hatte«, sagte sie, ohne die Augen zu öffnen.

»Ja, aber das Schlimmste steht uns noch bevor«, meinte Caroline. »In meinem Reiseführer steht, die Straßen sind zum Teil recht abenteuerlich und an manchen Stellen so schmal, daß keine zwei Autos aneinander vorbeikommen. Überall liegen Autowracks in den Abgründen. Und es gibt keine Leitplanken.«

»Alte Unke«, murmelte Franziska. »Das Schlimmste haben wir schon geschafft, egal, was du sagst. Und jetzt schlafe ich mich erst mal aus.«

»Ich auch«, sagte Matilda.

Angie setzte sich die Hörer ihres Walkmans auf und schloß ebenfalls die Augen.

»Bist du auch gut eingecremt?« erkundigte sich Peggy besorgt.

»Ich weiß nicht«, erwiderte Angie, und da holte Peggy Sonnencreme aus ihrer Tasche und tupfte sie ihrer Schwester auf die Nase.

Caroline kramte in ihrem kleinen Rucksack.

»Möchte jemand einen Apfel?« fragte sie munter.

Franziska und Matilda gaben keine Antwort, weil sie bereits schliefen. Angie sagte mit geschlossenen Augen: »Ich mag keine Äpfel«, und Peggy hatte Sonnencreme an den Händen und nichts, woran sie sie abschmieren konnte. Sie rollte sich ebenfalls zum Schlafen zusammen.

»Ich wecke euch, wenn ich Delphine sehe«, versprach Caroline und biß in ihren Apfel. Sie war viel zu aufgeregt, um zu schlafen. Delphine wurden nämlich nicht selten in diesem Gebiet gesichtet, stand in ihrem Reiseführer. Caroline hätte für ihr Leben gern welche gesehen.

Erwartungsfroh lehnte sie sich über die Reling. Das Festland war nur noch eine blasse grüne Linie, die Fähre pflügte mit hoher Geschwindigkeit durch das Wasser. Bald würde sie die Insel Elba sehen können, stand jedenfalls im Reiseführer. Caroline wußte nur nicht, auf welcher Seite sie Ausschau halten mußte. Gemütlich schlenderte sie einmal das ganze Deck ab, beobachtete die anderen Passagiere und sah immer wieder auf das Wasser, in der Hoffnung, eine Delphinflosse zu entdecken. Vor dem Urlaub hatte Fabian ihr ein wunderschön gebundenes Buch geschenkt, über Delphine und die Märchen und Mythen, die sich um diese Tiere rankten. Fabian wußte immer genau, was ihr gefiel.

Caroline seufzte sehnsüchtig. Er würde ihr in jedem Fall fehlen, ganz gleich, wie spannend der Urlaub auch werden mochte. Warum mußte er auch nach Sibirien fahren, ausgerechnet! Fabian machte im Herbst Examen in Geschichte und Politik und wollte seine Magisterarbeit über Sibirien schreiben. Caroline hatte ihm vergebens einzureden versucht, daß es auf Korsika viel mehr über Geschichte und Politik zu sehen gab als am anderen Ende der Welt, aber Fabian war einfach besessen von Sibirien.

»Wie soll ich denn nur sechs Wochen ohne ihn überstehen?« hatte Caroline gejammert, aber Franziska und Matilda hatten ihr einen Vogel gezeigt. Cornelius, Franziskas Freund, war erst im Mai aus England zurückgekommen, wo er mehrere Monate gearbeitet hatte, und

Franziska hatte fast nie gejammert. Aber Caroline wußte, daß sie ihm diese Trennungszeit im Grunde übelnahm. Sie vermutete, daß Franziskas heimlicher Groll auch die Erklärung dafür war, warum Franziska, kaum daß Cornelius wieder da war, für mehrere Wochen wegfuhr. Aber das gab sie natürlich nicht zu.

»Kann ich was dafür, daß ich meine Semesterferien ausnutzen will, so gut es geht?« hatte sie nur gesagt. »Cornelius, der alte Spießer, bekommt höchstens zwei Wochen, und die wollte er mit mir irgendwo pauschal verbringen. Nein danke, ich bin doch noch keine siebzig.«

»Fährt er denn jetzt alleine weg?«

»Nö«, hatte Franziska geantwortet. »Jetzt verwahrt er sich seinen kostbaren Urlaub für bessere Zeiten auf. Selber schuld.«

»Ich werde Fabian auf jeden Fall schrecklich vermissen. Wir sind noch nicht so lange zusammen, daß man sicher sein kann, daß drei Monate Trennung nicht zum Ende der Beziehung führen.« Und Caroline hatte geseufzt und in der Bibliothek nach einem Buch über die sibirische Bevölkerung nachgeschaut, ob sibirische Mädchen schön waren. Aus irgendeinem Grund hatte man dort aber nur runzelige Bauern abgebildet. Caroline bezweifelte, daß deren Kinder schön sein konnten. Aber möglich war es schon.

Jetzt, als ihr Blick über den Horizont schweifte, dachte sie wieder über die Sibirierinnen nach. In ihrer Vorstellung sahen sie alle niedlich aus: schwarze lange Zöpfe, rotwangige Gesichter mit hohen Wangenknochen und farbenfrohe Trachten, wie eine östlichere Version von Piroschka. Weizenfelder, so weit das Auge reichte,

Birkenwälder, in deren lichten Schatten mit gefüllten Teigtaschen und Wodka gepicknickt wurde, schwermütige russische Weisen, gesungen von einem Jungen mit einer Leier und einer Kosakenmütze – Caroline konnte alles ganz deutlich vor sich sehen. Dann schüttelte sie den Kopf. Nein, so war es wohl nur in alten Zelluloidstreifen aus den Fünfzigern – sicher waren Sibirien und die Sibirierinnen ganz anders, grau und häßlich, der Himmel von Industrieabgasen verdunkelt, die Frauen radioaktiv verseucht und viel zu grell geschminkt.

»Hallöle!« schrie jemand hinter ihr. »Mer kenne uns doch!«

Caroline drehte sich um und sah direkt in das sommersprossige Sonnenbrand-Gesicht des Hessen aus dem gelben Cabrio. Neben ihm grinste der flusenbärtige Brünette.

»Du bischt doch eine von dene Mädels aus dem rote Kombi«, half er Caroline auf die Sprünge. »Wo sin denn die annere?«

»Äh«, sagte Caroline.

»Isch bin der Harald«, wiederholte der Flusenbärtige. »Und des isch der Pädder.«

»Des sind wecklisch schöne Name«, sagte Caroline, aber allein machte es keinen Spaß, ekelhaft zu sein. Sie wandte sich zum Gehen.

»Warte doch mal«, rief Harald. »Wie heißt denn du?«

»Frieda«, sagte Caroline spontan.

»Du siehst gar nicht aus wie eine Frieda«, sagte Peter mit dem Sonnenbrand. Er schien echte Menschenkenntnis zu besitzen. Caroline beschleunigte ihre Schritte. Peter und Harald waren zuviel für eine allein. Sie führte sie auf direktem Wege zu ihren schlafenden Freundinnen. Der Anblick der vier Mädchen im Liegestuhl freute die beiden Hessen über alle Maßen. Caroline hörte deutlich einen kleinen Juchzer.

»Wir haben Besuch«, sagte sie laut.

Matilda öffnete als erste die Augen. Als sie Peter und Harald erblickte, machte sie sie gleich wieder zu.

»Pädder und Harald«, rief Pädder laut und strahlte über alle seine Bärte. »Wir sind die aus dem gelben Cabrio.«

Peggy und Franziska richteten sich auf und blinzelten, nur Angie rührte sich nicht. Der Walkman hüllte sie in wohlige Musikklänge.

»Ihr fahrts wohl auch nach Korsika«, setzte Harald die Kommunikation fort. »Genau wie wir.«

»Korsika?« wiederholte Franziska. »Fährt das Schiff etwa nach Korsika? So ein Mist, wir wollten doch nach Ibiza. Ich hab' gleich gesagt, da sind wir hier falsch. Na ja, aber wo wir schon mal da sind, schauen wir uns eben Korsika an.«

»Du, die Insel ist phantastisch«, tröstete sie Harald. »Wir beide, der Pädder und isch, wir waren schon elfmal dort.«

»Ist es denn wahr!« Peggy gähnte unflätig.

»Ja, wir kennen uns aus! Wenn ihr Rat braucht oder ein paar Tips, wir kennen jeden Winkel dort.«

Matilda knurrte mit geschlossenen Augen. »Einen Winkel, den ihr noch nicht kennt, wird's doch wohl geben, sonst fahre ich gleich wieder zurück.«

Harald und Peter lachten.

»Die Frieda hier kennen wir ja jetzt schon«, meinte Peter und zeigte auf Caroline. »Aber eure Namen wissen wir noch nicht.«

Es hagelte sofort Namen. »Gustl, Dietlinde, und das ist Rosinante, sie ist aber taubstumm.«

»Ich bin der Ulf«, murmelte Matilda. »Ich bin in echt ein Mann.«

Peter starrte verunsichert auf ihren Busen.

»Luschtig«, sagte er.

Harald betrachtete die taubstumme Angie-Rosinante mitleidig. »Aber warum hat sie einen Walkman auf?« erkundigte er sich schließlich.

»Wegen der Zugluft«, erklärte Peggy.

Peter und Harald zogen zwei weitere Liegestühle heran und ließen sich ungefragt darauf nieder.

»Wo wollt denn ihr zuerst hin?« fragte Peter interessiert. »Vielleicht haben wir ja dieselbe Richtung!«

»Nein, wir fahren in die andere Richtung«, sagte Franziska bestimmt.

»Woher willst du das denn wissen?« Peter und Harald lachten. Sie waren wirklich unerschütterlich. »Du bist echt witzig, Gustl!«

»Gudrun«, verbesserte Franziska. »Wo fahrt *ihr* denn zuerst hin?«

»Du, wir sind da nicht so festgelegt«, erklärte ihr Harald. »Wir kennen ja schon alles in- und auswendig.«

»Wir werden euch zeigen, was interessant ist«, versprach Peter. »Ihr müßt nur immer hinter uns herfahren, Gudrun.«

»Gisela«, verbesserte Franziska. Peter und Harald waren nur mäßig verwirrt.

Aber jetzt nahm die taubstumme Rosinante ihre Kopfhörer ab und sagte: »Ich muß mal.«

»Ich dachte, sie ist taubstumm«, sagte Peter. Ganz doof war er ja nicht.

»Ja«, sagte Caroline. »Aber sie kann ein paar wichtige Sätze sprechen. *Ich muß mal* braucht man ja ziemlich oft.«

Angie starrte die beiden Jungs mißmutig an.

»Ich muß mal«, wiederholte sie.

»Ich gehe mit dir«, sagte Peggy und stand auf.

»Ich auch«, sagte Caroline.

Franziska und Matilda tauschten einen müden Blick.

»Wir auch«, sagten sie dann und nahmen ihre Rucksäcke.

»Mädchen müssen immer zu mehreren aufs Klo«, sagte Harald verständnisvoll. »Wir warten hier und halten eure Liegestühle frei.«

»Schade um die schönen Stühle«, meinte Caroline, als sie außer Hörweite waren. »Wie werden wir die jemals wieder los? Das Schiff ist so groß nun auch wieder nicht.«

Franziska zuckte mit den Schultern. »Wir hätten Perücken mitnehmen sollen.«

»Ich hab's euch gleich gesagt«, meinte Peggy. »Und Leo auch. Fünf hübsche Mädchen allein unterwegs, da kann man sich vor aufdringlichen Typen gar nicht mehr retten. Wir müssen uns eben häßlich und unattraktiv machen.«

»Ach, und wie bitte soll das gehen?« erkundigte sich Matilda. »Bei euch funktioniert das vielleicht noch, aber bei mir ist das völlig ausgeschlossen.«

»Eingebildete Kuh«, knurrte Caroline.

»Kopftücher«, erläuterte Peggy. »Man muß es so binden wie eine türkische Putzfrau, Stirn und Haare verdeckt. Falls man trotzdem noch angesprochen wird, schiebt man die Zunge in die Unterlippe und rülpst laut. Spätestens dann ergreift jeder Typ die Flucht.«

Franziska und Caroline kicherten.

»Ich muß mal«, ließ sich Angie erneut vernehmen.

»Oh, du mußt wirklich, ich dachte, es sei nur ein raffinierter Trick gewesen, um von den Idioten wegzukommen«, sagte Caroline überrascht.

Angie sah sie leicht beleidigt an.

»Ich muß mal«, wiederholte sie. »Ganz dringend.«

»Schon wieder?« fragte Caroline, aber Peggy hatte Angie schon am Arm gefaßt und suchte mit ihr die Toiletten auf.

Franziska kramte ein großes Tuch aus ihrem Rucksack und wand es sich um den Kopf, wie Peggy beschrieben hatte.

»Na, wie sehe ich aus?«

»Bescheuert«, gab Matilda zu. »Saublöd.«

»Wenn ich jetzt noch auf Befehl rülpsen könnte, wäre der Urlaub gerettet.«

»Wir könnten was trinken gehen«, schlug Caroline vor. »Was mit Kohlensäure, dann kannst du das mit dem Rülpsen üben.«

Als Peggy und Angie vom Klo kamen, suchten sie gemeinsam das Bordrestaurant auf, um zu frühstücken. Alle bestellten ein großes Frühstück, das heißt alle bis auf Angie.

»Hast du keinen Hunger?« erkundigte sich Matilda. »Wir haben doch seit gestern mittag kaum was gegessen.«

Angie schüttelte stumm den Kopf. Peggy reichte ihr ein Croissant hinüber.

»Probier mal«, sagte sie. »Das ist ganz frisch.«

»Mag ich nicht«, sagte Angie.

»Aber du mußt doch was essen«, sagte Peggy besorgt.

»Sieh mal, eine halbe Schnitte Brot mit Marmelade, wäre das nichts?«

Angie schüttelte den Kopf. »Erdbeermarmelade mag ich nicht.«

»Dann nur mit Margarine«, sagte Peggy und schmierte eine Schnitte mit der Margarine aus dem winzigen Folientöpfchen, das zu ihrem Frühstück gehörte.

»Ist das Lätta?« fragte Angie.

»Nee du«, antwortete Peggy. »Aber die schmeckt sicher genauso«.

»Keine schmeckt wie Lätta«, gab Angie zurück. »Ich mag keine andere Margarine.«

»Aber du mußt doch was essen«, sagte nun auch Franziska.

Caroline seufzte leicht genervt. Angie war wirklich anstrengend. Vielleicht lag das daran, daß sie gerade erst von ihrem Freund abserviert worden war. Schließlich ließ sie sich überreden, eine halbe Schnitte Brot ohne alles zu essen und eine Tasse Kakao dazu zu trinken. Auch die anderen schmausten nun voller Genuß.

Lange bevor sie damit fertig waren, spürten Harald und Peter sie allerdings wieder auf und ließen sich freudestrahlend an ihrem Tisch nieder.

»Da bist du ja, Gu- äh Gisela«, sagte Peter und schlug Franziska freundschaftlich auf die Schulter.

»Ich nix Gisela, ich Putzefrau«, sagte Franziska verzweifelt.

Harald und Peter lachten. Sie hatten wirklich ein sonniges Gemüt. Sie lachten auch noch, als Caroline und Peggy synchron rülpsten.

»Das wird lustig mit euch«, sagten sie. »Wir werden euch keine Minute aus den Augen lassen!«

2.

Liebster Fabian!

Sommer, Sonne, Semesterferien! Gibt es etwas Schöneres? Ja, ich weiß, Du findest Sibirien aufregender, ursprünglicher und exotischer! Jeder Depp, alle Pauschalreisenden, Hinz und Kunz und Krethi und Plethi führen nach Korsika, hast Du gesagt, besonders um die Jahreszeit. Tatsächlich ist diese Insel so wunderschön, daß man sie sogar mit Krethi und Plethi teilen möchte. (In unserem Fall heißen sie Pädder und Harald, aber davon später.)

Leider haben wir keine Delphine gesehen auf der Überfahrt. Ein älterer Mann auf der Fähre sagte mir, denen sei das Meer hier zu schmutzig. Ist das nicht traurig?

Wir sind im Norden der Insel angekommen und haben die Ostküste in einem halben Tag abgefahren. In meinem Reiseführer steht, daß sie nicht sehenswert ist, und das hat sich tatsächlich bestätigt. Der Reiseführer scheint von klugen Menschen verfaßt worden zu sein. Dafür sind im Osten wenigstens die Straßen breit und ausgebaut, und man kommt schnell vorwärts.

Die erste Nacht haben wir auf einem Campingplatz in der Nähe von Aleria verbracht, da waren wirklich Hinz und Kunz vertreten – und Harald und Pädder leider auch. (Aber davon, wie gesagt, später.) Überhaupt, die Ostküste wurde erst ziemlich weit unten interessant, genau wie es in meinem Reiseführer steht. Korkeichenwälder, soweit das Auge reicht, und – Gott sei Dank – keine Spur von den Waldbrandschäden, die in meinem Reiseführer beschrieben werden. Wir haben dann den Südzipfel der Insel durchquert, um direkt zu diesem Fleckchen im Golf von Propriano vorzudringen, an dem wir mit Peggys Freund Leo und seinem uns unbekannten Kumpel Lucky verabredet sind.

Bevor wir unser umfassendes Kulturprogramm starten, steht uns nämlich der Sinn nach Erholung pur. Im Süden wartet Bonifacio, die Stadt auf den Felsen am Meer, auf uns, und ziemlich in der Nähe gibt es Statuen aus der Steinzeit zu bewundern – keine Sorge, wir werden uns alles ansehen, wenn wir den Studienstreß abgebaut haben. Noch träume ich jede Nacht von der Uni und davon, daß ich die beiden letzten Klausuren verhauen habe. Matilda sagt das gleiche. Sie meint, von Erholung könne erst dann die Rede sein, wenn sie ihre Matrikelnummer nicht mehr auswendig wüßte. Kann man das glauben? Sie kennt kaum unsere eigene Telefonnummer, aber die blöde Matrikelnummer weiß sie auswendig!

Du solltest unser Zeltlager sehen. Es ist so richtig schön verlottert. Mit viel Mühe haben wir eines der beiden Zelte aufgebaut, aber es dient nur der Gepäckaufbewahrung. Wir schlafen auf der vergammelten Plane, die Peggy aus den Beständen der KJG entwendet hat. (Für Dich als alten Protestanten, das ist die Abkürzung für Katholische Junge Gemeinde – oder heißt es Katholische Jugendgemeinde? Ich weiß es nicht, ich muß Peggy fragen, sie war Gruppenleiterin dort und hat mindestens zwölf Pfingstlager mitgemacht. Sie mußte, kaum war sie alt und vernünftig genug, aufpassen, daß die Jungs nicht in das Zelt der Mädchen kommen, und sie mußte Suppe für vierzig Leute kochen. Du solltest sehen, wie perfekt sie den Gaskocher handhabt. Der ist übrigens auch aus dem Besitz der KJG, aber der Pfarrer hat es ausdrücklich genehmigt. Puh, was für ein Satz. Fang am besten noch mal vor der Klammer an, sonst hast Du den Anschluß verloren!) Von dort hat Peggy auch alles andere her, was uns hier am Leben erhält. Wir können von Glück sagen, daß sie so katholisch ist.

Ehrlich gesagt, bevor wir sie benutzten, war die Plane in gutem Zustand. Es ist erstaunlich, wie schnell Sonnenbestrahlung, Essensreste, Rotwein und Sand aus schwarzem Segeltuch einen graufleckigen Lumpen machen können.

Ein besonders häßlicher Fleck entstand durch Matildas Enthaarungscreme. Sie hatte eine Megatube davon dabei, wir anderen wurden richtig neidisch, als sie ihre Beine damit einrieb. Aber Du kennst Matilda, sie ist die Großzügigkeit in Person, wir durften alle von der Creme nehmen, soviel wir wollten. Unsere Beine sind nun wunderbar glatt, ich wollte, Du könntest mal drüberfühlen. Nur über meine Beine, versteht sich.

Dies hier ist eine Bauernwiese, kein offizieller Campingplatz. Peggy und ihr Freund Leo haben sie bei ihrem letztjährigen Korsikatrip ausfindig gemacht. Ein absoluter Geheimtip, Pädder und Harald werden uns hier sicher nicht finden! Vor uns das Meer und der Sandstrand, um uns herum plattgetretene Macchia – so nennt man die niedrige Vegetation hier, eine Mischung aus struppigem Gebüsch und Wildkräutern – und kleine Büsche, außer uns zwei oder drei Wohnwagen, Familien mit Kindern, Krethi und Plethi würdest Du sagen, aber weit genug weg.

Ein riesenhafter Hund mit verknautschtem Gesicht streunt hier herum. Er hat uns in sein Herz geschlossen, vermutlich wegen der Leberwurstbrote, die wir ihm zustecken. Er liegt meistens im Schatten unseres Zeltes und läßt uns nicht aus den Augen. Wir haben ihn Hermann getauft, so hieß Matildas und Franziskas alter Mathelehrer, die beiden sagen, daß der auch auf Leberwurstbrote stand.

Hinter uns erhebt sich ein großer Hügel oder ein kleiner Berg – wie man's nimmt –, und auf dem Berg steht eine ausgesprochen malerische Burgruine. Sie macht sich wunderbar als Hintergrundkulisse für unsere Urlaubsfotos. Wasser gibt es nur beim Bauern, zwei Kilometer den Berg rauf, man kann es dort in Kanister abfüllen – wir haben zwei große aus den Pfingstlager-Beständen – fünf Liter kosten zwei Francs. Strom gibt es natürlich auch nicht, und schon gar keine Toiletten. Aber das macht nichts. Man gewöhnt sich schneller daran, mit Schaufel und Klopapier ins Gebüsch zu gehen, als ich es für möglich gehalten hätte.

Es ist nicht besonders romantisch, über diese Dinge zu reden, aber Tatsache ist, daß es schon ziemlich exotisch ist. Man zieht mit eindeutiger Absicht los, sucht sich ein ruhiges Plätzchen im knie- bis maximal hüfthohen Gebüsch, gräbt ein Loch und macht, was eben nicht so besonders romantisch zu erzählen ist. Anschließend schaufelt man du-weißt-schon-was und das Klopapier zu. Gar nicht einfach, sich gleichzeitig unsichtbar zu machen und zu konzentrieren. Das einzige, was hilft, ist zu wissen, daß es den anderen Bewohnern dieser »Wiese« genauso geht.

Erst gestern machte ich die Bekanntschaft eines unserer Wohnwagennachbarn. Ich hatte ein fast schulterhohes Büschlein entdeckt, hinter dem ich du-weißt-schon-was erledigte, hatte gerade die Hose wieder hochgezogen und wollte das Loch zuschaufeln, als sich auf der anderen Seite des Büschleins ebenfalls jemand erhob. Wir sahen uns ziemlich verlegen an und unterließen dann sowohl Grüßen als auch Zuschaufeln in stillem Einverständnis. Der Mann hatte sowieso keine Schaufel dabei, fällt mir im nachhinein auf, das

Ferkel. Wenn ich noch mal zu diesem Busch gehe, muß ich aufpassen, wo ich hintrete!

Na ja, die gewohnten Hygienevorstellungen muß man eben schnell über den Haufen werfen, wenn man Camping macht. Meine Einmalklosettsitze jedenfalls kann ich hier leider vergessen. Ich finde, Matilda und Franziska können echt stolz auf mich sein. So rasch wie ich mich angepaßt habe – als hätte ich mein Leben lang nichts anderes getan, als dreckverkrustet auf Bauernwiesen zu übernachten! Das Wasser in unseren Kanistern reicht uns zum Kochen und Zähneputzen, mehr brauchen wir nicht, so unter uns Frauen. Das Salzwasser läßt die Haare gar nicht mal so schlecht aussehen, sie haben entschieden mehr Stand, und wer will schon gut riechen? Ich meine, für wen denn, wenn alle tollen Männer in Sibirien sind.

Leo und sein Kumpel Lucky – ist der Name nicht bescheuert? – wollen in zwei Tagen hier aufkreuzen. Peggy sagt, Lucky sei ein ganz toller Typ, ein echter Frauenheld. Matilda bekam leuchtende Augen, als sie das hörte. Vermutlich wird der Wasserverbrauch sprunghaft ansteigen, wenn wir das Lager mit Männern teilen. Ich kann nicht sagen, daß ich diesen Augenblick herbeisehne. Du solltest uns sehen: wir schlafen unter freiem Himmel, umsurrt von Mücken, kochen unter freiem Himmel, essen unter freiem Himmel und – jetzt im Augenblick – liegen wir am Strand unter freiem Himmel.

Ja, ja, ich weiß, am Strand rumliegen ist nicht gerade die coolste Urlaubsbeschäftigung, aber wir haben noch mehr als vier Wochen vor uns, um alles zu überprüfen, was im Reiseführer steht, da können uns ein paar Tage am Strand vorher nicht schaden. Das Meer ist so schön blau, der Strand schneeweiß, eine frische Brise weht den feinen Sand auf unsere eingecremten, ebenfalls schneeweißen Leiber. Es könnte also vollkommen sein, wenn man von den Mücken und der bevorstehenden Ankunft der Jungs mal absieht, aber da ist ein winzig kleiner Wermutstropfen, und der heißt Angie, Peggys kleine Schwester. Angie (sprich: Andschi, nicht etwa Äändschi, da ist sie sehr empfindlich) sieht Peggy ziemlich ähnlich, blonde Locken, blaue Augen, großer Mund, aber sie ist lange nicht so hübsch. Sie ist, unter uns gesagt, die Langeweile in Person, ihr fehlt einfach das gewisse Etwas. Im Gegensatz zu Peggy kriegt sie kaum den Mund auf, höchstens mal zum Gähnen. Aber Peggy himmelt ihre Schwester an. Sie tut so, als wäre Angie ein Ausbund an Schönheit, Intelligenz und Beredsamkeit. Und Angie findet das auch. Sie hat gerade Abi gemacht, und Peggy läßt keinen Tag verstreichen, um sie nicht dafür zu loben.

»Wahnsinn, wie du das wegsteckst, all die Wochen Lernerei und diesen Prüfungsdruck«, sagt sie, als hätte sie selber in den letzten Monaten nur Däumchen gedreht. »Und dieser schwierige Lernstoff. Ich glaube nicht, daß das zu meiner Zeit schon so schwer war.«

Angie nickt dann wehleidig und sagt nichts.

Oder Peggy sagt: »Ach, ich wünschte, ich hätte deine schönen Locken.« Ihre eigenen Locken sind länger, glänzender und vor allem blonder, aber sie und Angie haben da eine ganz eigene Sichtweise.

»Mach dir nichts draus«, antwortet Angie in einem ungewöhnlichen Anfall von Redegewandtheit. »Dafür hast du schönere – ähm – Füße.«

»Nein«, widerspricht Peggy dann auf heftigste, und ich könnte sie schütteln und würgen, »deine Füße sind doch viel schöner als meine.«

Und dann erst Angies Eßgewohnheiten! Weißt Du noch, das letzte Mal bei unserem Italiener, als ich einen Rest Salat stehenlassen wollte, weil rohe Zwiebeln und Rote Bete drin waren? Du hast den Kopf geschüttelt und gesagt, ich sei verwöhnt und pingelig, und ich habe mich gezwungen, das Zeug hinunterzuwürgen. Das ist so gesund, hast Du zufrieden gesagt. Ich hatte Angst, Du würdest mich auf die hungernden Kinder in der dritten Welt hinweisen oder auf die Nahrungsknappheit nach dem Krieg, denn das macht mein Vater immer, wenn ich Rote Bete oder rohe Zwiebeln stehenlassen will. Auch er kommt dann mit Begriffen wie verhätschelt und verzärtelt, dabei sind es nur diese beiden Nahrungsmittel, deren Geschmack und Konsistenz mir zuwider sind. Nun wäre es interessant zu hören, welche Begriffe Dir und ihm für Angie einfielen, denn die mag eigentlich überhaupt gar nichts. Keinerlei Salat, kein Obst, außer Mandarinen, aber die gibt es um diese Jahreszeit nicht, kein Gemüse außer Erbsen aus der Dose, keine Wurst, keinen Käse, überhaupt keine Milchprodukte, keine Pilze, kein Geflügel, kein Körnerbrot – es ist wirklich verblüffend. Was auch immer wir vorschlagen oder auftischen, Angie verzieht angewidert das Gesicht und schüttelt den Kopf.

»Mag ich nicht«, sagt sie mit ihrer sanften, immer ein wenig leidenden Stimme. (Vermutlich hat sie eine schlechte Verdauung, viel zuwenig Ballaststoffe. Ich sollte ihr mal ein paar von meinen Backpflaumen anbieten. Obwohl, ich weiß genau, was sie sagen wird. Es fängt mit *Mag* an und hört mit *ich nicht* auf.)

Das, mein Lieber, nenne ich verwöhnt! Sie ist, unter uns gesagt, eine ziemliche Nervensäge. Sie sagt überhaupt nur drei Sätze, immer abwechselnd. »Mag ich nicht, weiß ich nicht« und »Ich muß mal«, es ist zum Verrücktwerden. Ein Besuch mit ihr in einem Supermarkt, hundertmal »Mag ich nicht, weiß ich nicht, ich muß mal«, danach bist Du reif für die Klapsmühle. Aber die anderen, vor allem natürlich Peggy, sind schrecklich besorgt um Angie. Sie hat irgendwas an sich, was alle Leute, selbst Matilda, dazu bringt, sie zu bemuttern. Alle denken, sie könne verhungern und verdursten – das liebe Kind mag nämlich auch kein Wasser, keinen Tee, gar nichts Flüssiges, nur Kakao und eine bestimmte Sorte Pfirsich-Nektar, den wir von zu Hause mitgenommen haben, der aber jetzt zur Neige geht. (Pfirsiche findet Angie *e-kelhaft*, aber den zuckrigen Sirup mag sie – das soll mir mal einer erklären!) Peggy hat ganze Batterien von Vitamintabletten (ersetzen das Obst) und Calciumtabletten (ersetzen die Milchprodukte) mit und sorgt dafür, daß Angie regelmäßig ißt und trinkt.

Sie sorgt überhaupt für alles, was Angie betrifft. Angie muß nicht spülen, weil ihre Nagelbettentzündung noch nicht ausgeheilt ist, Angie muß ihren Schlafsack nicht zum Lüften aufhängen, sie muß sich nicht an der Nahrungszubereitung beteiligen, sie muß sich nicht mal selber eincremen. Und gestern, als das liebe Kind seine Sonnenbrille in einem Café vergessen hatte, mußte es nicht mal hingehen und danach fragen, das hat auch Peggy für sie getan. Und ich habe Peggy immer bewundert und beneidet, weil sie so tough und cool ist! Nie hätte ich gedacht, daß sie sich zu irgend jemandes Sklaven macht. Aber da kannst Du mal sehen! Was das betrifft, bin ich froh, wenn Peggys Freund Leo endlich kommt, dann wird sie Angie links liegenlassen.

Die dunklen Flecken auf dem Papier sind Schweiß und Sonnenmilch. Jetzt wird es auch unter dem Schirm unerträglich, ich ziehe mich für ein, zwei Stunden ins Meer zurück – mit T-Shirt. Matilda und Franziska sagen, ich sei weit und breit die einzige mit Sonnenschutzfaktor 30, Textilien am Oberkörper, Sonnenschirm und Sonnenhut, man müßte sich für mich schämen. Aber darüber kann ich nur lachen. Angie und Peggy haben schon ihren ersten Sonnenbrand, nachts im Schlafsack schmerzt jede Umdrehung. Sie gehören zu der Sorte Menschen, die denken, man wird nur langanhaltend braun, wenn man sich gründlich verbrennt, mehrmals pellt und dann wieder nachgrillt. Bitte sehr, von mir aus. Am Ende des Urlaubs werde ich ihnen den Artikel über Sonnenbäder und Faltenbildung unter die Nase halten, den ich extra ausgeschnitten habe. Du mußt keine Angst haben: Ich werde Korsika völlig faltenfrei verlassen, mit einer ganz, ganz zarten Bräune und ein paar unvermeidlichen Sommersprossen. Matilda und Franziska werden dunkelschwarzbraun sein, Angie und Peggy gold- bis rotbraun. Vielleicht werden sie toll aussehen, vor allem in weißen Kleidern, aber eben um zehn Jahre gealtert. Die Falten werden sich ein für allemal in ihre Gesichter gegraben haben. Magst Du Rothaarige immer noch am liebsten?

Deine Caroline

P.S. Jetzt hätte ich doch beinahe vergessen, Dir von Pädder und Harald zu erzählen. Wir haben die beiden schon auf der Fähre kennengelernt, sie sehen so aus, wie sie heißen. Und obendrein sind sie bebärtet, auf vielerlei Weise. Aber das schmälert ihr Selbstbewußtsein keinesfalls. Sie haben sich in den Kopf gesetzt, einen Ferienflirt mit uns anzufangen, mit wem genau ist ihnen wahrscheinlich ganz egal. Egal ist ihnen auch, daß wir sie behandeln wie den letzten Dreck. Als wir von der Fähre runterfuhren, klebten sie uns mit ihrem postgelben Cabrio gleich an der Stoßstange. Matilda sagt, es sei ein Sakrileg, solch häßliche Männer in einem solch schönen Auto, aber ich finde, man sollte ihnen wenigstens das Auto gönnen.

Wir haben alles versucht, um sie abzuhängen, ja, wir sind das Risiko eingegangen, uns in einer völlig fremden Stadt in den kleinen Gäßchen zu verfahren, aber wie es der Teufel wollte, das Schild »Toutes directions« (Alle Richtungen) taucht immer wieder auf, genau wie das gelbe Cabrio. Schließlich waren wir raus aus der Stadt, aber auf dieser autobahnähnlichen Strecke war es erst recht nicht einfach, die beiden abzuschütteln. Um ehrlich zu sein, es war sozusagen unmöglich, weil ich mit Fahren an der Reihe war, und Du weißt ja, daß ich eher vorsichtig und langsam fahre. Meine Fahrweise war dann auch schuld daran, daß Harald und Pädder sich den gleichen Campingplatz zum Übernachten aussuchten. Sie schlugen ihr Zelt unmittelbar neben unserem Platz auf und wichen den Rest des Abends nicht mehr von unserer Seite. Sie brachten eine Kühltasche voller Bierdosen mit und wurden mit jeder leeren Dose aufdringlicher.

»Isch bin der Pädder, und isch mag Rothaarige«, sagte Pädder zu mir, als könnten wir seinen Namen in der Zwischenzeit vergessen haben.

Ich schüttelte meine Haare und sagte, das Kompliment freue mich besonders, da ich immer noch mit Kopfläusen zu kämpfen hätte. Prompt rückte er von mir ab. Keine zwei Sekunden später hörte ich ihn zu Peggy sagen, er stünde auf Blondinen.

»Was für ein Glück für dich und mich«, sagte Peggy zu ihm. »Ich bin nämlich ein Fan von pickeligen Hessen mit spärlichem, aber ungepflegtem Bartwuchs.«

Jeder andere hätte sich beleidigt in seinen Schlafsack getrollt, aber Pädder ist von anderem Kaliber. Er kratzte sich lediglich seine Pickel auf und sagte dann zu Franziska, er stünde auf Brünette. Sein Freund Harald begrabschte derweil abwechselnd Angie und Matilda. Wir wurden und wurden sie nicht los, erst der Alkohol konnte sie ermüden. Die beiden sind eine echte Landplage.

Es wird Dich trotzdem nicht freuen, zu hören, wie wir uns ihnen gegenüber einen Vorsprung verschafft haben, denn der Hauptleidtragende ist das unschuldige gelbe Cabrio. Franziska schlug vor, die Reifen zu zerstechen, aber das erschien uns dann doch zu kriminell. Wir gossen statt dessen im Morgengrauen kanisterweise Wasser auf die Sitze, unmöglich, darauf zu sitzen. Außerdem schmierten wir unsere kostbare Diätmargarine auf das Lenkrad. Dann machten wir uns aus dem Staub, ehe Pädder und Harald mit ihrer Bierfahne aus dem Zelt torkeln konnten.

Wir können nur hoffen, daß sie uns hier nicht finden. Vielleicht sollten wir für immer hierbleiben.

P.P.S. Grüße auch von Matilda, Franziska, Peggy und Mag-ich-nicht. Ich muß aufhören, sie wollen meine Schlafmatratze als Wasserspielzeug mißbrauchen. Immer und immer verspotten sie mich wegen dieses Luxusbettes. Der pure Neid, sag' ich Dir! Gestern nacht hatten sie alle Ameisen im Schlafsack, alle außer mir. Das ist doch wohl der Beweis, daß diese Matratze kein Fehlkauf war!

3.

In der Nähe von Porto Pollo
30. JULI

Das Lager wirkte mit jedem Tag verlotterter.

»Bevor die Jungs kommen, könnten wir wenigstens mal die Plane ausschütteln«, schlug Franziska vor, aber keiner rührte sich. Es hatte Reis mit Paprikaschoten zum Abendessen gegeben, für Angie eine Schnitte Brot mit Nutella. Brote mit Nutella und Pfirsichsaft waren ihre einzige Nahrungsquelle, weswegen die anderen darauf verzichteten, etwas von diesen Dingen zu essen oder zu trinken. Trotzdem war das Nutellaglas fast leer.

»Hoffentlich kann man hier so was kaufen«, sagte Peggy leicht besorgt. »Morgen müssen wir wieder nach Porto Pollo in den Supermarkt. Vielleicht gibt es da auch deinen Pfirsichsaft, Angie. Du mußt doch genug trinken bei den Temperaturen.«

Hermann, der unförmige Hund, der sich ihnen angeschlossen hatte, stöhnte wie zur Bestätigung. Die Mädchen gaben ihm zweimal am Tag Wasser aus einem KJG-Suppennapf. Matilda streichelte über den dicken Kopf.

»Hermann, Hermann«, sagte sie. »Langsam solltest du dir ein neues Frauchen oder Herrchen suchen, denn wir bleiben ja nicht ewig hier an diesem Ort.«

»Das ist richtig«, meinte Franziska. »Es wird Zeit, daß wir mal was anderes tun, als hier herumzulungern. Ich habe schon fast nichts mehr zu lesen.«

»In Carolines Reiseführer steht, daß Bonifacio eine

der schönsten Städte auf der Insel ist. Von hier aus brauchen wir höchstens eine Stunde«, sagte Peggy. »Bevor wir weiter nach Norden fahren, sollten wir uns das unbedingt ansehen.«

Die anderen nickten.

»Und Filitosa«, setzte Matilda hinzu. »Da stehen über 6000 Jahre alte Statuen aus Stein. Das will ich unbedingt sehen.«

»Wieso, sind es nackte Männer?«

Matilda kicherte. »Wenn die vor 6000 Jahren schon Lendenschurze trugen, dann leider nicht!«

»Das sollten wir morgen überprüfen«, schlug Franziska vor. »Morgen Filitosa und Bonifacio übermorgen. Und dann müssen wir uns langsam aufmachen ins Landesinnere, sonst verpassen wir am Ende noch Ollie und Benedikt.«

Caroline blickte hinauf zu der Burgruine, die im letzten Abendsonnenlicht golden strahlte. »Aber schön ist es hier wirklich. Und Pädder und Harald finden uns hier nie.«

Peggy holte einen kleinen Kanister aus dem Proviantzelt. »Hier, bis die Jungs kommen, können wir uns noch mal so richtig danebenbenehmen.«

Franziska und Caroline betrachteten den Kanister skeptisch.

»Ich weiß nicht«, meinte Franziska. »Fünf Liter Rosé für fünf Franc! Das kann eigentlich nicht gutgehen.«

»Was soll's?« sagte Matilda. »Ich jedenfalls nehme einen Becher davon.«

Nach dem heißen Tag, die ganze Zeit in der Sonne mit relativ wenig Nahrungszufuhr, wirkte der Wein ziemlich schnell. Sogar Angie nahm ein paar Schlucke und brachte es danach immerhin über sich, den Walkman abzulegen.

»Wann kommen die denn, dein Leo und dieser Lukky?« fragte Matilda. »Ich dachte, die wollten um fünf hier sein!«

Peggy sah besorgt auf die Uhr. »Und jetzt ist es halb neun«, sagte sie. »Meinst du, ich muß mir Sorgen machen?«

»Ach was«, sagte Caroline und ließ sich der Länge nach auf ihre komfortable Luftmatratze plumpsen.

Matilda lachte. »Immer wenn ich diese Matratze sehe, fällt mir der Witz mit der Gummipuppe ein.«

»Was hat meine Matratze mit einer Gummipuppe zu tun?«

»Es ist ein unanständiger Witz. Willst du ihn hören?«

»Du kennst doch nur unanständige Witze«, sagte Peggy.

»Erzähl ihn trotzdem«, meinte Franziska und goß sich Rosé nach.

»Also«, begann Matilda. »Elf Kegelbrüder beschließen nach einem ordentlichen Besäufnis, alle zusammen in den Puff zu gehen. Dummerweise warten dort aber nur zehn Damen, und einer würde deshalb leer ausgehen. Da gucken sich die Kegelbrüder an und sagen: ›Hey, der Hein, der ist so besoffen, der kriegt doch gar nichts mehr mit, dem geben wir einfach eine Gummipuppe, das merkt der gar nicht.‹ Die schicken also den Hein mit der Gummipuppe ins Separée und reiben sich zufrieden die Hände. Am nächsten Morgen sitzen sie verkatert im Hotel, und natürlich wollen alle wissen, wie es denn vergangene Nacht bei Hein gelaufen ist. Der Hein ist immer noch ganz aufgeregt. ›Nee‹, sagt er auf kölsch,

›sowat hab isch noch niemals erlebt. Mit der konntest du alles machen, die hat keinen Laut von sisch jejeben und ihre Beine dermaßen verrenkt, dat muß 'ne Hexe jewesen sein. Denn am Schluß, wie isch sie jebissen habe, ist sie 'ne Runde um die Lampe geflogen und dann mit einem Zischen zum Fenster raus.‹«

Die anderen lachten sich kaputt, weniger, weil der Witz gut war, sondern mehr, weil Matilda ihn so anschaulich erzählt hatte.

»Und was hat die Gummipuppe mit meiner Matratze gemeinsam?«

»Beide sind mit Luft gefüllt«, sagte Matilda. »Und wenn man dich beißen würde, würdest du hier ums Lager herumschwirren wie eine Rakete!«

Das Lachen motivierte Matilda gleich zu noch einem Witz. Sie kannte lauter Witze, die sonst nur am Männerstammtisch erzählt wurden, chauvinistische, dämliche und kolossal frauenfeindliche, aber aus dem Mund einer Frau klangen sie nur halb so schlimm. Wenn man genau zuhörte, fand Caroline, konnte man sogar noch etwas dabei lernen. Angie schien das auch zu finden, sie lauschte jedenfalls mit offenem Mund.

»Eine Frau hat gerade entbunden und schickt ihren Mann jetzt zum Standesamt, um den Namen des Kindes anzumelden«, sagte Matilda. »Das Kind soll Uschi heißen.«

»Wer nennt denn sein Kind heute Uschi?« unterbrach Caroline empört. Sie fand, auch einem schlechten Witz konnte etwas Realismus nicht schaden.

»Pssst, das gehört zum Witz«, sagte Matilda. »Also, das Kind soll Uschi heißen, aber der Mann kann sich den Namen einfach nicht merken. Hör mal, sagt die Frau, ist doch ganz einfach, du denkst an meine Muschi und läßt den ersten Buchstaben einfach weg. Also gut, sagt der Mann, geht aber nicht auf direktem Weg zum Standesamt, sondern macht vorher noch Station in seiner Stammkneipe. Nach etlichen Schnäpsen und Bieren geht er dann los, aber natürlich hat er den Namen schon wieder vergessen. ›Warten Sie mal‹, sagt er zu dem Standesbeamten, ›ich muß den ersten Buchstaben weglassen. Ha, jetzt weiß ich es wieder. Das Kind heißt Otze.‹«

»Versteh' ich nicht«, sagte Caroline, aber die anderen wälzten sich vor Lachen auf der verschmuddelten Plane hin und her.

»Ich muß mal«, japste Angie schließlich, und auch Caroline verspürte dieses Bedürfnis. Im Dunkeln war das sowieso angenehmer zu erledigen. Sie nahm Schaufel und Klopapierrolle und verschwand mit Angie im Gebüsch. Angie nahm die erstbeste Strauchdeckung wahr, aber Caroline suchte sich einen Platz weiter draußen, von dem sie hoffte, daß kein anderer ihn in letzter Zeit aufgesucht hatte. Es war unangenehm, mit Sandalen in eine solche Stelle zu treten. Ja, ja, das Campingleben hatte auch so seine Tücken!

»Otze«, murmelte sie vor sich hin. »Das ist doch kein Name.«

Als sie zurückkam, war der Lagerplatz in gleißendes Licht getaucht. Die Scheinwerfer eines dicken Geländewagens mit ausgehängten Seitentüren beleuchteten die Szenerie. Caroline seufzte. Das mußten Leo und dieser Lucky sein – mit der lässigen Weiberwirtschaft war es jetzt zu Ende!

Leo war ein gutaussehender Typ, Mitte Zwanzig, dichtes, dunkles Haar, braune Augen und niedliche Grübchen neben den Mundwinkeln. Er und Peggy gaben ein hübsches Paar ab, Caroline sah, mit welcher Inbrunst Peggy in seinen Armen hing.

Der Anblick des anderen Typs war ein ziemlicher Schock! Auf dem Foto, das Peggy ihnen gezeigt hatte, war er bartlos und offensichtlich jünger gewesen. In den Jahren dazwischen mußte er sich diesen buschigen Schnauzbart gezüchtet haben! Auf dem Foto hatte man auch nicht sehen können, wie klein er war, höchstens einsfünfundsiebzig, und damit einen halben Kopf kleiner als Matilda.

Caroline blickte zu ihr hinüber. Sie war sicher schwer enttäuscht, denn garantiert hatte sie sich heimlich diesen Lucky als Ferienflirt ausgesucht. Aber Matilda machte keinen besonders enttäuschten Eindruck. Sie lächelte aus ihrer lässigen Liegeposition zu diesem Lucky auf, als sei er mindestens Brad Pitt.

»Das muß der Rosé für einen Franc den Liter machen«, dachte Caroline. »Ich hätte auch mehr davon trinken sollen.«

»Hallo«, sagte sie laut, als sie mit Spaten und Klopapier wieder auf der Plane stand.

»Hi, Caroline«, sagte Leo und schlug ihr seine Hand auf die Schulter. Er hatte immer so eine kumpelhafte Art.

Lucky sagte nichts, er sah Caroline nur an und drehte sich dabei eine Zigarette. Einhändig. Ein Raucher, auch das noch! Caroline sah, daß er eine Menge Falten um die Augen hatte, er war mindestens Mitte Dreißig! Caroline fühlte sich unter seinen musternden Blicken zunehmend unbehaglich. Schließlich legte sie die Klogangutensilien ab.

»Na, einen Neger abgeseilt?« fragte Lucky.

»Bitte was?«

Die anderen lachten. Caroline strengte ihre grauen Zellen an. Sie hatte schon den Otze-Witz nicht verstanden. Neger abseilen, was sollte daran komisch sein – das war kein Witz, das war ein rassistischer, mieser Scherz! Sie setzte sich stumm neben Franziska auf ihre Luftmatratze.

Leo und Lucky begannen, ihr Gepäck auszuladen. Es ging eine Menge Krempel in so einen Geländewagen. Die beiden hatten zwei Surfbretter mit und eine unbestimmte Anzahl von Segeln und Masten. Außerdem palettenweise Büchsenbier, genau wie Pädder und Harald. Hinten, wo sonst der Reservereifen prangte, war Leos Motorrad montiert.

»Ich habe Hunger«, sagte Leo schließlich.

»Wir haben leider schon gegessen«, sagte Caroline, aber Peggy war bereits aufgesprungen und zum Proviantzelt geeilt.

»Ich koche euch schnell was«, sagte sie. »Worauf habt ihr denn Appetit?«

»Hauptsache, es geht schnell«, sagte Lucky. »Nudeln mit Soße würden mir vollkommen reichen.«

»Und Brot dazu«, verlangte Leo.

Staunend sah Caroline, wie Peggy sich an die Arbeit machte. Franziska stand auf, um ihr zu helfen.

»Der Typ ist ja wohl uralt«, raunte Caroline Matilda zu, die besoffen auf der Matte liegengeblieben war.

»Dreißig«, gab Matilda zurück. »Er ist Feuerpferd im chinesischen Horoskop, das sind ganz besondere Typen.«

»Woher weißt du das?« fragte Caroline. Matildas esoterische Phase lag doch längst hinter ihnen. »Er sieht außerdem viel älter aus und als wäre er Affe im chinesischen Horoskop.«

Matilda leerte ihre Rosétasse und leckte sich die Lippen. »Er ist so ein Safari-Typ, ein Globetrotter, da bekommt man eben Falten um die Augen. Peggy sagt, Lucky sagt, er hat schon mit über sechzig Frauen geschlafen, aber die Richtige ist nicht dabeigewesen.«

»Oh, mein Gott«, stöhnte Caroline. »Und das soll man jetzt toll finden?«

Matilda nickte. »Irgendwo reizvoll, findest du nicht?«

Caroline sah sie an, als habe sie den Verstand verloren. Leo und Lucky ließen sich zum Essen nieder. Franziska reichte ihnen Teller und Besteck, Peggy löffelte Nudeln und Soße darauf.

»Brot«, erinnerte sie Leo, und Peggy sprang auf, um ihm das Gewünschte zu bringen.

»Sehr lecker«, lobte Lucky. »Wenigstens die kulinarische Seite des Urlaubs ist gerettet, wenn Frauen dabei sind, die so gut kochen können.«

Peggy und Franziska lächelten geschmeichelt. Alle sahen zu, wie Leo und Lucky sich die Nudeln reinschaufelten. Caroline bemerkte mit leisem Ekel, wie sich die Tomatensoße in Luckys Schnäuzer absetzte und dort antrocknete.

»Erzähl doch noch einen Witz«, sagte Franziska zu Matilda in die plötzliche Stille hinein. Matilda hielt das für eine gute Idee.

»Kennt ihr den Uschi-Witz?« fragte sie Leo und Lucky.

»Der ist jetzt nicht so passend«, meinte Caroline

schnell, aber Matilda hatte zuviel Rosé getrunken, um den Wink mit dem Zaunpfahl zu bemerken.

»Also«, sagte sie fröhlich. »Eine Frau hat gerade entbunden und sagt zu ihrem Mann ...«

»Matilda«, murmelte Caroline, die an Luckys und Leos Gesichtern sah, daß sie den Witz nicht komisch finden würden. So war das mit unanständigen, frauenfeindlichen Witzen. Männer haßten es, wenn sie von Frauen erzählt wurden. Matilda würde in ihren Augen ein für allemal als eine primitive Schlampe abgestempelt sein.

Aber Matilda wollte den Witz unbedingt wiederholen.

»Laß mich doch«, sagte sie zu Caroline, die sie mehrfach unterbrach. »Jedenfalls, der Mann steht vor dem Standesbeamten und sagt, jetzt weiß ich es. Otze! Das Kind heißt Otze.«

Sie brach in infernalisches Gelächter aus. Keiner sonst lachte. Matilda merkte es glücklicherweise gar nicht.

»Weiber und Alkohol«, sagte Lucky verächtlich und stand auf. »Wo ist denn eure Wäscheleine?«

»Unsere was?« fragte Franziska.

»Wo hängt ihr eure Wäsche auf, die Handtücher, wenn sie naß sind, und dergleichen?«

»Wir hängen sie über die Autotüren«, meinte Franziska. »Oder wir hängen sie gar nicht auf. Meistens wird alles trocken, bevor man dazu kommt, es aufzuhängen.«

»Weiberwirtschaft«, stöhnte Lucky. »Morgen kommt hier mal Ordnung in den Laden, was, Leo?«

Franziska und Peggy lächelten beschämt, Caroline zeigte Lucky in Gedanken einen Vogel.

Allgemeines Zubettgehen war jetzt angesagt. Ein letzter Klogang, Zähneputzen am Wasserkanister, Isomatten aufrollen und rein in die Schlafsäcke. Caroline thronte wie immer fünfzehn Zentimeter über den anderen. Nur leicht beduselt schaute sie hinauf in den klaren Sternenhimmel. Gerade wollte sie ihre übliche Fabian-Gedenkminute einlegen, als Luckys tiefe Stimme sie unterbrach.

»Wer ist denn eigentlich die Mutter auf der Luftmatratze?« horte sie ihn fragen. Laut und deutlich. Jeder mußte es hören.

Mutter auf der Luftmatratze! Caroline schnappte empört nach Luft. Mutter! Sie war einundzwanzig, und dieser Lucky konnte, theoretisch gesehen, ihr Vater sein, na ja, sehr theoretisch gesehen. Auf jeden Fall hatte er schon mehr Falten um die Augen als ihr richtiger Vater.

»Das ist Caroline«, erwiderte Leo leise. Man konnte es sich mehr denken als hören. »Peggys Kommilitonin.«

»O Gott, so eine Psychotante«, sagte Lucky, immer noch gut vernehmbar. »Verklemmt und rothaarig, das sind mir die liebsten, echt. Die diskutieren dich wegen jeder Kleinigkeit in Grund und Boden.«

Caroline schloß empört die Augen. Dieser blöde Typ kannte sie doch überhaupt nicht. Was fiel ihm eigentlich ein? Und überhaupt, warum sprang niemand auf und trat einmal kräftig auf seinen Schlafsack!? Na ja, vielleicht schliefen die anderen schon. Der Rosé machte jedenfalls ganz schon müde. Caroline schloß die Augen und versuchte an etwas Schönes zu denken.

Beim Frühstück schien die Welt wieder in Ordnung zu sein. Peggy hatte den Gaskocher nicht nur für das Kaffeewasser angeworfen, sondern auch für eine große Pfanne Rühreier mit Speck, die einen köstlichen Duft verbreiteten.

»Sehr gut«, lobte Lucky. »Was eine richtige Frau ist, weiß, was Männermägen brauchen.«

Peggy strahlte über das ganze Gesicht.

»Kann ich uns jeden Tag machen«, sagte sie.

Caroline sah sie scharf an. Irgendwas war anders, von Peggys plötzlicher Kochwut mal abgesehen. Tatsächlich, sie hatte Wimperntusche und Kajal aufgetragen, das erste Mal in diesem Urlaub. Und sie schmierte jetzt nicht nur Angie das Nutellabrot, sondern machte auch die Schnittchen für Leo zurecht. Ja, war sie denn von allen guten Geistern verlassen?

Leo allerdings schien das völlig normal zu finden.

»Noch eins mit Leberwurst und eins mit Marmelade«, gab er bei Peggy in Auftrag, und Peggy schmierte, was das Zeug hielt.

»Tja, und was wollt ihr Weiber heute anstellen?« fragte Lucky und drehte sich eine Zigarette. Der Rauch zog genau in Carolines Gesicht. Sie hustete demonstrativ, aber Lucky beachtete sie gar nicht. Er hatte sie den ganzen Morgen noch keines Blickes gewürdigt.

»Also, was habt ihr vor?«

»Woran hattet ihr denn gedacht?« fragte Peggy zurück, während sie die Brote für Leo in mundgerechte Häppchen schnitt.

»Ordnung schaffen«, sagte Lucky. »Bißchen surfen und dann am Strand nackten Weibern hinterherschauen.«

Er lachte und sog heftig an seiner Zigarette. Caroline rückte ein Stückchen zur Seite, aber wie der Teufel es wollte, der Qualm kam ihr einfach nach. Das war immer so. Jede Zigarette qualmte exakt in Carolines empfindliche Nase, so als hätten die Glimmstengel ein Eigenleben und könnten Caroline einfach nicht ausstehen.

»Heute sind Wellen da«, ließ sich Franziska vernehmen, dabei konnte sie das von hier kaum sehen. »Ein Strandtag wäre sicher schön.«

»Wir wollten doch heute nach Filitosa«, erinnerte sie Caroline. »Zu den Menhiren aus der Steinzeit.«

Lucky blies einen Rauchring aus seinen Lippen. »Diese Touristenkacke wollt ihr euch echt antun?«

»Mir eigentlich egal«, sagte Peggy.

»Mir auch«, schloß sich Angie an.

Franziska schaute nur sehnsüchtig zum Meer hinaus.

»Und was ist mit dir, Matilda?« fragte Caroline.

Matilda rekelte sich in der Morgensonne.

»Mir ist es auch gleich«, seufzte sie und warf Lucky einen schmachtenden Blick zu. »Wahnsinn, diese Rauchringe. Geht das schwer?«

»Ich bring's dir bei, wenn du willst«, sagte Lucky freundlich.

Caroline ärgerte sich. Matilda war erklärte Nichtraucherin. Sie studierte Gesang, und Rauchen schadete ihrer Stimme. Was sollte das also? Verspätetes Pubertäts-Trotzrauchen?

»Was ist jetzt mit Filitosa? Gestern wart ihr alle noch ganz wild darauf!« sagte Caroline.

Die anderen schwiegen schulterzuckend.

»Tja, das war wohl nichts«, sagte Lucky, ohne Caroline eines Blickes zu würdigen. Sie fing an, ihn wirklich saublöd zu finden. Seit er hier war, war über Nacht alles anders geworden.

Nachdenklich streichelte sie Hermann. Er wenigstens war noch der alte geblieben und hielt ihr vertrauensselig seinen dicken Kopf hin, damit sie ihn hinter den Ohren kraulen konnte.

Nach dem Frühstück – auch das neu – machte Peggy eine Lauge aus dem letzten Rest Wasser und spülte das Geschirr und die Pfanne. Anschließend trocknete sie gleich ab und räumte alles ordentlich weg.

»Die hast du dir gut dressiert«, sagte Lucky anerkennend zu Leo.

Leo nickte mit Besitzerstolz in der Miene.

»Dann machen wir uns auch mal an die Arbeit«, sagte Lucky und stand tatendurstig auf. Staunend sahen die Mädchen zu, wie die beiden das Lager verwandelten. Zuerst parkten sie die beiden Autos so um, daß sie zusammen mit dem Proviantzelt eine Art U bildeten. Zwei der sechs Surfsegel wurden so befestigt, daß ein Schattenfeld auf dem heißen Sand entstand, mehrere Leinen gespannt, an denen man Handtücher und andere Dinge aufhängen konnte. Die verschmuddelte Plane schlugen Lucky und Leo aus, bevor sie sie wieder ausbreiteten, völlig faltenfrei und mit Steinen beschwert, damit der Wind sie nicht mehr davonwehen konnte. Die nächste Neuerung war die Befestigung der Wasserkanister an Luckys Geländewagen mit Seilen und anderen Hilfsmitteln, so daß eine primitive Dusche entstand.

»Man merkt jetzt, daß hier Männer wohnen«, sagte Leo schließlich zufrieden und schlug Lucky krachend auf die Schulter. Gemeinsam machten sie sich zu einem Gang zu den Freilufttoiletten auf.

»Wie kommt es nur, daß ich mir auf einmal so schlampig und unorganisiert vorkomme?« fragte Matilda.

»Du hättest jedenfalls nicht den Uschi/Otze-Witz erzählen sollen«, gab Franziska zurück.

»Was? Vor den Jungs? Das soll ich getan haben?«

»Natürlich hast du«, sagte Peggy und cremte Angies empfindliche Nase ein.

»O mein Gott«, sagte Matilda. »Das muß dieser verfluchte Rosé gewesen sein. Naja, ich finde Leo und diesen Lucky jedenfalls okay. Es ist jetzt richtig wohnlich geworden hier.«

»Ja«, sagte Peggy. »Er ist eben ein richtiger Mann, kein Junge mehr.« Caroline vermutete, daß sie von Lukky sprach, und nicht von Leo.

Franziska kratzte sich gedankenverloren. »Er hat schöne blaue Augen.«

»Ich fand's vorher auch gemütlich.« Caroline seufzte und streichelte weiter Hermanns Ohren. Sie hatte ja geahnt, daß alles anders werden würde, wenn Männer dabei waren. Die meisten Frauen veränderten sich dann auf erschreckende Weise. Ausgerechnet die toughe Peggy war zu einem eilfertigen Hausmütterchen mutiert, immer kochen, spülen, immer bereit, Leo oder Lucky und natürlich Angie zu Diensten zu sein. Matilda fand grundsätzlich alle neuen Männerbekanntschaften so interessant, daß sie vorerst an nichts anderem interessiert war. Aber daß Franziska ebenfalls fasziniert von diesem Lucky zu sein schien, wunderte Caroline schon ziemlich. Sonst durchschaute Franziska die Menschen im Nullkommanix und schob sie in die richtigen Schubladen. Lucky gehörte eindeutig in die Schublade *minderwertigkeitskomplexkompensierender, unterbelichteter, vermutlich impotenter Macho*, befand Caroline.

Er war weit hinter der Entwicklung seiner Altersgruppe zurückgeblieben. Die machten nämlich mit Dreißig nicht mehr Urlaub mit Kids, die gerade mal die Schule verlassen hatten. Vermutlich waren alle Freunde in seinem Alter verheiratet und/oder erfolgreich, und das konnte Lucky nur schwer ertragen. Caroline beschloß, ihn bei nächster Gelegenheit zu fragen, was er denn beruflich mache. Wahrscheinlich, tippte sie in Gedanken, studierte er im hundertzwölften Semester Maschinenbau und war schon sechsmal durch die Prüfungen gefallen. Der Schnurrbart ließ jedenfalls auf etwas Technisches schließen. Die Geisteswissenschaftler waren in der Regel flusenbebärtet, die Betriebswirte glattrasiert.

Rein äußerlich war nichts toll an ihm. Gut, er hatte schöne Augen, aber etwas Schönes hat schließlich jeder Mensch. Ansonsten war er eher klein und stämmig, ziemlich muskulös sogar, aber vor allem von der Hüfte aufwärts. Und er hatte einen Schnäuzer, jenen Makel, der sonst von Franziska und Matilda an allererster Stelle genannt wurde, selbst Flusenbärte rangierten weit dahinter. Und er trug Tennissocken und Turnschuhe zu Shorts. Caroline schnaubte leise vor sich hin. Diese supercoole Art, sich Zigaretten zu drehen und Rauchringe zu blasen, war üblicherweise auch nicht gerade unter den »Top-Ten« der erotischsten Eigenschaften eines Mannes. Caroline konnte sich beim besten Willen nicht erklären, was ihre Freundinnen an diesem Typ fanden.

Wo er doch auch noch so gemein zu ihr gewesen war. Mutter auf der Luftmatratze! Und das von so einem Grufti! Das würde sie ihm nicht vergessen. Sie kraulte

Hermann unter der Schnauze, das mochte er besonders gern.

»Aus den Menschen wird man einfach nicht schlau«, flüsterte sie dem Hund zu. Aber diese hier waren immerhin ein interessantes Studienobjekt. Und wenn sie am Ende dieses Urlaubs herausgefunden hatte, was Franziska und Matilda und auch Peggy an diesem Lucky fanden, dann hatte sie wenigstens wieder was dazugelernt. Ja, das war wohl die beste Einstellung. Caroline erhob sich. Ein weiterer Strandtag, ein weiterer Studientag – warum nicht! Mit Schirm, Hut, T-Shirt und Sonnenschutzfaktor 30 war das gar nicht so übel. Und sie hatte ein spannendes Buch, was brauchte man mehr zum Leben? Die Menhire standen jetzt mehrere tausend Jahre in Filitosa, auf ein paar Tage mehr oder weniger würde es jetzt auch nicht mehr ankommen.

»Ich muß mal«, sagte Angie.

Während sie ihre Bikinihose anzog, grinste Caroline vor sich hin. Wenigstens Angie hatte sich nicht anders betragen als sonst auch. Sie hatte über das Essen genörgelt und sich etwas Saft einflößen lassen wie ein Kleinkind.

Aber Lucky war richtig nett zu Angie gewesen. Er nannte sie »Kleine« und sorgte sich genauso um ihr Wohlergehen wie die anderen. Caroline hatte es immer geärgert, wenn sie, die Kleine, Zierliche, Zarte, die Beschützerinstinkte in den Männern geweckt hatte, anstatt großer leidenschaftlicher Gefühle, und nun mußte sie feststellen, daß Angie ihr den Part der zerbrechlichen, in Schutz zu nehmenden Seele streitig gemacht hatte. Sie wußte nicht, ob sie sich darüber freuen oder ärgern sollte.

Ganz egal, dieser Lucky würde ihr auf keinen Fall den Urlaub verderben. Vielleicht hatte er ein traumatisches Kindheitserlebnis mit einer Rothaarigen oder mit einer Luftmatratze durchlitten. Oder mit beidem. Vermutlich war es aber einfach Antipathie auf den ersten Blick. So was gab's. Damit mußte sie sich abfinden. Man konnte schließlich nicht jedermanns Liebling sein. Und bei diesem alternden Dschungelkonig – Lucky drehte sich Cameltabak ohne Filter und trug Safarihemden mit einem Camelemblem – war das nicht weiter tragisch. Sie warf energisch den Kopf in den Nacken.

Mit einem knappen »Danke!« nahm sie dem herankommenden Leo Spaten und Klopapierrolle ab, um nun selber ihr Morgengeschäft zu erledigen. Die Sonne stand schon hoch am Himmel, fast keiner der spärlichen Büsche warf noch Schatten, weswegen Caroline ihr Plätzchen besonders sorgfältig aussuchte. Sie fand ziemlich weit vom Lagerplatz entfernt eine bewachsene Mulde. Wenn man sich dort hinhockte, schaute nicht mal mehr der Kopf über die Gebüschkante. Froh schaufelte Caroline genau hier ein Löchlein.

Leider hatte sie die Rechnung ohne die Reiter gemacht, die hier jeden Morgen vorbeikamen. Ganze Kolonnen von Urlaubern, die im nahegelegenen Feriendorf zum Reiten animiert wurden. Sie hielten sich mehr schlecht als recht auf riesengroßen Pferden, von deren Rücken man einen phantastischen Ausblick hatte, auch in jene Mulde, in der sich Caroline in Sicherheit wiegte. Der Reitpfad führte keine sechs Meter entfernt an ihr vorbei. Caroline hörte den Hufschlag im weichen Sand und erstarrte zu Stein. Jetzt bloß keine Bewegung, vielleicht hielt man sie dann für ein Gebüsch. Aber nein, niemand konnte eine hellhäutige Rothaarige mit runtergelassenen Hosen für ein Gebüsch halten.

»Guck mal, Papa«, sagte ein kleines Kind. »Die Frau muß mal Pipi!«

4.

Im Supermarkt von Porto Pollo

2. AUGUST

Das günstigste Glas Nutella, das sie finden konnten, kostete umgerechnet sieben Mark achtzig. Aber trotz dieser astronomischen Summe beschloß man, es zu kaufen, damit Angie nicht verhungern mußte. Pfirsichsaft der von ihr bevorzugten Marke gab es leider nicht, aber sie erklärte sich einverstanden, es einmal mit einem anderen Saft zu versuchen. Alle freuten sich darüber und lobten Angie für ihre Experimentierfreudigkeit. Caroline enthielt sich jeden Kommentars.

Die letzten zwei Tage hatten ziemlich an ihren Nerven gezerrt, ob man dies nun als besonders gelungene Versuchsanordnung betrachtete oder nicht. Die Ankunft der beiden Männer hatte zu eigenartigen Veränderungen unter den Freundinnen geführt. Wenn es darum ging, eine Entscheidung zu treffen, machten sie alle große Augen, zuckten die Schultern und wandten sich an Lucky und Leo, um deren Meinung zu hören. Caroline, die sich sehr bemühte, auch das Unangenehme als Teil eines großangelegten Psychologieprojekts zu betrachten, registrierte voller Staunen, wie Franziska, die Eigensinnige, und Matilda, die Egozentrische, sich den ganzen Tagesablauf, von den Aufstehzeiten bis zu der Wahl der Nahrungsmittel, vorschreiben ließen.

Gestern abend hatte Caroline mit eigenen Augen ansehen müssen, wie Matilda eine Zigarette geraucht hatte. Matilda, die Rauchen vor nicht allzu langer Zeit als perversen Ersatz für Oralsex bezeichnet hatte! Ganz cool hatte sie die selbstgedrehte Zigarette in der Hand gehalten, zwischen Daumen und Zeigefinger. Und das alles nur, um diesem Lucky zu gefallen.

Lucky! Caroline bekam eine Gänsehaut, wenn sie nur an ihn dachte. Er ignorierte sie immer noch vollständig, von einigen hinterhältigen Seitenhieben mal abgesehen. Caroline mutmaßte, daß er sie nicht mochte, weil sie die einzige war, die sich nichts von ihm vorschreiben ließ. Gestern hatte sie gegen alles Schulterzucken und »Weißnicht«- oder »Mir-egal«-Gerede einen Besuch in Filitosa bei den Menhiren durchgesetzt. Lucky hatte mindestens elfmal gesagt, daß das nur was für doofe Touristen sei. Wenn man ihm zuhörte, konnte man glauben, die Steinfiguren seien vor 6000 Jahren eigens dort hingestellt worden, um Urlauber zu verarschen.

»Ich fahre jedenfalls heute nach Filitosa«, hatte Caroline schließlich gesagt, und da hatten sich alle vier Mädchen ihr angeschlossen, wenn auch widerwillig, wie es schien. Leo und Lucky hatten den Tag über am Strand herumgelegen und auf eine gute Brise gewartet.

Filitosa war dann wider alle Erwartungen wirklich sehenswert gewesen, sehr beeindruckende riesenhafte Statuen und Steingräber, und auf der Fahrt dorthin und wieder zurück hatten sie jede Menge schöner Dorfer bewundert. Immer wenn jemand ein besonders malerisches Bild gesehen hatte, einen verschnörkelten Eisenstuhl unter einer blühenden Bourgainvillea, einen alten Mann mit einem Korb Zitronen oder eine Katze in einem verwitterten Fenster, dann hatte Matilda – sie war heute der Chauffeur – den Wagen angehalten, und sie hatten ihre Fotoapparate gezückt.

»Wir werden alle die gleichen Fotos haben«, hatte Franziska gekichert, als sie den leicht verschreckten Mann mit dem Zitronenkorb von allen Seiten abgelichtet hatten. Nach ein paar Stunden Lucky-Abstinenz war sie wieder richtig normal gewesen, die anderen übrigens auch. Auf der Rückfahrt zum Lager hatten sie dann einstimmig beschlossen, morgen nach Bonifacio aufzubrechen. Caroline war jetzt schon gespannt, was Lucky dazu sagen würde, denn er kannte Bonifacio bereits und hatte erklärt, es sei keine Stadt, die es lohnte, zweimal zu sehen.

Sie kauften den halben Supermarkt leer. Mehr als die Hälfte der Lebensmittel war für Lucky und Leo gedacht, registrierte Caroline. Sie wünschten sich jeden Tag Fleisch, und Peggy und Franziska überschlugen sich vor Eifer, es ihnen schmackhaft zuzubereiten. Caroline aß kein Fleisch mehr, seit sie diesen schrecklichen Bericht über Massentierhaltung, Tiertransporte und Schlachtung gesehen hatte.

Lucky hatte dazu bereits eine Bemerkung gemacht, so was wie: »Die leidet unter Eisenmangel, hab' ich gleich gesehen.«

Lucky sprach, wenn überhaupt, nur in der dritten Person von ihr, das entband Caroline von der Pflicht, unmittelbar zu einer Gegenbemerkung auszuholen. Noch sammelte sie Informationen über ihn. Nur wer die Schwächen seines Gegners kennt, kann ihn auch wirklich treffen. Und über Lucky war nicht besonders viel bekannt, außer daß er von sich behauptete, über sechzig Frauen »gehabt« zu haben. (Schon seine Vokabelwahl ließ Caroline die Haare zu Berge stehen.) Er kannte Peggy und Leo aus den alten KJG-Zeiten, genauer gesagt, er war der Leiter der Jugendgruppe gewesen, in welcher sich Leo und Peggy kennengelernt hatten. Peggy schien es völlig normal zu finden, daß Lucky auch zehn Jahre später noch nichts Besseres vorhatte, als mit seinen ehemaligen Schützlingen zu zelten.

Überhaupt machte er aus seinem Alter keinen Hehl. Gestern erst hatte er gesagt, daß er schon seinen Führerschein gemacht hätte, als sie alle noch mit der Rassel um den Tannenbaum gelaufen seien. Vielleicht, dachte Caroline, war er Berufskraftfahrer. Es war höchste Zeit, das herauszufinden.

»Ich muß mal«, jammerte Angie an der Supermarktkasse, und die Frau vor ihnen, die ganz offensichtlich Deutsch verstand, ließ ihnen voller Mitleid den Vortritt. Manchmal war es sogar von Vorteil, Angie dabeizuhaben, dachte Caroline.

Peggy hatte Koteletts gebraten, dazu gab es Reis und Salat und für Angie zwei Schnitten Weißbrot mit dem sündhaft teuren Nutella. Sie saßen alle auf der pikobello gereinigten Plane, das Essen stand auf einem improvisierten Tisch in der Mitte. Die Abendsonne konnte ihnen nichts anhaben, unter der Surfsegelbeschattung war es angenehm kühl. Ihre Handtücher und die Schlafsäcke flatterten im lauen Wind an straff gespannten Wäscheleinen, selbst die Heringe des Proviantzelts waren frisch nachgezogen, das Zelt sah nicht länger aus wie eine gleichgewichtsgestörte Henne. Immerhin das propere Lager hatten sie den Jungs zu verdanken, mußte Caroline eingestehen. Wenn man denn Lucky als einen Jungen bezeichnen wollte.

Er saß als einziger auf einem richtigen Stuhl, einem Campingstuhl, den er mitgebracht hatte. Damit thronte er weit über den anderen. Caroline überlegte schadenfroh, daß dies seine einzige Gelegenheit war, anderen Leuten auf den Kopf zu gucken. Hermann, der dicke Hund, kauerte zufrieden hinter ihnen und wartete darauf, die Kotelettknochen abnagen zu können.

Wie erwartet äußerte Lucky sein Befremden über den Wunsch der Mädchen, Bonifacio zu besichtigen.

»Die totale Touristenkacke«, sagte er. »Also, ich verschwende meinen kostbaren Urlaub jedenfalls nicht damit.«

»Apropos«, sagte Caroline rasch, »was machst du eigentlich, wenn du nicht gerade Urlaub hast?«

»Was glaubst du denn?« fragte Lucky zurück und richtete sich ein wenig auf, so daß seine Brustmuskeln besser zur Geltung kamen.

»Rausschmeißer in einer Disco?« tippte Caroline mit unschuldigem Gesicht. Sie fand sich wahnsinnig komisch, aber keiner lachte.

Lucky ließ sie wissen, er sei Berufssoldat, seit zwölf Jahren bei der Bundeswehr. Und nach den Ferien würde er mit einer Umschulung beginnen. Er wolle als Manager in die Wirtschaft.

»Aha«, sagte Caroline und hoffte, daß es mitleidig

klang. Soldat also. Daher der militärische Drill, der Top-Zustand des Lagers. Triumphierend blickte sie zu Franziska hinüber.

Lucky sah sie mit gerunzelter Stirn an. »Ich könnte natürlich auch meine militärische Karriere fortsetzen, dann wäre ich in zehn Jahren General. Aber ich will öfter mal was Neues. Im Beruf und bei den Frauen.«

»So, so«, sagte Caroline und hoffte diesmal, daß es ungläubig klang.

»Soldat?« wiederholte Franziska. Caroline freute sich über ihr skeptisches Gesicht. Franziska stand definitiv auf Zivildienstleistende, das wußte sie genau. Und sie verabscheute Gewalt. »Ist das denn nicht ein schrecklich gefährlicher Beruf?«

»Doch«, sagte Lucky und erzählte bereitwillig aus dem Alltag eines Beinahe-Feldwebels und wie er um ein Haar, wirklich nur um ein Haar, in Bosnien zum Einsatz gekommen wäre. Und wie er beinahe der GSG 9 beigetreten wäre. Und wie er eine Nahkampfausbildung nach der anderen gemacht hatte. Er demonstrierte sogar eine kleine Übung, indem er Matildas Arm verrenkte. Matilda freute sich über die unverhoffte Zuwendung. Sie ließ sich hingebungsvoll das Schultergelenk auskugeln.

Dieser psychologische Versuch barg wirklich eine Reihe von interessanten Erkenntnissen. Caroline notierte in Gedanken: »Merke: Je mehr körperliche Macht ein Mann demonstriert, desto stärker seine sexuelle Faszination, ganz gleich, wie niedrig sein IQ auch sein mag.«

Franziska sah aus, als würde sie auch gerne mal den Arm umgedreht bekommen.

»Wie war das?« fragte sie schüchtern. Lucky zeigte seine Bärenkräfte erneut. Diesmal war Franziska die Glückliche.

Caroline versuchte, das Unmögliche zu verstehen. Für alles gab es eine Erklärung. Neulich erst hatte sie gelesen, daß in fast allen Menschen mehr oder weniger ausgeprägte und unterdrückte Sadomaso-Phantasien schlummerten. Peggy lebte sie ganz offen aus, indem sie sich zu Leos Sklavin machte, das hatte Caroline bereits beobachtet. Sogar kneifen ließ sie sich von Leo. Anstatt zurückzukneifen oder sich mit einem kräftigen Tritt zwischen die Beine ein für allemal Ruhe zu verschaffen, quiekte sie lediglich laut.

Matilda, das wußte Caroline, war sogar im Besitz von Handschellen. Sie lagen in ihrem Zimmer, aber bisher hatte sie noch nicht verraten, ob und was sie damit tat. Von der Art, wie Matilda mit Männern umsprang, hätte Caroline allerdings eher auf einen leichten Hang zum Sadismus geschlossen, und den konnte sie mit Lucky sicher nicht ausleben, wo er doch aus seiner Gewaltbereitschaft keinen Hehl machte. Aber Matilda liebte Abwechslung, und Lucky war nicht mal der schlimmste Typ von allen, die sie bisher angeschleppt hatte.

Franziska schließlich, die von ihrem Cornelius ganz sicher keine Fesselspiele zu erwarten hatte, schien von diesem muskelbepackten Idioten auf eine Weise beeindruckt zu sein, die es zu ergründen galt. Cornelius hatte den Wehrdienst verweigert, und er tat keiner Fliege was zuleide. Nicht, daß er es nicht gekonnt hätte, überlegte Caroline, er war mindestens fünfzehn Zentimeter größer als Lucky und entschieden besser gebaut. Aber vermutlich beherrschte er keine Nahkampftricks, und sicher hatte er Franziska noch niemals den Arm umgedreht. Wie sollte er auch ahnen, daß sie auf so was stand?

Lucky erzählte gerade anschaulich, wie er einem messerbewehrten Riesen, der ihn völlig grundlos angegriffen hatte, die Nase brechen mußte.

»Hat es sehr geblutet?« erkundigte sich Matilda mit wohligem Schauder.

Caroline kämpfte mit einem leichten Brechreiz. Bevor Lucky die nächste Geschichte erzählen konnte, unterbrach sie ihn.

»Sag mal, ist Lucky eigentlich dein richtiger Name?«

»Wie bitte?« Lucky war einen Augenblick lang aus dem Konzept gebracht. Dann sog er lässig an seiner Camel ohne Filter und lachte. Nein, natürlich sei Lucky nicht sein richtiger Name, haha, so was konnte auch nur eine Frau fragen. Auf dem Paß hieße er Ludwig.

»Ludwig?« wiederholte Caroline dreimal hintereinander, denn der Name klang mindestens so erotisch wie Heinz, Willibald oder Franz-Josef. Aber auch das schien Franziska und Matilda nicht zur Besinnung zu bringen.

Sie wollten noch mehr Blut- und Gewaltstorys aus Luckys Leben hören.

»Erzähl doch noch mal, wie es war, als du damals in der S-Bahn von den zwei Typen belabert wurdest«, sagte Peggy mit bewunderndem Augenaufschlag. »Die mit den Springmessern.«

Aber ehe Lucky die beiden Typen mit der bloßen Faust erledigen konnte, mischte sich Leo ein. Offensichtlich ging ihm Luckys Angeberei auf den Senkel.

»Also, wir beide, der Lucky und ich, brechen morgen

nach Corte auf«, erklärte er. »Hier ist im Augenblick kein Wind zu erwarten, und da wollen wir die lauen Tage nutzen, mal ein bißchen über die kurvigen Straßen zu düsen. Mein Ofen braucht mal was Auslauf.«

Schließlich bin ich auch ein toller Kerl, übersetzte Caroline seinen Einwurf in Gedanken. Manche Männer sind ja so eitel! Und manche Frauen finden das ganz toll. Peggy schmiegte sich denn auch sofort in Leos Arme und ließ sich von ihm kneifen.

»Autsch!« rief sie selig.

Caroline schickte ein Stoßgebet in den Himmel hinauf und dankte Gott für einen Mann wie Fabian. Schade nur, daß er am anderen Ende der Welt weilte.

»Wir werden nach Bonifacio fahren«, sagte sie. »In ein oder zwei Tagen treffen wir uns dann wieder in Corte. Dort sind wir am vierten August mit Ollie und Benedikt verabredet.«

»Und was sind das für Pappnasen?« wollte Lucky wissen. Offensichtlich fürchtete er um seine männliche Vormachtstellung. Als er hörte, daß es sich bei Ollie und Benedikt um ein schwules Designerpärchen handelte, schwieg er vorübergehend.

»Meint ihr denn, ihr findet den Weg in die Berge ganz ohne uns?« fragte Leo und kniff Peggy in die Seite.

»Natürlich«, sagte Franziska, für einen Augenblick wieder ganz die alte. »Wir sind ja nicht doof.«

»Was zu beweisen wäre«, sagte Lucky.

Am nächsten Morgen wurde das Lager abgebrochen. Peggy nahm schweren Herzens Abschied von Leo. Matilda und Franziska nahmen schweren Herzens Abschied von Lucky. Und Caroline nahm schweren Herzens Abschied von Hermann.

»Der Arme, was wird er wohl ohne uns tun?« fragte sie besorgt.

»Er wird sich schon jemand anderen suchen, der ihn füttert«, meinten die anderen, aber Hermann legte sich auf seinen alten Platz auf der leergeräumten Lagerstelle und machte traurige Hundeaugen.

»Leb wohl«, flüsterte ihm Caroline zu. Sie ließ ihm heimlich eine Schale mit Wasser da. Die Rodenkirchener Pfarrjugend würde den Verlust einer Suppenschüssel verkraften können. Es war schließlich für einen guten Zweck. »Du warst die netteste Reisebekanntschaft, die ich bisher machen durfte.«

Hermann schnaufte zustimmend. Angie, Franziska, Matilda und Peggy sahen derweil dem davonfahrenden Jeep wehmütig hinterher.

»Meine Güte«, murmelte Caroline. Fehlte nur noch, daß sie sich eine Träne aus den Augenwinkeln putzten, diese Gänse!

Was sie nicht wußte, war, daß Matilda im Grunde ganz froh über die vorübergehende Trennung war. Eine gemeine Mücke hatte sie in der vergangenen Nacht in ein Augenlid gestochen, es war immens angeschwollen und verlieh ihr ein tückisches, asymmetrisches Aussehen. So würde sie Lucky niemals becircen können! Er war sowieso unglaublich schwerfällig, dabei hatte sie schon ziemlich viele Register gezogen. Vielleicht war der Uschi-Otze-Witz gleich zu Anfang ihrer Bekanntschaft schuld an Luckys Zurückhaltung. Und jetzt auch noch die Mükke! Matilda befühlte vorsichtig ihr Auge. Ein paar Tage würden ausreichen, um wieder normal auszusehen und sich eine neue Strategie zu überlegen, mit der sie Lucky um den kleinen Finger wickeln konnte.

»Laßt uns fahren«, sagte Peggy, als der Geländewagen außer Sicht war.

Bonifacio war eine alte Festungsstadt, auf mehr als sechzig Meter hohen Kreidefelsen über dem Meer gelegen. Die Mädchen verschossen jedes mindestens einen Film von der phantastischen Aussicht und einen zweiten in den engen, malerischen Gassen der Oberstadt. Außer Angie, die mehrmals äußerte, daß sie dringend mal müsse, genossen alle diesen Ausflug. Am Nachmittag ließen sie sich müde und mit wunden Füßen in einem Straßencafé nieder. Hier konnte Angie wieder mal aufs Klo gehen – in Begleitung ihrer Schwester –, und Matilda kühlte ihr geschwollenes Auge mit Eiswürfeln. Sie sah immer noch ziemlich derangiert aus.

Die Getränke und der Klogang belebten ihre Geister. Sogar Angie sah weniger mürrisch aus, als sie vom Klo zurückkam. Caroline stellte einmal mehr fest, daß der Hexenzauber, den Lucky und Leo über sie geworfen hatten, nicht über eine größere Distanz zu wirken schien.

»Könnt ihr mir mal verraten, was ihr an diesem Lucky findet?« wollte sie gerade fragen, als die Idylle empfindlich gestört wurde.

»Ja, isch es denn wahr?« schrie jemand hinter ihnen, und eine zweite Stimme rief laut und fröhlich: »Hallöle!«

»O nein!« stöhnte Franziska. »Bitte nicht! Womit haben wir das verdient?«

»Habt's ihr ein Glück«, rief Pädder, denn er war's,

sommersprossiger und verbrannter denn je, und Harald war natürlich auch dabei. »Um ein Haar hätte mer uns verpaßt! Mer wäre schon uff dem Weg zum Auto!«

»Komische Vorstellung von Glück«, murmelte Peggy, und da hatten sich die beiden auch schon zwei Stühle herangezogen und sich mit an den kleinen Bistrotisch gequetscht.

Harald legte Franziska vertrauensvoll die Hand aufs Knie. »Na, Gisela? Alles frisch oder was?«

»Gundula«, verbesserte Franziska mechanisch.

Pädder bedauerte wortreich, daß sie einander aus den Augen verloren hätten.

»Ihr werdet nie erraten, was uns passiert ist«, sagte er. »Irgendwelche Rowdies haben in Aleria unser Autochen mit Wasser übergossen und so'n fettiges Zeug ans Lenkrad geschmiert.«

»Ja, wer tut denn so was Schreckliches?« fragte Matilda mitleidig.

»Wissen wir auch nicht«, sagte Pädder. »Aber wenn wir die Kerle erwischen, dann gibt's ordentlich eins auf die Mütze. Die haben auch die Nachricht mitgehen lassen, die ihr uns vermutlich hinter die Scheibe gesteckt hattet, und daher wußten wir nicht, wo ihr hingefahren seid.«

Er legte einen Arm um Angies Schultern. »Aber jetzt haben wir euch ja wiedergefunden. Wo wollt ihr denn heute nacht campen? Wir haben einen ganz tollen Platz ausfindig gemacht. Nur vier Kilometer vor der Stadt und viel billiger als die Campingplätze hier. Und leerer. Wir führen euch hin.«

Die Mädchen seufzten einhellig.

Der Campingplatz war nach der Woche auf der Bauernwiese beinahe schon luxuriös. Die Mädchen besichtigten voller Freude die sanitären Anlagen.

»Duschen«, sagte Caroline mit leuchtenden Augen. »Sogar warmes Wasser!«

»Wir werden uns die Haare waschen können«, setzte Matilda hinzu und fuhr sich durch ihre vom Salzwasser ganz borstigen Locken.

Pädder und Harald schlugen ihr Lager direkt neben dem ihren auf. Sie wunderten sich, daß die Mädchen kein Zelt aus dem Kofferraum holten, aber Peggy erklärte ihnen, daß voraussichtlich kein Regen zu erwarten sei.

»Regen vielleischt nischt«, sagte Harald. »Aber sischerer ist es allemal in einem Zelt.«

Sie selber bauten ein praktisches Igluzelt auf. Sie waren ganz offensichtlich gut trainiert, sie hatten das Ding in exakt der Zeit errichtet, die Caroline benotigte, um ihre Zehnkammerluxusluftmatratze aufzupumpen.

»Daß es dir aber auch nicht zu blöd wird«, sagte Matilda kichernd. Sie und die anderen Mädchen hatten ihre Isomatten in Sekundenschnelle ausgerollt. Dann gingen sie alle zusammen ausgiebig duschen. Blitzsauber und mit gewaschenen Haaren luden sie Harald und Peter ein, mit ihnen zu essen, als Dankeschön für diesen Camping-Tip.

Harald und Peter waren begeistert. Sie brachten jeder zwölf Bierdosen mit und schaufelten das Essen – heute gab es Tortellini mit Käsesoße – dankbar in sich hinein. Als sie satt waren, gingen sie dazu über, die Mädchen zu beflirten.

»Begrabschen wäre treffender«, sagte Matilda später.

»Du bist so was von hübsch«, sagte Harald und versuchte, eine Hand auf ihre Brust zu legen. »Vor allem hier!«

»Und du hast gleich so was von blauen Flecken«, erwiderte Matilda, schob seine Hand zur Seite und zeigte auf sein Auge. »Vor allem hier!«

»Mensch, Gundula«, sagte Pädder zu Franziska. »Hat dir schon mal jemand gesagt, daß du aussiehst wie Cindy Crawford?«

Franziska kniff ihm in die Hand, die wie eine feuchte Schnecke an ihrem Bein hochkroch.

»Flossen weg!« fauchte sie.

Aber Pädder lachte nur. Erst als Franziska den Nahkampfgriff anwandte, den Lucky ihnen gezeigt hatte, rutschte er hinüber zu Caroline.

»Hat dir schon mal jemand gesagt, daß du aussiehst wie Julia Roberts?«

Caroline beschloß genervt, die sanitären Anlagen aufzusuchen. Es war ein ungewohnter Luxus, kein Loch schaufeln zu müssen. Sie ließ sich viel Zeit, aber als sie zurückkam, waren Harald und Pädder immer noch da.

Caroline zählte die leeren Bierdosen neben der Plane.

»Ich verstehe das nicht«, flüsterte sie Matilda zu. »Sie müßten längst bewußtlos auf der Matte liegen.«

»Das stimmt«, meinte Matilda. »Aber die vertragen offenbar viel. Vielleicht weil es immer noch so heiß ist und der ganze Alkohol verdunstet. Wir sollten ihnen eine härtere Dosis verabreichen.«

»Gute Idee«, flüsterte Caroline und verfolgte mitleidig, wie Franziska Pädder den sommersprossigen Arm ein zweites Mal verdrehte. Diesmal noch fester. Lucky hatte wirklich das Zeug zum Selbstverteidigungstrainer.

Der Schmerz schien Pädder neu zu beleben. Er erzählte unaufgefordert, daß er keine Kondome vertragen könne.

Caroline fand, daß es höchste Zeit war, etwas zu unternehmen. »Wir haben noch die Flasche Rum von zu Hause.«

»Die wollten wir uns für besondere Gelegenheiten aufheben, und außerdem haben wir weder Cola noch Orangensaft da«, gab Matilda zu bedenken.

»Dies ist eine besondere Gelegenheit«, sagte Caroline entschlossen. »Eine besonders gute Gelegenheit, den Pfirsichnektar loszuwerden, den Angie nicht mehr mag!«

Sie stand auf. »Hört mal, Jungs«, sagte sie. »Wie wär's mit ein paar Drinks?«

Pädder unterbrach sofort den Vortrag über seine Latexallergie, und Harald, der unermüdlich versucht hatte, seinen Kopf auf Peggys Schoß zu legen, ließ sich bereitwillig zur Seite schubsen.

»Was denn für Drinks?« fragte er.

»Etwas ganz Besonderes«, sagte Caroline und stellte sich so hin, daß sie mit ihrem Rücken den Blick auf die Kühlbox verwehrte. In zwei große Blechtassen mischte sie Rum und Pfirsichsaft, ungefähr halbe halbe. »Das ist ein karibisches Nationalgetränk. Es heißt – ähm – es heißt ...«

Pädder nahm ihr einen Blechnapf aus der Hand und nahm einen großen Schluck.

»Pina Colada!« schrie er mit verzückt verdrehten Augen.

»Wie bitte?« rief Matilda verblüfft aus.

Caroline seufzte erleichtert. Das Bier hatte wenigstens schon die Geschmacksnerven abgetötet. Eine Pina Colada mit diesem Gebräu zu vergleichen! Neugierig nippte sie an der zweiten Tasse. Nein, das schmeckte allenfalls wie eine Mischung aus Mundspülung und Vitaminsirup. Schaudernd reichte sie die Tasse weiter an Harald, der das Zeug gierig in sich hineinschlabberte.

»Lecker«, sagte er. »Ist noch mehr davon da?«

»Klar«, meinte Caroline. Das Mischverhältnis des zweiten Drinks fiel eindeutig zugunsten des Rums aus, aber Pädder und Harald verzogen keine Miene, als sie es runterspülten. Ihre Bewegungen allerdings wurden merklich unkoordinierter und langsamer. Auch seinen Vortrag über Latex-Allergien im allgemeinen und besonderen führte Pädder nur noch leise lallend fort. Beiseiteschieben reichte jetzt, um ihre Pfoten fernzuhalten.

»Schade um den guten Rum«, sagte Franziska nach der dritten Tasse, genau eine Minute bevor Pädder wortlos nach hintenüber kippte.

Harald kicherte zufrieden.

»Isch ver-ver-vertrag einfach mehr«, sagte er noch, bevor er sich neben seinen Freund legte.

5.

Restonica-Tal
5. AUGUST

Lieber Fabian,
hast Du schon mal ein Zelt zugenäht? Es ist gar nicht so einfach, kann ich Dir sagen! Aber es war notwendig, um Harald und Pädder loszuwerden. Ja, die beiden haben uns wieder aufgespürt, und heute nacht hatten wir alle Hände voll zu tun, um ihre Hände von uns abzuhalten. Es war, als hätten sie nicht jeder zwei Griffel, sondern mindestens acht. Und alle sechzehn Schmutzpfoten griffen nach den unmöglichsten Körperstellen. Wir mußten unsere kostbare Flasche Rum opfern, um sie außer Gefecht zu setzen, denn das Bier der beiden wirkte nicht schnell genug. Der Rum, gemischt mit Angies wertvollem Pfirsichsaft – schmeckte scheußlich, sag ich Dir – tat auch erst spät seine Wirkung, aber dann ließen sich die Grabscher willig in ihr Zelt schleifen und merkten nicht mal, daß wir sie dort allein ließen. Froh leerten wir den übriggebliebenen Rum – pur – und feierten unseren Sieg. Bis uns einfiel, daß sie ja irgendwann wieder nüchtern werden würden!

Am Schluß blieb uns nichts anderes übrig, als das Zelt zuzunähen. Ich bin stolz, sagen zu können, daß es meine Idee war. Mit Zwirn, das hält bombenfest. Wenn die beiden kein Taschenmesser haben, werden sie vermutlich jetzt noch da drin hocken. Und selbst wenn sie rauskommen, können sie die Verfolgung nicht unmittelbar aufnehmen, da wir ihren Autoschlüssel vergraben haben. Strafe muß sein!

Trotz dieser Vorsichtsmaßnahmen sind wir auf direktem

Wege nach Corte gefahren, ohne die Schlenker, die uns der Reiseführer empfohlen hatte. Es war eine besonders schöne Fahrt, auch wenn wir unterwegs auf die Waldbrandschäden gestoßen sind, die der Reiseführer immer beklagt. Es ist wirklich dramatisch anzusehen, diese verdorrten schwarzen Baumruinen. Außerdem trafen wir auf mehrere wilde Esel und eine Kuh, die uns den Weg versperrte. Sie war erschreckend mager, aber Peggy meint, es sei eine glückliche Kuh, da könne ich ganz sicher sein. Ich war schon so traurig, weil wir Hermann, den Hund, von dem ich geschrieben habe, verlassen mußten, da sollte ich mir wohl wegen einer Kuh nicht noch mehr Sorgen machen. Die Straßen sind zwar streckenweise eng und kurvig, aber nur halb so schlimm, wie es im Reiseführer steht.

Corte ist eine tolle Stadt, wieder ganz anders als alle, die wir schon gesehen haben, nicht so lieblich, mehr verwegen und wild, man glaubt sofort, daß sich hier eine Menge spannender Kämpfe abgespielt haben.

Besonders beeindruckt hat mich die Geschichte der schönen Faustine, der Frau des Freiheitskämpfers Gaffori, der die Stadt von den Genuesen zurückerobert hat. Faustine stellte sich mit brennender Lunte vor die Korsen, die schon zur Kapitulation bereit waren.

»Entweder ihr kämpft weiter, oder ich sprenge alles in die Luft«, soll sie gerufen haben. Und da blieb den Kerlen nichts anderes übrig, als weiterzukämpfen und zu gewinnen.

Wie gesagt, eine wilde, aber schöne Stadt, und voll hübscher korsischer Studenten, denn es gibt sogar eine Universität.

Leider sind wir hier auch wieder mit Leo und Lucky zusammengestoßen. Ich persönlich halte sie für mindestens so schlimm wie Harald und Pädder, aber da bin ich wohl die einzige. Die anderen finden die beiden ganz toll, vor allem den Lucky.

Jetzt, wo ich Leo etwas näher kennengelernt habe, muß ich Dir leider sagen, er ist nicht annähernd so nett wie er aussieht. Peggy behandelt er jedenfalls wie ein Dienstmädchen. Er kneift sie sogar – und Schlimmeres. Ehrlich, wenn ich es nicht mit eigenen Augen gesehen hätte, würde ich es nicht glauben.

Gestern, in einem Straßencafé auf einer herrlich romantischen Piazza, ließ er Peggy einen ganzen Film mit Porträts von ihm verschießen, denn er hält sich und sein Motorrad für das einzig porträtierenswerte Objekt weit und breit. Das sechsunddreißigste Bild wollte er dann doch gnädigerweise von Peggy machen. (Es waren *ihr* Fotoapparat und *ihr* Film, das nur am Rande.) Er begutachtete sie eine Viertelstunde durch die Linse. Sie lächelte lieblich, sie schaute ernst, sie lachte, sie schaute zur Seite, aber alles war ihm nicht gut genug.

»Du guckst so unnatürlich«, behauptete er, und Peggy runzelte ganz natürlich die Stirn. Aber für Leo nicht natürlich genug.

Du wirst niemals glauben, was er dann tat, obwohl es wahr ist, ich schwör's bei meinem Leben: Er trat ihr mit voller Wucht unterm Tisch vors Schienbein, und als sie entsprechend schmerzverzerrt dreinschaute, drückte er auf den Auslöser.

»Das war natürlich«, sagte er zufrieden. Er meinte es nicht mal witzig. Und Peggy, die Blöde, rieb lediglich über den Huckel an ihrem Schienbein und lächelte ihn liebevoll an.

Oh, wie kann man sich nur so in einem Menschen verschätzen! Weißt Du noch, wie ich immer von Peggy geschwärmt habe, weil sie so cool ist und so mutig und sich überhaupt nichts gefallen läßt? Ich kam mir immer verklemmt und schüchtern gegen sie vor, richtig unemanzipiert. Ich schätze, es müssen die Hormone sein, die solch schreckliche Verwandlungen verursachen. Jedenfalls scheine ich die einzige zu sein, die dagegen immun ist.

Die Hormone mache ich auch verantwortlich für alles, was sich hier sonst noch abspielt. Lies, welche Verwicklungen hier im Gange sind und welche Komplikationen daraus resultieren.

Peggys und Leos Sadomaso-Beziehung könnte ganz harmonisch verlaufen, wären da nicht drei Dinge, die ich beobachtet habe. Erstens: Noch lieber als von Leo würde sich Peggy von Lucky quälen lassen. Er ist der personifizierte Macho, allerdings ein Macho für Arme. Geschätzter IQ: etwas über dem von Knäckebrot, knapp unter dem eines Schimpansen. Mit seinen gesammelten frauenfeindlichen Sprüchen könnte man ein ganzes Buch füllen. Erst gestern hat er gesagt, Frauen seien außer zum Bumsen – verzeih, das ist seine Vokabel, nicht meine – nur für Hausarbeit tauglich. Diese und weit schlimmere Dinge darf er hier ungestraft von sich geben, außer mir tun alle so, als hätten sie's nicht gehört.

Und dabei ist er nicht mal schön! Auch nicht halbwegs gutaussehend, beim besten Willen nicht. Und er ist uralt, fast einunddreißig. Naja, aber wie gesagt, Peggy steht auf ihn. Jedes Lob von seiner Seite bringt ihre Augen zum Strahlen, und er lobt sie oft, denn sie ist die perfekte Hausfrau, oder in unserem Falle besser gesagt: Lagerfrau. Sie kocht und spült immer, und die Jungs machen keinen Finger krumm. Dabei wären sie eigentlich auch mal an der Reihe, finde ich. Aber wir Mädchen machen die ganze Arbeit, weil wir natürlich keine Kameradenschweine sein und Peggy alles allein tun lassen wollen. Wenn sie aufspringt, um zu spülen, appelliert sie damit automatisch an unsere Wohlerzogenheit.

Angie spült natürlich nicht, da ihre Nagelbettentzündung immer noch nicht ausgeheilt ist. Daß sie sich nicht an den Frauenarbeiten beteiligt, rechnet ihr Lucky aber nicht negativ an, da er sie noch nicht zu der Gattung Frau zählt. Sie ist ein Kind für ihn, das er liebevoll »Kleine« nennt. Angie geht in dieser Rolle voll auf. Abends tut sie immer so, als würde sie vor Müdigkeit die Augen kaum offenhalten können, und dann lehnt sie sich, ganz vertrauensvolles Kind, an Leos Schulter und mimt die Schlafende. Es fehlt nur noch, daß sie ihren Daumen in den Mund steckt.

Und damit wären wir auch schon bei zweitens. Die kleine Nervensäge schwärmt nämlich heimlich für Leo, das habe ich genauestens beobachtet und an hundert Kleinigkeiten manifestiert. Zwecklos, mit Peggy darüber zu reden, sie würde es nicht bemerken wollen. Sie himmelt ihre Schwester an. Aber ich weiß es besser: Angie lauert nur auf eine gute Gelegenheit, ihrer großen Schwester den Mann auszuspannen.

Ja, und für drittens solltest Du Dich besser hinsetzen: Leo, der alte Kneifer, ist auch nicht gerade eine treue Seele. Gestern abend, im Schutz der Dunkelheit, hat er seine Hand auf meinen Hintern gelegt, einfach so. Die Welt ist ja so schlecht. Leo sieht ja im Gegensatz zu Lucky wirklich gut aus, das muß ich fairerweise sagen. Und er hat mir nette Sachen zugeflüstert, die mir nach Luckys Beleidigungen runtergingen wie Öl. Wie hübsch ich sei und wie unheimlich anziehend mein Lachen wirke. Bei so schmeichelhaften Worten störte mich die Hand auf meinem Hintern zunächst kaum. Erst als er sagte, was die Männer in Filmen immer sagen, wenn sie den klassischen Seitensprung vollziehen wollen, nämlich sinngemäß: »Meine Frau versteht mich nicht«, kam ich zur Besinnung. Kann man das glauben? Unter den Augen seiner Freundin eine andere anzumachen! Und dann auch noch so plump! Ich schiebe es auf die Hormone. Irgendwie spielen die in diesem Klima bei allen verrückt.

Auch Matilda und Franziska hat es erwischt. Bei Matilda ist das ja nichts Neues, ich bin ihretwegen auch nur ein kleines bißchen beunruhigt. Matilda macht Lucky ungeniert an, jeden Tag wird ihre Kleidung luftiger. Auf die übliche, freche Tour kann sie aber bei ihm nicht landen, sie muß eins auf bewunderndes Weibchen machen, und das hat sie in der Zwischenzeit schon ganz gut raus. Sogar rauchen tut sie jetzt, sie ist ganz stolz darauf, daß Lucky ihr das Drehen von Zigaretten beigebracht hat. Wie gesagt, das beunruhigt mich nur vage, denn falls Lucky Matilda erhören sollte, wird sie ihn umgehend langweilig finden – wie üblich. Dann wird sie sich auch ganz schnell das Rauchen abgewöhnen.

Nein, mehr Sorgen mache ich mir um Franziska. Denn sie findet diesen Lucky-Macki auch ganz toll.

Du weißt ja, daß ich ihren Cornelius nach Dir für den nettesten Mann der Welt halte, und Franziska daher für die zweitglücklichste Frau des Universums. Cornelius ist alles, was Lucky nicht ist. Er ist gutaussehend, intelligent, witzig und in jeder Beziehung souverän. Und er hat einen Job, macht Karriere und vertritt ausschließlich vernünftige Ansichten. Es ist mir unerklärlich, wieso Franziska mit diesem Mann im Rücken überhaupt noch Augen für andere Männer hat, ganz zu schweigen von einem Antitypen wie Lucky.

Aber es ist so. Sie findet ihn unheimlich sexy, es ist beim besten Willen nicht zu übersehen. Vorgestern, in Bonifacio, habe ich sie endlich mal darauf angesprochen. Es hat mich schon tagelang gequält. Sie ist rot geworden wie eine Tomate und hat dann gesagt, sie könne es sich selber nicht erklären.

Ja, er habe einen Schnäuzer, und, ja, sie fände Schnäuzer ekelhaft, er habe dumme Machosprüche drauf, ja, ja, und sie fände Machosprüche ekelhaft, und auf Berufssoldaten stünde sie wahrlich auch nicht. Aber – und dann verstummte sie.

Als ich sie bedrängte, mußte sie zugeben, daß auch Körpergröße und Tennissocken sie nicht anmachten. (Lucky zieht sie immer bis unter die Kniescheibe hoch, ich kann Dir gar nicht sagen, wie bescheuert das aussieht.)

Trotzdem, sagte sie zum Schluß, er hat einfach das gewisse Etwas. Und mit feuerrotem Kopf und beinahe flüsternd gestand sie mir, daß sie davon träume, von ihm gerettet zu werden.

»Wie meinst du das?« fragte ich begriffsstutzig.

»Du weißt schon. Ich falle in einen reißenden Fluß, und er springt hinterher und zieht mich an Land. Nach der Mund-zu-Mund-Beatmung zerrt er mich auf die Füße ...«

»?????« fragte ich ohne Worte. Die Welt wird mit jedem Tag rätselhafter.

»Oder er rettet mich aus den Armen eines aufdringlichen Typen. Denk nicht mal daran, sie anzurühren, sagt er, und dann bricht er dem anderen die Nase«, fuhr Franziska fort.

»Bis jetzt konntest du dich immer selber retten«, sagte ich empört. Man denke doch nur daran, wie sie mit dem armen Pädder umgesprungen war.

»Es ist ja nur meine Phantasie«, seufzte Franziska.

»Eben«, gab ich zurück. »Wenn überhaupt, solltest du dich in deiner Phantasie von Cornelius retten lassen.«

Als die Rede auf Cornelius kam, schwieg Franziska. Sie weiß sehr wohl, was sie an ihm hat, aber sie kann niemals aufhören, ihre Beziehung auf die Probe zu stellen. Immer wenn es gerade mal harmonisch zugeht, macht sie irgendwas Dummes. Ich fürchte, die Zeit ist wieder mal gekommen. Sie hat Cornelius bereits mehrere Postkarten geschrieben und in jeder eine kleine Anspielung auf aufregende Männerbekanntschaften versteckt. Cornelius soll wohl vor Eifersucht kochen, damit wieder etwas Pep in die Partnerschaft kommt. Dagegen ist ja auch nichts einzuwenden, aber ich fürchte, sie möchte ihm mit Lucky einen wirklichen Grund zur Eifersucht bieten. Ich werde aufpassen müssen, wenn wir einen reißenden Fluß kreuzen. Sonst wirft sie sich am Ende hinein, nur um mit Lucky Mund-zu-Mund-Beatmung auszuprobieren. Dabei traue ich dem nicht mal ordentliche Schwimmkenntnisse zu (surfen tut er jedenfalls wie eine bleierne Ente – ehrlich), geschweige denn Erste Hilfe. Am Ende wäre ich diejenige, die sie retten müßte! Hier im Restonica-Tal muß ich nichts befürchten, die Restonica ist zwar ein Fluß, aber ein ausgesprochen lieblicher. Immer wieder sammelt sich ihr klares Wasser in tiefen Gumpen, die zum Baden einladen. Das Wasser ist wunderbar auf der Haut nach den Meerwasserstrapazen, man möchte diese Felsbadewannen gar nicht mehr verlassen.

Ich lerne hier sehr viel über Psychologie, mehr als an der Uni. Ich habe schon in Erwägung gezogen, in einer Paarberatungsstelle zu arbeiten. Nach diesem Urlaub bin ich auf alle Eventualitäten vorbereitet.

Ach, bei aller professionellen Distanz, ich verrate Dir ein Geheimnis: Ich wünschte, jemand käme her und würde diesem Lucky eins aufs Maul hauen. Würdest Du's tun, wenn Du könntest? Er ist nämlich echt gemein zu mir, dieser Schlabberarsch. Wenn ich Dir sage, wie er mich direkt am ersten gemeinsamen Strandtag beleidigt hat, wäre es sogar Deine Pflicht, ihn zusammenzuschlagen. Ich bin sonst nicht für Gewalt, aber ich würde mich mordsmäßig freuen, wenn er mal eins aufs Maul bekäme. Ich verrate Dir einige der Nahkampfgriffe, die er uns beigebracht hat, dann dürftest Du kein Problem haben mit dem Zwerg. Er ist nicht nur in die Jahre gekommen, sondern auch durch den Genuß von filterlosen Zigaretten geschwächt. Jetzt noch die entsprechende Motivation:

Wir saßen am Strand, ich wie immer mit T-Shirt unterm Sonnenschirm, die anderen grillten in der Sonne vor sich hin. (Angie und Peggy können inzwischen die Haut auf ihren Schultern abziehen wie alten Lack – es sieht ziemlich ekelhaft aus.) Lucky und Leo kommentierten die vorbeigehenden Frauengestalten. Hier eine kurze Zusammenfassung – im Original dauerte der Dialog volle vier Stunden.

»Mein Gott, guck dir den Brigitte-Nielsen-Verschnitt mal an. Die hat ja Gleichgewichtsprobleme bei dem Vorbau.«

»Und der kannst du zwischen den Beinen durchgucken, das ist auch nicht mehr schön!«

»Guck mal, die da. Der sollte mal jemand sagen, daß ihr Anblick im Bikini eine Zumutung ist.«

»Die da vorne hat auch schon mindestens drei Kinder geboren, ekelhaft der Bauch.«

Und so weiter und so fort. Alle außer mir schienen zu schlafen beziehungsweise durch die Sonneneinstrahlung taub geworden zu sein. Ich allein mußte für die Ehre unseres Geschlechts eintreten. Ich suchte noch nach einer passenden Beleidigung, irgendwas über Luckys dürre Beine, seinen schlaffen Hintern und seinen unverhältnismäßig umfangreichen Brustkorb – er hat einen schlechten Berater im Fitneß-studio, er wird erst ab Bauchnabel aufwärts muskulös – als er sich zu mir umdrehte.

»Hey, Dings«, sagte er. Er kennt meinen Namen nicht, weil er es üblicherweise vermeidet, mit mir zu sprechen. »Wenn es dich tröstet, auch die schönste Frau kriegt mal Hängetitten und 'ne faltige Kiste.«

Wieso sollte mich das trösten, kannst Du mir das mal sagen? Dem gehört doch echt eins aufs Maul gehauen, oder etwa nicht! Ich werde ihn nach seiner Adresse fragen, dann kannst Du nach dem Urlaub mal vorbeifahren und Satisfaktion verlangen.

Soviel also zu den hormonellen Verwicklungen. Jetzt muß ich langsam Schluß machen, wir fahren nach Corte. Dort treffen wir uns vor dem Restaurant »Chez Julien« mit Ollie und Benedikt. Wenn sie auf dem großen Wanderweg in den Bergen nicht verlorengegangen sind, dann müßten sie pünktlich um halb acht dort auftauchen. Ich kann Dir gar nicht sagen, wie sehr ich mich auf die beiden freue!

Viele Küsse, Deine Caroline.

6.

Auf einem Campingplatz in der Nähe von Piana
6. AUGUST

Franziska träumte von einem engen, bewaldeten Tal und einem Fluß, der das Tal durchströmte. Klares Wasser, das sich hin und wieder in tiefen Felsbecken staute, die zum Baden einluden. Wie ein Vogel sprang sie von der Klippe und tauchte tief ins Wasser ein. Als sie wieder an die Oberfläche kam, war aus dem Fluß ein reißendes Gewässer geworden. Nur mit Mühe konnte sie gegen die Strömung anschwimmen. Oben auf der Klippe standen ihre Freunde, Caroline und Matilda, Peggy, Angie, Leo und – Lucky. Bei seinem Anblick verließen Franziska die Kräfte. Sie ließ sich vom wirbelnden Wasser mitreißen, aber tief im Innern wußte sie, es war nicht gefährlich. Beinahe entspannt hörte sie, was auf der Klippe gesprochen wurde.

»Franziska wird ertrinken«, sagte Caroline angstvoll. »Wir müssen sie retten.«

Aber keiner schien ihr zuzuhören. Leo ließ Peggy Bilder von ihm und dem Motorrad schießen, mit der Abendsonne im Hintergrund, und nach jedem Foto trat er ihr vors Schienbein.

Angie hatte ihre Kopfhörer auf und zuckte rhythmisch mit den Hüften. Lucky und Matilda verdrehten einander die Arme, immer abwechselnd. Nur Caroline schien sich Sorgen um sie zu machen.

»Hört ihr denn nicht?« schrie sie verzweifelt. »Franziska wird ertrinken. Du mußt sie retten, Lucky!«

Das Wasser um Franziska hatte jetzt eine trübe Farbe angenommen. Es schien auch zähflüssiger zu sein.

Lucky schaute zu ihr herab.

»Sie ist doch nur eine Frau«, sagte er.

»Chauvinistenschwein! Wenn du sie nicht rettest, dann muß ich es eben tun«, schrie Caroline im Traum.

Unter diesen Umständen wollte sich Franziska dann doch lieber selber retten. Sie versuchte, Caroline ein Zeichen zu geben, aber sie konnte ihre Arme nicht mehr bewegen. Und auch ihre Stimme versagte. Hilfslos mußte sie mit ansehen, wie Caroline ihre Schuhe auszog und von der Klippe ins Wasser sprang.

»Ich helfe dir«, japste sie und pflügte mühsam durch das trübe Wasser.

Oben auf der Klippe trat Leo vor Peggys Schienbein, als wäre überhaupt nichts geschehen.

»Ich habe Hunger«, sagte Lucky, und Angie nahm die Kopfhörer ab und quengelte: »Ich muß mal.«

»Wir werden gemeinsam ertrinken«, sagte Franziska zu Caroline, als sie nahe genug war.

»Ja«, stimmte Caroline zu. »Wenn du nur einsiehst, daß dieser Lucky ein Schwachkopf ist.«

Die letzten beiden Worte kamen gurgelnd heraus, von Caroline war jetzt nur noch das rote Haar zu sehen.

»Caroline, bitte«, sagte Franziska verzweifelt. Es war schrecklich, sie selber konnte plötzlich wieder schwimmen. Aber Caroline war in den Strudeln untergegangen.

Mit laut pochendem Herzen schlug Franziska die Augen auf. Was für ein entsetzlicher Traum! Rasch drehte sie den Kopf zur Seite, wo Caroline in tiefem Schlaf lag, auf ihrer Superluxusluftmatratze. Aber was Franziska sah, war ein großes gelbes Auge, das ihr ins Gesicht glotzte.

»Iiiiiiiiiiih«, schrie sie gellend und setzte sich auf. Das Etwas auf ihrem Kopfkissen hüpfte erschrocken zur Seite. Es war eine dicke, hellbraune Kröte, das konnte Franziska jetzt im fahlen Morgenlicht deutlich erkennen. Das Vieh hatte wohl auf ihrem Kopfkissen ein Nickerchen gemacht, jedenfalls sah es Franziska ganz vorwurfsvoll an. Franziska streckte ihm die Zunge heraus.

Merkwürdigerweise hatte ihr Gebrüll niemanden geweckt, nur Caroline setzte sich fröstelnd auf. »Was ist passiert?«

Franziska zeigte auf die Kröte, die gemächlich dem Gebüschrand zuhüpfte. »Die saß auf meinem Kopfkissen.«

»Du hättest sie küssen sollen«, meinte Caroline. »Puh, es ist erst halb fünf. Meinst du nicht, wir sollten noch eine Stunde schlafen?«

»Nein«, flüsterte Franziska. »Ich hatte einen gräßlichen Alptraum. Du bist ertrunken.«

»Oh«, sagte Caroline.

»Weil du mich retten wolltest.«

»Und was hat Lucky getan?«

»Er hat Matilda den Arm umgedreht.«

»Ich habe es geahnt«, sagte Caroline grinsend. »Am Ende werde ich es sein, die darunter leidet, daß du diesen Typ toll findest.«

»Tue ich ja gar nicht«, flüsterte Franziska.

»Tust du wohl!« Caroline schälte sich aus ihrem Schlafsack. »Wenn ich einmal wach bin, muß ich leider immer sofort aufs Klo! Kommst du mit? Dort können wir uns ungestört unterhalten.«

»Ich finde ihn nicht toll«, sagte Franziska auf dem Weg zu den sanitären Anlagen. Hier in Piana logierten sie ganz offiziell auf einem öffentlichen Campingplatz. Das war zwar ein Risiko, da sie ohne weiteres von Harald und Pädder aufgespürt werden konnten, aber jetzt waren sie ja mit ausreichend männlicher Begleitung versehen. Nasenbrecher-Lucky, Motorrad-Leo sowie Ollie und Benedikt, das mußte reichen, um den abgebrühtesten Pädder abzuschrecken.

»Ich finde ihn nur erotisch«, fuhr Franziska fort. »Das ist etwas anderes.«

»Ja, aber noch schlimmer«, sagte Caroline.

Franziska nickte. »Bis jetzt konnte ich es nicht unterscheiden«, erklärte sie. »Ich fand ihn erotisch, und daher hielt ich ihn für sympathisch, verstehst du?«

»Nein«, sagte Caroline bestimmt.

»Seit gestern bin ich mir auch nicht mehr so sicher«, meinte Franziska.

»Wegen der Schwulenwitze, die er permanent von sich läßt?« Caroline öffnete die Tür zu den Toiletten. »Ja, das ist widerlich, aber mich wundert es nicht! Solche wie er diskriminieren nicht nur Frauen und Schwule, sondern auch Ausländer und Grüne und Psychologiestudenten und Tierschützer und ...«

»Er ist wirklich ekelhaft zu Ollie und Benedikt«, sagte Franziska. »Dabei sind die sowieso frustriert, weil sie ihre Wandertour abbrechen mußten.«

Ollie und Benedikt waren wie geplant zu ihnen gestoßen, aber sie hatten nicht vor, ihre Wanderung wiederaufzunehmen. Sie hatten die Temperaturen unter- und ihre körperliche Verfassung überschätzt. Die Berge waren viel höher, als sie gedacht hatten, die einzelnen Etappen weitaus schwieriger. Jetzt, nach anderthalb Wochen, sehnten sie sich nur noch nach ein paar ruhigen Tagen am Strand. Bereitwillig waren sie mit den anderen an die Küste zurückgefahren. Alle hatten sie mit offenen Armen aufgenommen, das heißt alle außer Lucky.

»Mann, jetzt sind wir schon zwei gegen sieben«, hatte er mit unverschämtem Grinsen gesagt. »Die Tunten sind ja wohl eher Weiblein als Männlein.«

Ollie und Benedikt waren zwar schwul, aber alles andere als tuntenhaft. Und überhaupt, was ging das Lucky an?

»Gut, daß sie seine Bemerkung nicht mitgekriegt haben«, sagte Franziska jetzt schaudernd. »Ich lasse nicht zu, daß er die beiden vergrault. Noch ein Schwulenwitz, und ich zeige ihm mal ein paar Kniffe aus meinem Selbstverteidigungskursus für Frauen und Tunten!«

»Er war auch ekelhaft zu mir, aber das hat dich offenbar nicht gestört!« Caroline machte die Tür einer Toilettenzelle hinter sich zu, Franziska verschwand in der Nachbartoilette.

»Zu dir war er nur gemein, wenn ihr nicht einer Meinung wart!« sagte sie durch die Wand.

»Ja, genau.« Caroline schnaubte laut. »Ich bin eben nicht der Meinung, daß eine Frau außer zum Bumsen nur zur Hausarbeit taugt!«

»*Caroline!*«

»Das hat *er* gesagt, nicht ich! Ich könnte solche Wörter gar nicht in den Mund nehmen!«

»Eben hast du's getan.«

»Da siehst du mal, welch schlechten Einfluß er auf mich ausübt!« Caroline bestätigte die Klospülung und fing an zu kichern. »Komisch, ich bin immer noch versucht, das Loch zuzuschaufeln. Diese Wasserklosetts sind wirklich eine tolle Erfindung!«

»Hat er das wirklich gesagt?« fragte Franziska von nebenan. »Das mit der Hausarbeit?«

»Na klar! Meinst du, so was denke ich mir aus?«

»Und wo war ich, als er das gesagt hat?«

»Keine Ahnung. Da, wo du vermutlich auch warst, als er gesagt hat, ich sei eine frigide Ziege, und Wehrdienstverweigerer gehörten an die Wand gestellt. Irgendwo in einer Traumwelt, in der Lucky dich aus reißenden Flüssen errettet hat!«

»Oh weia!« seufzte Franziska.

»Ja, das kannst du laut sagen! Der und dich aus einem reißenden Fluß retten! Diese Bleiente!«

»Ich bin gar nicht mehr müde«, sagte Franziska, als sie sich – Luxus pur – nebeneinander die Hände wuschen.

»Ich auch nicht«, stimmte Caroline zu. »Ich bin so froh, daß du deine hormonelle Verwirrung überwunden zu haben scheinst. Laß uns an den Strand gehen, da sind wir jetzt ganz allein! Und ich kann dir lauter häßliche Sachen über Lucky erzählen. Noch vor dem Frühstück bist du dann wieder normal gepolt. Ist dir eigentlich mal aufgefallen, daß er noch keinmal gelächelt hat, seit wir ihn kennen?«

»Wo du's jetzt sagst ...« Franziska lachte. »Ich bin manchmal ein ziemliches Schaf. Meinst du wirklich, das sind die Hormone? Ach, ich vermisse Cornelius so sehr.«

»Na, endlich«, sagte Caroline zufrieden.

Ollie hatte Benedikts und seine Sachen gewaschen und hängte sie nun zum Trocknen auf. Dabei trug er wegen der Hitze nur noch Shorts und sonst gar nichts.

»Meinst du vielleicht, daß mich dein nackter Oberkörper anmacht?« fragte Lucky griesgrämig.

Ollie befestigte in aller Seelenruhe weiter die Wäsche. »Wenn ja, muß ich dich leider enttäuschen. Du bist nicht mein Typ.«

»Haha«, sagte Lucky. »Aber du meiner, oder was! Kennst du schon den Witz von den sieben schwulen Zwergen? Also, da geht ein Mann nachts durch den Wald ...«

»Jetzt nicht«, sagte Ollie so scharf, daß Caroline sofort

aufstand und sich beschützend neben Ollie stellte. Peggy, Franziska und Benedikt waren zum Spülen in der Geschirrküche, Matilda und Leo mit dem Auto zum Einkaufen, und Angie saß auf ihrem Schlafsack und hörte Musik aus ihrem Walkman. Sie sah und hörte wieder mal nichts.

Auch Lucky erhob sich von seinem Campingstuhl.

»Ist was?« fragte er, ohne seine Zigarette aus dem Mund zu nehmen. Caroline erinnerte sich an seine Nasenbrecherstorys und konnte einen leichten Angstschauder nicht unterdrücken.

Ollie schien aber keine Angst vor ihm zu haben.

»Allerdings«, erwiderte er kalt. »Hör mal, deine sexuelle Verklemmtheit ist dein Problem, da wird dir hier keiner weiterhelfen können. Aber wenn ich noch einen blöden Spruch von dir höre, hast du ein Problem mit einer verklemmten Nase.«

»Ollie hat den schwarzen Gürtel in Karate«, ergänzte Caroline schnell und hoffte, daß es bei Karate auch wirklich einen schwarzen Gürtel gab. Aber diese Lüge wäre gar nicht nötig gewesen, Lucky hatte sich schon vorher wieder in seinen Stuhl plumpsen lassen.

»Meine Güte, keinen Humor, diese Typen«, murmelte er. »Nicht mal einen Witz kann man erzählen!«

Caroline warf Ollie einen erstaunten Blick zu. Er war zwar groß und gut gebaut, aber nicht gerade besonders furchteinflößend. Caroline fand sogar, daß er aussah wie die personifizierte Harmlosigkeit. Und diese entschiedenen Worte, um nicht zu sagen Drohungen, hätte sie eher dem frecheren Benedikt zugetraut. Wie dem auch sei, die Worte schienen Lucky beeindruckt zu haben. Schweigend drehte er sich eine Zigarette und schaute auf seine Füße. Später sagte Benedikt, das sei bei diesen Typen meistens so. Nur in der Gruppe fühlten sie sich stark. Er, Ollie, Caroline und seit neuestem auch – etwas zögernd – Franziska waren sich einig, was Lucky und seinen Charakter betraf. Aber als Caroline die Geschichte Matilda erzählte, seufzte die nur.

»Sexuelle Verklemmtheit«, wiederholte sie. »Ja, das ist gut möglich. Aber Ollie hat unrecht. Einen gibt es, der Lucky davon befreien kann, und der eine bin ich!«

»Um Himmels willen«, sagte Caroline. »Das kannst du nicht tun. Sicher hat er die Syphillis und AIDS und andere Dinge, die man bekommt, wenn man mit sechzig Frauen ins Bett geht. Und mindestens neunundfünfzig davon müssen Prostituierte gewesen sein. Keiner geht mit Lucky ins Bett, ohne dafür wenigstens Geld zu bekommen.«

»Caro, Caro«, sagte Matilda kopfschüttelnd. »Ich war so froh, daß du den Makel der Jungfräulichkeit endlich von dir hast nehmen lassen. Aber nun muß ich feststellen, daß dir das Echte, das Animalische im Sex immer noch nicht begegnet ist!«

»Wenn es mir in Gestalt von Lucky begegnet, möchte ich bitte davon verschont bleiben«, sagte Caroline. »Denk wenigstens an Kondome, wenn du es unbedingt tun mußt. Am Ende schwängert er dich noch, und ich muß täglich einem kleinen Luckyabbild die Windeln wechseln.«

In der Bucht herrschte totale Windstille, unmöglich zu surfen. Leo und Lucky wurden zunehmend schlechter gelaunt, weil sie zusehen mußten, wie ihre Surfboards von den Mädchen als Luftmatratzen mißbraucht wurden, und selber nicht tätig sein konnten.

»Ich brauche Bewegung«, schimpfte Leo und kniff Peggy in die Seite.

»Autsch«, erwiderte Peggy. »Laß uns schwimmen gehen. Mir ist so schrecklich heiß.«

»Hab' ich keine Lust zu«, brummte Leo, und da blieb Peggy liegen und schwitzte.

Matilda kam aus dem Wasser und warf sich auf ein Handtuch zu Luckys Füßen.

»Könntest du mir den Rücken eincremen, bitte?« flötete sie.

Das konnte Lucky tatsächlich. Nicht besonders gut zwar, denn er ließ die empfindliche Zone unmittelbar am Rand des Bikinihöschens aus und rieb eine Menge Sand mit auf die Haut, aber darauf kam es Matilda nicht an.

Sie rekelte sich unter seinen Händen und seufzte wohlig.

»Das soll mich wohl scharf machen, was?« fragte Lucky.

Matilda drehte ihren Kopf nach hinten und lächelte. »Und wenn?«

Sie sah Luckys Gesicht nur gegen die Sonne, aber sie hätte schwören können, daß er errötete. Seine Stimme klang leicht verunsichert, als er sagte:

»Du läßt wohl auch nichts anbrennen?«

»Am liebsten nicht«, sagte Matilda und lächelte noch intensiver. »Möchtest du auch meine Vorderseite eincremen?«

Lucky nahm die Hände so plötzlich von ihrem Körper, als habe sie sich soeben in eine heiße Herdplatte verwandelt.

»Ähm«, sagte er. »Ich – häh – also, hahaha!«

Matilda drehte sich langsam auf den Rücken.

»Das war kein Witz«, sagte sie sanft.

Aber Lucky stieß weiter etwas erzwungene »Ha-ha«-Laute aus und erhob sich leicht schwankend. Dann murmelte er einen unverständlichen Satz, in dem die Worte Wasser und abkühlen vorkamen und verschwand im Meer. Matilda sah ihm hinterher, wie er hinaus ins Meer kraulte und griemelte vor sich hin.

Caroline ließ sich neben sie in den Sand fallen und folgte ihrem Blick. »Gut, daß es hier so seicht ist. Die Bleiente sollte nicht so weit rausschwimmen.«

»Er muß sich abkühlen«, sagte Matilda. »Dafür muß er schon das Pipiwasser der kleinen Kinder hier hinter sich lassen.«

Caroline ließ ihren Blick über den Strand schweifen. Es war eine hübsche kleine Bucht, das Wasser türkisblau und ziemlich warm, der Strand mit feinem weißen Sand bedeckt. Mit dem Campingplatz in der Nähe war es kein Wunder, daß es hier so voll war. Überall Familien mit Sonnenschirmen und Transistorradios und lärmenden Kids, die Frisbee-Scheiben hin und her warfen. Ollie und Benedikt spielten ebenfalls Frisbee. Sie hatten die Scheibe einem kleinen Mädchen abgekauft, das dabei war, sie im Sand zu vergraben.

Es gab sicher auch zur Hauptsaison schönere Orte auf der Insel.

»Es wird Zeit, daß wir mal wieder weiterfahren«, meinte Caroline.

»Finde ich auch«, sagte Leo. »Weiter im Norden ist mehr Wind!«

Angie nahm ihre Kopfhörer ab. »Meine Akkus sind leer«, jammerte sie.

»O wei«, sagte Peggy mitleidig. »Mitten am Tag, so was Blödes!«

»Das Aufladegerät ist auf dem Zeltplatz«, quengelte Angie.

»Ich könnte es dir holen«, erbot sich Peggy.

Angie nickte gnädig. Dann fiel ihr aber noch etwas ein, und sie verzog weinerlich den Mund. »Das Aufladen dauert mindestens drei Stunden! Was soll ich denn so lange machen?«

Den Kopf unter Wasser halten und bis zweitausenddreihundert zählen, wollte Caroline ihr gerade vorschlagen, als sich eine Pranke auf ihre Schulter legte und ein lautes »Na so was! Hallöle!« an ihr Ohr drang.

An Angies Gesichtsausdruck sah Caroline, daß es sich bei den Neuankömmlingen genau um die handelte, die sie auch vermutete.

»Peter! Harald!« sagte sie leise.

»Die Frieda!« Pädder und Harald hatten ihren Namen nicht vergessen. Franziskas und Matildas dagegen offenbar schon. »Die Git-Gu – ähm – und die – ähm – das Igelköpfchen auch! Und die kleine Rosinante ist dabei!«

Die kleine Rosinante griff automatisch nach ihren Kopfhörern, aber dann fiel ihr ein, daß der Walkman ja leider außer Betrieb war. Da rappelte sie sich schnell hoch und folgte Peggy, die schon auf halbem Weg zum Lagerplatz war. Pädder und Harald ließen sich zwischen Caroline, Franziska und Matilda in den Sand fallen und klopften freundschaftlich auf ihre Schultern.

»Da habt ihr uns beim letzten Mal aber einen schönen Streich gespielt«, erinnerte sie Harald an das zugenähte Zelt. Caroline zwang sich zu einem Lächeln.

»Wir wußten ja, daß ihr Humor habt«, sagte sie. Franziska und Matilda stöhnten nur.

»Ja, ja, Humor haben wir«, strahlten Pädder und Harald. »Und für die Drinks, die ihr uns serviert habt, würden wir uns auch gerne revanchieren! Wo ist denn die schicke Blondine? Ist die nicht mehr dabei?«

»Peggy? Ähm – Dietlinde, Kunigunde?« Franziska, Matilda und Caroline erinnerten sich nicht mehr an Peggys Decknamen. Leo war aufgeschreckt und starrte mürrisch zu ihnen hinüber.

»Wer iss'n das?« fragte er.

»So 'ne scharfer Schuß mit langen Beinen«, sagte Harald zu ihm.

Leo schaute noch griesgrämiger drein. »Ich wollte wissen, wer ihr seid!«

»Harald und Pädder«, sagte Pädder artig. »Wir sind alte Freunde von den Mädels. Und wer bist du?«

Leo sagte nichts. Er sah verwirrt aus.

»Er ist Kunigundes Verlobter«, sagte Matilda.

»Dietlindes«, verbesserte Franziska.

»Und wer ist Dietlinde?« erkundigte sich Leo.

»Deine Verlobte«, sagte Caroline und kicherte.

Leo war sehr froh, daß Lucky in diesem Augenblick aus dem Wasser kam. »Endlich, Kumpel!«

Harald und Peter blickten ihm neugierig entgegen.

»Wer sind denn die?« fragte Lucky prompt.

Leo schüttelte den Kopf. »Mich mußt du nicht fragen.«

Pädder und Harald nahmen die Vorstellung erneut selber in die Hand. »Pädder und Harald!« sagten sie. »Wir sind Freunde von den Mädels hier.«

»Aha«, sagte Lucky ebenso griesgrämig wie Leo.

»Das ist Lucky«, raunte Franziska Pädder zu. »Er ist Berufsboxer. Mein Verlobter.«

»Meiner auch«, sagte Matilda. Franziska sah sie bös an.

»Wir sind Mormonen«, setzte Matilda hastig hinzu.

»Echt?« Pädder sah enttäuscht aus. »Hättet ihr ja auch mal sagen können, daß ihr verlobt seid.«

»Mit einem Berufsboxer«, flüsterte Harald nachdenklich.

»Ich bin auch verlobt«, sagte Caroline und zeigte auf Ollie, der mit Benedikt jetzt im seichten Wasser Frisbee spielte. »Und der Rothaarige ist Rosinantes Mann.«

»Echt?« fragte Pädder wieder. Benedikt hatte Ollie soeben ins Wasser geschubst, und jetzt kamen sie händchenhaltend und verliebt lachend wieder heraus. »Sind das auch Mormonen?«

»Nö«, sagte Caroline. Ein Mormone war genug.

»Kein Wind hier in der Scheißbucht«, meinte der berufsboxende Mormone zu Leo. »Ich bin dafür, daß wir heute noch weiterfahren.«

Die Mädchen sprangen eifrig auf. »Das ist eine tolle Idee!« riefen sie.

Lucky musterte sie erstaunt, vor allem Caroline. Er war es nicht gewohnt, daß sie so prompt und begeistert auf einen seiner Vorschläge reagierte. Schließlich rang er sich zu einem typischen Satz durch: »Hat euch 'ne Biene in die Kiste gestochen?«

Matilda hängte sich an seinen Arm. »So was Ähnliches.«

»Allgemeine Aufbruchsstimmung?« fragte Benedikt und ließ Ollies Hand los.

»Wir fahren weiter, Liebling«, informierte sie Caroline. Sie wußte nicht mehr, wer von beiden ihr Verlobter war. Benedikt und Ollie begannen sofort, ihre Sachen zusammenzusuchen.

»Finde ich toll«, sagte Benedikt. »Hier ist mir zuviel Pipi im Wasser. Und noch Schlimmeres. Was gerade eben an mir vorbeigeschwommen ist, sage ich euch lieber nicht.«

»Wo fahrt denn ihr jetzt hin?« wollten Harald und Pädder wissen.

Lucky machte eine unbestimmte Handbewegung. »Immer dem Wind nach.«

»Vielleicht laufen wir uns ja noch mal über den Weg«, meinte Harald. »Sag mal, kennst du eigentlich Henri Maske?«

»Klar«, sagte Lucky. Er kannte Henri Maske aus dem Fernsehen.

Harald und Pädder nickten beeindruckt.

»Tschüs, ihr zwei«, sagte Franziska fröhlich. Sie hatte in Blitzesschnelle alle Handtücher zusammengerafft, die Sonnenmilch in die Strandtaschen geworfen und stand nun bepackt wie ein Lastesel neben Lucky. Caroline klappte ihren Sonnenschirm zusammen und lächelte ihnen zum Abschied zu.

»Vielleicht sehen wir uns ja noch einmal«, sagte sie leichtsinnig.

»Gut möglich«, sagte Harald. Wer ihn kannte, wußte, daß er nicht gelogen hatte.

Zumal Lucky, der Dummkopf, ihm noch einen Tip gab. Harald hörte ganz deutlich, wie er sagte: »Wir fahren rauf nach Galeria. Dort kenne ich ein verstecktes Plätzchen, wo uns kein Wildhüter jemals findet!«

7.

Bastia

6. AUGUST

Als der Mann von der Autovermietung ihn fragte, wo es denn hingehen sollte, dachte Cornelius zum ersten Mal konkret darüber nach.

»Ich suche ein paar Freunde«, sagte er dem Hertzmann, »aber ich weiß nicht, wo.«

»Korsika ist eine große Insel.«

Cornelius nickte. »Ich weiß. Aber ich habe ein paar Anhaltspunkte. An der Ostküste sind sie jedenfalls nicht, und ich weiß definitiv, daß sie sich anfangs eher im Süden aufhielten. Und vorgestern waren sie mit Freunden in Corte verabredet. Jetzt muß ich nur überlegen, wohin sie von dort gefahren sind.«

Der Autoverleiher breitete eine Karte auf dem Tresen aus.

»Sie können überall sein«, sagte er. »Korsika ist eine kleine Insel.«

»Eben haben Sie noch gesagt, es sei eine große Insel.«

Der Hertzmann nickte. »Sie ist beides, groß und klein. Und es gibt eine Menge Verstecke für Menschen, die nicht gefunden werden wollen.« Er schien zu glauben, Cornelius sei ein Privatdetektiv auf der Suche nach entflohenen Straftätern.

Darüber mußte Cornelius grinsen. »Ich glaube nicht, daß sie sich verstecken wollen. Ich glaube vielmehr, sie sind wieder ans Meer gefahren, weil sie Surfbretter und Schnorchel dabeihaben.«

»Am Meer gibt es viele schöne Orte«, sagte der Hertzmann und fuhr mit dem Zeigefinger die Küstenlinie ab. »Ajaccio, Sagone ...«

»Zu weit südlich«, meine Cornelius unbestimmt. »Sie fahren sicher nicht wieder so weit zurück. Ich werde mit meiner Suche hier anfangen.« Seine Fingerspitze landete im Golf von Porto.

»Ah, sehr schön«, sagte der Hertzmann. »Und hier ist es besonders schön.« Er deutete auf den äußersten Kartenrand. »Piana!«

»Gut«, sagte Cornelius und kaufte die Karte. »Dort fange ich an.«

»Aber erst mal müssen Sie da hinkommen«, sagte der Hertzmann, als er ihm die Autoschlüssel und die Papiere überreichte. »Das ist eine längere Strecke, viele Berge. Sie fahren am besten über Ponte Leggia und Calacuccia, das geht am schnellsten. In ein, zwei Tagen können Sie dann dort nach Ihren Freunden suchen.«

»Aber das sind höchstens neunzig Kilometer, wenn mich mein Augenmaß nicht täuscht.«

»Neunzig Kilometer *Luftlinie*«, sagte der Hertzmann mit schadenfrohem Grinsen. »Ich sagte doch, viele Kurven, viele Berge!«

Cornelius ließ sich seufzend auf den Sitz des geliehenen Autos fallen. Das Unterfangen schien tatsächlich ziemlich aussichtslos zu sein. Wie hatte er sich auch nur zu so einer blöden Suchaktion hinreißen lassen können! Daran waren Franziskas Postkarten schuld.

Und dann diese eigenartigen Träume, in denen Franziska in einem schnellfließenden Gewässer unterging! Ein unwahrscheinlicher Traum, denn Franziska hatte ihren DLRG-Leistungsschein mit links gemacht. Aber egal, ihn hatte plötzlich dermaßen die Sehnsucht gepackt, daß er es zu Hause einfach nicht mehr aushalten hatte können. Spontan hatte er um Urlaub gebeten, den Rucksack gepackt und einen Flug gebucht, und jetzt stand er hier und verstand nicht mehr, wie er zu Hause noch hatte glauben können, Franziska hier so einfach ausfindig zu machen. Als ob alle Menschen, die sie und die anderen gesehen hatten, sich noch an sie erinnerten und ihm den Weg wiesen.

Er war ein Dummkopf! Der Hertzmann hatte recht: Dies war eine riesenhafte Insel, und seine Freunde konnten überall sein. Sie zu finden, wäre reine Glückssache.

Aber es war nicht Cornelius' Art, in Trübsal zu verweilen. Er drehte den Zündschlüssel um und gab Gas. Wo ein Wille ist, ist auch ein Weg, dachte er und machte sich auf, die korsischen Berge zu überqueren. Die Worte des Autoverleihers hatten ihm etwas Angst eingeflößt, und so hielt er noch einmal in Casamozza an, dem Kreuzungspunkt, an welchem die Straße nach Ponte Leggia abzweigte, und deckte sich in einem Supermarkt mit Nahrungsmitteln und Wasser ein. An einer Tankstelle besorgte er einen zweiten Benzinkanister, und bei einem Obststand an der Straße kaufte er zwei Kilo köstlicher Pfirsiche. Die Sachen bedeckten schließlich die ganze Rückbank.

Mit diesen Vorräten würde er sogar die Wüste Gobi durchqueren können, dachte er zufrieden, als er weiterfuhr. Die Straße folgte nun dem Lauf eines Flusses hinauf in die Berge. Der Fluß verschwand in einer immer tiefer werdenden Schlucht, aber die Straße blieb breit und gut befahrbar. Cornelius war wieder guten Mutes, noch vor dem Abend auf der anderen Seite des Gebirges zu sein. Er begann die Fahrt zu genießen. Gelegentlich sah man einen Eisenbahnviadukt, vereinzelt kleine Weiler an der Straße, die Dörfer klebten malerisch oberhalb der karg begrünten Hänge. Viel schneller als erwartet tauchte Ponte Leggia vor ihm auf, mit weit verstreuten Häusern, die an eine amerikanische Goldgräberstadt erinnerten. Cornelius sah auf seinen Kilometerzähler, knapp fünfzig Kilometer seit Bastia, und es war noch nicht mal Mittag. Er hielt am Straßenrand, um einen der köstlichen Pfirsiche zu verspeisen und auf der Karte zu schauen, wo er jetzt weiterfahren mußte.

Der Pfirsich war sehr süß und sehr saftig. Cornelius konnte nicht verhindern, daß der Saft ihm übers Kinn rann.

»Du Schwein!« schrie jemand.

Schuldbewußt tupfte sich Cornelius das Kinn ab. Neben dem Auto war wie aus dem Nichts ein Mädchen aufgetaucht. Ein pummeliges Mädchen mit langen, feuerroten Haaren, die am Scheitel dunkelbraun nachwuchsen. Ihr rundes Gesicht war tränenüberströmt, die Wimperntusche zog schwarze Streifen über ihre Wangen.

»Du-hu Schwein!« schrie sie wieder, und die Tränen quollen aus ihren Augen wie Wasser aus einem defekten Gartenschlauch. Etwas hinter Cornelius hatte ein Motorrad gehalten. Der Fahrer nahm seinen Helm ab. Fettige schwarze Haare fielen in dünnen Strähnen auf die Schulterpolster seiner Lederjacke.

»Dre-heckiges Schwein!«

»Linda, nun heul doch nicht!« sagte der Fettige. Hinter ihm auf dem Motorrad saß ein weiteres Mädchen, ihre Haare waren blondiert und ebenfalls fettig. Cornelius in seinem Auto schloß daraus, daß das Tragen eines Motorradhelms nicht eben zu einer duftigen Frisur verhalf.

»Mensch, Mädchen, nun laß uns einfach fahren und stell den Hahn ab«, sagte die Blondierte zu dem heulenden Mädchen namens Linda.

Aber Linda heulte, was das Zeug hielt.

»Schwein!« brüllte sie. Cornelius konnte nicht umhin, sie etwas phantasielos zu finden, er war allerdings froh, daß er nicht damit gemeint war.

»Wir müssen los«, sagte der Typ.

»Kannste doch nich machen!« schrie die Rothaarige. »Mich hier allein lassen ohne alles!«

»Kann er wohl«, keifte die Blondierte zurück. »Los, Jochen, gib Gas.«

Cornelius verzehrte bereits seinen zweiten Pfirsich, diese Pause war sehr unterhaltsam.

»Und meine Sachen?« schluchzte Linda und stellte sich zwischen Cornelius' Stoßstange und das Motorrad. Cornelius konnte nur hoffen, daß der Fettige nicht tatsächlich Gas gab und diese Linda auf seinen Kofferraum quetschte.

»Dein Krempel liegt noch auf dem Zeltplatz«, sagte der Typ und setzte seinen Helm wieder auf. »Bin ich ja nicht für verantwortlich, wenn du einfach wegläufst und alles liegenläßt.«

Auch die Blondierte setzte sich einen Helm auf. Stand ihr gut, dachte Cornelius und starrte in den Rückspiegel, sollte sie immer tragen, dann sah man ihr blödes Gesicht nicht.

»Jochen, laß stochen«, sagte sie. Sogar reimen konnte sie, stellte Cornelius anerkennend fest.

Jochen ließ sich das nicht zweimal sagen, er gab Gas.

»Ne-iiin, Schwei-iiin!« kreischte Linda, was ebenfalls ein Reim war, nur etwas primitiver. Ihr Gebrüll nutzte nichts, das Motorrad verschwand um die nächste Kurve, schon war das Motorengeräusch nicht mehr zu hören.

Linda ließ sich auf die Bordsteinkante plumpsen und ihren Tränen freien Lauf. Ein dickes, rotgefärbtes, schniefendes Wesen direkt an seiner Stoßstange – Cornelius konnte nicht umhin, Mitleid mit ihr zu haben. Er versuchte, in aller Ruhe seinen Pfirsich aufzuessen. Was ging ihn diese Linda an? Er hatte schließlich eigene Probleme, er mußte seine Franziska finden, und das am besten noch vor Einbruch der Nacht. Aber Cornelius sah sich nicht in der Lage, einfach weiterzufahren.

Mit einem lauten Seufzer griff er hinter sich und stieg dann aus.

»Hi, möchtest du einen Pfirsich?«

Linda hob ihr tränenüberströmtes Gesicht zu ihm auf. Ihre runden Wangen und das kleine Doppelkinn zitterten, als sie nach seinem Pfirsich griff.

»Danke«, sagte sie.

Cornelius seufzte noch einmal. Dann setzte er sich neben sie auf das Pflaster und sagte: »Du, ich hab' das eben mitbekommen mit deinem Freund. Auf welchem Zeltplatz liegen denn deine Sachen?«

Linda zeigte vage die Straße hinab. »Der Jochen ist so'n Schwein. Ich war seine Sozia. Und jetzt hat er 'ne Neue.«

»Ja, ja. Und du brauchst deine Sachen wieder«, meinte Cornelius. »Wenn's nicht weit ist, könnte ich dich schnell hinfahren.«

»Echt?« Linda sah ihn mit großen Augen an. »Würdest du das echt für mich tun?«

»Ja, würde ich«, seufzte Cornelius. »Hast du denn genug Geld, um dann nach Hause zu fahren?«

»Nach Hause?« Lindas Tränen begannen erneut zu fließen. »Ich will nicht nach Hause. Ich kann nicht. Außerdem habe ich nur noch hundert Mark. Das ist alles der Jochen schuld.«

Cornelius verfluchte sich innerlich für sein Einmischen. Aber wer A sagt, muß auch B sagen. »Hör mal, wenn ich das richtig verstanden habe, setzt dein Freund seinen Urlaub mit einer anderen fort, und du mußt sehen, wo du bleibst. Zuerst holen wir jetzt deine Sachen, und dann überlegen wir, wie du wieder nach Hause kommst. Es wird schon eine Lösung geben.«

»Echt?« fragte Linda wieder. Ihre verweinten Augen sahen ihn hoffnungsvoll an. »Du bist echt vom Himmel hierher geschickt worden. Dem Jochen ist doch ganz egal, was hier aus mir wird.«

»Ja«, seufzte Cornelius. »Den Eindruck hatte ich auch.«

»Vor drei Wochen haben wir uns verlobt, der Jochen und ich. Und Kinder wollten wir auch haben. Und dann hat er mir diese Reise geschenkt, nur wir zwei auf seinem Motorrad. Eine Leder-Kombi hat er mir gekauft. Und einen Helm. War alles sauteuer. Ich war superglücklich.« Sie schniefte laut. Cornelius zwang sich, nicht auf den Tropfen an ihrer Nase zu schauen. »Und vor zwei Tagen war plötzlich alles vorbei. Da ist dann diese dürre Ziege aufgetaucht. Meine Kombi ist der viel zu groß. Schlottert der um die Knochen. Fette Kuh, hat die zu mir gesagt, und Jochen hat gelacht. Und mir hat er immer gesagt, ich sei gerade richtig.« Der Tropfen löste sich von ihrer Nase und fiel hinab auf ihre Shorts.

Cornelius hatte die Geschichte nur so ungefähr verstanden. »Und wo kam die dürre Ziege so plötzlich her?«

»Weiß ich auch nicht«, sagte Linda. »Die stand da plötzlich am Strand in so 'nem schwarzen Badeanzug, wo lauter Löcher drin sind, und hat den Jochen nach Feuer gefragt. Und dann isse uns hierhin nachgekommen.«

»Ja, wie denn?«

»Weiß ich auch nicht.« An Lindas Nasenausgang war wieder ein Tropfen erschienen. »Mit'm Bus vielleicht. Jedenfalls isse jetzt mit dem Jochen weiter. Und ich steh' hier ohne alles.«

»Das ist wirklich schlimm«, sagte Cornelius.

»Aber jetzt bist du ja hier«, sagte Linda hoffnungsvoll.

»Ja.« Cornelius seufzte. Je eher er die wieder loswurde, desto besser. »Komm, laß uns fahren.«

Noch ehe sie den Campingplatz erreicht hatten, wußte Cornelius alles, was es über Linda zu wissen gab. Sie war neunzehn und kam aus Meckenheim, der Vater war Bäcker und Linda Konditorei-Fachverkäuferin in seinem Laden.

»Wollte ich aber nie werden«, sagte sie. »Ich wollte was mit Mode machen oder Schaufenster dekorieren oder so was. Durfte ich aber nicht.«

Cornelius dachte, daß das keine gute Idee von Lindas

Eltern gewesen war. Sie sollte definitiv irgendwo arbeiten, wo man die Verkaufswaren nicht aufessen konnte.

»Die mögen auch meine Freunde nie«, fuhr Linda fort. »Als meine letzte Partnerschaft in die Brüche ging, haben sie gesagt, sie würden mir einen Hund kaufen.« Linda schniefte wieder. »Als ob ein Hund einen Mann ersetzen könnte. Aber Platz genug hätten wir ja.« Linda wohnte in der Souterrainwohnung des bäckerlichen Einfamilienhauses, und dort gab es einen riesenhaften Garten. Linda beschrieb ihn in allen Einzelheiten.

»Toll«, sagte Cornelius, nur um überhaupt etwas zu sagen.

»Ich bin das einzige Kind«, erklärte Linda. »Ich erbe mal alles. Die Bäckerei, das Haus, die Grundstücke, alles.«

»Dann bist du ja eine gute Partie«, meinte Cornelius freundlich.

»Ja«, sagte Linda. »Aber wo ich jetzt mit dem Jochen weggefahren bin, werden sie mich sicher enterben. Ich durfte nämlich nicht mit dem weg. Nicht mal in die Disco. Und nicht auf dem Motorrad hinten drauf. Und dann schon gar nicht in den Urlaub. Ich bin aber volljährig, kann man mir doch nicht verbieten, oder? Ich bin einfach weggefahren, mitten in der Nacht. Aus dem Fenster bin ich geklettert.«

Sofort hatte Cornelius ein Bild von Linda vor Augen, wie sie an einem Clematisspalier hing und die Dübel aus der Wand brachen. Dann fiel ihm ein, daß Linda glücklicherweise im Souterrain hauste.

»Der Typ macht dich doch nur unglücklich, haben meine Eltern gesagt. Mann, die waren sicher stinksauer«, fuhr Linda fort. »Ich hatte nämlich nicht mal

Urlaub, und die andere Verkäuferin lag mit Grippe flach.« Sie lächelte schadenfroh. »Immer wollen sie für mich mit entscheiden, als ob ich nicht selber wüßte, was gut für mich ist.«

Cornelius räusperte sich, um sie daran zu erinnern, daß Jochen soeben mit einer neuen Sozia davongefahren war und sie mutterseelenallein in einer gottverlassenen Gegend hatte stehenlassen. Da sagte Linda für mehrere Sekunden gar nichts mehr.

Glücklicherweise fanden sich alle ihre Sachen noch auf dem Campingplatz, sogar der Brustbeutel mit ihrem Personalausweis und dem Geld.

»Alles da«, sagte Linda. »Und jetzt?«

Cornelius betrachtete sie nachdenklich. Unmöglich, dieses Wesen hier allein zu lassen. Es würde keine zwei Stunden dauern, und sie steckte in neuen Schwierigkeiten.

»Paß auf«, sagte er. »Zuerst gehst du dir dein Gesicht waschen, und dann telefonieren wir mit deinen Eltern. Die machen sich sicher große Sorgen.«

»Die reißen mir den Kopf ab«, sagte Linda.

»Das können sie ja nicht durchs Telefon«, gab Cornelius zurück.

Mit gewaschenem Gesicht, völlig ohne Schminke, sah Linda viel netter aus. Sie hatte sich sogar die gescheckten Locken gekämmt und im Nacken mit einem Gummi zusammengebunden.

Cornelius reichte ihr seine frischerworbene Telefonkarte und schob sie in die campingplatzeigene Telefonzelle. Dann machte er einen kleinen Spaziergang im Radius von zwanzig Metern um die Zelle herum. Das war ein Fehler. Linda vertelefonierte knapp zwanzig Francs, bis er merkte, daß sie die deutsche Vorwahl offenbar nicht kannte. Auch seine Erklärungen halfen da nicht viel. Schließlich nahm er das Wählen selber in die Hand und wartete, bis das Freizeichen ertönte.

»Was soll ich denn sagen?« flüsterte Linda, als er ihr den Hörer in die Hand drückte.

»Sag, daß es dir leid tut«, meinte Cornelius.

»Es tut mir leid«, sagte Linda in die Sprechmuschel. Was am anderen Ende gesprochen wurde, konnte Cornelius nicht verstehen.

»Weiß ich nicht, wie das hier heißt«, sagte Linda noch, und da war das Gespräch unterbrochen.

»Die sind vielleicht sauer«, sagte sie. »Ich bräuchte überhaupt niemals mehr nach Hause zu kommen, hat meine Mutter gesagt.«

»Vielleicht hättest du erst hallo sagen sollen«, seufzte Cornelius. »Na ja, wir geben ihnen etwas Zeit, sich zu beruhigen, und versuchen es später noch einmal. Jetzt wissen sie wenigstens schon mal, daß dir nichts passiert ist.«

»Und jetzt?«

Cornelius sah auf ihren dunklen Haaransatz herab. »Jetzt kommst du am besten mit mir. Ich fahre an die Westküste und suche dort meine Freundin. Wir werden schon eine Möglichkeit finden, dich irgendwie nach Hause zu kriegen.«

»Du hast eine Freundin?« fragte Linda traurig.

»Ja«, sagte Cornelius. »Wenn ich sie finde, dann wirst du sie kennenlernen.«

»Ist sie hübsch?«

»Ja, sehr«, sagte Cornelius.

»Schlank?«

Cornelius nickte.

»Alle tollen Männer haben eine hübsche, schlanke Freundin«, sagte Linda. »Und keiner liebt mich. Weil ich so dick bin. Die Neue von Jochen, die war auch schlank.«

»Ich wäre sicher auch pummeliger, wenn ich den ganzen Tag mit Plunderteilchen zu tun hätte«, meinte Cornelius heiter und lud Lindas Gepäck in den Kofferraum.

»Marzipanschnecken«, verbesserte Linda. »Und einfache Butterstreusel – die sind mein Verhängnis.«

8.

Im Wald irgendwo im Golf von Galeria

9. AUGUST

Lieber Fabian,

heute wurde Leo fünfundzwanzig Jahre alt. Wie es sich für so einen besonderen Tag gehört, erwachte er noch vor dem Morgengrauen und wollte, daß sich jemand um ihn kümmerte. Zufälligerweise war ich gerade wach geworden. Ich schlafe hier nicht besonders gut, weil der Boden aus Steinen besteht. Es sind zwar runde, in Jahrmillionen glattgeschliffene Steine, aber sie sind eben trotz allem Steine und sehr hart. Meine Luftmatratze nutzt mir hier nichts, ich erzähle es nur ungern, aber die Superturboluftpumpe hat ihren Geist aufgegeben, und ohne Pumpe gibt es keine Möglichkeit, dieses Monstrum mit Luft zu füllen. Ich schlafe jedenfalls nicht sehr gut, und das war auch der Grund, warum ich Zeuge der folgenden Szene wurde:

Leo rekelte sich in seinem Schlafsack, schlug die Augen auf und wußte gleich: Heute ist mein Geburtstag. Umgehend griff er nach Peggy, die neben ihm schlief, und kniff sie in den Arm.

Mit einem leisen »Autsch!« erwachte sie, und beim Anblick von Leos erwartungsvollem, verknautschtem Gesicht unmittelbar vor ihrer Nase mußte auch ihr erster Gedanke gewesen sein: Heute ist Leos Geburtstag.

»Alles Liebe zum Fünfundzwanzigsten«, flüsterte sie heiser. »Mein geliebtes Knuffibärchen!«

»Ich will mein Geschenk«, sagte das Knuffibärchen.

Peggy sah auf die Uhr.

»Es ist aber doch erst halb fünf«, sagte sie. »Komm, wir schlafen noch ein bißchen.«

Ihr selber fielen bei diesen Worten wieder die Augen zu. Leo kniff sie erneut in den Arm.

»Mein Geschenk!« verlangte er.

Peggy schälte sich mit einem leisen Seufzer aus dem Schlafsack, um Leo eines seiner Geschenke zu holen. Es war, wie ich wußte, ein Abonnement für die »Surf«, ein Windsurfmagazin. Peggy hatte dazu die aktuelle Nummer des Magazins zu einer Rolle verpackt und in hübsches Papier eingewickelt. Allein die kunstvolle Verschnürung hatte sie eine gute halbe Stunde beschäftigt. Leo zerstörte das Kunstwerk nach Art geschenkegeiler kleiner Jungs in Sekundenbruchteilen. Triumphierend zog er die Zeitschrift heraus, um dann in enttäuschtes Geheule auszubrechen.

»Ooooooh, die habe ich schon!«

»Psssst, Knuffibärchen«, quiekte Peggy. »Du weckst ja die anderen auf. Lies doch mal, was auf der Karte steht.«

Die Karte hatte Leo ebenfalls nach Art geschenkegeiler kleiner Jungs unbeachtet zur Seite geschmissen. Dabei war auch sie ein Kunstwerk, Peggy hatte sie nämlich eigenhändig bemalt. Auf der Vorderseite stand, daß dies ein Gutschein für ein Jahresabonnement sei, und auf der Innenseite in blumigen Worten, wie sehr sie ihr Knuffibärchen liebte. Leo las selbstverständlich nur die Vorderseite.

»Ach, so ist das«, sagte er einigermaßen erfreut.

»Freust du dich?« wollte Peggy aber noch einmal explizit wissen.

»Ja, klar. Aber war das denn schon alles?« Leo drehte den Kopf nach allen Seiten, als erwarte er an diesem gottverlassenen Ort mindestens eine Riesentorte, aus der ein nacktes Playboyhäschen sprang.

Es war aber nur Peggy, die sprang, nämlich erneut aus ihrem Schlafsack. Sie holte ihre drei restlichen Geschenke aus dem Kofferraum, alle drei ebenfalls kunstvoll verpackt – und in Sekundenschnelle von der Verpackung befreit. Leo war darin wirklich einsame Spitzenklasse. Als erstes förderte er einen hübschen Zopfpulli zutage.

»Genau der, den du dir gewünscht hast«, sagte Peggy in einem Tonfall, den ich treffend nur als Wimmern bezeichnen kann. »Du hast gesagt, dir wäre er zu teuer. Ich bin später in den Laden gegangen und habe ihn für dich gekauft. Freust du dich, Knuffibärchen?«

»Klar, Mann«, beteuerte Leo und schmiß den Pullover auf das Surfmagazin. Klar, Mann, daß er sich auch über die CD freute, an der eine Zweipfundtüte Gummibärchen hing. Weil Leo nur die weißen Gummibärchen mochte, hatte Peggy sich die Mühe gemacht, aus zwei Dutzend Tüten alle andersfarbigen Gummibärchen auszusortieren, um ein Kilo farblosen Genuß für Leo herzustellen. Hoch erfreut nahm Leo gleich eine Handvoll davon.

»Das war vielleicht eine Arbeit«, seufzte Peggy. Ich hätte

dies bestätigen können, denn ich gehörte zu den Glücklichen, die geholfen hatten, die roten, grünen, gelben und orangefarbenen Gummibärchen aufzuessen.

»Das glaub ich gern, kleiner Freßbär«, sagte Leo und zwickte Peggy in den nicht vorhandenen Speck oberhalb der Taille.

»Freust du dich denn?« wollte Peggy zum wiederholten Male wissen. Zu diesem Zeitpunkt hielt ich es in meinem Schlafsack kaum noch aus.

Klar, Mann, freute Leo sich. Das einzig weniger erfreuliche Geschenk war das Bild von Peggy in einem noblen Holzrahmen. Als das Bild in hohem Bogen zu den anderen Geschenken flog, bekam der noble Holzrahmen leider eine Macke.

»War das alles?« erkundigte sich Leo und kniff Peggy in die Wange.

»Ja«, quiekte Peggy. »Freust du dich?«

»Ich habe Hunger«, antwortete Leo.

Hier im Wald von Galliano campen wir zum ersten Mal richtig wild. Das hier ist nämlich keine halb offizielle Bauernwiese. Genaugenommen ist es auch kein Wald, die Bäume sind sehr mickrig, eher buschähnlich, aber sie spenden Schatten und geben einer Menge Tieren Lebensraum, die man eigentlich nicht so gerne in seiner Nähe hat. Schlangen zum Beispiel. Gestern beim Klogang ist mir eine über den Weg gelaufen. Wenn sie mich gebissen hätte! Ich war wieder mal zu einem sehr verschwiegenen Örtchen aufgebrochen, kein Mensch hätte mich gefunden. Nach diesem Erlebnis werde ich dann doch auf den Donnerbalken gehen, den Lucky in Sicht- und Hörweite angelegt hat. Beim Bund hat er gelernt, ratzfatz und blitzschnell eine Latrine auszuheben und mit einem fast komfortablen Sitz aus Fallholz zu versehen. Ja, ich darf ohne Übertreibung sagen, daß Lucky ein Meister des Latrinenbaus ist. Hierin würde ich eine echte Zukunftschance für ihn sehen.

Der Strand ist fünfzig Meter von unserem schattigen Lagerplatz entfernt, und er gehört uns ganz allein. Das liegt daran, daß es Zugang nur über eine komische, feldwegähnliche Straße gibt, und außerdem ist es kein Sandstrand, sondern ein Kiesstrand mit jenen rundgeschliffenen großen Kieseln, die ich oben schon mal beschrieben habe. Offensichtlich mögen die anderen Touristen keinen Kies, dabei haben die Steine den Vorteil, nicht vom Wind auf die frischeingecremten Körper geblasen zu werden, und sie sind auch zu groß, um sich in allen möglichen Körperritzen und -nischen festzusetzen. Außerdem sind sie sehr schön, nicht nur ihrer weichen, runden Formen wegen. Der überwiegende Teil schimmert in Dunkelgrün, aber es sind auch fast alle anderen Farbschattierungen vorhanden. Ich habe einen Haufen schwarz-orange-marmorierter Steine gesammelt. Franziska hat sich auf blaugeäderte spezialisiert, und Angie hat eine Sammlung kleiner dunkelroter Steinchen angelegt. Der Strand fällt sehr steil ab, daher brechen sich die Wellen erst unmittelbar am Ufer und üben dabei eine starke Sogwirkung aus. Das Wasser ist mächtig genug, die schweren Steine aufzuwirbeln, und wenn man nicht aufpaßt, hat man eine Handvoll davon in der Bikinihose hängen.

Das Wasser ist hier superklar, so klar, daß Ollie und Benedikt sich eine Schnorchelausrüstung gekauft haben, um die Unterwasserwelt zu erkunden. Herrje, ich muß Schluß machen, man ist versucht, einen Eimer mit dem klaren Wasser über mir auszuleeren, und ich fürchte, es schwimmen kleine Fischlein darin!

Mann, hab' ich einen Kater! Zum Erholen sind wir ins Fangotal gefahren. Hier schlängelt sich ein Süßwasserfluß, oder besser Bach, durch die grüne Landschaft, es gibt riesenhafte Felsbecken, in denen man den schmerzenden Kopf abkühlen kann.

Leos Geburtstag war sonst ein voller Erfolg. Von uns allen bekam er ein T-Shirt mit dem Aufdruck: »This is the reason why we fly every year to hawaii« oder so ähnlich, und ich fand, daß er sich darüber mehr freute als über Peggys Geschenke. Möglicherweise lag das daran, daß wir ihn nicht ständig fragten, ob er sich denn auch wirklich freue. Angie und Peggy haben sich gegenseitig darin überboten, seinen Platz festlich herzurichten. Sie pflückten Blumen, schöne weiße, deren Namen keiner kennt – sie wachsen hier im Wald und stehen sicher unter Naturschutz –, drapierten sie um seinen Teller und stellten ganze Sträuße davon in unsere Tassen. Wir mußten uns zu sechst eine einzige Tasse teilen. Leo bekam außerdem Kerzen, einen bemalten Stein als Geburtstagskarte und »Happy Birthday« aus einer Menge unausgeschlafener Kehlen. Er strahlte über beide Grübchen, und ich konnte vorübergehend wieder verstehen, was Peggy an ihm findet. Großzügig wie er nun mal sein kann, fuhr er dann mit Lucky zum nächstgelegenen Supermarkt und kaufte Unmengen von Büchsenbier, Wein und Süßigkeiten für die abendliche Party ein. Wir hatten Vollmond, und das ist vielleicht der Grund, warum es eine ziemlich wirre Party war. Meine kleine Kamera ist die einzige mit eingebautem Blitz, daher konnte ich als einzige die Highlights festhalten. Ich weiß nicht, wie viele Pärchen ich in der Dunkelheit angeblitzt und zu Tode erschrocken habe, aber es waren einige, die nicht zusammengehörten. Heute morgen kamen schon die ersten Angebote für die Exklusivrechte.

Aber der Reihe nach: Zuerst war es ganz harmlos, ein Lagerfeuer am Strand, in dem Folienkartoffeln und Brot geröstet wurden (die Kartoffeln sind bis heute nicht gar, was haben wir falsch gemacht?), dazu Leos Wein, die laue Abendluft, das Rauschen des Meeres – und über uns der Mond, wie ich ihn noch nie gesehen habe. Voll und rund und in einem warmen Orangeton leuchtend – irgendwie magisch.

Matilda sagt das auch. Sie meint, der Mond ist an allem schuld, was dann passierte. Ich meine, die Schuld ist eher im Alkohol zu suchen. Es war Rosé, nicht mal billig, leicht und frisch, in Meerwasser gekühlt, und man konnte ihn runtertrinken wie Wasser. Genauer gesagt, man konnte es nicht nur, man mußte es sogar, da Leo an alles gedacht hatte, nur nicht an Wasser, und unser Wasservorrat leider zur Neige gegangen war. Wenn man Durst hat und nichts als Pfirsichsaft und Rosé, um ihn zu stillen, fällt die Wahl nicht schwer. Die Jungs hatten es gut, sie hielten sich an das Bier, das wirkte nicht so schnell und schien auch den Durst besser zu löschen. Aber wir Mädchen mögen nun mal kein Bier und – mei, was waren wir betrunken!

Auf jeden hat Alkohol eine andere Wirkung, das konnte ich wieder einmal feststellen. Nehmen wir zum Beispiel mich. Mir merkt man einen Liter Rosé nicht an, selbst nicht, wenn ich Zungenbrecher sprechen soll. Das taten wir gestern zur Überprüfung unserer Zurechnungsfähigkeit.

Bei »Der Kaplan klebt Pappplakate an, der Kaplan klebt Pappplakate an« und »Die Katze läuft die Treppe krumm« und »Fischers Fritze fischt frische Fische« war ich wirklich einsame Spitze.

Franziska dagegen sagte allen Ernstes: »Die Katze *säuft*

die Treppe krumm«, und Matilda war völlig unfähig, das Wort »Kaplan« auszusprechen.

»Paplan plebt Pappplapate an«, plapperte sie.

Lucky brauchte eine Viertelstunde für den Satz. »Der, ähm, der Dings, war es ein Pfarrer? Also, ähm, dann eben Kaplan, der klebt jedenfalls, ähm, Dings an. Plakate oder so was.«

Nur ich, wie gesagt, konnte das alles runterschnurren ohne einen einzigen Fehllaut. Die anderen mußten widerwillig anerkennen, daß ich Alkohol vertragen konnte wie kein zweiter.

Erst als ich aufstand, um aufs Klo, pardon, den Donnerbalken, zu gehen, hatten die anderen ihren Triumph. Ich kam nämlich gar nicht erst hoch. Immer wenn ich stand, taumelte ich im Kreis und fiel wieder hin. Und das, obwohl ich im Kopf ganz klar war. Peinlich! Franziska mußte mich zum Pipimachen begleiten und aufpassen, daß ich mich nicht anschließend gleich hineinsetzte.

»Haha, du bis gan s-sön besoffen, wie die Katze, die die Treppe krumsäuft«, lallte Franziska und zeigte mir, wie hervorragend sie noch auf einem Bein komplizierte Pirouetten drehen konnte.

Ja, ja, der Allohol, hicks. Es ist doch gut, sparsam damit umzugehen. Ich jedenfalls werde ihn in nächster Zeit nur noch zum Desinfizieren von Mitessern benutzen, das kann ich Dir sagen.

Als der Rosé fast alle war, schlug Matilda vor, nackt schwimmen zu gehen.

»Wir könnten s-swimmen gehen. Mit nix an«, lallte sie.

»Gute Idee«, sagten Lucky und Leo. »Fang du an.«

Und Matilda, das Schaf, zog sich splitterfasernackt aus. Ich wollte sie daran hindern, aber ich hatte, wie gesagt, diverse Probleme mit dem Gleichgewicht.

»Der Kaplan klebt Pappplakate an«, sagte ich nur mahnend, aber Matilda stand auf, wie Gott sie geschaffen hat, und lief federnden Schrittes zum Wasser hinab. Der Mond schien so hell, daß man sie gut sehen konnte.

»Es ist herrlich«, schrie Matilda, als sie bis zu den Hüften im Mittelmeer stand. »Ihr solltet auch kommen.«

»Tauch deinen Kopf ins Wasser«, riet ich ihr, in der Hoffnung, daß sie wieder nüchtern werden würde. Sie sah aus wie eine Nereide oder wie diese Meerjungfrauen heißen, die sich in der griechischen Mythologie tummeln. Das Mondlicht leuchtete auf ihrer bronzefarbenen Haut und brachte die einzelnen Wassertröpfchen zum Glänzen.

»Kommt schon, ihr Schnecken!« schrie die Nereide, aber wir wußten, daß sie mit Schnecken ausschließlich Lucky meinte. Der aber starrte sie nur mit offenem Mund an. Ich würde nicht behaupten, daß ihm der Sabber aus dem Mund tropfte, wenn's nicht wahr wäre, aber es ist wahr. Er tropfte. Trotzdem war es Leo, der sich erhob, sich die Klamotten vom Leib riß und zu Matilda ins Wasser stürzte. Im Mondlicht gaben die beiden zugegebenermaßen ein wunderschönes Paar ab. Aber wenn wir überhaupt noch etwas auf die Reihe kriegten, dann daß diese Paarung die falsche war, und so erhoben wir uns alle fluchend und kamen den beiden nach ins kalte Naß.

Das heißt, alle außer Angie. Sie blieb am Ufer sitzen und murmelte: »Isss mußßß mal.«

Zu meiner Schande muß ich gestehen, daß Franziska mich beinahe tragen mußte und daß das Wasser nichts an meinem Zustand änderte. Trotzdem aber bekam ich einiges mit:

Obwohl Peggy ihn hartnäckig umkreiste, schaffte Leo es, sowohl meine Beine als auch andere Körperteile von mir in unzüchtiger Weise zu berühren, meistens unter Wasser.

Auch Franziska zuckte ein paarmal zusammen und holte zu einer Ohrfeige aus, wenn Leo in ihrer Nähe herumschwamm.

Lucky zuckte ebenfalls zusammen, als Matilda sich ganz nereidenmäßig an ihn heranschlängelte. Was sie unter Wasser mit ihm anstellte, weiß ich nicht, aber definitiv trat er danach die Flucht aus dem Wasser an. Er zog sich die komplette Schutzbekleidung an, einschließlich der Socken, die er bis zu den Kniekehlen hochzerrte. Jeder anderen wäre spätestens bei diesem Anblick der Appetit vergangen, aber Matilda ist da völlig unempfindlich. Sie setzte ihren Frontalangriff auch an Land fort, ließ sich von Lucky den Rücken abrubbeln. Lucky wurde immer unruhiger. Es lag ganz klar auf der Hand, daß er Angst hatte. Sechzig Frauen, hahaha, daß ich nicht lache. Vielleicht, wenn er die mitzählte, die ihm mal die Hand geschüttelt hatten. Aber Matilda gab nicht auf. Irgendwann verschwand sie mit Lucky in seinem Jeep.

Überhaupt schienen alle um mich herum zu verschwinden und wieder aufzutauchen. Sie waren zwar nicht mehr im Vollbesitz ihrer Sprechfähigkeit, aber ich beneidete sie um ihre motorische Mobilität. Alle außer mir konnten sich fortbewegen, am Strand langschlendern, im Gebüsch verschwinden, Nachlaufen spielen oder zu Madonnas sanften Vollmondklängen dancen.

Ich muß dann vorübergehend eingeschlafen sein. Wie lange ich schlief, weiß ich nicht. Als ich aufwachte, war das Feuer heruntergebrannt, und Peggy lag neben mir und schlief ebenfalls. Benedikt und Ollie tanzten einen innigen Blues zu »Take a bow«, und Lucky saß auf der Kühlerhaube seines Jeeps und sah ihnen mit zusammengekniffenen Augen zu. Seine Socken waren verrutscht, und die Rauchringe, die er blies, eigenartig verzerrt. Von den anderen war keine Spur zu sehen. Ich versuchte mich zu erheben, und siehe da, es klappte wieder, wenn auch nicht ganz so gut wie nüchtern. Ich suchte meine Kamera und schoß ein paar Fotos von Ollie und Benedikt und der schlafenden Peggy und eins von Lucky mit heruntergerutschten Socken. Der Mond schien immer noch hell, aber durch das Objektiv war ich sozusagen blind. Ich konnte immer nur hoffen, meine Motive auch exakt im Bild zu haben. Nur für die Sekundenbruchteile, in der der Blitz alles in helles Licht tauchte, konnte ich deutlich sehen, was ich da fotografierte.

Etwas weiter den Strand herunter traf ich auf Franziska und Matilda. Matilda hatte wieder gebadet und lag nun auf dem Rücken im Kies und kicherte vor sich hin.

»Du holst dir den Tod. Warum lachst du dabei?« wollte ich wissen.

»Weil dieser Lucky so ein komischer Kerl ist«, sagte Matilda. »So einer ist mir echt noch nie begegnet. Ich will ja nicht behaupten, daß alle Männer gleich sind, aber es gibt Situationen, da reagieren sie zumindest alle gleich.«

»Immerhin waren seine Socken verrutscht«, gab ich zu bedenken. Ha, hatte ich doch gleich gewußt, daß der impotent ist!

»Gerade als wir so richtig schön loslegen wollten, rappelte er sich auf und rief laut Stopp«, erzählte Matilda. »Dann hat er sich einen abgestottert, von wegen, er wisse, worauf das hinauslaufe, das habe er schon hundertmal erlebt.«

»Sechzigmal, dachte ich«, sagte Franziska. Sie war dabei, mit großen runden, orangeschimmernden Kieseln in mannsgroßen Buchstaben das Wort *Cornelius* zu bilden. Auf den dunkelgrünen Steinen sah es wunderschön aus, selbst im Mondlicht.

Matilda grinste. »Na, und?« sagte ich und küßte an seinem Ohrläppchen herum. »Nix na und«, rief Lucky und schubste mich grob von sich weg. Das müssen wir jetzt erst mal ausdiskutieren. Ich dachte, ich werd' nicht mehr. Solche Worte aus dem Mund eines Nahkämpfers! Frauen, sagte er, wollten doch immer nur das eine und das sei eine feste Beziehung. Niemals könnten sie Sex von dieser Vorstellung trennen. »Ich schon«, sagte ich, aber das konnte Lucky jetzt gar nicht vertragen. »Das sagst du doch nur so«, jammerte er. »In echt heißt es dann doch wieder, jetzt bist du mir gegenüber verpflichtet, weil wir miteinander geschlafen haben.« – »Aber nein«, beteuerte ich, »nicht, wenn wir Kondome benutzen.« »Soll das heißen, du willst keine Beziehung mit mir?« fragte Lucky, und ich schwor, daß ich nur für diese einzige Nacht Interesse an ihm hätte. Und was soll ich euch sagen? Das paßte ihm jetzt auch wieder nicht. Daß Männer One-Night-Stands mögen, das fand er ja okay, aber Frauen haben gefälligst anders zu sein. One-Night-Stands seien wider die weibliche Natur. Jetzt war ich natürlich schwer verwirrt. »Hör mal, du Trantüte«, sagte ich zu ihm, »erst regst du dich auf, weil du denkst, ich wolle mehr von dir als Sex, und wenn ich nicht mehr will, hältst du mich für unnatürlich – bist du eigentlich noch ganz dicht?« Und darauf er, ja also, wenn ich denn wirklich nur Sex wolle und ihn ganz sicher nicht mit dem ganzen Beziehungskram belabern würde, dann könne er sich schon vorstellen, mit mir ins Bett zu gehen. Aber nicht mehr heute, da sei er jetzt nicht mehr in Stimmung für.

»Ach du liebe Güte«, rief ich aus. »Und du hoffentlich auch nicht. Nie mehr.«

Matilda lachte. »Das zu Ende zu bringen gebietet mir die reine Neugier. Jetzt will ich auch noch wissen, wie er so ist!«

»Ich auch«, sagte Franziska. Sie war schon beim Buchstaben U angekommen. »Wenigstens Secondhand.«

Ich warf ihr einen warnenden Blick zu, und da sagte sie: »Man gönnt sich ja sonst nichts.«

»Morgen passiert's dann jedenfalls«, meinte Matilda. »So wahr ich hier liege.«

Jetzt weißt Du's also. Dieses Fangotal ist zugegebenermaßen ein herrlicher Ort für solche Vorhaben, ich werde aufpassen müssen, wann die beiden in einem kleinen verschwiegenen Becken verschwinden ...

Aber zum Schluß noch das Allerschärfste: Als ich auf dem Rückweg ins Lager zwecks Pipimachen einen kleinen Abstecher ins Gebüsch machte, hörte ich dort Stimmen im Dunkeln wispern. Leise wie ein Mäuschen schlich ich mich näher. Und Du glaubst niemals, was ich sah: Angie und Leo in inniger Umarmung! Geistesgegenwärtig zückte ich meinen Fotoapparat und drückte zweimal ab. Ja, voll erwischt! Du hättest ihre Gesichter sehen sollen!

Heute morgen kam Angie dann zu mir und sah mich mit ihrem Klein-Mädchen-Lächeln an, das sie nur an besonderen Tagen aufsetzt.

»Was willst du?« fragte ich unfreundlich.

»Ich war ganz schön betrunken gestern nacht«, sagte sie.

»Du meinst, so betrunken, daß du nicht mehr wußtest, daß Leo der Freund deiner Schwester ist?«

»Du sagst ihr doch nichts davon?«

»Nö«, sagte ich. »Ich warte, bis die Bilder entwickelt sind. Die sagen mehr als tausend Worte.«

Angie wurde kreidebleich unter ihrer Sonnenbräune. »Und wenn ich dir den Film abkaufe?«

Bestechung! Ja, kann man es glauben?

»Wieviel?« fragte ich interessehalber.

»Fünfzig Mark?«

»Sagen wir hundert, deinen Walkman und das restliche Nutella«, schlug ich vor. Ich wollte nur schauen, wie weit sie gehen würde.

»Einverstanden«, sagte sie tatsächlich.

Ich zeigte ihr einen Vogel, und sie zog mit hängenden Schultern ab. Leo kam dann ein paar Minuten später und bot mir zweihundert Mark sowie Anteile an seinem Motorrad. Wenn ich nicht eine Dame vom Scheitel bis zur Sohle wäre, hätte ich ihn vors Schienbein getreten. Ehrlich!

Es wird jedenfalls höchste Zeit, daß jemand Peggy mal aufklärt. Allerdings möchte ich nicht der Bote sein. Man denke nur, was mit Hiob passierte, als er die Hiobsbotschaft überbrachte.

Aber wenn ich es nicht tue, wer sollte es dann tun?

Viele Küsse, Dein Hiob

9.

Porto
10. AUGUST

Noch stand der Vollmond blaß am hellen Sommerhimmel und sah ganz harmlos aus. Linda war ganz aus dem Häuschen, daß Sonne und Mond zur gleichen Zeit sichtbar waren.

»Ich dachte, der Mond scheint nur in der Nacht«, vertraute sie Cornelius an.

»Da kannst du mal sehen«, erwiderte Cornelius matt. Er hatte sich längst an Lindas eigenartige Erkenntnisse gewohnt. Erst gestern hatte sie ihr Erstaunen darüber geäußert, daß Feigen an Bäumen wuchsen und ganz anders aussahen als die getrockneten zu Hause.

»Da vorne ist eine Telefonzelle. Wir versuchen es noch einmal.«

»Es hat keinen Zweck«, seufzte Linda. »Sie wollen mich nicht mehr.«

»Linda, das liegt vielleicht daran, daß du immer sehr merkwürdige Dinge sagst. Was sollte dein Vater denn damit anfangen, als du ihm mitgeteilt hast, daß es hier nur eine Sorte Brot gibt?«

»Ich wollte, daß er das weiß. Er ist schließlich Bäcker.«

»Aber darum geht es doch gar nicht. Du mußt dich entschuldigen und nach einer Lösung suchen, wie du wieder nach Hause kommst. Wenn du deine Eltern immer nach dem ersten Satz dazu bringst aufzulegen, wird das nie was.«

»Sie legen nicht nach meinem ersten Satz auf, zuerst sagen sie selber noch einen«, sagte Linda und schniefte. »Daß ich nicht mehr nach Hause zu kommen brauche, solange ich mit diesem Typ zusammen bin.«

Cornelius war versucht, sich mit der Hand vor die Stirn zu schlagen. »Dann sagst du ihnen eben jetzt als erstes, daß das nicht mehr der Fall ist. Daß er dich sitzenlassen hat und du nicht weißt, wie du nach Hause kommen sollst!«

Sitzenlassen! Zu spät merkte Cornelius, daß er das schlimme Wort ausgesprochen hatte, bei dem Linda regelmäßig in Tränen ausbrach. Das tat sie auch dieses

Mal. Und wie immer begann daraufhin der Monolog über ihre Figurprobleme.

»Er hat mich nur sitzenlassen, weil ich so dick bin«, schluchzte sie. »Und meine Mutter sagt, das liegt bei uns in der Familie und wird nur noch schlimmer, je älter man wird.«

Cornelius beschloß, ein kleines Experiment zu wagen und dem Monolog eine dialogische Wende zu geben. »Ich finde, du bist schon etwas dünner geworden«, sagte er.

Es war wie ein Wunder. Lindas Tränen versiegten auf der Stelle. »Meinst du ehrlich?«

Ganz ehrlich konnte Cornelius es nicht behaupten, sie kannten sich erst drei Tage, und Linda trug immer wallende T-Shirts und weite Shorts. Aber in der ganzen Zeit hatte sie nur Pfirsiche und frische Feigen gegessen und viel getrunken. Sie mußte einfach abgenommen haben, wenn sie's nicht mit der Schilddrüse hatte. »Ja, ganz ehrlich.«

»Ich wollte, wir hätten eine Waage«, rief Linda aufgeregt. »Vor den Ferien wog ich zweiundachtzig Kilo. Was meinst du, wieviel es jetzt sind?«

»Schwer zu sagen.« Cornelius parkte den Wagen neben der Telefonzelle und drückte Linda die Telefonkarte – es war bereits die zweite – in die Hand. »Komm, Linda, versuch's noch einmal.«

»Hat doch keinen Zweck.« Linda machte sofort wieder ein entmutigtes Gesicht.

»Und wenn ich mal mit ihnen rede?«

Was hatte er da gesagt? Cornelius fand nicht zum ersten Mal in diesen Tagen, daß er eine kräftige Ohrfeige verdient hatte. Tatsächlich aber wurde sein Vorschlag mit einem strahlenden Lächeln belohnt.

»Das würdest du tun? O Cornelius, du bist ja soooooo lieb.«

»Ich weiß«, seufzte Cornelius. Was man nicht alles tat, um Linda wieder loszuwerden. Entschlossen wählte er die Nummer von Lindas Eltern.

Da Sonntag war, hatte er ihren Vater am Apparat, und der klang eigentlich ganz verständnisvoll, als er ihm in knappen Worten Lindas Misere schilderte.

»Und was haben Sie damit zu tun?« wollte er wissen.

»Naja, ich habe das Kind aufgelesen, als es völlig aufgelöst an der Straße stand«, sagte Cornelius wahrheitsgemäß, um dann etwas freier fortzufahren: »Linda redet nur von Ihnen und davon, wie gerne sie wieder nach Hause käme. Was den Urlaub angeht – bis Ende des Jahres würde sie keinen mehr nehmen.«

Der Vater war zu Tränen gerührt. Er bot umgehend an, Geld an das nächstgelegene Postamt zu überweisen, damit Linda einen Rückflug bezahlen konnte.

Cornelius seufzte. »Das müssen Sie nicht. Ich habe meine Eurocard dabei, Geld ist kein Problem. Wenn Linda nur wieder nach Hause kommen kann.«

»Natürlich«, rief der Vater. »Hier ist sie immer willkommen, ganz gleich, was sie angestellt hat.«

»Wunderbar«, freute sich Cornelius. »Dann setze ich sie in den nächsten Bus nach Bastia, und von dort nimmt sie den erstbesten Flieger nach Hause.«

Er machte eine Pause und sah auf die aufgeregt vor der Zelle auf und ab hopsende Linda. Nein, es war ausgeschlossen, sie allein zu lassen. Irgendwo zwischen hier und Bastia würde sie wieder in Schwierigkeiten geraten und bestenfalls mit dem nächstbesten Typ abhauen. Außerdem war es um diese Jahreszeit fast ausgeschlossen, einen freien Platz im Flugzeug zu ergattern.

»Warten Sie, ich denke, das mit dem Fliegen müssen wir erst mal vergessen«, sagte er zu Lindas Vater. »Ich hoffe, hier auf Freunde zu treffen, die könnten Linda dann mit dem Auto zurücknehmen. Aber ich verspreche Ihnen, daß sie auf jeden Fall wohlbehalten zu Hause ankommt.«

»Sie sind ein guter Mensch«, erkannte der Mann im fernen Deutschland weise. »Unsere Linda kann von Glück sagen, daß sie an Sie geraten ist.«

»Ich weiß«, erwiderte Cornelius.

»Sagen Sie Linda, daß wir sie lieben. Und wenn Sie wieder in Deutschland sind, kommen Sie uns mal besuchen. Einen Mann wie Sie möchte ich gerne mal kennenlernen. Aber ich gehe doch recht in der Annahme, daß Sie Linda nur in Freundschaft verbunden sind?«

»Ja, in sehr platonischer Freundschaft!«

Der Vater seufzte. »Linda gerät immer an den Falschen.«

»Kaufen Sie ihr einfach einen Hund«, riet Cornelius noch, bevor er erschöpft den Hörer auflegte.

Linda war außer sich vor Freude, als sie vom Ergebnis des Gesprächs hörte. »Meinst du echt, die lieben mich? Nach allem, was ich getan habe?«

»So schlimm war es auch wieder nicht«, sagte Cornelius.

»Doch. Ich habe Geld aus der Kasse genommen, um den Urlaub zu bezahlen.«

Cornelius starrte sie an. »Na ja, jedenfalls haben sie dir das verziehen.«

»Das ist toll.« Linda strahlte. »*Du* bist toll. Echt, so was hat noch niemand für mich getan. Alle anderen Typen haben mir immer nur Schwierigkeiten gemacht. Du bist der erste, der meine Probleme löst!«

»Ja, ja«, sagte Cornelius und dachte an seine eigenen Probleme, die noch kein bißchen gelöst waren. Nächstes Wochenende ging sein Rückflug, und er hatte bis jetzt nicht mal eine Spur von Franziska gefunden. Sie hatten alle Campingplätze zwischen Ajaccio und Porto abgeklappert, und angeblich hatte keiner die fünf Mädchen und eine unbestimmte Anzahl Jungs gesehen. Und das, obwohl er wirklich detektivische Arbeit geleistet hatte. Einmal hatte er sogar seinen Bibliotheksausweis vorgezeigt, um Einblick in die Anmeldelisten eines Campingplatzes zu bekommen. Der Typ hatte daraufhin geglaubt, er sei ein professioneller Ermittler und ihm sogar einen Cognac spendiert. Aber Franziska und die anderen waren nicht dort gewesen. Was, wenn sie ihre Drohung wahrgemacht hatten und nur wild zelteten? Dann würde er sie niemals finden. Er seufzte abgrundtief.

Linda hatte sofort Mitleid in den Augen. »Du, deine Freundin finden wir schon noch«, sagte sie tröstend. Obwohl sie viel lieber mit ihm allein geblieben wäre. Er war ja so was von süß. Und so hübsch. Jochen war ein Nichts dagegen, ein Dreck. Diese süßen braunen Locken, die schönen Augen, die sanfte Stimme – und dann dieser durchtrainierte Körper, Linda hatte gar nicht den Blick von ihm wenden können, als sie ihn das erste Mal in der Badehose gesehen hatte. Neben ihm allerdings kam sie sich doppelt dick vor. Seine Freundin war eine von diesen gertenschlanken Mädchen, sie hatte sich lange das

Foto von ihr angeschaut, das Cornelius in seiner Brieftasche trug. So hübsche, große Augen und schöne, glänzende dunkle Haare, nicht so verzottelte gefärbte Lokken, wie sie hatte.

Linda faßte sich an den Kopf. Ihre Haare waren nur rot, weil Jochen auf Rothaarige stand. Das sei rassig, hatte er gesagt, und rothaarige Frauen seien besser im Bett. Nur ihm zuliebe hatte sie zu dieser Farbe gegriffen. »Rotbuche« hatte auf der Packung gestanden, aber passender wäre »Möhrenrot« gewesen. Und jetzt wuchs es wieder dunkel nach, es sah schrecklich aus. Dagegen mußte sie auf der Stelle etwas unternehmen.

Sie sah Cornelius von der Seite an. »Können wir mal am Supermarkt halten? Ich brauche ganz dringend was Bestimmtes.«

»Klar«, sagte Cornelius. Er fragte nicht, was sie so dringend brauchte, wahrscheinlich dachte er an etwas Intimes, das nur Frauen etwas angeht.

Linda stürzte in den Supermarkt und kaufte eine neue Haartönung. Da sie kein Französisch konnte, verstand sie auch nicht, was darauf geschrieben stand, aber die Haare der Frau auf der Packung waren dunkelbraun, so wie ihre vor der Färbeaktion. Und so würden sie auch wieder werden. Linda freute sich.

Am nächsten Campingplatz wurden sie unerwartet fündig. Zwar konnte der Campingplatzbetreiber sich nicht daran erinnern, Franziska und ihre Freundinnen jemals gesehen zu haben, und es gab auch keinen bekannten Namen unter den Eintragungen der letzten Wochen, aber gerade als Cornelius das Foto unverrichteterdinge wieder wegpacken wollte, sagte von hinten jemand: »Die kenne mer doch!«

Cornelius drehte sich überrascht um.

Ein sommersprossiger Typ hatte ihm über die Schulter gesehen und zeigte jetzt auf das Foto. »Des isch die Gundula!«

»Gisela«, verbesserte ein anderer Typ, der danebenstand.

»Sie heißt Franziska«, sagte Cornelius und begutachtete die beiden mißtrauisch.

»Sagt sie«, meinte der eine von ihnen. »Aber isch glaub ja, sie weiß selber nisch genau, wie sie heißt.«

»Und die anderen auch nicht«, setzte der andere hinzu. »Aber vielleicht ist das bei den Mormonen so.«

Cornelius runzelte die Stirn. »Kennt ihr sie jetzt oder nicht?«

»Klaro, Mann«, sagte der Sommersprossige. »Und wie! Sie ist unterwegs mit vier Freundinnen, eine davon ist taubstumm. Die anderen sind ganz scharfe Schüsse. Eine kleine Rothaarige, eine Blonde mit super Beinen und dann die Lange mit dem Igelkopf. Klasse Weiber, alles.«

»Das sind sie tatsächlich«, rief Cornelius aufgeregt. »Wo habt ihr sie das letzte Mal gesehen?«

»Das war unten in Piana, vor ein paar Tagen. Da hatten sie ihre Verlobten dabei. Ein Mormone, der kannte sogar Henri Maske.«

»Verlobte? Maske?« Cornelius beschloß, die beiden Idioten in der Campingbar zu einem Bier einzuladen. Sicher wußten sie einiges zu berichten.

Linda wollte in der Zeit duschen. Sie verschwand mit ihrer Haartönung in Richtung Waschräume.

»Aber nicht, daß du ohne mich weiterfährst«, sagte sie besorgt.

»Keine Angst«, versicherte Cornelius und zog mit den beiden Hessen in die Bar.

»Also, ich bin der Cornelius«, sagte er, nachdem das Bier bestellt war. »Ein Freund von den Mädels.«

»Und wir sind Harald und Pädder«, sagten die beiden Typen. »Die scheinen echt viele Freunde zu haben. Merkwürdige Kerle. Die Rothaarige hatte einen Rothaarigen zum Freund, der mit einem anderen Kerl Händchen hielt.«

Ollie und Benedikt, schloß Cornelius scharfsinnig. Wunderbar, die waren also auch dabei. »Und Franziska? Ich meine Gisela, also, ähm, die vom Foto eben?«

»Gudrun«, verbesserte Harald. »Also, die war mit dem Mormonenboxer zusammen, so einem stämmigen Kerl mit Schnauzbart. Der hat es gut. Der ist gleich mit zwei Frauen verlobt. Und der hatte auch zu sagen, das sah man deutlich.«

»Aha«, sagte Cornelius leicht verwirrt. Harald und Pädder schienen ein wenig zu viel Sonne abbekommen zu haben. »Wißt ihr denn, wo die hingefahren sind?«

»Ja«, sagte Harald. »Die wollten wild campen im Wald von Galeria. Hat der Boxer gesagt. Eigentlich gibt es da nur wenige Stellen, wo man nicht erwischt wird. Ich wüßte schon, wo der meinte. Der Pädder und ich, wir kennen uns hier aus.«

Cornelius sah sie durchdringend an. Sonnenstich hin oder her – die beiden waren seine einzige Hoffnung. »Und könntet ihr mir auch erklären, wo genau das sein könnte?«

»Klaro, Mann«, sagte Harald hilfsbereit. »Ich hol mal 'ne Karte aus dem Auto, da ist jeder Feldweg drauf.«

»Mensch, das war vielleicht ein Glück, daß wir die zwei getroffen haben«, sagte Cornelius begeistert, als er wieder mit Linda im Auto saß.

»Ja«, stimmte Linda zu.

Harald und Peter waren wirklich nett gewesen, auch wenn sie lauter wirres Zeug geredet hatten, von zugenähten Zelten und Pina Colada und Margarine auf dem Lenkrad. An tausend anderen Einzelheiten hatte Cornelius aber erkannt, daß sie tatsächlich über Franziska, Matilda und Caroline sprachen, ganz gleich, wie sehr sie auch die Wahrheit verwirrten und wie eigenartig die Namen waren, die sie ihnen gaben.

Vor lauter Dankbarkeit hatte er Harald, Peter und Linda zum Abendessen in die Campingplatzpizzeria eingeladen. Linda hatte sehr nett ausgesehen, mit frisch getöntem dunklen Haar und einem sauberen hellgrünen T-Shirt.

»Das ist mein letztes«, hatte sie gesagt. »Wie sehe ich aus?«

»Ganz toll«, hatte Cornelius in seiner Euphorie geantwortet. »Das braune Haar sieht viel natürlicher aus.«

Linda hatte beglückt den Kopf an seine Schulter gelehnt.

»Ist das deine Freundin?« hatte Harald gefragt, und Cornelius hatte schon verneinen wollen, als er Lindas angespannten Gesichtsausdruck bemerkte. Ein »Nein« würde sie zutiefst kränken. Und bei Harald und Peter war es ja nicht weiter wichtig, wer seine Freundin war.

»Ja, das ist sie«, hatte er gesagt und Linda einen Arm um die Schulter gelegt.

Wie wenig manche Menschen doch glücklich machen konnte! Linda war richtig benommen vor Glück. Als dann auch noch aus dem Nichts ein riesenhafter, ziemlich häßlicher Hund auftauchte und sich zu ihren Füßen niederlegte, als würde er zu ihr gehören, war ihr Glück vollkommen.

»Gott, ist der süß!« hatte sie immer wieder ausgerufen.

»Ist das Ihrer?« hatte der Pizzabäcker schließlich gefragt und dann erzählt, daß der Hund seit einigen Tagen über den Campingplatz schleiche und niemand wisse, wem er gehöre.

»Morgen bringe ich ihn zu den Hundefängern in der Stadt«, sagte er noch. »Dort werden die Viecher eingeschläfert. Es gibt einfach zu viele davon.«

Linda waren vor Mitleid die Augen übergequollen.

»Um Gottes willen«, hatte sie ausgerufen. »Doch nicht so einen süßen Kerl. Das können Sie doch nicht tun.« Mit großen, bittenden Augen hatte sie Cornelius angeschaut. »Wir nehmen ihn mit, nicht wahr, Cornelius? Das tun wir doch, oder? Wir retten das kleine Hundchen! Sieh doch nur, wie niedlich er ist.«

Cornelius hatte von Lindas rundem Gesicht in das verknautschte Hundegesicht geschaut und geseufzt.

»Von mir aus«, hatte er schließlich gesagt. Auf einen Streuner mehr oder weniger kam es jetzt auch nicht mehr an.

Linda war ihm um den Hals gefallen und hatte dann prompt drei Viertel ihrer Pizza an den Hund verfüttert.

»Hat sowieso zu viele Kalorien für mich«, hatte sie

fröhlich gesagt. In der Abendsonne, das frischgewaschene Haar lockig und duftig um ihr Gesicht gekämmt, hatte sie beinahe hübsch ausgesehen. Cornelius hatte nicht anders gekonnt, er hatte sie anlächeln müssen.

Irgendwie war sie ja schon süß. Jetzt saß sie neben ihm und strahlte mit dem Vollmond um die Wette. Der Hund lag auf der Rückbank und schlief.

»Das war der schönste Abend meines Lebens«, seufzte Linda. »Echt!«

»Ja«, sagte Cornelius leicht verlegen.

»Und du bist sowieso der Beste«, fuhr Linda fort.

»Du bist auch nicht übel«, sagte Cornelius freundschaftlich.

Er wollte heute nacht unbedingt noch etwas vorwärtskommen, vielleicht sogar schon den einen oder anderen Platz abklappern, den Harald und Pädder ihnen auf der Karte gezeigt hatten.

»Du, Cornelius?«

»Hm?«

»Wenn du deine Freundin nicht hättest ...« Linda stockte.

»Was dann?«

»Könntest du dir dann vorstellen – also rein theoretisch ...?«

»Was, Linda?«

»Daß du dann – also, daß du dich auch in mich verlieben könntest?«

Cornelius seufzte. Nein, das war völlig ausgeschlossen. Linda war einfach nicht sein Typ, in gar keiner Beziehung. Nicht nur, weil sie sich mit Marzipanschnecken und Streuselkuchen rund und dick gefuttert hatte, sondern weil sie einfach zu naiv war. Und im direkten Vergleich mit Franziska, der wunderschönen, patenten, schlagfertigen Franziska, kam sie nun mal leider sehr schlecht weg. Aber die Ärmste hatte eine Stärkung ihres Selbstwertgefühls dringend nötig. Also war eine Lüge an dieser Stelle kein Verstoß gegen seine moralischen Grundsätze.

»Du bist ein ganz tolles Mädchen«, sagte er warm. »Wirklich, Linda, wenn ich Franziska nicht hätte, dann würdest du mir ganz schön zu schaffen machen.«

Linda kicherte erfreut. »Echt?«

»Echt.«

»Meinst du denn, ich treffe mal jemanden, der genauso denkt wie du?«

»Ganz sicher. Und jetzt schlaf ein bißchen. Ich wecke dich dann, wenn wir da sind.«

»Gute Nacht«, sagte Linda. Bevor sie sich zusammenrollte, drehte sie sich noch einmal zu dem schlafenden Hund um.

»Gute Nacht, Winnetou«, sagte sie. »Wir beide haben es wirklich gut.«

Und Winnetou, wieder mit einem neuen Namen bedacht, stöhnte im Schlaf.

10.

Auf dem Weg nach Calvi
11. AUGUST

Matilda fühlte sich wie einer dieser Zirkusclowns, die sich zu ganz vielen in ein winziges Auto quetschen und hinterher wieder daraus hervorkommen, ohne sich etwas gebrochen zu haben. Neben ihr saßen Benedikt, Franziska und Caroline, aneinandergepreßt wie Sardinen in der Dose, hinter ihnen türmte sich das Gepäck.

Peggy hatte es gut, sie saß vorne, lediglich ihr Fußraum war mit Gaskocher und der Gasflasche verbaut. Und Ollie, der Glückliche, durfte fahren. Matilda wischte sich den Schweiß von der Stirn. Angie, das kleine Luder, saß jetzt bei Leo und Lucky im Jeep. Sie hatte ganz einfach gewartet, bis alles Gepäck eingeladen war, und dann gesagt, daß sie mal müsse. Als sie endlich zurückkam, hatten sich bereits alle in den Kombi gequetscht, und Lucky hatte bestimmt, daß Angie bei Leo auf dem Schoß mitfahren solle. Das hatte sie sich natürlich nicht zweimal sagen lassen.

Peggy, die dumme Nuß, hatte ihre Schwester nur bewundernd angelächelt, wie sie da grinsend wie ein Honigkuchenpferd auf ihrem Freund thronte, und gesagt: »Sieht sie nicht süß aus?«

Nun ja, süß ist ein relativer Begriff.

Ärgerlich rieb sich Matilda über die Nase. Die letzte Nacht hätte eigentlich die Nacht aller Nächte sein müssen, dann wäre sie jetzt sicher besser gelaunt. Ein

Feuerwerk von Leidenschaft und animalischer Erotik. Aber es war eher eine Nacht voller Enttäuschungen und animalischer Schweißfußsocken gewesen.

Manche Männer bleiben eben besser ungetestet, dachte Matilda. Wenn man es unbedingt wissen will, muß man auch damit rechnen, überhaupt kein gutes Haar an ihnen zu finden.

Selber schuld! Nach dem Wortclinch in seinem Jeep in der Nacht davor hätte sie es eigentlich schon ahnen müssen. Er war eine absolute Null im Bett. Oder vielmehr im Gebüsch. Dabei war es so ein romantisches Fleckchen Erde. Weiches Moos, umgeben von lichten Bäumen und ein murmelndes Bächlein gleich daneben, der Mond immer noch voll und rund – gab es schönere Voraussetzungen? Jedenfalls hatten die nichts genutzt.

Mit Schaudern erinnerte Matilda sich an Luckys Küsse. Ekelhaft, dieser Nikotingeschmack. Sie hatte die ganze Zeit an den Belag auf seinen Zähnen denken müssen. Und wie lange er gebraucht hatte, das Kondom überzustreifen. Matilda hätte um ein Haar ihr Prinzip gebrochen, beim ersten Mal niemals zu zeigen, wie geschickt sie damit umgehen konnte. Was danach kam, war dann noch dilettantischer. Wenigstens war es in Rekordzeit vorbei gewesen.

Es war wirklich unerträglich heiß im Wagen. Matilda war sich nicht sicher, ob der Schweiß, der ihr an den Beinen herablief, ihr eigener war oder der von Franziska.

»Ist es noch weit?« fragte sie laut.

»Halbe Stunde noch«, rief Ollie über seine Schulter und bremste, damit Luckys waghalsiges Überholmanöver ihm nicht zum Verhängnis wurde. Leo und Angie winkten ihnen zu, als sie an ihnen vorbeiflitzten.

Voller Neid auf Angies luftige Mitfahrgelegenheit sagte Matilda laut: »Biest!«

Franziska neben ihr stieß ihr den Ellbogen in die Rippen. »Was denn? Ich hab' mich gar nicht bewegt!«

»Ich meine ja nicht dich. Ich meine Angie. Die sitzt jetzt im luftigen Jeep und pfeift sich eins.«

»Also, ich wollte da nicht mitfahren«, ließ sich Caroline vernehmen. »Wo doch die Türen ausgehängt sind! Ich hätte ständig Angst, in einer Kurve einfach rauszufallen. Und meinetwegen würde Lucky nicht mal anhalten.«

»Angie ist sicher glücklich, weil sie bei Leo auf dem Schoß sitzen darf«, meinte Matilda. »Wenn ihr mich fragt, will sie was von dem!«

»Wenn ihr mich fragt, hat sie es schon bekommen«, sagte Caroline. »Ich habe sogar ein Foto davon! Wenn ich in der Dunkelheit nicht völlig danebengehalten habe!«

»Wie meinst du das, sie hat es schon bekommen?« erkundigte sich Franziska, nachdem sie sich mit einem Blick davon überzeugt hatte, daß Peggy nichts von dem Gespräch auf der Rückbank mitbekam. Sie hatte das Fenster heruntergedreht, und der Fahrtwind mußte in ihren Ohren rauschen wie ein Wasserfall.

»Ich habe gesehen, wie die beiden sich gestern nacht geküßt haben«, sagte Caroline.

»Gestern nacht? Du meinst, in der Vollmondnacht? Das ist ausgeschlossen. Da hat sich Leo noch an mich herangemacht«, behauptete Franziska.

»An dich auch?« Matilda grinste.

Caroline starrte von einer zur anderen. »Ist es denn die Möglichkeit? Mich hat er auch schon ziemlich angegraben, schon in Corte damals.«

»Tja, der läßt eben nichts anbrennen«, sagte Matilda. »Ich hätte im Prinzip gar nichts dagegen gehabt, aber ich wollte mich nun mal auf Lucky konzentrieren.«

»Hast du ja wohl auch«, seufzte Caroline. »Ich weiß, daß ihr es getan habt, gestern am Fangobach. Ich sah euch im Gebüsch verschwinden, und ich sah euch wieder hervorkommen. Nach ziemlich kurzer Zeit, aber von Lucky hätte ich ohnehin nicht mehr erwartet.«

»Habt ihr es echt getan?« Franziska schüttelte den Kopf. »Und ich hab' wieder mal nichts mitbekommen! Wie war's denn?«

»Eine Gentlefrau genießt und schweigt«, sagte Matilda und verschränkte die Arme vor der Brust. Nach einer kurzen Pause setzte sie hinzu: »Allerdings kann von Genuß hier keine Rede sein.«

Franziska und Caroline kicherten so laut, daß Benedikt aufwachte.

»Was gibt es denn hier zu lachen?«

Matilda lächelte ihn an. »Wie gesagt, ich bin eine Gentlefrau. Aber wenn ihr etwas Gras drüberwachsen laßt, dann haben wir echt lustigen Gesprächsstoff für den langen verregneten Herbst.«

»In so kurzer Zeit so viel Gesprächsstoff?«

»Ich kann euch nur sagen: Weniger ist oft mehr«, meinte Matilda. »Aber das mit Leo ist echt ein dicker Hund. Hat er dich auch angemacht, Beni?«

»Mich? Um Himmels willen, der ist doch so was von hetero!«

»Aber uns hat er allesamt angegrabscht«, sagte Caroline mit gedämpfter Stimme und einem verstohlenen Blick zu Peggy nach vorne. Aber die hörte immer noch nichts.

»Schlimmer als das Grabschen finde ich, was er immer sagt«, meinte Franziska. »Daß er nur noch aus Gewohnheit mit Peggy zusammen wäre und so was.«

»Zu mir hat er gesagt, sie sei frigide und er zur Untreue quasi gezwungen«, setzte Matilda hinzu.

»Gut, daß wir ihm alle die kalte Schulter gezeigt haben«, sagte Franziska.

»Alle außer Angie«, sagte Caroline. »Ich hab' die beiden angeblitzt in jener Nacht, und da hatte er eindeutig die Hand unter ihrem T-Shirt.«

»Jemand sollte mal dringend mit Peggy sprechen«, meinte Franziska. »Das sind wir ihr schuldig.«

»Ich weiß«, seufzte Caroline. »Aber sag du mal deiner Freundin, daß ihre eigene Schwester sie mit dem Freund hintergeht, der wiederum überall rumerzählt, sie sei frigide.«

»Ja, das könnte schwierig werden. Angie und Leo sind die beiden Menschen, die Peggy am meisten verehrt«, meinte auch Benedikt.

»Trotzdem müssen ihr die Augen geöffnet werden«, sagte Franziska. »Wenn Cornelius mich betrügen würde, dann wollte ich es schließlich nicht als letzte erfahren.«

»Von mir aus rede ich mit ihr«, erbot sich Matilda. »Ich mag Peggy nicht besonders, da kann sie von meiner Seite keine falsche Schonung erwarten.«

Calvi war die bisher größte Stadt, die sie besichtigten, von Bastia einmal abgesehen. Sie lag sehr idyllisch auf einem Sporn, die hellen Häuser und die rot gedeckten Dächer leuchteten weithin. Von nahem sah man dann, warum sie den Namen »Stadt« verdiente. Viel Verkehr, jede Menge Touristen, Bars und Restaurants.

»Endlich wieder unter den Lebenden«, rief Matilda aus. »Wie konnten wir uns nur so lange in der Einöde verstecken?«

»Ich will auf jeden Fall den Yachthafen ansehen«, meinte Peggy. »Und dann will ich in einem der vielen Bistros sitzen und Pastis trinken.«

»Und an den Abgasen ersticken«, meinte Franziska hustend. »Nach so viel reiner, frischer Luft fällt das richtig auf.«

»Ach was, die Abgase gehören hier mit zur Atmosphäre.«

»Dies ist eine geschichtsträchtige Stadt«, sagte Caroline lehrerinnenhaft. »Und berühmt! Ihr werdet niemals glauben, wer hier geboren ist.«

»Napoleon«, tippte Leo phantasielos.

»Sophia Loren? Jean Paul Belmondo?«

Caroline schüttelte den Kopf. »Columbus!«

»Niemals«, sagte Franziska. »Der war doch Spanier.«

»Doch, es steht in meinem Reiseführer. Der Beweis ist ein Schriftstück, das Columbus verfaßte. Normalerweise schrieb er in Spanisch oder Lateinisch, aber dieses Schriftstück sei in einem so grauenhaften Italienisch verfaßt, daß es nur von einem Korsen stammen könne. Glaubt es, oder glaubt es nicht.«

Ollie hatte ebenfalls in Carolines Reiseführer geblättert. »Ich will auf jeden Fall die Zitadelle sehen.«

»Och nööö, nicht diese Touristenkacke«, sagte Lucky erwartungsgemäß.

»Das Beste wird sein, wir trennen uns, und jeder schaut sich das an, was er sehen möchte. Dann treffen wir uns heute abend zum Essen wieder«, schlug Franziska vor.

»Gute Idee, dann gehe ich mit Peggy zum Yachthafen und schaue mir die Millionäre an«, meinte Matilda und warf Franziska und Caroline einen vielsagenden Blick zu.

»Kommst du mit uns, Angie?« fragte Peggy sogleich.

»Ich weiß nicht«, sagte Angie.

»Und du Leo?«

»Ich seh' mir lieber die Zitadelle an, und dann nehme ich ein kühles Bier«, erwiderte Leo.

»Ich will auch lieber die Zitadelle sehen«, sagte Angie.

Caroline beschloß, ihnen ein bißchen den Spaß zu verderben. »Ich komme mit euch«, sagte sie. »Vielleicht kann ich unterwegs noch ein paar schöne Fotos schießen.«

Leo und Angie schwiegen betreten.

»Vergiß aber nicht, deine Nase einzucremen«, sagte Peggy noch. Dann stiefelte sie mit Matilda los.

Ollie legte einen Arm um Benedikts Schulter, den anderen um Franziskas. »Wißt ihr, was ich gerade gelesen habe?«

Die beiden schüttelten die Köpfe.

»Ihr werdet niemals erraten, wer hier sein Auge verloren hat?«

»Karl Dall?«

»Nein, ihr Dummen, Lord Nelson!«

»Ich wußte gar nicht, daß der nur ein Auge hatte!«

Matilda fand nicht den richtigen Einstieg, um Peggy schonend beizubringen, daß ihre kleine Schwester eine Kröte und ihr Freund ein Mistkäfer war. Gemeinsam sahen sie sich die herrlichen Segelyachten an, die hier festgemacht hatten.

»Ich würde ja für mein Leben gern mal auf so einer Yacht segeln«, seufzte Peggy.

»Ja, die da wäre nicht schlecht«, meinte Matilda und zeigte auf ein schneeweißes Boot. »Princess, das ist ein romantischer Name.«

»Oder sieh mal die da.« Peggy deutete auf ein glänzendes Mahagonischiff. Zwei junge, braungebrannte Männer waren dabei, es seeklar zu machen.

Matilda betrachtete die kunstvoll geschnitzte Holzreling und pfiff durch die Zähne. »Was das gekostet hat! Von dem Geld könnte man für den Rest seiner Tage sorgenfrei leben.«

»Die Jungs sehen auch nicht schlecht aus«, meinte Peggy.

»Daß du überhaupt noch Augen für einen anderen Mann als Leo hast!«

»Ich bin ja schließlich nicht blind!«

»Na ja.« Das war jetzt ein guter Aufhänger. Aber gerade als Matilda loslegen wollte, rief einer der beiden braungebrannten Skipper etwas auf italienisch zu ihnen herüber.

»Was hat er gesagt?«

»Ob wir Lust auf einen kleinen Törn hätten«, übersetzte Matilda.

»Klar haben wir Lust«, sagte Peggy. »Aber nicht mit zwei wildfremden Italienern.«

»Auf diesem absoluten Traumboot! Das sind sicher die Eigner, denn so ein Schiff verleiht man nicht! Wetten, unter Deck ist alles aus Mahagoni, Kristall und Marmor?«

Die beiden Männer lehnten jetzt über die Reling und lächelten, daß ihre schneeweißen Zähne in der Sonne blitzten.

»O mein Gott, führe mich nicht in Versuchung«, flüsterte Peggy. »Die sehen ja zum Anbeißen aus. Sicher echte Millionäre. Frag mal, wo es denn hingehen soll!«

Matilda fragte auf englisch, und der eine der Männer antwortete gebrochen in der gleichen Sprache. »Nach Girolata, und dann weiter nach Sardinien.«

»Schade«, sagte Matilda auf englisch, »denn wir müssen heute abend wieder hier sein.«

»Warum sprichst du englisch mit denen«, wollte Peggy wissen. »Du bist doch schließlich eine Italienerin.«

»Ja und? Das müssen die Typen doch nicht gleich wissen«, meinte Matilda.

»From Germany?« erkundigten sich die beiden Italiener.

»Si, si«, sagte Peggy eifrig.

Die beiden sahen sich an und besprachen etwas, das sie nicht verstehen konnten. Dann erklärten sie auf englisch, daß sie einen Abstecher nach Girolata machen und die beiden Mädchen anschließend zurück nach Calvi bringen könnten.

»Really?« fragte Peggy und sah das Boot voller Verlangen an. »Oh, sieh doch nur, Matilda, die Segel sind nicht weiß, sondern dunkelblau! Ist das nicht wahnsinnig toll?«

»Die beiden machen irgendwie einen merkwürdigen Eindruck«, sagte Matilda. »Ich schätze, wir bleiben besser auf festem Boden.«

Mit leisem Bedauern schlenderten sie weiter. Die beiden Italiener winkten ihnen lachend hinterher.

»Das Boot heißt *Maria Magdalena*«, sagte Peggy noch. »Auf einem Boot mit einem so frommen Namen hätte uns gar nichts passieren können.«

Matilda erinnerte sich an ihre Aufklärungsmission. Schließlich war sie ja nicht zum Vergnügen mit Peggy unterwegs.

»Tja, Männer«, begann sie erneut. »Manche sind nicht das, was sie zu sein vorgeben.«

»Wie meinst du das?« fragte Peggy.

»Die Frage ist nicht, wie ich das meine, sondern *wen* ich meine.«

»Und wen meinst du?«

In diesem Augenblick krachte eine Hand auf ihre Schulter nieder, und eine laute Stimme brüllte: »Hallöle!«

Peggy und Matilda fuhren herum. »Peter! Harald! Das darf doch nicht wahr sein!«

»Da staunt ihr aber, was?« Peter und Harald strahlten über das ganze Gesicht. »Wir haben aber auch ein Glück!«

»Und wir erst«, murmelte Matilda.

»Was machen wir denn jetzt?« fragte Harald. »Oh, ich weiß, wir laden euch zwei Hübschen zu einer Pina Colada da vorne im Restaurant ein. Wir sind euch immer noch eine schuldig.«

»Tja«, sagte Peggy und hob bedauernd die Schultern. »Das ist ja echt eine Spitzenidee, aber leider haben wir schon was anderes vor. Einen Segeltörn nämlich.«

»Ja, genau«, fiel Matilda ein. »Die Jungs warten schon auf uns.« Sie zeigte hinter sich auf die *Maria Magdalena.*

»Wow!« Harald und Peter rissen bewundernd die Augen auf. »Das ist ja ein Prachtstück. Wem gehört sie?«

»Unseren beiden Cousins«, log Matilda spontan. »Giovanni und Alessandro. Hey, Jungs, wir kommen!«

Auch Peggy fuchtelte wild mit den Armen. Nur weg von Pädder und Harald. Die beiden Cousins lachten ihnen entgegen.

»Come on, girls«, riefen sie fröhlich. »Let's go to Girolata!«

»Yes, here we are«, schrie Peggy und balancierte schon über den kleinen Laufsteg. Der, den sie Giovanni getauft hatte, nahm sie galant in Empfang.

»So long«, sagte Matilda zu Pädder und Harald, die mit offenem Mund staunten. »See you later, Alligator!«

Anmutig folgte sie Peggy an Bord des märchenhaften Schiffes. Zwei Minuten später startete der Motor, und die *Maria Magdalena* steuerte aus dem Yachthafen. Peggy und Matilda lehnten über der geschnitzten Reling und winkten Harald und Pädder zu.

»Wahnsinn, wen die alles kennen«, sagte Harald zu Pädder.

»Und was wohl die Verlobten dazu sagen?«

»Das sind doch Cousins«, meinte Harald. »Das wird schon alles seine Richtigkeit haben.«

»Schade jedenfalls, daß sie so schnell wieder weg sind«, sagte Pädder. »Aber weißt du was, wo die beiden sind, da sind die anderen auch nicht weit. Wenn wir ein bißchen suchen, finden wir sie bestimmt.«

»Au ja«, meinte Pädder und warf einen letzten Blick auf die *Maria Magdalena*. Sie steuerte bereits auf das offene Meer zu.

11.

Calvi

11. AUGUST

Caroline, Franziska, Ollie, Benedikt, Angie und Leo waren den ganzen Tag durch die Festung, die Kirchen und die Fußgängerzone von Calvi geschlendert. Jetzt taten ihnen die Füße weh, und sie sehnten sich nach einer Pause. Im verabredeten Lokal am Quai unten trafen sie auf Lucky, der den Tag rauchringblasend am Strand verbracht hatte.

»Diese Touristenkacke ist nichts für mich«, sagte er. »Ich hab' mir lieber die heißen Puppen angeguckt.«

»Nee, ehrlich?« Caroline konnte es nicht fassen. »An diesem Teutonentouristengrill? Dabei wimmelt es um dich herum nur so von Kultur. Wußtest du, daß Nelson hier sein Auge verloren hat?«

»Wer ist denn Nelson?« fragte Lucky. »Muß man den kennen?«

Alle bestellten sich literweise Getränke. Mit der Essensbestellung wollten sie aber warten, bis Matilda und Peggy zu ihnen stießen. Aber die beiden ließen auf sich warten. Als sie eine halbe Stunde nach der verabredeten Zeit immer noch nicht da waren, begannen sich die Freunde allmählich Sorgen zu machen.

»Vielleicht warten sie in einem anderen Restaurant«, mutmaßte Franziska.

»Ach was«, sagte Benedikt.

Aber als der Zeiger der Uhr immer weiter vorrückte, ging er einmal mit Ollie alle Restaurants am Quai ab.

Fehlanzeige! Matilda und Peggy waren nirgendwo zu sehen. Statt dessen tauchten Harald und Peter auf, und die schienen kein bißchen erstaunt, sie hier zu treffen.

»Hier seid ihr also«, sagte Harald lässig. »Wußten wir doch.«

Die anderen glotzten sie verblüfft an.

»Träum' ich, oder wach' ich?« fragte Franziska. Aber Peter und Harald waren grausame Realität.

»Ich hab's ja gesagt! Wo die einen sind, sind auch die anderen nicht weit«, schrie Pädder. »Mensch! Das finde ich vielleicht klasse!«

»Ich find's scheiße«, murmelte Franziska. »Aber mich fragt ja keiner!«

»Die beiden sind unser Schicksal!« konnte Caroline gerade noch hervorbringen, bevor Haralds breite Pranke mit Wucht auf ihrer Schulter landete.

»Was haben wir für ein Glück!« brüllte er. »Und der Mormone ist auch wieder dabei. Alles frisch, Mann?«

Pädder hatte schon zwei Stühle herangezogen und sich krachend auf einem niedergelassen. Harald setzte sich schnell auf den zweiten. »Wir haben auch Freunde von euch getroffen. Eben vor zwei Stunden! Linda und Cornelius. Sie waren völlig aus dem Häuschen, als wir ihnen sagten, daß wir zwei von euch schon hier gesehen haben!«

»Wie bitte?« wiederholte Franziska. Hatte sie es jetzt auch noch mit den Ohren?

»Ja, Cornelius, komischer Name. Aber sonst ganz okay. Hat uns Bier und Pizza ausgegeben. Seine Freundin ist auch okay. Hat ein Faible für arme Tiere, die hat gleich so'n Köter adoptiert. Riesenvieh, der Winnetou.

Und die Dietlinde ist mit der Schwarzhaarigen zum Segeln weg. Mit zwei Cousins.«

»Habt ihr ’nen Sonnenstich?« fragte Franziska. Cornelius konnte unmöglich auf Korsika sein. Und schon gar nicht mit Freundin und Hund. Und was hatten sie da von Cousins, Segelbooten und Indianern gebrabbelt?

»Jetzt mal der Reihe nach«, verlangte Ollie. »Ihr habt also Cornelius getroffen? Wo denn?«

»Das erste Mal in Porto«, erzählte Pädder bereitwillig. »Da hat er überall ein Foto von Gisela rumgezeigt. Wir haben ihm gesagt, daß ihr wahrscheinlich in Galeria seid. Da haben sie euch aber wohl verpaßt. Gerade eben sind die beiden uns noch mal über den Weg gelaufen. Und da haben wir ihnen erzählt, daß ihr wahrscheinlich alle hier irgendwo rumhängt.«

»Welche beiden?« fragte Franziska.

»Den Cornelius und seine Freundin, die Linda«, sagte Harald. »Kennste den nicht? Sagt er aber!«

»Nein«, schäumte Franziska. »Ich bin Cornelius’ Freundin.«

»Ich denke, du und der Mormone, ihr seid miteinander verlobt«, wandte Harald ein.

Lucky zeigte ihm einen Vogel. »Das wüßte ich aber. Außerdem bin ich katholisch.«

»Jetzt mal der Reihe nach«, verlangte Ollie erneut. »Ihr habt also Cornelius und eine gewisse, noch nicht identifizierte Linda getroffen. Hier in Calvi.«

»Genau!«

»Ausgeschlossen!« rief Franziska.

Ollie hielt ihr den Mund zu. »Und wer ist jetzt mit wem segeln?«

»Ja, die Dietlinde eben und die Schwarzhaarige.« Pädder zweifelte langsam an ihrem Verstand. »Mit ihren Cousins auf einem echt noblen Pott.«

»Wer ist denn Dietlinde?« wollte Leo wissen. Er verstand wieder mal nur Bahnhof.

»Pssst«, fauchte Caroline ihn an. »Dietlinde ist die, die du immer kneifst!«

»Seid ihr sicher?« sagte Benedikt zu Pädder und Harald.

Die beiden nickten ungeduldig. »Klar, Mann, wir haben doch noch mit ihnen gesprochen. Haben ihnen sogar nachgewinkt. In die Bucht von Girolata sollte es gehen.«

Caroline blätterte sofort in ihrem Reiseführer.

»Girolata«, las sie vor. »Ein Dorf ohne Auto, ohne Asphaltstraße. Es ist nur über einen Maultierpfad oder vom Meer her zugänglich. Einmal am Tag wird die Idylle jäh unterbrochen, wenn der Ausflugsdampfer seine Touristenschar ausspuckt. Tagesausflug von Galeria, Porto oder Calvi.«

»Aha«, sagte Ollie. Jetzt glaubte er, alles verstanden zu haben. »Die beiden sind mit dem Ausflugsdampfer unterwegs!«

Pädder schlug sich vor die Stirn. »Nein! Die sind segeln. Mit ihren Cousins. Alessandro und Sowieso. Spaghettifresser! Auf einem supernoblen Holzschiff.«

Die anderen sahen sich an. Langsam, wenn auch in Zeitlupe, fiel der Groschen. Cornelius mit einer fremden Tussi in der Stadt, und Peggy und Matilda unterwegs mit einem fremden Segelschiff – zu unglaublich, um erfunden zu sein.

Nur Leo kapierte immer noch nichts. Er kniff Angie vorsichtig in die Seite.

»Verstehst du, wovon die reden?« fragte er leise.

»Nö«, sagte Angie und kuschelte sich unauffällig an seine Schulter. Sie verstand nur, daß Peggy noch nicht da war und sie sich getrost an ihren Freund ranschmeißen konnte.

Franziska bestellte sich einen Rotwein auf den Schrecken. »Cornelius hier! Das kann ich einfach nicht glauben!«

»Du hast ihn mit deinen Postkarten wahrscheinlich so aufgestachelt, daß er herkommen mußte«, meinte Caroline nachdenklich.

»Aber deshalb muß er sich doch nicht gleich eine neue Freundin anschaffen!«

»Also, das glaub' ich auch nicht«, sagte Caroline und wandte sich wieder an Harald und Pädder. »Wie sieht sie denn aus, diese Linda?«

»Süß«, sagte Harald. »Bißchen rundlich, würd' ich sagen.«

»Man kann auch sagen: dick«, ergänzte Pädder. »Aber sehr nett.«

Franziska bestellte sich gleich noch einen Rotwein.

»Ich bring' ihn um«, knurrte sie.

Ollie und Benedikt machten sich Gedanken über Matilda und Peggy. »Einfach so mit Fremden loszusegeln, das ist ganz schon leichtsinnig.«

»Ja«, stimmte auch Lucky zu. »Typisch Weibsstücke, lassen sich von so 'nem dicken Boot imponieren.«

»Was meinst du, Leo, müssen wir nicht die Polizei verständigen?« fragte Ollie.

Leo aber verstand immer nur noch Bahnhof. »Ja, ähm, vielleicht waren's ja wirklich Cousins von Matilda.«

Franziska tippte sich an die Stirn. »Das wüßte ich

aber. Ich bin schließlich Matildas Cousine. Verwandte mit ’nem Segelboot würde ich in jedem Fall kennen.«

»Nee, die Polizei wird uns nicht weiterhelfen. Schließlich sind die beiden volljährig und wissen, was sie tun!«

»Ja, aber wir können doch nicht zulassen, daß sie von zwei wildfremden Italienern entführt werden«, rief Caroline. »Wenn sie heute nacht nicht wieder auftauchen, dann müssen wir einfach zur Polizei gehen. Wißt ihr denn noch, wie das Boot hieß?«

»Nö«, sagte Harald. »Aber ich könnte es ganz genau beschreiben. So’n Boot gibt es nicht so oft.«

»Immerhin etwas.«

»Können wir jetzt mal bestellen, oder was?« Leo stützte seinen Ellbogen auf den Tisch. »Ich hab’ Hunger.«

»Herzloser, untreuer Liebhaber«, murmelte Caroline. Sie stieß Angie in die Seite. »Und was ist mit dir? Machst du dir überhaupt keine Sorgen um deine Schwester?«

Angie verzog weinerlich das Gesicht. »Mensch, ich war gerade eingeschlafen.«

»Laß die Maus doch«, sagte Leo zu Caroline. Vorsichtig zog er Angies Kopf wieder an seine Schulter. »War ein anstrengender Tag für sie.«

»Pfui über euch!« sagte Caroline verächtlich.

Franziska neben ihr knurrte wütend. Sie war mit den Gedanken immer noch bei Cornelius. »Wenn ich den zwischen meine Finger kriege.«

»Der kommt bestimmt gleich hier vorbei«, tröstete sie Harald. »Der hat gesagt, er klappert jedes verfluchte Lokal nach euch ab.«

Die Zeit verging quälend langsam. Matilda und Peggy kamen und kamen nicht. Jeder der Wartenden dachte sich die schrecklichsten Räuberpistolen aus, sah die beiden schon vergewaltigt und über Bord geworfen im Meer treiben. Peter und Harald hatten den Ernst der Lage inzwischen ebenfalls begriffen und ärgerten sich, daß sie die beiden Mädchen nicht aufgehalten hatten.

»Wenn wir das gewußt hätten«, sagten sie mehrere Male reuevoll.

Selbst Leo wurde langsam unruhig. »Ist ja eigentlich nicht Peggys Art«, sagte er. »Sie hatte mir für heute abend eine Fußreflexzonenmassage versprochen!«

Nur Angie machte einen zufriedenen Eindruck. Selig schlief sie, an Leo gekuschelt, den Schlaf der Ungerechten.

Gegen halb elf kamen dann tatsächlich Cornelius und Linda vorbeigelaufen, genau wie Harald und Peter es prophezeit hatten. Vor ihnen lief ein Hund mit verknautschtem Gesicht, der ihnen allen bekannt vorkam.

»Cornelius!« rief Franziska, und »Hermann!« schrie Caroline, und der Hund hob den Kopf und schnüffelte erstaunt. Dann rannte er zu ihr hin und schob seinen dicken Kopf in Carolines Hand.

»Franziska!« rief Cornelius. Er konnte es nicht fassen. Da stand sie tatsächlich, seine wunderschöne, süße Franziska, hinter einem Tisch des zweitausenddreißigsten Restaurants, das er durchsucht hatte. Sie rannte um den Tisch herum auf ihn zu. Froh breitete er seine Arme aus.

Aber Franziska dachte gar nicht daran, sich hineinzustürzen. Sie baute sich vor ihm auf und holte weit aus. Cornelius hatte ihre Vorhand an der Wange, noch ehe er klar denken konnte.

»Daß du dich nicht schämst!« rief sie aus.

Cornelius wußte nicht, wie ihm geschehen war. Linda neben ihm griff erschrocken nach seinem Arm.

»Laß ihn los«, zischte Franziska sie an, so feindselig, daß der Hund sich von Caroline losmachte, um sich beschützend vor Linda zu stellen.

»Das ist echt Hermann«, rief Franziska. »Also wirklich! Erst klaust du unseren Hund, und dann auch noch meinen Mann!«

Außer sich vor Zorn griff sie nach Carolines Cola light und goß sie Linda über das T-Shirt, ehe es jemand verhindern konnte.

Linda sah immer noch sehr erschrocken drein. Ihre Unterlippe begann zu beben.

»Das ist mein letztes sauberes T-Shirt gewesen, und das ist Winnetou, nicht Hermann«, rief sie. »Und der sollte eingeschläfert werden!«

»Du solltest eingeschläfert werden«, fauchte Franziska und wandte sich wieder Cornelius zu. »Und du auch! Was soll das! Kaum ist man mal ein paar Wochen weg, fängst du was mit so einer an.«

»Entschuldige mal«, unterbrach sie Cornelius, wieder bei Besinnung, und packte sie an einem Arm. »Wir zwei machen jetzt einen Spaziergang, und du hörst zur Abwechslung mal mir zu.«

Franziska klappte den Mund zu. Sie hatte vergessen, was sie gerade hatte sagen wollen. Aber dann flackerte ihre Wut erneut auf.

»Kümmert euch bitte um Linda«, bat Cornelius nämlich die anderen und streichelte im Vorbeigehen über deren Pausbacken.

Franziska biß ihn, so fest sie konnte, in den Oberarm.

»Jetzt reicht es aber!« Cornelius schüttelte sie zornig und zerrte sie ein Stück die Hafenpromenade entlang. »Bist du von allen guten Geistern verlassen?«

»Ich?« spuckte Franziska. »Ich? Wer von uns beiden macht denn vor den Augen aller mit einer anderen rum? Bin ich das etwa?«

»Franziska, jetzt reiß dich aber mal am Riemen! Als ob ich was mit der Linda hätte, also wirklich!«

»Nicht?« Franziska schaute verunsichert zu ihm auf. »Aber Pädder und Harald haben gesagt, sie sei deine Freundin!«

»Pädder und Harald haben mir noch ganz andere Sachen über dich erzählt. Wenn ich die alle geglaubt hätte, dann könnte ich dich jetzt mit Fug und Recht erwürgen.«

»Aber du hast sie gestreichelt!« Franziska wollte noch nicht aufgeben.

»Ja, habe ich. Sie ist ein verwirrtes Kind mit einer Menge Minderwertigkeitskomplexe. Schlimm genug, daß du ihr Cola über das T-Shirt gegossen hast.« Cornelius sah sie streng an. »Freust du dich denn kein bißchen, daß ich hier bin?«

Franziska starrte ihn durch einen Tränenschleier an.

»Doch«, schluchzte sie und warf sich an seine Brust. »Ich freu' mich ganz schrecklich.«

Cornelius ließ sie eine Weile in sein T-Shirt heulen. Dann hob er ihr Kinn an und küßte sie auf die Lippen.

»Bin ich froh, daß ich euch endlich gefunden habe«, seufzte er. »Also ehrlich, das war die sprichwortliche Nadel im Heuhaufen. Wenn Harald und Peter nicht gewesen wären – ich wäre euch nie auf die Spur gekommen.«

»Ich werde nie wieder was Böses über die beiden sagen. Ich hab' dich ja so vermißt«, beteuerte Franziska.

»Ich weiß«, erwiderte Cornelius. »Deshalb bin ich ja hier. Ich hatte so komische Träume, in denen du in einem reißenden Fluß ertrankst.«

Trotz der Sommerwärme lief Franziska ein Schauder über den Rücken. »Nein, ehrlich? Das ist aber merkwürdig.«

»Wieso? Bist du in so einem Fluß geschwommen?«

»Nein, aber ich habe auch davon geträumt. Und niemand wollte mich retten.« Das war wirklich sehr, sehr seltsam. »Außer Caroline«, setzte Franziska der Gerechtigkeit halber noch hinzu. »Aber sie konnte auch nicht schwimmen. Es war schrecklich.«

»Na, jetzt bin ich ja da. Falls du in einen Fluß fällst, werde ich dich retten.«

»Und von Mund zu Mund beatmen?«

»Das kannst du auch jetzt schon haben.« Cornelius setzte zu erneuten Küssen an.

»Ach, Cornelius«, flüsterte Franziska atemlos. »Das ist der helle Wahnsinn. Ich habe mir so oft gewünscht, du wärst hier.«

»Ich weiß«, sagte Cornelius. »In Galeria an einem einsamen Strandstück, da fand ich meinen Namen aus Steinen auf den Strand geschrieben. Einen besseren Beweis für deine Liebe kann ich mir nicht vorstellen.«

»Woher willst du wissen, daß ich das war? Corneliusse gibt es doch wie Sand am Meer«, meinte Franziska.

»Oh, wenn das so ist.« Cornelius lachte. »Ich kenne dich, Franziska. Immer wenn ich zu romantisch werde, hast du Angst, ich könnte dich fragen, ob du mich heiraten willst.«

»Wolltest du?«

Cornelius schüttelte den Kopf. »Nö, das hast du mir ein für allemal verleidet. Wenn du geheiratet werden willst, dann mußt du *mir* einen Antrag machen.«

»Darauf kannst du lange warten«, sagte Franziska zärtlich. »Komm, wir gehen zurück zu den anderen. Ich will mich bei dieser armen Linda entschuldigen. Sie soll nicht denken, ich sei immer so unhöflich!«

»Nur noch ein paar Minuten«, bat Cornelius. »Ich will echt nichts Böses über Linda sagen, aber ich bin schon froh, wenn ich sie nicht ständig um mich habe.«

»Meinst du, sie paßt in eines meiner T-Shirts hinein?«

»Wenn du eines in XXL hast«, meinte Cornelius grinsend. »Sag mal, wo sind eigentlich Matilda und Peggy?«

Franziskas Lächeln erlosch. »Das ist eine gute Frage!«

Linda betrachtete das glückliche Paar unten an der Hafenmauer mit gemischten Gefühlen. Einerseits freute sie sich für Cornelius, daß er nun endlich gefunden hatte, was er gesucht hatte. Andererseits waren nun ihre herrlichen gemeinsamen Tage vorbei. Trostsuchend streichelte sie Winnetou, der unter dem Tisch lag, mit der anderen Hand befühlte sie ihr nasses T-Shirt.

»Franziska meint es nicht so«, sagte das rothaarige Mädchen neben ihr freundlich. »Sie war nur schrecklich eifersüchtig.«

»Auf mich?« Linda lächelte fast ein bißchen stolz. »Kann ich mir gar nicht vorstellen.«

Leo hatte den Kopf unter den Tisch gesteckt.

»Das ist tatsächlich der Köter, den ihr in Porto Polio aufgegabelt habt«, sagte er zu Angie. »Nicht zu fassen.«

»Ja, das ist unser Hermann«, sagte auch Caroline. »Wie habt ihr ihn bloß gefunden?«

Winnetou schmiegte sich leise stöhnend an Lindas Beine.

»Er hat uns gefunden«, sagte Linda. »In Porto auf dem Zeltplatz. Der Mann wollte ihn schon den Hundefängern übergeben.«

»In Porto?« Caroline lachte. »Wie mag er bloß dort hingekommen sein? Das sind doch einige Kilometer! Sicher per Anhalter. Es ist ein kluger Hund.«

»Ich werde ihn behalten«, erklärte Linda. »Meine Eltern wollten mir schon immer einen Hund schenken! Gell, Winnetou, wir beide gehören zusammen.«

Lucky kraulte Hermann-Winnetou hinter den Ohren. »Echt hübscher Kerl«, sagte er, aber dabei sah er Linda an.

»Franziska gibt dir morgen eines von ihren T-Shirts«, sagte Caroline zu ihr. »Sie hat viel zu viele eingepackt.«

Linda strahlte. »Echt?« Es schien sich doch noch alles zum Besten zu entwickeln. Als der Kellner das nächste Mal vorbeikam, bestellte sie eine Cola.

»Eine Cola light.« Mit einem schüchternen Lächeln setzte sie hinzu: »Ich bin nämlich gerade am Abnehmen.«

»Wirklich?« Lucky musterte sie mit echtem Erstaunen. »Das hast du doch gar nicht nötig.«

Linda sah verblüfft zu ihm hinüber. »Meinst du?«

»Absolut«, rief Lucky. »Du siehst doch toll aus, so wie du bist. Ich sag' immer, an 'ner richtigen Frau muß auch richtig was dran sein!«

»Echt?« wiederholte Linda verzückt.

»Klar«, sagte Lucky und sah ihr tief in die Augen.

Caroline registrierte es voller Staunen. »Wunder geschehen jeden Tag«, notierte sie sich in Gedanken. »Und jeder Topf findet seinen Deckel!«

12.

Irgendwo auf dem Mittelmeer
IMMER NOCH 11. AUGUST

Gleich vor den Mauern des Yachthafens von Calvi setzten die beiden Italiener die Segel. Sie machten das sehr versiert und schnell, so daß Matilda sich keine Sorgen machte, zu kentern oder zu sinken. Segeln konnten ihre beiden Retter, soviel war mal klar.

Die dunkelblauen Segel sahen prächtig aus, als der Wind hineinfuhr und sie kräftig blähte. Der Motor wurde bald abgestellt, und das Schiff trieb nun allein mit der Kraft des Windes voran. Es legte sich anmutig zur Seite und gewann an Fahrt.

»Toll«, schrie Peggy, begeistert an die Reling geklammert. »Das habe ich mir immer gewünscht. Piratenjenny! Das war mein Lieblingsspiel als Kind!«

Matilda warf einen prüfenden Blick zu ihren beiden Gastgebern hinüber. Sie konnte nur hoffen, daß sie so nett waren, wie sie aussahen. Ansonsten hatten sie jetzt ein ziemliches Problem.

Der, den sie Giovanni getauft hatten, winkte ihnen vom Ruder aus zu. Der andere war noch mit dem Vorsegel beschäftigt. Matilda kletterte vorsichtig zu ihnen in die Plicht, die Vertiefung am Heck, in der sich auch das Steuerrad befand.

»Hi«, sagte sie fröhlich. »My name is Matilda, and the screaming girl there is Peggy.«

»My name is Guiseppe«, sagte der am Steuer, über das ganze braungebrannte Gesicht lächelnd. Guiseppe, das war ja fast wie Giovanni. Matilda registrierte so ganz nebenbei, daß seine dicke Armbanduhr von Cartier war. Die hatten also wirklich Kohle.

Und keiner von ihnen trug einen Ehering. Für ganz kurze Zeit träumte Matilda von einer Doppelhochzeit in Weiß, mit Sophia Loren als Ehrengast – zwei Millionäre zum Greifen nah, das war zu schön, um wahr zu sein.

Der zweite Millionär hatte seine Seilknüpferei beendet und stellte sich ebenfalls vor: »Alberto. Nice to meet you.«

Zu seinem Freund sagte er auf italienisch: »Echt süße Schnecken, die beiden.«

Matilda verstand natürlich jedes Wort, aber sie hatte immer noch nicht vor, sich als Italienerin zu outen. Wer weiß, wofür es noch gut war, die Sprache der beiden zu sprechen. Sie machte ein verständnisloses Gesicht und lächelte, wie eine süße Schnecke eben lächelt.

»Hungry?« erkundigte sich Alberto.

»O ja«, sagte Matilda. Nach der Aufregung wäre eine kleine Stärkung nicht schlecht.

»Champagner?« rief Alberto zu Peggy hinüber. Die ließ augenblicklich die Reling los und kam nach hinten balanciert.

»Champagner? That would be great«, sagte sie entzückt. »Ist es nicht wie im Märchen, Matilda?«

»Ich weiß nicht«, sagte Matilda ehrlich. »Es soll schon vorgekommen sein, daß Mädchen verschwunden und in einem Harem in Nahost wieder aufgetaucht sind.«

Peggy tippte sich an die Stirn. »Spinnst du? Du liest zu viele von diesen Frauenverdummungs-Zeitschriften.«

Alberto kam mit vier Gläsern und einer Flasche Champagner zurück an Deck. Geschickt öffnete er die Flasche und schenkte allen ein.

»Wahnsinn!« kicherte Peggy. »Der Champagner ist echt und eisgekühlt! Und die Gläser sind echt Kristall!«

»Jetzt mach hier mal nicht so sehr einen auf beeindruckte Landpomeranze!« zischte Matilda. »Bißchen mehr Haltung, wenn ich bitten darf!«

»Ja, ja.« Peggy stieß feierlich mit ihren Gastgebern an, zuerst mit Alberto, dann mit Guiseppe, der dabei ganz lässig mit einer Hand weitersteuerte.

Sie leerte das Glas in einem Zug. Dann flüsterte sie Matilda zu, daß alle beide aussähen wie Eros Ramazotti, der helle Wahnsinn! Matilda lächelte die beiden Ramazottis verzeihend an.

»She never was on a sailing ship before«, sagte sie. »Und echten Champagner hat sie auch noch nie getrunken.«

Vom Boot aus betrachtet, sah die Insel wieder ganz anders aus. Peggy und Matilda ließen entzückt ihre Beine über die Bordkante baumeln und die Landschaft an sich vorüberziehen. Alberto und Guiseppe hatten alle Hände voll zu tun, um das Boot zu steuern. Bei den Wendemanövern mußten Matilda und Peggy aufpassen, daß sie nicht im Weg waren. Der Wind stand jetzt so günstig, daß sie einen Kurs nahe an der Küste wählen konnten.

»Sieh mal, da ist unser Strand«, schrie Matilda plötzlich. Richtig, auf dem dunklen Kiesufer leuchtete weithin das Wort *Cornelius* in der Sonne, das Franziska dort in jener denkwürdigen Vollmondnacht gelegt hatte.

Peggy nahm noch einen Schluck Champagner. »Ich fass' es immer noch nicht, daß wir zwei jetzt hier sind, auf diesem Wahnsinnsboot, mit diesen Wahnsinnstypen und echtem Schampus. Die anderen werden vor Neid platzen, wenn wir das erzählen!«

»Gut möglich«, sagte Matilda. »Wenn wir dazu noch die Gelegenheit haben.«

»Hör auf, du alte Unke. Du läßt doch sonst auch nichts anbrennen! Was soll jetzt dieses übertriebene Mißtrauen?«

»Ich hab' kein gutes Gefühl«, sagte Matilda nur.

Peggy drehte sich zu den beiden Seglern um. Sofort schenkten ihr alle zwei ein strahlendes Lächeln.

»Ich laß mir jedenfalls von dir nicht den Tag verderben«, sagte sie.

»Dabei bin ich eigens deswegen mit dir zum Yachthafen gegangen.«

»Um mir den Tag zu verderben?«

»Genau.«

Peggy rekelte sich wohlig in der Sonne. »Das ist dir gründlich gelungen!«

»Warte, ich habe ja nicht mal angefangen! Was würdest du denn sagen, wenn ich dir sage, daß Leo andere Frauen anmacht?«

»Leo?« Peggy sah sie an, als sei Leo ein Wesen von

einem anderen Stern. »Welche Frauen soll der denn angemacht haben. Dich vielleicht?«

»Unter anderem.«

»Mein Gott, der flirtet halt gern. Da mache ich doch keine Staatsaffäre draus.«

»Du bist ja echt so blöd, wie ich dich eingeschätzt hatte«, sagte Matilda kopfschüttelnd. »Dein Typ greift jeder weiblichen Person in seinem Umfeld unter den Rock und erzählt, du wärst frigide und langweilig, und er sei überhaupt nur noch aus Mitleid mit dir zusammen. Und du tust, als merkst du nichts, und läßt dich von ihm kneifen und herumkommandieren.«

Peggy setzte sich auf. »Sag mal, hast du'n Sprung in der Schüssel?«

»Die anderen hätten es dir vielleicht schonender beigebracht«, sagte Matilda ungerührt. »Aber das ist nicht meine Art.«

»Hat er echt gesagt, er sei nur noch aus Mitleid mit mir zusammen?« fragte Peggy.

»Ja, nicht nur zu mir. Bei Franziska und Caroline hat er es auch gesagt, als er sie angegraben hat. Was er deinem Schwesterchen gesagt hat, weiß ich nicht.«

»Laß Angie gefälligst aus dem Spiel«, fauchte Peggy. Jetzt sah sie wirklich wütend aus. Sie erhob sich und balancierte nach vorne zum Bug. Dort, in der äußersten Spitze des Bootes, setzte sie sich wieder hin und starrte aufs Wasser.

Matilda ließ sie sitzen. Fürs erste hatte sie genug, worüber sie nachdenken konnte.

»Hungry?« erkundigte sich Guiseppe. Alberto hatte das Ruder übernommen, und sein Freund war ab jetzt für die Verpflegung zuständig.

»I am always hungry«, versicherte Matilda ihm ernsthaft.

Der Golf von Girolata war ein absoluter Traum. Die Bucht war eingefaßt von leuchtendroten, zerklüfteten Felsen, bewachsen von saftiggrüner Macchia, ein malerischer Genuesenturm bewachte das kleine Dorf am Strand – und das Schönste: Die *Maria Magdalena* war das einzige Boot, das in der Bucht ankerte.

Sogar Peggy stimmten diese Umstände fröhlich. Wie gut, daß sie ihre Bikinihosen unter den Klamotten trugen. Und Guiseppe und Alberto schienen nichts dagegen zu haben, daß sie oben ohne badeten. Sie ließen die Badeleiter am Heck herab und servierten Beluga-Kaviar und noch mehr Champagner direkt ans Wasser. Alberto blies einen riesenhaften Gummidelphin auf, auf dem man zu zweit sitzen konnte. Ausgelassen planschten sie im kristallklaren Naß herum, bis sie nicht mehr konnten.

An Bord wurden sie von den beiden Skippern fürsorglich in dicke, weiche Frotteemäntel gehüllt, auf deren Brusttaschen ein eindrucksvolles Emblem gestickt war.

»Wahnsinn«, flüsterte Peggy. »Wie im Traum.«

»Die Sonne geht schon unter«, sagte Matilda mit gerunzelter Stirn. »It's getting late, boys, I'm afraid, we have to go back to Calvi now.«

Alberto und Guiseppe lachten.

»No problem«, riefen sie.

»Wir werden zu spät kommen«, sagte Peggy fröhlich. »Vielleicht stehen dann die anderen an der Pier und sehen uns ankommen. Auf diesem Wahnsinnsboot!«

Alberto führte sie unter Deck in die Kajüten, wo sie

sich umziehen konnten. Das Boot war sehr geräumig. Drei Kajüten und der große Salon, in dem man auch kochen konnte. Am schönsten und hellsten war die Bugkabine. Hier gab es ein riesenhaftes Bett mit feinen sandfarbenen Polstern. Alberto sah Peggys sehnsüchtige Blicke und schlug sogleich vor, daß sie sich hier ausruhen könnten, solange sie wollten.

»Wahnsinn«, sagte Peggy wieder und ließ sich bereitwillig auf das weiche Polster plumpsen. »But don't forget to wake us, when we reach Calvi!« setzte sie kichernd hinzu.

Alberto nickte lächelnd und kletterte zurück an Deck. Dort begannen er und Guiseppe, das Boot klarzumachen.

»Mein Englisch ist echt beschissen, aber er versteht mich«, sagte Peggy und schloß die Augen.

»Das liegt daran, daß sein Englisch noch schlechter ist«, meinte Matilda und folgte Alberto bis an die Tür. Alberto hatte sie hinter sich geschlossen.

»Hast du die Bilder im Salon gesehen?« fragte Peggy. »Ein Monet oder so was. Der war sicher echt.«

»Psssst«, befahl Matilda, das Ohr an die Kajütentür gequetscht. »Jetzt halt mal den Rand.«

Alberto und Guiseppe diskutierten an Deck auf italienisch, aber sie konnte sie kaum verstehen. Vorsichtig öffnete sie die Türe einen Spalt weit und neigte ihren Kopf in den Niedergang. Jetzt hörte sie jedes Wort.

»Wenn der Wind weiter so bläst, sind wir in vier Stunden da, auf gutem Am-Wind-Kurs«, sagte Guiseppe.

»Was machen wir mit den beiden, wenn sie was merken?«

Gelächter. Matilda hielt die Luft an.

»Ach was, die merken schon nichts. Und wenn wir erst in Sardinien sind, dann ist es zu spät.«

Abermals Gelächter. »Und dann kriegen sie ein Schlückchen Champagner, und die Welt ist wieder in Ordnung.«

»Laß uns besser aufbrechen, solange die Schnecken noch unter Deck sind!«

Matilda knirschte mit den Zähnen.

»So ist das also«, murmelte sie und schloß die Tür wieder.

Peggy fühlte verliebt über den flauschigen Bademantel mit aufgesticktem Wappen. »Mann, Wahnsinn, den gebe ich nicht mehr her!«

»Doch, das wirst du, und zwar jetzt auf der Stelle«, sagte Matilda. »Zieh deine Klamotten an, alles bis auf die Schuhe!«

»Hast du einen an der Waffel?« Peggy sah sie böse an.

»Ja, das hast du ganz ohne Zweifel!«

»Wir schwimmen!«

»Zurück nach Calvi? Du bist doch nicht ganz gar gebacken!«

»Wir schwimmen an Land«, sagte Matilda. »Auf dem kürzesten Weg. Sonst ist es zu spät!«

»Das ist mindestens ein Kilometer bis an Land.«

Matilda stemmte die Deckenluke nach oben. »Wenn du weiter so trödelst, sind es gleich noch viel mehr. Die beiden lichten gerade den Anker.«

»Klar lichten die den Anker. Wir segeln zurück nach Calvi, hast du das vergessen?« Peggy hielt den Bademantel fest an ihre Brust gedrückt.

»Das denkst auch nur du.« Matilda schob einen Stuhl unter die Luke und steckte ihren Kopf hinaus.

»Du mußt ganz leise sein«, flüsterte sie. »Wenn sie uns hören, sperren sie uns in der Kajüte ein, bis wir in Sardinien sind. Und was sie dort mit uns tun, kann ich nur vermuten! Vielleicht kennen sie einen Mädchenhändler, der einen guten Preis für uns bezahlen will.«

»Du willst mich doch nur verarschen«, sagte Peggy unsicher. »Das denkst du dir nur aus. Genau wie die Sache mit Leo heute mittag!«

»Ich hab's mit eigenen Ohren gehört«, versicherte Matilda. »Wir sind auf dem Weg nach Sardinien.«

Das Boot erbebte sachte. Die Ankerkette wurde mit Getöse eingeholt.

»Es geht los! Binde dir die Schuhe um den Hals«, flüsterte Matilda. »Und beeil dich.«

Peggy starrte fassungslos zu ihr hinauf.

»Wenn du's nicht glaubst, dann bleib halt hier. Ich schicke dir dann die Polizei nach. Vielleicht kommen sie ja noch rechtzeitig«, sagte Matilda und verschwand mit einer einzigen anmutigen Bewegung durch die Luke.

»Warte!« Peggy warf hastig den Bademantel von sich und suchte nach ihren Sachen. Mit flatternden Händen folgte sie Matilda an Deck. »Und jetzt?«

Matilda hatte bereits ein Bein über die Reling gelegt. »Jetzt springen wir.«

Die Sonne war beinahe untergegangen. Weiches, rosafarbenes Licht lag über der ganzen Bucht. Das Ufer sah zum Greifen nahe aus.

»Das mit dem Mädchenhändler hast du doch nur erfunden«, sagte Peggy.

»Ja, aber das mit Sardinien nicht. Und wie wir von da zurückkommen sollen, weiß ich nicht.«

»Hey, girls! What are you doing?« Alberto und Guiseppe hatten sie entdeckt.

»Jumping!« schrie Matilda und ließ ihren Worten gleich die Tat folgen. »Ihr Frauenschänder, ihr!«

Peggy sah entsetzt an der Bordwand hinab. Das waren sicher zwei Meter oder so. Guiseppe packte sie am Arm und zeigte zu Matilda ins Wasser.

»She is crazy, isn't she?«

»Nee, sie ist bloß klug, du kleiner Scheißer«, schrie Matilda von unten herauf. »Und sie will nicht nach Sardinien! Nun mach schon, Peggy, tritt ihm in die Eier und spring!«

»Ich trau' mich nicht!« schrie Peggy.

»Dann bleib halt, wo der Pfeffer wächst«, sagte Matilda, drehte sich um und begann, auf das Ufer zuzukraulen. »Und grüß Sardinien von mir. Soll ja sehr schön sein dort!«

Als Peggy sah, daß sie sich immer weiter vom Boot entfernte, packte sie doch noch die Angst.

»Warte auf mich!« brüllte sie, gab Guiseppe einen kräftigen Schubs und sprang über die Reling, ehe er wußte, wie ihm geschah.

Matilda lachte sie an. »Na also, du Idiotin! Es geht doch!«

Guiseppe und Alberto glotzten ihnen ziemlich blöde hinterher. Matilda brüllte ihnen einen gar nicht enden wollenden Satz auf italienisch zu.

»Was hast du gesagt?«

»Daß sie schon was früher aufstehen müßten, um zwei Schnecken wie uns aufs Kreuz zu legen. Und daß ich ihnen die Bullen auf den Hals schicken würde, wegen Freiheitsberaubung! Und dann habe ich noch gesagt, daß sie nur zwei blöde Angeber seien und sich ihre Bademäntel und Beluga-Kaviar-Scheiße sonstwohin schieben könnten«, gurgelte Matilda hervor. »Und jetzt halt die Klappe, und schwimm um dein Leben!«

Zähneklappernd ließ sich Peggy auf den Sand fallen.

»Folgen sie uns?« keuchte sie.

»Aber nein«, sagte Matilda ruhig. »Sie haben schon den Motor angeschmissen und machen sich aus dem Staub. Wenn du noch einen Blick auf sie werfen möchtest, dann ist das deine letzte Gelegenheit!«

»So ein schönes Schiff«, seufzte Peggy. »Bist du sicher, daß du dich nicht verhört hast?«

»Absolut sicher.« Matilda schüttelte sich das Wasser aus den Ohren.

»Na toll! Bist du bereit für eine weitere Hiobsbotschaft?«

»Aber immer!«

»Ich habe meine Schuhe an Bord vergessen«, jammerte Peggy.

»Du bist ein Schaf«, sagte Matilda.

Tropfnaß humpelten sie zum nächstgelegenen Restaurant. Dort schien man sehr erstaunt, sie zu sehen. Die Wirtin war schon dabei, die Stühle auf die Tische zu stellen. Sie wollte wissen, wo sie so plötzlich herkämen. In einem umständlichen Gemisch aus Englisch, Französisch und Italienisch versuchten sie, der Wirtin ihre Lage auseinanderzusetzen.

»Wann fährt der nächste Bus nach Calvi?« fragte Matilda zum Schluß, und da fing die Wirtin an zu lachen, als habe sie schon lange nicht mehr einen so komischen Witz gehört.

Girolata, erfuhren sie dann, sei ein Ort ohne Straße, und daher auch ohne Busse. Der nächste Weg in die Zivilisation führe über einen Maultierpfad und münde nach etwa zwölf Kilometern auf die Straße nach Galeria. Die Frau empfahl ihnen, mit dem Aufstieg bis zum nächsten Morgen zu warten.

»Das geht nicht«, sagte Peggy. »Die anderen werden sterben vor Sorge, wenn wir nicht möglichst schnell nach Calvi kommen.«

»Wenn du glaubst, du kannst zwölf Kilometer ohne Schuhe durch die Dunkelheit gehen, dann bitte schön«, antwortete Matilda, und da gab Peggy sich dann geschlagen.

»Kann man hier irgendwo übernachten?« fragte sie die Wirtin.

»Haben Sie Geld dabei?« fragte die zurück.

Matilda puhlte ein paar nasse Scheine und eine Dose Beluga-Kaviar aus ihrer Jeanstasche.

»Klar«, sagte sie. »Wir sind für alle Eventualitäten gerüstet.«

Die Wirtin lachte. Dann sagte sie, daß morgen um die Mittagszeit der Ausflugsdampfer aus Calvi hier anlegen würde. Mit dem könnten sie dann bequem nach Calvi zurückreisen.

»Schade«, sagte Matilda. »Ich hatte mich schon so auf einen Muliritt gefreut.«

Der Wirtin war noch etwas eingefallen. »Monsieur Crovani«, rief sie.

»Was ist mit dem?« fragte Matilda.

Monsieur Crovani führe morgen mit seinem Motorboot nach Calvi zum Arzt, sagte die Wirtin. Sicher könne er die beiden mitnehmen.

Peggy und Matilda tauschten einen Blick und schüttelten dann einhellig die Köpfe. »Nein, danke!« sagten sie. Sie würden doch lieber auf den Dampfer warten. Von fremden Männern und ihren Booten hätten sie vorerst genug.

Die Wirtin lächelte und führte sie dann zu ihrem Zimmer. Es war ein richtiges Fremdenzimmer mit allem Drum und Dran.

»Auf diese Weise kommen wir wenigstens mal zu einem richtigen Bett«, sagte Peggy.

Matilda grinste. »Ja, und ich habe alle Zeit der Welt, dir schlimme Dinge über deinen Freund zu erzählen.«

Peggy seufzte.

»Die Wahrheit ist manchmal schwer zu ertragen«, sagte Matilda schonungslos.

Franziska, Cornelius, Benedikt, Ollie, Linda, Peter, Harald, Leo, Lucky, Angie, Caroline und Hermann, der jetzt ja Winnetou hieß, hatten auf dem Parkplatz neben dem Yachthafen genächtigt, mehr schlecht als recht zwischen den Autos auf dem harten Asphalt. Kaum einer von ihnen hatte wirklich geschlafen, außer Angie sahen daher alle ziemlich mitgenommen aus. Angie hatte die ganze Nacht an Leo gekuschelt friedlich geschlafen, und jetzt verlangte sie voller Appetit ein Nutellabrot. Auch Leo äußerte, daß er Hunger habe.

Caroline sah sie voller Widerwillen an. »Ihr beide macht euch wohl überhaupt keine Sorgen um Peggy und Matilda, was?«

»Doch«, sagte Leo. »Aber deshalb wird man ja wohl noch Hunger haben dürfen.«

»Also, ich finde, wir sollten zur Polizei gehen«, sagte Cornelius. Ollie und Benedikt nickten zustimmend.

»Und wenn die beiden einfach nur wahnsinnig Spaß haben auf dem tollen Segelboot?« fragte Lucky. »Ich meine, man weiß doch, wie Weibsbilder so sind – Geld imponiert denen doch total.«

»Mir nicht«, sagte Linda. »Ich find's wichtiger, daß ein Mann stark ist!«

Lucky schenkte ihr einen anerkennenden Blick und krempelte unauffällig seinen Hemdsärmel hoch bis zum Bizeps.

»Wir warten noch bis Mittag«, bestimmte Cornelius. »Dann gehen wir zur Polizei, egal, was ihr sagt.«

Angie schmiegte sich wieder an Leo und nickte. »Von mir aus warten wir eben.«

Aber sie mußten gar nicht mehr warten. Genau in diesem Moment hob Winnetou-Hermann seinen dicken Kopf und schlug einmal kurz an. Zwischen Luckys Jeep und dem gelben Cabrio von Harald und Peter tauchten Matildas und Peggys Köpfe auf.

»Voilà«, sagten sie lachend.

Die anderen musterten sie ein paar Sekunden sprachlos. Die Verschollenen sahen erholt aus, die Wangen von der frischen Meeresluft gerötet, durch den ungewohnten Schlaf auf Matratzenbetten insgesamt sehr entspannt. Nur ihre Fußbekleidung war ungewöhnlich. Peggy trug die linke, Matilda die rechte von ihren Sandaletten, sie hatten sie schwesterlich geteilt.

Am frühen Morgen waren sie das Risiko eingegangen, mit Monsieur Crovani auf einem Boot zu reisen, als sie nämlich entdeckt hatten, daß es sich bei diesem Monsieur um ein uraltes, vertrocknetes Männlein handelte.

»Den schubse ich auch noch ohne deine Hilfe von Bord«, hatte Peggy zu Matilda gesagt. »Los komm, laß uns mit ihm fahren.«

Die Wirtin hatte sie zum Abschied umarmt und ihnen nachgewinkt, bis sie außer Sicht waren. Matilda hatte ihr die Dose Beluga-Kaviar zum Dank für ihre Hilfsbereitschaft geschenkt und alle ihre nassen Franc-Scheine.

»Zweimal Bootfahren in zwei Tagen«, hatte Peggy gesagt. »Das ist doch gar nicht übel!«

Monsieur Crovani hatte einen flotten Fahrstil an den Tag gelegt. Das Motorboot war bedeutend schneller als der Segler am Tag zuvor, und so kam es, daß sie noch vor zehn Uhr in Calvi an Land hatten gehen können. Monsieur Crovani hatte zum Abschied sein lückenhaftes Gebiß entblößt.

»Sicher geht er zum Zahnarzt«, hatte Peggy Matilda zugeflüstert, und dann waren sie losgerannt, so schnell es mit nur einem Schuh möglich war, um ihre Freunde zu finden.

Sie staunten nicht schlecht, als sie sahen, daß Cornelius auch da war. Und Harald und Peter und ihr gelbes Cabrio! Und Hermann, der Hund aus Porto Polio!

Eine nicht enden wollende Massenumarmung begann, eine Unzahl von Fragen mußten beantwortet werden, und dabei flossen nicht wenige Tränen.

Schließlich setzten sich alle zum Frühstücken nieder, und Caroline konnte sich nicht verkneifen, zu bemerken: »Da seid ihr also wieder, ihr Abenteurerinnen! Gerade rechtzeitig, um Leo und Angie die Frühstücksbrote zu schmieren.«

Peggy nickte. »Ja, so sieht's aus.«

Wieselflink hatte sie zwei Scheiben mit der Schokoladencreme bestrichen. Franziska und Caroline sahen besorgt zu Matilda hinüber, aber die zwinkerte ihnen vergnügt zu.

Peggy legte die Brotscheiben flach auf ihre Handflächen. Mit Schwung klebte sie die eine Schnitte Leo auf die Wange, die andere klatschte sie Angie mitten ins Gesicht.

»Und das ist erst der Anfang«, sagte sie.

13.

Algajola
18. AUGUST

Lieber Fabian!

Meine Psychologiestudie an lebenden Objekten geht nun langsam dem Ende zu, und ich weiß nicht, was ich schöner finde: das Ende einer unmöglichen Beziehung oder den Beginn einer unmöglichen Beziehung. Beides konnte man hier hautnah miterleben.

Vorgestern hat Peggy ihre ganzen schönen Filme voller Fotos von Leo im Abendsonnenlicht zerstört. Sie hat sie aus der Filmdose gerollt und die so entstehenden Negativgirlanden um Leos wunderbares Motorrad drapiert! Ich sage ja, wenn Wut sich endlich Bahn bricht, ist sie ein äußerst kreatives Gefühl!

Immer wenn Leo versuchte, mit Peggy zu reden, vertrieb sie ihn mit einer Menge unfeiner Ausdrücke. Sie wurde auch noch ein- oder zweimal handgreiflich. Das erste Mal, als er sie bat, ihm einen Knopf anzunähen. Das heißt, »bitten« ist nicht der richtige Ausdruck.

»Der Knopf ist ab«, sagte er und hielt ihr das Hemd hin.

»Was hat das mit mir zu tun?« fragte Peggy.

»Du nähst mir immer meine Knöpfe an«, sagte Leo. Es klang vorwurfsvoll.

»Jetzt nicht mehr, du minderbemittelter Stinker«, sagte Peggy. Mit dem Daumen wies sie auf Angie. »Frag deine neue Schlampe!«

Aber Angie konnte die Knöpfe natürlich nicht annähen. Das macht nämlich immer – na, was meinst du wohl? – Peggy für sie. Und überhaupt schien sie mit der Situation völlig überfordert. Zwei Tage schon mußte sie sich ihre Nutellabrote ohne fremde Hilfe schmieren. Und niemand erinnerte sie daran, daß es Zeit war, eine Calciumtablette zu nehmen. Jetzt brach sie dann auch prompt in Tränen aus.

»Ich bin keine Schlampe«, schluchzte sie.

Leo schien nicht ihrer Meinung zu sein.

»Wenn du noch nicht mal einen Knopf annähen kannst«, sagte er. Er und Angie sind keinesfalls ein glückliches Paar, sie sind einfach nicht kompatibel. Aber das hätten sie sich schließlich vorher überlegen können.

»Was mache ich denn jetzt mit meinem Hemd?« jammerte Leo, und Angie schluchzte herzzerreißend.

Da nahm Peggy Leo das Hemd aus der Hand, und ehe er an einen Gesinnungswechsel glauben konnte, hatte sie die anderen Knöpfe auch noch abgerissen. Einmal richtig in Schwung, zerfetzte sie das ganze Hemd. Leo zog es vor zu verschwinden. Dabei hatte Peggy sein Problem wieder mal kreativ gelöst. Das Knöpfeannähen hatte sich jedenfalls erledigt.

»Es tut mir leid«, schluchzte Angie mit demütig gesenktem Kopf.

Peggy riß einen Ärmel von Leos Hemd und ließ sich zu einem kleinen Lächeln herab.

»Naja, er war sowieso nicht der Richtige«, sagte sie und reichte Angie den Hemdsärmel zum Trocknen ihrer Tränen. Blut ist eben doch dicker als Wasser, sag ich immer.

Diese Geschichte ist jedenfalls zu unser aller Zufriedenheit ausgefallen, auch wenn ich persönlich Angie noch eins mehr auf den Deckel gewünscht hätte. Aber man soll nicht meckern, gestern hat sie zum ersten Mal freiwillig gespült, ohne jede Aufforderung.

Auch Lucky hat sich positiv entwickelt, nachdem alle erkannt hatten, was für eine Pappnase er ist, und ihn das auch haben merken lassen. Matilda hat als einzige etwas länger für diese Einsicht gebraucht als wir anderen. Leider muß ich Dir mitteilen, daß vor der Erkenntnis (Lucky = Pappnase) eine Testphase im Bett stand, oder wie man hier sagen muß, auf der Isomatte. Ja, aber so ist Matilda nun einmal. Wenn sie etwas erforscht, dann immer sehr gründlich.

Etwas Geduld, und sie wird uns sicher Amüsantes darüber erzählen können. Stückchen für Stückchen rückt sie damit heraus. Gestern jedenfalls hat sie schon gesagt, der alte Spruch »Wie die Nase des Mannes, so sein Johannes« hätte sich wieder mal bewahrheitet. Luckys Nase ist ziemlich klein und knubbelig. Eine kleine Himmelfahrtsnase, um genau zu sein. Hahaha! Jedenfalls spricht Matilda in den letzten Tagen auffällig oft von Marc und dem anderen Typ, die zu Hause auf sie warten. Ich schätze, das ist ein gutes Zeichen.

Jedenfalls hat Lucky sich einer wunderlichen Wandlung unterzogen. Das kann allerdings auch daran liegen, daß er ganz plötzlich von der wahren Liebe heimgesucht wurde ...

Vorübergehend ist unsere Reisegruppe auf die doppelte Personenzahl angewachsen – die Welt ist ja so klein. Cornelius hatte ein reizendes Mädchen namens Linda mitgebracht, von der man nichts Schlechtes erzählen kann, außer daß sie ein wenig dumm ist. Und ein wenig dick. Aber es gibt Menschen, die mögen es genau so, was vieles erklärt ...

In Calvi trafen wir außerdem auf Pädder und Harald.

Und das Allermerkwürdigste: Auch Hermann ist wieder aufgetaucht, der süße Schnüffelhund, von dem ich Dir mehrfach geschrieben habe. Er wird als einziger Hund, der Autostopping beherrscht, in die Geschichte eingehen. Diesmal haben wir ihn nicht allein zurückgelassen, diese Linda hat ihn schon adoptiert. Sie hat Ahnung von Hunden, und sie meint, Hermann sei noch ziemlich jung. Er wird noch viel wachsen, behauptet sie, obwohl man das kaum glauben kann. Er nimmt jetzt schon ziemlich viel Platz weg, und er läßt Linda keinen Moment aus den Augen. Ich schätze, bei ihr wird er in guten Händen sein. Sie sagt, sie habe einen großen Garten, und ihre Eltern wollten ihr schon immer einen Hund anschaffen. Obwohl sie ihn umgetauft hat, mit der Begründung, Hermann klinge ihr zu gewöhnlich. Sie ist eher der romantische Typ, mußt Du wissen, und der gute Hermann heißt jetzt *Winnetou*. (Kein Kommentar!)

Nach turbulenten Tagen in Calvi sind wir alle zusammen weitergefahren, Harald und Pädder, Ollie und Benedikt, Linda und Cornelius, Lucky und Leo, wir fünf Mädchen und Hermann. Dies ist ein sehr schönes Fleckchen Erde in der Nähe eines kleinen Ortes namens Algajola, wie geschaffen für den harmonischen Ausklang eines weniger harmonischen Urlaubs.

Pädder und Harald sind gar nicht so übel, wenn sie nüchtern sind und wenn man sie besser kennt. Um ehrlich zu sein, sind sie sogar ziemlich nett. Wir waren beinahe traurig, als sie heute morgen abreisen mußten und haben ihnen unsere Adresse gegeben. Vielleicht kommen sie im Herbst nach Köln, damit wir unsere Urlaubsfotos austauschen können. Dann kannst du sie auch mal kennenlernen.

Franziska und Cornelius haben wieder mal eine Krise gemeistert, die eigentlich gar keine war. Augenblicklich turteln sie wieder miteinander herum wie frisch verliebt. Ich schätze, diese Achterbahn von Beziehungstiefs zu Beziehungshochs geht weiter, bis die beiden alt und grau sind.

Linda betrachtete das glückliche Paar anfangs mit Tränen in den Augen, denn sie hatte sich ernsthafte Chancen bei Cornelius ausgerechnet. Aber sie mußte nicht lange Trübsal blasen, Lucky hat sich ihrer angenommen. Ausgesprochen fürsorglich und zuvorkommend ist er zu ihr, mehrmals sah ich ihn ihre Tasse nachfüllen, und ich hörte ihn sagen, er könne nicht verstehen, wie jemand eine Vollblutfrau wie Linda zu verlassen in der Lage wäre. Du hättest ihn mal hören sollen. Er mag Frauen wie sie, sagte er, sie ist wunderschön, sagte er, er mag jedes Speckröllchen an ihr, sagte er, sie sei so richtig was für einen echten Mann wie ihn. Sie blühte richtig auf, kann ich Dir sagen. Mit jedem Tag himmelt sie Lucky mehr an, und das ganz ohne eine Rettungsaktion aus einem reißenden Fluß!

Und gestern, da rasierte sich Lucky den Schnurrbart ab. Für Linda, sagte er, damit es sie beim Küssen nicht so kitzle.

Es ist wie ein Wunder. Vielleicht nur noch eine Nasenkorrektur und ein paar Wachstumshormone – und Lucky sieht am Ende richtig gut aus.

Matilda sagt, er brauche eine Frau, die nicht so viele Vergleiche mit anderen Männern ziehen kann, und eine, die weniger intelligent ist. Bevor ich Linda kannte, hätte ich gesagt, so eine Frau gibt es nicht – höchstens Knäckebrot habe einen niedrigeren IQ als Lucky. Aber man soll nie die Macht des Schicksals unterschätzen.

Peggy war die einzige, die dieses Wunder des Schicksals nicht mit purem Wohlwollen verfolgt hat. Insgeheim hatte sie auf Trost und Zuwendung von Lucky spekuliert. Von ihrem Hang zu Machos ist sie nämlich noch nicht kuriert. Aber jetzt, wo aus Lucky beinahe ein Softie geworden ist, hat sie das Interesse an ihm verloren. Zu Hause werde ich sie Deinem Bruder vorstellen, dem, der zu Karneval als Terminator verkleidet war. Meinst Du nicht, die beiden passen zueinander?

Von diesen kleinen Mißstimmungen mal abgesehen, hat sich alles zum Guten gewendet. Auch Ollie und Benedikt grollen nicht länger über ihre abgebrochene Bergtour. Sie übernehmen freiwillig die Aufgabe der Verpflegung und bereiten uns jeden Tag eine ausgefallene Gaumenfreude.

Dafür schleppen sie eine Menge Francs ins Dorf zu Madame Cécile, die dort einen altmodischen Lebensmittelladen unterhält. Madame Cécile und ihr Laden sind ungefähr zweihundertmal auf unseren Fotos festgehalten. Sie lächelt auf jedem einzelnen Bild so majestätisch und huldvoll, wie es sich für ein matronenhaftes Postkartenmotiv gehört. Und sie kann nicht nur korsisches Obst und Gemüse verkaufen, korsischen Honig und korsische Rohmilchkäse, sondern auch aus der Hand lesen.

Gestern hat sie in meiner Hand gelesen, daß der Mann,

für den ich bestimmt wäre, in einem fernen Land weilt. Und daß ich viele Kinder bekommen werde. Jedenfalls habe ich das so verstanden. Meine Sprachkenntnisse in Französisch sind nicht gerade très bien, und Madame Cécile spricht ganz anders als unsere Französischlehrerin. Irgendwie schneller und irgendwie französischer. Wie dem auch sei, es klang mir sehr wahr! Ein ferneres Land als das, in welchem Du weilst, scheint es mir nicht zu geben. Wie sieht es aus, möchtest Du viele Kinder haben? Mir persönlich würden ja zwei reichen, das nur am Rande.

In diesen herrlichen Tagen hatten wir sogar das ganz besondere Vergnügen, einen Traum wahr werden zu lassen, den Traum von der Rettung aus schäumenden Fluten, den Franziska so oft geträumt hatte. In Wirklichkeit fiel er etwas anders aus, aber so ist das wohl mit Träumen, die wahr werden.

Lucky und Leo surften an einem Tag mit wirklich hohen Wellen und Windstärken zwischen vier und fünf. In meinem Reiseführer steht, die kleine Bucht von Algajola sei ein beliebtes Surfrevier, und die vielen Surfer, die an diesem Tag von überall herkamen, hatten das wohl auch gelesen. Na ja, für Leos und Luckys Surfkenntnisse waren die Bedingungen wohl schon eine Spur zu hart. Leo jedenfalls kam ziemlich frustriert an Land zurück. Er hatte zu allem Überfluß einen häßlichen Sonnenbrand an der Schulter, dort, wo er sich einzucremen vergessen hatte.

»Das bist du schuld«, sagte er zu Peggy.

Peggy zeigte ihm zuerst einen Vogel und dann die kalte, in ihrem Fall golden gebräunte Schulter. Wehleidig ließ sich ihr Ex im Sand nieder und untersuchte seine verbrannte Stelle.

»Keiner kümmert sich um mich«, murrte er in Angies Richtung, aber die tat so, als hätte sie ihn nicht gehört. Sie hatte schon genug damit zu tun, sich selber einzucremen. Seit Peggy das nicht mehr für sie tut, hat sie eine ziemlich rote Nase, finde ich, wie eine Runkelrübe.

Die Wellen türmten sich immer höher, es war der reine Spaß, darin zu schwimmen. Durch das steil abfallende Ufer war es eine echte Kunst, wieder aus dem Wasser zu kommen, ohne daß die Brecher einen erwischten. Wenn das passierte, hatte man den Mund voll Sand und Steinen, und das Bikinihöschen hing irgendwo zwischen den Fesseln. Pädder und Harald verschossen einen ganzen Film von diesen Wasserfluchtmanövern.

Der Wind wurde zunehmend stärker, bis schließlich nur noch die absoluten Surfcracks draußen waren – und Lucky. Die anderen flitzten über die Wasseroberfläche und vollführten waghalsige Sprünge, aber Lucky driftete ziel- und planlos dort draußen herum und schien echte Probleme zu haben, das Ufer zu erreichen. Offensichtlich ging es ihm gegen die Soldatenehre, sich einfach auf das Brett zu setzen und zu warten, daß die Wellen ihn irgendwo ans Ufer spülten. Einmal pro Minute wurde er ins Wasser geworfen, unermüdlich krabbelte er wieder aufs Bord und zog das Segel hoch, nur um dann Sekunden später wieder hineinzuplumpsen. Es war ebenso tragisch wie rührend, mit anzusehen, wie er und sein Brett immer näher ans Ufer dümpelten, wo auch die Wellen immer höher und höher wurden.

Und hier geschah es dann, daß er hinabfiel und das Segel auf ihn drauf. Weil sein Kopf zwar wieder auftauchte, aber seine Arme nicht wie gewohnt nach dem Bord griffen, um mit der mitleiderregenden Auf-das-Bord-Klettern-Prozedur zu beginnen, sprangen Franziska und Cornelius ins Wasser und schwammen durch die Brandung zu ihm hin. Der arme Kerl war durch das viele Reinfallen und Rausklettern so groggy, daß er Wadenkrämpfe bekommen hatte, in allen beiden Beinen gleichzeitig. Ein echter Soldat weiß, wenn er verloren hat. Als Franziska und Cornelius bei ihm anlangten, soll er schon leise begonnen haben, »Hilfe, Hilfe!« zu rufen, was er allerdings später bestritt.

Jedenfalls schleppte Cornelius Lucky ganz fachmännisch ans Ufer. (Cornelius ist in der letzten Saison mit seiner Wasserballmannschaft immerhin im Pokalendspiel gewesen! Daß die verloren haben, hat auch auf keinen Fall an ihm gelegen. Der kann schwimmen!) Franziska kam mit dem Bord samt Segel hinterhergekrault. Sie war nicht mal außer Atem, als sie am Strand ankam.

Lucky spuckte eine Weile Wasser und sah sehr kleinlaut aus. Und dann sagte er zu Franziska, für eine Frau könne sie verdammt gut schwimmen. Franziska lächelte ihn an.

»Nicht nur schwimmen«, sagte sie, und da lächelte Lucky zurück. Es war das erste Mal, daß ich ihn lächeln sah, und ich muß gestehen, es stand ihm gut zu Gesicht. Das Meerwasser hatte sein Gehirn nun endgültig weichgespült. Als Linda kam und ihm ein Handtuch um die Schulter hängte, griff er nach ihrer Hand und küßte sie ganz zärtlich. Alle haben es gesehen.

Und dann gingen wir zu unserem Lagerplatz und aßen Spaghetti mit Krabbensahnesoße. Wie gesagt, herrliche Tage! O je, das war das letzte Blatt, und nun ist mein Briefpapier alle.

Einen Tag später, ungefähr Sonnenuntergangszeit

So, Fabi, den Rest der Geschichte schreibe ich Dir von einem richtigen Tisch, allerdings, wie Du siehst, nicht auf richtigem Papier. Es handelt sich um Papiersets des Restaurants, in welchem wir gerade sitzen. Die Rückseite ist leidlich beschreibbar. Auf der Vorderseite siehst Du eine dilettantische Zeichnung der Gartenterrasse, auf der wir sitzen. In Wahrheit ist die Pergola viel fragiler, nicht so plump. Es ist das erste Mal in diesem Urlaub, daß wir essen gehen, ein richtiger Luxus. Und wir sind nur noch zu fünft, nur noch Franziska, Matilda, Peggy und ich und Angie, genauso wie in den allerersten Zeiten auf dieser Insel.

Linda und Lucky sind gestern abend gemeinsam im Jeep losgefahren und haben Hermann – pardon, Winnetou! – mitgenommen. Für Leo und sein Motorrad war da leider kein Platz mehr, ganz gleich, wie sehr er sich beschwerte.

»Wegen dieser hergelaufenen Tussi soll ich mir den Wolf fahren?« rief er empört aus.

HergelaufeneTussi, das ließ Lucky nicht auf Linda sitzen.

»Noch so'n Spruch, Kieferbruch!« sagte er und war für einen Augenblick wieder ganz der alte.

Leo sagte nichts mehr. Heute morgen mußte er wohl oder übel mutterseelenallein auf seinem heißen Ofen abschieben. Er wird sich vermutlich auf der langen Fahrt tatsächlich einen Wolf sitzen, und ich finde, den hätte er abschließend auch noch verdient. Weder Angie noch Peggy winkten ihm hinterher. Und durch Peggys Filmgirlandenkunstwerk bleibt ihm nicht mal ein Erinnerungsfoto an diesen denkwürdigen Inselaufenthalt.

Cornelius, Ollie und Benedikt sind mit demselben Flieger

zurück nach Deutschland. Das war ein praktischer Zufall, so konnten alle zusammen mit Cornelius' Mietwagen nach Bastia fahren. Franziska wäre wohl am liebsten mitgeflogen, aber der Armen steht noch eine ganze Woche Ferien bevor. Hoffentlich ohne weitere Zwischenfälle. Wir wollen noch hinauf ans Cap Corse, und auf der Rückfahrt durch Österreich einen Zwischenstopp auf dem Stubaigletscher einlegen. Unsere Urlaubsbräune und meine Sommersprossen werden sich vorteilhaft vom ewigen Schnee abheben.

Du wirst niemals glauben, was der Kellner da gerade bringt. Fünf Pizzen, vier mit allem, was das Herz begehrt, und eine ohne alles, sogar ohne Käse – für Angie.

Nichts Besonderes, meinst Du? Von wegen!

Die Pizzen sind nicht rund wie auf den Tellern der anderen Gäste hier – sie sind eindeutig herzförmig! Die anderen Gäste gucken auch dementsprechend neidisch, und wir wünschen uns eine Million Zeugen für dieses denkwürdige Ereignis.

Matilda geniert sich nicht mal, zum Fotografieren der Meisterwerke auf ihren Stuhl zu klettern. Der Pizzabäcker freut sich. Er sieht sehr niedlich aus, hoffentlich hat Matilda auch ihn fotografiert. Der Kellner sagt soeben, er sei sein Bruder. Franziska vermutet, es könnte ein Zwillingsbruder sein, sie haben beide türkisfarbene Augen. So wie das Wasser hier in der Bucht.

Wir sitzen hier, wie gesagt, auf einer Terrasse hoch über dem Meer, unter einer Pergola, die von Bourjordings, Boegal, jedenfalls von diesem pinkfarbenen blühenden Zeug umrankt ist, und alles sieht so schön aus. Ich wünschte, Du könntest es Dir anschauen.

Soeben betritt der Besitzer der Pizzeria die Terrasse, er ist höchstens fünfundzwanzig und den Augen nach zu schließen ein Cousin des Pizzabäckers. Er hat einen Freund dabei, und der wiederum hat eine Gitarre dabei. Wenn die Sterne aufgegangen sind, wird er für uns spielen, sagt er.

Was für eine Nacht! Bist Du sehr eifersüchtig, Lieber? Du hast auch allen Grund dazu, keine sibirische Schönheit kann mir diesen Abend verderben. Mir schwebt sogar schon eine Lösung für das mathematische Problem vor: Vier nette, gutaussehende Korsen und fünf herzförmige Pizzen. Eine von uns muß wohl heute früher in den Schlafsack gehen, um dieses Ungleichgewicht auszugleichen. Ich schätze, die Wahl fällt auf Angie. Wenn sie ihre staubtrockene Pizza verzehrt hat, soll sie sich verkrümeln.

Viele Küsse von Deiner Caroline

Was kommt nach dem Happy End vor dem Traualtar? Eine herrlich witzige, augenzwinkernde Komödie über »die Zeit danach«

Shari Low
HAPPY OHNE ENDE
Roman
Aus dem Englischen
von Sylvia Strasser
352 Seiten
ISBN 978-3-404-15577-4

Carly ist glücklich. Oh ja, das ist sie! Nachdem sie um die ganze Welt gereist ist, um all ihre Exfreunde auf Ehemann-Potenzial zu prüfen, hat sie den Richtigen am Ende gefunden: Mark. Er ist der wunderbarste Mann der Welt und sie haben geheiratet – und zwei entzückende Söhne bekommen. Und jetzt? Jetzt ist der Alltag eingekehrt, Mark arbeitet viel (zu viel!) und Carly bemüht sich um Dreifaltigkeit: Liebesgöttin, Supermami und Bestsellerautorin. Die Situation scheint Carly über den Kopf zu wachsen. Da beschließt sie, dass es Zeit für einen Tapetenwechsel ist …

WWW.LESEJURY.DE
WERDEN SIE LESEJURYMITGLIED!
Lesen Sie unter www.lesejury.de die exklusiven Leseproben ausgewählter Taschenbücher
Bewerten Sie die Bücher anhand der Leseproben
Gewinnen Sie tolle Überraschungen